KB261685

카이로스의 열정

국립중앙도서관 출판시도서목록(CIP)

카이로스의 문학 / 조정환 지음 -- 서울 : 갈무리, 2006
      p. ;   cm. -- (아우또노미아총서 = Autonomia ; 10)

ISBN   89-86114-85-2 04800 : \24000
ISBN   89-86114-21-6(세트)

810.9-KDC4
895.709-DDC21   CIP2006000034

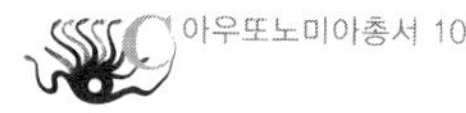

아우또노미아총서 10

카이로스의 문학 Literature of Kairòs

지은이 조정환
펴낸이 장민성
책임운영 신은주 편집부 김선영 마케팅 오정민

펴낸곳 도서출판 갈무리 등록일 1994. 3. 3. 등록번호 제17-0161호
용지 화인페이퍼 인쇄 한영문화사 제본 우진제책
초판인쇄 2006년 2월 2일 초판발행 2006년 2월 22일

주소 서울 마포구 서교동 375-13 성지빌딩 101호 (121-839)
전화 02-325-1485 팩스 02-325-1407
website http://galmuri.co.kr e-mail galmuri@galmuri.co.kr

ISBN 89-86114-85-2 04800 / 89-86114-21-6 (세트)
값 24,000원

이 책은 한국문화예술위원회의 문예진흥기금을 받아 출판되었습니다.

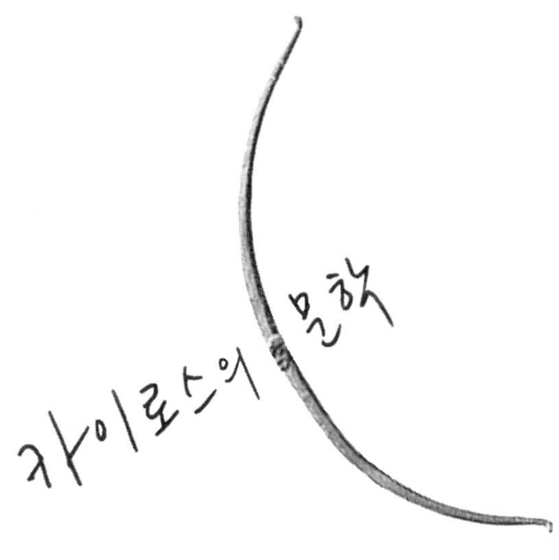

조정환 평론집

Literature of Kairòs

삶, 그 열림과 생성의 시간

2006

스피노자

우리들이 사물들을 현실적인 것으로 파악하는 데는 두 가지 방식이 있다. 하나는, 우리가 그것들을 고정된 시간과 장소에 연관하여 실존하는 것으로 파악하는 것이다. 또 하나는, 우리가 그것들을 신 안에 포함되어 있고 또 신성한 본성의 필연성에서 생겨나는 것으로 파악하는 것이다. 그런데 우리는, 이 두 번째 방식에 따라서 참되거나 실재적인 것으로 파악되는 사물들을, 영원성의 형식 아래에 있다고 생각한다. 그리고 사물들에 대한 그러한 관념에 신의 영원하고 무한한 본질이 포함된다.

안또니오 네그리

우리가 실재를 이해하고 조직하기 위해 실재에 던지는 형식들은 새로운 무엇을 구축하는 역량을 갖고 있습니다. 이것은 우리를 다시 언어와 그것의 창조적 역량에로 이끕니다. 존재론적 공통체의 순간—혹은 언어에 의해 드러나는 존재론적 "공통". 이 관점에서 볼 때, 내가 카이로스라고 부르는 것은 하나의 탁월한 시점(時點)입니다. 왜냐하면 존재는 시간 속에서의 열림이며 그것이 열리는 매 순간에 발명되어야 하기 때문입니다. 그것은 그 자신을 발명해야 합니다. 카이로스는 단지 이것일 뿐입니다. 존재의 화살이 쏘아지는 순간, 열림의 순간, 시간의 가장 자리에서 존재의 발명. 우리는 매 순간 끊임없이 구축되는 존재의 이 가장 자리에서 삽니다.

책머리에

15년 만에 세 번째 평론집을 엮어낸다. 첫 평론집 『민주주의 민족문학론과 자기비판』(연구사, 1989)은 문학운동에서의 당파성 요청을 제기한 민주주의 민족문학론을 중심으로 짜여졌고 두 번째 평론집 『노동해방문학의 논리』(노동문학사, 1990)는 사회주의와 문학운동의 이념적 실천적 조직적 결부를 요청한 노동해방문학론을 중심으로 짜여졌다. 이 두 평론집은 1987년을 분기점으로 급격히 상승하던 대중노동자들의 해방투쟁에 문학이 어떻게 참여할 것인가를 고민한 것이었다. 그것을 위해 제안된 방법은 현실주의였지만 그것의 기본적 정서는 아방가르드적이었다. 문학은 대중의 사상과 정서를 이끄는 전위활동이 되어야 한다는 것. 싸워야 할 적이 분명하고 도달해야 할 목표가 선명했던 만큼, 언어는 첨예했으며 문체는 단정적이었다. 글의 문면과 행간 전체를 지배하는 것은 사회주의에 대한 신념과 열망이었다. 작품이 표현해야 할 객관적 현실이 실재하고 그것을 투시할 명백한 세계관이 있으며 작품이 현실주의를 통해 객관적 진리를 담아낼 수 있다는 것. 그래서 앞선 두 권의 평론집은 문학(운동)을 밤하늘의 별이, 혹은 마음속의 도덕률이 안내하고 있던 한 시대에 속한다.

순식간에 모든 것이 바뀌기 시작했다. 단단했던 모든 것이 녹아내리고 있었다. 매일 앞서 변하는 시대를 뒤따라가는 것이 일과였던 수 년. '객관현실'이 그 단단했던 '객관성'을 잃어가던 지난 15년 동안 나는 세월이 이 두 권의 책을 갉아먹도록 내버려 두었다. 모든 것을 바꾸어야 했기 때문이다. 단단한 모든 것이 결코 저절로 녹아내리지는 않는다. 나는 한국의 권위주의 권력을 무엇이 무너뜨리고 있는가에 대한 답을 찾아야 했을뿐만 아니라, 이와 동시에, 실존하던 사회주의 권력들을 무엇이 무너뜨리고 있는가에 대한 답도 찾아야 했다. 어떤 새로움도 눈여겨보지 않으려는 완고한 정신들과 거죽의 새로움에 온 몸을 내맡기는 호기심 많은 정신들 사이에서 우리가 직면한, 아니 우리가 속해 있는 그 변화의 실체, 그 동력학, 그리고 그것이 직면한 한계를 읽어낼 수 있을 것인가? 문학이 '객관현실'의 관념에 묶이지 않으면서도 삶을 치유하고 건강하게 하는 능력을 발휘할 수 있는 자리를 찾을 수 있을 것인가? 『카이로스의 문학』에는 이 물음들을 묻다가 물러나고 다시 물었던 모색과 동요의 흔적들이 화석처럼 곳곳에 새겨져 있다.

원고들을 다시 읽으며 내가 발견하는 것은, 수 년 전부터 '삶문학'이라는 말이 마치 화두처럼 나의 문학적 사유를 맴돌고 있다는 것이다. 1999년 말에 씌어진 「사회주의 리얼리즘의 종말 이후의 노동문학』에서부터 지금까지. 왜, 저 오래된 용어인 '문학'에 하필이면 낡고 낡아서 상투화된 용어인 '삶'을 갖다 붙인 이름일까? 문학이 이제 민주주의나 민족이나 노동해방 등과는 무관하다는 의미인가? 결코 그렇지 않다. 삶은 늘 이들 '현실적으로 정치적인 것들'이 기초해 있는 근거였다. 바로 삶으로부터 이 현실적으로 정치적인 것들의 의미가 발생해 오지 않았던가. 바로 그렇기 때문에 삶은 현실적으로 정치적인 것을 규정하는 외부로, 빈칸으로, 예외로 실재해 왔다. 이런 의미에서 삶은 '잠재적으로 정치적인 것'이었다. 1990년대의 새로움은 (그것이 어떤 수준에서 파악되는 것이건) 잠재적으로 정치적인 것이었던 삶의 펼침과 접힘의 운동과 결부되어 있다. 물론 이 삶의 드라마는 자본에 의해 매개되어 왔다. 자본주의적 근대가 삶으로부터 절단해낸 노동시간을 포섭하는 것에서 성립되었다면 노동시간을 넘어 삶의 모든 시간을 포섭하려는 자본의 보편적 운동 속에서 자본주의적 탈근대가 성립되기 시작했다. 이제 우리는 탈근대 속에서 삶이 전개되고 있다는 사실을 고려하지 않고서는 어떤 변화도 그 실재성(reality)에 따라 이해할 수 없으며, 아울러 포스트모더니즘이 이 새로운 실재성을 물신화하는 눈가리개라는 점을 통찰하지 않고서는 그 실재성에서 더욱 멀어질 뿐인 시대에 살고 있다. 삶은 절대적으로 다양하면서도 유일한 실재성이며 삶 외부에는 아무 것도 없다. 삶이 자본에 포섭되면서 삶 그 자체가 직접적으로 정치적인 현장으로 된다.

노동해방문학을 시대에 뒤진 것으로 만든 것은 바로 이 근본적인 변화이다. 노동해방문학론은 실재로서의 삶을 현실성(actuality)의 차원으로 환원했다. 그것은 직접적 현실을 넘어서 가능성으로서의 총체성에 도달하고자 했지만 그것은 현실적 총체성의 거울 이미지의 성격을 벗어나지 못했다. 노동해방문학론은 현실공간 속에서 전개되는 공간화된 시간, 즉 크로노스(chronos)의 시간에 묶여 있었다. 자본주의에서 사회주의로 나아가는 계기적 시간. 프롤레타리아트는 이 계기적 시간의 실체적 주체성으로, 일종의 동일성의 집합으로 이해되었다. 정치는 국가영역를 둘러싼 특수한 인간활동으로 파악되었고 당은 그 특수한 대의적 인간활동의 핵심 행위자로 파악되었다. 문학의 자리는 그래서 실재의 현실 차원—크로노스의 시간—양적 전체—양적 집합적 주체—국가적 대의정치를 잇는 선분 위에 설정되었다. 이른바 '현실정치', 역사적 인간, 행동으로서의 실천, 공장이라는 장소, 노동자라는 집합주체, 목적으로서의 사회주의, 그리고 변증법이 문학을 운동으로 이해하도록 만들었고 문학은 오직 문학운동으로서만 존립 가능한 것으로 이해되었다.

이러한 문학을 가능케 했던 조건들은 이제 사라졌다. 현실성의 차원이 사라진 것은 아니지만 그것이 더 깊은 차원, 아니, 현실 그 자체를 가능케 하는 표면으로서의 잠재성의 차원과의 관계 속에서 체험되고 또 사유되지 않으면 안 되게 된 것이다. 이러한 요청은, 안타깝게도, 문학 역시 자본에게 포섭되고 있는 역사적 조건에 의해 규정되고 있다. 문학의 잠재력의 실현이 곧 삶의 안보, 삶의 건강의 실현과 같은 궤도에 놓인 시대, 그래서 문학의 해방과 삶의 안보 및 자기가치화의 문제가 서로 겹쳐지는 시대가 바로 탈근대이다. 노동이 공장의 울타리를 넘어 공통체적 삶 전체로 확산되고, 삶이 잠재성과 현실성의 총체 속에서 기능하기 시작하면서 직접적으로 정치적인 것으로 되며, 양적이고 공간적인 시간이 측정불가능한 카이로스(kairòs)의 시간에 의해 횡단되고 더 이상 프롤레타리아트가 이념적 집합적 동일성으로 남아 있기보다 오히려 이질적이고 혼종적인 주체성으로, 탈주적이고 구성적인 다중으로 살아가는 시대. 변증법이 미분법의 홍수에 잠겨버린 시대.

나는 꽤 긴 시간 동안에, 그것도 문학장의 눈에 띄지도 않는 언저리에서, 때로는 지나치게 조심스럽게 때로는 지나치게 과감하게 펼친 사유가 이곳저곳에 드러낸 굴곡들, 틈새들을 어느 정도라도 펴고 또 메워보기 위해 총론 「카이로스의 시간과 삶문학」을 새로 쓰고 그것을 1부에 배치했다. 여기에서 나는 1970~80년대의 문학운동(특히 민족문학)이 1990년대 이후에 문학권력으로 전화하는 사회역사적이고 논리적인 메커니즘을 분석했고 리얼리즘과 모더니즘의 논쟁 속에서도 의연히 인식론적 재현에 집중되어 있는 근대적 민족문학론의 관심을 존재론적 표현을 중심으로 재구성하려고 노력하면서 카이로스의 시간 속에서 전개될 탈근대적 삶문학의 지평의 윤곽을 드러내려 했다.

2부는 민족문학의 삶문학으로의 전환을 강제하는 역사적 조건을 규명하면서 문학의 위상 재조정, 문학적 주체성의 재구성을 탐구했다. 민중의 소멸과 다중의 구성이 이 부에서의 주된 문제의식이다. 나는 여기에서 민중에서 다중으로의 이행이 어떻게 제3세계 민중에 기초했던 민족문학의 갱신 노력을 공회전하도록 만들며 심지어 그 내부에 위계를 도입하려는 시도까지 도입하도록 만드는지를 살펴보았다. 또 1980년대에 상승하여 박노해, 백무산, 박영근과 같은 걸출한 시인을 배출했던 노동문학이 겪고 있는 창조조건의 변화를 '통치의 제국적 재구조화와 시뮬레이션 사회의 도래'와 '재현 패러다임의 위기'라는 시각에서 고찰했다.

3부는 리얼리즘 대 모더니즘의 대립이라는 전통적 에피스테메를 버추얼리즘(virtualism) 관점의 도입을 통해 해소, 해독하려는 시도를 담았다. 하나의 예술형태로서의 문학이 계몽(교육)에서 정치로, 정치에서 산업으로 전화하면서, 근대에 발생한 리얼리즘과 모더니즘의 대립이 흔들리고 이 양자의 경쟁적 공모관계가 더 이상 작동할 수 없게 되면서 문학의 새로운 자리, 새로운 문학적 감성, 새로운 문학적 기술이 요구되는 상황을 제시하는 이 부는 탈근대성의 양상이 무엇인지를 가늠하는 데 도움을 줄 것이다. 디지털 테크놀로지의 활성화와 싸이버스페이스의 등장이라는 참으로 새로운 현상이 신화적 상상력이라는 아주 오래된 능력과 내밀하게 결합되는 역설적 현상을 살펴보면서 우리는 이제 문학이 이전과는 전혀 다른 공통체를 창출하는 과제에 관련되어 있음을 볼 수 있을 것이다.

4부에는 서정주, 김지하, 박노해, 백무산에 관한 글을 따로 묶었다. 이들은 한국 근대시사에서 빼놓을 수 없는 중요한 시인들이다. 또 이들은 삶과 시작활동에서 커다란 변화를 겪은 인물들이다. 서정주는 영웅적 민족주의에서 반공주의와 보나빠르띠즘으로 나아갔으며, 김지하는 저항적 민중주의에서 생태주의로 나아갔다. 박노해는 혁명적 사회주의에서 평화와 생태에 대한 관심으로 나아갔으며 백무산은 전투적 노동자주의에서 존재와 시간에 대한 탐구로 나아갔다. 젊은 시절에 체제와 길항하다 투옥된 경험을 공통적으로 갖고 있는 이들이 그 고통의 체험을 해석하면서 찾아나간 그 나름의 길들이 무엇이었던가에 대한 고찰을 통해 문학이 지닌 위험과 가능성들을 동시에 더듬어볼 수 있을 것이다.

5부에는 1980년대에 성장한 노동시인들이 1990년대에 어떤 조건에 처해 있고 어떤 꿈을 꾸고 있으며 어떤 정서로 이 시대를 살아나가고 있는지를 분석한 글들을 모았다. 공사장을 떠돌며 막노동을 하면서 노동시의 깃발을 완강하게 붙들고 있는 김해화가 보여주는 비장의 정서, 철도 노동자 김명환과 이한주가 보여주는 비애와 익살의 정서, 그리고 오랜 기계공 생활을 하다가 해고당한 조기조가 보여주는 기계적 상상력은 저항, 탈주, 구성의 선들의 다양한 궤적을 엿볼 수 있게 한다.

6부에는 협의의 문학범주를 넘어서지만 그러나 문학과 긴밀한 연관을 갖고 있는 '문화'와 '지식인'이라는 두 주제의 글들을 따로 묶었다. 문학이 사유활동인 한에서 그것은 한 사회의 지식, 지성, 문화의 배치구조와 분리될 수 없다. 이 부에 실린 글들은 20세기 후반 이후 지성이 다중의 것으로 전화하는 현실을 분석하는 데서 시작하는데, 대중지성 혹은 다중지성의 대두는 전통적 지식인 유형의 해체와 지식인의 자유인으로의 재구성(과 그 필요성)을 조건짓는다. 안또니오 네그리의 '대중지성'론과 프랑스의 '국제 상황주의자 운동'은 한국에서 개시된 이러한 과정을 이해하는 데 참조될 수 있는 국제적 수준에서의 이론적 실천적 경험을 우리에게 제공해 줄 것이다.

5부에 묶은 「근대화 경제발전의 쇠수레바퀴 아래서」는 끝을 마무리하지 못한 미완성의 글이며, 「노동현장은 살아 있다」는 주로 노동시를 다룬 다른 글들과는 달리 일종의 보고문학을 다룬다. 책에 말쑥한 체제를 부여하기 위해 제외할까 생각도 했지만 이 글들에 얽힌 각별한 사연이 이 책의 바깥을 함께 읽는 데 도움을 줄 수 있으리라는 생각 때문에 울퉁불퉁한 모습 그대로 두었다.

「근대화 경제발전의 쇠수레바퀴 아래서」는 구로노동자문학회 창립 10주년 기념시집 『왜 딸려!』의 해설로 준비되었으나 실제로는 실리지 못한 글이다. 조기조 시인이 『왜 딸려!』의 원고를 갖고 갈무리 출판사를 찾아온 것은 김대중 정부가 들어선지 얼마 되지 않는 1998년 여름이었다. 사노맹 활동 및 노동해방문학 발간 때문에 지명수배중이던 나는 맑스주의 혁신을 위한 연구와 번역에 몰두하면서 갈무리 출판사를 통해, 그리고 이원영이라는 필명으로 그 작업 성과를 표현하고 있었다. 서로 얼굴을 몰랐던 덕분에 이원영인 나는 그를 직접 만나서 시집 출간을 협의하고 또 결정할 수 있었다. 이야기를 나누는 과정에서 해설을 써줄 수 있느냐는 제안을 받게 되어 쓰게 된 글이 「근대화 경제발전의 쇠수레바퀴 아래서」이다. 글이 거의 마무리되어 갈 무렵, 당시 ‘문학평론가나 노동운동가로 알려져 있지 않은 이원영’의 글을 구로노동자문학회 창립 10주년 시집의 해설로 싣는 것은 아무래도 부적절하지 않은가라는 구로노동자문학회 운영위원회의 생각을 듣게 되었다. 결국 『왜 딸려!』는 해설 없이 출간되었고 신상을 노출하지 않기 위해 문학적 글쓰기를 피한 지 8여년 만에 다소 상기된 기분으로 쓴 이 글은 미완으로 남거졌다. 이 우여곡절은, 주변 사람들을 불편하게 만든, 당시 나의 불가피한 익명성으로 인하여 초래된 것이었다.

「노동현장은 살아 있다」는 소설가 김하경이 쓴 보고문학인『내 사랑 마창노련』(1999)의 출판취지를 써 달라는『당대비평』의 청탁을 받아 씌어졌다. 김하경 작가는 나의 대학 선배이자『노동해방문학』에서 함께 활동한 경험을 갖고 있었다. 마산으로 거처를 옮겨 노동현장과 연결된 문학작업을 하고 있던 작가는 수 년에 걸친 자료 수집 작업을 거쳐 마창노련의 역사를 방대한 분량의 보고문학으로 완성했는데, 그것을 출판하기 위해 문을 두드린 곳이 공교롭게도 갈무리 출판사였다. '아들의 추천' 때문이었다고 했다. 이후 작가가 출판사의 이원영 편집인을 만나기 위해 서울로 올라온다고 했을 때 나는 커다란 결심을 해야 했다. 화곡동에서 만난 김하경 선배는 놀란 얼굴로 물었다. '여긴 웬 일이냐'고.

이름을 빼앗기고 얼굴을 감추며 살아야 하는 삶. 이주노동자들을 비롯한 수많은 사람들은 지금도 이러한 삶을 일상으로 살아야 한다. 모든 사람들의 삶 전체가, 삶의 모든 영역과 순간들이 투쟁과 생산과 창조의 현장으로 된 시대에 산업 노동자들의 투쟁과 조직의 현장기록은 그 현장성 때문에 현장적 노동시와 호흡을 같이하며 생생한 현재성을 갖는 것이 아닐까?

이 책은 미리 기획되고 짜여진 것이 아니다. 그러므로 이 책의 후반에서 분석된 작품론이 이 책의 전반에 전개된 문학론의 사례분석으로 읽혀지기는 어렵다. 아마도 내가 이 책에서 다룬 작품들은 의미 있는 작품들 전체에 비할 때 그 빙산의 작은 조각에 지나지 않을 것이다. 수 년 전에 이 책을 구상할 당시에는 『경향을 넘어 존엄으로』라는 제목을 생각했었는데 지난 수 년 사이에 이 제목이 너무 해묵은 느낌을 준다. 나는 제목으로 사용한 카이로스의 문학을 삶문학의 동의어로 생각했다. 그리스어 크로노스(Chronos)는 시간의 길이, 시간의 충족, 측정된 시간을 뜻함에 반해 카이로스(Kairòs)는 시간의 순간, 시간의 도착, 사건 속의 시간을 의미한다. 카이로스는 위기 속에서의 선택과 결정을 함축한다. 이 이름으로써 나는 우리가, 시간의 길이를 통해 측정되고 재현되는 운동―이미지의 위기 상황 속에서, 특이성의 사건을 통해 의미를 생성하는 시간―이미지를 살아가기 시작했고 그것이 운동―이미지에 전과는 아주 다른 색채와 의미를 부여하고 있음을 증언하려고 했다. 이 책을 함께 생산한 무수하고 다양한 시간들에게, 특히 저 고뇌와 격정과 긴장의 시대를 함께 견디고 싸우면서 삶을 바꿔 냈던 이름 없는 친구들에게 이 책을 바친다.

2006년 1월

차례

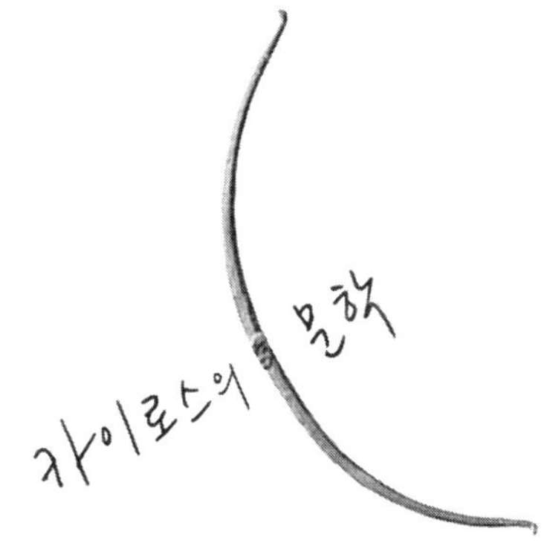

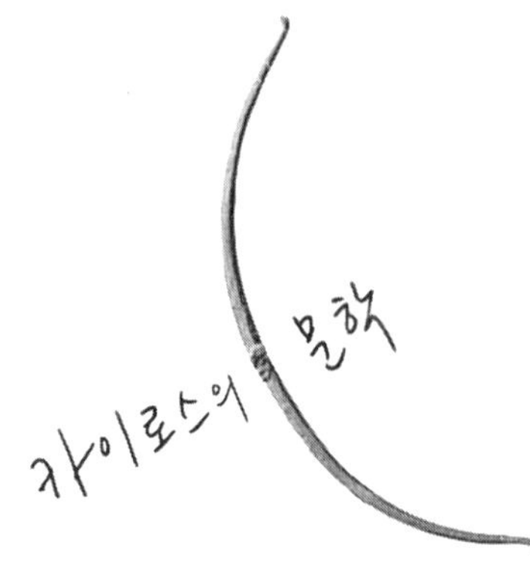

카이로스의 문학

제1부 총론

카이로스의 시간과 삶문학

1. 머리말

1990년대 이후 급격하게 이루어진 한국의 사회적 정서적 정신적 변화의 실체를 어떻게 이해하고 그 변화에 어떻게 개입할 것인가가 오늘날 문학창작, 문학비평, 문학논쟁에 걸려 있는 가장 큰 내기이다. 작가와 시인뿐만 아니라 비평가조차도 자신의 의사와 무관하게 닥쳐온 이 변화 앞에서 놀라워하며 자신의 문학적 태도를 결정하고 조율하는 데 어려움을 겪는다. 실제로 한국의 문학은, 1980년에 분출했다가 지역적으로 봉쇄된 후 1987년에 다시 전국적으로 분출되어 사회의 모든 부면으로 확산된 혁명적 드라마의 중요하고도 필수적인 일부였다. 그것이 문학의 '정치'에의 종속이라는 현상을 수반했지만 그것은 당대의 문학이 당대의 혁명에 참여하기 위해 선택한 역사적으로 특수한 형식이기도 했다.[1]

그 드라마가 1991년 5월을 분기점으로 갑작스럽게 막을 내렸을 때, 그리하여 '혁명'이 '체제'[2]로 경직되고 봉합되기 시작했을 때, 그 혁명적 흐름의 구성부분이었던 문학의 운명은 무엇이었는가? 물론 결정된 운명은 없었고 잠재적으로는 여러 가지 길이 가능했다고 해야 할 것이다. 1987년 혁명의 퇴조를 '혁명의 종말'이 아니라 혁명이 다른 방식으로 살아가는 새로운 상황의 도래로 파악하고 문학에서 혁명을 지속할 다른 양식을 창조하는 길이 불가능하지 않았다. 하시반 여러 가능성 중에서 지배적으로 실현된 것은 문학의 체제에의 순응, 즉 체제문학[3]으로의 순응의 길이었다. 문학은 재구축된 자본의 질서에 순응했으며 재편된 주권체제에 순응하는 길을 걸었다. 이러한 문학에서는 혁명이 끝난 것으로 이해되므로 혁명적 운동은 반성되고 청산된다. 하지만 자본의 주권질서의 재구축이 구질서의 단순한 반복이 아니었듯이, 문학의 체제에의 순응도 지난 혁명이 현실 속에 가져온 변화들, 그 돌이킬 수 없는 성과를 언어적으로 보존하며 스타일로서 재생산하고 정서적으로 향유한다. 이것이 문학에서 반혁명이 진행된 방식이다.[4] 요컨대 새로운 시대의 도래가 선언되지

---

1. 문학의 정치에의 종속이 문학적 가능성의 협애화를 가져온 것은 당시의 대안적 정치 개념조차 삶과의 분리, 즉 초월적–대의적 성격을 벗어나지 못했던 것의 결과였다. 삶으로서의 정치, 즉 존재론적인 정치 개념에서 문학과 정치는 결코 분리되지 않으며 문학 그 자체가 정치적인 것, 즉 삶정치적 생산활동이다.
2. 오늘날 그것은 '87년 체제'라는 이름으로 불리곤 한다(『창작과비평』 130호, 2005년 겨울에 수록된 특집 「87년 체제의 극복을 위하여」 참조).
3. 이 용어 대신에, 일반적으로 공리의 문학적 재생산에 기여하는 것으로서의 '다수문학'이라는 표현을 사용할 수도 있을 것이다.
4. 나는 '반혁명'을 '혁명'의 반의어로 사용하지 않는다. 그것은 혁명의 지층화 혹은 체제화의 차원이다. 그것은 '죽은 혁명'의 성과를 체제에 유익한 방식으로 간추림으로써 '새로

만 그 새로움의 질에 대한 탐구나 문제제기보다 과거 혁명에 대한 기억이, 혹은 그것에서 벗어나려는 몸부림으로서의 반(反)기억이 문학생산의 가장 큰 자원으로 기능한다.[5] 지난 혁명의 반혁명적 재생산과 향유는 혁명적 제스처(gesture)의 생산으로 나타나기도 하고 허무주의적 제스처의 생산으로 나타나기도 한다. 이러한 문학에서 실재적 삶은 지각되지 않으며 문학적으로 표현되지도 않는다. 실재에 대한 지각과 실재의 표현을 대신하는 것은 작가가 실재 앞에서 지어내는 표상적 투영이다. 그 표상적 투영이 때로는 '객관현실의 반영'이라고 불리며 때로는 '진정성 혹은 내면성의 표현'이라고 불린다. 사실 1990년대에 반혁명적 체제문학의 발전을 추진시켜온 동력은 실재 그 자체보다도 실재에 대한 표상을 문학담론의 중심에 놓아온 이 두 가지 문학담론의 변증법에서 나왔다고 해야 할 것이다.[6]

그러면 문학은 그 혁명적 잠재력을 이제 돌이킬 수 없이 상실했는가? 결코 그렇지 않다. 문학을 완전히 체제화하는 것은 가능하지 않다. 문학은 삶의 한 형태로서, 삶이 창조의 활동이듯, 부단히 삶의 실재를 진단하면서 다른 삶의 가능성을 모색하고 표현하는 잠재력을 갖고 있기 때문이다. 나는 1991년 이후 문학의 지배적 흐름이 체제문학으로 기능해 왔다고 말했다. 이 경향은 문학의 체제화를 정

운 혁명'을 억제한다.

5. 후일담 문학이 그 전형이며 전통적 동일성에 대한 단순한 거부 역시 기억에 의존하는 문학이다.

6. 들뢰즈는 실재 그 자체(실재의 본질)와 실재에 대한 표상을 구분하면서 전자를 '속성'(attributs)으로 후자를 '고유성'(propres)으로 명명한다(질 들뢰즈, 『스피노자와 표현의 문제』, 이진경·권순모 옮김, 새물결, 2003, 162쪽 이하 참조).

당화하는 메타담론들(문학이론, 문학비평, 문학연구)에 의해 뒷받침
되어 왔다. 하지만 메타담론보다 좀더 직접적으로 삶과 잇닿아 있
는 창작에서는 문학을 체제화하는 힘으로의 견인 속에서도 그것에
저항하며 체제화를 넘어서려는 심층적 노력이 부단히 전개되어 왔
음을 발견할 수 있다. 나는 이 글에서 감각의 혁신으로 나타나는 이
심층적 노력의 성격을 파악하기 위해 우리가 직면해 있는 변화의
실재성을 규명하고 1990년대 이후 메타담론이 이 노력들에 미친 영
향관계를 비판적으로 고찰함으로써 새로운 체제화에 저항하는 삶
정치적 생산으로서의 문학의 가능성을 전망해 보고자 한다.

2. '분단체제론' 대 '비루한 것의 카니발'

앞서 말했다시피 1990년대 이후의 급격한 변화의 실체가 무엇인
가에 대해 문학가들이 몹시 궁금해 했다는 것은 사실이다. 그러나
그 궁금함을 표현하는 언어들의 요란스러움에 비해 그에 대해 주어
진 응답들은 극히 가난하다. 우리가 직면한 새로운 상황의 실체가
무엇인가? 이 물음은 기존의 거대담론의 처참한 붕괴와 포스트모더
니즘의 홍수 속에서 제기되었다. 다시 말해 거시담론 일반에 대한
거친 혐오 속에서, 역사의 불가능성에 대한 성급한 탈근대주의적 속
단 속에서, 격렬한 반혁명적 정서 속에서 제기되었다. 오직 실제의
창작들, 작품들만이 이 질문에 대한 구체적이고 미시적인 응답을 줄
수 있으리라는 막연한 기대. 그것은 때로는 '리얼리즘의 승리'의 이

념에 의해 정당화되거나 '차이들'에 대한 신앙에 의해 부양되었다.[7]

　백낙청의 '분단체제론'은, 시류에 맞서, 이전보다 훨씬 더 거대한 담론을 선택했다는 점에서 이 주조적 경향과 대립한 셈이다. 그는 민족문학론을 거대한 세계체제의 한반도 특수적 구현이자 그 하위 체제로서의 분단체제에 대한 파악 위에서 재구성하려 했다. '분단체제'는 '세계체제' 속에서 남북한 두 체제의 경쟁적 상호의존을 정식화하기 위한 개념으로 사용된다. 이것은 북한 사회주의 체제를 괄호 친 상태에서 남한만의 혁명을 추구하거나 남한의 혁명을 북한의 사회주의 권력의 지역적 확산으로 파악한 1980년대 좌파운동이 기초했던 일국적 혹은 반도(半島)적 시각과 비교해 보면 분명한 진전을 함축한다. 국가들 사이의 경쟁적 상호의존은 시간이 흐를수록 심화되었으며 남과 북처럼 외관상으로는 '적성국'으로 보이는 국가들 사이에도 그러한 의존관계는 예외 없이 구체화되어 왔기 때문이다. 분단체제론은 이 경쟁적 의존관계를, 남북한이라는 미완결적인 일국체제와 세계체제 사이의 특수한 하나의 체제적 차원으로 파악하려고 시도한다. 이러한 생각 위에서 백낙청은 "남북을 아우르는 분단체제가 근대 세계체제에서 얼마나 중대한 고리를 형성하는 독특한 하위체제인지를 깨달을 때 분단체제를 허무는 사업이야말로 다른 어느 곳에 '사회주의 체제' 하나 더 건설하는 것보다 훨씬 더 뜻 깊은 성취가 됨을 인식할 수 있다"[8]고 주장하게 된다. 이 주장은,

---

7. 뒤에서 살펴보겠지만 '비평의 주례사화'는 이러한 역사적 상황에 대한 합리적인 그러나 퇴영적인 대응의 산물이다.

8. 백낙청, 『흔들리는 분단체제』, 창작과비평사, 1998, 23쪽.

'사회주의 체제'가 그 상위의 체제인 근대 세계체제의 한 고리로서 기능한다는 사실의 인정 위에서 정당화될 수 있는 생각인데, 1989년까지 동과 서의 냉전적 상호의존의 현실은 이러한 생각을 사실적으로 뒷받침해 준다. 그러나 1990년 전후 사회주의의 도미노적 붕괴와 냉전의 종식은 자본주의와 사회주의의 냉전적 상호의존의 체제로부터 통합된 세계자본주의로의 이행을 가져왔다. 이것은 세계체제가 체제들과 국가들 사이의 은밀한 경쟁적 상호의존 관계보다 좀더 직접적인 네트워크 관계 위에서 재구축되도록 만들었다. 이것이 부시 1세에 의해 선포된 새로운 세계질서(NWO)의 기본적 지향이며 네그리와 하트에 의해 '제국'이라고 명명된 '세계체제'이다. 이 탈근대적 세계체제는, 경쟁과 대치는 공개적이고 공조는 '심층적'이고 '음성적'9인 매개적 상호의존의 논리보다는, 한편에서는 체제 재생산과 확장을 위한 권력들 사이의 **공공연한 협동**, 그리고 다른 한편에서는 지배질서의 다층적 위계화의 논리에 따라 구축된다.10

전지구적 주권질서로서의 탈근대적 제국이 구축되고 있다고 해서 그것이 지구상의 모든 지역을 일거에 규정하는 것은 아닐 터이다. 따라서 근대 세계체제의 탈근대적 세계체제로의 이행에도 불구하고 아직 냉전의 유제가 강하게 남아 있는 남북한에 분단체제론이 유의미하게 적용될 수 있지는 않을까? 확실히 한반도에 근대적 유제로서의 분단체제가 뿌리 깊이 남아 있는 것은 사실이다. 하지만

---

9. 같은 책, 같은 쪽.
10. 이에 대해서는 안또니오 네그리 · 마이클 하트, 『제국』, 윤수종 옮김, 이학사, 2001; M. Hardt · A. Negri, *Multitude*, Penguin, 2004; 조정환, 『지구제국』, 갈무리, 2002; 조정환, 『제국기계 비판』, 갈무리, 2005 참조.

핵, 화폐, 정보를 통한 탈근대적 제국의 통제는 한반도에도 예외 없이 관철되고 있다.[11] 북한에 대한 핵사찰을 시발점으로 하여 6자회담을 통한 최근의 해법모색에 이르기까지의 사건에서 확인되는 핵권력, 북한에 대한 오랜 경제제재와 최근 북한의 달러위조논란에서 징후적으로 나타난 화폐 권력, 그리고 인공위성, 언론방송을 통한 남북한에 대한 미국의 정보통제 등이 이러한 사실을 뒷받침한다. 이 과정에서 남북한의 이른바 '당국'간 공조는 더 이상 음성적이지 않고 보다 직접적인 것으로 전환되고 있다. 탈근대적 세계체제에서 지역적 차원과 지구적 차원의 구획이 더 이상 가능하지 않으며 두 차원의 중첩이 지배적 경향으로 되고 있는 것이다. 이 경향의 심화는 '남한에서 한반도로, 한반도에서 동북아시아로, 동북아시아에서 동아시아로, 동아시아에서 세계로'라는 식의 지정학적 탑 쌓기 놀이를 불가능하게 만든다.

이러한 상황에서 분단체제론이 이 체제의 극복을 위해 제기한 '남북한 민중의 연대'[12]가 새롭고 다른 삶을 창조할 주체성으로서 현재적 의미를 지닐 수 있는가? 우파에게서 민중은 권력의 현재적 모반으로 이해되며 좌파에게서 민중은 다른 권력을 가져올 권력의 미래적 모반으로 이해된다.[13] 이 양자 모두에서 민중은 다양한 힘들을 집중하고 종합하는 것으로서의 권력의 구축을 통해서 현실을 바꾸는 집단으로 이해된다. 그렇다면 분단체제론에서 연합한 민중에게 부

---

11. 핵-화폐-정보로 구성된 제국의 삼원적 권력체제에 대해서는 안또니오 네그리 · 마이클 하트, 『제국』, 제3부 5장, 「혼합된 구성」 참조.
12. 백낙청, 『분단체제 변혁의 공부길』, 창작과비평사, 1994, 5쪽.
13. 민중의 계보학에 대해서는 조정환, 『제국기계 비판』, 갈무리, 2005, 339~347쪽 참조.

여되는 역할은 무엇인가? 그것은 다국적 민족공동체로서의 새로운 복합국가를 건설하는 일이다.[14] 그 생각은, '민주적이고 자주적인 다민족 복합국가가 한반도에 건설됨으로써 전 세계 한민족의 긍지를 드높이고 현실적으로 든든한 뒷배가 됨은 물론이지만, 바로 그러한 성격의 국가가 자신이 거주하는 지역에서도 성립하고 발전하는 것이야말로 재외 조선족의 생활상의 이익에 부합하는 일이며 다국적 한민족 공동체가 세계 속에 순탄하게 존속할 터전이 되기도 하는 것이다'[15]라는 발상으로 나타나는데, 여기서도 여전히 민중은 주권국가의 건설이라는 막중한 권력적 임무를 부여받고 있다. 그렇지만 이렇게 긍지에 찬 국가일수록 오늘날 자본주의 세계체제의 유능한 기관으로 기능할 수 있다는 것, 다시 말해 이런 국가일수록 민중을 포함하는 다수 사람들이 도탄에 빠지는 것을 정당화하면서 그들의 삶능력을 제국의 더 상위의 권력에로 이전하는 효율적 기계장치로 기능할 수 있다는 점에 대한 성찰적 고려는 찾아볼 수 없다. 민중에 입각한 복합국가에 대한 이 순진한 믿음은, 전지구적으로 너무나 충분하여 상품과 가난으로뿐만 아니라 이제는 일상적 전쟁과 태풍과 해일로까지 범람하고 있는 근대성이 한반도에는 아직도 모자란다는 생각에 의해 뒷받침된다. 이른바 '미완의 근대성'이라는 이 지역특수주의적인 생각은, 이미 충분히 근대적인 현상으로서 출현했을뿐만 아니라 심지어 탈근대적 현상으로까지 전화하고 있는 '분단'에 전근대성의 이미지를 부과함으로써 국가애와 주권의지를 뒷받침하는 이론

---

14. 백낙청, 『흔들리는 분단체제』, 창작과비평사, 1998, 193~5쪽.
15. 같은 책, 195쪽.

적 국가장치일 뿐이다.

　민족문학이 남북한 민중에 호소하여 복합적 민족국가를 건설하는 데 이바지할 문학으로서 설정되는 한에서 그것은 특이한 삶을 민족적 삶으로 영토화하는 문학이며 잠재적으로 자유로운 다중의 활동성을 통일된 복합적 민족국가의 형성에 복무하는 민중의 필연적 노동으로 현실화시키기 위한 문학이다. 이것은, 자본으로 하여금 전지구적 규모에서의 체제화를 선택하지 않을 수 없도록 아래로부터 강제해 온 다중의 탈근대적 욕망에, 그리고 전지구화 속에서 새롭게 생성되고 있는 간대륙주의적[16] 욕망에 부합하지 않는다. 민족문학의 발전은 국경을 넘어 자유롭게 이동하고자 하며 코스모폴리탄적 유대와 개방적 네트워크의 구축을 통해서만 제국에 대항할 수 있는 다중의 코뮤니즘적 필요와도 부합하지 않는다. 이 새로운 상황에 직면하여 김명인은 1995년에 "이제 '민족문학'은 끝이다. 깃발을 내림은 물론 문도 닫아야 한다. '반제반봉건 민주주의 민족혁명'의 문학적 교두보로서의 민족문학, 프롤레타리아 계급혁명을 위한 문학적 통일전선 전술의 담지체로서의 민족문학, 또는 분단된 민족현실의 처음과 끝을 증언하는 문학적 근거지로서의 민족문학. 그 어느 편이든 오늘날 우리 삶의 총체성을 다 끌어안기에는 이제 너무 낡았다"[17]고 단호히 선언한 바 있다. 민족문학의 부적합성을 그것의 다수문학적

---

16. 간대륙주의(intercontinentalism)는 1995년 멕시코 사빠띠스따가 소집한 대륙간회의가 불러일으킨 전지구적 연합의 정신으로, 국가체제를 골간으로 하는 프롤레타리아 국제주의를 넘어서려는 이 회의의 취지에 붙여진 이름이다. 이에 대해서는 조정환, 『21세기 스파르타쿠스』, 갈무리, 2002, 163~225쪽 참조.
17. 김명인, 『불을 찾아서』, 소명출판사, 2000, 178쪽.

질에서가 아니라 양적 제한성('다 끌어안기에는')에서 읽음으로써 그는, 이후에 다시, " '민족', '민족문학', '민족문학론'은 바야흐로 새로운 의미연관을 구성하고 있는 중이라고 할 수 있다. 그것에 성공할 경우 그것들은 다시 현실과의 관련 속에서 생명력을 확보할 것이며 그렇지 못하면 도태될 것이다"[18]라는 관망적 유보의 태도로 기울었지만, 민족문학의 거대담론을 불편하게 느끼는 감정들은 널리 확산되었고[19] 심지어는 최원식, 임규찬 등의 목소리 — 물론 그것들이 언제나 민족문학론의 확대보수작업을 위한 새로운 결의의 목소리로 잦아들곤 했지만 — 를 통해 민족문학의 정통 가문에서까지 흘러나온 실정이다.

더욱 통이 커진 민족문학의 거대담론이 이처럼 민중적 국가애의 웅변으로 나타났을 때, 그리하여 그것이 1990년대에 문학적으로 분출한 미시적 욕망의 형상들을 '문학의 위기'의 미학적 징후로 받아들이고 그것과 맞서기 시작했을 때, 이 시각에 대한 가장 강력한 비판의 조류가 1990년대에 발생한 새로운 미적 주체성을 옹호하는 형태로 나타난 것은 자연스러운 일이다. 그것은 1999년에 '비루한 것의 카니발'이라는 이름으로 집약된 흐름이었다. 민족문학에 대한 황종연의 비판은 예각적이다. 그는 " '민족중흥의 역사적 사명'을 역설한 권위주의적 국가기구나 그것에 저항한 민족통일 지향의 민중운동 모두 민족의 관념에 호소하는 시대적 상황 속에서 문학은 수많

---

18. 같은 책, 267쪽.
19. 신두원, 『민족문학을 넘어서』, 소명출판사, 2000, 31~69쪽 참조. 그리고 〈민족문학작가회의〉가 '민족문학'이라는 명칭을 바꾸려는 움직임에서도 이 불편함은 감지된다.

은 민족 주체성의 상상적 표상들을 만들어 냈다"[20]는 진단에서 출발한다. 그러한 문학은 '잠재적 민족 혹은 전근대 민족 속에 존재하는 역사적 문화를 재료로 하여 민족적 정체성을 구성하며 그것을 중심으로 민족적 통합을 추구'[21]하는 문학이다. 그것은 '신성한 기원', '고유한 본질', '유구한 역사'를 가진 '동일성의 집단'으로서의 '민족에 대한 상상을 촉진하고 조정하는' 문학이다. 이러한 진단은 민족문학론의 은폐되었던 본질을 선명하게 드러낸다. 하지만 그의 작업은 '민족국가의 몰락이라는 단정이 우리의 실정과 동떨어진 것처럼 민족주의의 무효선고 또한 우리 사회에서는 섣부른 것이기 쉽다'는 조심스러움을 갖고 진행된다. '우리 사회'의 특수성을 고려해야 한다는 널리 퍼진 압력에 굴복한 그는, '문학과 민족주의의 관련이 종전처럼 당연하거나 자명한 것으로 통하기 어렵게 되었'고 '민족, 혹은 민족적 통합을 상상하는 문학의 관행은 이제 냉정한 반성과 검토를 필요로 한다'는 민족주의에 대한 역사적 상대화의 수준에 머무는데, 이런 정도의 역사적 상대화는 1980년대의 급진적 문학운동에 의해 이미 이루어진 민족주의 비판에도 못 미치는 것이다. 그의 비판이 '현재의 진지한 젊은 작가들에게서 민족공동의 역사적·정치적 경험에 대한 관심은 급속히 약화되고 있는 추세다. 근래에 주목받고 있는 젊은 작가들의 문학적 성취가 민족주의의 이념적 동기들과 관계가 희박하다는 것은 의심할 나위가 없다'는 경험적이고 상황적인 비판에 기대는 것은 이 때문이다. 그리하여 그의 비판은 '사람들 사

---

20. 황종연, 『비루한 것의 카니발』, 문학동네, 2001, 87쪽.
21. 같은 책, 86쪽.

이의 유기적 관계가 사라진 근대성의 조건을 직시하지 않고 민족적 일체성을 꿈꾸는 것은 그야말로 낭만적인 몽상에 그치기 십상이다' 라고 목소리를 높이면서도, '한국소설에서 민족에 대한 상상은 이념적 대립을 넘어서는 민족화해에 대한 열망만이 아니라 근대성이 민족이 일체화된 삶의 이상에 가하는 제약과 조건에 대한 보다 철저한 이해를 필요로 한다'[22]는 식의 애매한 절충론으로 끝나고 만다.[23]

그의 민족주의 비판이 이렇듯 용두사미로 끝나고 말았지만, '비루한 것의 카니발'에 관한 그의 긍정적 주목은 새로운 문학가들을 '문학의 위기' 담론의 부정적 효과로부터 분리시키고 새로운 문학의 고유성에 대한 자각 위에서 전진할 수 있도록 하는 인식틀을 제공했다. 그가 주목하는 '비루한 것'은 '스무 살 연하의 십대 소녀와 새도 —매저키즘적 성희에 탐닉하는 삼십대 작가. 인간해방의 염원을 미망이라고 부른 운동권 출신의 여성을 강간하여 지식인의 반역에 복수하려는 젊은 룸펜. 결혼이 자신에게서 앗아간 자아의 회복을 꿈꾸며 비 내리는 저녁 검은 염소를 몰고 아파트 단지의 일상에서 탈출하는 주부. 모든 정열과 사랑의 이면에 감춰진 무상함과 고통스럽게 조우한 끝에 낯선 남자에게 몸을 내맡겨 뱃속의 아이를 유산시키고 마는 여점원. 술집에 나가는 애인을 모욕한 남자들에게 복수하려고 폭력을 휘둘렀다가 경찰에 쫓겨 도망치는 거리의 양아치.

---

22. 같은 책, 109쪽.
23. 이것은 그의 비판이 동일성의 해체라는 근대성의 다른 경향에 의존하고 있음을 반증한다. 이 경향에 대한 강조는 근대성의 이 경향이 부단히 동일성의 재건의 경향과 맞물려 있음을 은폐한다. 이 점에서 그의 문학적 민족주의 비판은 민족문학론에 대한 사실상의 보론(補論) 이상이 아니다.

어린 남자아이를 집으로 납치해다가 포르노그라피 필름을 찍고 그런 다음에 집 앞 둔덕에 거름으로 주어버리는 대학강사'[24] 등이다. 일탈자, 패덕자, 범죄자, 미치광이, 복수자, 불우한 사람들에게서 그는 새로운 코드를 발견한다. 그것은 '정체성, 체계, 질서'에 대한 '거부, 전복, 위반, 일탈'이다. 그것은 민족문학의 편집증적 코드와 대립하는 일종의 분열증적 코드이다.[25] 그것은 동일성의 체제에 감금되었던 자아를 어떤 경계도 없는 카오스 속으로 복귀시키는 기능을 수행한다. 이것은 '서열적 위계, 특권, 규범, 금기를 유예시켜 기성 질서로부터의 해방을 잠정적으로 구가한 중세와 르네상스 시대 유럽의 민중 카니발'과, 그리고 디드로의 『라모의 조카』, 도스토예프스키의 『지하생활자의 수기』, 루이-페르디낭의 전쟁 삼부작 등과 연결된다.[26] 이러한 역사적 계보화와 좌표화를 통해 그는 "삶의 모든 영역이 속절없이 자본주의 시장의 식민지로 전락"했다는 판단 위에서 '한국문학의 급진적 상상력이 겪어 온 중요한 변화'를 탐지함으로써 "'역사적 민중'처럼 공동체의 기억에 뿌리박은 인간 주체성의 이념이 이미 효력을 잃어버렸"음을 역설하려 한다.

여기에는 새로운 미적 주체성으로서의 다중의 발견으로 나아가는 핍진(逼眞)한 고찰과 비판적 통찰이 나타나 있다. 하지만 안타깝게도 그의 통찰은 곧 한계에 직면하게 되는데, 그의 한계가 바로 '비루한 것의 카니발' 자체라는 것은 아이러니이다. 그는 민족문학론의

---

24. 황종연, 『비루한 것의 카니발』, 문학동네, 2001, 14쪽.
25. 편집증과 분열증의 경향과 한계에 대해서는 질 들뢰즈, 『의미의 논리』, 이정우 옮김, 한길사, 326~335쪽 참조.
26. 황종연, 『비루한 것의 카니발』, 문학동네, 2001, 14~15쪽.

민중 개념을 '비루한 것' 혹은 '광기'의 개념을 통해 비판한 후, 다시 이 '비루하게 만들기' 혹은 '광기의 카니발'로부터 몸을 돌려, '진정성'이나 '내면성'과 같은, 개인화된 주체성의 미적 정동(情動)에 대한 추구로 나아간다. 민중과는 다른 새로운 집합적 주체성의 가능성에 대한 탐구를 포기하면서 그는 '일탈과 패덕의 찬양은 그 자체로 기성문화에 대한 대안이 되지 못 한다'거나 '사회를 지배하는 타락한 이성이 억압된 광기의 복원을 통해 타파되리라고 믿는다면 그것은 아무래도 순진한 생각'이라고 말한다. '광기는 근본적으로 이성에 의존하여 자신을 표현'할 뿐이며 '광기의 카니발은 부르주아적 정체성을 파괴하는 효과가 있다기보다는 오히려 재건을 돕는 효과가 있다'[27]는 것이 그 이유이다. 여기서 드러나는 것은 주권적이고 합리적인 민중과는 다른 새로운 주체성에 그가 '비루함', '패덕', '범죄', '일탈' 등의 특징부여를 할 때, 그가 기존 질서와 기존 체제의 입장에서 이 새로운 주체성 쪽으로 단 한 발자국도 다가가지 않고 그 주체성을 대상화한다는 점이다. 그가 자신의 평론집에 '비루한 것의 카니발'이라는 표제를 달았지만, '비루한 것의 카니발'과 그 사이에는 만리장성이 가로 놓여 있다. '비루한 것의 카니발'에 대한 그의 관계는 미학적 이용 이상의 것이 아니다.

그는 리얼리즘 미학의 핵심 범주의 하나인 전형적 총체성에 의식적으로 대항하면서 이 경향에 '진정성'의 이상이 구현되어 있다고 말한다.

---

27. 같은 책, 30~31쪽.

일탈자, 패덕자, 범죄자에 대한 90년대 젊은 작가들의 열광 속에는 인간사회의 윤리적 통합에 대한 어떤 종류의 믿음보다 오히려 건전한 도덕적 감각이 있다. 그 도덕적 감각의 핵심은 앞에서 장정일과 최인석의 소설을 검토하는 가운데 언급한 진정성의 이상이다. 진정성은 실정적으로 정의된 어떤 행위나 상태를 표시하지 않는다. 그것은 오히려 부정의 용어이다. 진정성은 진정성이 부재한다는 인식 속에, 진정성을 추구하는 행동 속에 존재한다. 진정성 추구의 기본적인 충동은 그것이 어떤 내용의 어떤 품질의 삶이든지 간에 개인 자신에게 진실한 삶을 살려는 파토스이다. 진정성의 파토스는 개인으로 하여금 그의 삶이 사회적으로 인정된 원칙과 일치하는가가 아니라 그 자신의 자아, 감정, 신념과 일치하는가를 묻게 한다. 따라서 그것은 개인 스스로 그 자신의 삶의 방식이나 모양을 만들려는 열정을 포함한다. 진정성을 추구한다는 것은 달리 말하면 개인의 자기창조적 자유를 실현하는 것이다. 진정성을 추구하는 가운데 기성의 윤리적 질서와 갈등이 빚어지는 것은 불가피한 사태이다. 기성 윤리가 허위를 강요하거나 자아를 왜곡하는 압제적 기율이라고 판단되는 상황에서는 진정성의 이름으로 그것에 거역하는 각종 일탈과 범죄가 찬양되기도 한다. 하지만 오늘날 진정성의 관념이 언제나 갖고 있는 반사회적, 반윤리적 전환의 가능성에도 불구하고 그 관념은 간단히 배격하기 어려운 문화적 현대성의 일부이다. 현대사회를 지배하는 억압의 기제를 발견하고 그것들에 대항할 능력의 도덕적 원천은 진정성의 관념 바로 거기에 있기 때문이다.[28]

---

28. 같은 책, 31~32쪽(강조는 인용자).

　　그에게서 진정성은, '개인 자신의 자아, 감정, 신념에 일치하는 진실한 삶을 살려는 파토스'로 정리된다. 진정성이 민족에의 충실성을 의미하는 민족성, 민중에의 충실성을 의미하는 민중성, 계급에의 충실성을 의미하는 계급성, 당에의 충실성을 의미하는 당파성과 구별되는 특질이 있다면 그것은 개인에의 충실성이다. 그가 '개인과 사회의 조화를 위한 새로운 윤리의 창출은 현대 문화가 당면한 막중한 과제이지만 파시즘 같은 유령을 불러들이지 않으려면 그것은 언제나 진정성의 요구라는 테스트를 거쳐야 한다'[29]고 말할 때, 그것은 개인에의 충실성이 모든 사회 윤리들을 재는 기본적 척도여야 함을 주장하는 것에 다름 아니다. 이렇게 하여 진정성이 로렌스적 의미의 '삶에의 충실성'으로 발전될 가능성은 차단된다. 1990년대에 부상한 사회적 주체성의 새로운 덕성은 '개인'이라는 형틀에 따라 낱낱이 부서지고 파편화된다. 특이함(singularity)의 이름일 수 있는 진정성을 개인성(individuality)에 종속시킴으로써 진정성들의 공통성을 구축할 수 있는 어떤 가능성도 배제된다. 개인화된 진정성의 미학은 민중적 동일성을 넘어설 수 있는 어떤 대안도 제시하지 못 한다. 그것은 특이한 힘들의 공통적 집합화의 가능성을 폐기하는 미학적 장치로 이용된다. 황종연은 새로운 문학의 경향을 '비루한 것의 카니발'로 명명하기 6년 전인 1993년에 젊은 문학의 특질을 '전체로부터 개인의 자유'로서의 '개인주체의 귀환'으로 설명한 바 있다.[30] 여기서 그는, 구효서의 작품에 기대어, '역사적·경험적 사실

---

29. 같은 책, 32쪽.
30. 같은 책, 194~218쪽.

에 충실을 기하고 그것을 통일적으로 서술함으로써 진실에 이른다는 리얼리즘은 철학적으로 오류일뿐만 아니라 실제에서도 수상쩍은 전략일 수밖에 없다. 리얼리즘 서사는 진실의 현존을 가장한 기율과 통제의 전략에 지나지 않게 되는 것이다'[31]라고 단언하면서 개인주체의 귀환이 재현적 서사를 넘어서는 글쓰기를 가능케 한다고 주장했다. 황종연은 민족문학론과 리얼리즘론의 '기율적' 성격을 발견했고 '비루한 것들의 카니발'이 그것에 포섭될 수 없는 현상임을 목도했다. 하지만 그 자신도 정작 '비루한 것들의 카니발' 현상과의 심층적 교전을 회피한다. 그는 '민중 카니발'이 권력이 허용한 일시적 균열에 불과하다고 손쉽게 진단한 후에 그것에 대한 '낭만적 미화'를 경계하며 그것을 '기성문화의 공인된 틈새에 기생하는 난동'으로 폄하한 후,[32] 다시 그것을 전체 대 개인, 사회 대 개인이라는 근대의 낡은 대립구도 속에 안치한다. 이러한 안치작업이 끝난 후 그가 내세우는 것이 '척도로서의 개인'이라는 개인주의적 자유주의의 이념이며 그것의 미학적 표현으로서의 진정성이다. 그러나 그것은 개인적 진정성의 요구를 민중적, 계급적, 당적 진정성의 요구에 대치시키는 것에 지나지 않는다. 전형성이라는 이름하에 공통성을 사회적 동일성으로 환원했던 전통적 리얼리즘에 대한 그의 비판은 개인이라는 또 다른 동일성 형식을 동일성에 대항하는 차이 그 자체의 형식으로 오인하기에 이른다. 그 결과 특이한 차이들의 공통성을 구축할 가

---

31. 같은 책, 199쪽. 이후에 그는 '탈승화의 리얼리즘'을 모색하는 방식으로 리얼리즘에 대한 이러한 평가를 일정하게 수정하는데 이에 대해서는 뒤에서 살펴볼 것이다.
32. 같은 책, 31쪽. 이것은 장정일, 최인석의 작품 속에 등장하는 '비루한 것의 카니발'을 역사상의 '민중 카니발'로 직접적으로 환원하는 조작을 통해 나오는 조작적 결론이다.

능성은 부정된다. 이처럼 1990년대 문학에 대한 실증적 탐구를 통해 그가 새로움의 윤곽을 포착했음에도 불구하고 그로부터 물러남으로써 논의 구도는 다시 1980년대의 민족주의 대 자유주의 혹은 사회주의 대 자유주의의 구도로 환원되며 1990년 이후의 새로움의 실체가 무엇인가 하는 문제는 다시 오리무중에 빠지고 만다.

3. 문학권력에 대항하는 삶문학

　1980년대 문학가들이 문학운동에, 즉 작품의 미적 조직과 작가들의 정치적 조직에 심혈을 기울였음은 주지의 사실이다. 그것은 문학을 국가장치에 맞서는 전쟁기계로 사용하기 위한 당대의 — 그러나 역사적으로 제한적인 — 방식이었다. 1990년대에 들어 문학운동 그룹들의 소멸과 더불어서 문학운동에 대한 논의와 실행은 점차 사라졌다. 그 십 년이 저물 무렵에 지난 날 문학운동의 중요한 한 영역을 담당했던 민족문학론과 『창작과비평』은 『문학과사회』, 『문학동네』와 더불어 부당한 문학권력이라는 따가운 비판을 받는 위치에 놓였다.33 여기에서 파생된 문학권력 논쟁은 비평의 시녀적 역할을

---

33. 그러한 비판을 수행한 사람들 중에는 민중적 민족문학론의 기수였던 김명인과 '김영현 논쟁'의 권성우도 포함되어 있었지만 주로는 신진의 젊은 평론가들(이명원, 고명철, 홍기돈)이 주체가 되었다. 언론권력 비판의 핵심인물인 강준만이 이 논쟁에 개입함으로써 문학권력 논쟁은 한국사회의 담론지형 일반에 대한 비판적 논의로 확산되었다. 문학권력 논쟁과 관련해서는 강준만·권성우, 『문학권력』, 개마고원, 2001; 권성우, 『비평과 권력』, 소명출판, 2001; 김명인 외, 『주례사 비평을 넘어서』, 한국출판마케팅연구소, 2002; 이명원, 『파문』, 새움, 2003; 유보선, 『경이로운 차이들』, 문학동네, 2002 등

고발하는 '주례사 비평 논쟁'으로, '등단제도와 문학상 논쟁'으로 확산되었지만 그것이 새로운 문학운동의 조직화로 나타나지 않았다는 점은 주목을 요한다. 이 논쟁에서 기소자들의 위치에 놓였던 사람들은 자신의 역할을 비판에 한정했고(이른바 '비판적 글쓰기') 새로운 구성의 문제는 제기하지 않았다.

최원식은 20세기의 마지막 해에 '문학과 문학을 넘어 문학으로!'라고 주장하면서 '80년대와 90년대를 가로질러 문학의 귀환을, 그 오묘한 출현을 기다린다'고 썼다.[34] 그러나 비판적 글쓰기 앞에서 이러한 회통론은 의미를 잃는다. 왜냐하면 순문학주의(문학)와 문학적 정치주의(문학) 모두가 권력화하여 문학제도 속에 비문학적 이해관계를 깊이 각인하고 있는 것으로 평가되었기 때문이다.

내가 보기에 1990년대 이후의 문학장에서 문학이 결코 미적 텍스트적 힘에 의해서만 규정되지 않고 있다는 문학권력론의 문제제기는 사실적이며 극히 중요한 의미를 갖는다. 그렇다면 그 비문학적 이해관계의 정체는 무엇인가? 그리고 왜 문학이 비문학적 이해관계에 의해 규정되는가? 많은 경우에 그것은 학벌주의, 연고주의, 권위주의 등에 의해 설명되어 왔다. 이 논의에서 오래 전에 진지하게 제기되었던 문학에서의 상업주의 문제가 상대적으로 덜 강조되는 것은 (혹은 기정사실로 전제되는 것은) 주목할 만한 일이다. 사실상 이제는 상업주의가 학벌주의, 연고주의, 권위주의를 규정한다. 상업

<hr>

참조.

34. 최원식, 『문학의 귀환』, 창작과비평사, 2001, 41쪽. 그에 따르면 문학은 순문학적 경향의 문학을, 문학은 정치성이 농후한 학으로서의 문학을 가리킨다.

주의는 일부의 문학이 선택하는 이데올로기 형태가 아니다. 그것은 신자유주의적 자본주의 하에서 문학 일반이 놓여지는 운명적 조건이다. 이것을 표현하기에 상업주의라는 표현이 어딘가 적합하게 보이지 않는 것은 이 때문이다. 지금은 상업주의라는 표현보다 문학의 산업화 혹은 문학의 자본에의 포섭이라는 표현이 문학의 사회경제적 위치를 더 정확하게 설명할 수 있다. 문학산업을 구성하는 출판사−편집자 및 작가−독자가 각각 자본−노동자−소비자로 위치지워져 가면서 (문학운동의 시대에 지도자의 기능을 떠맡았던) 비평가는 점차 마케터로서의 위치를 차지하게 된다. 흔히 '주례사' 비평이라는 다소 낭만적인 이름으로 불려지는 것은 사실상 '홍보용 카피'로서의 비평이다. 엄밀하게 말하면 독자도 문학산업의 노동자로 참여한다. 독자투고라는 좀더 직접적인 형태로뿐만 아니라 팬클럽의 형성과 미적 평가여론의 조성을 통해 문학산업 과정에 필수적인 비임금 노동자로 참여하는 것이다. 이렇게 하여 편집자, 작가, 비평가, 독자 전체는 문학산업의 비물질 노동자로 기능한다.

문학권력론은 현행의 문학제도에서의 선별 및 후원−배제의 구조를 날카롭게 적시했다. 그러나 그것이 이 구조와 싸울 유효한 이론적 실천적 무기를 갖고 있었다고는 보이지 않는다. 무엇보다도 문학권력론은 문학권력 그 자체를 문제삼지 않았다. 그것은 문학권력 그 자체를 승인한 위에서 '권력행사의 공정성과 합리성'이라는 일반민주주의적 의제에 자신의 비판을 한정했다.[35] 권력(pouvoir)은,

---

35. "마치 문학권력 비판론자들이 권력이란 것 자체를 싸잡아 비판하고 해체해야 한다는 논리, 즉 '권력무용론'을 주장하고 있는 것처럼 오해될 수 있는데, 사실을 이해하자면

분산적이면서 접속적인 활력(puissance)과는 달리, 특이성을 억제하면서 집중되는 힘이며 그렇기 때문에 다중의 삶에서 초월적인 힘이다. 권력은 다중의 민중화와 대중화를 통해서, 즉 다수 사람들이 가진 능력의 체계적 전유를 통해서 발생한 후 바로 그 힘의 원천인 그 사람들을 대상으로 행사되는 힘이다. 문학권력은 독자들의 구매행위와 독서행위를 통해 발생한 후 다시 그 구매행위와 독서행위를 확대된 수준에서 규정하는 힘으로 나타난다. 문학권력론자들이 대안으로써 제시하는 공정과 합리의 관념은 결코 삶 내재적인 것이 아니다. 그것은 삶에서 분리된 척도와 법을 요청하는 것으로, 초월성을 벗어나는 개념이 아니다. 문학이 자본에 포섭된 상황에서 문학권력행사의 공정성과 합리성은 이윤이라는 척도에 좌우된다. 더 많은 이윤을 낳을 수 있는 작품을 선별하여 후원하고 그렇지 못한 작품을 배제하는 것은 문학권력의 법에서 볼 때 결코 공정하지 못하거나 비합리적인 것이 아니다. 공정성과 합리성의 관점에서 문학권력을 비판하는 것은 문학권력을 순화하고 강화하는 노력으로 귀착된다. 이럴 때 쟁점은 점점 거짓, 절취, 위선과 같은 것으로 좁혀지며 논쟁은 도덕적 회로에 갇힌다. 예컨대 문학적 절취로서의 표절에 대한 비판의 목소리가 높아질수록 문학생산의 공동적 성격은 몰각되며 지적재산권은 그만큼 탄력을 받는다. 체제의 논리에 갇힌 비판은 비판자 자신을 문학권력의 회로에 더 빨리 빠져들도록 만든

물론 이와는 정반대다. 나를 포함한 권력비판론자들이 문학권력 논쟁의 와중에서 집중적으로 강조한 것은 권력행사의 정당성과 합리성에 대한 요구였다"(이명원, 『파문』, 318쪽).

다. 문학권력 비판이 '가짜 비판'이며 '권력분점' 요구에 지나지 않는
다는 반비판을 받게 되는 것은 이 때문이다.

문학권력에 대한 유효한 비판은 권력의 평면에서는 불가능하고
삶의 평면에서만 가능하다.[36] 삶은 권력으로 지층화되지만 그것에
대항하며 그것을 넘어설 수 있는 잠재력의 평면이며 그것의 활력이
다. 그것은 문학권력을 해체하고 벗어나야 할 대상으로 정의하며
이와는 다른 문학생산의 관계를 추구한다. 삶과 삶문학은 문학권력
행사의 공정성과 합리성을 요구하기보다 그것의 행사 자체를 거부
하고 탈주하면서 그것을 삶의 구성력으로 역전시키는 방식으로 움
직인다. 문학이 자본에 포섭되어 있는 한 문학제도는 권력제도로 나
타나지 않을 수 없다. 그러므로 문학권력에 대항하는 문학의 투쟁은
삶을 포섭하고 그 흐름의 능력을 지층화하는 체제인 제국에 대항하
는 전복적 투쟁들과의 혁명적 연결접속을 꾀하지 않을 수 없다.

4. 리얼리즘 에피스테메 : '모더니즘에 대항하는 리얼리즘'

윤지관은 문학권력론의 비판에 대해 문학권력 논쟁은 가짜 문제
이며 그것이 가짜 문제임을 통찰하는 것은 '상식의 힘'이라고 주장했
다. 사실 권력의 상식에서 볼 때 『창작과비평』, 『문학과사회』, 『문학

---

36. 내재적 삶에 대한 설명으로는 Gilles Deleuze, *Pure Immanece : Essays on A Life*,
    Zone Books, 2001, pp. 25~33(한국어판: 질 들뢰즈, 「내재성 : 하나의 삶」, 조정환 옮
    김, 『자율평론』15호, http://jayul.net 참조).

동네』가 문학권력이라는 비판은 비판일 수 없고 그저 사실을 상식적으로 보고하는 것일 뿐이다. 오히려 그는 '문학이 권력일 수 있는 한 문학이 이 혼탁한 세상에서 힘을 가지는 것이 무엇이 문제인가'라고 반문하면서, '우수마발이 어차피 다 권력이라면 문학권력을 유독 해체해야 한다고만 할 것이 아니라 확산하고자 하는 싸움도 의미 있다'고 숨김없이 주장한다.[37]

문학권력 비판이 앞서 언급한 잡지들을 권력집단이라고 명명하는 것과 무관하지는 않지만 그 합리적 핵심이 그것에 있지는 않았다. 그 비판은, 비록 명확하게 정식화되고 있지는 않지만, 오늘날 문학이 자본에 포섭되어 있고 그 결과 문학제도가 삶과 문학행위를 해치는 선별과 배제의 권력구조로 편성되어 있다는 누구도 부인하기 어려운 사실을 고발하는 방향으로 향하고 있었다. 이러한 비판의 진의를 외면한 채, 모든 것이 권력이므로 문학권력을 확산하자고 주장할 때 그것은 이 선별과 배제의 구조를 확대하자는 이야기로 해석될 수 있다. 물론 윤지관의 진의 역시 그것이 아니다. 그는 문학권력의 확산을 '문학이 지닌 반자본주의적인, 즉 창조적인 속성을 지켜내고자 하는 싸움'[38]으로 이해한다. 하지만 문학권력이야말로 문학의 자본에의 종속을 재생산하는 제도적 장치임을 고려할 때, 문학권력이 문학의 반자본주의적 창조성을 지켜 주리라는 믿음은 고양이가 생선을 지켜줄 수 있으리라는 믿음과 다를 바가 없다. 문학권력이 문학의 잠재적 창조성을 자본주의적인 것으로 굴절시키

---

37. 윤지관, 『놋쇠하늘 아래서』, 창작과비평사, 2001, 152쪽.
38. 같은 책, 같은 쪽.

는 경향을 갖고 있는 한에서, 그 창조성을 지키는 문제는 문학권력과의 투쟁을 통해서, 그리고 권력문학(즉 다수문학)에 대항하는 소수문학적 싸움을 통해서 달성되어야 하지 않는가?[39]

이 점에서 문학권력 논쟁이 '창조로서의 문학의 사회적 입지에 대한 고민'을 결여하고 있다는 윤지관의 반비판은 주목할 필요가 있다.[40] 문학권력이 하나의 총체로서의 자본주의의 한 고리인 점에서 문학권력과의 투쟁은 순문학적 투쟁을 넘어서는 광범위한 사회적 연관 속에서 선개되어야 할 성질의 것이다. 하지만 여기에서 핵심적 중요성을 갖는 것은 창조로서의 문학의 힘을 극대화시키는 것이다. 그래서 소수문학은 권력인가 창조력인가를 둘러싼 싸움에서 특별한 의미를 갖는다. 그렇다면 문학이 그 잠재적인 소수적 창조성을 실현할 수 있는 길은 무엇인가?

이 문제를 풀기 위해서 우리는 리얼리즘과 모더니즘, 그리고 이 양자의 관계문제에 대한 널리 알려진 논쟁의 장 속으로 들어가지 않으면 안 된다. 왜냐하면 한국에서 문학의 창조성에 대한 논의는 이 주제를 중심으로, 특히 리얼리즘과 모더니즘의 대립을 중심으로 전개되어 왔기 때문이다. 이 문제의 역사에 대한 고찰과 분석을 통해서 우리는 1990년대 이후에 어떤 이유로 '리얼리즘과 모더니즘의

---

39. 소수문학에 대해서는 질 들뢰즈 · 펠릭스 가따리, 『카프카』, 이진경 옮김, 동문선, 43~70쪽 참조. 저자들은 소수문학의 세 가지 특징을 언어의 탈영토화, 개인적인 것과 정치적 직접성의 연결, 언표행위의 집합적 배치로 정리한다.

40. 윤지관, 앞의 책, 152쪽. 이것이 문학권력 논쟁에 대한 반비판의 주요한 논점중의 하나이다. 이와 유사한 각도에서 문학권력 비판자들을 반비판하는 글로는 유보선, 앞의 책, 38~67쪽 참조.

회통' 주장이나 그것들의 폐기 주장 등 지금까지의 대립구도를 재고하려는 움직임이 (특히 리얼리즘을 주장하던 논자들에게서) 일고 있는지를 살펴보아야 한다.

1970년대 이후 한국문학에서, 문학을 퇴폐로부터 구출하는 힘이 리얼리즘에 있다는 생각에 기초하여 리얼리즘과 모더니즘의 대립을 문학적 실천의 전략구도로 설정하게 된 기본적 인식틀은 크게 두 가지 흐름에 기초해서 발생했다. 그 하나는 독일의 하이데거 철학과 영미문학의 리얼리즘 전통(특히 로렌스)의 미학적 힘을 제3세계 민중의 입장에서 전유한 백낙청의 리얼리즘이며 또 하나는 소련의 혁명 미학 및 맑스레닌주의 미학(사회주의 리얼리즘론)과 헝가리 혁명과 독일 혁명에 기반을 둔 루카치의 반영론 미학을 노동계급의 입장에서 전유하려는 범 사회주의 리얼리즘의 흐름이다.[41]

이 중에서도 특히, '모더니즘에 대항하는 리얼리즘'이라는 미학틀을 한국사회에 견고하게 자리잡도록 만든 것은 백낙청의 리얼리즘론이다. 백낙청은 한국사회가 제3세계의 일부라는 사실과 남북이 분단되어 있다는 사실에 유의하면서 리얼리즘 문학을 제3세계 민중에 입각한 민족주의적 실천 속에서 정의했다.[42] 좌익 운동에 대한 박정희 정권의 잔인한 탄압의 조건 속에서 〈자유실천문인협의회〉가

---

41. 나는 1980년대 후반에 노동해방문학론과 노동계급 현실주의를 제창한 바 있는데, 이것은 이 두 번째 흐름을 표현한다. 나는 이 글에서 과거의 나의 생각을 주관적 방식으로가 아니라 객관적 방식으로 서술할 것이다.

42. 백낙청, 『민족문학의 새 단계』, 창작과비평사, 1990에 실린 「학문의 과학성과 민족주의적 실천」, 「작품·실천·진리」 등과 백낙청, 『민족문학과 세계문학』, 창작과비평사, 1985에 실린 「리얼리즘에 관하여」, 「모더니즘에 관하여」, 「모더니즘에 덧붙여」 등 참조.

1970년대 문학가의 실천을 이끌어내는 데 성공하고『창작과비평』이 황석영의 소설과 고은·김남주의 시를 통해 대중을 감화시키는 '리얼리즘적' 작품들의 생산과 확대에 성공하면서 리얼리즘론과 민족문학론의 결합은 부동의 것으로 자리잡았다.[43] 이 리얼리즘론은 '민족의 주체적 생존과 그 대다수 구성원의 복지가 심각한 위협에 처해 있는' 위기적 민족현실과의 교전을 통해 '민족의 주체적 생존과 인간적 발전'을 꾀하는 민족문학 개념에 바탕을 두면서, 현실에 대해 무관심한 태도를 취하는 문학경향으로서의 모더니즘과 대립하는 것으로 설정된다.[44]

　(주로 루카치에 입각하여) 모더니즘을 현실과 동떨어진 형식실험으로, 그리고 제국주의의 부패를 반영하는 부르주아적 문학형식으로 파악한 두 번째 흐름은 문학을 객관현실에 대한 형상적 인식행위로 파악했다. 한국에서 이 조류는 리얼리즘론을 민족문학론과 결부시킨 백낙청의 문학론에 대한 비판의 형식으로 제기되었다. 백낙청은 '민족문학의 개념'을 '철저히 역사적인 성격'으로 파악하고, 그 개념은 '어디까지나 그 개념에 내실을 부여하는 역사적 상황이 존재하는 한에서 의의있는 개념이고 상황이 변하는 경우 그것은 부정되거나 보다 차원높은 개념 속에 흡수될 운명에 놓여있는 것'[45]이라고

---

43. 1970년대에 가장 큰 영향력을 미친 시인 중의 한 사람이었던 김지하의 시는 오히려 리얼리즘의 규준과는 다소 다른 경향을 갖는데 그의 시는 백낙청의 역사적 민중 개념과는 다소 다른 공동체적이고 본원적인 민중 이념에 토대를 두고 있다.
44. 이에 대해서는 백낙청,『민족문학과 세계문학·1』, 창작과비평사, 1978, 124~5쪽; 백낙청,『민족문학과 세계문학·2』, 창작과비평사, 1985, 355쪽 이하 참조.
45. 백낙청,『민족문학과 세계문학·1』, 125쪽.

말했다. 이 말에 비추어보면, 1980년대에 새롭게 제기된 다양한 리얼리즘론들은, 민족문학을 지탱하는 역사적 상황이 변화했다는 인식에 기초한 것으로서, 주로는 백낙청의 '제3세계 민중' 개념이 (국가독점자본주의로) 변화된 한국의 자본주의적 현실에 부적절하게 되었다는 점을 문제삼는다. 다시 말해 이들은 '제3세계 민중' 개념을 '노동계급'을 중심으로 재편할 것을 요구하고 그 실천의 목적을 민족주의적인 것에서 사회주의적이고 국제주의적인 것으로 전환할 것을 요구했다. 정도 차이는 있지만 크게 보아 '민족문학(론)의 갱신'이라는 틀 내에서 제기된 이들의 리얼리즘론들은 주관으로부터 분리된 객관을 설정하는데, 이것은 전위로부터 분리된 대중을 설정하는 정신적 실천적 양식에 기초하는 것이었다. 이러한 정신적 실천적 양식은, 주권실체로서의 국가가 시민사회와 분리되어 시민사회의 하층계급을 억압하는 일반화된 경험 상황에서, 다중들을 혁명을 통해 민중권력을 수립할 새로운 주권주체인 민중으로 묶어세움으로써 억압적 국가로부터 정치적으로 해방되고자 하는 정치혁명적 의지의 상관물이다. 이들은 비노동계급 민중에 대한 노동계급의 헤게모니를 가정하며 당을 통한 노동계급 대중에 대한 목적의식적 지도를 중시하는데, 이것은 상대적으로 더 조직되고 상대적으로 지적 유산에 더 쉽게 접근할 수 있는 계급집단들, 예컨대 숙련 노동자나 지식인의 대의주의적 욕망을 표현한다. 이것은 20세기 사회주의 운동의 모델을 구축한 레닌의 기획과 깊이 연결되어 있다. 레닌은 「당조직과 당문학(헌)」에서 인식의 진리는 사회주의 당조직과의 정신적 실천적 결부를 통해 보증될 수 있다는 논리 (이른바 '문학의 당

파성')을 제시함으로써 재현론적 문학론을 조직적 수준에서 구체화
했고 이후 사회주의 리얼리즘론은 이것을 미적 세계관과 방법론의
통일로서 정식화한 바 있다. 한국에서 제기되고 실천되었던 노동자
계급 현실주의, 당파적 현실주의, 민중적 리얼리즘 등은 객관현실의
재현을 창작의 중심에 놓음으로써 현실재현주의를 공유하고 있었
는데, 이것은 사회주의 당의 건설을 통해서 비로소 민중권력이 가
능해질 것으로 보았던 당대 한국의 사회운동 및 정파운동의 일반적
경향과 통하는 것이었다. 그리고 1990년대에 이러한 지향은 흔히
외래 (그것도 오래된) 이론의 관념적 수입의 결과로 평가되곤 했지
만 그것을 그렇게만 규정할 수는 없다. 1960년대 이후 급속한 경제
발전을 통해 농촌의 양극분해가 진행되고 산업프롤레타리아트가
양산되었으며 대학의 급격한 증설로 대학생과 지식인이 폭증하면
서 그것이 당대의 권위주의 국가에 대한 불신과 불만으로 집결되어
가고 있던 당대 한국의 계급재구성의 경향에 그것은 일정하게 조응
하는 것이었다.[46] 이처럼 레닌주의의 재현주의적 반영론적 리얼리
즘론은 당 지도, 노동계급 헤게모니, 다중의 민중화를 통한 민중권
력 수립이라는 주권형성의 운동 속에서 문학이 기능할 방식에 대한
엄밀한 규정으로서, 발흥하는 대중노동자 계급구성에 조응하는 정

---

46. 윤지관은 "80년대 진보문예론 가운데는 문학을 당조직의 톱니와 나사로 간주하는 식
　　의 이해조차 없지 않았고, 그렇지 않은 경우에도 문학에서 당파성이란 곧 사회주의
　　리얼리즘이라는 도식이 대체로 받아들여지는 풍토가 문제였다. 이 도식적이고 경직된
　　문학이해는 그 자체로도 그릇된 것이거니와 현실사회주의가 무너지는 과정에서 함께 몰
　　락하고 만 것"(윤지관, 앞의 책, 222쪽)이라고 서술하는데, 이것은 그러한 문학이해의
　　역사성을 몰각함으로써 그것의 실제적 극복을 가로막는 해석방식이다.

치적 문학론이었다.

그러나 한국에서 이 문학론은 너무 늦게 나타나 너무 일찍 쇠퇴하는 운명을 겪었다. 그것이 비로소 시작되었다고 말할 수 있는 1987년은 실제로는 그것을 뒷받침할 대중노동자 계급구성의 정점이었고 그 구성은 신자유주의의 확장 속에서 급격한 해체와 재구성의 길을 밟아 나갔기 때문이다. 소련의 해체와 현실사회주의의 붕괴는 이 변화의 원인이라기보다 1968년 이후 전지구적 수준에서 전개된 산업재구조화 및 계급재구성 과정의 결과였다고 해야 할 것이다. 민족국가는 점차, 통합된 자본주의 세계체제와 지구제국의 주권마디로 편입되었다. 초국적 금융자본이 자본의 지배적 형태로 대두되면서 이제 '세계'가 직접적으로 감각가능하고 사유가능한 분석의 지평으로 떠올랐다. 그리고 제1세계와 제3세계는 서로 뒤섞여져 지역적으로 혼재하게 됨으로써 그것은 더 이상 남과 북을 가르는 뚜렷한 지정학적 선분에 의해 구별되지 않게 되었다.[47] 이런 조건 속에서 프롤레타리아트는 공장 울타리를 넘어 사회로 확장되었고 통일된 민중의 해체는 지구화 조건 속에서 재구성된 이질적이고 혼종적인 다중의 실재성을 드러내었다. 이것이야 말로 새로운 감성과 새로운 정신양식이 출현하는 조건이다.

이러한 상황에서, 다양한 민족문학론들이 그 의미를 띨 수 있을 것인가, 리얼리즘은 여전히 유효한가, 지금까지 강고하게 유지되어

---

47. 최근 카트리나로 인해 미국의 남부 뉴올리언즈 지역에서 확인된 광범한 저항적 빈민들의 실재, 그리고 파리 외곽을 비롯하여 프랑스 곳곳에서 확인된 이주노동자들의 삶의 비참과 응축된 분노 등은 이른바 제1세계인 유럽 세계에 제3세계가 어떻게 실존하는지를 보여주었다.

온 모더니즘과 리얼리즘의 대립은 유지될 수 있는가 등의 질문이 제기되는 것은 자연스러운 일이다. 이런 문제들에 직면하여 대체로 사회주의 리얼리즘의 영향을 받은 노동계급 현실주의, 당파적 현실주의, 민중적 리얼리즘 조류는 긴 모색과정 속으로 침잠했고 이 때문에 1980년대 내내 도전받던 '제3세계 리얼리즘' 조류가 다시 힘을 얻어 그 자리를 메우면서 반복되었다. 이 반복은, 전래의 리얼리즘을 떠받치는 많은 조건들이 사라진 상황에서 재개된 만큼, 나분히 희극적 성격을 띠는 것이었다. 그럼에도 그것이 비극적 외관을 띠었다면 그것은 1990년대 이전에 상대적으로 위축되었던 모더니즘 및 포스트모더니즘 조류의 반(反)리얼리즘적 반격이 가져온 착시효과였다. 무엇보다도 1990년대의 문학창작이 재현에 강조점을 둔 전통적 리얼리즘 개념으로는 설명할 수 없는 다양한 특징들을 생산했던 점을 고려해야 한다. 창작과 비평의 이 간극 속에서 리얼리즘과 모더니즘의 대립이라는 전략적 틀을 수정하려는 움직임이 다양하게 일어났는데 그것은 1)리얼리즘을 중심으로 한 모더니즘의 통합(윤지관) 2)리얼리즘과 모더니즘의 회통(최원식) 3)모더니즘을 중심으로 한 리얼리즘과 모더니즘의 통합(진정석) 4)리얼리즘과 모더니즘의 동시 해체(김명인) 등의 스펙트럼을 따라 나타났다.[48] 이 어느 것이든, 한편에서는 사회형성체의 변형과 계급재구성의 상황에서 태동

---

48. 이에 대해서는 『놋쇠하늘 아래서』에 실린 윤지관의 「민족문학에 떠도는 모더니즘의 유령」과 「문제는 '모더니즘의 수용'이 아니다」; 『문학의 귀환』에 실린 최원식의 「'리얼리즘'과 '모더니즘'의 회통」; 『민족문학사연구』 제11호, 1997에 실린 진정석의 「민족문학과 모더니즘」과 『창작과비평』 96호, 1997 여름에 실린 진정석의 「모더니즘의 재인식」; 김명인, 『자명한 것들과의 결별』, 창비, 2004에 실린 「자명성의 감옥」 참조.

하는 새로운 감각과 정동이 강제하는 미학적 변화의 필요성, 그리고 다른 한편에서는 '현실 재현'에 기초한 낡은 리얼리즘의 틀을 고수해야 하는 권력적 필요성 사이에서 동요하는 정신의 표현이었다. 이것을 뚜렷하게 보여준 것은 신경숙의 『외딴 방』을 둘러싼 일련의 해석 논쟁이다.

5. 전통적 리얼리즘론은 '표현'을 어떻게 억압했는가?

많은 리얼리즘론이 동요하면서 점차 일종의 희극적 제스처로 되어 가는 '위기'의 상황에서 리얼리즘론의 주창자인 백낙청이 벌이는 미학적 전투는 사뭇 비장한 느낌을 주는 것이었다. 일년 뒤에 「『외딴 방』이 묻는 것과 이룬 것」(1997)이라는 작품론을 통해 보충되는 「로렌스와 재현 및 (가상)현실 문제」(1996)는 리얼리즘론의 운명이 '재현' 개념에 달려 있다는 사실에 대한 궁극적 확인이며 모더니즘과 포스트모더니즘의 반격 속에서 '재현으로서의 리얼리즘' 개념을 구출하려는 필사의 탐구적 노력이다. 이 노력 속에서 그는 로렌스뿐만 아니라 (흔히 모더니스트 철학자로 평가되는) 하이데거를 자신의 사유의 출발점으로 삼는데 이들은 그의 문학연구가 오랫동안 기초해 왔던 모태인 만큼 그 자체로는 그렇게 놀라운 것이 아니다. 하지만 로렌스와 니체의 관계,[49] 니체와 하이데거의 관계, 그리고

---

49. 로렌스와 니체의 관계에 대해서는 Marylyn Valentine, 'Did Lawrence have Nietzsche in his Pocket?', *Rananim* Issue No. 11, Vol. 1, 2003

이들 모두와 포스트모더니즘의 깊은 반(反)재현론적 공통성을 염두에 두면 재현 개념을 구출하기 위한 이 싸움이 한편에서는 적지(敵地)에서의 싸움이라는 성격도 동시에 가짐을 유의할 필요가 있다. 그가 해체론자인 데리다까지도 중요한 논의의 상대로 삼고 있음을 고려하면 더욱 그러하다. 그렇다면 이 싸움에서 백낙청은 어떻게 '재현' 개념을 구출하는가?

여기서는 그가 걸어가는 에움길을 따라갈 것이 아니라 단도직입적으로 그가 도달한 지점에서 출발하기로 하자.

(1)아무튼 이러한 장편소설론에서 강조된 건전한 상식 및 세상 물정에 대한 알음알이가 예술적 진리에 관한 근본적 재검토와 결합되었다는 점이 예술가로서나 사상가로서 로렌스 특유의 위대성이며 그의 경우 (설혹 더 오래 살았더라도) 하이데거의 일시적 나찌 가담과 같은 과오를 상상하기 힘든 이유이기도 하다.[50]

(2)데리다는 '진리' 개념을 배제하지만 '텍스트', '차연' 등은 '개념'이전의 드러남/일어남 그 자체로서의 하이데거적 진리나 로렌스의 '삶' 또는 '생명'과 통하는 바가 있는 것이다. 문제는 어떤 대상을 '올바로' 전유 또는 재현하느냐를 따지기 전에, '올바름' 그 자체가 어떤 '살아 있는 우주와의 관계'나 '존재의 열림' 속에서 성립된 것인가 하는 점이다. 현실을 올바르게 반영하고 전유하는 일이 중요하지 않다는 것이

(http://www.cybersydney.com.au/dhl/valentine.htm) 참조.

50. 백낙청, 「로렌스와 재현 및 (가상)현실 문제」, 『안과밖』 창간호, 창작과비평사, 1996, 296쪽('결합' 이외의 강조표시는 인용자가 추가함).

아니라, 올바름에의 집착이 인간됨의 더 중요한 차원을 닫아 버리거나 잊도록 해서는 안 되기 때문이다. 이 점이 감안되지 않은 전유나 재현 개념은 아무래도 형이상학적 울타리 안에 굳건히 자리잡았다는 비판을 데리다뿐 아니라 하이데거, 로렌스로부터도 들어야 하지 않을까 싶다.[51]

(3)과학 자체는 '가상현실'과 '진짜현실'을 판별할 근거를 제공하지 못하며 (…) 오직 진정한 예술과 인간의 여타 창조적 행위를 통한 '생생한 관계'의 드러냄 또는 이룩함을 통해서만 가상과 실재의 구별이 가능해진다. 그리고 이것이야말로 로렌스의 말대로 '삶 자체'의 과정이며, 가상현실로 하여금 진정한 현실에 복무토록 하는 유일한 길일 것이다.[52]

인용문 (1)에 등장하는 '건전한 상식 및 세상 물정에 대한 알음알이'는 리얼리즘론의 제창 이후 줄곧 강조해 온 '사실성'에 대한 강조[53]를 한 번 더 반복하는 것으로 보인다. 그는, '모든 것이 그 자체의 때와 장소와 여건에서만 참이고 그 자체의 시간, 장소, 여건을 떠나서는 참이 아니다'는 로렌스의 주장을 "사실주의적 재현"의 "불가결함"으로 읽으며[54] '소설은 못 속인다. (중략) 소설에서는 항상 수코양이가 한 마리 있어서 말씀의 흰비둘기가 조심을 안 하면 비둘기를 덮쳐 버린다'는 로렌스의 주장에서 '건전한 상식 및 세상 물정에 대한 알

---

51. 같은 책, 300쪽.
52. 같은 책, 307~308쪽.
53. 백낙청, 『민족문학과 세계문학·2』, 373쪽.
54. 백낙청, 「로렌스와 재현 및 (가상)현실 문제」, 위의 책, 295쪽.

음알이'에 대한 강조를 읽는다. 전자는 사실주의적 재현을 문학적 창조의 불가결한 요소로 격상시키며 후자는 '상식과 알음알이'라는 표현이 암시하듯 재현 과정을 규정하는 상식적 감각과 세계관까지 수긍하는 것이다. 이 두 주장이 사실주의적 재현 개념을 넘어서기 위해 '예술적 진리' 개념을 근본적으로 재검토하려는 노력에서 비롯되고 있다고 하더라도, 사실성, 재현, 상식의 필연성에 초점을 맞춘 로렌스 해석이 '예술적 진리에 대한 근본적 재검토'와 '결합'된다기보다 오히려 그것을 침식하는 것이 아닌가 하는 의문을 갖게 만든다.

이 의문에 답하려면 로렌스, 하이데거, 데리다 등에 의해 이루어진 예술적 진리에 대한 근본적 재검토의 성과가 무엇이었는가를 먼저 살펴보아야 한다. 백낙청은 인용 (2)에서 그것을 요약하고 있다. "문제는 어떤 대상을 '올바로' 전유 또는 재현하느냐를 따지기 전에, '올바름' 그 자체가 어떤 '살아 있는 우주와의 관계'나 '존재의 열림' 속에서 성립된 것인가 하는 점이다." 진리의 문제를 존재의 열림, 혹은 살아 있는 우주와의 관계라는 문제에 근거지우는 이러한 시각은 1980년대를 지배했던 사실주의적 재현론들[55]을 넘어서기 위한 중요한 방법론적 토대이다. 고흐의 〈해바라기〉는 해바라기 자체를 재현하지 않는다. 그것은, 존재자로서의 사과의 재현이 아닌 존재(Sein)의 열림이다. 로렌스가 말하듯이, 고흐의 〈해바라기〉는 '인간으로서

---

55. 1980년대의 많은 리얼리즘론들이 물론 '세부의 진실성'에 매몰된 글자 그대로의 사실주의적 재현은 아니었다. 그것은 전형성과 총체성에 대한 요구를 통해 '전형적 상황에서의 전형적 인물'을 그려내고자 했고 이것을 양적 '평균'과도 구별지었다. 하지만 전형이 '객관적 현실'에 묶여 있는 한에서 그것들은 사실들의 재현에 의해 뒷받침되지 않으면 안 되는 것이었다.

의 자신과 해바라기로서의 해바라기의 생생한 관계를 시간 속의 그 살아 있는 순간에 드러내고 또는 성취한다.'[56] 세잔느의 사과는, 들뢰즈가 말하듯이, 대상으로서의 사과가 재현된 것이 아니라 '감각을 느끼는 자에게 체험되어진 신체'[57]이다. 물론 이러한 해석은 '세잔느 자신이 원한 것은 다름 아닌 재현이었다고 나는 확신한다'는 로렌스의 구절과 외관상 충돌할 수 있다. 하지만 로렌스는 그 '재현'이 '삶에 더욱 충실하기를 원했을 뿐이다'라고 함으로써 재현의 위상을 삶의 지평으로 가져간다.[58] 삶의 지평이란 '인간과 그를 둘러싼 우주 사이의 관계를 그 살아 있는 순간에 드러내는 일'의 지평이다. 그러므로 고흐를 다루는 로렌스와 세잔느를 다루는 로렌스 사이의 '모순'[59]은 삶에의 충실이라는 새로운 이념으로 다가갔음에도 불구하

---

56. 백낙청, 앞의 글, 『안과밖』창간호, 1996년 하반기, 274쪽에서 인용.

57. 질 들뢰즈, 『감각의 논리』, 하태환 옮김, 민음사, 1995, 64쪽.

58. 백낙청은 '세잔느는 자신이 원한 것은 다름 아닌 재현이었다고 나는 확신한다. 그는 현실에 충실한 재현을 실제로 원했다. 다만 그것이 현실에 더욱 충실하기를[more true-to-life] 원했을 뿐이다'라는 로렌스로부터의 인용문을 번역하면서 'life'에 해당되는 것을 '삶'이 아니라 '현실'로 옮기고 있다. '삶'을 '현실'로 바꿈으로써 로렌스에게 핵심적인 '삶' 개념이 재현에 적합한 것으로 변형된다. 그 다음에 이어지는 인용 'Cezanne was a realist, and he wanted to be true to life'에서도 'life'를 '현실'로 새겨 '세잔느는 리얼리스트였고 현실에 충실하게 그리기를 원했다'고 하고 있는 것을 보면 이 바꿔치기는 부주의의 산물이기보다 의식적인 조작으로 보인다. 이 조작을 통해서 현실 재현을 넘어서는 것으로서의 로렌스의 '삶' 개념과 '삶에의 충실성으로서의 재현' 개념이 리얼리즘론을 뒷받침하기에 적절한 '현실'과 '현실 재현'의 개념으로 둔갑하는 것이다. (물론 백낙청에게서 '현실'이란 용어는 나의 용어법에서의 '실재' 개념에 가깝다. 그러나 잠재 개념의 부재로 인해 백낙청의 실재는 부단히 나의 용어법에서의 현실, 즉 actuality로 환원된다. 실재를 현실과 잠재를 포괄하는 것으로 사용하는 나의 용어법에 대해서는 각주 61 참조.)

59. 백낙청, 앞의 글, 『안과밖』창간호, 279쪽.

고 전통적 재현 개념을 버리려고 하지 않는 백낙청 고유의 리얼리
즘론과 그 실천적 지향성이 로렌스 독해에 개입하여 만들어낸 환영
일 수 있다. 이 두 로렌스 사이의 차이는 로렌스 자신이 스스로 발
견한 바를 표현하고 설명할 적절한 이름을 아직 찾아내지 못한 데
서 오는 모색의 흔적으로 읽는 것이 더 좋을 것으로 생각된다.

　하이데거와 로렌스에 대한 독해를 거친 후, 사실주의적 재현 개
념을 넘어서려는 백낙청의 노력은 '현실을 올바르게 반영하고 전유
하는 일이 중요하지 않다는 것이 아니라, 올바름에의 집착이 인간
됨의 더 중요한 차원을 닫아버리거나 잊도록 해서는 안 되기 때문
이다'로 이어진다. '인간됨의 더 중요한 차원'에 대해서는 이미 말한
셈이다. 그것은, 하이데거가 존재자(Seiende)와 구분하는 것으로서
의 존재(Sein)의 차원이며[60] 로렌스가 말하는 '삶'의 지평이다. 들뢰
즈를 따라 가면서 그것을 다시 정식화하면 그것은, 현실과 구분되
는 잠재의 차원이다.[61] 요컨대 백낙청의 탐구의 진의는 전유나 재현

---

60. M. 하이데거, 『존재와 시간』, 이기상 옮김, 까치, 2003, 15~64쪽 참조.
61. 백낙청은 하이데거의 Sein과 로렌스의 being을 '사람이든 또는 다른 무엇이든, 사람답
　게 또는 다른 무엇답게 그것임의 경지를 뜻하는 바, 그 경지는 실존의 과정에서 도달
　되지만 도달되는 그 순간 이미 실존의 차원, 유・무의 차원에서 벗어나 있다'(『민족문
　학과 세계문학・1』, 231쪽)고 해석함으로써 그것을 실존(existence)에서 구분하는 데
　성공하지만, 그것을 초실재적인 것으로 이해할 길을 열어둔다. "탄소의 탄소〈임〉이 결
　코 특정한 때와 장소에서 특정한 다이아몬드 또는 석탄으로 실재하는 것을 떠나서는
　생각할 수 없으나, 그 〈임〉 자체는 〈있느냐 없느냐〉의 분별, 알음알이의 대상으로서의
　〈이냐 아니냐〉의 분별 이전에 그 어떤 실재나 실존보다도 절실한 관심사가 되는 것이
　당연하지 않은가?"(『민족문학과 세계문학・1』, 233쪽)라는 생각에서 〈임〉은 어느덧
　실재성을 초월해 버린다. 그래서 존재는 실재가 아니라 어떤 '경지'와 같은 것으로 환
　원되고 그 실재성은 부정되는데, 이것이 이후 존재를 근원적 진리, 도, 지혜(와 그것의
　위계)와 같은 비실재적 언어의 노선을 따라 해석하는 경향을 낳은 것으로 보인다.

개념을 버리는 데 있지 않고, 재현이나 전유가 인간됨의 이 '더 중요한 차원'에 결합되어야 하며 그럴 때 비로소 예술적 진리가 드러난다고 말하는 데 있다.

여기서 재현이 인간됨의 '더 중요한 차원'과 결합될 때 그것은 여전히 '재현'인가하는 물음이 떠오르지만 잠시 이 물음을 접어두고 백낙청의 이러한 생각의 기원을 조금 더듬어 보기로 하자. 돌이켜 보면 이러한 생각은 민족문학론의 위기를 가져온 1990년대의 새로운 체험 속에서 새롭게 발생한 것이 아니다. 오래 전인 1982년에 전개된 그의 리얼리즘에 대한 정의는 다음과 같다 : "리얼리즘이 고전주의·신고전주의·낭만주의·자연주의 그 어느 것과도 구별되는 독자적 명칭을 요구하는 근거가 바로, 인간의 세계는 '현실'로서 인간이 체험하는 그것 이외에 따로 없지만, 이 현실의 정확한 인식은 '시적' 창조의 과정에서만 가능하며 따라서 '사실성'에는 이상주의가 가세할 필요도 없이 자동적으로 비이상주의적이며 철저히 현실적인 전투성이 주어진다는 세계인식인 것이다."[62] 여기서 그는, 시적 창조의 과정이 '있는 그대로의 삶'을 '삶이 아닌 대로의 삶'으로 보면서 그것을 보여주는 것에 만족하지 않고 '삶다운 삶'을 찾는 과정이라고 말한다. 이러한 생각은 이미 1977년에 씌어진 「DH 로렌스의 소

Sein과 being에 대한 이러한 해석은, 당연히, 그것의 개념적 힘과 가능성을 침식한다. 나는 Seiende와 구별되는 Sein이나 로렌스의 being 혹은 life가 reality(실재성)의 한 차원인 actuality(현실성)와는 다른 reality의 또 다른 차원으로서의 virtuality(잠재성)로 이해될 필요가 있다고 생각한다. virtuality는 어떤 초실재성도 갖지 않는 실재이며 actuality를 규정하면서, actuality로 이행하는 생성의 힘, 〈되기〉의 힘이다.

62. 백낙청, 『민족문학과 세계문학 · 2』, 373쪽.

설관」에도 나타나 있다. 결국 우리는 백낙청의 리얼리즘적 사유는 '진정한 재현의 조건은 "있는 그대로의 삶"을 찾는 문학적 창조이며 문학적 창조 속에서만 진정한 재현이 가능하다'는 선을 따라 발전해 왔음을 알 수 있다.[63]

　　재현과 창조를 변증법적으로 연결시키려는 이 시도는 창조를 진정한 재현의 조건으로 파악하려는 전도된 방향을 취한다. 그것은 삶다운 삶 혹은 존재를 〈임〉으로 현실화하는 것을 통해 뒷받침된다. 그러나 삶을 생성 혹은 〈되기〉가 아니라 〈임〉으로 정의하는 것은 삶다운 삶의 역능을 무화시키면서 그것을 목적론적 구도 아래로 가져간다. 그것은 물음을 제기하는 능력을 나타낼 수 있지만, 그 물음은 배치와 재배치를 통한 경험론적 생성이 아니라 어떤 '경지'의 '성취'와 '이룸'을 지향하게 된다. 〈임〉은 존재를 물체화하지 않을 수 있도록 만드는 장점을 갖고 있지만, 반대로 존재를 특정한 지점으로 환원함으로써 생성적 존재 혹은 존재의 생성을 동일성의 상태 (이른바 '경지')로 다시 가져간다. 그것은, 현실적 실재는 아니지만 현실적인 것보다 더 실재적인 삶, 즉 잠재태의 삶의 역동적 분화와 미분화의 과정을, 삶의 역동적 표현을 억압한다. 재현은 주관과 객관을 분리시키는 지성의 (특히 일상적 지성의) 활동에 수반된다. 하지만 삶 자체는 재현하기보다 표현한다.[64] 우리가 주관과 객관의 분리에 기초

---

63. 이러한 노선의 발전에서 로렌스와 하이데거는 백낙청의 일관된 참조점이자 최상의 참조점으로 기능한다.

64. 표현의 존재론 혹은 존재론적 표현 개념은 안또니오 네그리, 『혁명의 시간』, 정남영 옮김, 갈무리, 2004와 질 들뢰즈의 『스피노자와 표현의 문제』, 이진경·권순모 옮김, 인간사랑, 2003에 상술되어 있다. 네그리는 표현의 존재론을 " '장차 올 것'의 영원한

한 진리 패러다임을 벗어나서 지성을 고찰하면 그것은 삶의 한 속성으로서 삶의 힘을 지각하고 표현하는 기능을 수행한다. 지성은 표현으로서의 삶의 개념적, 형상적, 기능적 재생산 활동이다. 따라서 재현을 규정하는 것이 표현이지 재현이 표현을 규정하는 것은 아니다. 표현은 재현을 넘쳐흐른다. 재현은 표현이 드러나는 특수한 경우에 지나지 않는다.[65] 재현이 중심적으로 되는 것은 제1종 인식에서 뿐이다.[66] 삶의 표현은 어떤 재현에서도 독립적이다. 재현의 개념은 관념과 그 대상의 분리를 구조화하지만, 관념과 대상이라는 각 항은 실제로는 그것들에 공통되면서도 그들 각자에게 고유한 무엇을, 즉 존재와 삶의 역능을 표현한다.[67] 시적 창조에는 재현이 수반되기도 하지만 그것은 시적 표현이 지성적 표현이라는 점에 의해 주어진다. 다양한 삶의 표현들은 어떤 재현도 없이 순수하게 창조적인 방식으로 전개될 수 있다. 따라서 창조가 재현없이는 진행될 수 없다는 생각은 실제로는 창조와 표현의 내재적 과정에 대한 억압이며 순수 사건으로서의 삶의 과정을 일상적 지성의 재현적 표현의 양식에 종속시키는 것에 다름 아니다. 흔히 '엘리트주의'라고 불

창안력을 드러내는 진공을 향하여 카이로스가 스스로를 여는 것"(안또니오 네그리, 앞의 책, 74쪽)으로 정의하면서 표현을 "다수의 사물들에 공통적인 것을 구축하는 경험"(같은 책, 88쪽)이라고 서술한다. 이것은 예술의 한 조류로서의 '표현주의'와 동일시될 수 있는 것이 아니다.

65. 질 들뢰즈, 『스피노자와 표현의 문제』, 449쪽. 인식론적 재현과 존재론적 표현의 관계에 대해서는 질 들뢰즈, 같은 책, 7장, 특히 164쪽 참조.

66. 스피노자가 말하는 제1종 인식은 막연한 경험에 근거하여 자연상태에서 주어지는 것으로 세계에 대한 상상적(=표상적) 인식을 지칭한다.

67. 같은 책, 449쪽.

리는 지성주의는 정확하게 이것을 의미한다.

　오해를 피하기 위해 다시 한 번 강조하지만 이것이 지성의 표현 과정에 재현이 수반될 수 있다는 사실을 부인하는 것은 결코 아니다. 시적 창조의 과정, 즉 표현으로서의 시적 창조에도 재현이 수반되곤 한다. 백낙청은 '인간됨의 더 중요한 차원과 결합된 재현'의 문제를 제기했지만 이 문제에 대한 답을 재현의 틀 속에서 찾았다. 우리는 이것이 재현의 틀 속에서 주어질 수 없고 존재론적이고 내재적인 표현의 틀을 통해서만 대답될 수 있다고 본다. 그러면 표현의 한 특수한 경우로서의 재현(로렌스가 세잔느에게서 읽었던 재현이나 들뢰즈가 프란시스 베이컨의 작품에서 읽고 있는 재현이 이런 경우의 재현일 것이다)에서는 무엇이 재현되는 것인가? 일상적 지성과는 다른 문학적 사유에서 재현되는 것은 현실성에 그치지 않는다. 더 중요한 것은 현실성으로 이행하는 잠재성, 즉 가능성으로서의 삶이다. 그것은 표현으로서의 삶의 힘과 리듬(律)이며 삶의 본질인 속성들이다. 백낙청은 "인간의 세계는 '현실'로서 인간이 체험하는 그것 이외에 따로 없다"[68]고 함으로써 잠재적으로만 체험되는 실재의 평면을 현실적으로 체험되는 실재의 평면으로 환원해 버리지만, 시적 창조는 현실에서 체험되는 것으로서의 현실성만을 재현하는 것이 아니라 현실적으로는 체험되지 않지만 잠재적으로는 체험되는 잠재성도 재현한다. 전자는 이른바 사실주의적 재현이며 후자야말로 사실주의적 재현 너머의 재현, 즉 표현으로서의 재현이다. 백낙청은 사실주의적 재현과 표현주의적 재현 사이에서 끊임없이 동요하는데, 그것은 삶과 존재

---

68. 백낙청, 『민족문학과 세계문학 · 2』, 373쪽.

(Sein)를 주목하고서도 그것의 **표현적이고 생성적인 역능**을 〈임〉이라는 정태적 동일성으로 환원하는 것의 필연적 귀결이다.

　시간을 생성의 역능이 갖는 역동성 속에서 이해하지 않을 때, 시간은 동일성의 시간으로 간주된다. 백낙청은 역사적인 것과 시적인 것의 동일성이라는 관념에 따라 시적인 것을 부단히 역사적인 것으로 환원하는 경향을 갖는다. 그리하여 근대는 다양한 힘들이 소용돌이치는 차이들의 현장으로 이해되기보다 무엇보다도 동일성의 위계가 관철되는 일종의 질서=체제로서 이해된다. 그가 보기에는, "역사적 시대 구분상의 근대는 엄연히 자본주의 시대요, 세계화가 몰아치고 있다는 현대도 이러한 근대의 연장에 다름 아니다."[69] 이러한 규정이 사회주의의 종말과 더불어 자본주의도 끝났고 역사도 끝났다는 포스트모더니즘의 감언이설보다 훨씬 현실적인 것은 사실이다. 하지만 이 규정에서 시간은 연대기적 현실 속에서, 자본주의라는 그것의 동일성 속에서만 파악되는 것이다. 우리가 주목해야 할 것은 자본주의 시대가 자본주의의 시간만은 아니라는 점이다. 자본주의는 '삶같지 않은 시간'이지만 자본주의를 넘어서는 잠재성의 시간, 즉 '삶다운 시간'은 자본주의 시대에도 엄존하는 실재성이다. 삶은 자본주의보다 더 오래, 아니 영원히 지속된다. 그것은 연대기적 시간 너머에 있는 영원성의 시간이며 끊임없는 생성의 시간이다. 근대에 대항하고 그것을 넘어서는 힘은 근대 속에서 구성과 재구성의 힘으로 살아 움직인다. 우리가 앞에서 대중노동자가 사회적 노동자로 재구성되고 민중이 다중으로 이행하고 있다고 했을 때,

---

69. 백낙청 외, 『21세기 한반도의 구상』, 창비, 2004, 16쪽.

그리고 재현을 표현이 규정한다고 했을 때, 그것은 자본주의로서의 근대 속에서 살아 움직이는 반근대 혹은 탈근대의 힘의 실재성을 그 잠재성의 시간 속에서 규정하려 했던 것이다. 백낙청이 '근대에서 자본주의가 갖는 핵심성'[70]을 강조하면 할수록 그것은 재현의 시간, 동일성의 시간을 강조하는 것이며 표현의 시간, 차이들의 자유로운 유희의 시간, 요컨대 로렌스적 삶의 시간을 억압하는 권력의 시간을 부각시키는 것일 뿐이다. 이럴수록 시적 인간이 역사적 인간에게 종속되는 것은 필연적이며 그의 〈임〉시간의 특이성이 흐려지는 것도 필연적이다.

근대성의 지속에 대한 강조와 탈근대성의 실재성에 대한 거부라는 이 완고한 입장은 인용 (3)에서 '가상현실'='가짜현실'과 '진짜현실'을 판별하려는 진리 모델적 시도로 나타난다. 과학이 이 판별의 준거를 줄 수 없고 예술만이 그 일에 적임이라는 예술주의적 관점을 한 번 더 피력한 후에 그는, "오직 진정한 예술과 인간의 여타 창조적 행위를 통한 '생생한 관계'의 드러냄 또는 이룩함을 통해서만 가상과 실재의 구별이 가능해진다"고 쓰는데, 여기에서 가상(virtuality)은 실재(reality) 밖으로 추방되고 있다. 우리는 오늘날 신체를 통해 직접 경험할 수 있는 현실뿐만 아니라 과학의 매개를 통해 가상적으로 경험할 수 있는 현실이라는 두 가지 현실의 형식 속에서 살고 있다. 그런데 중요한 것은 신체적 경험인가 가상적 경험인가의 구별이 아니지 않은가? 로렌스가 강조하고자 한 것이 '삶다운 삶'에 대한 요구라면, 이 두 가지 현실경험은 결코 대립적인 것이 아니다. '삶답지 않은 삶'과 '삶다

---

70. 같은 책, 17쪽.

운 삶' 사이의 구분은 가상현실과 진짜현실 사이에 있다기보다 표상적인가 표현적인가, 동일적인가 생성적인가 사이에 있다.

그렇다면 가상현실은 무엇인가? 가상현실의 대두는 하나의 징후이다. 우리가 살고 있는 과학화된 두뇌세계는 아직 재현 구조를 완전히 벗어나지 못하고 있고 또 지식의 대의체제에 종속되어 있지만 그것은 우리가 잠재성을 좀더 직접적으로 체험할 수 있는 가능성을 제공하기도 한다. 이런 측면에서 볼 때, 그것은 맑스가 말한 일반지성[71]의 구현이며 들뢰즈의 두뇌―민중[72]의 가능태이다. 그것은 실재성의 일부로서 삶의 잠재성의 과학기술적―정신적 재현이다. 가상현실은 삶의 잠재성의 새로운 지평이 열리고 있음을 보여주는 징후이다. 비록 그것은 현실에서 자본주의에 포섭되어 있지만 잠재적으로는 인간이 우주와의 생생한 관계를 드러내고 또 이룩할 가능성을 제공한다.[73]

요약해 보자. 백낙청은 분명 사실주의적 재현과는 구별되는 새로운 재현 개념을 구출하려 했다. 하지만 그 성취는 존재론적 표현의 힘을 몰각한 상태에서, 표현을 재현에 종속시키는 방식으로 이루어

---

71. 이에 대해서는 칼 맑스, 『정치경제학 비판 요강·2』, 김호균 옮김, 백의, 2000, 367쪽 이하 참조.
72. 이에 대해서는 질 들뢰즈, 『시네마·2』, 이정하 옮김, 현대미학사, 2005, 419쪽 이하 참조.
73. 표현이 '장차 올 것'을 창조하는 존재의 능력이라면 상상력은 몸으로 하여금 지식의 최고 수준에 이르는 힘을 갖게 하면서 '장차 올 것'을 구축하기 위해 존재 위에 그물을 던지는 제스처이다. 이런 점에서 가상현실은 가짜현실과 직접적으로 동일시될 수 없다. 가짜와 진짜를 가르는 진리 모델에 대한 비판으로는 영화에서 '거짓의 힘'에 대한 강조를 담고 있는 질 들뢰즈, 『시네마·2』, 255~303쪽 참조.

졌다. 그 결과 재현을 존재론적 표현의 한 특수한 경우로 이해할 가
능성은 봉쇄되며 주객분리에 입각한 비표현적 사실주의적 재현 개
념이 유지된다. 그래서 reality는 잠재와 현실이라는 복수적 차원을
갖는 열린 전체로서의 실재로부터 부단히 '현실'로 환원되며 그 결과
백낙청이 리얼리즘을 '객관현실'의 반영으로 이해했던 다양한 조류
와 그었던 모든 선들은 희미해지게 된다. 표현의 개념을 시적 사유
의 중심에 놓을 때에만 리얼리즘은 실재에의 충실성, 삶에의 충실
성으로 이해될 수 있으며 주객분리의 구조에서 벗어날 수 있다. 왜
냐하면 삶의 역능이 이 분리의 틈을 메우면서 이원론을 초극하는
제3항으로 작용할 수 있기 때문이다. 존재론적 표현의 관점에서 이
해할 때, 삶의 창조적 역량은 진리모델을 거부하면서 거짓의 역능
에 기초하여 새로운 민중을 창조하는 것이며 시의 창조적 역량은
재현의 방식을 동원하는 경우에도 새로운 이야기를 꾸며냄으로써
새로운 민중의 창조를 촉진하는 것이다. 백낙청은 재현이 현실 재
현을 넘어서야 함을 주목했지만 현실을 넘어서는 잠재의 평면과 현
실과 잠재를 포괄하는 전체의 열림인 역동적 표현의 차원을 보지
못했다. 그가 말하는 시적 창조가 재현과 단단히 연결되면 될수록
그것은 표현의 역능에서부터 멀어진다. 그는 존재자와 구별되는 존
재를 주목했으되 그것을 〈임〉의 동일성의 평면, 즉 현실의 평면으로
환원하는 것에 머물렀다. 그는 '삶답지 않은 삶'으로서의 현실적 삶을
넘어설 필요성을 인정했지만 정작 대면해야 할 삶의 존재론적 표현을
인정하지는 않았다. 이것은, 존재자로부터 존재를 구별했으되 그것
을 무로 말소시켰으며 동일성과 구분되는 차이를 보았으되 그것을

같음(sameness)으로 귀착시킴으로써 차이를 재현의 동일성 쪽으로 다시 이동시켰던 하이데거의 한계[74]를 반복하는 것이다. 그 결과 부단히 강조되는 것은 자본주의적 근대의 동일성이다.

그의 재현 개념에 사실주의적 재현 개념이 늘 뒷문으로 다시 들어오는 것은 바로 이 때문이 아닐까. 이 점은 신경숙의 『외딴 방』에 대한 그의 평문에서 확인할 수 있다. 그는 『외딴 방』의 성취를 무엇보다도 '유채옥이라든가 이름도 잊어버린 2대 지부장, 미스 리, 윤순임, 서선, YH의 김삼옥 등등의 모습이 더욱 생생하게 살아나고 그들의 정당성이 어김없이 옹호된다'[75]는 것에서 찾는다. 즉 『외딴 방』이 "하계숙과 희재언니를 포함하는 '우리들'에게 인간으로서의 위엄을 부여하는 엄청난 일을 해냈다"는 것이다. 그러나 백낙청이 인용하고 있는 바로 그 구절에서 정작 작가 신경숙은 다르게 말하고 있지 않은가?

이름도 없이, 물질적인 풍요와는 아무런 연관도 없이, 그러나 열 손가락을 움직여 끊임없이 물질을 만들어내야 했던 그들을 나는 이제야 내 친구들이라고 부른다. 그들이 나의 내부에 퍼뜨린 사회적 의지를 잊지 않으리. 나의 본질을 낳아준 어머니와 같이, 익명의 그들이 나의 내부의 한켠을 낳아주었음을…… 그래서 나 또한 나의 말을 통하여 그들의 의젓한 자리를 세상에 새로이 낳아주어야 함을…….

---

74. 이에 대해서는 질 들뢰즈, 『차이와 반복』, 김상환 옮김, 민음사, 1994, 161쪽 참조.
75. 백낙청, 「『외딴 방』이 묻는 것과 이룬 것」, 『창작과비평』97호, 1997 가을, 239쪽.

작가 신경숙으로 하여금 '말을 통하여 그들의 의젓한 자리를 세상에 새로이 낳아 주어야' 한다고 생각하게 하는 것은 '열 손가락을 움직여 끊임없이 물질을 만들어 내야 했던 그들', '이제야 내 친구들'로 되는 그들, '나의 내부'에 '사회적 의지'를 퍼뜨린 '그들', '나의 본질을 낳아준 어머니' 같은 '익명의 그들'의 삶이며 그 삶의 '엄청난' 역능이다. 결코 작가는 '그들'에게 인간으로서의 위엄을 '부여하지' 않았다. 잠재적으로 실재한 그들의 삶의 위엄을 거짓을 통해, 이야기 꾸미기를 통해 재생산하고 표현했을 뿐이다. 위엄은 작가에 의해 부여되는 것이 아니라 이미 (작가 신경숙을 포함하는) '그들' 속에 실재한다. '그들'은 그 힘을 표현하며 그 역시 '그들' 중의 일부인 작가는 재현의 형식을 빌어 '그들의 힘'을 표현한다. 창작은 '그들'의 인간〈임〉을 재현하는 것을 넘어서는 창조자–되기이며 친구–되기, 즉 공통–되기의 창조적 실천이다. 이것은 어떤 정치적 매개도 필요로 하지 않는 직접적으로 정치적인 것이며 새로운 민중의 창조작업이다. 그런데도 백낙청은 '호남 출신들이 서울에서 당하는 차별이나 수모는 전혀 다뤄지지 않는다'거나, '작업장 묘사에서 노동자들이 자신의 답답함과 괴로움을 동료끼리 부질없는 싸움질로 발산하는 시끄럽고 상스러운 장면도 있을 법한데 노조와 관련된 이유 있는 다툼을 빼면 다들 너무도 온순하고 착한 모습이다'[76]라고 말하며, 현실 민중에게 있을 법한 사실성의 추가를 요구한다. 이것은 새로운 민중의 창조행위를 기존의 현실적 민중과의 일치라는 재현적 진리모델의 척도 아래로 다시 가져가는 것이다. 삶의 표현으로서의 시적 창조는 뒷문으로

---

76. 같은 책, 249쪽.

들어온 이 사실주의적 재현의 개념에 의해 직접적으로 억압될 수밖에 없다.[77]

6. 리얼리즘의 죽음

1990년대 후반의 리얼리즘-모더니즘 논쟁에서 제출된 자칭 '리얼리스트들'의 논의에서 사실주의적 재현 개념이 거의 무비판적으로 답습되거나 '민중의 피땀냄새'[78]와 같은 외부로부터 부과된 '고유성'의 범주[79]로 대체된다는 것을 생각할 때, 백낙청의 「로렌스와 재현 및 (가상)현실」이 사실주의적 재현 개념을 넘어서고자 하는 당대의 가장 진지한 탐구들 중의 하나였음은 분명하다.[80] 그럼에도 불구하고 그것이 삶의 자기표현을 재현 개념에 종속시키는 한계를 드러냈다면, 그리고 역사적으로 모더니즘이 표현이라는 말에 더 열린 자세를 가져왔음을 상기한다면, 모더니스트들의 제안들에, 혹은 리얼리즘의 궁지와 한계를 모더니즘의 수용(진정석)이나 모더니즘과

---

77. 이에 대해서는 방민호가 「리얼리즘의 비판적 재인식」에서 이미 지적한 바 있다(방민호, 「리얼리즘의 재인식」, 『창작과비평』 97호, 1997년 가을, 286~296쪽 참조).
78. 김명환, 「민족문학론 갱신의 노력」, 『내일을 여는 작가』, 1997년 1, 2월호 참조.
79. 실체의 지각된 본질인 속성과 고유성의 차이에 대해서는 질 들뢰즈, 『스피노자와 표현의 문제』, 이진경·권순모 옮김, 새물결, 2003, 162쪽 이하 참조.
80. 리얼리즘을 넘어서기 위한 또 다른 방향에서의 주목할 만한 모색으로는 『리얼리즘과 그 너머』(갈무리, 2001)의 저자 정남영의 탐구들, 예컨대 「시와 언어, 그리고 리얼리즘」, 『창작과비평』 110호, 2000년 겨울; 「살아있는 언어, 살아있는 삶」, 『창작과비평』 106호, 1999년 겨울; 「바꾸는 일, 바뀌는 일 그리고 문학」, 『창작과비평』 94호, 1996년 겨울 참조.

의 회통(최원식)을 통해 극복해 나가자는 새로운 제안들에 귀기울
일 필요가 있지 않을까?

모더니즘의 논리를 검토하기에 앞서 주로 리얼리스트 측에서 제
안되고 있는 모더니즘의 수용이나 리얼리즘과 모더니즘의 회통의
논리부터 검토해 보도록 하자.

진정석은 리얼리즘과 모더니즘의 이분법적 도식과 대립관계를
극복하자는 주목할 만한 제안을 내놓은 바 있다. 앞에서 이미 이야
기한 것처럼 리얼리즘과 모더니즘의 대립이라는 미학틀은 '재현' 개
념을 지키고자 하는 리얼리즘의 욕망에 의해 지탱되어 왔다고 해도
과언이 아니다. 이 때문에 이 이분법이 극복될 수 있다면 미학과 문
학담론의 획기적 진전이 이루어질 것은 분명하다. 그런데 진정석은
이 대립관계를 극복할 지평을 '근대성'에서 찾는다. '자본주의적 근
대성에 내포된 활력과 모순을 창조의 원천과 부정의 대상으로 공유
한다'는 점에서 리얼리즘과 모더니즘의 공통성을 찾고 "'근대성에
대한 미적 대응'을 기준으로 리얼리즘과 모더니즘을 포괄하는 '광의
의 모더니즘' 개념을 설정"[81]하자는 것이다. 자본주의적 근대성에 활
력과 모순이 동시에 내포되어 있다는 생각이 부당하지는 않다. 하
지만 어떤 상위의 유 개념의 도입을 통해 양자의 대립을 극복할 수
있다는 생각은 플라톤 이후로 면면히 이어져 온 재현적인 사유의
이미지를 본뜨는 것이다. 또 그것은 양자의 한계를 극복하기보다
그것들의 정체성을 고스란히 보존하는 방식에 지나지 않는다. 게다
가 설령 그 방법이 유효하다고 가정해 본다고 해도 '근대성'이라는 범

---

81. 진정석, 「모더니즘의 재인식」, 『창작과비평』 96호, 1997년 여름호, 152쪽.

주가 리얼리즘과 모더니즘을 포괄하는 유(類) 개념으로 기능할 때, 그것은 리얼리즘이나 모더니즘이 포함하고 있었던 반근대의 실천적 노력을 체제로서의 근대에 포섭시키는 나쁜 결과를 가져올 것인데 이 점에 대해서는 뒤에서 다시 살펴보도록 하겠다. 진정석의 제안에 대해 주어진 응답들, 즉 '리얼리즘과 모더니즘의 대립구도란 것이 그냥 생겨난 것이 아니라, 다름 아닌 근대문학의 방향과 문명의 향배에 관련된 치열한 질문에서 추동된 것이라면 이러한 변별이 지탱하고 있는 실천적 이론적 긴장은 너무나 광범한 모더니즘 개념으로 송두리째 무화되어 버리고 만다'[82]거나 '이는 자칫 근대에의 투항으로 떨어질 소지가 다분하다'[83]는 응답들은 바로 이 점을 지적하고 있는 것이며 근대성에 입각한 분류학적 종합의 방식으로는 리얼리즘과 모더니즘의 대립이라는 미학적 인식틀이 해체될 수 없는 것임을 보여주는 것이다.

민족문학론의 중심인물의 한 사람으로서 응당 리얼리스트로 알려져 온 최원식이 20세기의 마지막 해에 「'리얼리즘'과 '모더니즘'의 회통」을 주장하게 된 것은 1996년 이후 전개되어 온 리얼리즘—모더니즘 논쟁이 가져온 중대한 파열효과라고 해야 할 것이다. 앞서 우리는, 백낙청이 로렌스, 하이데거, 데리다, 루카치 등의 예술이론과 철학에 대한 비판적 탐사를 통해 사실주의적 재현을 넘는 재현의 개념을 구해내려고 시도하고[84] 그에 기반하여 현실재현에 무관

---

82. 윤지관, 『놋쇠하늘 아래서』, 183쪽.
83. 최원식, 『문학의 귀환』, 56쪽.
84. 재현 개념의 구출에서 그가 가장 직접적으로 의존하는 것은 로렌스나 하이데거라기보다 오히려 '옛 동독의 대표적 문예이론가 중의 한 사람'(백낙청, 앞의 글, 『안과밖』 창

심한 모더니즘 (및 포스트모더니즘)에 대항하는 투쟁을 벌인 것을 살펴보았다. 최원식이 취하는 방향은 이와는 다르다. 그는 지금까지 리얼리즘과 모더니즘의 대립이 '일종의 발칸반도'로서 '한국문학계의 예민한 화약고'였음을 인정한 위에서, '리얼리즘'을 "모사론적 방법으로 근대극복의 전망을 탐구하는 문학경향"으로, '모더니즘'을 "비모사론적 방법으로 근대비판을 실험하는 문학경향"으로 정의한 후, "최량의 리얼리즘과 최량의 모더니즘에서 이처럼 순진한 차이는 순식간에 사리진다"[85]고 말한다. 백낙청에게서 '현실'(reality) 재현의 문제가 리얼리즘과 모더니즘의 대립을 가져오는 핵심적 요소임에 반해 최원식에게서 그것은 (근대극복인가 근대비판인가라는 다소 작위적으로 도입된 근본을 괄호치면) '모사론적 방법 대 비모사론적 방법'이라는 방법적 구별의 수준에 위치지어지며 양자는 '차이'를 드러낼 뿐 결코 '대립'하는 것이 아닌 것으로 설정된다. 게다가 최량의 리얼리즘이나 최량의 모더니즘에서는 그 '차이'마저 순식간에 사라진다는 것이 그의 생각이다. 이로써 민족문학이 견지해 온 리얼리즘 대 모더니즘의 '대립' 관계는 허구였던 것으로 되며 그야말로 '순식간에' 증발한다. 그에 따르면 리얼리즘을 모더니즘에 대항하여 정립하려는 (백낙청에 의해 주도되고 또 지속되어 온) 노력은 시적 경지를 이루려는 창조적 실천이기보다 일종의 진영적 사고와 냉전의식의 내면화인 셈이다.

　최원식에 따르면, 한국문학에서 리얼리즘과 모더니즘의 회통을

간호, 276쪽)인 로베르트 바이만(Robert Weimann)이다.
85. 최원식, 『문학의 귀환』, 42쪽.

이룰 두 번의 중요한 기회가 있었다. 한 번은 해방 직후 좌파의 민족문학론에서였으며 또 한 번은 1970년대 민족문학운동의 민족문학론에서였다. 그러나 이 두 번 모두 회통은 이루어지지 못하고 리얼리즘으로 경사되고 말았는데 그 첫 번째 기회는 '해방 직후 정치적 상황의 급박함' 속에서 당시의 민족문학운동이 '당의 외곽조직이라는 한계를 벗어나지 못함'으로써 유실되었고[86] 그 두 번째 기회는 '70년대 민족문학운동이 자본주의와 현존사회주의를 동시에 넘어서고자 하는 본원적 문제의식에서 출범하였음에도 불구하고 투쟁과의 연관 속에서 자연진영적 사고로부터 완전히 자유로울 수 없었기 때문'에 유실되었다.[87] (예외가 있다면 '최량의 작품들에서 통상적 모더니즘과 통상적 리얼리즘을 가로질러 그 회통에 도달하는 경지를 보여준 드문 시인'[88] 김수영이 있을 뿐이다.) 그렇지만 냉전의 붕괴가 근대/현대 이분법의 폐기와 연동되어 나타나는 1989년 이후를 새롭게 맞이한 절호의 회통의 계기로 설정하면서 그는 1996년 말의 리얼리즘-모더니즘 논쟁을 바로 지금까지의 냉전적이고 진영적인 대립을 극복할 시발점으로 이해한 후 다음과 같이 사뭇 비장한 어조로 말을 꺼낸다.

리얼리즘 바깥에 모더니즘을 소극적으로 배치한다든가, 모더니즘으로 분류된 작가의 작품들 속에서 리얼리즘적 요소를 탐색하여 구제

---

86. 같은 책, 46쪽.
87. 같은 책, 53쪽.
88. 같은 책, 52쪽.

의 제스처를 구사한다든가 하는 식의, 통상적인 리얼리즘과 통상적인 모더니즘을 설정하고 양측의 두루뭉술한 화해로 문제를 풀어가려는 고식은 이제 더 이상 불가능해졌다. 이 골치아픈 문제의 정면돌파만이 남아있을 뿐이다.[89]

이 '정면돌파'의 관점에서 보았을 때 '리얼리즘에 의한 모더니즘의 극복'이라는 백낙청의 시도는 '실제로는 기존의 양분법으로 회귀하기 십상이라는 점에서 난점'이 있고 '광의의 모더니즘'이라는 진정석의 논의는 '근대에의 투항으로 떨어질 소지가 다분'한 것으로 평가된다.[90] 결국 최원식은, 리얼리즘과 모더니즘은 '서구에서 상륙한 이래 이 땅에서 벌어진 긴 이데올로기적 투쟁과정에서 얽히고설킨' 것으로 '제 아무리 갈고 닦아도 구원의 가망이 없는 용어들인지도 모른다'는 청산주의적 회의를 거쳐, 이것들이 권력에 의해 창안되고 촉진된 분할지배의 도구일지 모른다는 혐의까지 내비친다.[91] 결국, '리얼리즘/모더니즘을 대칭적으로건 비대칭적으로건 차이 속에 정의하려는 노력을 통해 얻어진 리얼리즘과 모더니즘의 집단정체성은 상상된 창안된 표지이기 쉽다'는 평가에 따라 리얼리즘과 모더니즘이 이제 일종의 이데올로기들로 분류되는 것이다.

그는 '리얼리즘/모더니즘의 창안된 정체성을 떠나 작품의 실상으로 직핍하면, 리얼리즘의 최량의 작품들은 통상적 리얼리즘을 넘어서는 순간 산출되었으며, 모더니즘의 최량의 작품들도 통상적인 모

---

89. 같은 책, 55쪽.
90. 같은 책, 56쪽.
91. 같은 책, 57쪽.

더니즘을 비월(飛越)하는 찰나에 생산되었다는 것에 다시 주목할
필요'92를 강조한다. 그가 마치 새삼스런 발견인 듯 '다시 주목할 필
요가 있다'고 말하지만 백낙청의 리얼리즘론은 물론이고 비판적 리
얼리즘, 민중적 리얼리즘, 노동자계급 현실주의, 당파적 현실주의,
사회주의적 리얼리즘 등 지금까지의 모든 리얼리즘론들이 주목했
던 것이 바로 그것이 아니었던가? 이들이 물어 왔던 것이 통상적인
'모사'를 '넘어' 그 '최량의 작품들이 어떤 힘에 의해, 어떻게 창조되
는가하는 문제가 아니었던가? 그는 사건의 시간이라 부르는 것이
아마도 더 적실할 이 넘어섬과 비월의 '순간'과 '찰나'를 "최고의 작
품들이 생산되는 그 장소"93라고 공간화한 후, 그곳을 '리얼리즘'과
'모더니즘'의 회통의 "경지"라고 이름 부른다.94 이 '경지' (사실은 사
건적 시간)에 '리얼리즘'이나 '모더니즘'이라는 용어=이름을 사용할
수 없다는 것은 자명하다. 왜냐하면 그 '경지'에는 이 두 이름을 넘
어서는 사건이 이미 발생하고 있다고 그 자신이 썼기 때문이다. 그
러므로 "이 용어들을 선택하는 순간, 우리는 '리얼리즘'과 '모더니즘'
의 이 끝없는 윤회의 사슬에서 근본적으로 벗어나기 어렵다"95는 표

---

92. 같은 책, 57~8쪽.
93. 같은 책, 58쪽(강조는 인용자).
94. 이 '경지'(境地)라는 용어=이름은 백낙청이 자신의 리얼리즘 개념을 설명하면서 '시적
    경지' 등의 방식으로 자주 사용해 온 이름이다. 그러나 이것은 사건의 시간을 공간화
    하면서 그것에 위계의 개념을 도입하기 쉽도록 만든다. 백낙청이 시적 진리, 예술적
    진리, 근원적 진리를 '도'에 유비할 때, 그 과정에서 계급사회의 형성과 더불어 점차
    지배의 이데올로기로 전화한 불교들이 구도/수도 속에 도입한 깨달음의 위계, 의식의
    위계가 너무 쉽게 그 진리론 속으로 쳐들어오는 것으로 보인다.
95. 최원식, 『문학의 귀환』, 58쪽.

현은 기껏해야 동어반복이며 실제로는 수사로 장식된 그릇된 논리 전개이다. 그 어느 쪽이든 그는 이렇게 단언함으로써 이제 '이 용어들을 선택'하지 않으면서, '경지'로 이해된 그 사건의 시간이 무엇이며 그것이 어떻게 성취되는가, 그것을 이룰 힘과 조건은 무엇인가라는, 많은 사람들이 이미 주목해 왔고 또 그 해명을 위해 고투하고 있는, 오래된 그리고 중요한 문제의 '정면돌파'를 향해 우리를 안내하는 듯이 보인다. 그러나 놀랍게도 그가 안내하는 길은 '정면돌파'를 향한 길이기는커녕, 이름들의 창조를 통해서 작업해 온, 비평/이론의 집단자살의 길이다. 왜냐하면 그가 선택하지 않으려 한 것은 '리얼리즘'이나 '모더니즘'이라는 '용어'만이 아니라 '용어들', 다시 말해 이름들 자체이기 때문이다. 이제 '어떤 사물에 이름을 붙일 때, 그 이후 사물을 대신한 이름이 이름의 연쇄를 구성할 때, 이름은 사물로부터 미끄러져 사물의 소외가 깊어지기도 한다'[96]는 공포가 그를 지배한다. 이것은 이름과 사물의 관계를 적실하게 만들 필요성에 대한 제안이 아니라 '이름'에 대한 근본적 회의론을 낳는다.[97] 그래서 그는, 지금 중요한 것이 '담론의 정립'이 아니며 '담론으로부터 대상을 창안'하는 것도 아니라는 담론무용론에 기초하여 '담론으로부터 대상으로 귀환하는 것'이라고 말한다. 이제 '대상으로 돌아가자!'는 구호가 '담론의 형이상학화를 경계하는 비평정신의 회복'이라고 자임되는데, 모든 비평이 이미 담론행위임을 고려하면, 참으로 난처한

---

96. 같은 책, 57쪽.

97. 이름과 사물의 적실화의 문제에 대해서는 안또니오 네그리, 『혁명의 시간』 1장, 「공통된 이름」 참조. 이름을 객체화하지 않으면서 이름을 포기하지 않는 사유양식에 대해서는 실뱅 라자뤼스, 『이름의 인류학』, 이종영 옮김, 새물결, 2002 참조.

일이 아닐 수 없다. 게다가 바로 같은 해에 그 자신은 '문학'의 귀환을 통해 '문학'과 '문학'을 넘어서자는 식의 이름 작업을 계속하기도 한다. 다른 사람들이 사용하는 것은 이름이며 담론이고 자신이 사용하는 것은 이름이나 담론이 아니게 되는 것일까? '민족문학', '리얼리즘', '모더니즘' 등의 이름은 형이상학화한 담론이고 '문학'이라는 이름은 그렇지 않다는 뜻인가. 하나의 이름/담론을 다른 이름/담론으로 대체하는 행위를 일러 '담론에서 대상'으로의 귀환이라고 부르는 이 자가당착 속에서 그가 궁지에 처한 비평담론을 구할 위대한 임무를 맡을 전사로 불러오는 것은 담론이 아닌 '대상' 자체인데, 그것은 칸트의 '물자체'나 라깡의 '오브제 쁘띠 아'(objet petit a)와 같은, 혹은 앞서 언급한 하이데거의 '존재'와 로렌스의 '삶'과 같은 '실재'가 아니라 아이러니하게도 누가 보아도 담론들이며 이름들의 구성물인 '작품', '단독적 작품', '창작'이다. 이렇게 최원식은, 비평담론을 자진해체하는 최후의 비평가를 자임하면서, '담론의 대상 속으로의 해체'라는 뭔가 거창해 보이는 구호를 외치지만, 그가 실제로 하고 있는 일은 비평가와는 다른 유형의 담론생산자일 창작가들 앞에 무릎을 꿇고 '비평가'의 역할을 물려받아 줄 것을 사정하는 것이다. 얼핏 보면 그가, '요즘 우리 문단에는 진정한 비평가이기를 포기하고 본능에만 의존하는 작가가 너무 많은 것이 아닐까?'라는 질책의 어조를 취하고 '지금이야말로 창작의 책무가 막중한 시점이라는 점을 다시 한 번 환기하고 싶다'면서 창작가를 엄중하게 훈계하는 듯하다. 하지만 그것이 실제로는 언어적 제스처에 불과하며 창작과는 독립적으로 사유하고 표현해야 할 비평의 임무를 창작에게 떠넘기는 것임을 누가 모르겠는가. 이제 비평가의 임무까지 걸머지게 된 창작가들에게 남겨지는 그의 비평적 유언은 다음과 같은 것이다. "김수영 이후 다시 '리얼리즘'과 '모더니즘'으로 나뉜 김수영 상(像)의 회통을 실현하는 새로운 작품들의 출현을 대망한다. 더 나아가 김수영의 재영토화가 현실과 환상을 넘나드는 동아시아 고전문학의 전통을 민중적 관점에서 해체, 재발견, 쇄신하는 한국발 대안의 모색으로 들여 올려진다면 **금상첨화겠다**."[98]

최원식이 이 리일리즘 해체의 변(辯)에 대해 '민족문학─리얼리즘'의『창작과비평』분파로부터 나온 반응이「리얼리즘과 모더니즘을 둘러싼 세 꼭지점」(2001)에서의 임규찬의 강력한 추인(追認)이었다는 점을 미루어 보아, 20세기의 마지막 해인 1999년은『창작과비평』리얼리즘 분파의 실질적 사망의 해로 기록되는 것이 마땅할 것이다. 백낙청은, 1980년대에 자신을 비판했던 사회주의 리얼리즘 경향의 비평가들이 궁지에 내몰렸던 1993년에, '논자에 따라서는 자신의 민족문학론을 기존의 사회주의 리얼리즘론에 거의 전적으로 의존한 탓으로, 지금은 근대화론이나 포스트모더니즘론 앞에서 무방비상태가 되고 더러는 적극적인 귀순을 결행하는 경우도 없지 않다'[99]고 말했다. 사회주의 붕괴의 해에 '자본주의의 영원한 승리'와 '새로운 세계질서(NWO)의 도래'를 선언했던 1991년의 부시를 연상케 하는 이 민족문학론 승리의 자축의 축포소리 때문에 바로 그 순간 민족문학론과 리얼리즘론이 선 자리를 파열시키는 지하의 굉음

---

98. 최원식,『문학의 귀환』, 58~59쪽(강조는 인용자).
99. 백낙청,「문학과 예술에서의 근대성 문제」,『창작과비평』82호, 1993년 겨울, 9~10쪽.

이 그에게 들리지는 않았던 것으로 보인다. 사실 걸프만에서 화염을 내뿜으며 개시된 새로운 세계질서가 미국이 무너져 내리는 질서의 시작임이 이제야 비로소 조금씩 느껴지기 시작하는 것을 보면 1990년대 초의 그 축포소리들이 우리들의 귀를 멍멍하게 하고 정신을 아득하게 만들 정도로 요란한 것이었음을 헤아릴 수는 있다.

이미 살펴보았듯이 리얼리즘-모더니즘 논쟁은 모더니즘의 승리로 끝났다기보다 리얼리즘의 자결로 끝났다. 리얼리스트였던 최원식이 선택한 것은 단순한 피난처가 아니라 무덤으로서의 무지였고 사유의 포기로서의 지적 죽음이었다. 그는 리얼리즘론만을 그 무덤으로 가져간 것이 아니라 비평담론 일반까지 무덤으로 끌고 들어가 생매장하려 했는데, 이것이 이후 비평의 '주례사화'를 가져온 원인이라고 말할 수 있을까? 아마도 그럴 수는 없을 것 같다. 비평의 주례사화는 문학의 자본에의 포섭이 가져온 효과일 것이며, 문면을 떠나 앞뒤를 모두 살펴보면, 최원식과 리얼리즘론의 자진(自盡)의 의식(儀式)도 이 포섭과정에서 연출되었던 다소 희극적인 장례식 장면의 하나로 이해되기 때문이다.[100] 『창작과비평』이 리얼리즘의 죽음을 알리는 그 장례식을 통해 잃기만 한 것은 아니었다는 것은

---

100. 김명인은 리얼리즘(과 모더니즘)을 자명성의 감옥으로 명명하면서 그것의 해체를 주장한다. 그 지향에서 최원식과 거의 동일한 행보를 걷고 있는 그가 '주례사 비평의 극복'을 제창하도록 만든 것은 아마도 문학권력 논쟁의 구체적 효과일 것이다. 하지만 리얼리즘을 폐기한 그가 문제제기를 넘어 주례사 비평을 넘어설 힘을 어디에서 구해올 수 있을지는 아직 불투명하다. 그의 박사학위 논문 『조연현, 비극적 세계관과 파시즘 사이』(소명출판, 2004)는 조연현 비평의 파시즘 논리를 파헤치는 뜻 깊은 성과에도 불구하고 그 비판의 논거를 루카치의 '합리성' 개념에서 구해옴으로써 근대주의의 한계에 갇혀 있다.

2002년을 전후해 오래 지속된 문학권력 논쟁을 통해 널리 드러났다. 얼핏 보면 최원식의 '리얼리즘과 모더니즘 회통론'은 그로부터 70여 년 전에 나온 박영희의 전향선언문(1934)의 다소 희극적인 반복으로 보인다. 그런데 둘 사이에는 중대한 차이가 있다. 박영희는 '얻은 것은 이데올로기요 잃은 것은 예술 그 자신'이라며 예술주의로 '귀순' 했지만 최원식의 회통론을 통해 『창작과비평』이 거추장스런 리얼리즘 이데올로기를 벗어버린 것은 이미 손에 거머쥔 문학권력을 정당화하기 위한 일종의 합리적 수순이었던 것으로 보이기 때문이다.

7. 근대성, 모더니즘, 그리고 반근대적 삶

사정이 이렇기 때문에, 문학적 창조가 통상적인 리얼리즘과 모더니즘을 넘어 어떻게 그 '비월'의 사건을 이루는가라는 중대한 문제를 이름의 사건[101]을 통해 푸는 문제는 21세기를 맞은 우리에게 이월된 문제이다. 한국에서 그것은 백낙청에 의해 가장 진지한 형태로 제기되었고 많은 사람들에 의해 집단적으로 탐구되었으나 지난 세기말 최원식의 이름을 부정하는 회통 논리에 의해 봉인되어 문학을 포섭한 권력/자본의 발 밑에 매장되어 있다. 이 문제를 다시 꺼내 '정

---

101. 시간은 존재의 표현이며 카이로스는 새로운 존재를 표현한다. 이름은 카이로스가 진공에 노출되고 거기서 결정을 할 때 탄생한다. 다시 말해 이름은 새로운 존재를 결정하는 것이며 새로운 공동체를 발명하는 것이다. 카이로스의 관점에서 현존은 표현이며 이름은 표현의 산물이다(안또니오 네그리, 『혁명의 시간』, 정남영 옮김, 갈무리, 2004, 44쪽).

면돌파'함이 없이 문학의 전진은 기대하기 어려우며 주례사 비평을 넘어서는 것 역시 요원하다고 해야 할 것이다.

단도직입적으로 말해 리얼리즘과 모더니즘의 비월이라는 문제의 본질은 근대 및 탈근대 체제의 혁명적 극복과 연결되어 있다. 그간 한국에서 '근대완성과 근대극복의 이중과제'를 내세우며 문학적 향도의 역할을 맡았던 리얼리즘론이, 특이성이 분출하는 시대가 개시되었음에도 불구하고 재현의 관념으로 표현의 잠재력을 억누른 결과, 결국 리얼리즘이라는 이름 자체를 자진해서 폐기하지 않을 수 없는 상황에 직면했을 때, 바로 그 리얼리즘에 의해 오랫동안 억압되어 왔고 재현보다 표현을 더 중시했던 모더니즘론이 문학적 관심의 핵심으로 부상한 것은 자연스러운 일일 것이다.

한국의 진보적 모더니즘론이 기대고 있는 것은 마샬 버만에서 농축적으로 표현된 '근대성의 이중성과 모순'이라는 테마이다. 근대성은 지역과 인종, 계층과 국적, 종교와 이데올로기가 지니고 있는 모든 장벽을 무너뜨리면서 인류를 통합하는 한편, 인류를 영원한 해체와 갱신, 투쟁과 대립, 애매모호성과 고통이라는 커다란 소용돌이 속으로 몰아넣는다.[102] 버만은 이것을 '단단한 모든 것은 대기 중에 녹아 버린다'는 맑스의 명제를 통해 요약한 바 있다. 이것이 한국의 모더니스트에게는 어떻게 투영되었을까? 황종연은 버만의 모더니즘을 '과거를 기억하는 모더니즘'으로 읽으면서, 그것이 "현재 우리의 삶이 여전히 역사적 근대성의 난제와 곤경 속에 있음을 직시하도록, 문화적 단절의 환상에서 깨어나도록 자극"하며 "근대성의 극

---

102. 마샬 버만, 『현대성의 경험』, 윤호병 · 이만식 옮김, 현대미학사, 1995, 12쪽.

복을 위한 싸움이 근대성에 대한 수사학적 고별보다 더욱 깊은 고뇌와 정열을 요구한다는 것을 일깨워준다"[103]고 쓴다. 버만의 모더니즘은 근대성을 근대화와 모더니즘의 변증법이라는 맥락에서 파악한다. 여기서 근대화는 과학의 발전, 산업화, 도시의 팽창, 대중매체의 성장, 민족국가의 탄생, 세계시장의 성립과 같은 사회적 발전의 현실적 과정을 가리킨다. 반면 모더니즘은 이 과정에서 산출된 다양한 비전과 아이디어를 지칭하는 것으로, 그것은 인간을 근대화의 주체로서뿐만 아니라 그 대상으로 파악하였고 인간을 변화시키는 세계를 변화시킬 힘을 인간에게 부여했으며, 소용돌이 속에서 인간이 자신의 길을 찾아내어 그 길을 자신의 것으로 만들도록 했다.[104] 그래서 모더니즘은 근대화에 의존하면서도 근대화에 도전하며, 근대화를 반영하면서도 근대화에 개입하고 근대화에 적응하면서도 근대화에 반발한다.[105] 버만이 맑스에게서 '근대생활의 모순을 빠져나오는 길이 아니라 그 모순 속으로 더욱 확실히 더욱 깊숙이 들어가는 길'을 추출하듯이, 황종연은 버만으로부터 "근대성의 역설의 고통을 철저히 겪는 것"이야말로 "역설의 고통에서 해방되는 가장 현실적인 방법"[106]이라는 고행의 경험론을 도출한다. 이것이, "우리 모두에게서 모더니즘은 리얼리즘이 될 수 있다"[107]라는 버만의 말을 해석하는 황종연의 방식이다.

---

103. 황종연, 앞의 책, 358~59쪽.
104. 마샬 버만, 앞의 책, 13~14쪽. 또 황종연, 앞의 책, 359쪽 참조.
105. 황종연, 같은 책, 359쪽.
106. 같은 책, 380쪽.
107. 마샬 버만, 앞의 책, 10쪽.

　'근대성의 모순과 변증법'은 이렇게 근대화와 모더니즘을 종합하는 끈끈이처럼 우리를 자본주의적 근대에 부착시키며 근대성 속에 주저앉아 그 역설의 고통을 철저히 겪으라고 권유하기에 이른다. 이 고행의 미학은 '어떤 내용의 어떤 품질의 삶이든지 간에 개인 자신에게 진실한 삶을 살려는 파토스'[108]로서의 진정성의 미학으로, 혹은 철저하게 개인적 자아에 제한된 내면성의 미학으로 나타난다. 이렇게 사람들이 주어진 삶을 그 내면성에서부터 진실하게 살려고 노력하는 과정을 이끌고 있는 것은 근대성이라는 신비한 행위자이며 그것의 아이러니와 역설이다. 버만의 근대성 개념은 그것이 그려내는 역동적 근대상에도 불구하고 그러한 역동성을 낳는 아이러니와 역설이 어디서 유래하는지에 대해서는 끝내 밝히지 않고 비밀에 붙여둔다.

　백낙청이 버만의 근대성 개념에 대해 "모더니즘 옹호자치고는 드물게 포용적인 태도를 보여주는 정도지, 모더니즘 및 모더니티의 극복을 지향하는 리얼리즘론과는 뚜렷한 거리가 있는 것"[109]이라고 매정한 평가를 내린 것은 모더니즘에 대항하는 리얼리즘에게만 근대극복의 능력이 있다고 사유하는 사람으로서는 당연한 반응이라 할 것이다. 하지만 황종연은 이러한 비판에 대해 이미 면역력을 갖고 있다. 그에 따르면 버만의 모더니즘론은 "냉전시대 영미학계에서 정전의 지위를 얻으며 이데올로기화된 모더니즘에 대한 추인이 아닐뿐만 아니라 그 바탕에 급진적 개인주의와 휴머니즘적 맑스주의

---

108. 황종연, 앞의 책, 31~32쪽.
109. 백낙청, 앞의 글, 『창작과비평』 82호, 1993년 겨울, 21쪽.

의 복합체를 가지고 있는 것"으로 "백낙청이 배격하는, 미국의 신비
평(new criticism)같은 종류의 모더니즘 '이념'과는 확연히" 다른 것
이기 때문이다. 그것은, "오히려 백낙청이 리얼리즘이라는 범주로
포괄하고 있는 인간해방의 비전을 근대에 특유한 인간생활의 현실
적 조건과 가능한 형태에 대한 성찰을 통해 쇄신한 작업이다."[110] 체
제로서의 근대(바우만의 개념을 빌어 황종연이 말하는 '고체근대')
와는 다른 해방으로서의 근대('액체근대')의 비전이 버만의 모더니
즘론 속에 들어 있다는 반론인 것이나. 오히려 황종연은 혁명과 성
치의 개념을 미시적으로 쇄신함으로써 백낙청의 근대성론과 근대
극복론이 갖는 거시적이고 체제적인 성격을 반박한다.

> '근대성의 철폐'나 '근대의 극복' 같은 어휘들은 자본주의의 야만을 충
> 격적으로 학습하며 자본주의 체제의 총체적 변혁을 꿈꾼 세대에게는
> 특별히 호소하는 바가 있다. 그러나 대혁명의 이론밖엔 진정한 정치
> 학이 없다고 생각하는 것은 형이상학밖엔 확실한 인생의 지혜가 없
> 다고 주장하는 것과 별로 차이가 없다. 버만의 모더니즘 정치학은 인
> 간사회의 장엄한 서사와 거대한 체제를 관념상으로 장악하는 능력이
> 있는 극소수 엘리트 지식인의 책상 위에 놓인 대혁명의 시나리오가
> 아니라 그러한 서사와 체제를 헤아릴 재주가 없는 보통사람들의 일
> 상생활 체험에서 생성되는 자유와 존엄과 연대의 서사시이다.[111]

세계체제론과 분단체제론에서 표현되었듯 백낙청이 '인간 사회의

---

110. 황종연, 「모더니즘에 대한 오해에 맞서서」, 『창작과비평』116호, 2002년 봄, 246쪽.
111. 같은 책, 247쪽.

장엄한 서사와 거대한 체제를 관념상으로 장악'하기를 좋아한다는 것은 분명하다. 확실히 그의 논리는 거시적 체제를 중심에 놓는다. 그런데 버만의 근대성론은 그와 과연 다른가? 모든 단단한 것을 녹아내리게 하는 마법적 힘을 갖고 있다고 주장되는 그의 근대화와 모더니즘의 변증법이야말로, 그리고 이 변증법을 내장하고 있는 그의 근대성 개념이야말로 '장엄한 서사와 거대한 체제'의 한 형태가 아닌가? 거대혁명론에 대한 비판이 원론적으로 의미를 갖는다 할지라도 근대성을 신비화하는 버만의 생각이 그 대안으로 보이지는 않으며 오히려 버만의 대안은 근대극복의 문제를 근대성의 신비한 메커니즘에 위임하는 경향을 갖는다. 황종연은 그 신비한 메커니즘에 아이러니라는 이름을 붙인다. 그래서 그는 위 구절에 이어, 아이러니를 모르는 해방의 논리는 압제적인 체제를 낳고야 말 것이라고 백낙청에게 경고하는데, 이 경고는 '장엄한 서사와 거대한 체제를 관념상으로 장악하는 능력이 있는 극소수 엘리트' 대 '그러한 서사와 체제를 헤아릴 재주가 없는 보통사람들'이라는 오래된 적대논리에 입각해 있다. 나는 앞에서 분단체제론에 입각한 복합국가론이 '압제적 체제'를 예비하고 있다는 취지의 말을 한 바 있다. 이것은 분단체제의 다민족 복합국가 체제로의 대체가 근대극복보다는 근대회복을 가져올 수 있다는 생각을 표현한 것이다. 그렇다면 체제 중심적 사유의 압제적 성격은 아이러니를 모르기 때문에 발생하는가? 황종연이 말하는 아이러니는 "근대인 앞에 경악스럽게 펼쳐진 무질서와 유동성의 세계와 정직하게 대면하고, 불확실, 모호함, 가변성을 어떤 인간적 이상을 향한 전진의 전제로 수락하는 정신의 기술"

이며 "역설과 모순으로 가득찬 삶을 철저히 사는" 기술이다. 백낙청이 이렇게 정의된 아이러니를 모를까? 아니 백낙청의 변증법적 사유 전체는 아이러니로, 모순의 긴장으로 가득차 있지 않은가. 백낙청(과 그 후계자들)의 민족문학론의 핵심적이고도 일관된 생각인 '근대성취와 근대극복'의 이중과제라는 개념은 버만의 '근대화와 모더니즘의 변증법'이라는 개념과 바로 '아이러니'를 공유하는 것이 아닌가.[112]

근대성은 분명히 이중적이다. 이 때문에 아이러니는 근대성을 살아나감에 있어 필요한 기술이다. 그것은 사물들 속에서 차이 그 자체를 식별하고 그로부터 문제를 도출하며 또 그 문제들의 조건들을 규정하는 데 필요한 미분화들을 수행할 수 있게 하기 때문이다.[113] 그러나 그것이 이러한 역할을 수행할 수 있는 것은 모순을 넘어 차이 그 자체를 식별할 수 있을 때이다. 모순에 얽매인 백낙청과 버만의 변증법적 아이러니는 근대극복의 운동을 근대성취의 체제적 종합에 종속시키며 모더니즘을 근대화에 종속시킨다. 황종연이 버만으로부터 '근대성의 역설의 고통을 철저히 겪는 것이야말로 역설의 고통에서 해방되는 가장 현실적인 방법'이라는 식의 신보수주의적 정치학을 교훈으로 읽어내게 되는 것은 결코 억지나 우연이 아니다.

---

112. 최원식은 20세기 한국문학사 전체가 "근대성의 쟁취와 근대의 철폐라는 이중의 과제를 해결하려는 고투의 역사"(최원식, 『생산적 대화를 위하여』, 창작과비평사, 1997, 37쪽)였다고 힘주어 말하는데, 이것은 지금까지의 한국문학사 전체가 남한판 근대성 이데올로기에 묶여 있었음을 역설하는 것으로 읽을 수 있다.
113. 질 들뢰즈, 『차이와 반복』, 525쪽. 물론 백낙청과 황종연은 아이러니를, 차이보다 모순을 발견하고 다루는 기술로 사용한다.

변증법적 아이러니는 차이 그 자체를 모를뿐만 아니라 '개체를 모른다'. 근대극복은 근대성이라는 신비한 힘이 이루는 역사(history)일 수 없고 오직 차이 그 자체의 표현으로서의 다양한 개체들, 그것들의 강렬도들이 이루는 발생사(Geschichte)일 수 있을 뿐이다. 이것은 아이러니만으로 충분히 파악할 수 있는 사건이 아니다. 이것은 '개체와 더불어 유희하고 개체화 요인들과 더불어 유희하는 기술'이자 '강렬도들의 기술'인 익살(humour)을 반드시 필요로 한다.[114]

백낙청과 버만과 황종연이 '모르는' 것은 이 익살이다. 익살이 없을 때, 아이러니는 변증법에 갇히고 결과적으로 그것은 자신의 힘이 권력과 압제력으로 변하는 것에 무방비상태로 놓이게 된다. 익살이야말로 근대성의 역설과 아이러니의 비밀이다. 그렇다면 익살의 힘은 무엇에서 발원하는가? 그것은 근대가 끊임없이 자신의 한계로서 대면하는 다중들이다. 다중은 근대의 피조물이 아니다. 늘 오해되곤 하지만, 근대를 생산한 것이 다중이다. 다중은 근대를 낳았지만 근대의 (비)−외부를 구성한다. 근대 속에서 살고 있지만 근대에 대항하면서 근대를 넘어서는 차이의 소용돌이가 다중이기 때문이다. 단단한 모든 것을 녹아내리게 하는 힘은 결코 근대성 자체의 체제적 역사적 힘이 아니다. 근대성을 창출하고 또 극복하는 힘은 결코 신비한 그 무엇이 아니다. 그것은, 자신이 생산한 체제 속에서 살면서 그것에 저항하고 새로운 것을 창조함으로써 단단한 것을 녹여 내리는 다중의 힘이며 다중의 영원성의 삶이 발휘하는 발생사적 힘이다. 단단한 것을 녹이는 해체적이고 재구성적인 과정은, 스

---

114. 같은 책, 525쪽.

딸린주의와 프랑크푸르트 비판이론의 기술주의적 채색은 물론이고 고전 맑스주의의 경제주의적이고 객관주의적인 이해방식에서 벗어난 바로서의 '생산력'이 드러내는 힘, 자연적 인간적 다양성의 신체적 정서적 정신적 협력과 공통되기에서 비로소 드러나는 힘의 효과이다. 이 사건을 그것의 외부에서 관찰하는 눈에게만 그것은 근대성의 신비한 역설적 힘으로 비치며 근대극복을 근대성취에 끊임없이 비틀어 매는 전도된 윤리학과 정치학을 산출하게 된다. 근대성취와 근대극복, 근대화와 모더니즘의 변증법을 내면화한 정신은 근대의 영원한 미완성이라는 주술에서 벗어날 수 없다. 백낙청에게 탈근대적 새로움에 대한 주장은 과장으로 비치며[115] 모더니스트 황종연에게도 적어도 한국에서만은 근대성이, 그래서 민족문학이, 그리고 '세부'의 미학인 리얼리즘이 여전히 유효성을 갖는 것으로 인식된다.[116] 한국의 이들 근대 미완성론자들은 식민지 체험을 가진 주변부이므로 근대성취의 과제가 남아 있다는 식의 (제국주의 유럽을 척도로 설정한다는 의미에서) 예속적 제국주의 관점을 드러내지만 버만은 아예 전지구적으로 근대가 미완성이라고 본다. 근대를 체제로서 보는 눈에 근대가 미완성으로 느껴지는 것은 자연스럽다. 왜냐하면 근대는 제3세계 체험을 가진 지역은 물론이고 제1세계였던 지역에서도 끊임없이 움직이는 다중을 자신의 한계로, 자신이 더 완벽하게 포섭해 들어가야 할 대상으로 대면하고 있기 때문이다. 그러

---

115. 백낙청, 앞의 글, 『창작과비평』, 1993년 겨울, 18~19쪽.
116. 황종연, 앞의 글, 『창작과비평』 116호, 2001년 여름; 황종연, 「탈승화의 리얼리즘」, 『문학동네』, 2001년 가을 참조.

나 체제로서의 근대의 한계를 구성하는 다른 근대성, 즉 해방으로서의 근대성에게 미완성이란 없다. 네그리가 말하듯이, "특이성들의 승리, 그들이 스스로를 다중으로 정립하는 방식, 그리고 언제나 더욱 더 넓은 사랑의 유대 속에서 스스로를 구성하는 방식은 결코 미완성적인 것이 아니다."[117] 오히려 그 과정은 항상 긍정적이며 완성되어 있고 그러면서 항상 열리고 있다. 이 완성과 열림의 사이에서 주어지는 공간이야 말로, 근대성의 색다른 공간으로서, "절대적 힘의, 온전한 자유의, 해방의 길의 공간"[118]인데, 근대극복은 바로 이 공간에서 다중이 스스로를 완성하면서 동시에 스스로를 여는 사건이다.

이렇게 이해할 때, "인간사회의 장엄한 서사와 거대한 체제를 관념상으로 장악하는 능력이 있는 극소수 엘리트 지식인"과 "그러한 서사와 체제를 헤아릴 재주가 없는 보통사람들의 일상생활 체험"의 대비는 부적절하다. 다중은 새로운 근대적 국가를 이룰 주권 주체로서의 민중과도 구별되어야 하겠지만 '재주없는 보통사람들'로 혹은 '비루한 것'으로 비하될 어떤 이유도 갖고 있지 않다. '생성되는 자유와 존엄과 연대의 서사시'는, 주권을 넘어서 삶시간 속에서 움직이며 그것을 비루한 것으로 보는 초월적 시선들에도 불구하고 삶을 끊임없이 새롭게 혁신하는 사람들인 다중에 의해서 비로소 쓰일 수 있기 때문이다. 다중은 '소수 엘리트' 지식인과 대립할지는 모르지만 '지식'과 대립하는 힘은 아니다. 다중의 공통되기는 지성 혹은 지적 사랑을 자신의 일부로 필요로 한다. 지적 사랑은 다중의 힘을

---

117. 안또니오 네그리, 『전복적 스피노자』, 이기웅 옮김, 그린비, 2005, 165쪽.
118. 같은 책, 165쪽.

절대적 공통되기로 이끄는 것, 즉 공통체가 생성되는 지각적 정동적 행동적 메커니즘을 밝혀주기 때문이다.[119] 문학은 바로 그 지적 사랑의 능력을 통해 다중의 생성에 참여할 수 있고 바로 이로써 권력에 대항하는 다중의 활력, 그 생성의 능력을 표현하는 삶문학으로, 그들의 특이하고 삭제불가능한 시간적 현재성을 드러내는 카이로스의 문학으로 된다. 이것은, 지난 시간을 재현하는 것이기보다 그때그때의 삶시간의 완성과 '장차 올 것'의 열림 사이에 존재하는 순간의 관점에서 존재를 바라보고 경험하면서, 그것을 삶 속에 표현함으로써 공통적 삶을 새롭게 구성하는 일에 참여하는 문학이다.[120]

8. 카이로스의 문학

한국에서 모더니즘론과 리얼리즘론의 차이는 과장되어 왔다. 지금까지 살펴보았듯이 그것들은 서로 대립하는 것처럼 보이는 외관에도 불구하고 근본적인 공통점을 갖는 것이었다. '회통'론은 이 점을 정확하게 포착하고 있다. 그러나 (대립론은 물론이고) 회통론도 이들 양자가, '회통'의 요구가 제기되기 오래전부터, 경쟁적 공모를 통한 영토확장을 꾀해 왔음을 보려하지는 않는다. 양자는 근대화와 모더니즘의 변증법 혹은 근대쟁취와 근대극복의 변증법이라는 공

---

119. 이에 대해서는 같은 책, 164쪽 참조.
120. 이에 대해서는 안또니오 네그리, 『혁명의 시간』, 42쪽 및 조정환, 앞의 글(질 들뢰즈 외, 『비물질노동과 다중』, 갈무리, 2005) 참조.

동의 방법론에 따라 움직여 왔으며 사실주의적 재현을 넘어선다는 공동의 목표를 갖고 있다. 이 양자 사이에 당파성인가 진정성인가, 민중성인가 개인성인가, 현실성인가 내면성인가, 총체성인가 그것의 거부인가 등의 쟁점들이 있는 것은 분명하지만 이것들은 양자의 공통 기반인 근대성 안에서의 쟁점들이다. 이들은 현실성(actuality)의 사실주의적 재현을 넘어서려는 공동의 목표를 갖고 있지만 잠재성(virtuality)의 힘을 직접적으로 표현하는 것에 대해서는 공동으로 거리를 취한다. 리얼리즘론에서 실재의 잠재성은 '가상현실'로 규정되어 가짜로 기각되거나 실재를 초월하는 방식으로 〈되기〉(생성)의 힘을 억제하는 〈임〉의 동일성에서 파악된다. 모더니즘에서 잠재성은 어떤 실재성이나 긍정성도 갖지 않고 오직 '부정'의 성질만을 갖는 진정성으로 파악되거나[121] 개인 속에 격자지워진 협소한 내면성의 틀 속에서만 이해된다. 이들 모두는 현실에 공간화된 크로노스적 시간과는 다른 카이로스적 시간이 실재함을 부정하거나 그것을 인정한다 해도 그것을 현실적 시간 아래에 종속시킨다. 그래서 누누이 근대의 극복을 외치면서도 이들은 잠재성의 시간의 저 측정할 수 없는 현상학으로서의 발생적 새로움을 역사적 지속이라는 근대성의 시간의 거대한 바위로 짓눌러 놓으며 근대성의 시간의 체로 발생적 새로움을 걸러낸다. 시간의 적대적 발전 속에서 내재성의 시간이 포획의 그물망, 제국의 네트워크에 걸려 있는 것이다.[122] 리얼리즘론과 모더

---

121. 황종연, 『비루한 것의 카니발』, 31~32쪽.
122. 우리 시대의 시간의 적대와 재구성에 대해서는 조정환, 앞의 글(질 들뢰즈 외, 『비물질노동과 다중』, 갈무리, 2005, 363~380쪽) 참조.

니즘론은 명목상 근대극복을 지향하면서도, 근대성 속의 다른 근대성이며 근대성을 불러왔지만 그것에서 벗어나고자 하는 비월의 근대성[123]을 짓누르는 역설에 처한다. 이 얄궂은 운명이야말로 근대성의 변증법이 직면한 진정한 아이러니이다.

그러므로 우리 시대 문학의 해방은 이제 근대성의 변증법을 깨뜨리는 삶의 해방의 일부이지 않으면 안 된다. 이것은 문학을 정치에 종속시켰던 시대, 이제 기억 속에만 남아 있는 노동해방문학과 사회주의 현실주의의 낯익은 메아리는 아닌가? 만약 우리가 문학을 현실성의 시간 속에서만 사고하고 근대성의 변증법을 자본주의로부터 사회주의로부터의 현실적 이행으로만 사고한다면 아마도 그럴 것이다. 그러나 황종연이 암시하듯이 '객관현실'을 문학의 현실로 믿고 공유할 공동체는 한국에서도 이미 급속하게 사라지고 있다.[124] 우리는 민중이 사라진 시대, 민중이 없는 시대[125]에 살기 시작했다. 이 시대는 '객관적 현실'과 그것의 재현이라는 기획의 근거를 박탈한다. 재현은 국가와 결부된 근대적 민족이나 동일성을 지향하는 근대적 계급처럼 경계를 통해 외부를 설정하는 수행 주체를 필요로 하기 때문이다. 민족국가가 제국의 하위마디로 편입되고 외부를 갖는 계급의 획정이 어려워짐에 따라 재현은 위로는 시뮬레이션으로 대체되었고 아래로는 표현에 통합된다. 사회주의가 자본주의적 제

---

123. 포스트모더니즘은 이것을 체제화하고 기술화한다.

124. 황종연, 앞의 글, 『창작과비평』 116호, 2002년 여름, 263쪽.

125. '민중이 없다'는 진단에 대해서는 질 들뢰즈, 『시네마·2』, 이정하 옮김, 시각과언어, 425쪽 이하; 그리고 니콜래스 쏘번, 『들뢰즈 맑스주의』, 조정환 옮김, 갈무리, 2005, 77쪽 이하 참조.

국의 한 지절 혹은 특수한 작동양식으로 편입됨에 따라 '사회주의'
리얼리즘은 그 어떤 독자적 의미도 갖지 않게 되었다. 자본주의로
부터 사회주의로의 객관적 이행이 없는 한에서, 사회주의가 형태를
달리하는 자본주의적 주권형태인 한에서[126] 사회주의적 당파성이
문학에 어떠한 객관적 진리도 보장해 줄 수 없음은 분명하다. 당파
성이 작품의 질로서 구현된다면 그것은 부단히 완성되면서 동시에
열리고 있는 전체로서의 삶에 총체성의 갑옷을 입히는 일일 것이고
그런 만큼 그것은 사람들의 정동능력을 제한하게 될 것이다. 근대
적 당파성은 혁명의 미학원리에서 권태와 권위의 미학원리로 전화
된다. 그것이 질서, 정상성, 휴머니즘, 위계에 대한 끈끈한 애착을
표현하는 것인 한에서는 말이다.[127] 그러면 이제 1990년대 모더니즘
문학이 마치 화두처럼 쓰다듬고 어루만져 온 폐허, '온 몸에 향기로
운 기름을 바르고 아름다운 음악과 산해진미를 맛보며 마약과 섹스
로 아아, 이 즐거운 생을 노래한다 폐허, 폐허, 폐허, 썩은 연못과
잡풀에 가려진 길들'[128]만이 남았는가. 모든 것이 부패하고 썩어 버
린 것이 아니라 모든 낡은 것을 부패하게 하고 썩게 만들어 허무의

---

126. 이에 대해서는 조정환, 「사회주의는 자본주의 발전의 국가주의적 주권형태」(『제국의
    석양, 촛불의 시간』, 갈무리, 2003, 41~59쪽) 참조.
127. 객관적 당파성의 주창자였던 루카치는 모더니즘을 비판한 글 「모더니즘의 이데올로
    기」(게오르그 루카치 외, 『현대 리얼리즘론』, 황석천 옮김, 열음사, 1986)에서, 새로
    운 질서의 확립(30쪽), 정신병리로부터 정상성의 옹호(31쪽), 괴짜가 아닌 위대한 주
    인공(32쪽), 휴머니즘의 찬미(33쪽), 핵심적인 것과 주변적인 것을 가르는 원근법의
    수호(34쪽), 중요성의 등급과 위계의 긍정(35쪽) 등 근대성의 주류정신을 숨김없이
    자기 것으로 토로하고 있다.
128. 함성호, 「카필라바스투의 동문」, 『聖 타즈마할』, 문학과지성사, 1998, 12쪽.

시간을 창조하는 것이 바로 잠재력이며 영원성이다. 영원의 화살,
카이로스로서의 삶은 자본주의에서 사회주의로, 다시 사회주의에서
공산주의로의 이행 같은 유토피아적 경로에 호소하지 않으면서 직
접적으로 그 허무의 터에서 구성의 시간을 살아가는 디스토피아적
이행 그 자체이다. 리얼리즘과 모더니즘을 떠받쳤던 낡은 공동체들
이 사라지는 자리에서, 문학은 새로운 민중, 색다른 탈근대적 공통
체의 형상을 실험하며 발명한다. 신경숙이 '친구'를, 백무산이 '바람'
을, 함성호가 '타지마할'을, 그리고 수많은 작가들이 그 나름의 공통
체를 표현하고 또 발명하고 있는 1990년대 이후의 세계는 문학의
지적 정동적 사랑에 의해 다중의 색다른 탈근대성의 형상이 창안되
고 있는 삶문학의 실험실이다.[129]

(2005년 12월)

---

129. 이 실험실에서는 박수연(『문학들』, 실천문학, 2004), 김용희(『천국에 가다』, 하늘연
못, 2001), 김미현(『판도라 상자 속의 문학』, 민음사, 2001), 서영인(『충돌하는 차이
들의 심층』, 창비, 2005), 백지연(『미로 속을 질주하는 문학』, 창작과비평사, 2001)
등 이른바 '젊은 비평'도 그 나름의 몫을 다하고 있다. 이들은 각각 함민복(죽음); 배
용제, 함성호(아나키); 송경아(탐색자들), 배수아(소설 바이러스), 은희경(위악); 김인
숙(기억), 김영하(쿨), 박민규(유머), 김종광(왁자지껄함); 백민석(폭력과 폭로) 등에
서 동시대 문학의 새로운 특성을 읽음으로써 새로운 세계의 형성에 문학이 어떻게
참여하고 있는지를 밝혀내려고 노력한다.

연구신서 15

민주주의 민족문학론과 자기비판

조정환 지음

연극사

역(逆)지구화를 위한 문학적 주체성의 재구성

1. 머리말

1990년대에 우리는 '민족문학의 위기'와 관련된 많은 논의들을 보았다. 그런데 최근 우리는 그 논의들이 '어쨌건 민족문학이라는 슬로건은 여전히 유효하다'[1]는 모호한 통념에 안주하는 것을 본다. 이 통념은 악령처럼 우리의 두뇌를 짓누르며 우리의 사유를 흐리게 만든다. 눈을 들어 다시 물어 보자. 이 통념은 어디서 연원하는가? 우리의 시선을 유독 종속, 분단 등의 문제회로에 고정시키는 것은 '누

---

1. 민족문학을 고수하는 윤지관은 말할 것도 없고 백낙청, 최원식, 임규찬, 신승엽 등 민족문학을 낳았던 지형의 변형과 대안을 진지하게 탐색하고 있는 사람들의 글들에서도 이 명제는 마치 최후의 주문처럼 나타나고 있다.

구의' '어떤' 의지인가? 그 회로의 벽면에 그려져 있는 것은 민족해방, 민족통일이라는 이정표들이다. 그것들은 과연 근대적 주체성들이 해방의 힘을 상실하면서 오히려 억압적 모습으로 전화하고 정보화와 지구화가 우리 삶을 횡단하는 가운데 새로운 해방적 주체성들이 대두하고 있는 21세기에도 유의미한 목표들인가? 아니면 그것들은 우리의 소외된 삶을 달래는 정치적 시뮬레이션 게임인가?

나는 이 글에서 '민족문학이라는 슬로건이 여전히 유효하다'는 통념에 도전하며 그것을 해체시키려 한다. 그러나 그것은 (비록 실천적 결론은 유사할지라도) '민족문학은 더 이상 유효하지 않다'는 또 하나의 포스트모더니즘적 통념에 영합하기 위한 것이 아니다. 나는 '민족문학이 여전히 유효하다면 그것은 무엇에, 누구에게 유효했는가'에 대해 묻고자 하는데 그것은 '민족문학이 지난 날 유효했다면 그것은 또 무엇에, 누구에게 유효했는가'를 묻는 것일뿐만 아니라 '민족문학이 더 이상 유효하지 않다면 무엇에 또 누구에게 유효하지 않은가'를 동시에 질문하는 것이기도 하다.

그런데 나는 왜 질문들을 이런 방식으로 제기하는가? 아마도 두 가지 요소로 된 한 가지 주제가 나의 글쓰기를 이끄는 것 같다. 그것은 '낡은 문학적 주체성 이론'(민족문학론들)에 대한 거부와 '주체성 일반의 부정 이론'(포스트모더니즘론)에 대한 거부를 두 요소로 하면서 현대 사회의 운동 속에 잠재하는 '문학적 주체성의 재구성'의 동학을 드러내는 것이다.

충분히 예견되는 오해를 피하기 위해 나는 '민족문학'과 '민족문학론들'을 엄격하게 구분하고자 한다.

먼저 민족문학이란 구성주체의 관점에서 이해한 근대문학 자체이다. 근대문학은 민족문학으로서 존재하고 또 운동해 왔다. 이 말은 이 시기에 민족문학을 벗어나는 문필활동이 없었다는 뜻이 아니다. 그러한 문필활동은, 마치 근대사회에서 국민이 아닌 시민이 부단히 시민 범주 밖으로 추방되듯, 근대문학이 아닌 것으로 규정되어 구축된 문학제도 밖으로 배제되어 왔다. 근대문학은 이렇게 민족문학으로서 자신을 정립하며 체계화하고 또 특권화하면서 외부를 배제하는 운동으로 실존해 온 것이다.

이 근대문학의 운동을 사유하면서 그 운동의 현황, 모순, 결함, 대안을 제시하는 이론적 활동이 민족문학론들이다. 그것들은 경쟁적이고 때로는 적대적인 모습들로 드러난다. 나는 이 글에서 1970년대 초에 백낙청에 의해 제기된 '민족문학론'을 비롯하여 1980년대에 채광석, 김명인 등에 의해 제기된 민중적 민족문학론, 백진기에 의해 제기된 민족해방 문학론, 그리고 조정환에 의해 제기된 민주주의 민족문학론 등을 민족문학론들로 범주화하며, 해방 직후 임화에 의해 제기된 민주주의 민족문학론을, 나아가 민족문학이라는 명칭을 달지 않고 있는 1980년대 말의 노동해방문학론이나 노동문학론·민중문학론, 1920년대 카프의 프로문학론도 민족문학론 범주에 포함시켜서 다룬다. 그 이유는, 이것들이 민족문학의 근본 지향성인 (통일)민족국가 형성이라는 주권의식 내부에서 자신들의 미적 사유를 발전시켰기 때문이다. 때로 이 문학론들이 민족경계를 넘는 국제주의를 표명하기도 하지만 그 국제적 단결의 기초단위가 (프롤레타리아가 집권한) 민족국가들로 설정되는 점에서 그것의 기본경계는 민족문학 개념에 의해 지워져 있다고 할 수 있다. 이 글에서는 논의대상에서 배제하겠지만 근대문학사에서 때로는 프로문학과의 대립 속에서, 또 때로는 (민중적) 민족문학과의 대립 속에서 제시되어 온 국수주의 문학론, 민족주의 문학론, 국민문학론 등 지배계급의 민족문학론들도 내가 사용하는 민족문학론 범주의 일부임은 분명하다.

2. 하위계급들의 민족문학의 두 지향과 이중기능

민족문학운동은 민중을 민족화하고 나아가 국민화하는 매개의 하나로 작용한다. 다시 말해 민족문학운동은 민중―민족, 민중―국민의 형성과정에서의 문화적 지도자 혹은 영매(靈媒)로 나타난다. 근대 민족문학운동들 혹은 이론들 내부의 크고 작은 복잡한 차이는, 민족화나 국민화가 위에서 아래로의 명령벡터에 의해 일방적으로 규정되는 것이 아니라, 아래에서 위로의 상승벡터까지 여기에 뒤섞임으로써 다양한 힘들의 교직(交織)을 낳는 운동이기 때문에 나타난다.

그람시는 한 사회 내의 적대적 힘들이 민족국가를 향해 집결하는 근대적 과정을 명료하게 그려냈다. 그의 그림 속에서 지배계급과 하위계급들은 모두 국가를 향해 움직인다.

먼저 지배계급은 자신들의 역사적 통일성을 국가를 통해서 실현한다. 지배계급의 역사는 본질에서 국가들의 역사이며 국가들로 이루어진 집단들의 역사이다. 그런데 이 통일성은 단지 법적이고 정치적인 것만이 아니다. 그것은 사회적이고 문화적인 통일성이기도 한데 그 이유는 지배계급의 통일성이 정치사회(국가)와 시민사회의 유기적 관계에서 비롯되기 때문이다. 이것이 지배계급의 민족문학의 근거이다. 이것은 지배계급의 문화적 통일성을 구축하는 데 기여한다.

그런데 그람시가 보기에 국가를 향해 움직이는 것은 지배계급만이 아니다. 하위계급들도 국가를 향해 움직인다. 그는 "하위계급들은 정의상, 스스로 '국가'가 될 수 있기까지는 통일되지 않으며 될 수도 없다. 따라서 그들의 역사는 시민사회의 역사와 뒤섞여 있으며 그것을 통하여 국가들과 국가집단들의 역사와 연결된다"[2]고 말한다. 여기서 그람시가 하위계급들의 역사를 지배계급들의 역사와 동질적인 것으로, 즉 독특성, 이질성, 다양성, 혼종성, 자율성보다는 '통일성, 동질성, 동일성'의 기준에서, 즉 근대성의 관점과 상상력 내부에서 정의하고 있는 것은 분명하다. 하지만 그는 근대 속에서 지배계급의 민족주의와 구별되는 하위계급들의 민족주의—이것이 이 글에서 다루는 하위계급들의 민족문학론들의 이념적 원형이다—가 형성되는 메커니즘을 우리에게 설명해 준다.

①경제생산 분야에서 일어나는 발전과 변화에 의해 하위 사회집단들이 객관적으로 형성된다. 이들은 기존의 사회집단들 속에서 발생하며 그 속에서 양적으로 확산되고 기존 집단의 정서와 이데올로기와 목표를 한동안 계속 보유한다. ②이들은 지배적인 정치적 조직들에

---

2. 안토니오 그람시, 『옥중수고 · 2』, 이상훈 옮김, 거름, 1993, 70쪽.

적극적으로든 수동적으로든 합류한다. 자신들의 주장을 관철시키기 위해 이들 조직의 진로에 영향을 미치려는 시도를 한다. 이러한 시도는 그 조직의 해체, 혁신, 혹은 새로운 형성을 결정하는 과정에 일정한 영향을 미친다. ③지배집단들이 새로운 정당들을 만들어 내어 하위집단들의 동의를 확보하고 그들을 계속해서 통제하려고 한다. ④하위 집단들 자신이 제한된 부분적 요구들을 관철시키기 위해 자신들의 조직들을 산출한다. ⑤이 새로운 조직들은 낡은 틀 내에서이긴 하지만 하위 집단들의 자율성을 주장한다. ⑥이 조직들이 완전한 자율성을 주상한다 … 등.3

여기에서 ③은 근대 민족국가 재생산의 가장 지배적인 벡터, 즉 계급지배의 메커니즘을 설명한다. 이것을 제외한 나머지 다섯 가지는 하위계급들이 국가로 상승하는 운동의 단계적 국면들에 대한 설명으로 읽을 수 있는데 이것이 아래로부터의 민족주의, 즉 하위계급들의 민족주의다. 이 과정에서 노동조합과 사회당·공산당과 같은 정당들은 매개적 역할 혹은 지도적 역할을 담당한다.

하위계급들의 민족주의 운동, 즉 하위계급들이 스스로 민족국가의 담당자로 전화하여 자신들을 통일된 권력으로 발전시키고자 하는 이러한 운동의 일부인 문학운동을 우리는 민족문학운동의 좌파 혹은 좌파 민족문학운동이라고 명명할 수 있다.4 한반도에서 1920

---

3. 같은 책, 70~71쪽.
4. 내가 좌파라고 분류한 조류들 중에 자신을 좌파보다는 중도파라고 명명하는 경향이 있는 것은 분명하다. 그러나 좌파와 중도파를 가르는 것은 이 글에서 나의 관심사가 아니다. 나는 이 글에서 양자가 하위계급들의 문학운동이라는 점에서 갖는 공통점을 강조하고자 하며 이것들이 민족문학 속에서 하위계급들의 관심을 반영하고 표현한다는 점에

년대의 프로문학운동, 해방 직후의 민주주의 민족문학운동, 1970년
대 이후에 발전한 각양의 민중·민족문학운동들이 여기에 해당한
다. 이에 반해 지배계급들의 민족주의, 즉 지배계급이 스스로의 통
일성을 구현하며 또 하위집단들의 동의를 확보하고 통제하기 위해
발전시키는 문학운동은 우파 민족문학운동이라고 명명될 수 있을
것이다.

이 양자는 근대사회와 근대문화의 발전과정에서 서로 길항하며
또 서로 보완하는 변증법적 세력들로 정립된다. 물론 양자의 역할
은 다르다. 후자는 현상의 유지와 만회에 기여하는 반면 전자는 변
화와 혁명에 기여한다. 근대문학은 안정과 변혁의 이 두 축을 회전
하면서 자신을 하나의 통일적 총체로 구성한다. 이렇게 구성된 통
일적 총체, 혹은 총체로서의 민족문학은 억압적 성격을 갖는다. 왜
냐하면 여러 가지 차이들에도 불구하고 그것은 사회의 다양한 구성
원들을 노동자로 동일화하고 통일시킴으로써 자본관계를 발전시키
고 재생산하는 정신적-감성적 기계이기 때문이다.

직접적으로 통제적인 우파 민족문학의 억압성을 확인하는 것은
쉽다. 하지만 변화와 혁명의 담당자인 좌파의 민족문학들이 '최종
심급에서' 억압적인 것으로 전환되는 메커니즘을 확인하는 것은 쉽
지 않다. 그 메커니즘을 이해하려면, 일반적으로 진보적인 것으로
알려진 좌파적 민족 관념의 두 가지 지향에 대해, 그리고 그 각각의
지향에 내재하는 진보와 반동의 이중기능의 상호작용에 대해 살펴
보아야 한다.

주목하여 우파와 구별되는 좌파로 명시할 뿐이다.

　좌파적 민족 관념의 첫째 지향은 공동체의 방어, 즉 민족 자결이다. 맑스와 엥겔스가 폴란드 문제를 분석하면서, 그리고 레닌이 식민지종속국들의 문제를 분석하면서 정치적으로 긍정한 이 지향은 종속 민족이 지배적 열강들의 통제로부터 분리될 권리를 의미한다. 그것은 반식민주의-반제국주의 투쟁들에서 정책화되었다. 이 맥락에서 민족문학은 종속 민족의 문화를 열등한 것으로 형상화하는 지배적 담론을 물리치는 이데올로기적 무기로 활용된다. 그러나 외부에 대항하는 공동체의 방어가 내부에 대해서는 정반대의 기능을 한다는 사실은 그 진보적 기능의 그림자에 가려져 왔다. 외부의 힘에 저항하는 구조의 이면은 민족 동일성, 통일성, 안보의 이름으로 내적 차이를 억압하는 지배력이다. 보호와 억압은 동전의 양면이다.[5]

　또 하나의 지향은 잠재적 공동체의 공동체성을 확립하는 것이다. 이것은 흔히 민족통일의 요구로 나타나는데 오늘날 한국의 민족문학은 이 점에 더 많이 집중하고 있다. 분단이 민족 공동체의 잠재력을 억제, 잠식하고 있다고 보기 때문이다. 그러나 이 관점의 반동적 기능은 공동체의 잠재력이 표현되는 길은 민족뿐이라는 관념으로부터 주어진다. 이 관념은, 복수성과 독특성을 실현하는 방향의 공동체들로 발전할 잠재력을 가진 사회다중을, 민중-민족이라는 단일성과 통일성의 공동체 속에 속박한다. 이 과정에서 공동체에 대한 모든 상상은 민족으로 덧코드화되며, 그 결과 우리의 공동체 개념은 매우 궁핍하게 된다.

　요컨대 하위 계급들의 민족 관념은 진보와 반동이라는 이중의 날

---

5. 안또니오 네그리·마이클 하트, 『제국』, 윤수종 옮김, 이학사, 2001, 154~5쪽.

을 가진 칼일뿐만 아니라[6] 정작 민족이 주권국가로 성장하면 그 진보적 기능을 상실하며 다중의 사회적 삶을 전체주의적으로 덧코드화하는 장치가 된다.[7] 제2인터내셔널의 사회주의가 사회애국주의로 기울고 볼셰비즘과 제3인터내셔널이 제국주의적 민족주권 체계로 변형된 것, 그리고 사회주의 리얼리즘이, 무자비하게 짓밟히며 (타인에 의한 혹은 자기에 의한) 강제노동에 시달리는 스타하노프적 인간을 '새로운 인간 전형'으로 미화하게 되는 것이 바로 이 메커니즘의 효과이다.[8]

3. 민족문학의 '시대'로서의 근대문학

지배계급의 통일을 위한 민족문학과 하위 계급들의 통일을 위한 민족문학이 서로 다른 출발점, 서로 다른 지향에도 불구하고 민족국가적 주권의 확립과 확장이라는 단일한 목표의 실현에 기여하게 되는 것이 근대문학의 가장 기본적인 특징이다. 전 세계의 문화에 공통적으로 나타나는 이 현상은 한국문학사 속에서도 뚜렷이 관찰된다.

한반도에서 근대문학은 민족국가적 주권 구축을 위한 기계로 탄

---

6. 영화 ≪에너미 앳 더 게이트≫(Enemy at the Gate)에서 소련의 코미사르들은 독일제국주의에 대항하는 전쟁에 병사들을 배치하고 전쟁을 독려하는 한편(진보) 역부족으로 후퇴하는 병사들을 무차별 사살하는(억압) 존재로 그려진다.
7. 안또니오 네그리·마이클 하트, 앞의 책, 155~163쪽.
8. 슬로베니아 출신인 지젝은, 스딸린주의 하에서는, '실제로 존재하는 인간'이 '새로운 인간'을 만들어 내기 위해 무자비하게 착취되어야 할 원재료로 격하된다고 고발한다(슬라보예 지젝, 「실재의 사막에 온 것을 환영합니다」, 『당대비평』, 2001년 겨울, 47쪽).

생한다. 그것은 민족어(언문일치의 조선어)를 완성하고 민족기원의 신화(단군신화와 고조선)를 구축하며 자신의 통일성을 유지하는 버팀목이 될 '외부의 적(敵)'(서양/일본) 관념을 가공하면서 경계를 분명히 벼리는 무기이다.[9] 조선 후기에 지식의 경계가 인간, 자연, 동물을 두루 포괄하는 우주 내의 천지만물, 곧 천기(天機)였음에 반해 애국계몽기의 민족 담론들에서는 지식의 탐구대상이 기본적으로 한반도라는 국경에 한정되며 민족을 중심으로 한 내외부의 투쟁이 담론들의 중심 줄거리로 등장한다.[10] 외부와 적대하는 내부의 통일이 민족국가 하위의 모든 원자들 혹은 그것들의 결합체들에 대한 억압을 수반할 것임은 불문가지의 사실이다.

> 오늘날 한국의 비참한 현상을 지은 자도 곧 개인주의라 할 것이며 동포의 전정에 마귀되는 것이 무엇이뇨 그 근저가 여러 가지로되 개인주의가 제일 큰지라 그러므로 (…) 혹 이 개인주의를 가진 자는 큰 칼과 넓은 도끼로 그 용렬한 성품을 급급히 끊어 버리고 민족주의를 분발할지어다.[11]

외부에 적을 설정하자마자 그 투쟁에서의 승리를 방해하는 내부의 적이 설정되며 민족적 통일은 결국 내부의 적을 억제, 발본함으로써 도달할 수 있는 억압적 통일의 성격을 갖게 된다.

민족적 통일의 이 억압적 성격은 민족주권이 누구에 의해, 어떻

---

9. 이광수의 문필활동은 이것의 한 전형으로 볼 수 있다.
10. 고미숙, 『한국의 근대성, 그 기원을 찾아서』, 책세상, 2001, 제1장 참조.
11. 같은 책, 42쪽에서 재인용.

게 실현될 것인가를 둘러싼 끊임없는 논란과 갈등을 낳게 된다. 한반도에서 20세기 내내 지속될 좌우 갈등의 선이 가장 분명하게 드러난 것은 1920년대이다.

임화가 설명하듯이 신경향파는 기미년 이후에 개화된 자연주의와 퇴폐주의, 낭만주의 등과의 관계 속에서 발생했다.[12] 이성(계몽주의), 경험과 사실(자연주의), 낭만과 이상(낭만주의) 등을 강조해온 여타의 경향들과는 달리, 신경향파는 '생활'의 문제를 적극적으로 강조한 데 그 독특성이 있다. 김기진은 이것을 "다만 현실을, 우리의 생활을 변혁하여야만 우리의 문학을 혁명할 수 있고 우리의 사상을 혁명할 수 있다 (…) 우리의 결론인 예술, 이것을 해방시키고 생명의 본질을 찾고자 하자면 우리는 우리의 생활을 변혁하지 않으면 아니 된다"[13]는 말로 표현했다. KAPF로 응집되는 조선 프롤레타리아 문학은 신경향파가 제기한 '생활'에 대한 계급적 재해석과 혁명적 형상화에 진력한다. 그러나 계급문학은 민족문학과 단절하거나 분리하는 문학이기보다 그것과의 변증법적 관계 속에서 민족문학을 발전시키는 문학으로 설정된다. 다시 말해 그것은 하위계급들의 생활상의 욕구와 이해관계를 표현하는 종속국 하위계급들의 민족문학으로 성립되었다.

KAPF 중앙위원이었던 임화의 춘원 비판의 핵심은 그의 문학이 조선 부르주아지의 행동적 '불철저함'을 반영한다는 것이다. 이렇게 부르주아 문학과 프롤레타리아 문학의 구분은 질의 차이보다는 정

---

12. 임화, 임규찬·한진일 편, 『신문학사』, 한길사, 1993, 327쪽.
13. 김팔봉, 『김팔봉 문학전집·1』, 문학과지성사, 1988, 24쪽.

도의 차이에 따라, 즉 철저함과 불철저함의 선을 따라 그어진다. 주지하다시피 현실을 객관적으로 반영할 단일한 문학방법에 대한 프로문학의 추구는 점차 사회주의 리얼리즘의 확립이라는 방향으로 나아간다. 이것은 여타의 문학경향들과 방법들을 교조적으로 거부하면서 사회주의 리얼리즘을 계급적으로뿐만 아니라 민족적으로도 유일한 방법으로 상승시키려는 시도였다. 이처럼 1919년의 독립운동의 영향하에서 발생한 신경향파 문학 및 프로문학은 '민족문학의 시대'[14]를 끝낸 것이 아니라 민족문학의 담당층을 하위계급들로 이전시킴으로써 민족문학의 시대를 재구성한다. 임화에게서 자연주의(염상섭, 김동인 등)와 퇴폐적 낭만주의(『백조』파)는 민족문학의 계급적 재구성 과정에서 출현한 쁘띠부르주아적 국면으로 파악된다. 이 시기에 민족문학적 통일성은 위기에 처하고 예술지상주의의 비민족적 문학경향이 우세해지지만[15] 식민지 하의 급속한 산업발전에 기초한 산업 프롤레타리아의 발생과 진보적 지식인층의 형성을 통해 부르주아 문학과 쁘띠부르주아 문학의 진보적 긍정적 측면을 계승할 프로문학이 발생한다는 것이다. 이런 의미에서 프로문학은 위

---

14. 임화는 『신문학사』에서 사회적 계급분화가 아직 기본적 성질의 대립을 생활의 전 표면상에 현현치 않은 시대의 문학을 '민족문학의 시대'라 부르고 있다(임화, 『신문학사』, 339쪽).

15. "이리하여 신문학은 잡다한 형태의 예술지상주의로 변화되며, 이때까지 '민족적'이란 사상적(분위기만으로라도!) 특질 가운데서 물러서는 '신문학'의 통일적 개념은 화해되었었다. 사실 그들은 민족적이란 개념 가운데 포괄하기엔 너무나 많이 비민족적이었다. 즉 그들은 현실생활의 무엇을 위하여 자기의 문학을 준비한다느니 보다는 더 많이 예술상 자체를 위하여 존재하려던 것이었다. 이곳 와서 조선의 신문학은 현실로부터 떠나 자기의 묘굴을 파기에 급하였고 통일된 방향은 방기되었다"(임화, 『신문학사』, 347쪽).

기에 처한 민족문학의 좌파적 재구성의 산물이다.

일제하 프로문학은 사회주의를 통한 민족해방을 지향하는 하위 계급들의 민족문학이다. 일제하의 사회주의 리얼리즘은 소련에서 정립되고 일본으로 파급된 사회주의 리얼리즘론을 도입한 것으로 문학경향의 국제적 유통의 한 사례이다. 소련에서 사회주의 리얼리즘이 작가들을, 그리고 이를 지렛대로 민중을 일국사회주의 건설에 동원하는 예술미학적 방법이었듯이 식민지 조선에서 사회주의 리얼리즘은 프롤레타리아를 중심으로 민족해방과 민족통일의 과제를 완수하려는 예술미학적 방법으로 도입되었다. 프로문학이 이처럼 근대 부르주아적 과제를 자기 것으로 삼는 한에서 민족문학이 갖는 통일성에의 강한 지향성을 자기 것으로 갖는 것은 자연스럽다.[16] 프로문학이 보인 단일한 세계관, 단일한 창작방법, 단일한 조직에의 강한 집착은 복수적이며 이질적인 다중을 제국주의에 대항하는 하나의 통일적 주체로 전화시킬 필요성에서 나온 것이다.

그러므로 프롤레타리아 운동의 헤게모니가 그 어느 때보다 뚜렷해진 해방 직후에 프로문학이 스스로를 민족문학과 대립하는 것으로서 설정하지 않고 오히려 자신을 민족문학으로서 제시하기 시작한 것은 의미심장하다.[17] 그 이유는 무엇일까?

---

16. 예컨대 김기진의 다음과 같은 인식은 프로문학의 민족문학적 성격을 예시한다. "조선문학의 현재 과정하는 과정은 소위 민족적 통일적 문학으로서의 완성을 이루지 못하고 약 10년간 조선 사회의 계급적 분화과정을 반영하여 오다가 지금은 세계적 규모의 반동기에 빠져가지고 암흑과 공포의 이 어려운 고개를 넘으려고 애를 쓰고 있는 과정입니다"(「조선문학의 현계단」, 『김팔봉문학전집・1』, 95쪽).
17. 제1회 전국문학자대회에서 결의되는 '민주주의 민족문학' 방침은 해방 직후 건설된 조선문학건설본부의 민족문학론과 그로부터 몇 개월 뒤 결성된 조선프롤레타리아문

첫째 그것은 프로문학에 대한 반성의 산물이다. 제1회 전국문학자대회의 일반보고자 임화는 일제하 프로문학이 수입과 모방에서 기인하는 공식주의로 인해 "신문학 가운데 들어 있는 긍정될 요소와 새로이 대두할 수 있는 예술문학 가운데 들어 있는 좋은 의미의 민족성을 부르주아적이라고 하여 부정하는 과오"에 빠졌었다고 하면서 이렇게 덧붙인다.

반제국주의적이요 반봉건적인 민족문학의 수립의 과제가 역시 장래에 있다는 사실도 그다지 고려되지 아니했고 문학유산의 계승이라든가 예술적 완성이라든가 하는 문제도 적당히 취급되지 아니했다. 통틀어 민주적인 민족문학의 수립이 부단히 현실적 과제로 살아 있고 그것을 수행할 주요한 담당자로서의 역사적 사명에 대한 자각이 부족했음은 반성되지 아니하면 아니 된다.[18]

이제 우리는 당시 이 반성을 낳은 국제적 맥락이 무엇인지 잘 알고 있다. 임화를 비롯한 몇몇 좌파 작가들의 문학적 고뇌가 무엇이었든 그것은 일차적으로 1925년과 1946년 사이에 이루어진 소련의 제3세계 혁명론의 변화에 크게 규정되고 있다. 1925년 일국 사회주의론을 통해 국제주의로부터 이탈하고 사회민주주의를 파시즘으로 규정하는 사회파시즘을 통해 내부저항을 진압한 이후 스딸린은 소

<hr>

학동맹의 프로문학론의 통합의 산물이다(『건설기의 조선문학』, 조선문학가동맹 엮음, 최원식 해제, 온누리, 1988, 5쪽 참조).

18. 같은 책, 42쪽. 첫 줄의 '반봉건적인'은 원문에는 '반대적인'으로 되어 있으나 임화, 『신문학사』, 한길사, 1993에는 '반봉건적인'으로 고쳐져 있어 그렇게 인용한다.

련 헌법을 확립하면서 공업화를 본격적으로 추진한다. 이에 따라 코민테른은 주변국의 혁명정책을 소련의 수호라는 소련 국익주의에 종속시킨다. 이것이 1935년에 확립된 코민테른의 인민전선 정책이다. 이것은 나치즘의 발흥 하에서 급진화하고 있는 종속국들에서의 혁명을 반제반봉건이라는 부르주아 민주주의적·민족적 목표 실현에 제한함으로써 그 결과가 소련의 민족적 근대화와 충돌하지 않게 하고 오히려 이것을 소련의 이익에 종속시키려는 정책이었다.

해방 직후 민주주의 민족문학론의 프로문학에 대한 반성은 이 인민전선주의의 논리와 분리시켜 이해하기는 어렵다. 하지만 프로문학에 대한 이 인민전선론적 반성은 지난 날 프로문학이 가졌던 사회주의적 대의로부터의 전향이나 위장 혹은 배신으로 볼 수는 없다. 왜냐하면 일제하 민족주의문학과의 논쟁의 초점이 '누가 문학에서의 민족적 통일성을 철저하게 성취할 것인가'를 둘러싼 것이었음에서 감지되듯이 일본 제국주의의 패배와 민족해방의 상황에서, 그리고 자신과 경합해 온 중도파 민족주의가 취약해진 상황에서 프로문학이 자신을 민족 공동체의 잠재력을 통일시킬 유일한 민족문학으로 제시하는 것은 (하위계급의 민족주의의 발전 메커니즘에서 볼 때) 오히려 자연스러운 것으로 보이기 때문이다. "모든 영역에서 조선 민족의 독자적 발전과 자유로운 성장을 저해하고 있던 일본 제국주의의 붕괴는 문학의 영역에 있어서도 독자적 발전과 자유로운 성장의 전제를 만들어 내었다"로 시작하는 임화의 『일반보고』는 프롤레타리아 문학의 독자성보다는 조선 민족문학의 독자성에 초점을 맞추는데 이는 프롤레타리아 문학의 독자성을 정의해 온 프롤레

타리아 당파성을 반제반봉건의 과제에 종속시키는 것으로 어렵지
않게 달성되는 것이었다. 이제 임화는 아무런 거리낌없이 이렇게
말할 수 있게 된다.

조선문학의 발전과 성장의 가장 큰 장애물이었던 일본제국주의가 붕
괴된 이후 오늘 우리 문학의 일로부터의 발전을 방해하는 이러한 잔
재의 소탕이 이번엔 조선문학의 온갖 발전의 전제 조건이 되는 것이
다. 그러므로 이것의 제거없이는 어떠한 문학도 발생할 수 없고 성장
할 수도 없는 것이 현실이다. 그러면 이러한 장애물을 제거하는 투쟁
을 통하여 건설될 문학은 어떠한 문학이냐? 하면 그것은 완전히 근
대적인 의미의 민족문학 이외에 있을 수가 없다. 이러한 민족문학이야말
로 보다 높은 다른 문학의 생성, 발전의 유일한 기초일 수가 있는 것
이다.19

프로문학이 민족해방의 문학이자 민족통일의 문학으로 자신을
규정하고 세계관, 창작방법, 표현형식과 스타일 등에서 (예술적 다
양성과 복수성, 창조성보다) 예술적 통일성을 구축하는 데 주요한
노력을 경주하는 한에서 그것이 '유일의 민족문학'이라는 관념을 넘
어설 수는 없다. 왜냐하면 근대화를 이루기 위해서는 문학에서의
민족적 통일성이 필요하며 '보다 높은 다른 문학'도 이 민족문학적
기초 위에서 자연스럽게 성장, 발전할 것으로 가정되기 때문이다.
해방 공간에서 민족문학이 좌파의 헤게모니 하에서 발전되었음

---

19. 같은 책, 45쪽(강조는 인용자).

에 반해 한국전쟁은 남북 모두에서 좌파의 힘을 절멸시키고 우파의 압도적 헤게모니를 가져오는 계기가 되었다. 남북한 모두에서 민족문학은 억압적 성격을 띠기 시작했다. 그 결과 문학의 정치성을 의식적으로 거부하는 순수문학이 친미반공의 권위주의로부터 문학을 지키기 위한 소극적인 정치적 제스처가 되기도 했다. 하위 계급들의 좀더 적극적인 문학적 자기표현은 1960년 4월 혁명을 거쳐 참여문학의 형태로 나타나기 시작했는데 그것의 민족문학으로의 정향(定向)은 냉전 구도가 약화될 때까지 기다려야 했다. 1968년에 체코슬로바키아를 비롯한 동구에서, 프랑스·이탈리아를 비롯한 서구에서, 베트남을 비롯한 아시아에서, 미국, 멕시코, 칠레를 포함하는 아메리카에서 냉전체제, 복지국가, 권위주의 등 전후 지배질서를 전복하는 운동들이 확산되자 미국과 소련은 이 새로운 사회적 주체성들을 통제하기 위해 타협적 데땅뜨로 대응했다. 이 긴장완화의 상황이 한반도에 남북공동성명을 가져왔는데 백낙청이 자신의 시민문학론을 민족문학론으로 전환시키는 역사적 배경도 여기에서 주어진다.

그의 민족문학론은 해방 직후 민주주의 민족문학론의 반제반봉건 민주주의의 문제의식을 계승하면서 그것을 '분단'이라는 새로운 상황에 적용함으로써 임화가 말한 민족문학의 시대를 '완성'하려는 태도를 취한다.

이제까지 '민족문학'의 개념을 열강의 제국주의적 침략으로 민족의 생존과 존엄 자체가 위협받게 된 상황에서 요구되는 특수한 개념 — 한국의 경우 주로 일본 식민지 통치 하 우리 민족과 민중의 반식민·

반봉건의 요구에 부응한 문학—으로 다루었다. 1945년의 해방으로 일제가 물러간 지 오래인 현시점에서는 다분히 시대착오적인 개념이 아닌가라는 반론이 나올 수도 있겠다. 그러나 해방과 더불어 우리는 국토분단과 민족분열이라는 전에 없던 불행을 맞았고 뒤이어 6.25의 엄청난 수난을 겪었으며 오늘날 휴전선 이남에서만도 민족의 동질성과 주체성이 만만찮은 시련을 겪고 있다는 것은 누구나 인정하는 사실이다. 어떤 의미에서 이 시련은 역사상 그 어느 때 못지않게 심각한 것으로서 일제 침략의 위협 앞에서 반식민·반봉건의 사명을 띠고 열렸던 우리 문학사의 민족문학적 시대는 바야흐로 그 원숙의 경지를 쟁취하느냐 아니면 때 이른 파산선고를 맞느냐 하는 갈림길에 들어서고 있다고까지 말할 수 있다.[20]

민족문학 시대의 원숙인가 파산인가라는 양자택일적 문제설정은 민족문학 유일성론의 기본적인 에피스테메이다. 그리고 그 문제를 해결할 책임이 시민들의 변질과 취약성으로 민중의 어깨 위에 지워진다는 생각[21]도 일제하 프로문학 이후 1980년대까지 일련의 하위계급들의 민족문학론들에 공통적으로 나타나는 에피스테메이다. 이것은 민족적 통일과 헤게모니의 쟁취를 통해 자신의 힘을 발휘하려는 하위계급들의 민족운동에도 전형적인 현상이다. 백낙청의 민족문학론에서는 이를 실현하는 이념이 '참다운 민족주의의 실현'[22]에서 찾아진다는 점에서 '사회주의의 실현'을 통하는 길을 모색했던

---

20. 백낙청, 『민족문학과 세계문학·1』, 창작과비평사, 1995, 32~3쪽.
21. 같은 책, 27쪽.
22. 같은 책, 32쪽.

이전의 좌파 민족문학론들과는 다르지만 20세기의 사회주의가 민족해방과 민주주의를 국가적 주권의 실현을 통해 해결하려는 민족주의적 심성에 굳게 갇혀 있었던 한에서 양자의 차이란 크지 않다고 해야 할 것이다.

그러므로 80년대에 백낙청의 민족문학론의 불철저성을 문제삼으면서 논쟁적으로 제기된 다양한 민중·민족문학론들의 문제제기를 '근본적인 것'으로 평가하기는 힘들다. 다양한 형태의 민중적 민족문학론들은 민중으로부터 유기적 작가·지식인들이 탄생하는 것을 주목하면서 문학생산의 주체를 민중으로 전환시킬 것을 제안하는데 이것은, 레닌이 말년에 당의 위기를 노동자, 농민의 충원을 통해 해결하고자 했던 시도와 통하는 것으로서, 민족문학론의 민중성 관념의 보조물이지 그 대립물은 아니다.[23] 민족해방 문학론은 반미를 통한 민족통일로 강조점을 이동시키는데 기존 민족문학론의 민중성 관점을 약화시키면서 이루어진 점에서 그것은 민족문학론으로부터의 후퇴를 표현한다.[24] 1987년에 폭발한 대중노동자들의 투쟁을 근거로 삼은 노동해방문학론은 노동자계급 당파성과 사회주의를 대안으로 제시하는 점에서 독특성을 찾을 수 있는데 이는 해방 직후의 민주주의 민족문학론의 직접적 승계보다 그것이 민족문학 관념 속에서 약화시킨 계급관점과 사회주의 이념을 20년대 프로문학 이념의 계승을 통해 복원하려는 시도였다. 그러나 이 역시 국가

---

23. 이 점은 백낙청의 반비판을 통해 여러 차례 확인되었다.
24. 이것은 최근에 주체의 민족해방론이 국수주의와 통합되어 가는 것을 통해서도 확인된다.

주권의 실현을 통한 민족문학의 완성이라는 민족문학론의 전망을 넘어서는 것은 아니었다. 왜냐하면 당은 계급을 통일시키는 수단이며 계급의 통일은 민중적 국가주권의 실현을 통한 전 민족적 통일을 목표로 삼고 있었기 때문이다. 이럴 때 프롤레타리아 국제주의란 이미 그 내부에 지배―피지배 관계를 함축하는 '주권국가'들의 평등한 교류와 연대라는 환상적 내용을 갖게 된다. 이처럼 노동해방문학론의 문학정책은 사회주의가 민족주의를 '철저히' 실현하는 경로로 인식되었던 20세기에 일반화된 좌파적 에피스테메에서 벗어난 것이 결코 아니었다.[25]

4. 이른바 '민족문학의 위기'

만약 지금까지 이야기한 것처럼 한반도에서 허약한 지배계급을 대신하여 하위계급들이 민족해방과 민족통일이라는 근대적 과제 실현을 자기 것으로 받아들이고 있었다면, 다시 말해 민족문학의 건설 그 자체가 전 계급적 과업으로 받아들여지고 있었다면 20세기 말에 왜 갑작스럽게 '민족문학의 위기'가 운위되기 시작하여 세기를 넘어서까지 지속되고 있는 것일까?

___

25. 이런 의미에서 19세기 말 사회주의의 사회민주주의로의 변화, 제1차 세계대전을 전후한 사회민주주의의 사회애국주의로의 전화, 1917년 혁명 직후 볼세비즘의 일국사회주의로의 전화, 1949년 혁명 이후 사회주의의 민족주의와의 동화는 사회주의와 민족주의 사이의 어떤 본연적 상통성을 드러내 보여준다. 이 문제의 핵심에 국가의 문제가 놓여 있음은 물론이다.

이 문제를 풀기 위해 가장 먼저 벗어나야 할 것은 '근대적 과제가 아직 충분히 실현되지 않았다'는 식으로 표현되어 온 은폐된 근대화론이다. 이것이 '민족문학의 건설이 과제이다'라는 구축적 관념뿐만 아니라 '민족문학은 여전히 유효하다'는 방어적 관념의 원천인데, 이 관점은 근대 세계체제가 여러 개의 독립된 단위 민족들로 구성되어 있고 그 각각의 민족들이 미성숙에서 성숙으로 이르는 길을 동일하게 밟는다는 (칸트적) 전제 위에 세워져 있다. 이것이 민족주의적 세계인식과 계몽주의적 진화론의 절합으로서 발전주의적 근대화론의 기본적 인식구조임은 이제 주지의 사실로 보아도 좋을 것이다.

20세기에 자본가계급에서뿐만 아니라 노동계급에게서도 이 관념이 무비판적으로 받아들여질 수 있었던 것을 위로부터의 이데올로기적 주입의 결과로만 해석할 수는 없다. 그것보다 중요한 것은 노동계급 내부에 근대적 민족관념을 수용할 근거가 실재한다는 것인데 그것은 '노동자'가 자본에 적대하는 계급이면서 동시에 자본운동 내부의 한 범주로, 즉 임금에 의거하는 가변자본으로 존재한다는 점이다. 개별자본 간의 세계적 경쟁은 개별 노동자 심지어 국가적으로 분할된 노동계급에게도 영향을 미치는데 이 때문에 민족국가적 주권의 확립과 확장이 두 계급 모두의 공통이익을 구성하게 되는 것이다. 바로 이것이 종속국 노동계급을 민족해방, 민족통일의 관념에 포섭시킬뿐만 아니라 전후 케인즈주의 하에서 하위계급들의 조합과 정당들이 민족주의의 경계 속에서 사회(민주)주의적 과제를 추구하게 된 정치경제학적 맥락('역사적 대타협'의 정치경제학)이다.

하지만 1917년 혁명보다 훨씬 더 큰 파급력을 가졌던 전 세계적 규모의 1968년 혁명은 프롤레타리아의 구성에 발생한 중대한 변화를 보여준다. 자본관계가 도시, 공장 등의 전형적인 근대공간을 넘어 학교, 가정, 교회, 거리 등 사회의 모든 공간으로, 그리고 공장생산을 넘어 예술, 육아, 교육, 친교, 소비, 의사소통, 여행 등 부르주아 사회 재생산의 전 부면으로 확장되면서 프롤레타리아가 임금에 의거하는 노동계급뿐만 아니라 사회성원 거의 대부분을 포괄하게 된 것이 그것이다. 자본주의는 16세기경 이후 무산다중의 노동계급으로의 환원을 동력으로 발생했는데 이제 노동계급이 다시 프롤레타리아 다중의 일부분으로 재배치되면서 노동계급이 보인 단일성, 통일성, 동질성과는 구별되는 이질성, 복수성, 다양성, 혼종성이 프롤레타리아를 특징짓게 되는 것이다. 이 과정에서 여성, 학생, 이민, 실업자, 동성애자, 유색인 등의 소수자들은 사회의 민족국가적 통일이라는 민족문학의 지향과는 전혀 다른 욕구세계에 진입한다.

IMF 신탁통치를 계기로 대중적으로 인지된 신자유주의적 지구화 운동의 깊은 원인은 프롤레타리아의 이 사회적 정치적 재구성에 있다. 근대 역사에서 '노동'은 민족구성의 원동력으로 작동해 왔으며, 사회주의가 '노동의 일반화'(노동하지 않는 자는 먹지도 말라!)를 이념적으로 긍정하는 데서 보이듯이 어떤 근대적 정치이념도 극복하지 못한 근대성의 '실체'이다. 지구화는 근대의 실체로서의 이 노동의 변화 양상에 대한 자본의 대응일 뿐이다. 다시 말해 1968년 혁명 이후 프롤레타리아 다중에 의해 노동이 거부와 투쟁의 대상으로 떠오르자 생산자본들은 불복종적 다중과의 대면을 피해 화폐자본·

금융자본으로 집중되며 그것의 강한 이동성이 디지털 정보기술과 결합하여 이자를 찾아 광속으로 지구를 누비게 된 것, 그 결과 지구가 동시성의 공간, 실제적 세계시장으로 전환되는 것이 이른바 '지구화'의 맥락이다.

프롤레타리아의 세계적 재구성의 특징들은 한국의 1987년 대중 노동자투쟁에서도 엿볼 수 있다. 지난 십수 년에 걸친 투쟁의 과정에서 그것이 전국적 노동조합건설과 진보정당 건설이라는 전통적 회로에 간히고 말았지만 1987년의 투쟁은 전통적 노동운동들에서와는 달리 좌파정당이나 노동조합에 의해 지도된 것이 아니라 복수적인 다중의 자발적 투쟁이라는 형태를 취했다. 7, 8, 9월 투쟁 외에 6월 투쟁까지를 종합적으로 관찰하면 1987년의 투쟁은 전통적 민중운동의 형상보다는 급속히 사회 속에 확산된 다중들의 투쟁으로서의 형상에 더 가깝다. 80년대 여러 민족문학론들은 이 새로운 현상을 민족주의, 민중주의, 사회주의 등의 전통적 정치관념에 따라 해석하고 그 관념을 기준으로 한 부적합성을 모자람, 미성숙으로 판단하고 이 판단으로부터 과제를 이끌어 내면서 문학적 실천의 과제를 그와 결부지었는데 이것은 삶의 역동성에 비한 이론적 지체의 무수한 세계사적 사례들 중의 하나에 속한다고 할 것이다.

프롤레타리아 다중의 이 변화에 대한 적극적인 정치적 대응은 다중에 대한 지도를 자임하던 좌파에서 나온 것이 아니라 초국적 자본들로부터 나왔다. 이들은 민족국가적 주권이 더 이상 자신들의 재생산을 보장해 주지 못한다는 것을 체험하면서 탈민족적 주권형태를 추구했다. 초국적 정치기구(예컨대 UN), 초국적 금융기관(IMF,

WB), 초국적 경제기구(WTO, GATT, NAFTA, EU, ASEAN 등), 초국적 군사기구(NATO), 초국적 기업 등이 20세기 후반에 매우 중요한 정치경제적 행위자로 부상하는 것은 이 때문이다. 네그리는 이것을 민족국가적 주권형태에서 제국적 주권형태로의 이행이라고 설득력 있게 요약한다.[26]

　　제국적 주권형태로의 이행은 민족국가적 주권이 완성되었음으로 인한 단계적 이행이 결코 아니다. 민족국가적 주권형태 자체가 노동(계급)을 축적의 동력으로 활용하기 위한 권력배치였듯이 제국적 주권형태도 다중의 투쟁이 노동과 민족적 통일성의 관념을 거부하는 현실에서 그에 적응하여 자본이 취하는 권력배치의 형태일 뿐이다. 포스트모더니즘은 이러한 권력배치를 근대에서 탈근대로의 이행으로 긍정할뿐만 아니라 지구화로 인한 근대적 민족 주체성의 해체 현상을 변혁의 가능성을 제거하는 주체성 일반의 절멸로 과장하면서 물신주의적 숭고미를 예찬하는 실증주의에 함몰한다. 이러한 상황에서 하위계급들과 그 지식인들의 일부는, 제국주의 시대에 지배계급의 민족적 불철저성을 비판하면서 스스로 민족해방과 민족 통일의 과업을 짊어졌던 것과 마찬가지로, 이제 지배계급이 민족적 과제를 방기하고 지구화로 나아갔기 때문에 스스로 민족적 과제를 짊어진다는 시대착오적 논리(반지구화 운동의 민족주의적 분파의 논리)로 자신의 보수적 심성과 실천을 정당화한다. 민족문학의 위기와 탈근대 문학론의 발흥에 대한 민족문학론의 응전도 이러한 사회역사적 맥락 속에서 제시되고 있다.

---

26. 안또니오 네그리 · 마이클 하트, 앞의 책 참조.

그러나 자본의 지배적 분파가 제국적 주권형태를 선택함으로써 민족문학에 주어지던 자본의 암묵적 후원이 약화될뿐만 아니라, 프롤레타리아 다중이 민족적 통일성과 제국적 통일성 모두를 동시에 거부함으로써 민족문학에 주어지던 하위계급들의 지원까지 점차 사라지는 현실에서 민족문학의 고수, 그 유효성의 주장은 전진적이지도 않으려니와 실효성도 없는 공허한 주장으로 된다. 그 때문에 완고한 민족문학론들은, 나날이 인류를 전지구적 동시성의 삶 속으로 끌어다 놓는 '공간의 인공두뇌학적 재편'이 지역적·언어적으로 정향(定向)된 민족적 통일성의 담론 자체를 익사시키는 홍수로 작용하고 있는 상황에서, 한편에서는 이른바 '민족문학 작가'들의 자본에의 급속한 포섭으로 인한 권력화와 부패, 다른 한편에서는 독자층의 민족문학으로부터의 이탈과 작가들의 탈민족문학적 모색 및 실험이라는 총체적 붕괴의 위기를 겪고 있는 것이다.

5. 문학적 주체성의 재구성을 위하여

나는 지금까지 지구화가 세계적으로 통합된 생산, 세계시장, 그리고 제국적 주권형태의 창출을 가져오고 있고, 그것이 민족문학의 주체성 이념의 기반을 파괴하고 있는 현실에서 민족문학이 여전히 유효하다거나 민족문학의 재건이 필요하다는 주장은 이미 산초 판사를 잃은 돈키호테와 같은 형국이라고 주장했다. 물론 이 사실이 주체성의 소멸을 주장하는 포스트모더니즘의 정당성을 반증하는 것은 결코 아니다. 포스트모더니즘은 민족문학론과는 달리 68년 혁명 이후 현대 사회의 변화 양상을 날카롭게 포착한다. 그러나 이것은 현대 사회의 변화가 자본의 자기 운동에 의해 주도되고 있을 뿐 주체성의 가능성은 더 이상 주어지지 않는다는 입장에 빠짐으로써 세계변혁의 실질적 잠재력을 감추어 버린다. 앞서 이야기한 것처럼 전일화된 세계시장의 형성과 제국적 주권의 구축을 지향하는 초국적 자본의 시도는 민족국가적 통일성에 기초한 사회주의 운동의 프롤레타리아 국제주의를 넘어 이질성, 혼종성, 다양성의 극한 자유를 추구하는 다중의 탈주적 운동에 대한 수동적 대응에 지나지 않는 것이다. 즉 현대 사회의 변화는 민족국가적 절벽에 묶이거나 몰주체적 소용돌이에 함몰하지 않는 유영적(遊泳的) · 유목적(遊牧的) 주체성에 의해 추동되고 있는 것이다.

이 지구적 주체성은 단순한 저항주체가 아니며 저항을 자신의 계기로 포섭하는 구성주체이다. 그러므로 그것은 반제반봉건의 과제에 자신의 풍부한 탈근대적 열망을 억제하는 민족적 주체성도 아니며 이미지와 시뮬레이션 속에 함몰되어 자신을 잃어버린 몰주체성도 아니다.

물론 제국 속에서 제국에 대항하는 과제가 주어져 있지만 그것은 다중을 단일한 원리, 단일한 방향, 단일한 형태, 단일한 조직으로 통일하는 방식으로 달성될 수는 없다. 단일한 통일화의 운동은 복수적이고 혼성적인 다중의 욕구를 자본의 무한한 환원주의적 열망(노동으로, 교환가치로, 화폐로, 그리고 이윤으로의 환원)에 예속시키는 결과를 가져올 뿐이다. 다중은 통일이 아니라 파열, 탈주, 이질

화, 혼성화의 운동 속에서 자신의 무한한 공동체적 에너지를 드러
낼 수 있다.

　이 점에서 실재성에 대한 포스트모더니즘의 비판은 주목할 만하
다. 근대의 리얼리즘 전통 속에서 실재성은 의식에서 독립된 객관
적 실재로 흔히 정의되어 왔다. 그런데 정보사회의 발전은 객관실
재를 넘는 실재, 즉 시뮬라크르(의태물)의 실재성에 주목하지 않을
수 없도록 한다. 시뮬라크르와 객관적 실재의 차이는 내파된다. 이
러한 상황에서 리얼리즘의 재현론적 힘은 한계에 봉착한다.

　그렇지만 일부의 포스트모더니스트들이 주장하듯 이것이 실재성
의 근거와 경험을 허무는 것인가? 우리는 이제 불가지론과 허무주
의를 받아들일 수밖에 없는 것인가? 나는 그렇게 생각하지 않는다.
분명히 실재성은 전통적 리얼리즘이 포괄할 수 없는 양상으로 변전
되었다. 그러나 실재성의 변전은 결코 객관실재의 자기 운동도 아
니며 비실재성의 자기 운동도 아니다. 이미지가 현실을 대체하는
것으로 보이면서도 실재성이 주체성을 압도하는 이 역설적 시대에
우리는 민족이라는 낡은 주권 관념에 얽매인 주체 설정을 거부하고
또 동시에 모든 주체성에 대한 부정의 시류를 거부하면서 맑스를
따라 이렇게 주장할 수 있다. '지금까지의 (리얼리즘과 포스트모더
니즘을 포함하는) 모든 인식론적 문학전통의 주요한 결함은 대상,
현실, 감성이 오직 객체의 혹은 관조의 형식 아래에서만 파악되고
있다는 것; 그리고 감성적 인간활동으로서, 실천으로서 파악되지 않
고 주체적으로 파악되지 않는다는 것이다.'[27]

---

27. 칼 맑스 · 프리드리히 엥겔스, 『칼 맑스 프리드리히 엥겔스 저작선집 · 1』, 박종철출판

물론 이것이 주체성에 대한 실체론적 이해로의 역행(逆行)과 동일시되지 않도록 각별히 주의해야 한다. 주체성은 무엇보다도 그 복수성에서 이해되어야 한다. 단일한 문학이념, 문학정책, 문학방법을 확립하고 부과하려는 낡은 통일성, 총체성의 관념에 대한 거부가 필수적이다. 그러나 주체성의 이 다원론적 구성주의적 결정은 '리얼리즘과 모더니즘의 회통'[28]과 같은 근대성 속에서의 절충주의적 중도주의적 결정과 혼동되어서는 안 된다. 그것은 자연, 인간, 활동, 지성 등 인간적 삶의 주체적 실천들을 노동, 시간, 가치, 화폐, 자본, 민족, 국가 등의 물적 실재성으로 환원해 온 자본주의의 물신화 메커니즘을 역전시켜내는 것이며 실재성과 관계하되 그것의 현실성뿐만 아니라 가상성, 가능성, 상징성, 상상성 등 그것의 잠재적 측면과 관여하는 것이며, 실천하는 우리 자신이 우리가 싸우는 상대와 어떻게 연루되어 있는가를 부단히 질문하는 것(지젝)이다. 그리하여 제국적 주권체계의 구축으로서의 지구화를 지구적 다중의 구성력의 체계로서의 지구화로 역전시키는 것이다. 역(逆)지구화의 지구문학은 다중의 차이를 경쟁과 적대로 전화시킬 수밖에 없는 시민적이거나 민중적인 민족주권의 확립을 자신의 목표로 삼아야 할 까닭을 갖고 있지 않다. 그것은 직접적으로 '인간적 사회 혹은 사회적 인류'[29]의 존엄함을 실현하는 문학적 실천, 문학적 투쟁 자체이다.

(『문예미학』, 2002)

사, 1993, 185쪽에 실린 「포이에르바하에 관한 테제들」 참조.
28. 최원식, 『문학의 귀환』, 창작과비평사, 2001, 42~60쪽 참조.
29. 칼 맑스 · 프리드리히 엥겔스, 앞의 책, 189쪽의 「포이에르바하에 관한 테제 10」 참조.

백낙청과 '지혜의 시대'의 비밀

누구도 이제 정보라는 말로부터 자유로울 수 없다. 우리가 디지털 정보기계인 컴퓨터에 둘러싸여 있고 그것으로 음악을 듣고 사랑을 나누며 글을 쓰고 생필품을 조달할 뿐 아니라 시위를 하고 투쟁을 유통시키는 한에서는 말이다. 오늘날 정보가 자연이나 노동보다도 더 비중 있는 부의 원천이며 권력 형성의 자원임은 말할 것도 없다. 그래서 많은 사람들은 이 시대를 '정보시대'로 정의해 왔다. 그런데 정보시대는 다중의 자율과 어떤 관계에 있는가? 그것은 다중을 더 구속하는가 아니면 더 자유롭게 하는가?

백낙청의 「다시 지혜의 시대를 위하여」(『창작과비평』, 2001년 봄호)는 '지식기반사회', '지식지배사회', '탈산업사회' 등으로 정식화되는 정보시대에 관한 여러 이론들에 대한 비판을 통해 21세기를 바라보는 '민중적 관점'을 제시하려 한다는 점에서 정보시대에 다중이 겪는 역사적 운명에 관심을 갖는 사람들의 주의를 끈다. 그가 보기에 정보시대란 "기술을 포함한 특정 종류의 지식이 한 사회의 생존과 번영의 기반을 이루게 된" 시대, "특정 형식의 지식이 명령자의 위치에 서게 된" 시대이지만 "농수산업, 광공업 등이 불필요해지거나 별로 중요하지 않아진" 시대는 아니다. 그는 이에서 더 나아가 1990년대에 득세한 바 있는 포스트모더니즘을 비롯하여 이와 연관된 다양한 지적 조류들을 의식하면서 정보시대를 '탈근대'로 파악하고자 하는 태도로부터도 비판적 거리를 취하는데 그것은 "역사상의 근대를 자본주의 시대로 이해하는 한, 근대가 끝나고 근대 이후의 시대가 이미 시작되었다는 탈근대론은 환상이 아닐 수 없다"라는 말로 표현된다. 그러나 그는 '탈근대'의 개념을 버리기보다 그것을 '욕구와 징후'의 차원에서 전유하려는 태도를 취한다. "정보화혁명 등으로 근대가 절정에 달함으로써 근대극복에 대한 욕구와 이러저러한 징후들이 드러나고 있는데 그러한 욕구와 징후를 탈근대의 이름으로 집약하는 입장이라면 한결 설득력을 지닌다"는 구절은 그가 정보시대를 절정의 근대로 파악하고 있음을 여실히 보여준다. "주관적인 이해관계로부터 초연함을 자랑해 온 객관적이고 과학적인 앎이 자본축적 — 및 그에 따른 권력창출 — 과 합치하는 지점에" 이름으로써 도달한 '절정의 근대'는 "인간의 가면을 벗어 던진 자본주의"의 시대이며 "자유주의보다 더욱 나쁜 것으로의 반동의 시대"이고 "시민 대중에게 그나마 할당됐던 혜택을 앗아가면서 초국적화된 소수 거대기업들과 금융자본의 특권을 옹호하기에 급급한" 세계화하는 신자유주의의 시대라는 것이 그의 생각이다. 나는 '어떤 대안도 없다'는 구호가 판치는 이 신자유주의 시대에 "민중적 대안"을 "찾는

데까지 찾아볼 의무"를 자기 것으로 받아들이는 백낙청의 '민중적'
사유의 행보를 의심 많은 견습생으로서 따라가면서 그의 길이 어디
로 통하는지를 살펴보려 한다.

망루에서 내려본 자본주의의 붕괴와 분단체제의 해체

　백낙청은 '절정의 근대'를 적나라한 반동과 독점의 시대로 묘사하
는 데 머물지 않고 그것을 '세계사의 시간대' 속에 배치시키려 한다.
그는 '21세기 초 2, 30년의 세계는 어떤 세상이 될 것인가?'라는 자
신이 제기한 미래학적 질문에 대해 월러스틴과 쑤잔 조지의 견해를
빈 간접화법으로 답하고 있다. 그 답의 하나는, 월러스틴을 통해 주
어지는데, "자본주의 세계체제의 역사에서 관찰되어 온 장기주기나
패권국의 교체가 더 이상 정상적으로 되풀이되지 않을 것"이며 "자
본주의가 그 자신의 성공과 자기논리 전일화의 결과로 멸망하리라
는 전통적인 학설이 드디어 실현될 때가 왔다는 것"이다. 또 하나의
답은『루가노 보고서』에서 표현된 쑤잔 조지의 견해이다. "생태계의
파괴는 거의 파국적인 규모에 근접하고 성장의 내용은 온갖 반사회
적 활동으로 채워지며, 빈부격차가 극대화되고 그에 따른 극단적
갈등으로 사회혼란이 가중되는 가운데 금융시장의 파탄의 위험도
날로 증대"할 것이며 이의 해결책으로 "정복, 전쟁, 기근, 역병"으로
요약되는 치유적 인구감축전략과 "낙태, 불임시술, 피임" 등의 예방
적 인구감축전략이 사용되리라는 것이다.

백낙청은 이러한 견해들이 "각종 억압과 수많은 국지전 및 내전들, 대량 기근과 신·구 질병들의 위세가 20세기 말과 21세기 초의 지구현실"과 어김없이 부합된다고 보면서 "이들 중 어느 것도 정보화의 진전 자체로 시정되리라고는 믿기 힘들다"는 진단 위에 "지식의 발전과 시간의 흐름이 무언가 나은 세월을 가져오리라는 막연한 기대가 습관화" 된 세태를 준엄하게 고발한다. 이것이야말로 "신자유주의에 와서 드디어 무너지기 시작한 자유주의 이데올로기"이자 21세기 자본주의가 행한 "정신적 정복의 결과"라는 것이 그 이유이다.

쑤잔 조지의 보고서가 월러스틴이 말하는 "지상의 생지옥"과 "흡사"하다고 해도 결코 같지는 않다. 후자의 답이 자본주의의 붕괴를 예상하고 있음에 반해 전자는 자본의 전략이 점차 잔혹한 것으로 바뀌어나갈 것을 예상하고 있는 점에 차이가 있다. 물론 자본주의의 멸망이나 잔혹화가 '민중의 운동'에서 독립된 '자본주의 세계체제의 자기운동'에 의해 도래한다고 보는 점은 양자의 공통점이다. 백낙청은 이 '체제론'(systematics)적 견해를 이들과 공유하면서 자신의 분단체제론을 월러스틴의 붕괴론적 전망 위에 올려놓는다. 그런데 그 결론은 역설적이게도 낙관적인 것이다. "분단체제 극복의 시간표가 세계체제의 최종 국면과 일부 겹침으로써 반드시 근대의 틀에만 얽매이지 않으면서 세계 차원의 '근대 이후'를 향한 중대한 진전이 한반도에서 일어날 수 있다"는 그의 낙관적 인식은 "자본주의적 근대가 지속되는 동안은 분단체제의 일익으로서든 통합된 단위로서든 탈근대로의 진입 — 또는 근대로부터의 독자적 이탈 — 이 불가

능"하다는 비관적 인식과 "—하지만"으로 연결되어 있다. "통일과
정에 투입되는 민중적 동력이 아무리 커지더라도 통일 한반도가 세
계시장의 논리를 외면한 경제체제를 형성할 방도는 없어 보"인다는
그 다음 문장의 독단적 판단은 후자의 비관적 인식의 심정적 근거
일 것이다. 그의 낙관은 "신자유주의가 모든 개발도상국들에 강요하
는 비자주적·반민중적 제도들의 수용을 극소화함으로써 세계시장
안에서의 경쟁력도 높이고 신자유주의가 적나라하게 노출시킨 시
장논리의 궁극적 극복에도 뜻있는 기여를 할 수 있다"는 것이다.

그는 이것을 "근대에 적응하면서 근대를 극복해 가는 이중과제의
수행"이라 명명하고 이 두 가지 과제는 '양면적 성격을 지닌 단일과
제'라고 설명한다. 나는 신자유주의가 강요하는 비자주적·반민중
적 제도들의 수용의 극소화가 성공한다면 시장논리의 궁극적 극복
에 뜻있는 기여를 할 수 있을 것이라는 데 동의한다. 하지만 그것이
왜 "세계시장 안에서의 경쟁력을 높"이는 데 기여해야 하는 것인가?
왜 극복의 작업이 적응과 단일과제여야 하는가? 이렇게 묻는 사람
들에게 그는 '극복작업의 성격이 결여된 적응은 적응으로서도 실패
하기 마련이고, 적응의 작업이 못되는 극복이 성사될 수 없음은 너
무나 뻔한 일'이라고 그 고유의 변증법으로 답함으로써 '그렇게 되
기 마련인 것' 혹은 '뻔한 것'을 묻는다는 식의 타박을 가한다. 사실
그의 글 곳곳에서 찾아볼 수 있는 그의 이 '독단적 변증법'은 세계체
제와 분단체제의 관계의 설명에도 무차별적으로 적용된다. "동서냉
전이 뒷받침하던 한반도 및 동북아시아의 분단 내지 분열은 자본주
의의 전일화하는 대세에 의해 약화되고 있는 동시에, 냉전종식이

자본주의 세계체제의 안정화라기보다 도리어 결정적인 불안정화의 시작이라는 점에서 그 하위체제인 분단체제에도 변혁의 가능성이 열리고 있다." 자본주의의 전일화가 분단의 약화를 가져온다는 생각은 북한이 지금까지 자본주의와는 다른 어떤 사회였음을 인정하는 한에서만 타당한 생각이다. 만약 그렇다면 냉전의 종식이 자본주의 세계체제의 안정화가 아닌 "결정적 불안정화"를 가져오는 이유를 어떻게 설명할 수 있는가? 자본주의 세계체제의 불안정화가 어떤 이유로 분단체제에 분열의 가속화를 가져오지 않고 변혁의 가능성을 열어주는가? '절정의 근대'에서 붕괴를 향해 치닫고 있는 '자본주의 세계체제의 자기운동'이 분단체제 변혁의 가능성을 열어준다는 이 관점은 과연, "시간의 흐름이 무언가 나은 세월을 가져오리라는 막연한 기대"의 습관과 어떻게 구별될 수 있는가?

'지혜의 시대'론에 나타나는 배제와 위계

세계사의 변화를 자본의 자기운동이라는 객관주의적 흐름에 의해 정의하면서 변혁의 가능성을 의식이나 주관적 희망에서 이끌어내는 이 분열적 경향은 역사상 드물지 않은 전례들을 갖고 있다. 그것은 20세기 혁명사에서 '노동운동과 사회주의의 결합'이라는 말로 흔히 통용되어 온 '계급의식의 외부로부터의 주입'(레닌), '귀속된 계급의식'(루카치) 등의 노선이다. 이 노선은 객관적으로 올바른 계급의식을 노동자대중과 결합시킬 당 건설에서 변혁의 가능성을 찾았다. 하지만 혁명의 시대였던 1980년대에 (나 자신도 속해 있었던) 이 '정통' 맑스레닌주의의 분열로부터 백낙청이 일찍부터 거리를 두고 있었음은 분명하다. 아마도 많은 사람들로 하여금 그의 이론들 ('민족문학론', '리얼리즘론', '분단체제론', '지혜의 시대론' 등)이 '사회주의 붕괴'의 시험을 통과했다고 보게 만드는 것은 바로 이 점 때문일 것이다. 그러나 21세기의 벽두에 홍기돈이 제기한 것처럼 그의 이론이 '어둠의 시대를 에둘러 온 회색의 이론'은 아니었는가, 그의 이론이 세기를 넘는 실천적 타당성을 갖는다는 널리 퍼진 생각이 그 거리가 가져다 준 착시효과는 아니었는가 생각해 보아야 한다. 이 지점에서 검토되어야 할 것은 그의 '지혜의 시대' 개념이다. 왜냐하면 이것은 혁명의 시대에는 '과학적 사회주의'에 맞서는 무기로 제기되었고, 사회주의 붕괴와 더불어 도래한 정보시대에는 '과학−기술적 지식'에 맞서는 무기로 새롭게 제기된 그의 사유의 자리중심이기 때문이다.

백낙청은 오래 전부터 '근대적 지식' 형태에 배타적인 객관성과 절대성을 부여하는 (과학주의적 과학은 물론이고 과학적 사회주의도 공유하고 있는) 근대 특유의 진리관이 "체제의 정당성을 강화해 주었다"는 인식에 근거해서 이 '근대적 진리'를 대체할 다른 차원의 진리를 '근원적 진리'라는 이름으로 탐구해 왔다. 그러나 '절정의 근대'에서 찾아온 정보시대는, 베이컨과 데카르트에서 본격화되었지만 실제로는 '드러난 것의 올바른 인식의 근거로서의 진리', 즉 이데아적 진리론을 정초한 플라톤에서 시작되는 이 근대적 진리관을 허물면서 지식을 진리와는 무관한 정보로 해체시키고 있다. 그러나 이것이 탈근대적 정보사회론을 정당화하는가? 그가 보기에 해체론자를 포함하는 탈근대주의자들은 서구의 이 '이성중심주의'의 이데올로기적 성격을 폭로하긴 하지만 "그러한 이데올로기를 실질적으로 극복할 '인간다움'의 전망을 열어주기보다 세계시장의 전지구화에 따라 일체의 진실이 겉보기에 다양할 뿐 본질적으로 획일화된 '정보'로 변환되는 과정을 그럴듯하게 꾸며주는 선을 크게 넘어서지 못"한다(「세계시장의 논리와 인문교육의 이념」). 그러면서도 그는 "과학과 기술이 현실세계의 주도원리로" 됨으로써 "과학을 떠난 지혜가 있을 수 없게 된 것이야말로 지혜의 시대 도래의 한 징표"로 읽음으로써 현대의 원시주의―반기술주의와도 거리를 둔다.

그가 말하는 '지혜의 시대'란 '지식의 시대' 속에서 작동하고 있는 잠재력으로서 '분별지를 넘어선 해탈지견'의 입장에서 과학기술을 활용함으로써 "지혜로운 민중이 스스로 다스리는 민중해방의 시대"를 열어 나간다는 지극히 정당한 지향성을 담고 있다. 그렇다면 "자본주의적 세계화의 시대"를 대신하여 그것을 "역사적 현실"로 되게 하기 위해서는 무엇이 필요한가? 그는 "기존 세계체제의 변혁을 위한 실천", 그것도 "민중의 시대" 다운 "대중적 실천"이 필요하다고 말한다. 이 지점에서 그가 "노동자와 무산자를 포함한 대중의 각성"이라는 '고전적 맑스주의'의 "방안"에 호소하는 것은 주의할 만하다. 다만 그는 맑스주의에서의 계급적 각성이 '과학의 과학성' 혹은 '기술의 본질'에 대한 물음을 결여하는 '지혜에 미달하는 실천'이었다고 함으로써 '계급의식적 각성'과는 구별되는 '지혜의 각성'을 주장한다. 그것은 "기술시대가 다른 무엇으로 저절로 바뀌어주기를 기다리는"

"각성 이전의 순응주의"에서 벗어나, "기술적인 것 자체에 집착하기보다 기술을 통해 드러나며 이룩되는 진리를 향해 마음을 열어야한다"는 하이데거적 지혜를 고전적 맑스주의에서 강조해 온 "민중적 실천"과 결합시키는 것이다.

그러나 그의 전략은, 분단체제의 변혁 가능성을 자본주의 세계체제의 파국을 향한 자기운동에서 찾았던 것과 마찬가지로, 노동계급의 재구성과 그들의 지혜적 각성의 가능성을 과학기술의 자동적 발전에서 찾는 기술결정론에 근거하고 있다. "정보화가 진행될수록 노동자와 지식기술자를 겸한 인구가 늘어나게 마련"이라거나 "지식의 시대에 오면 노동하는 도인 내지 수도인 집단의 현실적 가능성이 한결 높아진다"는 구절들은 그의 은폐된 과학기술주의를 보여준다. 노동계급은 정보화의 영향을 받는 수동적 집단으로 설명될 뿐 정보사회가 결과하기까지 그들이 수행하는 다양한 투쟁들과 능동성들은 완전히 무시된다. 그 결과 그는, "자본의 규모가 커질수록 진정한 노동계급은 항산이 없어 항심도 결한 적빈자 집단이 아니라 가진 것이 아주 없지 않으면서도 항심을 잃을 정도로 많지도 않은 층"으로 된다고 본다. 이러한 주장이 정리해고의 핏자국이 아직 지워지기도 전인 때(2000년)에 나온 것을 보면, 그가 노동계급 다수가 이렇게 되리라고 보았다고는 보기는 어렵다. 오히려 그가, 신자유주의가 가져오는 '20대 80'의 분단 사회에서 상층 20을 "진정한" 노동계급, 목하 형성중인 전지구적 노동계급의 실체, 미래 노동계급으로서의 "민중"으로 정의하는 배제적 논리를 의식적으로 선택했음이 분명하다. 특히 로스앤젤레스 흑인 노동자들의 투쟁이나 멕시코 원주민들의 지금도 계속되고 있는 투쟁, 그리고 지구 곳곳에서 전개되고 있는 실업 노동자들의 투쟁을 완전히 비웃고 있는 다음 구절, 즉 "생산수단으로부터 소외되는 데 그치지 않고 적빈에 떨어진 사람, 특히나 지식이라는 무형의 재산마저 완전히 빈털터리인 사람이 항심을 갖기도 그 어느 때보다도 힘든 세상이 현대사회가 아닐까 싶다"는 구절은, "노동하는 인간으로서의 자기인식을 수반하는 지식화와 실력양성이 해방의 관건"이라는 그의 전략이, 사회주의 전략처럼 노동자가 벗어나고자 하는 '노동'의 준거에 얽매여 있을뿐만 아니라, 80의 집단들의 투쟁력을 비웃는다는 점에서는, 비록 소극적이나마 그들과의 연대를 모색하고 있는 사회주의 전략보다도 훨씬 못 미치는 위계적 배제의 전략이며, 그 자신이 말하듯 지금으로서는 "사회 안정에 필요한 중산층 보호라는 구자유주의적 목표"와 동맹하고 있는 전략이다. 물론 그도 "신자유주의의 경쟁논리와 그에 따른 빈곤층의 폐품화"가 항심의 조건인 항산을 불가능하게 하므로 이에 맞서 싸워야 한다고 주장한다. 그러나 이것은 자본주의에서 사회 다수 성원의 '무산'이 자본가들의 '유산'뿐만 아니라 노동자 상층 혹은 중산층의 '항산'의 전제임을 까맣게 잊고서야 나올 수 있는 주장이다.

'지혜의 시대'론의 국가주의

여기에 이르면 우리는 "통일과정에 투입되는 민중적 동력이 아무리 커지더라도 통일 한반도가 세계시장의 논리를 외면한 경제체제를 형성할 방도는 없어 보"인다는 그의 '독단'이 노동자, 농민, 빈민, 학생 등의 연합이라는 통상적 민중 개념이 아니라 '항산—항심의 소유자로서의 민중'이라는 "미래적" 개념에 입각한 그 나름의 현실적 판단에 기초하고 있음을 알 수 있다. 지식의 시대가 지혜의 시대일 수 있는 잠재력을 갖고 있지만 그것을 현실로 만들 민중의 힘은 미력하다. 다행히 세계체제의 불안정화가 분단체제의 흔들림으로 이어지는 "행복한" 상황을 가져오고 있으며, 이 상황이 열어주는 '국지적 행동'의 가능성을 실현시키기 위해 "지혜의 시대, 민중의 시대를 위한 선도집단의 형성 및 선구적 거점의 건설"이 필요하다는 것이 그의 생각이다. 일반적으로 자본주의 붕괴론과 기술결정론적 역사관은 대기주의와 정적주의를 낳는다. 하지만 세계 유일의 분단지역인 한반도에서 배태된 백낙청의 붕괴론과 기술결정론은 오히려 전위적 행동주의와 결합된다.

　그렇다면 자본주의 세계체제의 최종 국면에서 시작될 이 전위적 행동이 달성하고자 하는 것은 무엇인가? 한반도 수준에서 "남북민중이 통일작업에 활발히 참여하는 가운데 느슨한 형태의 국가연합이라도 선포"하는 것, 동아시적 중간단위에서 "동아시아 실정에 맞는 안보와 협력에 관한 회의"와 "헬싱키 협약처럼 인권조항을 담은 범동아시아 (또는 동북아시아)적 신사협정". 여기서 우리는 백낙청이 플라톤에서부터 시작되어 수천 년을 이어온 서구적 이성중심주의와 '근대적 진리' 개념을 비판하면서도 "체제의 정당성"을 강화하는 데 '근대적 진리'보다 더 했으면 더 했지 못하지 않은 기여를 해온 '국가체제' 혹은 '민족국가'에 대해서만큼은 어떤 비판적 거리도

두지 않고 있다는 점이다. 오히려 그는 "민중의 활발한 참여" 혹은 "민중적 동력"을 국가연합의 구축이나 국가간 협정의 동력으로 동원하는 데 아무런 거리낌이 없다. 바로 이것이 자본주의 체제가 자신을 지속적으로 재생산해 온 흡수의 변증법이었음을 굳이 이야기해야 할까? 그의 '지혜의 시대'론이 '노동자의 각성한 눈(몸)', '민중적 실천', '지혜로운 민중이 스스로 다스리는 민중해방의 시대' 등의 개념들을 포함하고 있음에도 불구하고 그것들을 붕괴론과 기술결정론에 종속시키고 나아가서는 그것들을 국가 강화의 메커니즘에 포섭하게 되는 데서 우리는 그의 지혜 개념이 오히려 현 시대를 유목적으로 떠도는 정보보다도 더 국가이성에 밀접하고 있음을 본다. 그의 이론이 근래에 들어와 자심해진 작가의 자본/권력에의 투항을 견제하지 못할뿐만 아니라 심지어 그렇게 구축된 '문학권력'의 일부로 비치기까지 하는 것이 아마도 이 때문이 아닐까?

(월간『말』, 2001년 4월)

통치의 제국적 재구조화와
노동문학의 새로운 방향모색

머리말

한국에서 역사적 노동문학[1] 운동들은 식민지 시대에 구축되어 일본 제국주의에 맞서 민족해방을 위해 싸웠고, 해방공간에서 민주주의와 민족해방의 완성을 위해 싸웠으며, 분단시대에는 민족통일과 민주주의, 그리고 노동해방을 위해 싸웠다. 이 과정에서 많은 노동

[1] 여기서 나는 '노동문학'을 '노동의 상상력 속에서 작업해 온 문학 조류', 좀더 구체적으로 표현하면 '노동을 인간활동의 중심이자 가치척도로 받아들여 온 문학 조류'를 통칭하는 방편적 용어로 사용한다. 이 조류 속에는 문예활동에서의 노동자 중심성을 강조한 문학(노동자 문학, 신원주의적 조류), 노동현장의 모순과 갈등을 폭로하고 비판하는 문학(현장문학, 소재주의적 조류), 노동해방에 복무하는 문학(노동해방문학, 이념주의적 조류) 등 다양한 세부적 흐름들이 포함될 수 있다. 이 흐름들은 각각의 강조점의 차이에도 불구하고 '노동을 인간활동의 중심이자 가치척도로 받아들여 왔다'는 점에서 공통적이라는 것이 나의 생각이다.

문학 작가들은 일본 제국주의에서 미군정, 권위주의적 파시즘, 그리고 사회주의적 관료주의에 이르는 지배의 사슬의 포로가 되어 재갈 물려지거나, 심지어 죽임을 당하였다. 최서해, 이북만, 한설야, 임화, 박노해, 백무산, 김해화, 박영근 등은 이 문학 전통 속에서 글을 써온 수많은 사람들 중에서 널리 회자되고 기억에 남게 된 몇 안 되는 작가들 중의 일부이다. 그리고 1987년 노동자대투쟁과 더불어 전국에 생겨난 지역 노동자문학회들은 노동자들의 문학적 표현 욕구를 실현하는 중요한 공간으로서 오늘까지 십수 년의 연륜 속에서 살아오면서 노동문학의 실존을 그 누구도 지울 수 없는 것으로 만들어 놓았다.

그런데 우리의 삶은 지금도 곤고하다. 권위주의적 파시즘을 대체한 것은 '문민정부', '국민의 정부' 등의 수사학과 노벨상을 위한 외교술 뒤에서 실제로는 물신화된 시장의 권력을 노동자에게 강제하며, 노동자의 삶을 한편에서는 지나친 속도에, 다른 한편에서는 생존 위기에 허덕이게 하는 신자유주의 정부이다. 지난 날 노동자들을 정치, 경제적 수준에서 결속시키면서 저항의 힘을 키워 냈던 당적, 조합적 결집체들은 오늘날, 저항을 인간해방과 연결시키기보다 사회적 복리나 경제적 실리와 연결시키는 데 몰두하고 있다. 이런 가운데 저항의 새로운 힘은 공장 밖에서, 예컨대 주거권을 지키려는 철거민들의 싸움 속에서, 핵폐기물에 희생당하지 않으려는 주민운동 속에서, 정보통제에 맞서 싸우는 해커들과 정보공유 운동 속에서, 부르주아 정치권과 기업권의 부정과 부패를 고발하는 시민운동 속에서, 성애의 다양성을 옹호하려는 동성애자 운동 속에서, 가

부장제에 반기를 든 여성운동 속에서, 생물다양성과 자연권의 수호를 위해 싸우는 생태운동 속에서, 모습을 드러내고 있다. 이제 저항의 신은 전통적 '노동자' 세계를 떠나가고 있는 것인가?

생각해 보면 한국의 노동문학들은 노동운동의 당적–조합적 흐름의 일부로서 탄생하고 성장했다. 많은 노동문학 작가들이 어떤 형태로건 조합적 흐름이나 당적 흐름과 연결되어 있었다. 당적–조합적 흐름들이 근대적 노동체제에 전투적으로 맞섰을 때, 이 연결은 문학에 필요하기도 했고 그것이 문학에 부정적으로 작용할 때조차도 그렇게 심각한 상처를 야기하지는 않았다. 하지만 노동자의 정당적–조합적 흐름들이 근대적 노동체제 속에서 노동자들의 상대적으로 더 나은 지위를 할당받는 데 진력하고 있는 오늘날, 그리고 덧붙이자면 전통적인 전업적 글쓰기가 관료적–시장적 물신 메커니즘의 부속물로 전락해 가고 있는 오늘날, 노동문학은 어디로 나아갈 수 있을 것인가?

근대의 노동문학과 재현 패러다임

자본주의는 교환을 매개로 하는 사회적 개인들의 특정한 배치 형태이며 여기에서는 노동시간이 사회적 부를 측정하는 척도의 역할을 담당한다. 이러한 사회적 개인들의 배치는 인간의 삶과 활동성을 노동으로 환원시킨다. 그리고 그것은 잉여가치 축적을 유일한 목적으로, 노동력을 착취하려는 자본과, 살아남기 위해 자신의 노동력을 팔지 않을 수 없는 노동자 사이의 적대를 구조화시켜 놓았다.

전통적 노동운동은 이 배치의 변형을, 즉 새로운 배치를 추구한다는 점에서 혁명적이었다. 자본주의적 재생산과정은 양면적이다. 그것은 표면에서 잉여가치를 축적하는 한편 그 이면에서 프롤레타리아를 축적한다. 전통적 노동운동에 이론적 틀을 제공한 맑스는, 이 프롤레타리아의 힘을 지렛대로 자본가들의 수중에 장악되어 있는 생산수단을 장악한 후 이것을 자유로운 생산자들의 연합에 귀속시킴으로써 기존 배치관계를 대체하려는 혁명 구상을 제안했다. 자유로운 생산자 연합과 사회적 생산수단의 재결합은 협동적 생산을 낳게 될 것이고 이것이 자본주의 체제를 대체하게 되면, 국민생산은 이 단결된 사회의 공동계획에 의거하여 자율적으로 통제될 것이고 자본주의 생산의 참화인 항구적인 무정부 상태와 주기적인 변동은 종식될 것으로 보았다. 이렇게 되면 자본주의에서 항구화된 인간들 간의 사회적 적대와는 매우 상이한 코뮨적 배치가 확립될 것으로 보았다.[2]

그러나 자본주의적 재생산과정에서 프롤레타리아의 축적이 거대한 수준에 이르렀음에도 불구하고 생산수단의 재전유라는 탈자본주의적 배치관계의 확립은 결코 순풍 항해와 같은 자연스런 과정이 아니었다. 첫째의 벽은 기존 배치관계와 그 대행자들로부터의 커다란 저항이었다. 특히 국가의 무장력은 그 저항의 핵심적 보루였다. 둘째의 벽은 프롤레타리아 주체가 협동생산의 정신적·조직적 준비를 충분히 갖추고 있지 못하다는 것이었다. 바로 이러한 위, 아래

---

2. 칼 맑스, 『정치경제학 비판 요강·2』, 김호균 옮김, 백의, 2000, 322쪽.

로부터의 장벽에 직면하여, 전통적 노동운동은 노동자들의 경제적 방어조직인 노동조합과 정치적 전투조직인 정당을 사용하여, 그리고 혁명과정에서 자생적으로 생성된 코뮨들을 이용하여 국가권력을 장악하는 한편 국가를 자본의 반격에 대한 방어의 기관이자 노동자들을 협동적으로 조직하는 훈련기관으로 사용하고자 했다.

그러나 1917년에 러시아에서 대규모로 실험된 이 시도는 결국 맑스가 우려한 바의 사태로, 즉 '협잡과 함정'[3]으로 귀결되고 말았다. 사회주의 국가는 자본가들의 저항뿐만 아니라 볼세비끼의 위로부터의 권력 행사에 동의하지 않는 농민과 병사, 노동자들의 저항까지 분쇄했다. 농민과 프롤레타리아를 협동적으로 만들기 위한 위로부터의 국가의 조치는 살아남기 위해 자신의 불복종을 감추는 분열되고 예속적인 인간형을 대규모로 양산했다. 자본주의적 배치는 새로운 것으로 대체되지 못했고 형태만 바꾼 채 지속되었다. 낡은 분할 집단 대신에 새로운 분할 집단이 들어선 것이다. 노동이 여전히 삶의 핵심적 요소로 남아 있었고 노동시간은 (암)시장에서뿐만 아니라 국가생활 속에서 부를 측정하는 척도로 남아 있었던 점이 그것을 증거하는 지표다.[4]

이러한 상황에서 문학은 어떤 일을 수행했는가? 혁명적인 문학역시 낡은 배치관계를 전복하고 새로운 배치를 생산한다는 점에서 노동운동과 동일한 기능을 수행한다. 당시의 문학가들은 리얼리즘

---

3. 같은 책, 같은 곳. 맑스는 위의 서술 맨 앞에 "만일 협동적 생산이 협잡이나 함정으로 남게 되지 않는다면"이라는 단서를 달아 놓고 있다.
4. 토니 클리프, 『소련 국가자본주의』, 정성진 옮김, 책갈피, 1993 참조.

의 방식으로 그러한 기능을 수행하려고 했다. 리얼리즘이 작업하는 방식은 자본주의적 사회 배치가 가져온 비참한 결과들을 드러내는 한편, 그러한 현실 속에서 싸우고 있는 인간형들을 보여주는 것이었다. 그것은 '재현의 방법'을 통해 수행되었다. 지주, 자본가, 쁘띠부르주아, 지식인, 노동귀족, 혁명적 노동자 등 사회학적으로 도출된 인간형들의 파노라마를 펼치는 것, 문학 언어를 이 같은 사회학적 개념의 당의(糖衣)로 사용하는 것. 리얼리즘 문학이 현실이라고 불리는 현존하는 사회적 배치와 그 속에서 작동하고 있는 저항의 힘들에 대한 인식을 높이는 데, 개념적 재현을 수단으로 하는 사회학이 결코 할 수 없는 방식으로, 즉 형상적 재현의 방식으로 기여했음은 분명하다. 그러나 그 성과는 어떤 한계 내에서의, 따라서 무엇인가를 억제하면서 이룬 성과이다. 재현의 언어는 무엇인가를 지시한다. 그러나 지시의 언어는 그 대상에 내재하는 '물 그 자체'(Ding an sich)[칸트], '실체'(Substance)[스피노자], '물질'(Materie)[맑스], '존재'(Being)[하이데거], '잠재력'(puissance)[들뢰즈·네그리] 등에 가닿을 힘이 없다. 왜냐하면 지시하는 언어는 그것이 아무리 그 지시 대상에 밀착한다 하더라도 본질상 기호나 상징으로서 하나의 비유임을 벗어나기 힘들기 때문이다. 재현 언어에서의 의미는 기표-기의의 언어적 시뮬레이션 채널을 따라 흐를 뿐이다.[5]

　당은 위대한 재현의 기관이었다. 그것은 전 계급의 영역으로 파고

---

5. 재현과 지시관계에 대해서는 정남영, 「시와 언어, 그리고 리얼리즘」(창비시선 200번 발간 기념 심포지엄 발제문); 그리고 졸고, 「근대극복과 철학에서의 반헤겔주의의 양상」 (이원영 편, 『현대 프랑스 철학의 성격논쟁』, 갈무리, 1995) 참조.

들어가 작업하는 인식 기관이자 선전선동 기관이고 조직 기관이었다. 리얼리즘에서 문학과 당의 접속은 아주 용이하다. 당이 하고자 하는 것을 문학이 하고자 하며, 문학이 하고자 하는 것을 당이 하고자 하기 때문이다. 리얼리즘이 당문학론 속에서 그 최고의 형태를 발견하는 것은 결코 우연이 아니다. 그러나 당이 그것의 넘치는 인식적 노력에도 불구하고, 혹은 바로 그로 인하여 사회적 개인들의 현실적 배치관계를 근본적으로 바꾸지 못하고 새로운 조절형태를 구축하는 데 머물렀듯이 리얼리즘 문학도 현실의 이 배치를 바꾸는 새로운 언어적 배치를 산출하기보다 언어적 시뮬레이션 채널을 따라 흐르면서 욕구, 분노, 사랑, 희망 등 표현의 요소들을 거기에 외삽하는 것에 머물렀다.

실제로 당은 재현의 시선으로는 잘 포착되지 않는 표현의 언어들에는 극히 둔감했고 그것을 쁘띠부르주아지의 비조직적 일탈의 언어로 받아들였다. 표현의 언어는 재현을 자신의 전개를 위해 이용할 수 있지만 그것에 한정되지 않으며 지시관계를 통해 작용하지도 않는다. 그것은 마치 우리에 갇힌 짐승의 높고 긴 울음소리처럼, 벌레가 된 그레고르 잠자가 바이올린 소리를 들으며 흘리는 눈물처럼, 뭉크의 비명처럼 흘러나오며 그 언어의 흐름 에너지가 누군가에게 유통되는 방식으로 작용한다. 그것은 안정된 것을 뒤흔들며 새로운 배치를 생산한다. 사회주의 리얼리즘이 코민테른 당들의 공식적 문학론으로 채택되어 인간관계의 사회주의적 배치를 공고화하는 문학적 기계로 활약한 제3인터내셔널 시기에, 재현의 언어보다 표현의 언어를 더 선호했던 카프카나 브레히트 같은 작가들이 외면, 비난, 배척, 탄압을 피하기 어려웠던 것은 이러한 맥락 속에서이다.

통치의 제국적 재구조화와 재현 패러다임의 위기

우리는 표현의 언어들이 재현의 언어와 대립하였고 그 대립에서 재현의 언어가 더 우세했던 한 역사적 시기에 대해서 검토했다. 이 시기에 리얼리즘은 사회적 배치의 변혁을 추구하는 사람이라면 누구나 따라야 할 문학적 규범으로까지 격상되었다. 재현의 언어의 우세는 단순한 언어철학적 오류의 산물로만 볼 수는 없다. 그것은 당대의 생산의 특질 및 계급구성과 긴밀히 결합되어 있는 언어학적·미학적 현상이다. 그렇다면 당대의 생산 및 계급구성의 어떤 특징이 그러한 현상과 연결되어 있었는가?

근대의 생산과정은 인간 신체기관과 근력을 매개로 한 인간과 자연의 신진대사였다. 그 과정에서 응용된 지식은 역학이나 화학과 같은 재현성 짙은 과학들이었으며 기계체계가 발전되었다고 해도 그것은 인간 신체기관의 연장으로서 이 물질적 신진대사 과정을 매개하는 것에 그쳤다. 근대를 지배해 온 생산방식인 테일러리즘이 인간 동작의 세분과 그것의 기계적 연결에 기초한 것이었음은 이를 말해준다. 테일러리즘적 노동과정에서 구상과 실행은 분리되었으며 구상은 실행의 재현적 시뮬레이션에 기초하여 준비되었다. 이로써 노동계급 내에 숙련층과 비숙련층, 전위와 대중의 구별이 생겨났다. 노동조합이나 미조직 노동자대중에서 분리된 당적 조직화의 출현은 재현 패러다임을 부단히 재생산하는 이 계급 내적 구별의 노동 계급 정치 및 조직화에의 투영이다. 이런 맥락에서 리얼리즘은 예술행위에 적용된 재현 패러다임이라고 이해할 수 있다.

지금까지 우리는 재현 패러다임을 노동운동 속에서 살펴보았지만, 그것의 원조는 자본에, 그리고 그것이 구축하는 공동체인 민족국가에 있다. 자본의 척도 관념은 정확히 재현적인 것이다. 자본은 인간의 삶을 노동으로 환원시킴과 동시에 노동의 추상화를 통해 도출되는 사회적 노동시간을 노동의 언어로, 가치척도로 부과한다. 민족국가는 이 가치척도를 법률적으로 안정화시키고 그것을 인간 생활의 정치적 매트릭스로 정착시킨다. 제국주의는 민족국가 모형의 국경을 넘는 확장, 더 정확하게 표현하면 비자본주의적 바깥세계를 향한 국경 팽창의 경향이며 비노동자 인간들의 노동자 국민들로의 포섭의 경향이다.

그러나 자본이 영토화 할 바깥 세계를 더 이상 발견할 수 없을 때, 즉 자본의 바깥이 없고 자본주의자와 사회주의자들의 바람만큼이나 지구 인구 전체가 노동자로 변한 시대에도 재현 패러다임은 그것의 우세를 유지할 수 있을 것인가? 여기서 이 변화의 기원과 과정을 자세히 설명하기는 어렵지만, 우리는 지금이 바로 그러한 시대의 초입이라고 말할 수 있다. 디지털 테크놀로지의 발전, 그리고 산업사회와 구별되는 정보사회의 출현이 그것이다. 이 사회에서는 근력보다 지식이 생산의 더 중심적인 요소로 되며 부 창출의 더 큰 원천이 되고 있다. 카오스 물리학, 불확정성 이론, 가상현실 기술, 생물 테크놀로지 등 비재현성 과학과 기술이 생산에 응용되면서 생산에서 재현 패러다임을 지탱했던 관계들 전체가 흔들리기 시작한다.

첫째 노동시간이 더 이상 가치척도로서 부과되기 어렵게 된다.

둘째 노동계급의 사회적 확산과 다중화(다형다질의 차이적 개인들의 생성)로 대중의 조합적 재현이나 당적 재현이 난관에 봉착하게 된다.

셋째 재현의 민족국가적 기관들(의회, 사법, 행정)이 재현의 권위를 잃고 점차 시뮬레이션 기관으로 전화한다.

이 재현 패러다임의 위기에 직면하여 자본은 생산의 지구화·정보화와 통치권의 제국화로 대응하고 있다. 초국적 금융자본, 자본 이동의 디지털화를 통한 네트워크 생산, 생산 각 요소의 유연화, UN, IMF, WTO, WB 등을 이용한 네트워크적 통치 등은 이 대응의 양상들이다. 재현 패러다임은 급속히 시뮬레이션 패러다임에 자리를 내주고 있다. 지시 대상을 갖지 않는다는 점에서 표현 패러다임과 유사하지만 존재의 자기 발화가 아니라 존재와는 동떨어진 기호들의 자기충족적 놀이, 이것이 시뮬레이션이다. 오늘날은 정치도, 경제도, 전쟁도, 예술도 이러한 시뮬레이션 활동으로 바뀌고 있다.

시뮬레이션 시대의 노동문학

그러면 재현 패러다임에서 시뮬레이션 패러다임으로의 변화는 근본적인 것인가? 그렇지 않다. 왜냐하면 재현의 이전 형태인 언어

역시 '흐름으로서의 존재(Being)'와 오직 비유, 상징, 기호의 방식으로만 관계 맺는 시뮬레이션의 일종이었기 때문이다. 디지털 시뮬레이션은 오히려 언어적 시뮬레이션의 극단화, 재현 패러다임의 극단화라고 볼 수 있다. 리얼리즘에 반대하는 포스트모더니즘이 극사실적 모사와, 현실에서 극단적으로 유리된 추상 사이에서 방황하는 경우가 흔치 않은 것은 이 때문이다.

이제 시뮬레이션 시대의 노동문학들에 대해 생각해 보자. 노동문학들은, 특히 한국의 노동문학들은 재현 패러다임에 대해 어떤 관계를 맺었는가? 박영근, 김해화는 말할 것도 없고 박노해, 백무산의 시들도 재현을 무게 중심에 두었다. 모상이나 전형뿐만 아니라 상징도 넓은 의미에서 재현의 형태들에 속한다. 사회적 배치를 변형시키는 힘은 재현에 외삽된 의지나 전망의 형태로만 출현했다. 우리는 이전의 유물론의 주요 결함을 지적한 「포이에르바하 테제」의 첫 절을 지금까지의 노동문학에도 적용할 수 있다. 즉 그것의 주요 결함은 '대상, 현실, 감각을 객체 또는 지각의 형식으로만 파악하고 인간의 감성적인 행위로서, 실천으로서, 주체적으로 파악하지 않았다는 데 있다'고 말이다. 그렇기 때문에 인간 삶의 능동적 측면은 리얼리즘과 대립하고 있었던 모더니즘이나 전통적 서정주의에 의해 추상적으로 표현되어 왔다고 말이다.

박노해 혹은 백무산과 같은 노동문학의 옛 '거장'들이 새로운 상황을 맞아 이 재현적 패러다임에서 떠나고 있는 것은 자연스러운 일이다. 박노해는 교술과 전통 서정으로, 백무산은 존재론적 명상시로 나아간다. 이들에게서 재현은 그 지배적 위치를 잃고 교술이나 서정, 혹은 명상 속에 포섭된다. 이들의 급속한 변화와는 달리 김용만, 김해화, 김명환을 비롯한 〈일과시〉 동인들처럼 변화를 거부하면서 노동문학의 전통적 방법을 고수하고 그것과 운명을 같이하려고 하는 사람들이 있다. 전국의 지역 노동자문학회들에서 이루어지는 대부분의 글쓰기들도 개인에 따라, 그리고 세대에 따라 편차는 있겠지만 크게 보면 이러한 조류에 속한다. '노동문학'이라는 이름 아래에 살아남은 조류는 이 중 후자이다. 이 조류가 공유하는 일정한 역사적 특징이 있다. 그것은, 전자가 미학적 재현을 통해, 그리고 그 미학적 재현의 정치화를 통해 작업할 때, 현장적 서정에 머무르면서 노동자의 삶을 생활수준에서 집단화하는 작업에 더 치중하는 것이었다.

이 두 조류의 우열비교 혹은 그것들에 대한 평가는 이 글의 관심사가 아니다. 내가 관심을 갖는 것은, 현 시대의 지배적 배치관계를 새로운 배치관계로 대체하는 일에 있어서 우리에게 무엇이 필요한가를 가늠하는 일이다. 여기서 염두에 두어야 할 것은 통치형태의 변화 즉 지배의 제국적 재배치이다. 실제로 재현 패러다임의 붕괴도 사회의 이러한 유연화, 네트워크화, 시뮬레이션화와 무관할 수 없다. 그렇다면 이것이 전통적 노동문학 지형에 미치는 충격은 무엇인가?

첫째 지배의 제국적 재배치는 전자의 조류가 기초하고 있었던 전위와 대중의 구별을 허물뿐만 아니라 후자의 조류가 터잡고 있었던 노동자의 집단적 생활 장소, 즉 공장/공단을 허문다. 노동문학에서 공장은 상품이 생산될뿐만 아니라 아름다움과 진리가 생산되는 특권적 장소였다. 많은 지식인과 학생들이 '존재이전', 즉 공장취업을 동경하고 실행했던 것은 이 때문이다. 그러나 지금은 미포만의 공장지대뿐만 아니라 강남의 테헤란로, 관악산과 신촌의 대학들, 그리고 헤아릴 수조차 없는 무수한 가정들과 이동하는 자동차들이 생산공장으로 되었다. 우리는 이것을 노동자의 재영토화에 대한 자본의 탈영토화적 공격이라고 이해해도 좋을 것이다.

둘째 지배의 제국적 재배치는 노동문학이 생성되고 발전되어 온 적대 공간을 변형시킨다. 왜냐하면 그 재배치가 인간의 육체노동 이외에도 자연, 지식, 성 등등의 삶의 다양한 영역들, 활동들을 자본의 활동영역으로 포섭하고, 그로 인해 자본과 노동 간에 구축되어 온 이원적 적대관계가 유연화되며, 적대가 다차원화, 복잡화되기 때문이다. 이제 적대는 자본과 노동 사이에 형성될뿐만 아니라 인간과 자연 사이에, 육체와 지식 사이에, 여성과 남성 사이에, 어린이와 성인 사이에, 동성애자와 이성애자 사이에도 형성된다. 수직적 적대에 수평적 적대가 중첩된다.

아마도 무수한 변화들 중의 일부에 불과할 이러한 변화가 노동문학에 미치는 영향은 무엇인가? 이것은 무시해도 좋을, 혹은 외면해도 무방할 변화인가?

내가 보기에는 그렇지 않다. 이것은 노동문학이 기초해 온 주체성과 지향성 전체를 와해시키는 커다란 변화이다. 노동과 문학의 합성어인 노동문학이라는 명명이 암시하듯이, 이것은 노동을 인간 활동의 대명사로 놓을뿐만 아니라 그것을 긍정적 가치로 평가하는 문학이다. 노동문학이 노동해방을 표현한다면 그것은 '노동으로부터의 해방'이 아니라 '노동의 해방'일 것이다. 그러나 사회의 정보적 재구조화로 인해 노동시간이 부의 원천으로 되는 비중이 급속히 줄어들면서 전통적 의미의 노동은 서서히 그것의 중심적 지위를 잃고 사회 주변부로 밀려나거나 자취를 감추어 가고 있다. 한국에서도 90년대 이후에, 특히 IMF 이후에 그러한 징후는 뚜렷이 나타난다.

그렇다면 지금 전통적 의미의 노동문학을 주장한다는 것은 무엇을 의미하는가? 그것이 노동의 만회와 노동의 해방을 주장하는 한, 서서히 역사 무대에서 사라지고 있는 낡은 노동사회의 복구라는 회귀주의와 보수주의를 벗어나기 힘들 것이다. 그리고 이것은 정리해고에 맞서 '일자리 나누기/고용증대/완전고용'을 대안으로 제시하는 문학 밖의 조합주의적 대응과 일치하는 것이다.6 왜 우리가 노동이라는 자본에의 역사적 예속 형태를 고수해야 한단 말인가?

우리가 주목하지 않을 수 없는 것은 삶의 지평에서 전개되는 존재의 복수적, 다원적 변용이다. 나는 이러한 시대일수록 문학은 '발화의 집단적 구성능력'7이라는 들뢰즈의 문학관의 유효성이 더 높아진다고 생각한다. 존재의 복수적, 다원적 변용은 소수화(마이노리티화)가 단순한 주변현상이 아니라 인류의 정치적 재구성, 즉 코뮨화의 현실적 경로일 수 있도록 만든다. 존재하는 것들 사이의 차이는 코뮨적 결집의 장애요인이 아니라 긍정적이고 생산적인 계기로 작

---

6. 이와는 구별되는 대응으로서, '개인이 생활하는 데 필요한 기본적 경비에 상당하는 금액을 사회구성원 모두에게 조건없이 지급하라!'는 '조건없는 사회급여 보장' 주장을 담고 있는 벨기에의 샤를 푸리에르 서클(Cercle Charles Fourier)의 선언을 둘러싼 논쟁에 대해서는 이환식, 「지식사회의 이율배반」, 『진보평론』5호, 58~63쪽을 참조하라.
7. 질 들뢰즈, 『소수 집단의 문학을 위하여』, 조한경 옮김, 문학과지성사, 1992년, 37쪽.

용할 수 있다. 차이를 장애로 인식했던 일치단결의 관념은 유효성을 상실하며 연대보다도 더 유연한 공명이 연합의 유효하고 내재적인 방법으로 부상된다. 실제로 오늘날 세계의 낡은 배치들을 뒤바꾸는 투쟁은 중앙집권적 지도기구의 명령에 의한 단결에 의해서가 아니라 자발적 투쟁들의 유통과 공명에 의해 장편소설처럼 무한히 지속되고 있다.

과거의 노동문학은 대규모적이고 군사적인 집단화에 익숙했으며 위로부터의 재현적 담론에, 선동적·선전적 담론에 익숙했다. 생활주의적 노동문학은 이념주의적 노동문학에 비해 이러한 대서사와 보편문법에 대한 집착이 적었다고 생각해볼 수도 있을 것이다. 하지만 생활주의적 노동문학 역시 지역에서 전국으로 이어지는 집중적 조직화, 규모의 정치에서 자유로웠다고 말하기 어렵다. 이제는 존재하는 것들의 직접적 목소리에, 표현적 자기발화에 길을 열어주고 그것들이 서로 울리고 어울려 아래로부터 수평적 연합을 이루도록 장려할 때이다.

이 창조적 과정을 표현하는 말로 노동문학이라는 용어는 아무래도 부적절하게 느껴진다. 노동자는 이미 무수한 차이들로 자신을 드러내는 다중의 일부로 전화되었다. 다중은 일상 속에서 부단히 사회의 낡은 배치를 어기고 부수며 새로운 배치들을 창출하는 능동적 존재들이다. 제국주의에서 제국으로의 통치의 이행, 그리고 규율적 생산에서 네트워크적 생산으로의 이행은 다중의 이 유연한 율동을 축적의 회로 속으로 재흡수하기 위한 노력이다. 노동문학은 이제 노동이라는 역사적으로 특수한, 그리고 이제 그 한계를 뚜렷이 드러내고 있는 지평으로부터 다중이 펼치는 복수적 삶의 지평으로 내려옴으로써 비로소 낡은 배치의 새로운 배치로의 대체라는 본래적 욕구를 실현할 수 있을 것이다.

노동문학의 재구성을 위하여

노동문학이 삶의 지평에서, 다중 주체성의 관점에 따라 재구성되어야 한다는 것은 어떤 의미를 갖는 것일까? 그것은 90년대 초에 일종의 복고주의적 조류로 출현했던 것, 즉 민중문학, 노동문학의 민족문학에의 재통합을 재연하자는 것인가? 아니면 저항과 적대를 내파(implosion)의 형태 속에 감금하는 포스트모더니즘에로의 귀순을 주장하는 것인가?

노동문학과 민중문학의 전선붕괴와 그것들의 민족문학에의 재통합 이후에 민족문학의 위기가 찾아 왔다는 것은 얼핏 보면 아이러니로 보인다. 그러나 곰곰이 생각해 보면 그것은 민족문학의 실질이 실제로는 노동문학과 민중문학에 의해 유지되어 왔음을 반증하는 것에 다름 아니다. 최근 들어 민족문학은 포스트모더니즘과 모더니즘의 공세를 받으면서, 한국문학이라는 이름의 국민문학적 재정향을 꾀하고 있다. 60년대 이후 지속되어 온 저항문학의 총체인 민족문학작가회의가 사단법인으로 되면서 한편에서는 등단작가들의 길드로, 다른 한편에서는 신자유주의적 재구조화의 문필적 전위대로 전화할 위험에 노출되어 있는 것은 안타까운 일이 아닐 수 없다.

현실정치적 영향력 확대의 이면에서 나타나는 민족문학의 이러한 예술적 무력화는 그것의 국민문학으로의 후퇴적 재구성의 필연적 결과이다. 민족통일이라는 민족문학의 오랜 염원은 아주 가까이에 다가와 있는 것으로 보인다. 그것은 민족문학의 치열한 저항, 그 자랑할 만한 투쟁의 성과인가? 아마 그렇게 말해도 좋을 것이다. 그러나 잊지 말아야 할 것은 민족통일의 지구적 맥락이다. 한반도에서 민족분단은 제국주의적 통치 형태, 즉 미소 제국주의의 경쟁의 산물이고 임박한 민족통일은 그것의 제국적 통치로의 이행의 산물이다. 민족국가가 창조의 범주가 아니라 수구의 범주로, 민족국가가 자본의 제국적 재구조화의 담당 관절로 재편성되는 시대에 비로소 한반도의 민족국가적 완성의 가능성이 엿보이고 있는 것이다. 이 과정을 관할하고 있는 신자유주의, 그것은 자본의 제국적 재구조화의 민족국가적 전략이자 정책이고 이데올로기이다.

포스트모더니즘은 어떤가? 그것은 시대의 변화를 예민하게 포착했지만 그 기민성에는 존엄함이 깃들어 있지 않았다. 그것은 스펙타클과 시뮬레이션과 가상현실이 인간의 존엄성, 다중의 힘에 대한 강력한 통제를 실현하고 있음을 보았지만 바로 그것들이 다중의 힘과 욕구의 표현 형태이며 그것을 삶 속으로 재통합할 힘 역시 다중 속에 축적되어 가고 있음을 보지는 못했다. 포스트모더니즘은 허무주의의 언어로 제국에의 순종을 설교했다. 유럽에서 새로운 노동자들의 힘이 보수당 정치를 몰아내고, 제국의 권력 조절자인 미국과 그 접경지대에서 봉기가 일어나고 자본주의의 희망 아시아 신흥 공업국이 침몰하면서 파업의 불길이 타오를 때, 순종의 전도사 포스트모더니즘이 고개를 숙이게 된 것은 당연한 일이다.

　이런 맥락에서 볼 때, 노동문학의 창조적 재구성이 가능하다면 그것은 민족문학에로의 재통합이나 포스트모더니즘에의 귀순과 같은 것일 수는 없다. 그렇다고 노동문학이 옷을 바꿔 입는 정도의 개량으로 이 시대에 필요한 문학적 요구, 다중의 문학적 욕구를 충족시킬 수 있는 것도 아니다. 그것은 통치의 제국적 재구조화에 맞서 근본적으로 재구성되어야 할 필요에 직면해 있다.

　나는 앞에서 노동문학이라는 이름의 현시대적 부적합성에 대해 지적했다. 이제 끝으로, 그 부적합성을 규정하는 몇 가지의 역사적·미적 계기들에 대해 이야기함으로써 새로운 이름, 새로운 문학적·조직적 재배치의 방향을 더듬어 보고자 한다.

　첫째는 투쟁의 전사회적·지구적 시야.

　오늘날 공장은 적대의 유일한 장소가 아니며 적대의 선은 전 사회를 횡단하며 수직적이고 수평적으로 그어지고 있다. 다중은 이 속에서 숨쉬며 살고 있다. 특히 통치의 제국적 재구조화는 제 1세계, 제 2세계, 제 3세계 등 지역적 선을 따라 인류를 분할하는 것이 아니라 제국적 네트워크에서 차지하는 위치라는 공간적 선을 따라 인류를 분할한다. 다중 속에는 이 분할선들이 각인되지만 그 선들은 유연하다. 취업자가 실업자가 되고 실업자가 취업자가 되며 제 1세계가 제 3세계로 되며 제 3세계가 제 1세계로 되곤 하는 것이다. 그리고 인류는 지금, 뉴욕에서 나비의 날갯짓이 북경에서 폭풍을 일으키는 지구적 카오스, 비동시성의 동시성의 시대를 살고 있다. 투쟁들의 경우도 마찬가지다. 그것들은 분할선들이 그어진 국지 공간에서 일어나지만 인터넷을 비롯한 디지털 매체를 통해 지구 곳곳으로 유통된다. 그 어떤 투쟁도 국지적으로 한정될 때에는 힘을 제대로 발휘할 수 없다. 문학적 사건으로서의 창작 역시 지구적 유통 속에서 그 힘을 최대한 발휘할 수 있는 바 이를 위해서 문학은 투쟁의 전사회적·지구적 시야를 획득할 필요가 있다.

둘째는 정치의 소수 집단적 재구축.

전사회적·지구적 시야가 필요하다는 말이 지구적 규모의 조직과 일치된 지구적 정치를 의미하는 것은 아니다. 오히려 정치는 사회 각 영역에 그어져 있는 분할선을 따라 흐르는 소수 집단적 흐름 속에서 재영토화를 저지할 수 있을 힘을 발견할 수 있다. 소수적 흐름이란 양의 다과(多寡)를 의미하는 것이 아니라 지배적 공리계, 사회관계의 지배적 배치에 혁명적으로 맞서는 흐름을 말한다. 그것이 흐름인 한에서 다양한 소수 집단적 정치들은 그 개별성 속에서 상호소통하면서 사회적 배치의 완전한 전복과 새로운 것으로의 대체를 향해 나아갈 수 있을 것이다.

셋째는 언어의 자기혁신.

언어, 특히 문자 언어는 생물적 디지털로서의 DNA를 이어 역사에 출현한 문화적 디지털 코드이다. 그것은 본질적으로 지시대상이나 언어적 표현의 의미들과 아무런 직접적 유사성이 없는 음소들의 조합에 기초한다. 그것은 일종의 문화적 생태계를 구성하면서 과거를 기억하고 미래를 대비하며 보이지 않는 것을 조사하고 의미를 창조하며 다가올 세대를 위해 새로운 발명을 기록하고 저장한다.[8]

---

8. 피에르 레비, 『지능의 테크놀로지』, 강형식·임기대 옮김, 현실과철학사, 2000, 311쪽.

이 문화적 디지털 코드가 어떻게 이용되는가는 이 코드의 잠재력 가운데 어떤 것이 발현될 것인가를 결정짓는다. 앞서 나는 언어 이용의 재현적 패러다임의 가능성과 한계에 대해 이야기했다. 재현적 패러다임은 언어의 힘을 크게 확장시켰지만 그 확장된 힘은 역설적으로 존재자들의 힘을 억압하는 데 더 많이 사용되었다. 바로 이 점 때문에 우리가 언어의 자기혁신에 대해 이야기하지 않을 수 없는 것이다. 누가 언어의 자기혁신을 이룰 것인가? 인터넷에 등장하고 있는 다양한 발화형태들은 이미 이 언어적 자기혁신이 시작되고 있음을 말해 준다. 정동적인 채팅 언어들,『딴지일보』의 풍자언어들 등은 친숙한 사례들이다. 그렇지만 이것들은 언어의 힘을 약화시키는 속류화의 경향과 분별하기 어렵게 섞여 있다. 나는 이런 상황에서 문학이 언어의 발화적 힘을 증폭시키는 데서 그 무엇보다도 중요한 기여를 할 수 있으리라고 생각하며 그러한 욕구를 내재화하고 있는 많은 사람들이 글쓰기에 지금도 자신을 투여하고 있으리라고 예상한다. 이것이 어떤 형태를 띠고 표면화되건 그것은 다양한 발화적 힘들과 어우러져 '발화의 혁명적이고 집단적인 구성'을 이룸으로써 인류의 코뮌적 재구성의 중요한 동력이 될 것이다.

(전국노동자문학회 심포지움 발표문, 2002)

사회주의 리얼리즘의 종말 이후의
노동문학

지난 90년대에 진행된 사회적·예술적 지형의 급격한 변화 이후에도, 다양한 수준과 다양한 맥락에서 노동자 문예운동의 방향타로 작용하고 있었던 사회주의가 붕괴한 이후에도 1980년대의 혁명적 조건에서 탄생한 노동문학에 관해 이야기하는 것이, 그리고 그것을 아직 살아남은 어떤 진지처럼 사고하는 것이 가능할까?

우여곡절과 부분적 약화에도 불구하고 노동문학의 깃발 아래 10여 년 이상 동안 지속되어 온 전국 각지의 지역 노동자문학회들과 잔존한 공장 문학반들, 노동문학의 쇠퇴라는 90년대적 시류를 거슬러 결집한 〈일과시〉 동인들, 최근까지 노동현장에서 눈을 떼지 않고 있는 방현석과 김하경의 노동사적 보고문학들, 노동자들의 목소리를 꾸준히 전하는 월간 『작은 책』과 격월간 『삶이 보이는 창』, 그리고 지침없이 노동자 성장의 테마를 파고드는 김한수 등은 노동문학의 한결같은 실재성을 주장하는 것 같다. 그러나 본격 사회주의 리얼리즘을 지향했던 것으로 보이는『감색 운동화 한 켤레』(1991)의 엄우흠은『푸른 광장에서 놀다』(1999)의 소통 불가능성과 방황의 세계로 나아갔으며, 영세 사업장을 무대로 사장의 통제와 노동자 자주성의 대결을 세밀한 심리주의적 필치로 그려낸『나는 아직도 봄을 기다린다』(1993)의 김재호는『하늘에 쓰다』(1997)에서 사회주의 붕괴에 대한 서정적 애도로 기울었으며,「지옥선」의 시인 백무산은『인간의 시간』을 거쳐, 대지의 시간과 광야의 발견으로 나아가고 있고,『노동의 새벽』의 박노해는 '손무덤'의 원한과 투쟁에서『오늘은 다르게』를 거쳐, '세기말 성자'의 숭고미에 대한 묵상을 보여주는『겨울이 꽃핀다』로 나아가고 있다. 이러한 흐름 속에서 '노동문학'은 오직 과거의 흔적으로서만 그 존재를 알린다.

이 분기(分岐)의 상황은 때로는 분열로 출현하기도 한다. 전자의 경향이 후자의 경향을 정치적 변절이라는 시각에서 볼 때, 그리고 후자의 경향이 전자를 미학적 안주(安住)라는 시각에서 볼 때 그러하다. 새로운 시대에 문학적 가지치기가 분열로 드러나고 있는 현실은 종래의 노동문학 개념에 대한 진지한 반성을 요구한다. 이러한 요구는 여성문학, 신세대 문학, 에로스 문학, 싸이버 문학, 생태문학 등 새로운 문학경향들의 출현에 의해 더욱 절실해진다. 이 새로운 문학경향과 노동문학 사이에도 '문학적 보수주의인가 원칙으로부터의 일탈인가'의 쟁점이 발생하고 있기 때문이다.

나는 이 글에서, 노동문학이 옛 아우라를 걷어버리고 '삶으로서의 문학'으로 재구성되는 것이 변절인가 안주인가, 보수주의인가 일탈인가라는 소모적 쟁점을 해소할 수 있는 길이라고 주장할 것이다. 그리고 그 속에 나는 '사회주의 리얼리즘의 종말' 개념을 통해 80년대에 내가 제기한 바 있는 '노동해방문학/노동계급 현실주의'에 대한 변화된 생각을 담고자 했다. 이러한 동기로 인해 과거 문학 논의의 세밀한 색채들이 단순화되는 경우가 없지 않으며 오늘날 재연된 리얼리즘 논쟁과의 직접적 연관성의 맥락도 배제된다. 이 색채들과 맥락들을 살리는 문제는 차후의 일감이 될 것이다.

1. 운동으로서의 문학과 리얼리즘의 한계

　　80년대 한국의 노동문학은 현장 노동자들의 글쓰기와 지식인 작가들의 글쓰기라는 두 가지의 흐름이 '운동으로서의 문학'이라는 단일한 흐름으로 합류하면서 나타났는데 그것은 1987년 민중항쟁과 노동자대투쟁의 효과이자 산물이었다. 노동자들의 글쓰기가 공식 문단의 주변에 모습을 나타내면서 문학활동에 신선한 자극을 주기 시작한 것은 80년대 초부터였고 억압되어 온 노동자들의 느낌과 목소리가 충격적으로 표출된 것은 1984년 박노해의 『노동의 새벽』과 백무산의 「지옥선」 연작에서였지만 그것이 노동문학이라는 새로운 문학 범주를 현실적인 것으로 만들만큼 힘을 갖게 된 것은 1987년 이후였다. 지역 민주노동조합들의 자주적 협의체들의 결성에 발맞추어 이루어진 지역 노동자문학회들의 결성과 공장 문학반들의 건설이 대부분 1988년 전후에 집중된 것은 결코 우연이 아니다. 이 자발적

인 글쓰기의 움직임들은 노동자들로부터 소외되어 있었던 문자와
문학의 노동자적 전유(專有)를 의미했는데, 정인화, 김해화, 박영근
의 시들을 포함하여 1988년 발간된 백무산의 『만국의 노동자여』는
복종을 거부하는 노동자들의 아래로부터의 자기표현의 욕구가 더
이상 억누를 수 없을 만큼 깊고 강했다는 것을 보여준다.

　노동자들의 자발적 글쓰기가 아래로부터 솟아오르고 있는 한편
에서 현장에 투신한 지식인들 혹은 지식인 작가들의 일부가 운동으
로서의 문학의 흐름으로 합류한 것은 이 시대의 새로운 풍경의 하
나이다. 물론 운동으로서의 문학이라는 흐름은 이 시기에 최초로
생성된 움직임은 아니다. 그것은 자유실천문인협의회를 중심으로
70년대 이후 지속되어 온 진보적 지식인 작가들의 운동적 투신의
전통을 계승하는 것이면서 그 전통을 1987년 이후 폭발한 노동계급
운동과 접목시키려는 움직임이었다. 월간 『노동문학』과 『노동해방
문학』, 계간 『사상문예운동』, 그리고 부정기 간행물 『녹두꽃』 등의
매체를 통해 활동한 많은 수의 젊은 비평가들과 소설가, 시인들의
작업은 이 흐름의 주요 구성부분이었다.

　문학이 운동으로서 정립되어지는 과정에서 문학에게는 상당한
사회정치적 짐이 부과되었다. 당시 노동문학은 작업장을 의미하는
것으로서의 현장성을, 자본가와의 투쟁을 의미하는 것으로서의 투
쟁성을, 민중연대성과 계급성을 갖추도록, 그리고 전형을 창조하도
록 요구받았다. 그리고 전형의 창조를 통한 객관적 진리의 재현을
위해서는 작품에 당파성이 구현되어야 하며 이를 위해서는 작가가
노동계급 당파성을 체득해야 한다고 이야기되었다.

　이러한 조건에서 성장한 운동으로서의 문학이 분단과 계급적대의 상황 속에서 줄곧 억압되어 온 문학의 사회성과 정치성을 회복시켜 준 것은 사실이다. 그것은 지식인 작가 내부의 갈등과 분화를 표현했던 6, 70년대의 순수-참여 논쟁의 구도를 발전적으로 해체시키면서 문학을 사회적 적대의 현실 속에서 사고하도록 자극하고 노동자들 자신의 문학활동에 힘을 불어넣었다.

　그러나 이 새로운 문학경향의 한계는 오래지 않아 드러나기 시작했다. 파업이라는 소재, 선진 노동자라는 인물상, 비타협적 투쟁이라는 서정, 승리의 전망 등이 당시에 창작된 수많은 노동소설과 노동시들의 공통된 구성물들로 되면서 언제부턴가 노동문학의 구호화와 도식성에 대한 비난들이 일기 시작했다. 처음에는 그것이 노동문학에 반대하는 사람들의 비난에 불과한 것으로 치부될 수 있었다. 하지만 시간이 흐르면서 도식화와 구호화의 문제가 노동문학 내부에 하나의 경향으로 되고 있음을 부정하기 어렵게 되었다. 노동문학은 어느새 '고귀한 출생-고난-투쟁-종국적 승리'라는 구전설화의 구도를 닮아가고 있었다.

　그렇다면 운동으로서의 문학의 방법으로 제기된 리얼리즘은 노동문학의 이 구호화와 도식화를 제어할 수 있었는가? 리얼리스트들은 '전형적 상황에서의 전형적 인물'의 창출을 요구하면서 작가들에게 세부의 진실성을 넘어서도록 촉구한 바 있다. 그 전에 나온 노동자들의 수기들이 고난으로 점철된 노동자들의 눈물겨운 삶의 세부들을 그려내는 데 충실했다면 운동으로서의 노동문학은 그보다는 훨씬 더 강하게 그 삶의 고난의 극복 대안을 추구하는 데 기울어져 있었다고 해야 할 것이다. 그러나 운동으로서의 문학에서 부각된 것은 세부의 사실주의적 나열이 아니라 **구호화를 부추기는** 강렬한 경향성에 있었으므로 세부들의 진실성을 넘어서자는 주장은 별 실효를 갖지 못했다. 오히려 당시의 노동문학에 강조될 필요가 있었던 것은 엥겔스가 민나 카우츠키에게 보낸 편지[9]에서 강조했던 '개별화'였을지 모른다. 왜냐하면 노동문학 작품들이 흔히 제시하는 인물들은 이상화된 나머지 작가 자신의 당파성을 '상황과 행위 자체로부터 저절로' 드러내기보다 구호와 도식을 통해 원칙적·명시적으로 표명하는 수단으로 떨어지곤 했기 때문이다. 구호와 도식이 아니라 '개별화를 통해 드러나는 전형적 상황과 전형적 인물'이 리얼리즘의 지향이라고 볼 때 당시의 노동문학은 이 수준을 만족할 만큼 보여주지 못했고 이런 의미에서는 아직 리얼리즘이 이미 성취된 것이 아니라 앞으로 성취되어야 할 미완의 과제로 남아 있다고 말할 수도 있을 것이다.

그런데 '상황과 행위 자체로부터 저절로 드러나는 경향' 혹은 '개별화를 통해 드러나는 전형적 상황과 전형적 인물'이란 대체 무엇인가? 당시에 그리고 오늘까지도 리얼리즘 논의에서 넘어설 수 없는 권위로 여겨지고 있는 사회주의자 엥겔스는 마가렛 하크니스에게 보낸 편지[10]에서 작가의 경향성은 숨겨지면 숨겨질수록 예술작품에 더 좋은 영향을 미친다고 말하면서 리얼리즘은 작가의 '계급적 공감이나 정치적 편견'을 넘어서 역사의 '필연성'을 드러내기도 한다고

---

9. 칼 맑스·프리드리히 엥겔스, 『마르크스·엥겔스의 문학예술론』, 논장, 1989, 86쪽.
10. 같은 책, 90쪽.

말한다. 요컨대 리얼리즘은 작가의 견해와는 독립적으로 현실 발전의 필연성, 역사의 법칙성, 그리고 객관적 진리를 재현할 수 있다는 것이 엥겔스의 믿음이었다. 그러면 엥겔스에게 그 필연성, 법칙, 진리는 무엇이었을까? 발자크 시대에 리얼리스트가 귀족의 몰락과 공화파의 승리의 필연성을 재현했다면 자본주의에 대항하는 노동계급의 반역적 저항이 성숙한 엥겔스의 시대에 리얼리즘이 재현하게 될 필연성은 노동계급의 승리, 즉 사회주의의 필연성이었다. 다시 말해 엥겔스의 리얼리즘 미학은 사회주의의 필연성이 상황과 행위 자체로부터 저절로 재현될 수 있다는 생각 위에 구축되어 있다.

창작이 견해와 대결하면서 현실과 대면할 때에만 작품이 작가의 정치적 견해나 이데올로기를 숨기거나 혹은 그것을 넘어설 수 있다는 엥겔스의 생각은 8, 90년대 한국의 노동문학에서 점차 **문학창작의 정치적 견해에의 종속**의 경향이 강하게 나타났음을 돌이켜 보면 여전히 소중하다해야 할 것이다. 그렇지만 나는 여기에서, '작가의 미적 창조 작업에서의 현실 대면이 그것의 필연성을 재현하는 것에 국한되어야 하는가? 미적 창조 혹은 구성은 오히려 필연성을 낳으면서도 그것을 초과하는 우발성의 세계를, 아니 현실을 낳으면서도 그것을 초과하는 카오스를 드러내게 할 수도 있지 않은가? 필연성, 법칙, 진리는 오히려 삶의 혼돈을 숨겨 온 삶의 각질이 아닌가? 엥겔스는 현실 대면을 필연성의 재현에 종속시킴으로써 창작가의 현실 대면이 낳을 수 있는 다양한 가능성과 무한한 잠재력을 재현의 틀 속에 억제하는 것은 아닌가? 그것은 엥겔스가 사회주의의 승리의 필연성이라는 자신의 견해에 묶임으로서 이론적 '리얼리즘'을 제약당한 결과가 아닌가?' 라고 묻게 된다. 실제로 엥겔스가 민나 카우츠키나 마가렛 하크니스 같은 사회주의 작가들에게 보낸 편지에서 드러나는 미학은, 창작 속에서 사회주의는 원칙적·명시적으로 천명되지 않더라도 사실과 행위의 재현을 통해서 저절로 드러나게 할 수 있다는 생각을 전한다. 발자크 같은 왕당파에게서 리얼리즘은 작가 자신의 견해와의 갈등과 투쟁 속에서 실현되지만 사회주의자들에게서 리얼리즘은 단지 전형으로 재현된 사실과 행위 속에 작가의 견해를 '숨기는' 것으로 실현될 수 있다는 것이었다.

그러나 만약 사회주의가 역사의 필연이나 객관적 진리가 아니라면? 다시 말해, 사회주의가 '사실과 행위를 통해 저절로' '재현'될 수 있는 것이 아니라면 엥겔스의 미학은 어떻게 되는 것인가? 사실 사회주의자 엥겔스는 이 점에 대해 숙고하지 않고 있다. 사회주의 필연성의 재현가능성은 그에게는 신념이며 그것은 그의 미학의 전제이다. 그러나 우리는 사회주의가 노동계급의 희망이자 이상으로 남아 있었던 엥겔스의 시대에 살고 있는 것이 아니라 사회주의와 노동계급의 적대, 그리고 사회주의의 붕괴를 이미 경험한 시대에 살고 있다. 그러므로 엥겔스가 숙고하지 않은 바로 그 문제를 진지하게 고려하지 않으면 안 된다.

사회주의 운동의 역사에 대한 쎄르지오 볼로냐와 안또니오 네그리의 분석은 사회주의가 역사 발전의 합법칙성에서 도출되는 객관적 진리라기보다 19세기와 20세기 초 전문직 숙련 노동자들과 좌파 지식인들이 자본주의 극복 대안으로 제시한 하나의 정치적·이념적 구성물이었음을 암시한다.[11] 물론 1917년 혁명의 승리는 사회주의가 자본주의 속에서 살아 움직이는 하나의 혁명적 잠재력이었음을 보여준다. 그러나 그것이, 사회주의가 자본주의 발전의 필연적 귀결이거나 역사 발전의 유일한 방향임을 입증해 주는 것은 결코 아니다. 하나의 이념으로서의 사회주의는, 매뉴팩처에 결집되어서 노동과정에 대한 상당한 통제력을 행사할 수 있었던 수공업적 노동자들에게서 발생하여 공장제 하에서의 숙련 노동자에게로 계승된 정치적 구성물이다. 그들은, 무정부적인 시장 메커니즘을 통해 노동과정 외부에서 노동의 과실을 전유하는 부르주아지의 일소와 생산－분배－소비과정에 대한 직접 생산자의 계획적 통제가 자본주의의 폐해를 극복할 대안이라고 생각했다. 이를 위해 이들은 국가를 이용하고자 했다. 그러나 사회주의는 노동과정에 대한 통제권을 거의 갖지 못한 하층 미숙련 노동자들을 비롯하여, 결합된 생산체제에 포섭되지 않은 광범위한 소생산자들, 그리고 직접적 생산과정 외부에 놓여 있는 여성이나 학생 그리고 실업자들, 노동능력을 갖지 못한 아동이나 노인 혹은 장애자들 등을 사회 주변부로 배치하고 노동메커니즘을 통해 이들을 관리하는 방향으로 나아갔다. 1917년을 전후하여 자본이, 러시아에서 유럽 전역으로 확산되던 사회주의 혁명의 물결을 저지할 수 있었던 것은 사회주의적 구상과 실행 속에 내재된, 민중 내부의 이러한 위계와 상호 통제－피통제 관계, 즉 민중 내부의 분열을 역이용할 수 있었기 때문이었다.

자본은 생산과정에 컨베이어벨트로 연결된 기계를 도입함으로

---

11. 이에 대해서는 쎄르지오 볼로냐 외, 『이딸리아 자율주의 정치철학·1』, 이원영 옮김, 갈무리, 1997, 95~162쪽; 조정환, 『아우또노미아』, 갈무리, 2003, 117~152쪽 참조.

써, 그리하여 누구나 손쉽게 노동과정에 참여할 수 있게 함으로써 노동자 내부의 위계를 제거하고 이로써 사회주의 혁명을 주도하고 있던 전문 노동자들의 숙련을 무력화시켰다. 숙련, 즉 노동과정에 관한 지식과 통제력을 전문 노동자들로부터 기계로 이전시킴으로써 혁명의 전위로서 숙련 노동자들이 지녔던 그들의 권력을 해체시키고 총 생산과정에 대한 통제권을 유지하는 데 성공한 것이다. 우리는 이후 20세기의 사회사가, 사회주의가 자본주의로부터 포드주의/자동화를 배우고 자본주의가 사회주의로부터 국가에 의한 계획적 통제를 배우는 경쟁적 상호 학습의 과정이었음을 알고 있다. 이 과정은 이념으로서의 사회주의가 전지구적 역사 속에 실제적으로 관철되는 과정이었음과 동시에, 애초부터 사회주의가 자신의 외부에 관리대상으로 배치했던 광범위한 대중들과 사회주의 정치 사이의 적대가 심화됨으로써 사회주의가 혁명의 이념에서 통제의 이데올로기로 전환되는 과정이기도 했다.

그러나 한국의 경우 유럽의 역사 과정에서 추출된 이러한 논리가 그대로 적용될 수는 없는 것으로 보인다. 왜냐하면 동구와 서구에서 사회주의와 공산당·사회당들에 대한 아래로부터의 저항이 수십 년 동안 지속된 후인 1980년대까지도 한국에서는 사회주의가 여전히 혁명의 이념으로 자리잡고 있었던 것으로 보이기 때문이다. 그러나 사회주의 정파운동이 주로 5공화국 이후 폭증한 대학생과 학생운동에서 파생한 점을 염두에 두면 노동계급 다수가 80년대의 한국에서 사회주의를 자신의 정치적 대안으로 받아들이고 있었는지는 불분명하다. 오히려 진실은 그 반대편을 가리키는 것 같다. 광주민중항쟁 당시 민중들이 북한의 오판을 경계한다거나, 87년 이후의 노동자 대중집회가 사회주의자들을 환대하기보다 경계하고 배척했던 점, 그리고 무엇보다도 사회주의 정치운동이 그 주체들의 뜨거운 열정과 의지에도 불구하고 대중들로부터 외면당하는 소외된 운동에 그쳤다는 점 등을 두터운 반공 이데올로기의 탓으로만, 지도부의 개량주의 탓으로만 돌리기에는 무리가 있는 것으로 보이기 때문이다. 이런 관점은, 현실사회주의 운동의 붕괴 이후 전위조직들을 중심으로 한 사회주의 운동들이 물거품 빠지듯 빠르게 자취를 감추었음에도, 노동자대중들이 전과 다름없이 투쟁을 지속할 수 있었던 사실을 설명할 수 없다.

이런 점에서 보면, 1987년 노동자투쟁의 폭발을 사회주의적 당파성의 대두로 환원한 것은 사회주의가 역사의 객관적 진리라는 견해의 현실 역사에의 투영 이상이 아니었던 것으로 보인다. 동구와 서구에서 (그리고 어떻게 보면 한국에서도) 대중들 사이에 사회주의에 대한 항의가 일고 있던 시기에[12] 노동자들의 일체의 투쟁을 사회주의로 가는 길목의 어떤 자리에 배치한 것은, 견해와의 투쟁 속에서 이룰 수 있는 '리얼리즘의 승리'에 미달하는 것이 아니었는가? 리얼리즘이 작가의 견해를 넘어설 수 있는 것이라면, 왕당파적 견해뿐만 아니라 공화파적 견해, 그리고 사회주의적 견해까지 넘어설 수 있는 것일 텐데 엥겔스(와 레닌, 그리고 사회주의 리얼리즘론)의 영향하에 놓인 우리는 작가가 자신의 견해를 넘어설 수 있는 가능성

---

12. 크리스 하먼, 『동유럽에서의 계급투쟁』, 김형주 옮김, 갈무리, 1994; 이언 버첼, 『서유럽 사회주의의 역사』, 배일룡 · 서창현 옮김, 갈무리, 1995 참조.

을 애초부터 봉쇄하고 있었던 것은 아닐까? 왜냐하면 엥겔스에게서 전형이 결국 노동계급의 승리라는 사회주의적 견해를 숨기는 형상으로 설정되었다면, 사회주의의 재현가능성이라는 틀 위에서 구축된 전형들이 사회주의적 견해를, 그리고 견해의 응축으로서의 구호와 도식을 넘어서기는 어려웠을 것이기 때문이다.

안재성의 『파업』, 이인휘의 『활화산』, 정화진의 『쇳물처럼』, 그리고 방현석의 「새벽출정」과 「내일을 여는 집」 등에는 투쟁하면서 승리를 향해 나아가는 노동계급의 전형들이 구축되어 있다. 백무산의 『동트는 미포만의 새벽을 딛고』나 박노해의 '시사시'들에도 그러한 전형들이 나타난다. 그러나 여러 작가·시인들을 통해 되풀이 생산되는 투쟁과 승리 (혹은 패배에도 불구하고 남는 승리의 전망) 이라는 구도 속에 '숨겨져' 있는 사회주의적 견해들, 구호들, 도식들을 완전히 드러나지 않게 할 수 있을까? 작가들은 사실이나 행위 속에 그것들을 숨기지만 반복되는 전형의 출현 속에서 독자들은 그것들을 분명히 찾아낼 수 있기 때문이다.

이런 의미에서 재현의 미학인 리얼리즘은 전위의 미학이었고 사회주의의 미학이었다고 할 수 있다. 그것은 전형의 개별화의 힘으로 구호화와 도식화를 제어하지만 결국 구호와 도식에 자리를 비켜주는 미학이었다. 재현에 기초한 현실의 미적 재구성은 노동계급의 전위들을 통한 대의라는 사회주의 정치의 구상과 상통한다. 그것은 노동계급의 존재와 그들의 분노, 그리고 그들의 투쟁을 드러냈다. 그렇지만 그것은 다시 무엇인가를 은폐한다. 그것은 분노나 투쟁 혹은 승리를 포함하면서도 그것보다 한층 내용이 풍부하며 도저히 하나의 형식, 하나의 방향 속에 담아낼 수 없는, 욕구하는 다중(multitude)의 실재적·잠재적 삶 자체이다. 아니 어쩌면 전형을 통한 재현이라는 것이 사회주의자와 리얼리스트들이 카오스적 삶과 대면하고 그것과 싸운 한정된 방법, 길이었는지 모른다. 그러나 여기에 누락되어 있는 것, 보다 정확히 말해 거부되고 있는 것은 '모든 길은 카오스와의 대결 속에서 발생하지만 결국 그것은 카오스에 속한다'는 인식이다.

2. 엑소더스

1989년 베를린 장벽의 붕괴와 1991년 소련의 붕괴에 동반한 사회주의 사회들의 도미노적 붕괴는 억압된 것의 귀환을, 재구성된 카오스적 삶의 복수를 보여준다. 그러나 그것은 자본주의의 영원한 승리를 말하는 것은 결코 아니었다. 왜냐하면 20세기의 자본주의는 사회주의와 이미 접합되어 있었고 1968년에 이미 복지국가의 형태로 변용된 자본주의에 대한 대중의 반역이 (1989년에 앞서) 폭발한 바 있기 때문이다. 이런 의미에서 1989년은 1968년의 연속이자 완성이라는 월러스틴의 주장은 설득력을 갖는다.[13]

나는 이제 한국의 1987년의 투쟁들 역시, 그것에 사회주의의 색채를 부여하기 위한 전위들의 개입시도에도 불구하고 사회주의의 승리의 한 장면이 아니라 재구성된 삶이 자본주의와 사회주의에 대

---

13. 이매뉴얼 월러스틴 외, 『반체제운동』, 송철순 외 옮김, 창작과비평사, 1996, 138~167
쪽.

항하여 벌인 전지구적 투쟁의 한 국면이라고 생각한다. 이런 의미에서 1987년의 자식인 한국의 노동문학은 애초부터 운동으로서의 문학론이나 리얼리즘론으로는 온전히 해명할 수도 가둘 수도 없는 잠재력을 갖고 있었다고 보고 싶다. 이 이론들은, 자본으로부터는 물론이려니와 어떤 당들로부터도 독립적으로, 심지어는 노동조합들로부터도 독립적으로 새롭게 솟구치는 한국 노동자들의 역동성을 사회주의로 환원시키려 시도했다. 지구 저편에서 갑자기 (실제로는 서서히) 나타난 사회주의들의 붕괴가 없었다면 이 환원의 시간은 좀더 길었을 지도 모른다.

90년대 초반 한국 문학계에 연출된 사회주의 문학가들과 리얼리스트들의 고백·전향의 풍경을 여기서 새삼 다시 그려낼 필요는 없을 것이다. 그것은 운동으로서의 문학, 리얼리즘 문학, 사회주의 문학으로부터의 엑소더스(Exodus)였다. 그러나 이들이 도달한 곳이 기름진 옥토였는지는 불분명하다. 적지 않은 사람들이 사회주의가 도달한 지점으로부터도 후퇴하여 낡은 민족주의적 재현 무대로 돌아갔으며 또 그보다 더 많은 사람들이, 새로이 출현한 대중의 감성을 이윤 목적에 종속시키려는 문학산업의 창작 노동자로 자신을 기꺼이 내맡겼다. 당파성을 수호하려는 잔존한 리얼리스트 이론가들의 혼신의 노력이 있었지만, 거센 포스트모더니즘의 홍수에 밀려, 창작으로부터 어떠한 의미 있는 반향도 이끌어 내지 못했던 것으로 보인다. 이후 공식적 문학세계는, 운동으로서의 문학, 리얼리즘 문학, 사회주의 문학이 힘을 잃고, 80년대의 투쟁이 후일담 문학이나 애도문학의 추억거리로 스러져 가는 가운데 신세대 문학, 싸이버 문학, 여성문학, 에로스 문학, 생태문학 등 새로운 문학경향이 부상하는 급속한 재편을 맞이하게 된다.

그렇다면 운동으로서의 문학, 리얼리즘 문학, 사회주의 문학이 물러나 버린 후에도 노동문학이 가능할까?

노동문학을 작업장의 현실과 그 속에서의 노동자들의 투쟁과 그 승리를 재현하는 문학이라고 정의한다면 그것은 사회주의 문학과 더불어 이미 새로운 미적 구성력을 상실한 그 무엇일 것이다.

두 가지 이유에서 그러하다.

하나는 노동계급이 재구성되어 노동은 작업장을 넘어 사회 전체로 흘러넘치고 있기 때문이다. 공장, 회사, 가정, 학교, 군대, 감옥, 술집, 여관, 텔레비전, 인터넷 등 사회의 실재적이고 가상적인 모든 영역이 지금은 자본에게 포섭되어 있고 노동의 장소로 되고 있으며 노동과 직·간접적인 관계를 맺고 있다. 삶의 자본에의 포섭은 이제 형식적인 것이 아니라 실질적이며 가상실효적이다.[14] 누가 노동자이며 누가 노동을 하고 있는가? 실업자들은 구직을 위해 이리저리 뛰어 다니며 간헐적으로, 싼값에 자신의 몸을 팔고 취업자들의 임금에 압박을 가한다. 주부들은 집에서 아이를 양육하면서 부업을 한다. 군인들은 사회봉사 노동을 하거나 혹은 군복무가 특정 산업체 근무로 대체되기도 한다. 학생들은 자본이 필요로 하는 노동력으로 되기 위해 여념이 없다. 많은 프로그래머들은 전자상거래를 위한 프로그램개발에 바쁘다. 이런 가운데 오늘날 수많은 노동자들이 공장 밖에

---

14. 이에 대해서는 조정환, 「탈근대와 맑스의 포섭론」, 『제국기계 비판』, 갈무리, 2005, 27~52쪽 참조.

서, 노조없이, 파업과는 다른 방식으로 하루하루 새로운 방식으로 싸움을 벌여 나가고 있다. 이런 상황에서 공장–노조–파업에 갇힌 협소한 노동문학 개념을 고수하는 것은 오늘날, 의도와는 무관하게, 변화된 현실을 외면하는 보수주의를 드러내게 된다.

둘째 계급으로서의 노동자의 승리란 사회주의의 신화이기 때문이다. 노동계급은 생존을 위해 어쩔 수 없이 자신의 몸을 내다 팔지 않을 수 없도록 강제 당하는 사람들, 다시 말해 노동하도록 강제 당하는 사람들을 지칭한다. 즉 노동은 생산수단으로부터 소외라는 역사적 조건 위에서 타인을 위해서 일하도록 강제 당하는 것을 의미한다. 실질적 포섭의 시대에 이러한 강제는 인류 대다수의 보편적 운명으로 되고 있다. 이런 의미에서 노동은 자본이 그러하듯 특정한 행위이기 이전에 이미 사회역사적 관계이다. 노동은 자본의 이면이며 노동자는 자본의 일부이다. 그래서 노동자들은 노동으로부터의 탈주, 일하지 않는 것을 꿈꾼다. 전통적 노동무대인 공장에서 결근, 태업, 파업과 같은 노동거부의 다양한 형태들이 자본에 대항하는 투쟁의 주요한 무기가 되었던 것은 이 때문이다. 그러나 노동계급은 노동계급 자신을 해체시킴이 없이, 즉 노동계급인 채로 자본관계에서 벗어날 수 없다. 실제로 계급으로서의 노동자의 승리와 노동의 일반화라는 사회주의의 신화는 새로운 노동 강제체제를 재생산하는 것에 다름 아니었다. 노동계급은 오직 자본관계의 해체, 다시 말해 노동 그 자체의 해체를 통해서만 자유를 얻을 수 있다.

그러나 노동이 사회구성원 전체의 운명으로 되고 있다는 사실은, 그리고 노동에 대항하는 노동자들의 투쟁이 다양한 형태로 전개되고 있다는 사실은 문학과 노동의 관계의 약화보다는 그것의 심화를 의미하는 것은 아닌가? 그래서 노동문학의 토대를 증대시키는 것이 아닌가? 서구의 계급간 투쟁의 역사는 노동의 전 사회적 확산을 여실히 보여준다. 1968년 혁명의 흡수 전략인 신자유주의 전략은 이 과정을 심화시킨다. 애초에 그것은 복지국가에서 '보장된 노동자층'과의 타협을 통해 노동 통제를 유지해 온 자본의 케인즈주의적 사회주의 전략이 아래로부터 비보장 노동자들의 저항에 부딪혀 위기에 처했을 때 자본이 채택한 위기 극복전략이다. 한국의 신자유주의도 1987년에 드러난 비제도적 노동자들의 불복종과 강직성을 침식하기 위한 전략으로 채택되었다는 점에서 같은 맥락에 속한다. 신자유주의는 산업구조조정을 통한 노동절약적 고기술 자본주의로의 전환과 정리해고, 전지구적 규모에서 노동이 유연한 곳으로의 자본의 자유이동, 금융자본화를 통한 노동과의 직접적 대치의 회피, 그리고 아래로부터 솟아오른 노동자대중의 새로운 감성과 지성의 자본관계에의 통합 등을 통해 노동의 전 사회적 확산을 부채질한다. 그 결과 노동과 자본의 적대는 사회의 전 영역, 전 부문으로 확대되었고 이것이 생산직, 남성, 육체 노동자 헤게모니를 허용했던 낡은 노동자 계급구성을 와해시켰다.

이 과정에서의 노동계급의 재구성을 염두에 두고 보면, 협의의 노동문학의 쇠퇴와 신세대 문학, 싸이버 문학, 에로스 문학, 여성문학, 생태문학의 부상은 그 자체로 노동문학의 위축이나 퇴폐를 의미하지 않는다. 리얼리즘으로는 설명할 수 없는 많은 문학현상들의 출현 역시 그 자체가 노동문학의 후퇴를 의미하지 않는다. 오히려 이것들은 자본과 노동의 적대의 사회 전 부면으로의 확산을 보여주며 새로운 세대들에게서 출현한 새로운 감성들, 인터넷을 통해 유통되는 새로운 대중의 지성들, 인간의 육체, 양성 관계, 자연과 인간의 관계 등 다양한 무대에서 이 적대가 작동하기 시작했음을 보여준다. 신세대 문학은 자본주의와 사회주의의 노동윤리에 도전한다. 싸이버 문학에서는 가상공간에서의 적대들이 다루어진다. 에로스 문학은 금지와 처벌로 얼룩진 인간의 육체에 관한 또 다른 관점을 제시한다. 여성문학은 낡은 가부장제를 문제삼는다. 생태문학은 자연 지배에 기초한 근대 문명 전체를 문제삼는다. 돌아보면 이 문학들이 다루는 주제들 가운데 노동과 무관한 것은 아무 것도 없다. 인간의 무한하고 다양한 삶의 잠재력을 노동이라는 단일한 형식으로 환원하는 자본주의 및 사회주의 체제는 낡은 노동윤리와 가부장제, 억압적 육체관, 자연 착취 등을 통해서만 유지될 수 있었기 때문이다. 이런 맥락에서 90년대에 부상한 새로운 문학조류들은 노동으로부터 해방되고자 한 '노동문학'의 지향과 배치되는 것이 아니라 그것과 연결되는 것이다.

그러나 이 새로운 문학조류들은 오늘날 대부분 시장을 통해 유통되며 자본관계에 포섭되어 있다. 시장을 통해 교류되는 상품으로서의 문학들은 그 질이 어떠하건 이윤목적이라는 자본의 화인(火印)을 달고 다니며 그것에 종속되어 있기 때문이다. 그 결과 이 문학조류들의 혁명적 문제제기가 슬그머니 왜곡되고 변질되기도 한다. 신세대 문학이 경박성의 문학으로, 에로스 문학이 도색의 문학으로, 여성문학이 여성우월주의 문학으로, 생태문학이 환경보호 문학으로, 싸이버 문학이 가상공간에서의 무협지로 속화되곤 하는 것이다.

이렇게 노동을 둘러싼 적대가 다변화, 다양화, 다층화 된 현실 속에서 노동문학이 새로운 문학적 공간에 대한 자본의 흡수와 왜곡, 식민화에 맞서면서 이 공간에서 유영(遊泳)해 나갈 방법은 무엇일까?

3. 독특성의 시간을 그리기

『외딴 방』에 나타난 신경숙의 글쓰기는 이 문제 앞에서 하나의 주목할 만한 사례로 보인다. 그녀는 79년부터 4년여 공장 노동자로 살았지만 작가가 된 후 그녀의 글쓰기는 운동으로서의 문학으로 나타나지 않았다. 그런데 돌연 그녀에게 노동자 친구 하계숙이 '너는 우리들 얘기는 쓰지 않더구나. 네게 그런 시절이 있었다는 걸 부끄러워하는 건 아니니. 넌 우리들하고는 다른 삶을 살고 있는 것 같더라'고 전화를 걸어온다. 작가는 이로 인해, '글을 쓰고 있는 이상 어느 시간도 지난 시간이 아니며 아픈 시간 속을 현재형으로 역류해 흘러들 수밖에 없는 운명' 앞에 서게 된다. 작가는 문체를 결정한다. '단문으로 단조롭게, 사진처럼 선명하게, 지나간 시간은 현재형으로 지금의 시간은 과거형으로.' 그리고는 동남전기주식회사와 3공단 주택가의 외딴 방의 풍속화를 그리려하자마자 자신이 벗어나고자 몸부림친 외딴 방을 생의 장소로 선택하고 그곳에서 죽음을 선택한 희재 언니가 튀어나오고 작가는 참을 수 없어서 일어서 버린다. '앉아봐, 더는 도망을 못 가'(49쪽, 개정판)라고 작가는 자신을 주저앉히며 큰오빠, 외사촌, 유채옥, 미스 리, 윤순임, 창, 어머니와 아버지… 등이 등장하는 풍속화를 계속 그리려 한다. 그러나 작가가 '끊임없이 어떤 순간들을 언어로 채집해서 한 장의 사진처럼 가둬 놓으려고 하지만, 그럴수록 문학으로선 도저히 가까이 가볼 수 없는 삶이 언어 바깥에서 흐르고 있음을 절망스럽게' 느낀다. 작가는 '집도'를 포기하고 글쓰기 전략을 수정한다. '결국 나는 하나의 점 대신 겹겹의 의미망을 선택한다. 할 수 있는 한 두껍게 다가가자고, 한겹한겹 풀어 가며 그 속에서 무얼 보는가는 쓰는 사람의 몫이 아니라고, 그건 읽는 사람의 몫이라고 (…) 그만큼 삶은 다양한 거 아니냐고, 문학이 끼어들 수 없는 삶조차 있는 법 아니냐고'(67쪽). 그렇게 해서 작가는 간신히 그 외딴 방을 중심무대로 '자연 속에서 중간다리도 없이 갑자기 공장 앞으로' 걸어왔던 수많은 '처녀들 앞에 놓인 삶의 질곡들과 자연의 숨결이 끊어진 도시'를 그린다. 작가가 저임금과 임금체불, 노조 활동과 그에 대한 탄압, 관리자들의 성추행, YH 사태와 광주민중항쟁, 삼청교육대, 산업체 특별학급 등에 대해 그리지만 그것은 정리하고 정의하려는 것이 아니다. 작가는 '뒤쪽의 약한 자 머뭇거리는 자들을 위해, 정의되고 정의된 것을 헝클어서 새로이 흐르게 하기, 다시 엉망으로 만들어 버리기'(73쪽) 속에 진실이 흐른다고 생각하기 때문이다. 그것을 통해 무엇이 드러났고 무엇이 이루어졌는가? '열 손가락을 움직여 끊임없이 물질을 만들어 내야 했던 그들', '나의 본질을 낳아 준 어머니' 같은 익명의 그들의 '의젓한 자리'(419쪽). 그것은 희망보다 절망을, 기쁨보다 슬픔을 더 많이 안고 사는 이 땅의 노동자들을 '밤하늘에 총총히 떠 있는 여름별들'처럼 무수히 많고 작은 데도 '하나하나 반짝반짝 제 빛'을 내게 하는 것에 다름 아니다.

신경숙이 창조해 낸 이 삶의 감각은 무엇일까? 신경숙의 소설이 창조한 새로운 감각은 노동자들이 엮어 나가는 존엄한 삶들의 향연에서 희망을 갖게 하고 그 존엄함에 상처를 내는 포악한 사회관계들과 그것을 대변하는 인격들이 그만큼 더 끔찍하게 느껴지게 만든다. 저항은 존엄함의 자기표현이다. 저항해야 할 순간에 저항하지 못할 때, 잔업 거부에 불참한 외사촌이 스스로 말하듯(103쪽), 수치스럽다. 그러나 수치 역시 존엄함의 자기표현이다. 노동자들의 투쟁이 휩쓸고 지나간 뒤인 1995년이 되어 신경숙이 내놓은 『외딴 방』은 이 존엄한 수치의 힘으로 빚어낸 미적 구성물이다. 그녀는 노동자의 승리에 대해 말하거나 그리지 않는다. 오히려 파업을 주동했던 언니들의 쓸쓸한 미래에 대해, 희망을 잃고 죽음을 선택한 희재 언니의 처연한 죽음에 대해, 그것들의 끔찍함에 대해 말할 뿐이다. 『외딴 방』에서의 글쓰기는 가슴속에 살아 꿈틀거리던 삶의 기억들의 막을 수 없는 분출이었는데 신경숙은 그 기억들을 세밀한 손길로 다듬고 노동자 인물들의 행위와 말 하나하나에 더할 수 없을 만큼의 존엄함을 새겨 넣어 외딴 방의 사람들에게 돌려준다.

신경숙은 전형을 창조했는가? 그렇게 보이지 않는다. 신경숙의 인물들은 주로 '나'의 기억과 감각 속에서 살아 움직일 뿐 『감색 운동화 한 켤레』나 『파업』 혹은 『나는 아직도 봄을 기다린다』나 『십년간』의 인물들에서와 같은 개별성과 총체성을 갖지 못한다. 신경숙의 인물들은 대부분 그리다 만 듯한, 아니면 스케치에 머문 듯한 형상을 하고 있다. 그런데도 외딴 방에서는 어떤 강한 울림이 퍼져 나온다. 이런 의미에서 신경숙 소설은 리얼리즘의 **규율**을 따르지 않고 있다. 사회주의적이지도 리얼리즘적이지도 않은 방식으로 공장과 노동, 노동자의 문제에 접근하여 사회주의 문학이나 리얼리즘 문학보다도 더 강하게 이 세계가 바뀌고 새로워져야 할 필요성을 환기시킨다. 작가는 무시로 작품에 개입하여 발언을 하며 글을 쓰는 과정 자체가 지속적으로 반성된다. 그녀의 소설은 전형성보다 **독특함**(singularity)을 창조한다. 이 독특함을 리얼리즘의 문법으로 재단하는 것은 그것을 살리기보다 상처 입히는 결과를 가져오지 않을까?

독특함을 보여주는 또 하나의 사례는 백무산이다. 그는 1990년대가 시작되는 해에 "그렇다 우리들의 문제는 권력의 문제다. 노동자가 권력을 손아귀에 움켜쥐기 전에 평화는 기대할 수 없다"[15]고 썼었다. 그것이 사회주의의 문제의식이었음은 물론이다. 그는 1백 28일에 걸친 현대 중공업의 파업투쟁을 인간의 시간을 둘러싼 자본과 노동의 투쟁의 관점에서 그려냈다. 그러나 1996년에 낸 시집『인간의 시간』에서 그는 인간의 시간으로부터 대지의 시간(자연의 시간)을 구별하고 대지의 시간이 인간의 시간을 거역하며 그것을 전복하는 것으로 느끼기 시작한다. '옛 길'을 버리고 숲으로 와 '나아가지 못하나 머물지도 못하는' '경계'에 선 이후의 커다란 전환이다. 그로부터 얼마 뒤인 1999년에 백무산은 그가 1980년대 이래로 줄곧 탐색해 온 시간의 문제('길')에서 눈을 돌려 공간의 문제('광야')로 관심을 전환한다. '길은 광야의 것'이라는 생각, 즉 시간은 공간의 것이라는 생각으로의 인식 전환이 그것이다.[16] "인생은 길이 아니라 광장

---

15. 백무산,『동트는 미포만의 새벽을 딛고』, 노동문학사, 1990, 「서문」.

에서/다시 시작된다/생애는 시간이 아니라 바다에서/다시 출렁이게 하라"(「참을 수 없는 또 한 시대가」). 이리하여 그에게서 이제 인간은 존재가 아니라 상태로, 실체가 아니라 성질로 인식되며 '촉감할 수 있는 것'은 이 상태와 성질이 만들어내는 '그림자'일 뿐이다(「겨울 조정환」). 그리고 그에게서 시의 역할은 '무엇을 만들고 세우고 굳건하게 하는 것이 아니라 애써 허물고 기울고 흔들리게 하고 비워내게 하는 것'으로 이해되며, 그 해체의 대상은 '나'라는 아만과 '권력'이라는 폭력과 소외와 억압의 기제로 설정된다(「후기」). 그러나 그 해체의 전략이 실제로는 권력의 주먹들 — 그것이 자본의 것이든 노동의 것이든— 에 짓눌려 있었던 광야의 숨소리를 틔워주기 위한 것이었다는 것은 그의 시들 하나하나가 보여주는 것이다. 침묵의 소리, 기도와도 같은 작은 파장, 작은 풀씨 하나, 굽이진 강물소리, 넘어져서 본 쬐그만 냉이꽃 한 송이, 지구의 살냄새, 뿌리가 머리인 나무, 연두색 크레파스, 온전하고 환한 하나인 생명, 밥…… .

백무산이 보기에 사회주의 노동자들은 '이타적 권력', '정직한 권력', '착하고 선량한 권력', '아름다운 권력', '겸손한 권력'을 꿈꾸어 왔다(「선량한 권력」). 백무산은 이러한 꿈과 단절한다. 이제 그에게 문제는 '어떻게 권력을 다스릴 것인가'하는 것이다. 리얼리스트들은 현실을 재현하려 해 왔다. 그러나 백무산이 보기에 '나비를 잡으니 나비춤은 사라지고/파도를 잡으니 물결무늬가 사라지고/꽃을 잡지

---

16. 광야로 이해된 공간은 카오스이며 아이온이고 카이로스이다. 그것은 영원성의 시간이다. 이런 의미에서 시간에서 공간으로의 관심전환은 크로노스의 시간에서 카이로스의 시간으로의 관심이동이다.

만 봄물결은 사라지고/너를 붙들지만 사랑은 사라지고//잡히는 것은 망상이라는 물건 뿐'(「없는 현실」)이다.

공장으로 돌아온 신경숙과 공장을 떠난 백무산은 사회주의와 리얼리즘의 한계를 보여주면서 그 한계에서 새롭고 독특한 미적 세계를 구축하기 시작한다. 신경숙이 '이름도 없이, 물질적인 풍요와는 아무런 연관도 없이, 그러나 열 손가락을 움직여 끊임없이 물질을 만들어 내야 했던 그들을 나는 이제야 내 친구들이라고 부른다'(『외딴 방』, 개정판, 문학동네, 419쪽)고 말하기 시작한 때에, 그녀가 과연 나의 친구인가 그녀의 삶은 나와 다르지 않는가 의심하는 노동자들이 적지 않다. 그리고 작업복을 벗은 후 전위로 활동하다 이제는 산중 처사(處士)가 되어 광야를 노래하는 백무산을 친구의 명부에서 지워버리고자 하는 노동자들도 적지 않다. 철학에서 친구가 '어떤 외부적 인물, 사례 혹은 경험적인 상황이 아니라 사유에 내재된 어떤 현존, 사유자체의 가능태의 조건'[17]을 지칭한다면 시적 삶에서 친구란 '너 속의 나'를 지칭하는 것일 것이다.

아마도 오늘날 노동자들 중의 일부가 신경숙이나 백무산을 친구로 받아들이기를 주저하고 있다면 그것은 아마도 이들이 눈에 보이는 적들과 싸우지 않고 있다는 이유일지 모른다. 확실히 이들의 창작들은 자본이나 국가와 같은 쉽게 눈에 보이는 적들과의 싸움에서는 다소간 멀어져 있는 듯이 보인다. 아마도 신경숙과 백무산의 글을 관통하고 있는 것이 치열한 부정보다는 깊은 긍정의 감각들이기 때문이리라. 그러나 그 긍정의 감각은 오랜 변증법적 부정의 체험,

---

17. 질 들뢰즈, 『철학이란 무엇인가』, 이정임 · 윤정임 옮김, 현대미학사, 1995, 10쪽.

근대성의 아픈 기억들이 낳은 성장의 산물이 아닐까? 그리고 긍정의 감각이야말로 추상적 부정을 절대적 부정으로 전환시킬 수 있는 근원적 동력이 아닐까?

4. 편집증과 건망증을 넘어

논리적으로 긍정의 감각이 절대적 부정의 동력이 될 수 있다고 하더라도 그것이 부정의 체험을 망각하거나 혹은 애초부터 그러한 체험을 갖고 있지 않다면 긍정의 힘은 그만큼 약할 수밖에 없고 또 그만큼 추상적일 수밖에 없을 것이다. 포스트모더니즘의 쇄도 이후 우리 문학에 빠르게 전염되고 있는 건망증은 그래서 우려스럽다. 나는 애써 공장 밖으로 확산되고 있는 적대에 대해 이야기했지만 공장은 아직도 사회적 적대가 소용돌이치는 공간이며 긍정의 감각이 생장하는 공간의 하나이다. 사회주의와 리얼리즘이 그 혁명적 시효를 상실한 지금에 와서도 그것들을 낳은 투쟁의 기억들을 소중히 간직하고 나아가려는 『내 사랑 마창노련』(1999)의 김하경과 『아름다운 저항』(1999)의 방현석의 작업이 중요한 이유는 여기에 있다. 모든 관심이 싸이버스페이스와 인터넷으로 쏠려 가는 시대에 〈일과 시〉 동인들이 노래하는 때 절은 작업복의 울림은 때 이른 건망증을 경고하는 경종이기도 하다. 이제 노동문학은 옛 기억에만 매달리지도 않고 망각의 늪으로 빠져들지도 않는 살아 있는 감각을 필요로 한다. 구로노동자문학회의 한 노동시인은 이렇게 노래하는 가운데 그 감각의 일단을 드러낸다.

> 숲속에서는 누구도/무엇이 되고자 하지 않는다/무엇이 되고자 하지 않는 것들이 모여/누구나 제 이름의 나무로 산다//숲속에서는 아무도/무엇을 닮고자 하지 않는다/무엇을 닮고자 하지 않는 것들이 섞여//어떤 것은 곧고 또는 비틀린 채/제각각 잎과 꽃과 열매를 만든다//숲속에서 나는 한 그루 나무가 되어/상수리나무가 그러는 것처럼/마가목이 그러는 것처럼/나답게 살고자 할 뿐이다//숲속에서는 나무마다/저를 닮은 나무가 되어 살아간 뒤에/상수리나무가 쪽동백이 되고/마가목이 산딸기가 되기도 한다.[18]

공장과 사무실과 아파트의 칸막이로 분할된 채 전화선, 케이블망, 인공위성, 무선통신으로 연결되는 현대의 도시숲 속에서 아름다움을 꿈꾸는 노동자의 삶들도 아마 그럴 것이다. 멕시코 치아빠스의 정글에서 마야의 공동체 문명과 멕시코 혁명의 전통을 잇는 원주민들의 존엄함이 등불을 켜듯 여기에서도 존엄함은 꽃을 피우고 열매를 맺을 것이다. 사회주의가 꺼져 버린 그 자리에서 존엄의 새로운 불꽃이 타오를 것이다. 돌이켜 생각해 보면 사회주의도 19세기와 20세기에 존엄함이 취한 모습이었다. 21세기에 존엄은 과연 어떤 모습으로 자신의 혁명적 힘을 드러낼 것인가?

(계간『실천문학』, 2000년 봄)

---

18. 조기조, 「숲속에서」, 『역사는 한사코 나아간다』, 전국노동자문학회 대표자회의 엮음, 갈무리, 1998, 173쪽.

노동문학의 현실과 삶문학적 전망

카리브디스와 스킬라

오늘날 '노동문학'은 두 개의 극단적 생각 사이에서 긴장된 그러면서도 지친 삶을 살아가고 있다.

그 하나는 노동문학은 퇴물이라는 생각이다. 이것은 '노동문학이여 안녕!'의 태도로 나타난다. 이 생각은 1990년대 이래 명시적 형태로보다는 묵시적 형태로 널리 확대재생산되어 왔다. 노동문학은 공권력에 의해 '발본색원'되기보다 조용히 고립되어 왔는데 문학의 대지가 점차 '노동문학이여 안녕!'의 경향에 의해 점령되어 왔기 때문이다. 판타지, 무협, 역사, 호러, 추리, SF, 생태, 싸이버 문학 등 영화 장르들을 모방한 많은 장르문학들의 출현과 확장은 부르주아적 순수문학과 다투는 진보문학의 대명사였던 노동문학의 입지를 조용히 축소시켜 왔다. 노동문학과 직간접적으로 관련되었던 작가들이 생산한 이른바 '후일담 문학'은 노동문학을 빛바랜 추억이나 기억의 액자 속에 안치하는 방식으로 이 경향의 확장을 거들었다. 이렇게 하여 노동문학은 각광받는 주류 장르문학들의 틈새에 끼인 비주류 장르문학으로 퇴화되었다.

다른 하나는 '노동문학, 둘도 없는 내 사랑!'의 경향이라고 부를 수 있다. 이것은 '너희들은 제 갈 길로 떠나가지만 나는 노동문학의 땅을 지키련다'의 태도로 나타난다. 그런데 '나는 노동문학의 땅을 지키고 있다'는 자부의 태도는 너무나 흔히 새로운 길을 찾아 떠난 사람들에 대한 배신 및 분노의 감정과 뒤섞인다. 급격한 근대화와 산업화의 시기에 '농촌 공동체들'은 자본주의적 산업화, 도시화, 노동자화의 추세 앞에서 소외와 배반을 경험한 바 있다. 1990년대 한국에서 그 산업화의 산물인 노동자들 자신이 이 분열과 소외, 그리고 배반의 경험을 다시 한 번 반복하게 되는 것은 아이러니이다. 자본주의의 전지구화, 사회화, 첨단화, 가상화의 경향이 전통적 산업노동자들로 하여금 이전의 '농촌 공동체'가 가졌던 것과 유사한 방어의 정서, 즉 '노동 공동체'적 방어의 정서를 갖도록 만든 것이다. 자본주의의 역사는 혁신의 역사이다. 새로운 것은 전통적인 것, 모든 경직된 것들을 녹여 자신의 부품으로 사용한다. 노동문학에 대한 자부심이 흔히 띠게 되는 배신과 분노의 감정은 산업노동 공동체의 문학적 표현으로 협소해진 노동문학이 자신의 좁아지는 입지, 고립의 현실 앞에서 무력함과 절망의 정서를 극복하기가 몹시 어려움을 암시하는 것은 아닌가?

그래서 우리는 이렇게 말할 수 있다. 첫 번째 생각이 우리를 자본

의 망망대해의 소용돌이에 실오라기 한 가닥 없는 상태로 내던진다
면 두 번째 생각은 우리를 깎아지른 듯한 고립의 절벽 앞에 서게
한다. 이것은 포세이돈의 바다를 표류했던 오디세우스가 직면했던
두 개의 괴물(카리브디스와 스킬라)을 생각나게 한다.

노동과 삶, 노동과 자본

　노동은 이중적이다. 맑스가 『자본론』에서 일관되게 강조하고 있
듯이 노동은 사용가치생산과정과 가치생산과정이라는 두 개의 얼
굴을 갖고 있다. 한편에서 노동은 삶을 생산하고 재생산하는 활동
이면서 우리의 삶 자체이다. 노동은 사회적 삶을 생산하는 창조적
활동이다. 그것은 우리의 생물적 생명을 생산하며 먹고 마실 것을
생산하고 쉬고 잘 공간을 생산하며 언어와 생각과 소통을 생산한다.
그러나 다른 한편에서 자본주의 하에서의 노동은 자본을 생산한다.
나날의 노동은 가치를 생산하고 교환을 생산하고 축적을 생산하며
우리 자신을 착취할 부를 생산한다. 우리의 노동은 억압을 생산하
며 권력을 생산하고 또 폭력을 생산한다. 이렇게 노동은 삶을 생산
할뿐만 아니라 동시에 죽음을 생산한다는 의미에서 이중적이다.
　우리는 지난 날 노동을 너무나 쉽게 아름다움, 참됨, 착함과 동일
시해 왔다. 자본을 억압이나 착취의 대명사로 생각하려는 의지가
강한 만큼 노동을 해방의 잠재력으로, 또 혁명의 동력으로 단순하
게 동일시해 왔다. 노동의 이중성과 그것에 대처할 태도의 복잡함

에 상응하는 긴장감은 갖지 못했다. 투쟁은 너와 나라는 외재화된 실체들 사이의 싸움으로 적군과 아군 사이의 전쟁의 모델에 따라 사고되었다. 물리적 인격적 경계선을 따라 진영이 형성되어 있었고 외부의 적을 타도하고 붕괴시키는 전술이 해방에 접근하는 유일한 길로서 여겨졌다. 인간의 사회적 정신적 삶의 모든 영역에 '노동'이라는 접두사를 붙여(노동운동, 노동문화, 노동예술 등등) 지배적인 것을 타파하는 혁명적 대안으로 삼을 수 있다는 생각은 바로 이러한 시대의 사고법에 근거한다. '노동문학'이라는 용어 역시 이러한 시대의 산물이다.

그러나 노동이 자신으로부터 외재적으로 구분되는 적과의 싸움이라는 모델에 따라 사고하고 또 움직일 수 있었던 것, 즉 노동이 자신에 내재화된 이중성과 분열로 인해 몸서리칠 필요가 없었던 것은 자본주의의 진화가 초기적이고 자본주의적 관계가 노동을 포섭하는 수준이 약했던 시기에 국한된다. '자본은 실체가 아니라 관계다'라는 발견은 '노동도 실체가 아니라 관계다'라는 말로 읽혀야 한다. 노동관계는 단순한 것이 아니라 매우 복잡한 관계이고 표면으로 드러나지 않는 많은 힘들의 얽힘을 간직하고 있는 다양성의 관계이다. 어쨌든 자본과 노동을 두 개의 분리된 집단들이나 실체들이 아니라 상호작용하는 힘들의 복잡한 망으로 보는 관점이 새롭고 적실한 의미를 얻게 되는 것은 자본주의적 진화의 높은 수준에서, 즉 자본주의적 포섭이 형식적 수준을 넘어서 실제적인 것으로 되고 심지어는 가상실효적인 것으로 발전할 때이다. 현대의 자본주의는 노동과 자본의 외재적 구별이 더 이상 적실하지 않게 될 정도로 진

화해 왔다. 이 진화의 국면에서는 삶도 점차 노동과 식별불가능해
진다. 자본관계가 노동 내부에 내재화되는 만큼 삶도 노동 내부에
내재화된다. 이렇게 위로부터는 자본이 그리고 아래로부터는 삶이
노동과 중첩됨으로써 역설적이게도 노동문학이 아닌 문학이 없다
고 말할 수 있는 상황이 도래하게 된다. 판타지, 공상과학소설 등
얼핏 보면 노동문학과는 상관없어 보이는 장르문학들의 저 깊이에
노동이라는 문제가 결정적 요인으로 등장하는 것은 이 때문이다.

노동문학의 게토화와 장르문학화

　이렇게 노동문학의 지반이 확장되고 있음에도 불구하고 전통적
노동문학은 쇠퇴하고 있다. 전통적 노동문학의 쇠퇴는 몇몇 작가들,
시인들의 배신의 산물이 결코 아니다. 작가들과 시인들의 변화는
도덕적 일탈의 산물이 아니라 문학적 감수성의 변화를 가져오는 급
격한 사회변형과 연결되어 있다. 우리는 이 사회변형을 자본주의의
진화로 보기 전에 노동의 진화로서 먼저 이해할 수 있다. 자본주의
의 진화가 노동의 진화를 뒤따르는 경향이 있기 때문이다. 한국에
서 자본관계는 1960년대 이래의 근대화 과정에서 급속하게 확산되
었다. 이것은 공장 주변에 집결되고 지역적으로 집중된 공단들에
산포된 집단적이고 협력적인 노동의 형성과정과 동시적인 것이었
다. 7, 80년대의 노동문학은 이 과정의 감각적 정서적 지성적 지층
을 구성한다. 노동문학은 저항적 ‘민중’을 생산하는 지적 정서적 힘

으로 작용했다. 1987년은 노동문학(과 다양한 노동운동들)을 통해 생산된 민중들의 함성이 터져 나온 시기이다.

주목해야 할 것은 1987년이 노동을 긍정적 언어로 선언한 만큼 노동이 사회 전체에 확산될 수 있는 가능성도 그만큼 커졌다는 것이다. 공장영역 바깥에 놓여 있었던 많은 활동들이 자본주의적 노동관계로 편입된 것은 1990년대의 특징적인 과정이다. 서비스적 노동의 확장이라는 말로 상징적으로 표현할 수 있는 이 과정에서 통신, 교육, 관광, 의료, 복지, 보험 등과 관련된 수많은 인간활동의 영역들이 자본주의적 노동관계로 편입되거나 그러한 성격을 명확하게 갖게 되었다.

이것은 전원적 정서를 통해 보수적이고 탈정치적인 생각을 유포하던 국민문학 대 변화의 욕구에 가득찬 진보의 문학으로서의 노동문학−민중문학 사이의 대립이라는 양자 대결구도를 종식시킨다. 이 과정에서 노동문학은 더욱더 자본관계로 침윤되어 가는 시민사회 공간의 일부, 즉 공장영역에서 생산되는 문학적 감수성을 가리키는 용어로 협소화되고 또 그만큼 상대화된다. 실제로 노동문학 개념을 고수하면서 이에 상응하는 창작행위를 해온 사람들도 이러한 협소화와 상대화를 긍정하며 노동문학의 공동체적 게토화를 촉진하곤 했다. 노동문학이 시민사회 삶의 여러 영역에서 생산되는 문학들(추리, 역사, SF, 판타지, 무협, 호러 등등)과 경합하는 장르문학의 하나로 자리잡아 간 것은 이러한 조건에 기인한다. 자본주의의 진화 과정에서 나타난 시민사회의 확장은 문학의 계급적 분절의 해체, 문학의 분과화와 분업화, 요컨대 장르문학의 다양화를 가져왔고 노동문학 역시 문학적 다양성의 일부로 포섭된 것이다.

'문학의 귀환'?

계급문학의 해체와 장르문학의 다양화라는 이러한 상황 속에서 우리는 '문학의 귀환' 혹은 文에의 초점맞춤을 주장하는 경향을 목격할 수 있다. 이것이 계급문학과 장르문학 양자에 대한 동시 비판을 염두에 두고 있다는 것은 자명하다. 이것은 문학을 정치(공공성)의 지배로부터 해방시키면서도 그것을 이해관계(私 혹은 개별성)의 지배로부터도 해방시키려는 변증법적 전략으로 제기된다. 계급문학에 대한 거부와 장르문학에 대한 거부를 동시에 함축하는 이 전략의 효과는 무엇일까? 흔히 '본격문학'이라고 불리는 문학 본연주의가 이와 유사하거나 동일한 태도를 취해 왔다는 점을 상기하자. 이러한 태도의 전통적 표현은 문학을 순수사유, 관조, 심미성, 초월의 활동으로 생각하는 것이었고 그것의 현대적 표현은 문학을 자기지시적 기호게임으로 생각하는 것이다. 그러나 이렇게 하여 달성되는 저 변증법적 종합의 효과는 무엇일까? 문학의 순수한 언어내재주의로의 경사는 점차 기호론화 되어 가는 현대 자본주의의 경향과 대립하기보다 그것과 친화적이다. 현대 자본주의가 외재적으로 구분되는 두 세력의 적대로 나타난다고 말할 수는 없지만 그 속에서 점차 확장되어 가는 사람들의 소통적 삶을 자기충족적 기호체계 속에 가두려는 자본주의의 초코드화 경향과, 사람들과 기계들의 기호능력의 확대를 소통적 삶의 확장을 위해 사용하려는 삶구성적 경향 사이의 대립이 나타나고 있는 것도 사실이다. 문학의 文으로의 정향, 즉 순수언어주의로의 경사는 이 두 경향 사이에서 전자를 편들게 된다. 그래서 그것은 문학을 이해관계나 정치로부터 해방시킨다는 명분으로 실제로는 보수주의를 새로운 형식으로 재생산하게 된다.

문학과 삶

그럼에도 불구하고 우리는 문학을 공공성에 종속시키거나 경험적 개별성에 종속시키려는 태도에 대한 '문학귀환론'의 비판을 경청할 필요가 있다. 노동문학운동에서 문학을 공공성에 종속시키는 가장 전형적인 태도는 노동문학을 노동해방문학으로 정의하는 경향에서 나타났고 문학을 개별성에 종속시키는 가장 전형적인 태도는 노동문학을 생활문학으로 정의하려는 경향에서 나타났다. 이것은, 좀더 깊이 생각하면, 문학을 초월성과 관계시키는 본격문학 대 문학을 현실성과 관련시키는 장르문학의 대립이 노동문학 속에서 다른 형태로 재생산되었던 것이라고 볼 수 있다. 그런데 문학이 초월/공공과 연결되는 경향과 그것이 현실/개별에 연결되는 경향으로 분화되어 온 것은 근대 문학제도 발전의 상보적 두 측면이었다. 그런데 주목할 만한 것은 탈근대 자본주의에서 노동의 사회적 노동, 비물체적 수행노동으로의 진화가 나타나고 있다는 점이다. 전통적 노동문학의 쇠퇴에 영향을 미친 노동의 이 새로운 변용은 근대 문학제도를 지탱해 온 공공과 개별, 초월과 현실의 영역적 분리를 깨뜨리는 경향이 있다. 오늘날 정치와 경제의 경계선이 무너지고 있는 것처럼 이 두 제도적 영역들이 해체되면서 이념문학 대 생활문학, 본격문학 대 장르문학의 제도적 대립을 넘어서 문학을 사유하고 또 생산할 가능성의 조건들이 창출되고 있는 것이다. 이 조건 속에서 우리가 취할 수 있는 방법은 무엇일까? 그것은 장르문학들 너머에 초월적인 것으로서의 文을, 새로운 유형의 본격문학을 건설하는 것이라기보다 왕성한 장르문학들의 경계를 횡단하는 것이다. 노동문학도 자신의 장르문학적 처지를 고수하거나 혹은 그것을 폐기하기보다 스스로의 장르문학적 처지를 받아들이면서도 다양한 장르문학들의 경계를 횡단하면서 그것들의 힘을 창조적으로 변형하는 것이다.

이것은 삶으로부터 초월하려는 文으로의 회귀와는 정반대되는 방향, 즉 문학을 절대적으로 삶과 연관짓는 방향을 택하는 것이다. 문학을 삶내재적인 것으로 사유할뿐만 아니라 그것을 약동하는 창조적 삶 자체로 발전시키는 것이다. 이것은 삶을 위한 수단으로서의 문학이 아니며 삶의 재산으로 귀속되는 생산물들의 생산도 아니라는 의미에서, 요컨대 삶의 사건적 흐름의 표현이자 부단히 삶을 다르게 생산하는 부단한 언어적 창조과정이라는 의미에서 삶-문학이자 문학-삶이라고 할 수 있을 것이다. 오늘날 노동문학에게 게토적 공동체문학으로서의 담장을 허물어 버리고 삶문학으로 자신을 확장하고 내실화할 풍부한 기회를 제공하고 있는 것은 노동과 삶의 접근이라는 현실 자체이다.

그렇다면 삶문학으로서의 노동문학 혹은 노동문학의 삶문학적 자기발현은 모든 문학을 대표하고 총체화하는 문학인가? 결코 그렇지 않다. 장르문학들을 횡단하는 것은 결코 그것들을 종합하는 것과 같은 의미일 수 없다. 삶문학은 자신이 장르문학으로 한정되는 것을 원치도 않지만 장르문학들을 종합하고 초월하는 대표적 지위를 획득하기를 원치도 않는다. 삶문학은 삶의 모든 현장들, 과정들, 수준들에서 서로 다른 존재들 각각이 자신의 사회적 삶의 욕구를 표현하는 문학이다. 그리고 그것은 자신을 억압하고 위계화하는 모든 힘들에 대항한 싸움을 멈추지 않는 다양체의 생산과정이다.

삶문학과 다중의 생산

노동문학은 그것이 어떤 형태로 주장되고 또 창조되었건 '자본주의적 삶을 극복하고 그것으로부터 벗어난다'는 커다란 방향 속에서 움직여 오지 않았는가? 노동문학이 놓아버릴 수 없는 가치가 있다면 바로 이것이 아닌가? 삶문학으로 자신을 정립할 때 이 해방적 지향성을 실현하는 것이 가능하겠는가? 문학이 노동이라는 분절을 삶이라는 일반성의 지평 속에 해체시킬 때, 오늘날 지배적인 삶인 자본주의적 삶을 재생산하는 것으로 귀착되고 말 위험은 없는가?

자본주의는 자신의 삶을 위해 사람들의 삶을 생산하면서도 동시에 너무나 많은 죽음을 생산한다, 여기에서 삶문학은 죽음에 대항하는 것으로 분절된다. 그래서 삶문학은 삶의 생산이라는 분명한 지향을 필요로 한다. 하지만 창조를 위한 창작적 실행의 과정 외부에서 이 지향을 달성할 수 있는 어떤 보장도 주어지지 않는다. 오히려 우리는 과정 외부에서 어떤 보장을 받으려는 생각과 거리를 둘 필요가 있다. 그러한 생각은 지난날의 자유주의적−사회주의적 이념정치 속에서 세속화된 형태로 재생산된 종교적이고 수동적인 생활태도의 유산이다. 매순간의 창조행위가 현재의 순간으로부터 삶을 억제하고 있는 힘들을 진단하고 그것을 치유하는 방향으로 배치되도록 자신의 언어와 사유와 작품적 구조를 조직하는 것을 통해서만, 즉 자신의 발화행위 그 자체의 해방적 조직화를 통해서만 해방은 실제적으로 생산될 수 있다.

삶문학은 이런 의미에서 우리의 언어적 삶을 변형시키는 언어기계로 작동한다. 현실의 자본주의적 삶을 합성하고 있는 언어적 직조들을 비틀고 뒤집고 잇고 끊는 언어적 작용을 통해 일상을 극복하는 언어기계와 언어적 탈주. 이것을 통해 무엇이 생산될까? 자연−인간−기계를 가로지르는 복수적이고 혼종적이며 다중적인 삶, 전통적 노동문학이 생산했던 통일된 민중과는 다른 이질적 주체성, 수동적 독자에 머물러 있지 않으며 읽기를 탈주와 해방의 행위로 바꾸며 읽기와 쓰기를 횡단하는 능동적 주체성, 굳어 버린 모든 것을 뒤흔들며 억누르고 가두는 것에 대해 저항하는 교란적 주체성, 그리하여 언어의 외부를 향하며 궁극적으로 언어와 몸의 구분을 넘어서는 실천적 주체성. 삶문학은 다중을 생산하는 다중의 활동이며 삶의 경직화를 부수어 새로운 것을 만들어내는 소수적 활동 그 자체이다.

(『사람의 깊이』 8호, 2005)

제국기계비판

조정환 지음

A Critique of the Imperial Machine

오늘날의 문학상황과 버추얼리즘

최근 리얼리즘/모더니즘 논쟁에 부쳐

I. 현대문학이 부딪힌 미학적 문제

오늘날 문학의 위기의 성격

나는 리얼리즘과 모더니즘을 두 축으로 발전해 온 근대문학이 오늘날 발전의 위기를 겪고 있다는 목소리에 공감한다. 근대문학의 위기는 비단 작품창작의 위기만이 아니며 비평, 문예미학, 문학활동의 유통과 연결 등 전 측면에 걸쳐 있는 위기이다. 그것은 문학적 활동의 양이나 그 외관에서의 풍요에도 불구하고 문학 내적으로 드러나는 근대의 감성적 사유와 감성적 활동의 위기라 해야 할 것이다. 이 위기에 우리가 관여할 수 있고 또 그것을 극복하기 위해 노력할 수 있다면 그것은 어떻게, 무엇을 통해 이루어질 수 있을까?

산업의 위기로 전화한 문학의 위기

　많은 문학가들은 오늘날 근대문학이 직면한 위기의 실재성을 부정하면서 그때그때의 이해관계에 따라 일상적으로 작업한다. 많은 경우 문학가는, 판매될 작품을 생산하는 노동자 혹은 판매를 위해 작품을 생산하는 소생산자의 역할을 자연스럽게 떠맡는다. 비평이 이른바 '주례사'나 홍보글로 전화하는 것은 이 과정의 자연스런 일부이다. 문학적 글쓰기 행위 그 자체가 철저하게 근대적 문화산업의 한 분야로 배치되기 때문이다. 여기에 문학의 위기란 없다. 위기가 있다면 문학 '산업'의 위기만이 있을 뿐이다. 흔히 문학 위기의 조건으로 이해되는 '영상인가 문자인가'의 대립은 실제로는 문학 문제로 오인된 산업 문제일 뿐이다. 그것은 문학의 산업에의 포섭을 보여주는 것이며, 삶의 수준에서 전개되는 문학적 관심을 경제의 수준에서 전개되는 산업적 관심으로 대체한 결과 제기되는 위기의식이다. 이것을 문학의 위기로 파악하는 산업적 시선은, 생산의 진작을 위한 작가 발굴과 매체 확장, 판매의 진작을 위한 문화유통산업의 활성화, 종합적으로 말해 문화산업 구조의 재조정 등을 그 대안으로 제시한다. 그래서 예컨대 지난 해 문단 일각을 떠들썩하게 만들었던 표절 시비는 독창성에 대한 강조의 맥락에서보다는 지적 재산권에 대한 강조라는 맥락 속에서 제기된다. 문학은 산업이라는 생각은 놀라울 정도로 빠르게 문학가들의 정신 속으로 침투하고 있다.

전사(1) : 정치로서의 문학

그렇다면 산업으로 전화하기 전에 문학은 무엇이었는가? 최원식은 근대문학이 정치였다는 사실을 '근대 동아시아에서 문학은 문학이기보다 문학이었다'[1]는 말로 표현한다. 순문학적인 '문'보다 정치성이 농후한 '학'에 강조점이 있었다는 뜻이다. 이것은 근대 부르주아 사회에서 문학가가 놓였던 위치와 연결되어 있다. 문학가는 산업에 포섭되지 않고 사회의 상위에서 활동하는 인텔리겐챠로서 그 사회의 이데올로기를 생산하는 이른바 '이데올로기적 국가기구'의 역할을 담당했다. 한국에서 그것은 순수문학이라는 심미주의적 정치문학으로, 국민적 삶의 심미화를 통해 독자를 순종적 국민으로 재생산하는 정치문학으로 나타났다.

이에 대한 좌파문학의 도전은 민중의 불복종성을 자극하여 현실의 갈등에 참여하도록 만들려는 참여문학으로 나타났다. 참여문학은 1970년대와 1980년대를 거치면서 (민중적) 민족주의 혹은 사회주의 이데올로기의 생산자로 기능했다. 이념내용에서 그것은 기존의 순수문학과는 다른 경향을 드러냈지만 이데올로기 생산자로서의 그것의 역할은 변하지 않았다. 주류적 우파 문학가가 국가와의 관계 속에서 이데올로기를 생산했다면 좌파문학은 당, 노동조합, 혹은 민중단체와 같은 대안적 권력기관들과의 관계 속에서 대안적 이데올로기를 생산했다. 이것이 한국문인협회와 민족문학작가회의로의 문학단체의 양분을 가져온 것은 주지의 사실이다.

---

1. 최원식, 『문학의 귀환』, 창작과비평사, 2001, 40쪽.

전사(2) : 산업으로서의 문학

　그러나 1990년대에 들어와 본격화된 신자유주의 드라이브는 문학활동이 속한 사회정치적 지형을 크게 바꾸어 놓았다. 신자유주의적 재편은 권위주의 하에서 국가라는 권력의 장소에 의존적이던 시장을 새롭고 상대적으로 독립적인 권력의 장소로 재배치하는 방향으로 이루어졌다. 그것은 이데올로기의 존재양식을 이성적인 것에서 감각적인 것으로, 정치적인 것에서 생물적인 것으로, 사회 위에 있는 것에서 사회 속에 있는 것으로 재조정하는 것을 포함했다. 사유보다는 시청각에 호소하는 영상(텔레비전, 영화, 광고 등)이, 그리고 국가보다는 산업이 이데올로기의 주요 생산자이자 유통자로 등장한 것은 이 때문이다. 이전의 역사에서 헤게모니적 지위를 가졌던 문학의 영상에 대한 경쟁의식도 이 과정에 대한 조건반사일 것이다.

　이 신자유주의적 재편과정은 문학가의 엘리트적 지위를 허물었다. 문학도 여타의 예술, 여타의 매체가 그랬던 것처럼 급속하게 벤처산업의 일부로 편입되었다. 이문열을 비롯한 일부의 작가들은 이른바 '대박'을 터뜨리는 성공한 문학 벤처의 견인차가 되었다. SF문학, 멜로문학, 무협문학 등이 주류로 부상하면서 좌파문학은 그것의 영향을 받아 혁명과정을 멜러화하는 후일담 문학으로 기울었다. 진보적 문학가들의 조직이었던 민족문학작가회의는 서서히 문학가들의 동업조합과 유사한 것으로 전화되어 가면서 정치적 성향에 따라 분할되어 온 문협파와 민작파의 구분도 서서히 인위적인 것으로 되어 갔다. 이것이 대안적 문학 개념으로서의 민족문학, 혹은 사회 위

에서 사회를 대상으로 작업해 온 리얼리즘 문학을 무력화시킨 지형
이다. 민족문학을 한국문학으로 재규정하려 한 시도는 민족문학의
국민문학에의 포섭을, 다시 말해 민족문학의 실질적 무력화를 재촉
하는 것일 뿐이었다. 민족문학의 한국문학화는 문학의 산업화와 합
류하면서 좌파문학의 상업화를 부채질했다.

삶으로서의 문학의 잠재력

그렇다고 모든 문학적 지향성과 문학 활동이 산업에 포섭된 것은
아니다. 문학산업의 벤처적 성격은 문학가 간의 경쟁을 부채질하면
서 소수의 문학가만을 수익성 있는 문학가로 부상시킨다. 이 때문
에 수많은 작가, 시인, 극작가들은 수익과 무관한 자리, 다시 말해
비산업적 방식으로 창작활동을 하고 있다. 이들이 활동하게 되는
공간은 정치의 공간도, 산업의 공간도 아닌 삶의 공간이다. 비록 이
공간이 산업적 경쟁의 풍파에서 자유롭다고 할 수는 없지만 산업화
의 영향력이 덜 미치는 것도 사실이다. 이곳의 문학적 에너지는 인
터넷의 무수한 문학동호회들, 노동자문학회들, 문학아카데미들, 자
유로운 개인 창작가들의 형태로 모습을 드러내면서 서서히 결집되
는 모습을 보이고 있다. 이것들은 산업적 문학, 물화된 이데올로기
문학이 흡수하려 하는 영역이기도 하지만 새로운 문학이 자라날 수
있는 토양이자 잠재력이기도 하다.

리얼리즘인가 모더니즘인가

문학의 산업화에 수반된 민족문학의 무력화에도 불구하고 리얼

리즘인가 모더니즘인가의 쟁점이 사라지지 않고 있는 것은 주목할 만한 점이다. 이 쟁점은 오래된 것이다. 1930년대 모더니즘 문학은 1920대 프롤레타리아 문학과 그것의 리얼리즘에 대한 비판 속에서 태어났으며 1950년대 모더니즘 문학은 해방공간의 민주주의 민족문학에 대한 비판 속에서 탄생했고 1990년대의 (포스트)모더니즘은 1980년대의 민족문학－노동문학에 대한 비판 속에서 탄생했다. 이렇게 한국의 근대문학사를 관통하는 이 쟁점이 21세기에 들어선 지금에도 재생되고 있는 것은 무엇 때문일까? 그것은 현대문학 논의의 고립, 방향 상실, 상아탑화를 의미하는가 아니면 그 두 축 사이에서의 회전이 문학이 벗어날 수 없는 문학 발전의 운명적 공간이기 때문인가?

리얼리즘 대 모더니즘 논쟁의 현대적 양상

　　최근의 논쟁은 사회주의 붕괴 이후에 리얼리즘이 어떻게 가능할 것인가를 둘러싼 1990년대 초의 논쟁, 그리고 포스트모더니즘의 공세 속에서 리얼리즘을 지키기 위한 1990년대 중반의 논쟁에 이어진 세 번째 논쟁이다. 이 논쟁에서 루카치적 반영론과 제임슨의 포스트모더니즘 비판에 기반하여 리얼리즘론의 현대적 유효성을 옹호하는 윤지관을 제외하면 모더니즘에 대한 전통적 적의는 표명되지 않는다. 임규찬은 모더니즘과 거리를 두면서도 리얼리즘론이 근본적으로 재구성될 필요성을 강조하며 최원식은 리얼리즘과 모더니즘의 회통을, 김명인은 리얼리즘과 모더니즘 개념의 역사화(일종의 폐기)를 주장한다. 10여 년 이상 지속되어 오늘에 이른 이 논쟁의 전개양상 속에서 1990년대 초 사회주의의 붕괴와 포스트모더니즘의 도전을 동시적으로 겪은 후, 문학적 리얼리즘이 겪고 있는 위기의 징후를 여실히 읽을 수 있다. 실제로 더 큰 징후는 이론 내적인 것이 아니라 이 논쟁이 자리하고 있는 사회적 위치이다. 이 논쟁은 지난 시기의 리얼리즘 논쟁과는 달리 국지화되어 다양하고 광범한 사회적 문학활동과 공명하지 못하는 방식으로 전개되고 있다. 이러한 상황이 최원식으로 하여금 문학이론과 비평의 작품에로의 '하방'을 주장하도록 하는 조건인 것이다.

미학적－감성론적 탐구활동의 고유성

나는 이 글에서 문예미학 (혹은 문예비평)이 부딪힌 궁지를 작품분석을 통해 뚫고 나가자는 최원식의 하방 논리와는 다른 관점, 다른 방식으로 작업할 것이다. 작품들이 문예미학이나 문예비평에 풍부한 상상력을 제공하고 다양한 감성적 제안을 해 올 수 있으리라고 충분히 예상할 수 있고 실제로 또 그렇기도 하지만 그것은 어디까지나 문예미학이 자신의 고유한 탐구과제를 놓치지 않으면서 작품과 소통하는 실천적－대화적 위치에 섰을 때뿐이다. 감성론적 탐구노력을 결여한 하방론은 현대 문예미학의 궁지를 돌파하는 방법이 되기보다 '비평의 주례사화'라는 비평활동의 무입장성과 비실천성을 부채질하는 결과를 가져올 가능성이 높다. 그래서 나는 막대를 반대편으로 구부린다는 의미에서, 최원식과는 반대방향으로, 다시 말해 비평의 작품으로의 하방보다 비평의 미학과의 대질이라는 방향으로 나아가면서 근대문학의 감성론의 기본 구조를 비판하고

최근의 논쟁 속의 결함과 한계를 돌파하기 위한 문예미학적 실험을
시도하려 한다.

Ⅱ. 리얼리즘과 모더니즘의 대립 및 논쟁 구조의 역사와 계보

리얼리즘과 모더니즘 대립의 정치문학적 지형

리얼리즘과 모더니즘의 대립은 문학이 정치로서의 위상을 가진
역사적 시기에 발생했으며 문학이 정치적 기능을 효율적으로 수행
하기 위한 방법론을 둘러싼 투쟁의 산물이다. 리얼리즘은 문학을
사회의 외부에서 사회현실을 대상으로 수행하는 인식활동으로 간
주한다. 리얼리즘의 주된 관심은 이른바 '실재'에 어떻게 도달하며
그것을 어떻게 작품 속으로 잘 가져올 수 있는가에 집중된다. 이 점
에서 루카치와 브레히트는 다르지 않았다. 현실에 도달하기 위하여
루카치는 위대한 고전이 보여주는 방법적 모범을 따라야 한다고 본
반면 브레히트는 현실에 도달할 수 있는 가능한 많은 수단과 형식
을 동원할 수 있다고 보았을 뿐이다.[2]

문학을 사회의 외부에 설정한다는 점에서 모더니즘은 리얼리즘
과 같은 관점을 갖는다. 모더니즘이 리얼리즘과 다른 점은 문학이
언어예술이라는 점에 착상하여 언어에 내재하는 잠재력을 기술적
으로 실현하는 것에 강조점을 둔다는 것이다. 모더니스트의 문학에

---

2. 게오르크 루카치 외, 『문제는 리얼리즘이다』, 홍승용 옮김, 실천문학사, 1985 참조.

대한 관점은 건축적이며 기술적이다. 모더니즘에서 문학은 구축되는 기계이다. 그것은 새로운 기술의 실현을 통해 새로운 문학적 기계를 건축함으로써 기존 세계의 낡은 건축과 대결하고자 한다.

이러한 문학관의 차이로 인해 양자의 정치적 작용방식의 차이가 나타난다. 리얼리즘이 은폐된 실재의 계시와 독자의 각성(감정이입)을 통해 정치적으로 작용하고자 하는 반면 모더니즘은 언어의 기존 구조를 변형하는 창조와 낡은 언어구조로부터의 거리두기(소격효과)를 통해 정치적으로 작용하고자 하는 것이다.

자연주의 비판으로서의 모더니즘과 리얼리즘

모더니즘의 모태가 된 독일어는 전위주의(Avantgardismus)이다. 그것은 과감한 언어적 실험을 지향한다. 이들이 언어실험에 집중하는 이유는 언어가 인간의 의식을 구조화한다고 보기 때문이다. 오래된 전통적 어휘와 단어 배열은 낡고 보수적인 의식을 지탱하기 때문에 그것이 감추어진 현실을 묘사한다 하더라도 (예컨대 노동자의 생활을 묘사한다 하더라도) 그 현실을 바꿀 수는 없다는 것이 모더니스트들의 생각이다. 실제로 이것은 19세기 후반 자연주의문학의 염세적 절망적 효과에 대한 올바른 지적이기도 하다.

자연주의에 대한 비판이 모더니즘의 방향을 취했던 것만은 아니다. 리얼리즘도 자연주의가 취하는 '사실'(facts)에의 도취를 비판했다. 리얼리즘은 사실들로 보이는 것이 실제로는 사건임을, 즉 인간 실천의 생산물임을 드러내고자 했다. 그것은 사실들을 그것들의 내면에서 전개되는 힘들의 상호관계를 통해 서술하고자 했다. (엄밀

한 의미에서 리얼리즘이라는 의미는 적절하지 않다. '리얼'은 물건
들을 의미하는 res에서 기원하는 것으로 자연주의가 추구한 '사실들'
에 더 가까운 용어이기 때문이다.) 사실들로부터의 추상과 전형화,
혁명적 입장의 선택, 사실들의 연관관계인 총체성의 구현 등이 리
얼리즘의 방법론으로 선택된 것은 이 때문이다.

사회주의 리얼리즘 일원론

리얼리즘의 정치 지향성은 사회주의 리얼리즘에서 그 극단에 이
른다. 작가는 프롤레타리아 계급 입장에서 사실들을 비판하고 사실
들 속에서 약동하는 경향성을 사회주의 창출의 힘으로 그려낼 것을
주문받는다. 사회주의 리얼리즘에서 문학가의 대중으로부터의 분리
는 이론적 실천적으로 정당화되며 문학가가 현실과 대면하는 위치
는 프롤레타리아 권력의 맹아인 사회주의 정당과의 관계 속에서이
다. 사회의 상위에서 이데올로기 생산을 통해 활동하는 인텔리겐챠
라는 문학가의 전통적 위치는 이제 직접적으로 (프롤레타리아) 권
력의 생산자로 재정의된다. 레닌의 당문학론은 문학가와 당의 정치
적 연결을 강조하며 뜨로쯔끼는 문학가를 프롤레타리아 혁명의 문
학적 동반자로 설정한다. 문학의 당에의 종속, 좀더 구체적으로 말
해 권력 정치에의 종속이 완성된다. 모더니즘은 쁘띠부르주아의 문
학으로 배척·추방되며 리얼리즘은 프롤레타리아에 의한 권력장악
으로서의 사회주의 이념을 표명하는 한에서만 혁명적 문학으로 승
인된다. 당원－문학가의 위계는 비평가－작가의 위계에 반영된다.
사회주의 리얼리즘은 모든 문학가가 이론, 비평, 창작 모두에서 반

아들여야 할 유일한 원리로 선언된다. 이것이 (나 자신을 포함하여) 1980년대의 혁명적 문예운동과 문예논쟁이 일정하게 받아들이고 있었던 기본적인 문예정치학적 패러다임이다.

한국문학에서 리얼리즘과 모더니즘의 경합의 역사

1920년대에 프롤레타리아의 삶을 드러내는 경향문학에서 발생하여 사회주의 리얼리즘으로 발전해 간 한국의 좌파문학은 사회주의 리얼리즘 논의가 무르익기도 전에 외압에 의해 붕괴되었다. 1930년대 일본 파시즘의 발호 속에서 모더니즘과 서정문학이 사회주의 리얼리즘이 차지했던 저항의 공간을 차지했다. 1945년의 해방공간에서 재부활한 사회주의 리얼리즘 문학은 분단 이후에는 북한의 경우 비판적 리얼리즘 다음 단계에 오는 문학 진화의 최근 단계로 진화론적으로 공식화되지만 남한의 경우 다시 모더니즘에 자리를 내주며 한 동안 자취를 감춘다. 이것은 1960년의 4월 혁명도 역전시키지 못한 오랜 단절로서 사회주의 리얼리즘이 차지했던 저항의 자리는 김수영의 전위문학과 신동엽의 저항적 원시주의가 채워 나갔다. 그러나 그것이 리얼리즘의 영원한 죽음이 아니었다는 것은 1970년대 황석영의 리얼리즘 소설의 활기찬 재출현에서 입증된다. 김지하의 시는 모더니즘과 리얼리즘의 경계선에서 탁월한 시적 성과를 낳았다. 이것은 1960년대 이후 급속히 전개된 한국의 근대화와 그 속에서 심화된 계급적대에 기초한 것이었다. 1980년대에 노동계급 대중운동이 폭발하면서 문학은 다시 한 번 대중을 이끄는 사회주의적 전위의 문예적 활동으로 재정의된다. 이것이 백낙청에 의해 제기되었던 (제 3세계) 리얼리즘론에 대항하는 사회주의 리얼리즘의 다양한 변이태들(민중적 리얼리즘, 당파적 리얼리즘, 노동계급 리얼리즘)이 출현하는 배경이 된다. 당시 박노해와 백무산, 안재성 등이 보여준 시적 활력은 이것을 뒷받침해주는 좋은 문학적 사례였다.

Ⅲ. 버추얼리즘 : 오늘날 리얼리즘/모더니즘 대립의 해독제

1990년대와 사회주의 리얼리즘론의 쇠퇴

한국에서 문학의 노동조합 활동 및 사회주의 정치활동에의 종속은 오래 가지 못했다. 그러나 1990년대에 갑작스럽게 찾아온 사회주의 리얼리즘 문학경향의 쇠퇴는 1920년대의 프롤레타리아 문학운동이 1930대에 급격히 쇠퇴한 것과는 양상이 달랐다. 1930년대와 같은 탄압의 영향이 전혀 없었던 것은 아니지만 더 중요한 것은 신자유주의의 물결 하에서 이루어진 문학의 산업화였다. 문학의 산업화는 문학을 정치의 지형에서 산업의 지형으로 끌어내렸고 이것이 사회주의 정치에 대한 불신의 증대와 겹치면서 사회주의 리얼리즘은 급속히 쇠퇴했다.

사회주의 리얼리즘 쇠퇴에 대한 반응들

1990년대 초기의 리얼리즘 논쟁은 사회주의 리얼리즘의 쇠퇴라는 시류 속에서 리얼리즘 일반의 쇠퇴를 경험한 전통적 문예이론가, 비평가들이 리얼리즘을 방어하려는 노력의 표현이었다. 많은 사람들이 사회주의 리얼리즘의 쇠퇴를 승인하면서도 리얼리즘의 주도성을 옹호하려는 태도를 취했다. 백낙청의 리얼리즘 옹호, 최유찬의 비판적 리얼리즘의 옹호, 그리고 오늘까지 지속되고 있는 윤지관, 김명환, 홍승용의 리얼리즘 옹호는 그 대표적 사례에 속한다.

그렇지만 포스트모더니즘의 물결은 리얼리즘의 방어력을 넘어설 만큼 강력한 것이었다. 김욱동을 위시한 포스트모더니스트들은 리얼리즘의 시효상실을 주장했고 리얼리즘으로 설명하기 어려운 수많은 문학경향들(생태문학, SF문학, 등등)의 출현은 이러한 생각을 정당화해 주는 것으로 보였다.

리얼리즘론/모더니즘론으로 사회주의 리얼리즘론의 한계를 넘어설 수 있는가?

1990년대의 리얼리즘 논의는 문학의 '재현' 기능에 대한 옹호를 축으로 진행되었다. 그것은 문학이 '리얼한 것'에 도달하고 그것을 작품 속에 가져온다는 리얼리즘 정신의 수호였다. 리얼한 것의 총체적 형상화를 위해서는 당파성(이것이 작가가 갖춘 당파성인가 작품에 구현된 당파성인가의 논란은 있었지만)이 필요하며 전형화가 형상화의 기본적 방법론으로 사용되어야 한다고 주장되었다. 사회주의적 세계관의 필요성에 대한 강조가 사라지고 리얼리즘의 승리에 대한 의존성이 증대된 것, 그리고 점차 당파성을 문학가의 사회주의 당과의 연루라는 주체적 조건이 아니라 작품 속에서 객관성으로 구현되는 특정한 질로 해석하거나 혹은 '민족주의적 실천'이라는 행동적 조건으로 설명하는 방식이 우세해진 것이 차이였다. 결코 변하지 않은 것은 단일 경향, 단일 방법의 우세에 대한 주장, 즉 일원론적 문학관이었다. 역설적이게도 이것은 리얼리즘/모더니즘에 대한 비판 속에서 탄생하여 포스트모더니즘을 옹호하는 새로운 조류에서도 발견되는 특징이기도 하다. 후자에서는 거시에서 미시로, 희망에서 절망으로, 재현에서 시뮬레이션으로 등의 방향 이동은 있었지만 문학적 일원론에 대한 믿음은 크게 변하지 않았다. 이러한 일원론은 사회주의적 리얼리즘의 객관적 진리론에서 나타났던 것과 흡사하게, 현실과의 상관성 혹은 현실과의 연루를 잃어버린 (포스트)모더니즘의 극단적 구성론에서도 나타난다.

사실주의, 리얼리즘, 모더니즘, 순수주의에서 계기들의 본질화 혹은 목적화

이러한 일원론은 존재의 다양한 계기들 중의 하나를 특권화하는 것을 통해 달성된다. 존재는 다양한 층과 양상을 갖는 역동적 흐름이다. 그것은 잠재적인 것에서 가능적인 것을 거쳐 현실적인 것으로 이행하는 팽창적이고 나선형적인 힘이다. 이 이행적 흐름에서 분리되어 이해될 때 잠재적인 것은 초월적인 것으로 인식되며 가능적인 것은 가상적인 것으로 인식된다. 지금까지의 문학경향은 존재의 이 다양한 양상들, 계기들, 지층들의 특정한 계기를 강조하고 특권화해 왔다. 예컨대 다음과 같은 식이다. 사실주의는 현실적인 것의 구성요소인 사실(fact)을 존재의 유일무이한 양상으로 가정한다. 바로 이런 방식으로 현실주의는 현실적인 것을, 순수주의 혹은 신비주의는 초월적인 것을, 모더니즘은 가상적인 것을 특권화했다. 이러한 특권화와 일원론 이데올로기로 인하여 각각의 문학경향은 자신이 마땅히 포괄하여야 하고 또 그렇게 함으로써 풍부하게 될 수 있는 기회를 상실했다. 그래서 문학은 사실들의 창고가 되거나 기술적 실험이 되거나 경직된 진리에 대한 추구가 되거나 현실에 반하는 그 무엇 중 어느 하나가 되어야만 했다.

버추얼한 것과 공통적인 것, 존재론적 영원성에 대하여

이것은 '리얼리즘과 모더니즘의 회통'과 같은 최근의 이데올로기에 영합하면서 그것에 붙이는 주석에 불과한 것인가? 얼핏 보면 나의 주장은 어떻게 보면 '회통론'의 한 형식인 것처럼 보인다. 하지만 최원식의 회통론은 회통을 신비화시킨다. 그의 회통론은 회통의 근거나 이유에 대한 예술미학적 설명을 회피하며 '지금까지 최량의 작품들이 리얼리즘이나 모더니즘을 비월한 찰나에 생산되었다'는 신비적 경험론에 입론한다. 그래서 그는 회통의 예술미학을 말해야 할 찰나에 '비평담론 안에 갇힌 리얼리즘/모더니즘 논쟁을 창작측으로 방(放)하자'는 미학해체론으로 기운다.

잠재적인 것, 가능적인 것, 그리고 현실적인 것이 존재의 상이한 차원이자 양상이듯이 창작과 미학도 인간 사유의 상이한 차원이다. 비평과 창작이 소원해진 것은 결코 비평의 자기 해체가 없어서가 아니다. 오히려 반대로 비평이 자신의 역할을 창의적으로 수행하지 못하고 고루한 인식체계에 갇힌 채 창작과 소통할 수 있는 안목을 획득하지 못한 탓이 더 크다. 그렇다면 필요한 것은 예술미학과 비평의 해체가 아니라 그것을 창작과의 차이적 긴장관계 속에서 상호보완하도록 배치할 자기 정진(精進)일 것이다.

리얼리즘과 모더니즘의 회통은 필요하다. 그러나 회통은 해체를 통한 용해나 단순한 절충과는 다른 것이어야 한다. 회통은 존재의 다양성, 다층성, 이질성, 복잡성을 발견하면서 그것들을 공통적인 것(the common)의 생산에 이바지하도록 만들기 위한 해체적 구성의 활동일 필요가 있다. 그것은 혼돈으로서의 존재 속에서 그것에 대항하는 투쟁을 통해 인류의 공통적 조직화를 이루어 나가는 활동으로 배치될 필요가 있다. 문학의 산업화가 문학의 감각화를 부채질하고 삶의 다층성과 이질성의 상호관계에 대한 형상화보다 각 층위, 요소, 계기, 양상들의 파편화를 고무하면서 '파편화하는 스펙타클'의 생산에 주력하는 만큼 그 조건 속에서 그것에 대항하면서 그것을 넘어서기 위한 문학은 인류의 문화적 공유지의 창출을 위해 각 층위, 요소, 계기, 양상들의 역동적 흐름을 깊이 주목하고 그것들의 상관성을 밝힐 필요가 있다.

리얼리즘의 자기 쇄신론의 한계

이것은 '사실주의와 모더니즘을 포용한 리얼리즘에 의한 모더니즘의 극복' 혹은 '포스트모더니즘의 도전도 능히 이겨낼 만한 리얼리즘의 자기쇄신'(백낙청)을 통해 도달할 수 있는가? 리얼리즘과 모더니즘의 회통론이 그러하듯이 리얼리즘의 자기 쇄신론도 낡은 구도 속에서 쇄신을 사유한다는 점에서는 동일하다. 백낙청은 사실주의와 모더니즘을 포용의 대상으로 삼으면서도 유독 포스트모더니즘만은 배격한다. 그러나 이러한 태도는 포스트모더니즘이 그것의 온갖 약점과 신비화에도 불구하고 가상의 양태 하에서 존재의 새로운 지층을, 다시 말해 버추얼한 것을 본격적으로 사유하기 시작한 최초의 예술미학임을 몰각한 데서 온다. 백낙청에게서 작동하고 있는 것은 '현실'로 이해된 리얼한 것과 그것의 특권성에 대한 완고한 집착이다. 하지만 오늘날의 사회는 리얼한 것을 이미 버추얼의 양상으로 재구성하며 리얼리즘이 몰두해 온 리얼한 것을 기술적, 영역적으로 상대화하고 있다. 이것은 리얼리즘의 쇄신을 통해서 도달할 수 없는 차원을 열어 놓는다.

버추얼리즘

버추얼리즘은 리얼한 것에의 이러한 집착을 이완시킬 해독제가 될 수 있다. 버추얼리즘의 필요성은 리얼리즘이 '자기' 쇄신할 수 없다는 사실 때문에 강화된다. 리얼리즘은 실재의 자기표현이기보다 실재를 '객관현실'로 대상화하면서 그것의 재현을 꾀하는 '매개적' 활동이었다. 리얼리즘이 국가, 민족, 당, 조합, 단체 등 권력기관 혹은 권력체와의 '관계'를 필요로 했던 것은 이 때문이다. 버추얼리즘은 이러한 매개를 떠나서 존재의 직접적으로 영원한 지평을 드러낼 가능성을 열어 놓는다. 버추얼한 것은 매개 이전의 것, 즉 존재론적 영원성 내부에서 작동하는 힘들, 경향들, 제약들, 목표들, 한 마디로 요약해서 문제들('앞에 pro- 내 던져진 것 bállein'이라는 의미의 problem)이다. 현실적인 것은 이 문제들의 '지금-여기'에서의 일시적 해결을, 힘들과 경향들에 부여된 일정한 질서를 함축한다.

사실주의가 사실들을 이 질서의 단순한 구성부분으로 제시함에 반해 리얼리즘은 이 질서 아래에 여러 힘들의 교직이 있음을 발견하고 그것을 밝히려는 노력을 기울인다. 리얼리즘이 이렇게 질서를 유연화하고 그것을 상대화함에도 불구하고 궁극적으로는 부과된 것으로서의 질서를 필연성, 법칙, 진리, 도 등의 이름으로 정당화하는 것만은 분명하다.

리얼리즘의 혁명적 계승자들이 사회주의적 혹은 계급적 당파성을 새로운 리얼리즘의 원리로 설정하려고 했던 것은 리얼리즘의 이러한 보수성에 대한 비판적 문제의식 때문이었다. 현실의 지층에서 작용하고 있는 경향들의 발견에서 한 걸음 더 나아가 그 경향들 중의 어느 한 편, 즉 프롤레타리아적 경향성을 편드는 것만이 기존 질서를 타개하는 새로운 질서의 힘을 드러낼 수 있다는 취지에서였다. 이것은 리얼리즘에 버추얼리즘을 결합시키는 사회주의적 방식이었다.

그렇다면 사회주의 리얼리즘론의 경화는 무엇 때문인가? 사회주의 리얼리스트는 프롤레타리아를 공통적인 것의 생산자로 정의하기보다 새로운 질서의 담당자로 정의했다. 프롤레타리아의 새로운 권력으로 이해된 프롤레타리아 독재는 그 새로운 질서의 내용이며 사회주의는 그것에 붙여진 이름이었다. 역사 속에서 프롤레타리아 독재는 프롤레타리아의 정당의 독재로 실현되었다. 질서 숭배로서의 리얼리즘은 이러한 의미에서의 사회주의와 결합하기에 적합했다. 따라서 사회주의 리얼리즘의 버추얼리즘 기획은 리얼리즘이 그리고자 한 질서로부터 그 아래에 묶여 있는 다양한 활력들 혹은 경향들을 해방시키는 것이 아니라 그 활력들과 경향들을 새로운 질서 아래에 종합시키는 방향으로 작용했다. 즉 버추얼리즘은 리얼리즘에 다시 종속되었다.

　버추얼리즘은 해결로서 등장한 질서를 다시 문제화한다. 그것은 하나의 현실적 질서를 새로운 질서로 대체하는 데 관심을 갖기보다 경향들, 힘들, 목표들, 운동들을 그 다함없는 변화의 영원성 속에서 드러내는 데 관심을 갖는다. 각각의 경향들은 각각 독특한 것들로 제시된다. 독특한 것들은 영원성으로 충만한 현재이다. 그것은 경험들로 나타나는 공통적인 것들이다. 이 독특성들의 상호교직은 질서를 구축하는 힘들에 저항하면서 공통적인 것, 공유지를 구성하고 확장한다. 영원성은 시원과 지배를 동시에 함축하는 것으로서의 아리스토텔레스적 아르케(Arche)로 이해될 수 없다. 그것은 원리를 명령에 종속시키고 발전에 한계를 부여하며 생산에 질서를 부여하는 이론적 실천이다.[3] 반면 유물론적 영원성은 영원한 것의 영원히 진보적인 생산, 공통적 실존의 생산, 인간이 지속적으로 변화시키며 그것들이 변화하는 한에서 공통적 실존에 영향을 미치는 환경적 조건 전체, 그리고 세계를 구성하는 인간 행동 전체를 지칭한다.[4] 버추얼리즘은 문학을 정치나 권력과의 관계장에서부터 분리시켜 사실들이나 현실들을 경향들, 활력들, 기술들의 소용돌이로 해체시킨다. 버추얼리즘은 리얼리즘, 모더니즘, 포스트모더니즘을 억누르면서 자신을 단일 방법론으로 제시하는 대신 그것들을 삶의 차원으로 끌고 내려와 이질적 힘들의 소용돌이에 침잠시키고 그렇게 함으로써 그들이 고집해 왔던 일원론적 권력적 태도를 해체시킨다. 버추

---

3. 안또니오 네그리, 『혁명의 시간』, 정남영 옮김, 갈무리, 2004, 108~109쪽.
4. 같은 책, 105~106쪽.

얼리즘은 문학을 (리얼리즘이나 모더니즘이 그렇게 하듯) 국가권력
이나 지배정치에, 혹은 (포스트모더니즘이 그렇게 하듯) 시장권력
이나 생물정치에 관련시키는 전통적 경향들 속에 있으면서도 그것
과 대항하면서 문학을 영원성의 삶 (그리고 그것의 풍요화)와 관련
지으려는 예술적 윤리적 태도이자 힘이다.

우리 시대의 덕성 : 생명력, 지성, 사랑

문학을 영원성의 삶과 결부짓는 것으로 버추얼리즘을 정의할 때
그것은 도, 진리와는 구별되는 덕의 문제를 제기한다. 리얼리즘은
근본적으로 문학을 진리 혹은 도와 연결시켰다. 다시 말해 그것은
문학을 질서의 삶, 법칙의 삶에 연결시켰다. 덕성은 질서 혹은 법칙
이 영원성을 구성하는 경향들, 힘들, 의지들, 정동들, 사유들의 특정
한 질서화임을 밝히는 동시에 그것들을 다시 질서에 귀속시키기를
거부함으로써 그 질서로부터의 이탈을 가능케 한다. 버추얼리즘은
문학을 혼돈 속으로 가져간다.[5] 경향들의 복수성, 즉 혼돈은 그 자
체로 자유로움을 표현하지는 않는다. 그러나 혼돈은 이질성들의 합
창, 공통적인 것들이 생산되고 창조되고 확장되는 절대적 시공간이
다. 덕은 문학가가 이 혼돈 속에서 자유로울 수 있는 힘이다.[6]

---

5. 김수영은 이것을 '시인의 정신은 미지' '시인은 영원히 달아나고 있어야 한다' '시인은
   영원한 배반자' 등의 말로 표현했고(『김수영 전집 · 2』, 187~189쪽), 백무산은 이것을
   '길은 광야의 것이다'라는 아포리로 표현했다. 미지, 광야, 혼돈은 질서의 척도로부터
   이탈하는 시들에게 열리는 공간이다.
6. 덕에 대한 좀더 자세한 설명은 조정환, 『제국기계 비판』, 갈무리, 2005, 486~508쪽 참
   조.

덕의 생리학

덕(virtue)은 질서 속에 있지만 그 질서에 대항하고 궁극적으로 그 질서를 넘어서는 힘이다. 오늘날 덕의 생리학은 능력으로서의 지성, 자질로서의 사랑, 표현으로서의 자율적이고 책임감 넘치는 삶 등으로 구성된다. 이러한 덕목은 오늘날 주로 다중에게 속한다. 다중은 자본에게 포섭되어 있지만 그것의 이질성은 끊임없이 자본을 위협한다. 왜냐하면 자본은 유물론적 영원성을 노동으로 환원함으로써만 생존할 수 있는 환원론적이고 형이상학적인 힘임에 반해 다중은 부단히 욕구의 다양성 속으로 이탈하는 힘으로 나타나기 때문이다.

지성

혼돈 속에서도 자유로울 수 있는 힘은 지난 역사 속에서 인간의 육체적 정신적 실천을 통해 도달된 인간의 유적 집단적 지성에서 나온다. 경험들, 사유들, 지식들, 계획들의 공유는 혼돈 속에서도 개인들을 자유롭게 할 수 있으며 개체적 한정 속에서도 유와의 연결을 누릴 수 있는 기회를 제공한다. 버추얼리즘의 기술적 측면, 즉 버추얼 테크놀로지는 인류의 지성소통을 점차 자유롭게 한다. 자본은 한편에서는 이것을 자유롭게 해야 하면서도 다른 한편에서는 이것을 억제하고 속박해야만 하는 딜레마에 빠져 있다. 이 때문에 지성소통의 자유의 확대된 잠재력과 이것에 부과된 사적 소유의 올가미인 지적재산권 사이의 적대는 나날이 첨예해지고 있다. 여기서 덕성은 다중의 지성소통을 가로막는 일체의 질서적 장벽들과 투쟁하면서 인류의 집단적 지성을 확장하는 힘이다.

관심과 사랑

덕은 독특하고 특이한 주체성들의 수평적 상호관심과 사랑이다. 지금까지 국가는 개인들의 상호소통을 매개하는 독점력으로, 환상적 공동체로 작용했다. 국가를 매개로 한 소통이 증대할수록 개인들의 직접적 상호관심과 사랑은 줄어들었다. 20세기 후반에 다중들은 삶에 대한 이 확대된 국가 매개에 대항해 싸웠다. 서구에서 그것은 1968년의 혁명으로 나타났고 한국에서도 그것은 1980년의 민중항쟁과 1987년의 시민-노동자대투쟁으로 나타났다. 지금까지 국가 차원에 응축되어 있던 권력을 시장의 차원에까지 확대재생산하려는 신자유주의적 재편은 이러한 아래로부터의 투쟁에 대한 권력의 대응방식이다. 이것은 문학가를 삶의 차원에 좀더 가깝게 배치한다. 그래서 문학가가 삶권력의 도구로 사용될 위험성도 커졌지만 문학가가 삶의 영원성의 생산과 재생산에 참여할 수 있는 삶정치적 잠재력도 그만큼 증대되었다.

이 잠재력이 실현되려면 문학가가 국가에 종속되지도 않고 시장에 예속되지도 않으면서 다중의 일원으로서 타자들과 소통할 수 있는 능력을 지녀야 한다. 다중의 목소리를 경청할 수 있는 귀, 다중의 율동을 감지할 수 있는 감성을 길러야 한다. 화폐의 척도성, 국가의 규율성으로부터 벗어나 사실과 현실 이면에서 움직이는 다양한 개인들의 욕구를 통찰하고 그것을 집단적으로 발현할 수 있게 하는 능력이 덕이기 때문이다. 자본은 사랑을 섹스로, 섹스를 포르노그라피로 협소화한다. 포르노그라피 속에서 인간들 간의 상호관계는 인간적 정서의 모든 향기를 빼앗긴 물리현상으로 나타난다. 덕성은

집단적 지력으로서의 이성과 더불어 집단적 감성으로서의 사랑을
만회시키기 위해 자본과 국가로 대표되는 죽음의 힘들과 맞선다.

덕행

　문학이 삶과 결부된다는 것은 그러므로 죽음에 대한 투쟁을 필요
로 한다는 의미이다. 영원성 속에서 죽음은 삶의 한 계기이다. 하지
만 오늘날 죽음은 영원성 위에서 그것을 짓누르며 서 있는 거대한
체제로 나타난다. 죽음은 구조화되어 있다. 그것은 삶의 한 계기로
서의 죽음, 즉 삶으로 돌아가는 죽음과는 다르며 삶을 흡수하여 축
적함으로써 다시 삶으로 돌아갈 수 없게 만드는 거대한 저장고이다.
　이 체계적인 죽음의 구조는 다중의 삶에 깊이 뿌리박고 있다. 다
중의 활력이 죽음의 권력의 원천인 것이다. 이것은 권력의 강함을
의미하지만 다른 한편에서는 그것의 취약함을 말해 준다. 다중의
활력이 그것으로부터 분리하여 자율적 발전의 길을 개척할 때 권력
은 더 이상 자신의 자원을 확보할 수 없기 때문이다. 권력의 활력에
의 의존성이 바로 권력의 위기의 영원한 조건이다.
　삶의 진보적인 생산과 재생산을 위해서 다중은 자신의 욕구를 직
접적으로 표현할뿐만 아니라 그것을 권력의 촉수로부터 벗어나는
방향으로 배치할 필요가 있다. 절규, 분노, 비장과 같은 부정적 양상
의 감성은 죽음의 구조에 대한 저항의 징후이며 존엄, 희망, 사랑은
죽음과는 독립적으로 삶을 구축하는 긍정적 구성의 감성이다. 이러
한 감성들은 행동의 연료이다. 사회행동은 억압을 거부하는 행위이
자 억압으로 인한 상처를 치유하는 과정이기도 하다. 그래서 감각

적이고 혁명적인 사회적 행동, 사회적 실천은 오늘날 덕의 중요한 요목이 된다. 그것은 보상으로부터 자유로운 기쁨의 원천이다.

윤리적 예술로서의 문학

버추얼리즘은 (포스트모더니즘과는 달리) 결코 사실들, 현실들을 무시하고 배제하자는 것이 아니다. 또 버추얼리즘은 (리얼리즘과는 달리) 변형들, 실험들, 구성들, 구축들과 대립하려는 것이 아니다. 버추얼리즘은 진리나 자유를 추구하려는 문학의 노력을 공적/사적 권력에 대한 거부와 공통적인 것의 생산 및 확장이라는 현 시기 다중의 욕구에 재통합시키려 한다. 그것은 결코 사실적인 것, 현실적인 것 위에 잠재적인 것을 옹립하려 하지 않는다. 버추얼리즘은 사실이나 현실을 중시한다는 점에서 리얼리즘의 성과를 계승한다. 버추얼리즘은 버추얼한 것을 리얼한 것으로부터 분리시키는 것이 아니라 리얼한 것(실제로는 현실적인 것)을 특정한 조건에서 결정된 버추얼리티로, 다시 말해 이미 결정되었거나 지금 결정되고 있는 버추얼리티로 파악할 뿐이다. 그러나 그것은 사실의 경직성, 현실의 법칙적 질서적 억압성을 해체하여 그 속에 응집되어 있는 다양한 경향들을 해방시킨다는 점에서 리얼리즘과 대립한다. 버추얼리즘은 기획, 실험, 구성에 매우 적극적이라는 점에서 모더니즘을 계승한다. 하지만 그것은 모더니즘이 낡은 것의 파괴에 집중한 나머지 공통적인 것의 생산, 영원성의 확장을 돌보지 않는 점을 비판한다.

버추얼리즘의 입장에서 문학은 더 이상 전통적 의미의 정치에 속하지 않는다. 전통적 정치는 지배/피지배 관계의 끊임없는 재구성이었다. 리얼리즘과 모더니즘은 문학을 이와 같은 의미의 정치의 논리, 정치의 구조 속에 삽입시켰다. 버추얼리즘은 정치와 문학의 관계를 해체시키고 문학을 다중의 삶에 내재하는 다양한 욕구들의 자율적 표현이라는 윤리정치의 맥락 속으로 가져간다. 이것은 위로부터 혹은 외부로부터 부과되는 질서로서의 도덕과는 다르며 그것과는 대립한다. 도덕(moral)과 대립하는 것으로서의 덕(virtue)은 삶 내부의 다양한 힘들의 (알력과 갈등까지 포함하는) 합류와 소통을 통한 구성활동으로서의 윤리(ethics)에 속하는 범주이다.

이것은 버추얼리즘이 지극히 민주주의적인 것임을 암시한다. 버추얼리즘은 단일한 진리를 추구하지 않으며 유용한 활동들의 추상적 환원으로서의 노동과 노동숭배를 거부하며 인류의 국가적 분할의 이데올로기인 근대 민족주의를 배격한다. 그것은 문학이 공통적인 것의 생산이라는 활동적 코뮌주의의 일환이 될 필요성을 강조하면서 공통적인 것의 다중적 발생에 기여하는 다양한 문학적 경향들, 유파들, 방법들, 양식들, 조직들의 실존을 긍정하고 환영한다. 버추얼리즘은 스스로 이 다양성들의 대화와 소통의 공간이기를 희망한다.

작품적 사례들?

이제 이 지점에서 내가 직면하게 될 것은 아마도 "그렇다면 버추얼리즘의 문학적 사례를 제시해 보라"는 요구일 것 같다. 나는 이 요구에 대해, 우선, 작품들은 미학의 사례가 되기 위해 존재하는 것이 아니라고 말해 주고 싶다. 이러한 요구는 지도비평 시기에 탄생한 나쁜 유습이다. 미학이나 비평이 창작을 지도할 수 있고 지도방법이 창작 속에 관철될 수 있다는 생각은 아직도 불식되지 않고 있다. 미학적 궁지를 작품으로의 하방을 통해 풀어 보자는 발상은 구래의 지도비평론의 거울 이미지에 지나지 않는다.

이것은 미학이 작품과 무관하다는 의미일까? 그렇지 않다. 미학이 작품에 의존하지도 않고 작품이 미학에 의존하지도 않지만 양자는 오늘날 공통적인 것의 생산에 참여하는 (감성적이고 지적인) 사유활동의 상이한 형태들이다. 이들은 영원성의 생산활동 속에서 부단히 서로 얽히며 풀리고 다시 얽히면서 변화한다. 그러므로 버추얼리즘이 작품들과의 대화에 참여하는 것은 (의무나 당위가 아니라) 즐거운 일일 것이다. 그러나 안타깝게도 이곳에서 나는 그것을 누리지 못했다. 그 기회가 내게 다시 찾아올 것인가? 지금의 나는 그것을 알지 못한다.

(계간『시작』, 2002년 겨울)

싸이버 공간의 확장과 글쓰기 양식의 이행

머리말

　싸이버 공간은 이제 시작 단계지만 아주 빠르게 구축되어 가고 있다. 불과 수 년 전만 해도 그것은 이론적 탐구의 대상이거나 소문일 뿐 현실성을 갖는 공간으로 다가오지 않았다. 그러나 컴퓨터와 모뎀의 급속한 보급에 이어 최근에는 초고속인터넷이 광범위하게 보급되면서 싸이버 공간은 뚜렷한 현실성을 갖는 공간으로 다가오고 있다. 인터넷으로 대표되는 이 싸이버 공간은 창조와 소통의 전통적 매체들을 빠르게 흡수한다. 신문, 라디오, 텔레비전, 영화와 같은 단방향 통신매체뿐만 아니라 우편, 전화, 대화, 토론과 같은 쌍방향 통신방식까지 인터넷 속으로 흡수되면서 재창조된다. 아울러 시뮬레이션이나 하이퍼텍스트 같은 새로운 창조와 소통의 방식들, 그리고 MUD 게임 같은 새로운 놀이의 방식들도 인터넷 속에서 빠르게 생성된다.

90년대 초 '문학의 위기'에 대한 아우성이 한창일 때, 그것이 고려하고 있었던 것은 텔레비전과 영화를 통한 영상들의 범람 혹은 영상 시대의 도래였다. 자본이나 국가 대신에 매체로서의 영상이 적으로 등장한 셈이었다. 많은 문학가들은 영상의 힘 앞에서 좌절하거나 그것에 대한 강한 경쟁심을 보이면서 영상과는 구별되는 문자 매체의 고유성을 살리기 위해 분투했다. 문자 전문가로서의 문학가들이 치러 온 싸움의 결과는 어떠한가? 문학의 힘은 아직 소멸되었다고는 할 수 없지만 약화되었고 작가들의 조직은 점점 심화되는 추문(醜聞) 속에서 지난 세기를 마감했다.

세기를 넘어 아직도 지속되고 있는 추문은 문학의 위기가 계속되고 있음을 보여준다. 위기가 새로운 기회를 낳지 못하면서, 혼돈과의 투쟁 속에서 그 혼돈을 감지할 질서(chaosmosis)를 찾아 나온 문학의 창조적이고 변혁적인 힘은 약화되어 왔다. 그 결과 작가는 크고 작은 자본의 축적에 복무하는 임 노동자로서의 지위를 달게 받아들이게 되었다. 그럴수록 창작이, 숨어서도 걸음을 멈추지 않는 변혁의 숨결을 밝히기보다 자본과 국가의 정신적 무기로서 낡은 사회적·정치적 질서를 재생산하는 경우가 많아졌다. '작가(author)의 죽음'이라고 부를 수 있는 이러한 상황의 조성에서 싸이버 공간은 어떤 효과를 미쳤는가?

한국에서 1995년을 전후하여 디지털[1] 기술과 인터넷이 빠르게 발

---

1. 'digital'은 본래 손가락을 의미하는 말로 손바닥과는 달리 셀 수 있는 형태로 단속적인 것을 의미한다. 비탈길이 아날로그적이라면 계단은 디지털적이다. 숫자는 디지털의 대

흥하는 과정에서 작가는 이중의 태도를 취한다. 한편에서는 그것의 놀라운 텍스트 처리능력에 경탄하면서도 그것을 자신의 존립을 위협하는 새로운 또 하나의 매체의 등장으로 파악하는 것이다. 구술 시대에서 문자 시대로의 이행기에 플라톤은 철학자의 입장에서 전통적 구술지식의 담지자인 시인을 경원시하는 한편 대화편 「파이드로스」에서는 거꾸로 새로운 매체인 문자가 살아 있는 정신의 직접적인 교류에 방해가 된다고 비판한 바 있다. 이것은, 문자에 의한 지식의 대중화가 시작되는 시기에 플라톤이 구술에 의존하는 전통적 지식인을 주요 비판대상으로 삼으면서도 다른 한편에서는 문자를 통한 지식의 시민적 대중화에 기초한 아테네 민주주의의 발전을 곱지 않은 귀족적 보수주의의 시선에서 보고 있었음을 보여준다. 오늘날 작가들이 디지털이라는 새로운 표현기술의 대두 앞에서 보여주는 태도가 플라톤의 이 이중적 태도와 흡사하다.

작가들이 영상매체 앞에서 보여준 매체적 보수주의와 인터넷 앞에서 보여준 이 이중적 태도를 우리는 어떻게 이해할 수 있을까? 이 문제를 파악함에 있어 우리는, 작가들이 문자 전문가이며 인쇄된 문자야말로 디지털 테크놀로지의 등장 이전 수백 년 동안 주류적이고 지배적인 매체였음을 생각하지 않을 수 없다. 작가(author)는 세계에 대한 독창적인 사유를 문자로 기록하는 사람으로서 권위(author-ity)를 갖는 존재로 인식되어 왔다. 인쇄 기술의 발명은 이 독창적 사유를 해석하거나 대중에게 전파하는 계몽의 시대를 열었다. 우리가 오늘날 볼 수 있는 문단은 그 권위의 위계적 조직형태에

표적인 형태이다.

다름 아닌데 문학잡지들과 편집위원들은 바로 등단제도를 규율하는 권력의 수행자로 기능해 왔다. 작가–독자의 경직된 이분법도 이러한 문화의 산물인데 이것이 작가들의 매체적 보수주의를 낳았다고 볼 수 있다. 워드프로세서와 인터넷에 대한 작가의 일면적 수용은 인간의 표현과 창조 및 소통 양식의 새로운 이행의 관점에서 이루어지기보다 기존에 자신이 누리던 문학적 권위를 확장하기 위한 제한적 이용의 관점에 머무르는 경우가 많다.

우리는 여기에 지난 시대 문자 행위의 기술적 특징을 또 다른 원인으로 덧붙일 수 있다. 문자를 더 이상 변경시킬 수 없는 것으로 고정시키는 인쇄판과 수백 년에 걸쳐 발전되어 온 그것의 미려한 스타일들, 그리고 세련되고 다양하게 발전된 제지술은 이 작가 권력에 품위와 심미적 후광을 부여해 주었다. 물론 문자의 발명과 인쇄술의 발전은 잠재적으로 볼 때 글쓰기를 대중의 것으로 만드는 것이다. 하지만 그것이 오랫동안 매우 협소한 지식인층에서만 실현되었던 것은 제도적으로 문자를 습득하는 데 필요한 교육을 누구나 받을 수 있었던 것은 아니라는 점, 경제적으로는 인쇄출판에 요구되는 비용이 높았다는 점[2] 등의 결과였다. 이런 점을 고려할 때, 매우 낮은 비용으로 자신의 생각을 자유롭게 표현하고 출판하고 또

---

2. 빌렘 플루서에 따르면, 1455년 인쇄된 라틴어 성서는 3~4부가 인쇄되었으며 이 성서 한 권의 값은 당시 중견 관료의 2년 반 분의 급료를 모아야 살 수 있을 수준이었다고 한다(빌렘 플루서, 『디지털 시대의 글쓰기』, 윤종석 옮김, 문예출판사, 1998, 86쪽). 오늘날의 책값은 이에 비할 바 아니지만 새롭게 대중화되고 있는 전자적 글쓰기에 비하면 매우 높은 값이라고 할 수 있다. 실제로 전자적 글쓰기의 등장은 종이책을 호화 양장본화하면서 대중이 쉽게 접근하기 어려운 가격으로 올리는 역진(逆進)의 경향을 보여주고 있다.

변경할 수 있는 디지털 테크놀로지의 등장이 작가들에게 두려움의 대상으로 느껴진 것은 여러모로 이해될 수 있는 현상이다. 영상이 글쓰기 외부에서 자신과 경합하는 새로운 매체의 출현이었다면 디지털 테크놀로지는 글쓰기 내부에서 글쓰기가 기초해 온 인쇄기술 자체를 침식하는 것으로 받아들여졌기 때문이다.

그러므로 전문가들의 문학이 외–내부로부터 이 이중의 위협 앞에서 심각한 위기의식을 갖는 것은 당연한 것이라고 볼 수 있다. 그러나 디지털 테크놀로지와 그에 기초한 싸이버 공간의 등장이 모든 글쓰기 활동의 위기를 가져오는가? 나는 싸이버 공간의 출현이 문자와 인쇄의 접속을 통해 탄생한 전업 문학가들의 글쓰기에 위기를 가져온 것은 분명하지만 바로 그 문자–인쇄술 결합의 상대적으로 비싼 비용과 그것이 생산한 권위적 문화 때문에 글쓰기에서 배제되어 왔던 다중들에게는 이것이 글쓰기의 새로운 기회로 되고 있다고 말하고자 한다. 그리고 싸이버 공간이 열어 주고 있는 이 새로운 창조적 글쓰기의 잠재력을 탐구하기 위해 싸이버 공간의 새로움을 인간의 가상화 기술의 발전 속에서 고찰하고 '과정으로서의 작품'이라는 새로운 작품 개념의 탄생을 규명하는 한편 '다중지성'의 발전에서 글쓰기가 차지하는 위치와 그 역할에 대해 개략적으로 살펴볼 것이다.

디지털 테크놀로지

현대의 싸이버 공간은 디지털 테크놀로지에 기초하고 있다. 그것은 기술사에서 보면 분명 새로운 것이다. 그 새로움이 사람들로 하여금 디지털 방식에 대한 공경(恭敬)과 공포(恐怖)의 이중적 감정을 갖게 한다. 많은 SF영화들은 이 테크놀로지가 가져올 커다란 변화에 대한 공경의 감정을 장대한 액션의 소재로 활용하는 한편 디지털 테크놀로지가 인류의 미래에 암울한 결과를 가져올 것이라는 메시지 속에 그 장대한 액션들을 배치함으로써 이에 대한 공포의 감정에 영합한다. 즉 SF영화의 디지털 테크놀로지에 대한 태도는, 신문이나 방송의 태도와 흡사하게, 그리고 작가의 태도와도 흡사하게, 그것을 자신들의 이익을 위해 이용하는 한편, 그것이 갖는 새로운 잠재력의 전면적 개화에 대해서는 부정과 경계의 태도를 보이는 것이다.

그러나 오늘날 사회변형의 기술적 주역으로 부상하고 있는 디지털은 그 방식 면에서 볼 때 생명의 탄생과 더불어 출현했다고 할 수 있을 만큼의 오랜 역사를 갖고 있다. 세포핵의 원형질 속에 단백질의 염색질과 함께 들어 있는 DNA(디옥시리보핵산)는 아데닌, 구아닌, 시토신, 티민 등 4가지 염기를 이용하는 4진법을 사용하는 디지털이다. 이것이 생화학적 디지털이라면 알파벳이나 한글 자모는 b, c 혹은 ㄱ, ㄴ 등 일정한 수의 자음과 a, e 혹은 ㅏ, ㅔ 등 일정한 수의 모음을 이용하는 문화적 디지털이라고 볼 수 있다. 이런 관점에서 보면 컴퓨터는 '0과 1로 된 2진법을 이용하여 고속으로 수학적 논리적 계산을 수행하는 전자적 데이터 처리장치'로서 일종의 극소전자 디지털인 셈이다.

세 가지의 가상화 과정 : 언어, 테크놀로지, 윤리—정치

인류의 역사에서 핵심적 중요성을 갖는 DNA와 문자, 그리고 컴퓨터가 디지털이라고 말하는 것은, 디지털이 인류 발전의 매 국면마다 결정적 역할을 해 왔다고 말하는 것과 같다. 대체 디지털의 어떤 힘이 그러한 역할을 가능케 했을까? 이 문제에는 다양한 각도에서의 접근이 가능하겠지만 우리의 주제와 관련해서 볼 때 중요한 것은 디지털이 가상화(virtualization)의 기술이라는 점이다. 피에르 레비에 따르면 인류 역사는 세 가지의 가상화 과정들을 보여준다.

첫째로 언어는 직접적 현재, 지금—여기에 포착된 것으로서의 물질적 대상들, 현동(現動)적 사건들, 진행중인 상황들 등을 포함하는 '실시간'(real time)을 가상화한다. 그럼으로써 언어는 과거, 미래를 현재와 연결시켜 어떤 일관성을 갖는 시간 일반의 차원(예를 들어, 그 나름의 역사를 갖는 것으로서의 영원, 신성, 이상 등의 차원)을 열어젖힌다. 언어를 통해 인간은 가상공간, 즉 전체로서의 시간의 흐름에 살며, 직접적 현재는 단지 부분적으로 그리고 일시적으로만 현동(現動)한다.

둘째로 다양한 테크놀로지들도 언어와 마찬가지로 가상화의 기술이다. 도구와 기계는 '때린다'거나 '난다'거나 '걷는다'거나 '잡는다'거나 '계산한다'거나 하는 다양한 행동들 속에 내재하는 추상적 기능을 어떤 특정한 살과 뼈와 신경의 조립이나 혹은 그것을 수행하는 내면적이고 주관적인 경험으로부터 분리시켜 하나의 새로운 형태로 물질화시키는 것으로부터 탄생했다. 가령 망치는 때리는 것을,

풍선이나 비행기의 날개는 나는 것을, 바퀴는 걷는 것을, 집게나 기중기는 잡는 것을, 주판이나 컴퓨터는 계산하는 것을 새로운 형태로 물질화한 도구들 혹은 기계들이다. 이 물질화를 통해 사적인 것은 공적으로 되고 공유된다. 이전에는 주체적 직접성이나 유기적 내면성에서 분리될 수 없었던 것이 외면화되어 대상으로 바뀐다. 물론 이 도구나 기계들의 탄생은 그것을 사용하는 주체에게 반작용한다. 대장장이나 비행사나 운전자나 타자수 등은 그들의 근육 및 신경 체계를 변경시켜 그들이 사용하는 도구/기계들을 일종의 확장되고 가상화된 몸체로 통합하지 않으면 안 된다. 도구/기계의 이 상호작용 과정에서 하나의 집단적 주체성이 형성된다.

셋째로 윤리와 정치 역시 가상화의 과정인데, 그것은 복잡해진 인간들의 사회적 관계를, 직접적인 충동들, 욕구들, 그리고 힘들을 가상화한다. 법, 제의, 종교, 도덕, 계약, 경제, 정치 등은 이 과정의 다양한 형태들인데, 이것들은 행동과 정체성을 안정시키며 우리들의 관계와 인간적 지위를 변형시키는 특수한 절차들을 결정한다. 레비는 인간 사회, 인간 문화, 나아가 인간성이 언어, 테크놀로지, 계약 등의 세 가지 가상화 과정들의 산물이라고 말한다.[3]

이 세 가지 가상화의 과정들에는 어떤 공통점이 있다. 그것은 파편성, 고통, 마모에 대한 전쟁이다. 안전과 통제를 위해 우리는 가상적인 것을 추구한다. 왜냐하면 그것은 우리를 일상적 위험들이 닿지 않는 존재론적 영역으로 인도하기 때문이다. 이것들은 자연적 카오스 속에서 어떤 질서를 분리시켜 형태화하는 방법이다.

---

3. 이상 Pierre Lévy, *Becoming Virtual*, Plenum Trade, 1998, p. 91~8 참조.

예술적 가상화

그렇다면 예술은 무엇인가? 레비는 예술이 이 세 가지 가상화와 인간화 조류의 합류지점에 존재한다고 말한다. 그것은 단순하고 표현적인 언어, 일상적 테크놀로지, 그리고 사회적 계약들의 경계에서 발견된다. 그것은 주체성의 가장 깊은 부분에서 느껴지는 정서들, 감각들에 외적 형태와 공적 표현을 준다. 이렇게 예술은 그 정서들이나 감각들을 특정한 시공간에서 독립시킴으로써, 경험의 주체적 질을, 감수의 방식을 공유하게 만드는 집단적 주체화의 힘을 발휘한다. 가상화는 카오스를 회피하기 위한 과정이지만 예술은 이 회피의 경향을 문제삼는다. 그것은 지금—여기로부터의 탈출을 제공하면서도 그것의 감각적 고양을 동시에 제공한다. 그것은 가상화 과정의 회피적 시도들을 자신의 우회여행 속에 통합한다. 그것은 우리로 하여금 카오스를 '극복'할 수 있게 하는 정서적 에너지를 해방시킨다. 그리하여 그것은 가상화의 엔진에 폐기통고를 내리면서, 죽음을 회피하려는 (때로는 생산적이지만 늘 실패해 온) 부단한 노력에 의문을 제기한다. 그 자체가 하나의 가상화의 과정이면서도 일상의 가상화 과정을 문제시하고 그것에 도전하는 예술의 이 특징을 정의하기 위해 레비는 예술은 '가상화의 가상화'(the virtualization of virtualization)라고 정식화한다.[4] 들뢰즈는 거의 같은 생각을 카오스와 견해에 대한 예술의 양면 투쟁이라는 말로 표현한다.

---

4. *ibid.*, p. 99.

예술이 카오스에 대항하여 싸우는 것은, 그로부터 무기들을 차용하여 그 무기들을 견해들을 향해 거누기 위해서이며, 시행착오를 거친 무기들로써 좀더 완벽히 견해를 제압하기 위함이다. (…) 예술은 카오스가 아니라 비전이나 감각을 내어 주는 카오스의 구성이다. 따라서 예술은 조이스의 말대로 하나의 카오스적 우주론(chaosmos), 즉 구성된 카오스를—예견되었거나 사전에 구성된 것이 아닌—구축한다. 예술은 카오스의 가변성을 재편된 카오스의 다양성으로 변형시킨다. (…) 예술은 카오스와 투쟁한다. 그러나 그것은 가장 매력적인 인물, 가장 매혹적인 풍경을 통해서조차 카오스를 감지할 수 있도록 하기 위해서이다.[5]

예술은 이데올로기, 세계관, 의식 등으로 표현되기도 하는 견해와의 투쟁을 위해 카오스와 투쟁한다. 예술은 카오스 앞에서 느끼는 현기증을 회피하기 위한 언어적 가상화들을 다시 가상화한다. 언어적 가상화로서의 견해는 카오스를 회피하기 위한 인간적 과정의 산물이지만 예술가에게 이것은 자신의 작업을 위한 새로운 카오스적 환경으로 다가온다. 예술적 가상화는 다양한 카오스적 과정들의 합류와 통합을 통해 이 인간적으로 확장된 카오스와 대면케 하고 그것을 극복할 정서적 힘을 제공한다.

---

5. 질 들뢰즈 · 펠릭스 가따리, 『철학이란 무엇인가』, 이정임 · 윤정임 옮김, 현대미학사, 294~5쪽.

싸이버 공간과 글쓰기의 새로운 환경

싸이버 공간은 극소전자 디지털 테크놀로지에 의해 구축된 새로운 가상공간이며 오늘날의 글쓰기가 직면한 새로운 작업환경이다. 이것은 '컴퓨터와 정보기억장치들의 전지구적 상호연결에 의해 펼쳐지는 개방된 커뮤니케이션 공간'[6]으로 정의될 수 있다.

싸이버 공간에 대한 전통적 작가들의 반응은 대체로 보수적이다. 여기서 보수적이라 함은 작가들이 싸이버 공간이라는 가상공간이 책이라는 친숙한 근대적 표현매체를 대체하지 않을까 우려하고 이 새로운 공간에 대한 경계를 감추지 않는다는 뜻이다. 이러한 반응은 어떤 면에서는 자연스러운 것이다. 왜냐하면 작가란 활자가 표현, 창조, 소통의 주된 매체인 환경 속에서 탄생한 특수한 역사적 직업 형태이기 때문이다.

종이에 인쇄된 문자로서의 활자는 문자행위를 하나의 고정된 기념비로 만들어 그것에 권위를 부여해 왔다. 작가는 기념비적 작품을 생산하는 것에 최상의 목적을 두며 그것은 자신이 완성한 작품을 잡지나 단행본에 실어 출판하는(publish) 것, 즉 독자가 읽을 수 있는 형태로 만드는 것을 통해 최종적으로 완결된다. 독자는 오직 읽는 행위로서만 이 완성된 작품과 관계를 맺을 수 있는데, 이것은 작가—독자의 경직된 이분구조를, 즉 일종의 지식 위계를 생산한다.

이에 비하면 디지털 테크놀로지는 글쓰기에 완전히 새로운 환경을 제공한다. 우선 싸이버 공간에서의 글쓰기는 이전의 글쓰기와는

---

6. 피에르 레비, 『사이버 문화』, 김동윤 · 조준형 옮김, 문예출판사, 2000, 134쪽.

전혀 다른 표면에서 이루어진다. 문자가 직접 기록됨으로써 시각적으로 텍스트를 보여주었던 이전의 글쓰기 표면들(돌, 양피지, 파피루스, 종이 등)과는 달리 디지털 글쓰기는 글쓰기 행위의 그 직접성을 다시 가상화한다. 이 환경에서 쓰는 매체(입력기), 저장매체(메모리와 디스크), 출력매체(모니터)가 분리되어 존재하며 이것들은 전기적 – 전자적 과정을 통해 비로소 통합된다. 텍스트의 전자적 '비트'는 인간이 감각적으로 직접 접근 가능한 형태로 존재하지 않는다. 정보가 저장된 디스켓이 있다고 하더라도 전기와 입출력 매체들이 없으면 텍스트 자체를 시각적으로 볼 수 없다. 이런 의미에서 전자적 텍스트는 텍스트로부터 작가와 독자를 제거하거나 추상시킨다고 할 수 있다.[7]

글쓰기의 이 전자적 표면의 등장은 글쓰기의 주체, 글쓰기의 방식, 출판(공중화)의 과정과 형태, 글읽기의 방식 등을 급진적으로 변형시킨다. 이 변형의 양상은 새로운 텍스트 형태로서의 하이퍼텍스트에서 집약적으로 나타난다. 문자와 활자는, 구술과는 달리, 인간의 문학적 감각을 청각에서 시각으로 옮겨 놓았다. 구술 시대에 시가 누렸던 지배적 지위는 활자 시대에는 산문과 소설로 대체되었다. 그리고 활자문화는 청각을 중심에 놓는 음악문화와는 분리된 채 발전되었다. 하지만 하이퍼텍스트는 문자와 소리, 그리고 이미지를 다시 통합시켜 새로운 종합 국면을 달성한다.

하이퍼텍스트는 글쓰기를 기념비의 생산행위가 아니라 수많은 마디들과 연결될 수 있는 하나의 가상적 마디의 생산으로 되게 한

---

7. 김성도, 「디지털 언어와 인문학의 변형」, 『비평』 3호, 2000년 하반기, 81쪽.

다. 다시 말해, 글쓰기는 그 자체로 완결되지 않고 부단히 외부를 향해 열려 있는 지적 흐름의 한 마디를 생산하는 활동으로 된다. 책은 제본이라는 행위를 통해 하나의 독립적 실체로 만들어지지만 하이퍼텍스트는 전자공간 속에 가상적으로 존재하는 텍스트로서 외부를 향해 열려 있다.[8] 책의 텍스트는 목차가 보여주듯이 위계적이고 선형적이다. 그것은 텍스트가 독자에게 펼쳐질 순서를 어느 정도는 고정시킨다. 그러나 하이퍼텍스트는 이러한 위계성과 선형성을 약화시킨다. 독자는 무엇을 먼저 읽을 것인가를 스스로 결정할 수 있을뿐만 아니라 독서 행위를 어느 마디로 펼칠 것인가를 자유롭게 결정할 수 있다. '본문과 각주의 자리바꿈'[9] 현상이 나타난다. 왜냐하면 책에서 보조적 장치로 설정되어 있는 주석, 즉 다른 자료의 물리적 검색과 입수의 절차를 통해서만 도달할 수 있는 외부로 연결되는 통로를 하이퍼텍스트는 직접적이고 즉각적인 것으로 만들어 놓기 때문이다. 그리고 컴퓨터가 제공하는 강력한 검색기능은

---

8. 들뢰즈와 가따리는 그들의 책 『천 개의 고원들』에서 책에 대한 새로운 관점을 제시하려 했다. 그래서 그들은 자신들의 책을 장으로 나누지 않고 고원들로 나눈다. 이들이 "실재의 장(세계), 재현의 장(책), 그리고 주체성의 장(저자) 사이의 삼분립은 더 이상 존재하지 않는다. 오히려 아상블라주(essemblage)는 이들 각각의 질서들로부터 도출된 특정한 복수성들 사이의 연관관계를 설정한다. 그리하여 책은 어떤 후속편도 갖지 않으며 세계를 자신의 대상으로 갖지도 않고 하나 혹은 여럿의 작가들을 자신의 주체로 갖지도 않는다. 요컨대 우리는 하나의 외부라는 이름으로 충분히 글을 쓸 수는 없다고 생각한다. 그 외부는 어떤 이미지도, 어떤 의미화도, 어떤 주체성도 갖지 않는다. 세계의 이미지로서의 책에 대립하는, 외부와의 아상블라주로서의 책. 이원적이고 중추적이며 총생(叢生)적인 책이 아닌 리좀–책"(Gilles Deleuze & Félix Guattari, *A Thousand Plateaus*, Minnesota, 1996, p. 23. 번역은 인용자)이라고 말할 때 그것은 아직은 종이책에서 자유롭지 못한 그들의 책보다 하이퍼텍스트에 더 적실한 개념이라고 해야 할 것이다.
9. 배식한, 『인터넷, 하이퍼텍스트 그리고 책의 종말』, 책세상, 2000, 36쪽.

핵심어의 검색이라는 방식을 통해 텍스트의 읽는 순서를 임의로 조정할 수 있도록 만들어 준다.

하이퍼텍스트 기술의 이러한 개방성, 상호성, 수평성의 잠재력이 최대로 발휘되게 된 것은 통신 기술과의 결합을 통해서다. 이 두 기술의 결합은 전자적 텍스트 공간을 개별 컴퓨터의 차원을 넘어 그물처럼 연결된 집단적 컴퓨터의 차원으로 확장시킨다. 전통적 텍스트가 광야에 길을 내는 것에 비유할 수 있다면 하이퍼텍스트는 텍스트를 다시 더 넓은 광야에 돌려놓는다. 그것은 엄밀성을 추구하는 과학적 사고보다는 인간 일상적 사고의 연상작용에 더 가깝다. 하이퍼텍스트라는 아이디어를 처음 말한 바네버 부시(Vannervar Bush)가 자신의 논문 제목을 「우리가 생각할 수 있는 것처럼」(1945)이라고 한 것은 하이퍼텍스트의 한 특징을 잘 표현해 준다.

하이퍼텍스트의 또 하나의 특징은 디지털 이전 시대에 활자와는 다른 경로를 따라 발전해 온 이미지, 소리 등의 정보와 쉽게 결합된다는 점이다. 활자는 종이에 다양한 방식으로 잉크를 묻혀 정보를 표현했다. 그것은 캔버스에 물감이나 파스텔 등으로 색을 칠해 정보를 표현한 회화와는 결합되기 힘들었으며, 목청이나 악기 등이 만드는 공기의 진동을 이용해 정보를 표현하는 음악과도 결합되기 힘들었다. 그러나 디지털 테크놀로지는 정보 표현을 극도로 추상화하여 모든 정보를 0과 1의 이진법적 결합으로 환원 가능하게 함으로써 텍스트와 이미지, 그리고 소리 등이 반도체, 자기 디스크, 자기 테이프, 자기 드럼, 플로피 디스크, 광 디스크 등에 동일한 방식으로 기억 혹은 저장되거나, 모니터 상에 출력될 수 있게 한다. 컴퓨터의 발전이 멀티미디어로 나아간 것은 각 정보매체들의 이러한 이종혼교(異種婚交)의 잠재력 때문이다. 멀티미디어가 발전하고 또 이에 조응하여 인간의 감각기관이 발전함으로써 싸이버 공간에서의 글쓰기는 더 이상 문자매체에 국한되지 않는 다양한 매체의 이용을 필수불가결한 것으로 만들고 있다.

전자(電子) 정보들은 동일한 방식으로 처리되기 때문에, 선택, 복제, 삭제, 결합이 매우 자유롭다는 점도 빼놓을 수 없는 하이퍼텍스트적 글쓰기의 특징이다. 이것이 전통적 글쓰기에 미치는 영향은 심원(深遠)하다. 활자책의 저자들의 권위는 그 텍스트가 독창적이라는 것에서 주어진다. 저작권은 이 독창성의 이념을 법제화한 것이다. 그러나 하이퍼텍스트는 독창성의 이념에 중대한 위협을 가한다. 글쓰기가 하나의 마디를 생산하는 것이라 해도 그것이 거미줄처럼 끈으로 연결된 마디들 중의 하나로서 외부를 향해 열려 있는 것이라면, 그리고 본문과 각주가 구별할 수 없는 형태로 뒤엉켜 있다면 우리는 과연 무엇을 기준으로 그것의 독창성을 판별할 수 있을 것인가? 오늘날 수많은 정보들은 다양한 정보들 중에서 선택하고 복제하고 삭제하며 재결합하는 방식으로 생산된다. 독창성(origin-ality)의 개념은 기원(origin)을 묻는 것이다. 하지만 현대의 글쓰기의 많은 부분은 기원을 찾기 어려운 시뮬레이션의 방식으로 이루어진다. 우리는 그 시뮬레이션이 재현적인가 표현적인가를 물어볼 수 있지만 그 시뮬레이션의 각 구성물들의 기원을 밝히는 것은 극히 어렵다.

그러므로 전통적 관점에서 현대의 글쓰기 행위를 평가하기란 불가능하다. 싸이버 공간에서 각각의 글쓰기는 다른 글쓰기와 연결되어 있고 다른 글쓰기를 잠재적으로 포함하고 있다. 그것은 완결된 작품의 생산이라는 단절되고 닫힌 행위로서보다 외부를 향해 열린 행위로서, 즉 '작품-흐름', '작품-과정', '작품-사건'[10]으로서 거대한 가상적 구성활동에의 참여로 이해될 때 더 핍진(逼眞)하게 이해될 수 있다. 이럴 때 창작행위란 작가의 내적 의도에 의해 전체화되고, 기록에 의해 외연적으로 전체화되는 독창적 작품 생산행위로 정의되기보다 '하나의 공동체를 위해 사건을 만들거나, 더 나아가 사건을 만들어 낼 집단을 구성하는 일' 혹은 '인간과 작품을 둘러싸고 있는 불안정한 의미의 풍경, 즉 가상의 메타 세계를 부분적으로 재구성하는 일'로 정의될 수 있을 것이다. 작가의 죽음으로 비유되는 저자 권위의 약화와 전자적 방식을 통한 집단적 공동창작의 활성화가 전자적 글쓰기의 확장 혹은 글쓰기 양식의 이행의 단면들로 되고 있는 것은 이 때문이다.

다중의 글쓰기

그렇다면 전자적 글쓰기는 누구에 의해 확장되고 있는가?

앞서 우리는 작가가 활자문화의 산물이라고 이야기했다. 작가는 구술문화에서의 음유시인, 이야기꾼을 대체했다. 구술문화에서의 청중은 독자로 전화되었다. 비록 작가와 독자의 이분법이 형성되었지만 활자는 구술보다도 더 광범위한 정보공유의 잠재력을 보여주

---

10. 피에르 레비, 『사이버 문화』, 205쪽.

었고 그것은 권위적 구조에서 완전히 벗어나지는 못했지만 대중 민주주의 정치를 구체화시켰다. 싸이버 공간은 이 작가-독자의 이분법 대신에 다중 참여의 가능성을 제공한다. 지금까지 독자로 머물렀던 많은 사람들이 글쓰기의 주체로 나설 수 있게 된 것이다. 물론 활자문화의 전성기에도 아래로부터 비지식인 작가가 출현하는 경향은 확인된다. 그람시가 유기적 지식인이라고 불렀던 노동자 지식인의 출현이 그것이다. 이러한 현상은 활자문화 속에서 의무교육의 확대, 고기술 자본주의로의 발전에 따른 고기술 노동력 수요의 확대, 그리고 자본에 저항하는 노동자투쟁의 성장 등의 결과라고 볼 수 있다.

전자적 글쓰기는 이러한 경향을 극대화시킨다. 지식인과 작가는 말할 것도 없고 학생, 주부, 실업자, 청소년, 어린이 등 직업, 성별, 세대를 불문한 수많은 대중들이 글쓰기에 참여한다. 독자의 작가화와 작가의 독자화 경향이 중첩된다. 작가의 죽음은 글쓰기의 종말이 아니라 다중의 작가화를 통한 다중 글쓰기의 시대를 열고 있다. 여러 개인들은 홈페이지를 제작하고, 메일링 리스트에 가입하고, 각종 자유게시판에 글을 쓰고, 채팅을 하는 등의 방식으로 글쓰기에 참여하며 자신을 표현하기 시작했다. 활자문화의 계층적이고 단방향적인 구조로 인해 드러나기 어려웠던 다양한 견해들, 감성들이 전자적 글쓰기를 통해 표현된다. 바흐찐이 말한 다중의 웅성거림이 인간의 표현행위가 갖게 된 새로운 모습이다. 작년에 〈대자보〉, 〈오마이뉴스〉, 〈우리모두〉, 〈창비 자유게시판〉 그리고 다양한 웹사이트들의 전자적 글쓰기 공간을 통해 표출된 다중의 목소리가 『창작과비평』, 『문학과사회』, 『문학동네』 등 주요 활자매체들과 그 편집진들을 문학권력이라고 비판함으로써 자신들의 독자적 힘을 보여준 것은 그 최근의 사례라 할 수 있다. 이러한 모습은 노동자 글쓰기의 변모 속에서도 찾아볼 수 있다. 1980년대에 박노해, 백무산, 박영근, 김해화 등 노동자 출신 시인들의 등장을 통해 보여진 맹아적인 다중 글쓰기는 1990년대에 구로, 부천, 성남, 마산, 광주, 부산, 인천 등 각 지역 노동자문학회의 활동으로 조직화된 바 있다. 1990년대 중반에 전투적 노동운동의 쇠퇴와 더불어 침체의 경향을 보였던 이들 노동자문학회 활동은 싸이버 공간의 출현과 더불어 재구성되는 모습을 보인다. 전국노동자문학회 웹사이트의 개설과 계간 『삶글』의 창간은 노동자문학회 활동의 재결집에 중요한 추동력을 제공하고 있고, 이와 때를 같이해, 지금까지 활동을 정지했던 대구노동자문학회, 동부노동자문학회 등이 활동을 재개했는데, 이것은 전자적 공간이 다중 글쓰기에 새로운 가능성을 열어 주고 있음을 보여주는 사례로 이해할 수 있다.

다중지성과 새로운 주체성

다중의 글쓰기는 지각, 느낌, 기억, 작업, 놀이, 그리고 존재의 양식을 현실화한다. 그리고 이것은 글쓰기의 전통적 양식들을 새로운 공간 속에 재통합한다. 문자, 소리, 영상이 창작과 기록과 소통과 시뮬레이션의 이 새로운 공간 속에서 재결합된다. 싸이버 공간에서는 무수한 글쓰기 공동체들이 생성되며 그 각각의 공동체들이 하이퍼텍스트 방식으로 연결될 수 있다.

맑스는 지금으로부터 150여 년 전에 쓴 『정치경제학 비판 요강』의 '고정자본에 관한 장'에서 생산력의 발전이 '일반지성'을 산출할 것이라는 견해를 내놓았다. 그가 생각한 일반지성은 자본주의에서 고정자본으로 외화 되어 있는 자동기계 체제였다. 오늘날의 디지털 기술은 맑스의 상상 범위를 넘어서는 일반화된 지성을 산출하고 있다. 18세기 프랑스의 유물론자 디드로가 편찬한 『백과전서』는 지식들을 총체화하려는 욕구의 표현이었다. 그러나 오늘날의 인터넷은 그 어떤 백과사전도 비교가 되지 않을 만큼 풍부한 지적 내용을 포함하고 있으며 전자적 검색 로봇은 눈으로 백과사전을 찾는 일과는 비교할 수 없을 정도로 빠르게 우리에게 정보를 찾아다 준다. 지성은 실체나 주체가 아니라 수많은 인간, 생물, 기술적 행위자들이 작용하는 복합적 망의 산물이다. 다양한 지적 방법, 지적 테크놀로지, 인간들 간의 지성적 관계(강의, 토론, 대화, 독서 등등)를 떠나서 지성적인 주체를 사고할 수는 없다. 그러므로 지성적 주체란 그를 둘러싸고 그를 제약하는 인지생태 안의 미시행위자들 중 하나일 뿐이다.[11]

싸이버 공간에서 다중의 글쓰기와 읽기는 바로 이 일반적인 집단적 지성을 구성하고 재구성하는 행위이다. 현대의 새로운 주체성은 실체로서의 주체가 아니라 신경세포, 인지모듈, 인간, 교육제도, 언어, 문자 체계, 상호 접속된 컴퓨터들의 그물망 안에서 구성되고 재구성되기 때문에 다중 글쓰기 역시 새로운 주체성을 구성하는 과정

---

11. 피에르 레비, 『지능의 테크놀로지』, 강형식·임기대 옮김, 철학과현실사, 2000, 204쪽.

의 일부라고 볼 수 있다.

싸이버 공간의 대두에 보수적으로 대응하는 사람들은, 종이에 글을 쓰는 것은 자연스러운 일이지만 싸이버 공간의 전자적 표면에 글을 쓰는 것은 인위적이고 기술적인 일이라는 대비를 하기를 좋아한다. 이러한 관념은 디지털 기술과 마찬가지로 활자 기술 역시 기술 발전의 오랜 역사 속에서 등장한 역사적 기술의 하나임을 망각하는 것이다. 활자문화 초기의 역사 기록들은 활자가 필사(筆寫)를 닮기 위해 얼마나 노력했는가를 보여주며 필사문화는 구술을 닮기 위해 얼마나 노력했는가를 보여준다. 하지만 필사는 구술로부터, 활자는 필사로부터 완전히 자유로와진 이후에야 자신의 독자적 문화를 개척할 수 있었다. 오늘날 전자적 글쓰기가 활자와 책을 닮기 위해 노력하는 것은 자신의 독립을 준비하는 과정 외에 다른 아무 것도 아니다.12

활자 기술은 그 나름의 방식으로 주체성의 형성을 조건짓는데 작가, 정치가, 학자 등 대의적 권위를 갖는 주체성들이 활자문화를 조건으로 탄생했듯이, 이들에게 권위를 부여하는 독자이자 선거인이자 피교육자인 대중(mass) 역시 이 활자문화를 조건으로 탄생한 주체성이다. 대중은 노동과정 속에서도 사장, 감독관, 경영자, 공장장 등의 감시를 받으면서 그들로부터 나온 구상을 실행하는 수동적 위치에 놓여 왔다. 디지털 문화는 이 수동적 대중을 능동적 존재로 전

---

12. 문자의 발명기에 문자는 음성을 닮기 위해 노력했으며, 활자의 발생기에 활자는 수기(手記)를 닮기 위해 노력했다. 그러나 이들은 점차 자기 나름의 고유성을 부각시키면서 이전의 표현 기술들에서 독립했다.

화시킬 잠재력을 갖고 있다. 독자의 작가로의 전화라는 앞서 언급
한 현상은 이 잠재력이 표출되는 현상의 하나이다. 이것은 수동적
위치를 벗어나고자 하는 대중의 오랜 투쟁의 산물이기도 하다. 이
로써 하나의 획일적이고 전체화된 군중으로서의 대중은 각자의 욕
구에 따라 느끼고 생각하고 행동하면서 '전체성없는 일반지성'[13]의
구성과 재구성에 참여하는 능동적 다중으로 전화되고 있다. 이런 의
미에서 다중은 현대 사회의 새로운 주체성이며 '다중지성'은 그 주체
성에게 권능을 부여하는 다중의 속성으로 되고 있다. 그리고 전자적
글쓰기와 읽기는 다중의 능동적인 지성의 표현으로 되고 있다.

디지털 테크놀로지와 싸이버 공간의 그림자

이상의 이야기는 디지털 테크놀로지와 싸이버 공간에 대한 지나
친 낙관주의를 보여주는 것은 아닌가? 확실히 그러하다. 나는 이 새
로운 기술과 공간에 대한 작가층에 널리 퍼져 있는 태도, 즉 보수적
이중성의 태도가 이것들의 잠재력을 억제하고 있음을 밝히려 했다.
이러한 목적을 위해 나는 이 새로운 기술과 공간의 긍정적 측면을
특별히 부각시켰다. 그러나 이 긍정적 측면은 이 새로운 기술과 공
간의 일면에 불과하다. 현대의 정보사회에 대한 분석은 앞서 서술
한 것과는 정반대의 측면들이 디지털 기술과 싸이버 공간 속에서

---

13. 피에르 레비, 『사이버 문화』, 제6장 '획일적 전체성 없는 보편, 싸이버 문화의 본질'
　　참조.

현실화되고 있음을 보여준다.

첫째로 하이퍼텍스트의 탈위계성과 대립되는 것으로서의 격차화 경향의 출현이다. 정보사회가 발전할수록 정보에 대한 접근능력의 격차를 심화시키고 그것은 사회적 계층화의 심화를 야기한다. 싸이버 공간에서 컴퓨터와 통신의 결합을 통해 다중적 집단지성이 구축되고 있고 그것에의 접근권이 삶의 질을 결정짓는 경향이 심화될수록 컴퓨터를 갖지 못하거나 구형 컴퓨터를 가진 사람, 높아진 통신비를 지불할 능력이 없는 사람의 소외 수준은 심화된다.

둘째 정보기술에서 새로운 기술개발의 가능성은 더 넓게 확산되었음에도 불구하고 독점화의 경향이 여전히 존재한다는 점이다. 마이크로소프트는 대표적인 경우인데, 이 회사는 운영체제인 윈도우에 대한 선점을 이용하여 워드프로세서(마이크로소프트 워드), 웹 브라우저(인터넷 익스플로러), 스프레드시트(엑셀), 데이터베이스(액세스), 웹 에디터(프론트페이지) 등 윈도우 기반 응용 소프트웨어들의 개발을 독점하는 모습을 보여주고 있다.

셋째는 감시와 통제의 문제이다. 국가권력은 인터넷 관문들에 대한 물리적 통제와 정보통신법과 같은 법적 통제를 통해 인터넷의 소통적 잠재력을 억압한다. 통신경찰들은 디지털 테크놀로지를 이용하여 웹, 전자메일에 대한 일상적 감시를 수행한다. 자본은 소비자의 수요동태를 알기 위해 웹 접속자들의 사이트 이용통계, 구매경향 통계 등을 은밀히 작성한다. 그리하여 정보사회가 전자적 파놉티콘(원형감옥)의 모습을 띠어 가는 경향도 관찰된다.

넷째는 정보기술을 이용한 자동화로 기계가 인간을 대체함으로써 인구의 비생산적 과잉인구화가 진행된다는 것이다. 정리해고와 실업은 이제 주기적인 것이기보다 구조적인 것으로 고착되고 있다. 해고된 많은 노동자들은 일시적이고 비정규적인 노동에 매우 나쁜 조건으로 고용된다.

이외에도 전자적 소통이 인간 신체 가운데 신경계에 과부하를 걸어 인체의 불균등 발전을 가져온다거나 하이퍼텍스트가 글쓰기·읽기 행위에 카오스를 재도입함으로써 정신적 불안정을 심화시킨다거나 싸이버 공간이 인간들 간의 물리적 접촉을 약화시킴으로써 사회적 고독감을 강화시킨다는 등의 지적들도 있다.

지배로서의 싸이버 공간과 잠재적 코뮨으로서의 싸이버 공간

싸이버 공간의 이 양면성, 혹은 다면성은 무엇을 의미하는가? 이것이 분명하게 말해 주는 것은 테크놀로지가 일의적(一義的)으로 해석될 수 없다는 것이다. 테크놀로지는 물론 중립적이지 않다. 그것은 인간지성과 물리적 힘들의 특수한 사용형태이므로 그것에는 기술 개발자의 특정한 필요, 상상, 기획, 전략, 미의식 등이 개입된다. 그러므로 디지털 기술과 싸이버 공간이 어떤 이해관계의 산물인가를 규명하는 것은 중요하다.

역사적으로 살펴보면 디지털 테크놀로지의 발전이 68혁명에서 등장한 불복종적 노동을 통제하고 착취관계에 편입시키려는 자본의 필요에 따라 의식적으로 추진된 것은 분명하다. 이 측면에서 디지털은 증기기관이나 원자력과 마찬가지로 자본의 필요를 강하게 함축한다. 그러나 증기기관이 19세기의 섬유 노동자들을 노예상태로 만들었고 원자력이 국가가 관리하는 중앙집권적 기술체계에 국민들을 종속시킨 것과는 달리, 디지털은 피라미드형 계층조직뿐만 아니라 느슨한 연방형 조직에도 부합하는 양가성(兩價性)을 지니는 기술이다. 특히 군사적 목적에서 도입되었던 최초의 컴퓨터와는 달리 개인용 PC는 각 개인의 행동능력과 소통능력을 크게 향상시켰다. 실제로 PC는 68혁명의 영향하에서 성장한 스탠포드대학의 학생들의 정치적 욕구의 산물이다. 그것은 국가와 군대 그리고 대기업이라는 관료적 괴물이 탈취해 간 개인들의 지성과 감성을 개인들에게 되돌려 주려는 노력의 산물이며 다양한 기술, 사물, 사람, 아이디어, 정열이 사회적 유토피아 의식과 결합된 산물이다.[14] 그러므로 컴퓨터의 발전은 일직선적인 선을 따라 진화적으로 발전하는 것이 아니라 갈등과 투쟁을 함축하면서 발전해 간다고 볼 수 있다.

이것이 입증해 주듯이 확실히 기술들은 인간들 간의 사회적 관계의 산물이다. 그러나 다시 이 기술들은 이 사회적 관계에 반작용한다. 그러면 기술은 이 사회적 관계를 결정하는가? 많은 기술결정론적 이데올로기는 이 질문에 그렇다고 답한다. 디지털 전도사인 빌 게이츠와 대규모 기술에 대한 반대를 테러를 통해 표현했던 유나바머(카진스키)는 기술에 대한 완전히 상반된 태도를 갖고 있지만 기술이 인간들 간의 사회적 관계를 결정짓는다고 보는 점에서 상당한

---

14. 피에르 레비, 『사이버 문화』, 40~2쪽; 피에르 레비, 『지능의 테크놀로지』, 72~5쪽 참조.

공통점을 갖고 있다. 기술결정론은 기술에 대한 무조건적 숭배나 혐오의 태도를 가져온다는 점에서 기술에 대한 물신주의적 관점을 보여준다.

레비는 기술에 의해 사회가 결정되는 것이 아니라 조건지워진다는(지금까지의 기술결정론과는 다른) 하나의 대안적 관점을 제시한다.

> 말의 등자의 발명은 기병대 중기병의 새로운 형태를 만드는 데 결정적으로 기여하였으며, 이 새로운 중기병의 형태로부터 중세 봉건 제도의 사회적·정치적 구조와 기사계급에 관한 상상력이 구축되기 시작하였다. 그렇지만 하나의 물질적 도구에 불과한 말의 등자 자체가 유럽의 봉건제도를 잉태한 '근본 원인'이라고 볼 수는 없다. 어떤 사회적 사실이나 문화적 상태의 직접적인 원인을 찾을 수는 없으나, 무한히 복합적이고 부분적으로 비결정적 과정들의 총체가 뒤엉키면서 상호보완적이거나 서로 배타적으로 작용한다. 허나 말의 등자 없이 무장한 기사가 말 위에 앉아 창을 앞으로 내 던지는 것을 상상하기 어렵다. 실제로 말의 등자는 기사제도와(간접적으로) 봉건제도를 조건지우나, 기사제도와 봉건제도의 결정적 요인은 아니다.[15]

맑스도 "모든 신화는 상상 속에서 그리고 상상을 통해서 자연력을 극복하고 복종시키며 그것에 형상을 부여한다 : 그러므로 모든 신화는 이러한 자연력에 대한 현실적 지배와 함께 소멸된다"는 전

---

15. 피에르 레비, 『사이버 문화』, 43쪽.

제 위에 기술이 예술을 어떻게 조건지우는가를 다음과 같이 말한다.

> 아킬레스가 화약 및 탄환과 함께 있을 수 있는가? 혹은 도대체 『일리
> 아드』가 인쇄기 혹은 인쇄기계와 함께 있을 수 있는가? 시가(詩歌)와
> 뮤즈는 수동 인쇄기의 손잡이와 함께 필연적으로 없어질 수밖에 없
> 으며, 따라서 서사시의 필요조건들은 사라지지 않겠는가?[16]

　　신화가 인간과 자연과 맺는 사회관계의 산물이듯이 디지털 역시 특정한 사회적 관계들의 산물이다. 그러나 그것이 현대 사회의 모습을 자동적으로 결정짓지는 못한다. 앞서 우리가 디지털 기술과 싸이버 공간의 잠재력을 낙관적으로 이야기할 수 있었던 것은, 그 기술과 공간이 지금까지의 역사 속에서 인류가 갖게 된 사회적 욕구와 상상과 유토피아 의식을 실현할 수 있는 잠재력을 갖고 있음을 확인했기 때문이다. 디지털 기술과 싸이버 공간의 부정성에 대한 앞서 열거한 많은 지적들은, 다시 생각해 보면, 디지털이나 가상화 기술 그 자체의 부정성에 대한 지적이라기보다 오늘날 자본주의 하에서 기술들이 자본에 의해 이용되고 있는 방식과 그것의 부정성에 대한 지적이다. 후자를 전자와 혼동하는 관점은 자본의 힘에 대한 무의식적 굴복을 함축한다. 즉 자본관계의 폐지가 불가능하다는 전제 때문에 기술은 오늘날 자본주의에서 드러내는 그 부정성을 극복할 수 없다는 관점이 나오는 것이다. 이것은 현대의 사회적 관계

---

16. 칼 맑스 · 프리드리히 엥겔스, 『칼 맑스 프리드리히 엥겔스 저작선집 · 2』, 박종철출판사, 472쪽.

가 낳는 부정성에 대한 공포를 기술에 대한 공포로 투영하는 것에 다름 아니다. 몬티 닐은 '해방은 기술의 문제가 아니라 사회적 관계의 문제'[17]라고 함으로써 기술과 사회적 관계의 혼동을 비판한다. 분명히 디지털 기술의 잠재력은 다중들의 지성적 코뮨의 가능성을 증대시키는 측면을 갖고 있다. 하지만 그것의 비자본주의적이고 비위계적이며 해방적인 실현은 오직 자율적이며 코뮨적인 다중이 스스로의 삶을 스스로 결정할 수 있는 사회적 조건의 쟁취를 통해서만 비로소 가능해질 것이다.

맺음말

옹(Walter J. Ong)은 전자적 글쓰기와 활자적 글쓰기가 필사적 글쓰기의 연장이며 그것의 역사적 확장이라고 설명한다. 나는 이 글에서 전자적 글쓰기와 활자적 글쓰기의 차이를 강조했지만 그것은 쓰기와 구술의 차이에 비하면 덜 근본적인 것이며 오히려 상호연속적인 것이라 볼 수 있다. 전자적 글쓰기가 활자적 글쓰기나 필사적 글쓰기보다 더 나은 기술이라고 말할 수는 없다. 이것은 글이 말보다 더 나은 것이라고 말할 수 없는 것과 마찬가지이다. 이것들은 인간들의 사회적 관계의 변화에서 태어나고 또 그것을 추동한다. 또 전자적 글쓰기는 인위적이며 활자적, 필사적 글쓰기는 자연적인 것

---

17. Monty Neill, 'Computers, Thinking, and Schools'(*Resisting the Virtual Reality*, City Lights, 1995, p. 193).

이라고 말할 수도 없다. 이 모든 글쓰기의 형태는 붓과 같은 단순한 도구를 사용하는가 인쇄기나 컴퓨터와 같은 복잡한 기계를 사용하는가에 차이가 있을 뿐 인간들이 소통을 위해 개발한 기술들이라는 점에서 공통적으로 인위적이다. 모든 쓰기는 문화적 기술이다.

그렇다면 글쓰기는 무엇에 복무해 왔는가? 쓰기는 구술과는 달리 소통의 내용을 필사나 활자 혹은 전자(電子)의 형태로 물질화한다. 이 물질화된 정보로 인해 인간은 자신의 내면을 성찰할 수 있게 되었고 자신이 속해 있는 전제로서의 공유적 틀을 문제 삼고 그것으로부터 일정한 거리를 취하게 된다. 집단으로부터 분리된 개인과 의식의 발전은 쓰기를 떠나서는 생각하기 어렵다. 말하기는 구체적인 청중의 문맥 속에서 진행되지만 글쓰기는 허구적인 독자를 상정함으로써 소통의 문맥을 추상화시킨다.

전자적 글쓰기는 글쓰기 속에 말하기의 요소를 다시 도입한다. 그것의 쌍방향성은 작가-독자의 경직된 이분법 대신 화자-청자의 관계를 도입한다. 청자가 화자로 되는 것은 독자가 작가로 되는 것보다 훨씬 더 쉽다. 아니 청자의 능동성은 화자의 발화행위에 대한 규제자로 이미 존재한다. 전자(電子)적 글쓰기는 '후기 활자'이면서도 '이차적 구술성'을 드러낸다는 옹의 주장은 이런 맥락에 비추어 이해할 수 있다.[18] 말하기·듣기의 요소의 재도입은 쓰기 문화의 발전이 배제해 왔던 공동체적 문맥을 활성화시키는 힘을 갖는다. 물론 그것은 쓰기의 개시 전에 존재했던 공동체적 문맥으로의 회귀는 아닐 것이다. 전자적 글쓰기는 만개한 의식과 내면성, 즉 현대적

---

18. 월터 J. 옹, 『구술문화와 문자문화』, 이기우·임명진 옮김, 문예출판사, 1997, 204~5쪽.

개인을 기초로 하여 공동체적 문맥을 회복하려 한다. 싸이버 공간은 구술에서 문자로, 문자에서 활자와 전자적 언어처리로 이행해 온 언어사의 제 성과들을 재통합하고 재편성하는 새로운 공간형태이다. 오늘날 싸이버 공간과 아무런 관계를 맺지 않고 글을 쓴다는 것은 거의 불가능에 가깝다. 그러므로 필사적·활자적 글쓰기냐 전자적 글쓰기냐의 문제는 이미 낡은 문제이다. 오히려 문제는 싸이버 공간과 전자적 글쓰기를 통해서 우리가 우리 자신의 삶을 어떻게 변혁시킬 것이며 그것을 통해 어떤 삶을 창조할 것인가 하는 데에 놓여 있다.

(『삶글』통합창간호, 2001년 봄)

2001년 싸이버스페이스 마젤란

정과리의 안티대중 디지털 항해

2001년 1월호로 창간된 월간 웹진 『인스워즈』. 문학의 '스타워즈'(starwars)를 연상시키는 사람들에 의해 편집된 이 잡지의 창간 발제와 세미나를 읽으면서 내게는 정과리의 평론집 『무덤 속의 마젤란』의 한 대목이 떠올랐다. 그것은 자신의 책이 '죽음으로부터 생으로의 귀환이라는 오디세우스적 주제가 아니라, 탐험의 미궁 속에서 소실되어 스스로 탐험의 심연이 되어버린 마젤란적 주제에 맞는다'고 한 구절이었다. 마젤란. 그는 16세기 포르투갈의 항해사로 스페인에서 출발, 바스코 다 가마와는 반대 방향으로, 즉 아프리카를 돌지 않고 남아메리카 대륙을 돌아 서쪽으로부터 동양으로 가는 항로를 찾아 나섰던 사람이다. 그는 남아메리카에서 태평양으로 통하는 해협을 발견한 후 태평양을 가로질러 괌 섬에 도착해 최초의 세계일주를 완수한 사람으로 알려져 있다. 의미심장한 것은 그가 필리핀 군도에서 원주민들에 의해 피살되었다는 것이다. 이 죽음으로 그의 세계일주는 위기를 맞았으나 그의 부하가 그 항해를 계속하여 스페인에 도착함으로써 세계일주 항해는 릴레이식으로 완수되었다.

21세기 최초의 본격 웹진을 천명한 월간『인스워즈』의 창간에서 내가 관심을 가진 것은 김정환, 정과리, 정호웅, 하응백 등이 참여한 창간 세미나에서 펼쳐 놓은 '디지털 시대의 대중과 문학'에 대한 정과리의 관점이다. 그는 80년대 노동자투쟁의 상승기에 문학이 대중의 계급투쟁으로부터 자율적이어야 한다고 주장했고 90년대에는 포스트모더니즘의 대중주의와 거리를 두었으며 지난해에는 조선일보가 주관하는 동인문학상의 최연소 종신심사위원으로 발탁되어 대중 위에 군림하는 문학권력의 핵심으로 진출했다고 평가되는 인물이기 때문이다. 나로서는, 그가 문학권력의 핵심으로 진출하자마자 그의 권력을 침식하기 시작한 '대중지성의 공간'으로서의 싸이버스페이스에서 그가 어떤 문학적 행보를 취할 것인가에 관심을 갖지 않을 수 없었는데, 이 창간 세미나가 그의 행보의 대강을 미리 보여주었다. 거기에서 나는 원주민과의 적대를 함축하는 '무덤 속의 마젤란'이라는 수사가 한국시의 운명에 붙이는 조사(弔詞)이기에 앞서 그의 안티대중 문예전략의 암호명임을 뚜렷이 확인할 수 있었다.

무덤 속의 마젤란 : 안티대중 암호명

마젤란이 1521년에 필리핀 원주민들로부터 죽임을 당했듯이 정과리도 지난해에 주로 싸이버스페이스의 불복종적 대중들로부터 상당한 곤욕을 치렀음은 주지의 사실이다. 『인스워즈』 창간 토론의 초점이 '인터넷 시대의 대중은 어떤 존재인가'에 맞추어진 것은 전적으로 정과리의 기여인데 여기서 일련의 수사적 표현을 빼고 보면 그의 말은 대중에 대한 선전포고라고 할 수 있다.

정과리가 행하는 최초의 공격은 발제자 김정환의 대중관의 모순을 비판함으로써 문학을 안티대중 투쟁의 무기로 설정하는 것이었다. 김정환은 '인터넷 민주주의는 익명성과 표현의 자유의 관계를 극도로 왜곡시키면서 프라이버시의 사도—메저키즘이라고 부를 만한 언어폭력 현상을 병발시키고 그 와중에 언어의 인간적 온기마저 박탈되는 조짐까지 보인다'고 하면서도 '그러나 대중은 언제나 미래 전망의 씨앗을 담지하고 있으며 역사는 현실의 대중적 미래를 회피하지 않고 그것을 바람직한 방향으로 이끄는 집단에 의해 끝내 대중적으로 발전하고, 위대한 문학은 언제나 그 흐름에 아름다움의 새로운 차원을 부여한다'고 말하는데 이것은 대중에 대한 믿음과 불신의 이중성에 기초한 선민주의인 전위주의적 관점의 한 형태로 볼 수 있다. 이에 대해 정과리는 '이 재앙을 향한 질주를 추동하고 있는 (…) 주체들을 우리가 대중이라고 부를 수 있다면, 그 재앙은 어디서 오는 건가요?'라고 물음으로써 대중이 재앙의 원인이며 그 주체라고 역설했다. 일반적으로 전위주의도 대중으로부터 자신을 구분하지만 자신이 대중의 욕구와 잠재의식을 대변한다고 생각하는 점에서 그 구분은 상징적인 것이다. 그러나 정과리는 전위주의로부터 자신을 상징적으로 구분하며 대중으로부터는 자신을 실제적으로 구분한다.

그는 대중 억압에 기초한 80년대 권위주의 통치의 시기에도 저항하는 대중의 집단적 계급투쟁으로부터 자신을 실제적으로 구분한 바 있다. 그것이 자유주의에 반(反)한다는 이유였을 것이다. 그는 지금 자신이 살고 있는 사회에서 '인간의 존재양식이라든지 사람들 사이의 관계양식에 근본적인 변화'가 오고 있음을 인정한다. 그 변화의 현상은 '네트워크 공간의 도처에서 재래적인 위계질서가 사실상 무너지고 있다는 것', 그런 의미에서 '민주적 질서가 실현되고 있다'는 것이다. 그는 이 변화를 냉담한 언어로 기술(記述)적으로만 다루고 있지만 이 변화가 수십 년에 걸친 대중의 피땀 어린 투쟁이 이룬 성취의 한 국면임을 부정하기는 어려울 것이다. 그런데도 그는 이 근본적 변화의 인간적 내용을 뺀 채 그것이 디지털 기술과 맞물려 있다고만 서술한다. 하지만 디지털 기술은 오히려 권위주의에 복종하기를 거부해 온 대중들을 새로운 방식으로 통제하기 위해 자본에 의해 채택된 가상화의 기술로서 인간적·사회적 맥락에 속한다.

디지털 시대의 민주주의에 대해 정과리는, '민주정치가 자기나름의 자율적인 형식과 내용을 갖추고 있지 못하다면 무분별한 혼란'에 빠지게 된다고 경고한다. '무분별한 혼란!' 이것은 시위, 파업 등 온갖 저항적 움직임이 있을 때마다 대통령, 정치가, 검찰, 신문, 방송 등이 단골로 사용하던 억압적 구호가 아닌가? 자세히 보면 이 문장의 조건절과 주절은 '민주정치는 곧 우중정치'라는 그의 내심을 덜 직접적으로 표현하기 위한 동어반복적 수사이다. 대중은 카오스를 닮았다. 그런데 정과리는, 카오스를 단순한 무질서(혼란)와 동일시하고 카오스 속에서 작동하는 '자율적인 형식과 내용'을 의식적으로 외면하며 카오스 앞에서 느끼는 자신의 공포를 '대중의 어리석음'의 탓으로 돌린다. 그가 조선일보와 같은 극우 권위주의에게서는 위험보다는 안락함을, 좌파 앞에서는 불편함을 느낄 때 그것은 대중이 재앙으로 느껴지는 그의 공포심리의 정치적 이면들일 것이다.

문학적 노멘클라투라와 기생성

그러나 정과리는 이 공포감 앞에서 주저앉기보다 대중과의 전쟁을 선택한다는 점에서 현대에 부활한 마젤란이다. 그는 대중에게 꼭두각시의 이미지를 씌움으로써 투쟁의 인식적 지평을 확보한다. "알뛰세르가 이데올로기는 인간을 주체로서 호명한다고 이야기했듯이, 이 디지털 문명사회는 대중을 호명하고 거기에 대중들이 부름을 받아서 열심히 스스로 대중 사회의 주역인 것처럼 생각하면서 살고 있는 것은 아닌가." 여기서 그는 현대의 대중은 디지털 문명의 호명을 받은 환상적 주체에 불과하다고 말한다. '사람들이 조선일보를 선택한 거지 조선일보가 독자를 선택한 것은 아니며, 보수우익 이데올로기를 발전시키는 원동력은 조선일보가 아니라 (…) 우리 마음속에 살아 있다'고 말함으로써 '조선일보가 우익 이데올로기의 산실'이라는 고종석의 호명론을 반박했던 그로서는 일관성 없는 논리

 3부 포스트모던, 버추얼, 싸이버스페이스 그리고 신화

전개이다. 그러나 그가 '인터넷 쓰레기론'의 형태로 디지털 혐오를 표현해 온 것은, 대중 정치가 재앙이며 디지털 문명이 대중을 부리는 진정한 주체라고 파악하는 한에서 일관된 것으로 보인다.

그러나 디지털 문명에 대한 그의 심층적 태도는 표면에 드러난 것과는 다르다. 그는 표면에서는 '어차피 세상은 이렇게 오고 있으니까'라는 말로 디지털 사회 앞에서 느끼는 절망감과 무력감을 표현한다. 그렇다면 그는 왜 디지털 잡지의 창간에 참여한 것인가? 그는 대답한다 : '이 디지털 문화가 가지고 있는 가능성이라고 하는 것은 지금 우리가 현상적으로 보는 것보다 훨씬 더 깊고 무한한 것일 수 있는데, 인간 사이의 완전한 자유와 소통 같은 것 말입니다.' 이 무한한 가능성의 기술이 현재의 민주정치 하에서는 '자유와 소통의 실현을 방해하는 양상으로 전개'되며 디지털 문화가 '디지털 방식으로 살고 있지 못하다'는 것이 그가 웹진 창간에 나서게 된 배경이다. 대중을 주체로 호명하는 궁극적 원인인 디지털 문명이 자신의 존재론적 가능성을 살지 못하고 있는 것은 무엇 때문인가? 이것은 그에게서는, 왜 대중은 '우중'으로 되는가의 문제와 같은 것이다. 그는 이에 대한 답을 현대 디지털 문명의 구조적 위계성, 즉 '모두가 생산자가 된다는 환상 속에 존재하는 생산과 수용의 근본적 분리'에서 찾는다. 소프트웨어와 하드웨어를 장악한 마이크로소프트/인텔 연합이 생산을 총체적으로 결정짓는 문명 속에서 개개의 생산자들이 스스로 생산자라는 환상에 사로잡혀 있어, 디지털 문명을 반추하고 바람직한 방향으로 이끌 반성적 장치를 내장할 수 없다는 것이다. 이것이 그가 말하는 민주정치의 현 상태, 즉 '무분별한 혼란'이다.

이 생각으로부터 반성적 장치의 '외부로부터의 부착'의 필요성이라는 그의 관념이 나온다. 현대 사회에 부착될 반성기계, 이것이 문학이다. 그에 의하면, 인간 사이의 완전한 자유와 소통이라는 디지털 문명의 꿈은 문학의 부단한 자기 갱신의 역사가 보여 온 것이다. 문학은 줄글의 한계에 갇혀서도 탈인간의 실험에 이르는 언어해방, 인간해방, 시공간해방을 추구해 왔다. 그것은 디지털 문명의 모든 것을 자신의 내부에 꽁꽁 뭉쳐 담고 진화해 왔다. 이런 생각들 속에서 정과리는 성격을 잃은 인물, 파동처럼 흐르는 존재자들을 '개인주의 사회를 넘어서려는 노력'으로 추앙한다. 이 미학 속에서 분명해지는 것은 디지털 시대를 살아 나가는 그의 정치학이다. 그것은 세 가지 명제로 구성된다.

첫째 디지털 문명은 불가피하며 그것의 위계적 구조상 과두 지배도 불가피하다.

둘째 디지털 과두제의 노예에 불과하면서도 자신이 디지털 문명의 주역이라는 환상에 빠져 디지털 스모그, 인터넷 쓰레기, 반권력의 공포정치를 만들어내는 대중의 어리석음은 치유되어야 한다.

셋째 그 방법은, 직접성에 사로잡힌 대중의 입말과는 달리 대상으로부터 거리를 두어 대중언어를 정제하고 조직한 문학언어라는 반성기계를 오늘날의 디지털 사회에 외부로부터 부착하는 것이다.

현학과 에두름 속에 감추어진 그의 문예정치학을 정작 솔직한 용어로 말해버린 사람은 하응백이다. 그는 '인터넷상에서 우리가 지향하는 목표는 문학의 노멘클라투라를 어떤 식으로 건전하게 양성해내느냐 하는 데 있다'고 단언한다. 그가 말하는 노멘클라투라는 '디지털 문명, 또는 컴퓨터를 통해서 정보화 기술을 자유자재로 사용하는' 일종의 디지털 사회의 특권적 계층이다. 그러나 불행하게도 정과리와 그의 문학기계는 문학적 노멘클라투라의 양성이라는 이 일을 독자적으로 완수할 수는 없다. 그래서 그는 자신의 동인문학상 심사기계를 거대 언론자본 조선일보에 '부착'하였듯이 문학웹진 기계를 연합자본 북토피아에 '부착'하여 항해를 계속한다. 그러나 부착적 삶이란 기생적 삶이다. 그의 문예정치학은 문학의 자본에의 기생과 포섭을 정당화한다. 그의 과업은 자신을 침식하는 지금의 불복종적 대중을 해산시키고 작가들의 반성력에 의지해서만 혼란에서 벗어날 수 있는 복종적 대중을 생산하려 한다. 정과리는, '왕의 총애를 받던 몰리에르가 떠오르는 시민계급의 공격에 시달리면서 "나한테서 모든 것을 빼앗아 가도 삶의 본질을 읽는 행위만은 못 뺏어 갈 것"이라고 이야기했다'고 우리에게 알려준다. '전망을 상실한 대부분의 마르크시스트들'의 '정신적 공황'을 질타한 그가 읽어 낸 '삶의 본질'은, 수동적으로 호명을 겪는 대중과는 달리 자신을 자본에 능동적으로 '부착'하여 성찰의 특권을 누리면서 살아남는 것이다. 이런 의미에서 『인스워즈』 창간 세미나는 세계사 속에서 희극의 모습으로 다시 출현한 귀족주의, 계몽주의, 전위주의 등이 문학적 노멘클라투라 양성론을 중심으로 합주하는 반대중적 싸이버정치학의 작은 협주곡을 보여준다. 이것은, 원주민들로부터 향료를 탈취하기 위해 세계일주를 시작했고 그 '어리석은 토인들'로부터 죽임을 당하면서도 그 착취의 항해를 계속하고 있는, 현대 지구자본의 마젤란 권력의 외곽을 '무너뜨리는' 일이 아니라 그것의 외곽을 단단히 쌓는 일에 속할 것이다.

(월간『말』, 2001년 3월)

마르꼬스의 신화적 글쓰기와
맑스의 신화론

사빠띠스따들은 치아빠스에서 멕시코시티에 이르는 대행진을 마치고 멕시코와 전 세계에 자신들의 요구를 제기한 후 다시 라깡도나 정글로 돌아갔다. 신자유주의적 지배에 대한 이들의 거부와 원주민 자치에 대한 이들의 요구는 이제 멕시코만의 문제가 아닌 인류 전체의 의제로 던져졌다. 도대체 어떤 힘이 이들로 하여금 현대식 무기로 무장한 멕시코 정부와 맞서게 하고 1994년 이후 정부군 및 준군사조직들과 치러 온 7년이 넘는 내전을 견디게 했는가? 이들의 스키마스크 뒤에는 어떤 얼굴이, 어떤 힘들이 숨쉬고 있는가? 이들은 무엇을 생각하며 또 무엇을 느끼고 있는가? 이런 질문에 답하고자 할 때, 우리 앞에 가장 빨리 다가서는 것은 부사령관 마르꼬스의 책 『마르코스와 안토니오 할아버지』(다빈치, 2001)이다.

마르꼬스와 신화적 글쓰기의 부활

'색깔들은 어떻게 생겨났을까'라는 소제목을 달고 있는 이 책의 첫 장은 색깔들의 다채로움에 대한 주목과 탐구에서 시작된다.

어느 날 오후, 하늘을 가로지르며 어디론가 날아가는 색동 앵무새 과카마야 한 마리를 가리키며 안토니오 할아버지가 말한다.
"저길 보게나."
나는 비가 올 듯한 잿빛 하늘을 가로지르는 화려한 색깔들에 눈이 부시다.
"한 마리의 새가 저렇게 많은 색깔을 가지고 있다는 게 도무지 믿어지지 않는군요."

마르꼬스가 창조한 인물인 안토니오 할아버지는 이 의문에 신들의 이야기로 답해 준다. 그것은, 세상을 창조한 신들이 검정과 하양 두 가지 색만으로 세상을 칠해 놓았고 이 때문에 따분함을 견디지 못한 이후의 신들이 각자 빨강, 녹색, 갈색, 파랑, 노랑 등의 색을 차례로 만들어 냈으며, 그리고 이 일곱 색들이 케이폭 나무 아래서 놀고 사랑을 하는 과정에서 다채롭고 새로운 색들이 탄생했고, 신들이 이 무수히 다채로운 색들이 사라지지 않도록 간수하기 위해 과카마야의 몸에 색들을 칠해 놓았다는 이야기다.

안토니오 할아버지는 색깔들의 이야기를 이렇게 끝맺는다.

이렇게 해서 색동 앵무새 과카마야가 색깔을 갖게 되었고, 그렇게 세상 곳곳을 날아다니게 되었다네. 여자들과 남자들, 세상의 모든 사람들이 '색깔들이 다채롭다는 것'과 '생각들이 다양하다는 사실'을 잊지 않고, 모든 색깔들과 모든 생각들이 적절한 곳을 찾으면 세상이 평화롭고 살만한 곳이 된다는 것을 잊지 않도록 말일세.

이것은 1990년대 이후 쇄도한 일련의 탈근대적 조류 속에서 '차이'라는 개념을 통해 주목된 다양성에 대한 강조로 읽을 수 있다. 자본의 '화폐적 환원주의'가 사회의 지배적 흐름으로 여전히 득세하고 있으며, 좌파 속에서도 화폐적 환원주의에 맞선다는 명분하에 모든 문제의 '국가권력에의 환원'이 이루어지고 있는 상황이므로 다양성에 대한 강조는 아무리 많이 해도 아직은 지나치지 않을 것이다.

그런데 내가 이 글에서 관심을 갖는 것은 다양성을 강조하는 마르꼬스적 방식, 즉 신화적 글쓰기의 방식이다. 우리가 읽은 마르꼬스의 글쓰기 방식은 우리에게 친숙하다. 어릴 때에 우리는 이런 식의 이야기를 듣고 읽으며 자라 왔기 때문이다. 즉 그것은 신화, 전설, 민담의 현대적 변용이다. 이 고전적 이야기의 형식들은 인류의 유년기의 서사형식이면서 지금도 동화, 우화의 형태로 재생산되고 있다. 마르꼬스는 살기 위하여 죽기, 다리가 된 무지개, 바다를 이룬 실개천, 비가 된 구름, 물으면서 걷기, 기억과 꿈, 칼보다 강한 물, 자기 마음을 들여다봄으로써 사자를 두려워 않는 두더지, 하늘로 옮겨진 불인 해, 길은 찾는 것이 아니라 만드는 것이다 등 사빠띠스따를 움직이는 정신적 힘들을 신화, 전설, 민담의 형식으로 이야기함으로써 21세기에 다시 이 고전적 이야기 형식을 부활시킨다.

신화적 글쓰기를 둘러싼 쟁점

사빠띠스따들이 인터넷을 이용해 자신들의 투쟁을 전자적으로 조직함으로써 거둔 성과는 자주 강조되었으며 또 널리 수용되었다 (해리 클리버, 『사빠띠스따』, 이원영·서창현 옮김, 갈무리, 1998). 하지만 사빠띠스따들이 세계를 신화적 상상력에 따라 바라보며 부르주아 사회에서 탄생한 서정과 서사의 형식들이 아니라 인류의 유년시절에 탄생한 신화적 이야기 형식들을 새로운 언어 창조의 형식들로 사용한다는 점은 별로 알려지지 않았으며 덜 강조되었고 또 논란거리로 남아 있다. 예컨대 마이클 뢰위(Michael Löwy)가 사빠띠스따 운동을 가리켜 "이것은 마술, 신화, 유토피아, 시, 낭만주의, 열정, 거친 희망, '신비주의', 믿음이 실린 운동이다. (…) 세상의 매력 회복을 다시 창안하는 이 능력이 사빠따주의가 치아빠스 산맥 넘어 멀리 있는 사람들을 황홀하게 하는 이유의 하나임은 의심의 여지가 없다"고 평가한 반면, 사회주의적 국제주의 전통에 서 있는 카테리나(Katerina)는 사빠띠스따 운동의 이러한 특징이 멕시코 민족주의의 특징이며 그것의 배후에서 작동하고 있는 것은 "인디언 전통을 민족적 상품경제 내부에서 일면 파괴하고 일면 흡수하려는 국가의 노력"이라고 지적하면서 그것이 사빠띠스따 운동에 함유되어 있는 애국주의의 표현이라고 비판한다.

이러한 상반된 평가는 우리를 어렵게 한다. 그러나 이 어려움이 바로 1857년에 맑스가 『요강』의 서설을 쓰면서 부딪혔던 바로 그 어려움이 아닌지 우리는 생각해 보아야 한다.

자연의 힘들에 대한 상상적 지배와 현실적 지배

맑스는 예술발전을 사회발전과 연결시키고자 했다. 그가 보기에 그리스 예술은, '자연과 사회적 형태들 자체가 이미 하나의 무의식적인 예술적 방식으로 인민의 환상에 의해 가공되어 있는 것'으로서의 그리스 신화를 모태로 한다. 요컨대 그것은 예술가에게 '신화에 의존하는 공상'이 요구되는 사회발전의 산물이었다. 그는 그리스인의 환상의 근저에 놓여 있는, 따라서 그리스 예술의 근저에 놓여 있는 자연과 사회관계들에 대한 견해가 자동방적기, 철도, 기관차, 전신 등과 함께 있을 수는 없다고 보았다. 그의 생각은 인과관계를 갖는 두 개의 명제로 요약된다. (1)모든 신화는 상상 속에서 그리고 상상을 통해서 자연의 힘들을 극복하고 지배하고 형상화한다. (2)따라서 모든 신화는 자연의 힘들에 대한 현실적 지배와 함께 소멸한다.

이상의 서술을 맑스의 관점의 전부로 받아들이는 한, 마르꼬스에 의한 신화, 전설, 민담의 재도입은 일종의 예술적 역행이다. 그것은 '자동 방적기, 철도, 기관차, 전신' 등이 이미 낡은 것으로 되어 가고 있는 현대의 사회발전 단계에서, 예컨대 개인용 자동차와 비행기가 대중적 교통수단으로 자리잡고 인터넷이 지구 전체를 실시간으로 소통시키는 '자연의 힘들에 대한 현실적 지배의 시대'에 자연과 사회에 대한 상상적 관계를 재도입하는 것이기 때문이다. 그것은 이미 근거를 잃은, 그래서 소멸되어 마땅한 마야의 신화를 복원시키려는 복고적인 문학실천으로 정의될 수 있다. 실제로 맑스는 다양성을 강조하지만 그것을 신화로 설명하려는 시도 같은 것은 하지 않는다. 그는 자본이 인간활동의 구체성과 다양성을 어떻게 노동시간이라는 추상으로 환원시키는지를 면밀히 분석하는 한편, 이 단순화, 추상화의 기계인 자본이 거꾸로 인간 욕구의 다양성을 증식시키는 과정을, 그리고 이로 인해 심화되는 모순을 분석했다. 즉 그에 따르면 '사람들의 색깔의 다채로움'과 '생각의 다양함'은 자연의 것이면서 동시에 인간과 자연의 사회적 관계과정의 산물이다. 이런 관점을 이용해, 마르꼬스의 신화적 글쓰기를 원주민이나 농민과 같은 낡은 계급들에 기초한 글쓰기이며 민족주의에 갇힌 글쓰기로 비판하는 것은 쉬운 일이다.

하지만 맑스는 그렇게 단순하지 않았다. 그는 아킬레스가 화약 및 탄약과 함께 있을 수 없으며, 『일리아드』가 인쇄기와 함께 있을 수 없다고 보면서 현실의 사회발전이 서사시의 필요조건들을 사라지게 하리라고 보면서도 "그러나 난점은 (…) 이 그리스 예술 및 서사시가 아직도 우리에게 예술적 향유를 가져다주고 어떤 점에서는 규범으로서 그리고 도달할 수 없는 모범으로서 통용된다는 것"이라고 지적하면서 앞서의 직선적 관점에 새로운 차원을 도입한다. 그것은 발전의 차원에 포개지는 순환의 차원이다. "어른이 다시 어린이가 될 수는 없다. (…) 그러나 어린이의 천진난만함은 어른을 기쁘게 하지 않는가? 그리고 어른 그 자신은 다시 더 높은 단계에서 어린이의 진실을 재생산하려고 노력해야만 하지 않는가? 어떤 시대에서건 간에 그 시대 특유의 성격은 그 자연진실성을 지닌 채 어린이의 본성 속에서 소생하는 것이 아닐까?"

마르꼬스의 이야기가 주는 매력은 그것의 어린아이다움에서 온다. 치아빠스 봉기가 우리에게 주는 기쁨은 모든 혁명들이 사라진 것으로 보이는 시대에 막대기, 목총, 언어로 국가권력에 맞서는 그 천진난만함에서 오는 것이 아닌가. 바로 그것이 억압의 실재성을 부각시키고 그것의 부당함을 뚜렷하게 보이도록 만드는 요인이 아닌가? 사회의 현실적 발전에 따라 사라지는 것은 표현형태이지 실체가 아니다. '어린이의 진실', 즉 사회와 자연에 대한 인간의 상상적 관계는 현실적 관계가 발전한다고 해도 사라지는 것이 아니다. 그것은 단지 그 시대의 특유성에 비추어 재생산될 뿐이다. 강조되어야 할 것은, 자연의 힘들에 대한 현실적 지배는 그것들에 대한 상상적 지배와 대립하는 것이 아니라는 점이다. 전자에서 후자는 재생산되고 재구성된다. 그래서 자연력에 대한 상상적 지배능력은 그것에 대한 현실적 지배능력의 구성부분으로 들어온다. 예컨대 현대의 디지털 기술은 DNA와 같은 자연존재를 구성하는 원리의 가공이다. 반도체가 오늘날 그 누구도 완벽하게는 알 수 없는 마법을 자신 속에 포함하며 정보사회가 그 어느 시기보다도 가상성(virtuality)에 크게 의존하는 것은 주목할 가치가 있다. 맑스가, 그리스 예술이 우리에게 주는 매력은 이 예술이 자라난 미발전의 사회단계와 모순되는 것이 아니라 오히려 이 미발전한 사회단계의 결과라고 이야기할 때, 그리고 그 매력은 그 예술이 성립한 미성숙한 사회적 조건들이 결코 돌아올 수 없다는 사실과 불가분하게 연관되어 있다고 말할 때, 우리가 그 말에서 읽어야 할 것은 상상적 지배와 현실적 지배가 대립되는 것이 아니며 전자가 후자의 모태이자 구성부분이라는 사실이 아니겠는가? 자연의 힘들에 대한 현대의 가상적 지배의 국면에서 이 양자는 불가분하게 통합되고 있는 것은 아닌가?

현실주의를 넘어서

현실주의(realism)는 오랫동안 상상적인 것과 대립되는 것으로서의 '사실주의'로, 혹은 사회주의라는 견해(doxa)를 전달하는 '이데올로기주의'로 실현되어 왔을뿐만 아니라 그 자신을 유일의 방법적 원리로 옹립하려는 규범적 유혹에 이끌려 왔다. 마르꼬스는 고전적 이야기 양식들을 현대적 투쟁의 문학적 표현수단으로 채용함으로써 이와는 구별되는 새로운 문학방식을 창출한다. 그것은 다분히 상상적이고 신화적인데, 여기에서 이것들은 견해나 사실과 투쟁하기 위한 수단으로 사용된다. 현실적인 것은 상상적인 것 속에서 풍부화되며 상상적인 것은 현실적인 것으로 전화한다. 그것은 이미 '현실주의'라고 부를 수 없는 그 무엇이다.

경계해야 할 것은 이로부터 '마르꼬스적 전범(典範)'을 도출하려는 환원주의적 시도이다. 이러한 시도는 '사빠띠스따는 자본주의에

대항하는 전범일 수 없다'는 무수한 비판들과 본질적으로는 일치하
는 관점에 서게 된다. 마르꼬스 그 자신이 '사빠띠스따 투쟁은 신자
유주의에 대항하는 지구상의 수많은 투쟁들 중의 하나에 불과하다'
고 말했듯이, 마르꼬스의 글쓰기 역시 자연과 사회의 힘들에 대한
정신적 지배가 구현되는 다양한 방식들 중의 하나로 간주되어야 할
것이다.

(월간『말』, 2001년 6월)

대중지성 시대의 미학을 위한 비망록

1. 미는 삶의 존재양태의 하나이며 창조적 생동성을 본질로 하지만, 그것의 실존은 오직 역사적으로만 규정될 수 있다.

2. 우리 시대의 미는 자본에게 노동의 형태로 포섭되어 있는 삶을 환기(喚起)시키고, 그것을 해방시키며 그것을 창조적으로 확장시키는 데 있다.

3. 예술은 미를 구현하는 현존하는 다양한 양식들 중의 하나이다. 그것은 생활, 수련, 운동, 혁명 등 미 구현의 여타의 양식들과 등가를 이룬다.

4. 자본주의 하에서 예술은 다중의 삶과 노동, 그리고 투쟁 속에 잠재하는 생동하는 역능을 환기시키고 그것을 구속하고 있는 조건을 밝히며 해방의 잠재력들을 탐색하고 이를 정신적으로 확장하는 능동적 실천일 수 있다.

5. 이러한 능동적 실천으로서의 예술은 '정동적 자율성'이라는 말

로 요약될 수 있는 특징을 갖는다.

6. '정동적 자율성'은 국가나 자본, 의회와 같은 포섭적 대의(代議)의 기계들뿐만 아니라 노동계급 정당이나 노조와 같은 저항적 대의의 기계들로부터도 독립적인 다중의 삶의 내재적 힘을 표현하는 개념이다.

7. 이 개념은 전통적 혁명운동에서 널리 사용되어 온 '노동계급 당파성' 개념이 지녔던 적대의 측면을 계승하면서도 그것의 대의적 성격을 거부한다. 이것은 '노동계급 당파성' 개념이 나타냈던 자생성에 대한 폄하, 그리고 자생성의 상위에 의식성을 옹립하려는 경향을 전적으로 기각한다. 대신 정동적 자율성의 관점은 노동계급의 투쟁 속에 내재하는 자생성과 의식성의 동시성과 평행성을 옹호한다. 자율적 삶의 힘은 자발적 행위이면서 동시에 의식적 실천이다.

8. '정동적 자율성'의 관점은 '민중성'을 옹호하지만 그것을 '민중과의 연대'라는 대의적이고 지식인적인 관점에서 옹호하는 것은 아니다. 우리 시대에 민중성은 자본의 가치화에 맞서 다중이 자기가치화하는 잠재력을 표현하는 말로 전용될 수 있다.

9. 자율성의 예술에서 어떤 특정한 형식이나 방법을 표준으로 제시하는 것은 용납될 수 없다. 자본은 다중의 삶을 노동이라는 일률적 형태로 환원시키지만 그것은 다양하고 혼돈스러운 무한으로서의 삶을 가치화의 틀 속에 강제적으로 가둔 것의 결과일 뿐이다.

10. 삶의 환기, 해방, 확장을 지향하는 미적 실천을 위해 어떤 방법, 어떤 형식이 필요한가를 생각하고 결정하는 예민한 감각은 예술가의 고유한 몫이다. 이를 위해서는 오래된 다양한 수법들, 형식

들, 방법들이 정동적 자율성의 관점에서 이용, 변용될 수 있고 또
새로운 것들이 개발될 수 있다.

11. 종래의 현실주의 예술들에서는 전형화가 예술적 형상화의 하
나의 표준으로 제시된 적이 있다. 전형화를 표준으로 강제함으로써
노동계급의 미적 실천은 고정적 틀에 갇히게 되었고 국가나 당과
같은 통제기구에 예술 활동이 쉽게 예속되어 버렸다.

12. 물론 전형화는 현실의 어떤 일반적 특징들을 요약하여 제시
하는 힘을 갖는다. 하지만 그것의 일반화하는 경향은 현실의 다양
성과 그 독특성들을 추상해 버릴뿐만 아니라 잠재적 실재성을 관념
적인 것으로 배척하곤 한다. 그래서 그것은 다중의 혁명적 힘들이
잠재하는 삶의 지절들을 잘라 내버리는 경향이 있다.

13. 삶의 다양성과 독특성들을 드러내고 확장시키는 방법을 창안
하는 것은 예술의 주요한 과업 중의 하나이다.

14. 정동적 자율성의 예술에서 사실성은 중요하다. 사실성은 삶
의 현존 조건을 밝혀 줄 수 있기 때문이다. 하지만 사실성만으로는
삶을 환기하기에 충분치 않다. 사실들 속에 살아 움직이는 내재성
의 평면을, 그 전개체적이고 비인칭적인 삶을 드러내는 것이 필요
하다.

15. 내재성의 평면은 인류의 사회적 삶, 개인들의 가려진 호혜관
계, 연대와 공명의 층위이며 이를 드러내기 위해서는 현존하는 자
본주의적 일상의 각질을 폭파시켜야 한다. 비판, 풍자, 역설이 익살
에 길을 열어 줄 수 있다. 이를 위해 비(非)리얼리즘적 예술들, 혹은
고전적 예술들이 사용한 많은 수법들, 형식들도 정동적 자율성의

예술을 위해 이용될 수 있다.

16. 자본주의적 근대는 다중의 예술적 힘에 적대적이었고 그 결과 예술은 소수 전업적 예술가의 수중에 장악되어 있었다.

17. 그러나 다중은 자본의 이러한 억압을 순순히 수용하고 있지만은 않았다. 다중은 자신의 억압된 삶을 드러내기 위해 끊임없이 예술에 호소했다. 때로는 예술의 생산자로 때로는 예술의 소비자로 말이다. 예술의 기술복제 시대는 다중의 이러한 주체적 힘에 의해 열려졌다. 하지만 그것은 자본이 다중의 예술적 욕구를 포섭하여 이윤의 채널로 그것을 끌고가는 공격 무기이기도 했다.

18. 그래서 대중예술의 등장은 이렇게 양면성을 갖는다. 그것은 다중의 예술 욕구의 실현이면서 동시에 자본에 포섭된 형태로의 실현이다. 자본은 후자를 통해 다중을 대중으로 변형한다.

19. 대중예술은 삶을 드러내면서 동시에 감춘다. 이것은 현시대를 특징짓는 주요한 요소인 정보(inform + formation)가 다중의 지성(intelligence)을 드러내면서 동시에 감추는 것과 동일하다. 정보, 그것은 타자에 대한 앎이지만 그것이 타자와의 살아 있는 공동체적 관계의 산물이자 그에 대한 지식임은 감추어진다.

20. 정보시대(바로 그렇기 때문에 다중지성의 시대)에 삶을 드러내는 것은 지난한 노력과 투쟁을 요구한다. 예술적 재능들의 상당 부분이 지금 자본에게 팔리어 가고 있지만 예술을 이용하여 삶을 감추고 통제하려는 자본의 노력을 허무는 것은 여전히 가능하다.

21. 오늘날 다중의 예술적 자기표현들, 특히 자본과 국가로부터 독립적이며 여타 일체의 대의 기구로부터 자유로운 독립적 자기표

현들에 우리가 관심을 가져야만 이유는 여기에 있다.

(2001)

1989년 4월 창간호
노동해방 문학

특집 ■노동해방투쟁의 새로운 지평을 열어 젖히는
박노해 시인의 신작시 12편
식민지 반자본주의론의 파산선고/이정로
민주주의 민족문학론에 대한 자기비판과 노동해방문학론의 제창/조정환
'노선없는 실무'가 주도하는 노동조합운동의 경향성을 비판한다
마침내 전선에 서다 — 남한 선진노동자의 조직활동 투쟁수기
소설■그리고 하늘이 보였다/김한수
별 아래 횃불들고/김하경
시■정인화, 백무산, 김명환, 이재무, 조태진
설문취재■노태우정권, 지지인가? 퇴진인가? 타도인가?
투쟁현장에서■정주영 공화국을 뒤엎은 울산 현대노동자의 투쟁현장을 가다
노동문학사

서정주의 보나빠르띠즘

　서정주가 죽지 않았다면 나는 그가 살아 있었다는 사실을 몰랐을지도 모른다. 지난 12월 25일 중앙일보에 실린 민족문학작가회의 이사장 이문구의 애끓는 추도사가 없었다면 나는 서정주의 죽음을 무심하게 스쳐 지나갔을지도 모른다. 이문구는 자신이 서정주의 '문 밖의 제자'로 된 착실한 '문하생'이었음을 밝히면서 그의 시를 '역사적 고전의 집대성인 唐詩와 쌍벽을 이루는 韓詩이며, 또한 현대적 고전의 집대성'이라고 부르기를 주저하지 않았다. 만약 이문구가 서정주를 친일문인으로 지목한 『친일문학선집』(1985)의 발행인이 아니었다면 이 광경이 주는 놀라움은 크게 줄어들었을 것이다. '민족문학'작가회의 이사장이 그 자신이 '친일' 문인으로 지목한 전 문협 이사장의 죽음을 애도하고 자신이 끼친 누(累)에 대한 용서를 구하는 이 모습을 우리는 어떻게 받아들여야 하는 것일까? 나는 이문구의 동인문학상 수상을 1990년대 이래 급속히 전개되어 온 지식인의 죽음의 일부이자 그 종장으로서의 '작가'의 죽음으로 규정한 바 있는데, 이제 문협의 서정주와 민족문학작가회의 이문구의 융화(融和)를 목도하면서 한국 '문단'의 감성구조(에토스)를 파악하고 그것에 대해 분명한 태도를 취해야 할 필요를 느낀다.

영웅적 민족주의

나는 '친일'이라는 널리 알려진 서정주의 문제지점에서 이야기를 시작했다. 사실 이 관점은 지난 십수 일 동안 창비 게시판을 넘쳐흐른 분노에 찬 서정주 비판의 주조음(主調音)이기도 하다. 그 분노의 저변에는 서정주의 친일과 친이승만, 친전두환 문필이력이 반민족적인 것이라는 생각이 흐르고 있다. 이러한 생각들은 의도와는 무관하게 서정주를 민족성의 경계 밖에 위치지움으로써 민족 이념을 정화하고 보호하는 역할을 한다. 하지만 이문구의 서정주에의 통합, 혹은 서정주화(化)가 결정적으로 보여주는 것은 서정주가 '민족'이라는 이념을 통해서는 극복될 수 없는 작가라는 사실이다. 왜냐하면 잔존한 농촌 공동체의 언어적 힘으로 민족성을 회복하고 유지하고자 하는 일에 그 누구 못지않게 열심이었던 작가가 바로 이문구였으며 서정주를 반민족적 문인으로 낙인찍으면서 그를 극복하고자 했지만 결국 그의 품으로 돌아가고 만 것이 바로 이문구이기 때문이다. 여기서 우리는 민족주의가 서정주와 이문구를 가르는 구별선이 아니라 두 사람이 공통으로 속해 있는 공유지, 즉 '그들의 품'이 아닌가 하는 생각을 하게 된다. 다음은 『서정주 문학전집』(1972)에 실린 시이다.

누군가/한 그릇의 옛날 冷水를/조심조심 떠받들고/걸어오고 계시는
이/한 방울도 안 엎지르고/받쳐들고 오시는 이// (중략) /누군가//이미
形相도 없는 하늘 속 텔레비로/漢拏山에서 白頭山까지/밤낮으로 쉬임
없이 받쳐 들고 오시는 이// (중략) //祖國아/네 그 모양 아니었더면/
내 벌써 내 마지막 피리를 길가에 팽개치고 말았으리라.(「祖國」 일부)

여기서 조국은 한라산에서 백두산까지 이어진 삼천리강산을 떠
받치고 오는 님으로 칭송된다. 이 옆에 그의 유명한 친일시 「송정오
장 송가」(1944)를 놓아보자.

마쓰이 히데오!/그대는 우리의 伍長 우리의 자랑/그대는 조선 경기도
개성 사람/印氏의 둘째 아들 스물한 살 먹은 사내//마쓰이 히데오!/그
대는 우리의 가미가제 특별공격대원/귀국대원/귀국대원의 푸른 영혼
은/살아서 벌써 우리에게로 왔느니/우리 숨쉬는 이 나라의 하늘 위에
/조용히 조용히 돌아왔느니//우리의 동포들이 밤과 낮으로/정성껏
만들어보낸 비행기 한 채에/그대, 몸을 실어 날았다간 내리는 곳/ (중
략) /원수 영미의 항공모함을/그대/몸뚱이로 내려져서 깨었는가?/깨
뜨리며 깨뜨리며 자네도 깨졌는가//장하도다/우리의 육군항공 伍長
마쓰이 히데오여/너로 하여 향기로운 삼천리의 산천이여/한결 더 짙
푸르른 우리의 하늘이여.

서정주는 영미 항공모함에 몸뚱이를 던지는 조선인 자살특별공격

대원을 '동포'와 '삼천리 산천'의 이름으로 부르고 있다. 전기 집필에서 보이는 이승만에 대한 그의 사랑은, 그에게 이승만이 '늘 짓눌리면서도 끈질기게 뚫고 나온 민족혼의 상징'이었으며, 천둥의 울음과 소쩍새의 울음 속에서 개화한 '내 누님 같이 생긴' 한 송이의 국화꽃(1947)과 다름없었던 것에 기초하고 있다. '새로 나갈 길은/하늘에서도 땅에서도/베트남뿐이다/베트남뿐이다'라며 베트남 참전을 독려하는 시 「다시 非情의 山河에」(1966)도 '白衣同胞여/平壤 같은 언저리, 납치되어 산 채로 빨랫줄에 말리어지는/氣化하는 數萬 미이라의 소리 들린다/이 漂白과 脫色은 언제쯤 끝나는가?'라는 반북 민족주의의 연장이다. 마찬가지로 그가 전두환의 56회 생일에 바친 「축시」(1987) 역시 '한강'과 '겨레'와 '나라'의 이름 위에, '이 나라가 통일하여 흥기할 발판을 이루시고/쉬임없이 진취하여 세계에 웅비하는/이 민족기상의 모범이 되신 분이여!'라는 영웅적 민족주의 위에 구축된다. 세계에 웅비하는 권력, 그의 영웅적 민족주의의 정수이며 이 영웅적 민족주의가 친일, 친독재, 친제국주의로 이어지는 그의 문필 이력의 근저에 깔려 있는 경향성이다. 해방, 4.19, 광주민중항쟁, 1987년으로 이어져 온 아래로부터의 민중적 역사는 서정주의 이 영웅적 민족주의의 본질이 반민중적인 것임을 명확하게 입증했다. 그럼에도 불구하고 서정주의 시들이 '반민족성'이라는 틀로 재해석되는 것에서 우리는 민족 이념의 끈질긴 생존력을 확인할 수 있다.

　또 하나 놀라운 것은 서정주의 이 명시적인 민족주의 시들이 드러내는 반민중성 앞에서 분노하는 사람들조차도 『화사집』에서 『떠돌이의 시』로 이어지는 그의 이른바 '순수' 시편들과 그것의 '아름다움' 앞에서 당황하곤 한다는 점이다. 서정주의 시세계의 이 이중성 앞에서 많은 사람들은 정치와 구별되는 시의 자율성을 말하곤 한다. 그러나 이러한 생각에 도취될 수 없게 만드는 것이 서정주에 대한 고은의 찬사, 즉 서정주는 '시의 정부'라는 말이다. 이 말에서 우리는 플라톤이 세우고자 한 '철학자 공화국'을 연상하게 된다. 그 정부는 '많은 사람들을 철없는 사랑에 빠져들게 만드는' 시인들을 추방하면서 보편성을 얻을 그러한 정부였다. 역사 속에 실현된 그 정부는 아마도 '예술의 종말' 위에 구축된 헤겔의 프로이센 절대왕정일 것이다. 맑스는 그 왕정에 대한 이론적 사유인 헤겔 법철학을 비판하면서 '현대 국가의 독일적 사유상(思惟像), 현실적 인간을 추상한 사유상은, 현대 국가 자체가 현실적 인간을 추상하고 또한 인간 전체를 오직 상상적인 방식으로만 만족시키기 때문에만, 그리고 바로 그런 한에 있어서만 가능했었다'고 비판했는데 기이하게도 내게 이것은 '시인' 서정주의 이른바 '순수'에 대한 비판으로 읽힌다. 왜냐하면 서정주의 시에서 현실적 인간은 오직 추상적 욕망(「화사」)의 형태로만 드러날 뿐만 아니라, 종교(『신라초』, 『동천』)와 신화(『질마재신화』, 『떠돌이의 시』)를 매개로 한 상상적 방식으로만 드러나기 때문이다. 서정주는 빨랫줄에 인간을 널어 미이라를 만드는 북의 김일성 정부가 인간을 탈색시키고 표백하는 정부라고 했지만 그의 '시의 정부'에서도 인간은 탈색되고 표백된 '백의민족'으로서만 나타나는 것이다. 그러므로 그의 '정부'는 히로히토(裕仁), 이승만, 박정희나 전두환과 같은 영웅을 우두머리로 하는 순수한 '종'들의 나라인 셈이다. 그가 스무 세살에 쓴 시 「자화상」은 그의 '정부'의 모습을, 그 속에서의 삶의 실상을 실감나게 보여준다.

애비는 종이었다 밤이기퍼도 오지 않았다/파뿌리같이 늙은 할머니와 대추꽃이 한주 서있을 뿐이었다// (중략) //스물 세햇 동안 나를 키운 건 八割이 바람이다/세상은 가도가도 부끄럽기만 하드라/어떤 이는 내 눈에서 罪人을 읽고 가고/어떤 이는 내입에서 天痴를 읽고 가나/나는 아무것도 뉘우치진 않을란다// (중략) /볓이거나 그늘이거나 혓바닥 느러트린/병든 숫개마냥 헐덕어리며 나는 왔다.

'병든 숫개마냥 헐덕어리면서도' '뉘우침'을 거부하는 '종'. 맑스는 헤겔의 법철학을 비판하면서, '철학이 프롤레타리아트 속에서 그 물질적 무기를 발견하듯이, 프롤레타리아트는 철학 속에서 자신의 정신적 무기를 발견한다'고 말했다. 이것은, 국가에 예속된 프롤레타리아트의 자기해방, 즉 국가에 묶인 이 '종'들의 국가로부터의 해방을 지향한다. 하지만 서정주와 그의 시는 이 '종'들로 하여금 자신을 국가에 복종케 하고 국가에의 예속에 대해 뉘우침을 갖지 않도록 만드는 것에 그 기능이 있다. 즉 그의 시는 국가 속에서 그 물질적 무기를 발견하며 국가는 그의 시에서 자신의 정신적 무기를 발견하는 것이다. 국가가 죽은 그에게 훈장을 추서하게 되는 것은 바로 이런 이유에서일 것이다.

전근대주의 : 은폐된 근대주의

　김윤식은 서정주, 조지훈, 김동리, 조연현을 포괄하는 문협정통파의 정신구조를 반(反, anti)근대주의로 규정한 바 있다. 이것은 과도한 규정이다. 왜냐하면 서정주에게서 근대에 대한 반대는 저항의 형태로든 창조의 형태로든 거의 드러나지 않기 때문이다. 이것이 그와 마찬가지로 전(前, pre)근대를 시적 사유의 중심에 놓았던 한용운이나 이육사와 그의 차이이다. 즉 한용운이나 이육사는 그것을 근대에 맞서는 저항과 창조의 힘으로 삼음에 반해 후자는 그것을 심미화하는 데 머물 뿐이다. 이런 의미에서 그의 시는 반근대주의가 아니라 전근대주의로 규정되어야 한다. 물론 그의 시 이력 전체에서 전근대주의는 상이한 양상으로 나타난다. 1930년대 후반 『시인부락』의 그는 '생명'의 문제를 천착했다. 인간의 삶을 노동으로 환원하며, 다시 산 노동을 죽은 노동으로 환원함으로써 삶에 대한 영구적인 식민화를 꾀하는 식민지적 근대화의 시기에 '생명'을 시적 탐구의 주제로 설정한다는 것은 해방적 잠재력을 갖는 것이었다. 『화사집』(1941)에 실린 그의 초기 시편들은 꽃뱀, 문둥이, 바다, 사슴 등을 통해 야생성을 표현함으로써 근대적 합리화와 구별되는 대안적 길을 제시한다. 그러나 그는 근대화가 생명에 가하는 핵심적 공격형태인 노동의 문제에 대해서는 철저한 외면의 태도를 보인다. 그의 시에서 삶의 야생성은 관능으로 환원되며 관능은 다시 성적 쾌락의 문제로 환원되는 경향을 보인다. 이렇게 협소해 가던 생명 이념은 『귀촉도』(1946)에서 본격화되는 그의 전근대주의와의 결합을 통해 급격히 박제화된다. '게집애야 게집애야/고향에 살지/멈둘레 꽃 피는 고향에 살지/질갱이 풀 뜯어/신 삼어 신스고/시누 대밭 머리에서/먼 山 바래고/서러워도 서러워도/고향에 살지'(「고향에 살자」)에서와 같은 '고향'의 부각. 그러나 그 고향은 '아조 할수없이 되면' 생각하는 고향이며 '이제는 도라올수없는 옛날의 모습들. 안개와 같이 스러진 것들의 形象'(「무슨꽃으로 문지르는 가슴이기에 나는 이리도 살고 싶은가」)일 뿐이다. 이어지는 것은 잘 알다시피 신라와 불교(『신라초』(1960)), 상고(『동천』(1968)) 혹은 신화(『질마재신화』(1975))인데, 여기에 이르면 생명은 '똥오줌' '오줌 기운' '소×'과 같은 생리의 차원에서 간신히 그 실재성을 확인 받을 뿐이다.

그렇다면 이 전근대주의의 비밀은 무엇인가? 그것은 근대를 뒷문으로 끌어들이며 그것에 순종하는 것이다. 이것은 '고향' 생각이 좌절의 보완물이었던 데서 간접적으로 표현되었으며, 그의 친일 비판에 대한 변명으로 쓰여진 시 「從天順日派?」에서는 명시적으로 표현된다. '나는 그 가까운 1945년 8월의 그들의 패망은/상상도 못했고/다만 그들의 100년 200년의 장기 지배만이/우리가 오래 두고 당할 운명이라고만 생각했던 것이니… .' 근대가 운명이었고 전근대가 그것의 공백을 메우는 취미였음을 이보다 더 분명히 표현하는 것이 과연 가능할까? 그러므로 근대적 현실과의 대면을 피하면서 박제된 전근대성 속에서 시적 삶을 누리는 서정주의 전근대주의는 은폐된 근대주의의 한 형태라고 보는 것이 정확할 것이다. 바로 이런 맥락 속에서만 우리는 한반도에서 근대화의 정치형태로 등장한 파시즘, 독재, 제국주의 등에 그가 보인 친화성과 그의 '순수한' 시적 전근대주의를 통일적으로 이해할 수 있다.

반공주의

그에게서 전근대주의가 근대주의의 위장으로 나타나기 때문에 많은 사람들은 그를 기회주의자로 불렀다. 하지만 그에게도 1931년 이후 일관되게 유지해 온 하나의 정치적 원칙이 있었다. 반공주의가 그것이다. 물론 서정주도 15~6세의 성장기에 '물질적 균배'로서의 사회주의에 탐닉했던 적이 있다. 1929년의 광주학생의거에 참여하고 1930년에는 주모자 중의 한 사람으로 지목되어 서대문 감옥에 투옥되었던 경험은 그것과 관련되어 있다. 그러나 그는 인생의 복잡다단한 문제들을 경제적 균배의 방법으로 해결하려는 것은 협소한 생각이라는 톨스토이의 충고를 받아들인 후, 그리고 사회주의 작가 고리끼가 양성관계를 그려내는 데 지극히 무능하다는 생각을 갖게 된 후 사회주의를 버리며 종국에는 그것과 평생에 걸쳐 적대하는 관계에 들어서게 된다.

어느 절름발이 공산혁명의 공장지휘자가 간통하는 미모의 아내를 두고 고독을 못견뎌, 아무도 없는 얼어붙은 겨울 공원의 벤치 위에 앉아 있는 것을 그린 것에 이르러, 그 고리끼를 사회주의와 함께 닫아 버리고, 다시 투르게네프의 「그 전날 밤」을 생각하고 있었다. 사회주 의쯤을 가지고는 남녀의 표정하나도 어쩔 수는 없다는 데 생각이 미 쳤고… .(「아버지 서광한과 나」)

1946년에 그가 좌파의 조선문학가동맹에 맞서 우파인 조선청년 문학가협회 간부를 맡은 것, 1948년 남한만의 단독 정부 수립과 더 불어 문교부 초대 예술과장에 취임한 것, 한국 문단의 주류파인 한 국문인협회 회장을 역임한 것, 그리고 한국전쟁 때 '바로 옆에 오고 있는 공산군한테 붙잡혀 욕보고 죽는 것보다는 뛰어 보는 게 낫다 는 생각'(「6.25사변(1)」)에 목숨을 건 한강 도강을 시도한 것, 그리고 이른바 그의 '순수시'가 '공산당들은 化粧品 대신 맑스 資本論으로 저의 예편네 낯바닥까지 막 도배를 하게해서 질색'(「白頭와 漢拏의 1974년 봄 대화」)이라는 식의 악선동을 포함하는 것 등은 모두 그 의 일관된 반공주의의 표현이라 해야 할 것이다. 그의 반공주의는 마침내 민중운동과 민중문학에 적대하는 것으로 발전하는데, 그것 은 권위주의 정권에 대항하는 민중투쟁이 고조되던 1986에 『문학정 신』을 창간하여 민중운동이 '의식적이건 무의식적이건 북한 김일성 일파의 한반도 적화야욕을 고무하여 제2의 6.25의 참변을 이 민족 에 다시 가져오는 촉진제'가 될 것이라고 협박하는 한편, 민중문학 에서 사용하는 '민중'이란 말이 '사회주의적 무산계급혁명을 이 나라 에서 달성하여 공산주의 체제를 수립하기 위해 노력하던 사람들이 사용하던'(「민중문학재고」, 1987) 그 말과 어떻게 다른지를 해명하라는 공안(公安)적 태도를 취하는 것에서 생생하게 표현된다.

보나빠르띠즘

　나는 지금까지, 전후 한국문단의 주류경향이었던 서정주적 에토스가 민족주의와 전근대주의를 양날개로 하는 반공주의적 몸통으로 구성되어 있으며 그것이 90년대 이후로는 민족문학작가회의에까지 전이되면서 일종의 범문단적 에토스로 되고 있다고 주장했다. 그것의 실천적 효과는 민중을 자본주의적 근대화에 '종'으로 예속시키면서 그 아픔을 견뎌 낼 인고의 도덕을 부과하는 것이다. 이러한 에토스를 창출하는 사회적 조건은 무엇인가? 1850년대 초에 프랑스에서 나타났던 루이 보나빠르뜨 독재체제는 서정주의 에토스를 이해하는 데 도움을 줄 하나의 사례를 제공한다. 그것은, 금융귀족이나 토지귀족 등의 대부르주아지가 자신들의 이익을 대변할 독재자를 옹립하려고 할 때 봉건제에서 해방된 소농민, 소시민, 룸펜프롤레타리아트 등이 한편으로는 자본주의의 공동체 침식에 대한 반감에서, 또 다른 한편으로는 프롤레타리아 운동에 대한 공포심에서 독재자의 출현을 기대하고 원조한 정치형태였다. 마름의 아들이었던 서정주가 혁명적 민중에 대항해 치른 시적 투쟁은 이와 흡사한 이유에서, '현 세대가 스스로와 만물을 혁명하고 이제까지 존재한 적이 없는 무엇인가를 창출해 내려고 하는 시기에 노심초사 과거의 망령들을 주술로 불러내고 그들로부터 구호와 의상을 빌어 와 온갖 죽은 세대들의 전통에 호소함'(「루이 보나빠르뜨 브뤼메르 18일」)으로써 자신의 목적을 달성하는 방식을 취한다. 그는 유엔군 사령관 맥아더를 '20세기의 보나빠르뜨'(「개울로 끌고가 쏘아 버려라」)라고 자랑스럽게 묘사하는데, 이 때 그가 꿈꾸고 있는 것이 '민족혼의 상징' 이승만의 염원이었던 북진통일이었다고 다시 설명할 필요는 없을 것이다. 한반도를 피로 물들인 것은 그의 반민족주의가 아니라 반공적이고 반민중적인 이 보나빠르뜨적 민족주의였다. 그것이 한국전쟁 후 불과 10여 년 만에 베트남 민중을 절규케 하고 또 그로부터 오래지 않아 광주를 학살의 땅으로 만들 줄 누가 알았겠는가? 20세기는 이 보나빠르뜨적 민족주의 시인의 죽음뿐만 아니라 일국 사회주의화를 통해 초(超, ultra)근대주의적 좌파 민족주의로 전화한 사회주의들의 붕괴를 보여주었다. 이 사건들은 다중의 혁명적 미래가, 우리를 죽은 세대들의 악몽에 짓눌리게 만드는 온갖 민족주의와의 전면적 단절 위에 구축되어야 할 것임을 가르쳐준다.

(월간 『말』, 2001년 2월)

김지하의 생명사상

사상의 형태로 전개된 종교

김지하의 생명사상이 역사적 민중운동과 정면으로 충돌한 것은 1991년 5월이다. 김지하의 글 '젊은 벗들, 역사에서 무엇을 배우는 가'가 조선일보에 '죽음의 굿판을 걷어치워라'라는 제목으로 실린 것은 4월 26일에 강경대가 백골단에 의해 타살되고 투쟁이 고조되면서 박승희, 김영균, 천세용이 차례로 분신한 직후인 5월 5일이었다. 이것은 노태우 정부의 폭정에 항의하던 투쟁을 패륜과 악덕으로 몰아가고 있던 4대 일간지의 담론공격에 기름을 붓는 격이었다. 이것은 5월 8일 김기설의 분신사망에서 '죽음을 선동하는 어둠의 세력'을 찾아내자는 박홍의 선동과 연결되면서, 그리고 강기훈을 김기설의 유서 대필자로 몰아세우는 검찰의 법적 공세를 촉발하면서 5월 투쟁의 봉기적 힘을 진압하는 무기로 사용되었다.

민중의 오적을 고발하여 국가권력의 모진 탄압을 받았던 저항시인 김지하가 이른바 '신오적'의 일원으로 불려지고, 그의 투쟁을 기반으로 탄생한 민족문학작가회의가 그를 제명하는 아이러니는 바로 이에 연유한다. 그로부터 10년이 지난 최근 김지하는 김영현과의 대담에서 자신의 매체 선택과 문체 구사에 일정한 문제가 있었고 그것이 정권에 이용되었음을 자인하면서 '이제 서로 그만 잊고 웃음 속에서 다시 만나 서로 힘을 합치자'는 화해의 제안을 했다. 이 제안으로 김지하와 민중운동의 그간의 불화가 끝날 수 있을 것인가? 인터넷 한겨레에 실린 〈김지하의 반성〉 제하의 토론게시판에 실린 글들은 이 문제가 이미 지나간 문제가 아니라 지금도 살아 있는 현실적 문제임을 느끼게 한다. 내가 김지하의 생명사상을 검토해 보고자 하는 것은 이 문제를 창조적으로 해결할 수 있는 길이 무엇인가를 생각해 보기 위해서이다. 여기에서 내가 기각하고자 하는 첫 번째 생각은 김지하가 당시에 지배권력과 음모적으로 결탁, 매수되었다는 주장이다. 이 주장은 일종의 패배주의적 관점, 즉 권력과 돈 앞에서는 그 누구도 이기지 못한다는 관점을 무의식적으로 표현하기 때문이다. 내가 기각하고자 하는 두 번째 생각은 김지하가 민중운동을 배신했다는 (주로 좌파에서 제시되는) 주장이다. 전투적 관점에서 초월적 관점으로의 전환은 사회주의 붕괴 이후 한국 좌파 지식계의 유행이기도 했지만 김지하의 경우는 다르다. 그가 80년대 초부터 생명론의 입장에서 좌파들과 싸워왔다는 사실을 고려할 때 91년 5월 사건이 그의 전향이나 배신을 의미한다고 볼 수는 없기 때문이다. 이 두 가지 생각은 김지하의 생명사상이 1991년 5월에 민중운동과 대립했음에도 불구하고 민중적 입장에서의 사상적 대안으로 제안된 것임을 보지 못하게 한다. 나는 김지하가 1991년 5월 이전이나 이후에 일관되게 민중적 입장에서 사고하고자 노력하고 있으며 그의 생명사상과 율려운동이 그 노력의 표현임을 의심치 않을뿐만 아니라 민중의 해방을 추구함에 있어서 진지한 검토의 대상이 되어야 한다고 생각한다. 내가 기각하고자 하는 세 번째 생각은 그의 사상과 태도는 옳았으나 방법적 고려가 부족해 정권에 이용되었다는 것이다. 김지하는 최근의 화해 제안에서 이 비판을 전폭적으로 수용하는 태도를 취했다. 그러나 정권이 이용한 것은 매체선정이나 문체구사와 같은 형식이었다기보다 그 내용, 즉 '죽음을 불사하는 민중의 불복종성에 대한 김지하의 반대'가 아니었는가? 그러므로 진지하게 검토되어야 할 것은 이 주장이 올바른 것으로 전제하고 있는 그의 사상과 태도 자체이다. 나는 이 글에서 5월 투쟁에 대한 그의 반대적 태도표명은 그의 '생명사상'의 논리적으로 일관된 전개이며 생명사상과 '투쟁하는 민중'의 대립은 생명사상의 원리에서 비롯되는 것이라고 주장할 것이다. 이것은 윤리적 생명운동에서 미적 율려운동으로의 전환에도 불구하고 지속되는 대립성이며 이 대립성의 극복 없는 화해가 실질적이지 못하다는 생각에 기초한다. 그러므로 이 글에서 나의 고찰의 초점은 김지하의 생명사상 일반의 가치를 관조적으로 평가하는 데 두어지기보다는 투쟁하는 민중과의 대립을 창출하는 그 사상의 경향은 무엇인가를 비판적으로 고찰하는 것에 두어질 것이다.

역사로부터의 탈주

　　김지하가 생명이라는 화두를 내세우며 역사를 상대화하기 시작한 것은 1980년의 출옥 이후부터였다. 1982년부터 시작된 대설『남』연작, 1986년에 간행된 서정시집『애린』등은 그 경향의 문학적 표현물들이다. 신홍범과의 대담「생명사상의 전개」(1985)에서 그는 생명을 '우리를 제한하고 있는 것, 그 제약을 고통스럽게 느끼는 그 무엇', '삶다운 삶, 즉 본성적 삶'으로 정의한다. 그에게서 생명은 역사에 의해 구속당하고 있지만 그것을 초월해 있는 본성으로 정의된다. 이것이 그의 생명사상의 첫 단계이다. 그러나 이후에 이루어진 그의 생명사상의 발전은 이 첫 단계의 생명정의로부터 생명의 초월성의 측면을 더욱 강조하고 역사적 제약의 측면을 더욱 약화시키는 방향으로 나아갔다. 문순홍과의 대담집『생명과 자치』(1995)에서 그는, 지난 시절의 생명탐구를 "아직도 죽음, 착취, 억압과 독재 등에 대한 단순한 반대 명제로서의 생명이나 인간의 삶다운 삶이라는 사회적 사유의 한계 안에 갇혀 있었"던 것으로 평가하면서, "나라는 이름의 개인의 감옥… 을 열고 나오기 위해서는 자기 안의 무궁한 우주생명이 끝없이 생성활동하고 있음을 알고 그 활동을 자기 나름의 개성적인 삶 속에 지극히 모셔 그 활동대로 나름나름 독특하게 살아야 한다"고 말한다. 생명은 이제 착취나 억압이 아니라 개인, 즉 개체성의 제약과 맞서게 되는데 이를 해결하는 김지하의 방법은 각 개인이 '생명에 대한 모심'의 태도를 갖는 것이다.

　　그러면 그는 왜 생명에 대한 모심을 주장하는가? 그에 따르면 생명은 실체가 아니라 '한 순간도 머무르지 않고 모든 것과의 모든 관계 속에서 변화하는 생성'이자 눈에 보이지 않는 '숨겨진 질서'이다. 그것은 반드시 눈에 보이고 고정되고 접촉되고 들리는 '드러난 질서'로 물질화하되 그 물질화된 형식 안에 한 순간도 그대로 머물지 않는다. 생명은 정신도 물질도 아니면서 정신으로도 물질로도 생성하고 활동한다. 그는 생명활동을 형성활동으로 보면서 이 형성의 자취를 물질로, 그 활동의 공능(功能)을 영성으로, 그 활동의 오묘함을 신(神)이라고 정의하며 이 형성활동의 산물인 '드러난 질서'가 '숨겨진 질서'로부터의 끊임없는 생성이자 유출이고 출현이라고 정의한다.

숨겨진 질서의 끊임없는 유출은 단순한 반복 유출이 아니며 끊임없는 지속과 비약, 폭발을 통한 차원 변화, 대·중·소의 변화 등 복합적 차원 변화를 통해서 끊임없는 자기 갱신과 자기 치유, 자기 조절과 자기 조직화 활동을 하는 다차원적 진화활동인 것입니다.

생성이 '숨겨진 질서'의 유출적 드러남이며 "우리는 숨겨진 질서의 자기 치유 활동으로서의 생명의 유출, 생성을 〈믿어야 한다〉"는 김지하의 주장은 역사를 상대적이고 일시적인 것으로서 비판하기 위해 그가 도입하는 사상적 장치이다. 그는 변증법을, 드러난 질서의 이것과 저것 사이의 통합, 혹은 그 질서 속에서의 상호길항 관계의 봉합에 머무른다는 이유로 기각한 후, 코스모스적 질서와 새로 생성되는 숨겨진 질서, 카오스적 질서를 통합하는 제3원의 논리(김일부의 『정역』)를 대안으로 제시한다. 이 논리는 "드러난 세계와 보이지 않는 세계의 습합이나 현 차원을 견인, 조정, 비판하고 스스로 생성하는 숨겨진 생명의 무궁신령한 새 질서"를 밝히는 것이다. 그는, 과학보다는 직관에 의해 인도되는 이 제3원의 논리가 천지공심(天地公心)에 근거한다고 주장한다. 천지공심은 인간 내면의 큰 우주적 원리로부터 생성하는 내면성의 소망된 시간, 역사적으로 물질화되지 않고 이데올로기화되지 않는 시간에 대한 요구로서의 우주적 공공성일 뿐 사회적 공공성은 아닌 것으로 이해된다.

그의 역사 비판과 생성의 시간론은 "예전에 저는 잘못 생각했어요. (…) 역사에 제가 합해지는 것이 진정한 삶의 길이라고 생각했습니다"라는 자기비판적 형식 위에서 "역사는 지도자들, 지식인들, 정치가들이 조직한 시간이야. 그리고 과학자들에 의해서 물질화된 시간이라구. 민중적 삶은 그런 역사하고는 관계가 없어요" 혹은 "참된 예술가는 역사에 관여해서는 안 돼요. 참된 예술가는 민중 삶의 무궁신령한 내면성의 창조적 생성에 관여해야 합니다" 등의 진술에서 보이듯, 탈역사의 방향을 취한다. 그가 역사를 인간의 자연사이자 자연의 인간사로 탐구한 맑스를 '죽은 개'로 치부하고, 맑스의 역사 이론을 '꼬마', '바보', '미친 사람'에게나 어울리는 것이라고 비난하게 되는 것은 이러한 발전의 필연적 결과이다.

'숨겨진 질서'의 이데올로기

역사를 생성의 차원에서 재조명하고 비판하려는 김지하의 시도는 현실의 역사와 역사적 구조를 찬미하는 역사에 대한 실증주의적 이해를, 그리고 좌파운동의 내부에서 작동해 온 물질성에 대한 경직된 이해를 유연하게 만들 수 있는 전진적 관점이다. 분명히 역사는 '생성된 것'이며 '생성하는 것'과의 관계 속에 존재하는 상대적이고 일시적인 것이다. 생성된 것은 생성하는 것에 비추어 비판되고 재구성되어야 한다.

그런데 '생성하는 것'은 무엇인가? 김지하는 '숨겨진 질서' 혹은 '우주생명'이 '생성한다'고 반복해서 말한다. 그러나 '우주생명'이란, 헤겔의 절대정신이 그러하듯이, 인간 김지하가 직관적 사유를 통해 생산한 추상물이 아닌가? 우주생명이 생성한다고 말하는 것은 실제로는 자신의 사유활동의 결과물을 원인으로 전도시키는 일이다. 그는 자신의 사유 생산물인 우주생명이 자신의 사유를 창조한다고 생각한다. 그 결과 생성의 주체는 현실적 인간인 김지하의 두뇌가 아니라 우주생명이라는 추상물로 된다. 김지하가 자신의 생산물인 초인간적이고 추상적인 우주생명을 생성의 주체로 사유할 때 그의 사유는 자기소외 속에서의 사유로, 자신의 생산물 앞에 무릎 꿇고 하는 사유로 되고 만다.

그에게서 생성이 구체적이고 감각적인 자연과 인간의 자기생성 활동이 아니라 '숨겨진 질서'의 무한한 생성과 유출로 사고되는 것은 이것의 결과이다. 그에게서 드러난 세계는 이 근원으로부터의 끝없는 생성현현에 지나지 않는다. 이러한 관점은 서구 철학자로서 자신의 생각을 뒷받침해주는 인물로 그가 자주 인용하는 들뢰즈의 생성 개념과는 판이하다. 왜냐하면 들뢰즈는 생성을 유출이 아니라 표현과 생산으로 이해하며 생성의 주체는 숨겨진 우주생명이 아니라 어디서나 볼 수 있는 현실적-감각적인 인간들, 자연들이다. 그는 생성하는 생명의 힘을 신비적으로 자신을 드러내는 숨겨진 질서로 파악하지 않고 숨쉬고, 먹고, 똥 누고, 성교하는 유기체기계들을 비롯하여 토지기계, 태양기계, 광합성기계, 공장기계, 두뇌기계 등 생산하는 기계들, 욕망하는 기계들, 정신 분열증적 기계들로 구성된 각종의 유적 생명들의 대상적이고 현실적인 생산활동들로 이해한다. 이것은 "자연적인 모든 것이 생성될 수밖에 없듯이 인간도 자신의 생성행위 곧 역사를 가지고 있다. 역사는 인간의 진정한 자연사이다"라는 맑스의 언명과 부합한다. 숨겨진 질서의 유출이라는 생명 개념이 자리잡을 공간이 여기에 있는가? 김지하는 들뢰즈에게 내면 성찰과 생성의 논리학이 약하다고 말하는데, 이것은 유출의 논리가 부족하며 그 초월적 내면성에 근거하여 소외를 긍정하는 태도가 부족하다는 뜻에 다름 아니다. 생성을 유출로, 내재성을 초월성으로 바꾸는 것에서 김지하의 신비주의는 작동한다.

맑스가 강조하듯이, 인간은 직접적으로 자연존재이며 인간이 지닌 생명력은 자연적이고 대상적인 생명력이다. 인간이 몸을 지니고 있고 자연력을 지니고 있으며 생명을 가지고 있는 현실적이고 감각적이며 대상적인 존재라는 사실은 인간이 현실적이고 감각적인 대상들을 자신의 본질 곧 자신의 생활표현의 대상으로 삼는다는 것을 의미한다. 거꾸로 인간들은 타인들, 동물들, 식물들의 대상이다. 이와 마찬가지로 태양은 식물의 대상이며, 식물은 태양의 대상이다. 자신의 자연 대상을 자기 바깥에 갖고 있지 않은 존재는 자연적 존재가 아니며 자연의 본질에 참여하지도 않는다. 즉 스스로 제3의 존재를 위한 대상으로 존재하지 않는 존재는 대상적 존재가 아니며 단지 사유된 존재, 상상적 존재, 추상물일 뿐이다. 스스로 유출, 출현하나 그 어떤 것의 대상으로도 되지 않는 김지하의 우주생명, 기(氣)가 바로 그러한 존재이다. 바로 이 추상된 존재를 생성의 원인이자 주체로 둔갑시키는 김지하의 생명사상은 인간의 사유산물인 신 앞에 머리를 숙이고, 인간의 생산물인 화폐를 숭배하는 물구나 무선 사상들의 변형이다.

카오이드들과 율려

　김지하가 생명운동에서 율려운동으로 전환한 것은 1998년경부터이다. 그에 따르면 우주질서의 체(體)가 황극이라 했을 때, 율려는 그 용(用)에 해당한다. 음악, 문학, 율동, 굿, 연극은 율려의 반영이요 표현이다. 김지하는 율려를 들뢰즈의 카오스모스에 견주어 설명하는 것을 즐긴다. 하지만 숨겨진 질서로서의 율려와 카오스모스의 동일시만큼 큰 혼동도 드물 것이다. 들뢰즈에게서 카오이드들은 결코 숨겨져 있는 질서의 유출이 아니다. 그에게서 카오이드들, 즉 예술, 과학, 철학은 인간의 두뇌활동들로서 카오스에서 구도들을, 얼마만큼의 질서를 끌어내려는 민중의 투쟁이다. 그가, '이 세 학문들은 원적견해(Urdoxa)의 형상들처럼 양산 위에다 천상을 그려내기 위해 신들의 왕전이나 유일신의 현현에 구원을 청하는 종교들과는 다르다'고 강조하는 이유는 여기에 있다.

생성하는 것이 우주생명이고 그 질서가 율려이며 민중이 그것을 모시는 자로 될 때 민중의 삶의 모습은 어떨 것인가? 이에 대해 김지하는 이렇게 설명한다.

오늘 생명의 충동에 따라 비록 낮은 차원, 제한된 범위에서나마 그 충동을 충족시키고, 저승에 간 친구를 만나보고 싶은 소망으로 부처님한테 빌고… . 그런 겁니다. 또 노동을 안해도 지금 여기로부터 출발해서 지금 여기로 돌아오는 시간이고.

우리는 이로부터 거창한 개념들이 인간의 삶을 어떻게 마음 편안하지만 동시에 실제로는 무력한 방향으로 이끄는지를 볼 수 있다. 생성하는 것이 우주생명일 때 자연과 인간은 그것의 담지자 이상일 수 없다(「생명의 담지자인 민중」). 그가 우리에게 시천주(侍天主)의 수행, 즉 모심의 삶을 요구하는 것은, 그가 인간을 우주생명을 담아 나르는 그릇으로 보고 있기 때문이다. 그가 이 수행의 역사관을 영적인 "접근·직관과 상상력이 대응하는 큰 역사관, 카오스과학적 사관, 인지과학적 복합성의 사관" 등 그 어떤 이름으로 부르건 그것은 민중을 무력하게 만드는 효과를 갖는다. 그것은, 김지하가 자신의 역사관과 동일시하는, "역사로부터 시작되고 역사로 돌아가지만 역사가 아니고 역사에 반대되는 민중적 삶의 내면성의 새로운 시간"이라는 들뢰즈의 역사 개념과 부합될 수도 없다. 왜냐하면 김지하의 생성은 역사로부터 시작되지도 않으며 역사로 돌아가지도 않고

민중에 의해 모셔질 수는 있어도 민중의 삶에 내재하지는 않기 때
문이다.

　주목해야 할 것은 그의 급진적인 역사 비판, 즉 탈역사주의적 생
명론과 모심의 원리가 현실에서는 이미 전개된 역사를 긍정하는 보
수적 윤리학으로 귀결된다는 역설적 사실이다.

> 모심의 관계는 인간과 인간의 관계, 인간과 도구기계와의 관계, 인간
> 과 다른 민족들 간의 관계, 인간과 모든 생명체 무기물, 물질과의 관
> 계, 눈에 보이지 않는 과거와 미래, 예감과 추억, 모든 정서들, 모든
> 상하 관계, 모든 사제지간, 모든 노동자와 자본가의 관계, 모든 주인
> 과 나그네와의 관계 등 일체의 관계가 모심으로써, 거리를 둔 친구로
> 상호공경하고 예절로서 오히려 서로 더욱더 그리워하는 창조적 우정
> 을 도출하게 되는 것입니다.

　이 모심의 윤리학은 그가 21세기를 위해 준비하는 풀뿌리 생명사
회의 구상에서 좀더 구체적인 정치적 형태를 드러냈다. 거기에서
그것은 임금노동, 상품, 시장과 같은 부르주아 사회의 역사적 생산
－유통 형태뿐만 아니라 국민국가, 기업과 같은 부르주아적 조직형
태를 민중의 입장에서 고쳐 사용할 수 있고 또 그래야 한다는 모습
으로 나타난다. 이것은 본질적으로는 부르주아적 사회형태를 무비
판적으로 긍정하는 것이다. 그런데 그가 일관되게 비판적인 하나의
대상이 있다. 맑스주의가 바로 그것이다. 김지하는 자연을 파괴하고
인간을 황폐화시키고 대인관계를 상호도태 관계로 변화시켰으며
상품과 기계, 거대 기술을 생명내부에서 생성하는 그 자신의 일정

한 질서에서 이탈시켜 기괴한 자기절멸의 메커니즘으로 전락시킨 책임이 '19세기 후반 구라파 제조업 산업 노동의 변형과정으로부터 추출하여 보편화시킨 맑스의 특화된 노동 개념으로서의 변형 노동관'에 있다고 비난한다. 자연을 죽은 물질로 보고 그것을 1차 재료로 하여 노동자의 두뇌 속에 들어 있는 구상에다 맞추고 구부러뜨리고 자르고 잇고 여지없이 절단해내는 무자비한 변형과정으로부터 단절적이고 대립충돌적이고 정복변형적인 노동 개념을 추출하고 이것을 모든 형태의 운동의 기본 원리로 삼은 것이 맑스의 책임이라는 것이다. 노동이 놓여 있는 인간들 간의 적대적 사회관계를 도외시한 채, 맑스를 보편적 노동형태의 주창자로 만들어내는 이 책임지움은 '모심의 노동'이라는 대안적인 보편노동의 개념을 정립하려는 김지하의 욕망에 의해 이끌리고 있다. 그것은, 물질 내부에 생성하는 생명의 결이 있음을 인정하고 이것을 존중하고 극진히 모시는 농업노동의 모델을 따르자는 것이다.

그러나 생명 모심의 윤리를 농업노동과 공업노동을 구별하는 준거로 삼고 이를 기초로 맑스의 노동관을 비판하는 것은, 우주생명의 주어진 질서에 대한 순응이야말로 인간의 숙명적 윤리라고 주장하고 싶어 하는 김지하의 소외된 의식 속에서만 정당화될 수 있다. 왜냐하면 맑스는, 공업노동에서건 농업노동에서건, 자연이 직접적으로 인간에게 적합한 것으로 현전하지 않는 조건하에서, 인간의 생산활동은 특수한 자연 소재를 특수한 인간 욕망에 적합한 것으로 만드는 특수한 합목적적 활동으로 될 수밖에 없다고 보았으며 그것은 인간이 자연에 가하는 폭력이 아니라 인간과 자연의 신진대사이자 인간에 의한 자연력의 규제이고 동시에 자연의 인간적 형성의 과정이라고 보았기 때문이다. 어떤 노동도 자연의 결, 즉 자연법칙과 충돌하면서 수행될 수는 없다. 여기에는 모심의 윤리가 필요하지 않다. 정작 중요한 것은 어떤 노동도 결을 따름과 동시에 대상을 자르고 다시 잇는 변형의 과정을 내포한다는 것이다. 최근 증대하고 있는 보살핌의 노동, 즉 서비스 노동은 이 변형의 노동 위에 기초하고 있는 것이다. 농업적 살림, 공업적 변형, 서비스업적 보살핌, 정보적 창조는 자신의 생명과 자연을 자각적이고 의식적으로 생산하고 재생산하는 인간의 유적 활동의 역사적 형태들이지 서로 대립할 수 없는 것이다.

두려움의 철학으로서의 생명사상

이상에서 살펴보았듯이 김지하는 현대 사회의 문제를 인간들 간의 사회적 관계 속에서 찾기보다 문명의 특정한 형태 속에서, 즉 기계문명에서 찾으며 유기체적 생명의 만회, 역사로부터의 탈주를 통해 현대 사회의 '악마적' 결과들을 해결하려고 한다. 그가 제3세계, 특히 19세기 말 조선의 민중사상에서 문명전환의 열쇠를 찾으려고 하며 조선 상고사와 단군에 집착하는 것은 이 때문이다. 이것은 자본주의적 근대화가 낳은 끔찍한 결과 앞에서, 그리고 그 대안운동으로서의 사회주의가 동일한 결과에 도달한 것에서 취할 수 있는 반응의 하나로 이해할 수 있다. 그러나 이것은 공포와 위축의 반응일 뿐 자유와 해방의 반응은 아니다. 인간의 의식적이고 자각적이며 대상적인 활동들을 그 활동들에 선재하는 '숨겨진 질서'에 종속시키려는 생명의 철학, 율려의 미학, 모심의 윤리학은 자본이 민중을 노예로 부리는 주인이 됨으로 해서 민중의 생산활동이 겪는 참혹하고 역설적인 결과들 앞에서의 공포 때문에 신과 자연이 인간의 주인이었던 지난 시절로 복귀하려는 도피의 몸짓이다. 그 도피가 위험한 것은 신과 자연이라는 낡은 주인들을 복귀시키게 될 이 시도가 현재의 주인을 척결하기는커녕 사회위계의 최상위에 온존시키려 한다는 점이다. 민중의 자치에 대한 매우 긍정적인 제안을 담고 있는 그의 지역주민자치구상이 중앙정부에 주요한 물질적·정신적 생산수단과 권력을 귀속시키는 것을 전제로 이루어지게 될 때 민중은 바로 이 세 종류의 주인들 아래에서 신음하게 될 위험에 처한다. 어떠한 주인도 거부하며 또한 노예이기도 거부하는 투쟁하는 민중이 각자의 생명에 대한 사회적 개인들의 자주권을 부인하는 그의 생명사상과 충돌하게 되었던 것은 그의 생명사상의 이러한 경향과 무관하지 않을 것이다. 이렇듯 김지하 생명사상의 해법은 역사와 창조적으로 만나지 못한다. 그러나 이 사실이 그의 문제제기, **역사를 넘는 역사에 대한 물음**까지 쓸모없는 것으로 만들지는 못한다. 삶의 부패를 전지구적으로 가속시키고 있는 새로운 세기와 새로운 상황은 그의 물음을 다시, 다르게 제기할 필요성을 절실하게 느끼도록 만들고 있기 때문이다.

(월간 『말』, 2001년 7월)

박노해의 방향전환, 극복인가 좌절인가

1991년의 수감 이후, 특히 1997년 『사람만이 희망이다』의 출간 이후 박노해가 전개하고 있는 변화된 사유의 노선에 대한 사람들의 반응은 내용과 표현 모두에서 매우 다양하다. 그가 혁명과 노동계급 기반을 떠나 버렸다며 배신감과 분노를 표현하는 적대의 시선들, 그의 전위주의와 소영웅주의는 80년대나 지금이나 변함이 없거나 오히려 더 악화되었다는 냉소의 시선들, 사회주의로부터 전향하여 현실을 있는 그대로 포용하는 자세를 갖게 된 것을 환영하는 긍정의 시선들 등은 그 다양한 반응들 가운데에서 뚜렷이 식별되는 것들이다. 왜냐하면 이것들은, 80년대 한국의 노동계급 운동을, 아니 나아가서는 20세기의 세계 노동계급 운동을 규정해 온 (그러나 이제는 종말에 이른) 사회주의의 전략과 노선에 대한, 여러 입장들로부터의 변별적 태도 표명을 보여주기 때문이다. 나는 이 글에서 사회주의의 붕괴와 사노맹의 해체, 그리고 노동해방 문학운동의 실종 이후 박노해의 철학적 · 시적 사유 노선을 사회주의 정치 전략 및 미적 전략의 좌절과 현실 적응 시도라는 관점에서 분석하고자 한다. 적응은 좌절을 종말로 받아들이는 태도는 아니지만 그 좌절을 낳은 상황을 극복하는 것도 아님을 여기에서 미리 말해 두자. 이런 의미에서 보면 이 글은 박노해의 변화에 대한 하나의 비판이다. 그러나 박노해는 (적어도 나에게는) 결코 비판의 대상일 수만은 없다. 왜냐하면 그는 〈너 속의 나〉일뿐만 아니라, 〈우리 속의 너〉이기 때문이다. 다시 말해 박노해에 대한 비판은 동시에 나와 우리에 대한 비판이다.

박노해의 문제제기

광주에서 민중의 민주화 요구가 폭발한 지 3년 뒤인 1983년 박노해의 등장은 우리들의 관심을 공장으로 돌리도록 만들기에 충분했다. 그의 시들이 1960년 이후 박정희 국가자본주의 정권이 추진한 급속한 경제개발과 근대화 과정의 뒤안길에서, 이른바 근대화의 역군인 노동자들에게 어떤 일이 벌어지고 있는지를 생생하게 드러냈기 때문이다.

그의 시를 통해 드러난 것은, '드르륵 득득/미싱을 타고, 꿈결 같은 미싱을 타고/두 알의 타이밍으로 철야를 버티는/시다의 언 손으로/장미빛 꿈을 잘라/이룰 수 없는 헛된 꿈을 싹뚝 잘라/피 흐르는 가죽본을 미싱대에 올린다/끝도없이 올린다'(「시다의 꿈」)로 그려지는 '긴 공장의 밤'이었다. 그 세계는, '나의 인생'이 '일당 4,000원'에

팔리고(「나는 얼마짜리지」), '긴 노동 속에/물 건너간 수출품 속에 묻혀/지문도, 청춘도, 존재마저/사라져' 버리고(「지문을 부른다」), '올 어린이날만은/안사람과 아들놈 손목 잡고/어린이 대공원에라도 가야겠다며/은하수를 빨며 웃던 정형의/손목이 날아'(「손 무덤」)가고, '늘씬한 정순이는 이렇게 살아 무엇하냐며/맥주홀로 울며 떠나고/영남이는 위장병에 괴로워하다/한 마리 폐닭이 되어 황폐한 고향으로 떠'나는(「어쩌면」) 세계이다. 그곳은 단순한 가난의 장소가 아니라 비참의 장소였다.

그러나 『노동의 새벽』(이하 『새벽』)에서 드러난 박노해의 탁월함은 그가 노동자를 단순한 희생물로서만 그리지 않는다는 점에 있다. 그는 조국 번영과 복지 국가 건설로 미화되는 근대화 개발이 비참의 생산과정임을 그리면서 동시에 그 비참의 장소가 곧 꿈과 투쟁의 탄생 공간임을 그려낸다. '미싱을 타고 미싱을 타고/갈라진 세상 모오든 것들을/하나로 연결하고 싶은/시다의 꿈'(「시다의 꿈」)의 탄생, 자신을 기계로, 알 낳는 양계장 닭으로 보며, '저들은/알 빼 먹는 저들은/어쩌면 날강도인지도 몰라/인간을 기계로/소모품으로/상품으로 만들어 버리는/점잖고 합법적인 날강도인지도 몰라// (…) /우리들의 피눈물과 절망과 고통 위에서/우리들의 웃음과 아름다움과 빛을/송두리째 빨아먹는/어쩌면 저들은 흡혈귀인지도 몰라'(「어쩌면」)라고 보는 적대의 눈의 생성, 그리고 '사랑은/슬픔, 가슴 미어지는 비애/사랑은 분노, 철저한 증오/사랑은 통곡, 피투성이의 몸부림/사랑은 갈라섬/일치를 향한 확연한 갈라섬/사랑은 고통, 참혹한 고통/사랑은 실천, 구체적인 실천/ (…) /사랑은 회오리/온 바다와 산과

들과 하늘이 들고 일어서/폭풍치고 번개치며 포효하여 피빛으로 새
로이 나는 것'(「사랑」)이라는 전복적 감성의 출현, 이것들은 '죽음
같은 노동과 삶이, 핏발 선 싸움이 준/뼈저린 각성'(「허깨비」)의 산
물이었다.

　『새벽』이 이미 이 시들의 형상화 범위를 훨씬 넘는 시대를 체험한
우리에게 아직도 감동을 주고 있다면 그것은 광주에서 맹아를 드러
낸 봉기 주체들이 공장에서 집단적으로 생성되고 있음을 보여주면
서 자본과 산업 노동자를 축으로 하는 사회적 적대의 재구축을 드
러내고 투쟁을 통해 열릴 '노동해방'의 꿈을 제시한 때문일 것이다.

전투적 조합주의에서 사회주의로

　『새벽』의 시적 사유가 비참 속에서 적대를 발견한 것만은 분명하
지만, 그 적대의 전개를 보여주기는 어려웠다. 비참은 구체적이고
절실한 형상을 얻지만 주체는 무형상의 감정과 꿈과 의지로만 등장
한다. 적대가 이렇듯 불균형적이고 미발달 상태에 있음으로써, 시에
서 제시되는 전망은 소박한 인간주의와 추상적 민주주의를 넘어서
지 못한다. 시에서 투쟁의 무기가 노동조합과 조합적 연대로, 투쟁
의 중심 목표가 재분배로, 희망을 표현하는 언어들이, 그 시의 강한
노동자주의 경향에도 불구하고, '인간', '평등', '민주주의', '통일' 등
부르주아 혁명이 산출한 언어들인 것은 우연이 아니다. 그는 노동
자들의 투쟁을 노동자의 자존심 위에 기초짓는데, 그것은 '밤을 지

새며 노동하고 생산하는 하늘 우러러 떳떳한'(「밥을 찾아」) 자존으로 묘사된다. 이러한 자존은 자본과의 적대를 밀고 나가기에는 역부족이다. 왜냐하면 그것은 이미 자본에 포섭된 노동자의 형상이며 자본 속에서의 자존이기 때문이다. 즉 『새벽』은 비참을 극복하려 하고 해방을 추구하지만 그 노력은 자본에 포섭된 노동자 형상에 대한 이러한 긍정에서 출발하는 만큼 그것이 제시하는 전망 역시 추상적이고 모호할 수밖에 없었다.

박노해는 1985년 구로동맹파업과 1987년 노동자투쟁의 성과와 한계에 대한 반성 속에서 자신의 정치적 전망을 열어 나가는데, 그 시기는 그가 공장에서 추방되고 학생·지식인 운동의 혁명적 민주주의 분파와 결합하는 시기와 일치한다. 그 결합의 산물은 정통 볼세비즘 전통의 한국적 수용으로서의 혁명적 사회주의와 사노맹이었다. 이후 박노해는 사회주의의 발견을 '노동해방의 본명'의 회복이라고 주장하면서 경제주의, 조합주의와의 투쟁을 선언하게 되는데 그것은 자신의 과거와의 결별 선언이기도 하다. 그의 사회주의로의 전향 과정에서, '약속한 추석 보너스 5만원 추가 지급'을 요구하며 싸운 삼원철강에서의 파업에 대한 기억은 중요한 자리를 차지한다. '그까짓 5만원 안 받고 말지 쪽팔리고 더러워서'라는 어떤 노동자의 반응은, 그로 하여금, '비록 투쟁의 동기는 생존의 욕구이고 돈이었지만, 이것이 우리가 싸우는 목적이 될 수는 없다! 우리가 그토록 격렬하게 투쟁한 것은 바로 노동자의 자존심이다. (…) 투쟁 속에서 진정한 나를 발견하고 투쟁 속에서 인간으로서의 존엄성을 회복하고 투쟁 속에서 임금노예라는 죽은 기계에서 살아 있는 인간임을 확인하기 때문'이라는 발견을 하게 한다. 1990년의 회고 속에서 그가 정리하는 자존심은 『새벽』에 나타난 자본 속에서의 자존, 노동하는 주체로서의 자존과는 상당히 다르다. 그것이 임금 노예 자체를 문제삼고 있기 때문이다. 이 점에서 사회주의로의 전향이 『새벽』 시절에 비해 사회적 적대에 대한 그의 인식을 심화시킨 것은 분명한 것으로 보인다.

그렇다면 그가 선택한 볼세비즘적 사회주의의 핵심은 무엇이었는가? 그것은 한 마디로 노동계급 전위당에 의한 국가권력 장악으로 요약될 수 있다. '우리 노동계급의 정치지도자들이 집권하는 날, 이 사회의 억눌린 모든 가능성들은 놀라운 현실성을 획득할 것이고 우리 조국은 세계사의 주역으로 떠오를 것을 나는 확신한다'는 박노해의 진술은 그것을 뒷받침한다. 그는, 노동계급의 전위당의 집권은 인간해방과 인간 존엄성 실현의 유일한 길이며 그것을 통해 인간의 자율성이 전 사회의 생산 속에 영구히 지속될 것이고 그 사회 속에서 인간은 임금노예적 강제노동에서 벗어나 '기쁜 노동'을 누릴 수 있으리라고 보았다. 그가 추구한 민족민주혁명, 민주주의 공화국의 수립, 민족통일, 주요 생산수단의 국유화, 계획경제 등은 오직 전위당 건설과 그것의 국가권력 장악이라는 목표와의 관계 속에서만 실제적 의미를 갖게 된다.

박노해에게 성공과 실패, 승리와 패배가 너무나 분명한 것은 이렇게 목적이 분명했기 때문이다. 그에게서 사회주의 당 건설의 성공과 그것의 집권은 승리이며 그것의 실패는 패배이다. 이 거시적 목적은 모든 수단들을 정당화한다. 왜냐하면 그것은 주관적으로 설정된 것이 아니라 역사의 필연에 따라, 객관과 3인칭의 세계에 기초하여 도출된 것이기 때문이다. 그의 확신은 내면화된 '법칙'이자 '진리'였다. 그는 최근에 '열정이 지나치면 맹목/확신이 지나치면 독선'이라고 노래하는데, 그것은 정확히, 사노맹이 1989년 4월의 천안문 사건과 그해 11월 베를린 장벽의 붕괴에도 불구하고 출범을 선언하고, 그가 1991년의 최후진술에서 소련 사회주의의 임박한 해체를 두 눈으로 확인하면서도 사회주의 승리의 필연성과 사노맹의 불패성을 결연히 주장한 것에 대한 자기비판으로 받아들여도 좋을 것이다.

패배와 붕괴에 대한 철학적 해석

그의 새로운 모색이 체포로부터 비롯되었던 것은 아니다. 최후진술에서 이미 그는 '저는 지금 사회주의권의 붕괴를 목도하면서 체포된 속에서도 대단히 무거운 마음과 고통과 동요 속에서 고민을 겪고 있습니다'라고 말한 바 있다. 그의 체포 직전 1991년 초 사노맹의 유로 코뮤니즘으로의 전환에 대한 모색은 볼세비즘적 사회주의 사상의 유지가 더 이상 불가능하며 현실에 부적합하다는 전 조직적 위기의식의 표현에 다름 아니었다.

박노해는 수 년 뒤 '사회주의의 붕괴는 목숨 걸고 지켜 온 내 신념의 바탕을 붕괴시키는 충격이었다'고 고백한다. 나는 이 충격의 깊이를 동병상련의 심정으로 이해할 수 있다. 아마도 이것은 당시 (노선을 불문하고) 사회주의 운동에 참여했던 대다수 사람들의 경험과도 일치할 것이다. 그렇다면 박노해는 이 충격을 어떻게 흡수하여 자신의 변화의 동력으로 바꾸어 나갔는가?

'내가 꿈꾸던 그 사회주의가 마침내 현실로 나타났을 때는 끔찍한 모습이 되어 있었다. 숨 막히는 절대주의, 유일주의, 관료 사회의 부패상, 피 어린 숙청, 저급한 평등주의, 전통 가치와 문화의 파괴, 개성과 인간성의 상실…… 그 참담한 삶의 풍경.' 그는 이것을 '프롤레타리아 독재의 참상'으로 간주한다. '우리가 소리 높여 주장하던 그 사회주의를 이 땅에서 이루어 냈을 때, 나는 과연 그것을 책임질 수 있을까? (…) "그래도 우리는 다르다"고 말할 수 있을까? (…) 그들인들 이런 결과를 상상이나 했을까? 그렇다면 나는 피 묻은 스딸린 일당과 얼마나 다를 수 있을까?' 그는 좌절한다. '무서웠다. 두려웠다. 변명하고 싶었다. 부정하고 싶었다. 소리치며 도망가고 싶었다.'

이러한 좌절과 도피, 이념적 재기를 위한 반복적 시도 끝에 그는 결국, 사회주의의 붕괴를 사회주의의 '패배'로 받아들이면서 그 패배의 원인을 '맑스 사상의 바탕에 깔려 있는 서구 이성주의' 그것의 '이원론적 근대 사유 틀의 한계' '20세기 초반의 생산력 수준에 가로막혀 있는' 그들의 '우주관, 생명관, 인간 이해'에 돌린다. 그가 보기에 맑스(주의)의 '철학'이 사회주의 붕괴의 근본 원인이었던 것이다.

박노해의 몸철학과 개혁적 진보주의

　사회주의 붕괴에 대한 박노해의 철학적 해석은 사회주의 붕괴에 대한 1990년대 초 한국의 탈맑스주의적 반응과 본질적으로 일치한다. 실제로 그의 분석 언어는 사회주의 붕괴에 대한 계급적·정치적 분석을 회피했던 당시의 탈맑스주의 조류의 언어들과 거의 차이를 보이지 않는다. 사회주의 붕괴의 원인이 맑스주의 철학에 있었다고 본 한에서 그의 새로운 작업이 비맑스주의 방향에서의 새로운 철학 정립의 시도로 나아가는 것은 당연하다.

　7년여의 '삭발, 침묵, 절필, 정진' 끝에 그가 내놓는 대안철학은 몸철학이라 명명된다.

　그것의 정립명제는 매우 간단하다. 우주는 몸이며 인간을 포함한 만물은 몸적 존재라는 것이다. 맑스의 '이원론'(?)을 대체하는 박노해의 혁신 철학은 몸 일원론이다. 그러나 몸은 양극적인 것들의 갈등과 조화를 본성으로 한다. 우주는 음과 양의 갈등과 조화이며 인간은 이기성과 공동체성의 갈등과 조화이다. 이 양극의 조화가 깨질 때 모든 존재는 병들고 죽는다. '맑스는 인간을 "유적 본질의 존재"라 규정하며 인간이 가진 사회적 공동체성에만 주목함으로써 인간 본성의 바탕인 몸의 욕망과 이기성을 올바로 보지 못했다. (…) 인간성과 노동계급 일반에 대한 낙관적인 전망 위에 세운 유토피아는 절대 유일주의 특성인 일면성과 무성찰성을 가질 수밖에 없어 공산당이 집권하는 순간부터 추락할 수밖에 없었는지도 모른다.' '사회주의가 무너지기 전에 이미 그 안의 인간이 무너져 있었다. 먼

저 인간이 서야 한다. 그렇다. 다시, 문제는 인간이다.'

박노해의 몸 일원론 철학은 곧장 정치학으로 발전한다. '인간의 진보란 개인의 자유의 확대이다. 그리고 그 개인은 천지인이 합일된 우주적 개인이다. 60억 인류 가족 모두와의 관계 속에서 더불어 노동하고 자기를 실현하고 욕망의 조화를 이루며 살아가는 큰 개인이다. 우리는 그런 성숙한 인간성을 가진 주체적인 개인들의 연대와 참여에 기초한 세상을 이루고자 하는 것이다.' 그에 따르면, 그것은 좌우 양 날개의 '무게중심'을 잡는 '중용'의 정치, '몸통'의 정치를 통해 가능하다. 현실에서 그것은 인간의 본연인 자본주의와 인간의 당연인 사회주의 사이에서 무게중심을 잡는 일이다. '자본주의 안에서 민주복지 개혁에 최선을 다하면서 동시에 자본주의를 넘어서는 미래 진보의 걸음을 멈추지 않는 것'이다. '시장경제가 이룩한 생산적인 요소와 가치로서의 사회주의, 생태주의와 여성주의, 영성주의 등을 하나로 통합하는 것'이다. 이것이 '21세기의 진정한 진보운동'인데 여기에는 선례가 있다. 그것은 다름 아니라 '사회주의적 가치를 시장경제와 민주주의의 바탕에 접목시켜 온 (…) 서유럽의 "열린 사회주의"이다.'

박노해가 제시하는 몸철학의 역사관은 그가, 서유럽의 '열린 사회주의'(사노맹 시기의 그가 비타협적으로 비판해 온 사회민주주의)의 때늦은 수용을 정당화하는 또 하나의 이론적 축이다. 그것은 '진보의 본성은 변화이다. 세상 만물은 시간의 흐름 속에 존재한다. 살아 있는 모든 것은 변화한다'는 '이 단순한 진리', 그러나 그에게는 '눈물겨운 희망'의 역사관이다. 그는 근대사를 생존단계와 생활단계[혹은 문화단계로 구분하며 한국은 서구가 오래 전에 도달한 생활단계에 이제서야 도달했다고 파악한다. '진화한 새 인류'로서의 신세대의 탄생은 그것을 증거한다. 서태지가 표출한 새로운 '노래 문법', 새로운 '감성', 새로운 '리듬과 비트'는 구세대에게 '농경 시대, 산업 사회의 낡은 껍질을 한꺼번에 깨뜨려 버린 정서적 충격'을 던진다. 그런데도 아직 한국의 운동은 자본주의냐 사회주의냐의 선택을 강요하는 생존단계의 낡은 패러다임, '정치권력과 자본이 한 몸이고 그에 맞서 민중이 적대하던 패러다임'에 묶여 있다.

생활단계에서 권력은 '정치권력, 시장권력, 시민권력'으로 3자 정립된다. 시장권력은 정치권력에서 분리되어 사회의 무게중심, 몸통이 되었다. 운동은 이 무게중심과 통함으로써만, 즉 몸통함으로써만 자신의 가치를 발휘할 수 있다. 그래서 '시장은 타도할 적이 아니고' '우리의 개척지'이며 '우리가 꿈꾸는 사회'는 '이 시장이 아주 거룩해지는 것', 즉 '높은 정신가치와 지식과 인간성이 높은 시장가치로 평가받는 시대'이다. 이것이 '지조와 변절의 양극단 사이에서 바른 변화의 길을 창조적으로 열어' 나가는 방향이다. 한국에서 그것은 어떤 형태로 드러나야 하는가? 블레어의 제3의 길의 중도노선을 아직 우익이 득세하고 있는 한국적 사정에 맞춰 왼쪽으로 살짝 구부리는 '중도 좌'의 노선, '민주주의와 시장경제를 내걸고 시도하는' 김대중 정부의 '중간잡기' 개혁에 대한 '지원과 참여, 섬세하고 지혜로운 비판과 압력, 무엇보다 김대중 이후의 보수 우경화에 대비한 처절한 자기개혁과 자기 실력 키우기.' 이것이 박노해의 진보주의개혁의 내용이다.

그러면 이 개혁은 누가 담당해 나갈 것인가? 계급보다는 세대에 더 큰 가치를 부여하게 된 박노해는, 그것을 80년대를 이끌어 온 386세대의 현장정신과 생활단계에 출현한 신인류인 신세대의 3N(New, Now, Network) 정신을 결합하는 것, 그것들을 나눔과 참여와 연대의 정신으로 살려내는 것에서 찾는다. 이러한 정신이 강고한 수구 기득권 세력과 '경쟁'할 수 있는 대안을 내놓을 수 있다. 각 분야의 스타, 전문가, 벤처 기업가 등은 박노해가 그리는 진보운동의 주역들이다. 이들이야말로 '좋은 상품'이 되고, 높은 시장가치로 평가받아 생활진보를 이룰 수 있는 사람들이며 사회의 균형과 조화를 깨뜨릴 위험이 있는 극우와 극좌를 경계하면서 미래사회의 몸통을 가꾸어 나갈 '창조적 소수', 이 시대의 '진정한 전위'이기 때문이다.

노동인가 삶인가

나는 90년대에 이룬 박노해의 변화를 동구의 볼세비즘적 사회주의에서 서구의 민주적 사회주의로의 변화로 읽었다. 서구 이성주의의 한계가 그 자신의 철학적 반성의 출발점이었지만 그의 귀착지는 서구 사회주의였다. 그래서 그의 글에서, 특히 유럽 여행 이후의 그의 글에서, 서구문화는, 우리가 따라 잡아야 할 어떤 모범으로 예찬된다. 그렇다면 그는 서구의 민주적 사회주의자들을 추수하고만 있는가? 그렇지는 않다. 그는 몸철학과 중용의 정치학에 따라 정치권력과 시민권력 사이에 있는 시장권력이라는 몸통을 건강하게 키우고자 한다. 상품과 시장은 이제 그의 사유의 중심에 놓여 있다. '생존을 지키겠다고 정리해고를 무조건 반대해 나갈 때, 이 시기를 놓치고 나면 세계경제 속에서 우리나라 미래는 어떻게 될까요?'라는 그의 반문에는 인간의 존엄보다 시장의 존엄을 더 중시하게 된 그의 가치관의 변화가 깃들어 있다. 이제는 생존단계의 산물인 '고르게 부자인 삶'의 꿈 대신에 '고르게 덜 벌어서 덜 쓰는 삶'의 꿈을 지녀야 한다는 그의 새로운 문화론은 시장의 몸통을 건강하게 유지하기 위한 시장 섭생의 논리인 셈이다. 시장 몸통론과 시장 섭생론은 이미 그가, 아직도 국가의 시장 견제적 역할이 남아 있다고 생각하는 서구의 민주적 사회주의자들보다 시장 본위의 신자유주의의 방향으로 더 많이 전진했음을 보여준다.

박노해의 변화는 1991년 초 사노맹의 유로 코뮤니즘적 모색 시도가 도달한 최후 도달점을 보여주며 한국의 볼세비즘적 사회주의의 급속한 '진화' 과정을 보여준다. 약 10여 년 사이에 전개된 이 변화는 유럽의 노동계급 운동이 150여 년에 걸쳐 밟아 온 과정의 압축이행에 다름 아니다. 1871년 파리코뮨의 붕괴와 제국주의의 성립 이후 유럽 사회주의자들은 노동계급 전위에 의한 국가권력 장악과 그것을 매개로 한 시장의 무정부성 제거에 초점을 맞추었다. 사회주의와 사회민주주의의 분열은 국가권력 장악을 혁명을 통해 이룰 것인가 선거를 통해 이룰 것인가의 차이였고 그것은 해당 국가의 정세를 반영하는 것이었다. 이후 국가권력 장악론은 맑스주의 정통의 핵심적 요소로 정립되어 세계 각국의 사회주의 운동을 지배한다. 여기서 만약 우리가, 정작 맑스는 파리코뮨 이후 출간된 『공산주의자 선언』 독일어판 서문에서 "'코뮨은, 노동계급이 기존의 국가기구를 단순히 장악하여 그것을 자기 자신의 목적을 위해 가동시킬 수는 없다'는 것을 증명해 주었다"고 자기비판했었다고 말한다면 그것은 현실사회주의의 붕괴로부터 맑스의 책임을 면제시키려는 '강변'이자 '비겁'에 지나지 않는 것일까?

그의 책임이 어떠하든 분명한 사실은 사회주의의 붕괴가 1872년 맑스의 깨달음의 올바름을 증명해 준다는 것이다. 왜냐하면 소련 사회주의의 붕괴는 내부로부터, 소련에 형성된 새로운 시민사회로부터, 사회주의 전위당을 반대하는 노동계급으로부터 비롯되었기 때문이다. 일찍이 레닌은 혁명 직후 적지 않은 반대를 무릅쓰고 볼세비끼당의 권력장악을 관철시킨 후 러시아의 공장과 사회에 테일러주의를 도입하고 이에 대한 반대를 규제할 엄격한 노동규율을 도입함으로써 사회주의적 적대의 기초를 마련했다. 소련의 노동자들은 20세기 후반에 들어서야, 국가권력을 장악하고 그것을 매개로 자신에게 강제노동을 부과하는 사회주의자들의 당의 지배를 거부함으로써 사회조직화의 새로운 대안이 필요함을 강력히 역설했다. 사회주의자들 가운데 일부가 신자유주의화한 사회민주주의 대안을 발빠르게 제시함으로써 사회주의자 당에 대한 노동자들의 불만을 어느 정도 잠재우고 그것을 체제 내부로 봉쇄할 수 있었지만 동구에서 사회조직화의 새로운 대안에 대한 요구가 완전히 불식된 것은 결코 아니다. 그 속에서 적대는 지금 다시 재구성되고 있을 뿐이다.

국가권력을 장악해 본 적이 없는 박노해에게도 소련에서의 사건은 간접체험으로 작용했다. 그 역시 신자유주의에 적응하는 사회민주주의로 전향함으로써 사회주의의 위기국면을 피한다. 그러나 그의 행보는 다른 한편에서는 게걸음, 즉 수평이동이다. 왜 그런가? 그는 몸철학과 중용의 정치학을 통해 이중의 이동을 행한다. 그의 입지를 노동에서 시장으로 높이고, 그의 눈높이를 국가에서 시장으로 낮추는 것이다. 스타, 전문가, 벤처 기업가 등이 주체가 되어 시장을 장악하고 그 힘으로 분단을 극복하여 세계무대로 나서는 것이 그의 진보운동의 강령이다. 그러면 국가는 무엇을 하는가? 사람들을 노동윤리로 훈육하며 시장이 가져올 상처를 치유하고 그 무정부성을 완화시키며 공동선을 강화시키는 것이다. 박노해는 서유럽의 사회민주주의 당과 국가가 한 일이 바로 이것이라고 하지만 실제로 동구의 사회주의 국가들이 해 온 일도 바로 이것이었다. 붕괴한 사회주의들에서 노동자들은 해고당하기 어려웠고 그래서 실업의 걱정에 짓눌리지 않았으며 서구보다도 노동과정에 대한 더 큰 통제권을 갖고 있었다고 볼 수 있다. 어쨌든 이들 사이의 차이가 양에 있었지 질에 있지 않은 한에서, 박노해의 이동은 수평이동으로 보인다.

박노해가 이념으로서의 사회주의와 현실로서의 사회주의를 버리면서도 가치로서의 사회주의를 계승하고자 할 때, 정작 그가 계승하고자 하는 것은 무엇인가? 무엇보다도 그것은 '노동가치'론이다. 그는 그것을 사회주의 사상과 사회주의 운동이 역사에 물려준 '인류의 소중한 가치'로 예찬한다. 분명 그것은 사회주의의 유산이다. 사회주의는 강제노동수용소를 통해, 스타하노프형 인간에 대한 상찬(賞讚)을 통해, 공산주의적 토요노동의 권장을 통해, 미래사회 건설은 엄격한 노동규율과 철저한 시간 관리를 통해서만 도달된다는 당의 가르침을 통해 우리에게 노동의 지엄함을 일깨웠다. 박노해는 '노동의 가치를 모르는 사람은 흙힘을 받지 못한 나무처럼 쉽게 쓰러지고 만다. 삶의 현장에서 땀방울을 흘려 보지 못한 사람, 고생과 시련을 겪어보지 못한 사람, 힘없는 사람들의 한과 서러움을 알지 못하는 엘리트들은 그 내면의 가치 중심이 들떠 있어서 언제 머리가 도는 방향으로 등을 돌릴지 도무지 믿을 수 없'다고 역설함으로써 우리에게 노동의 지존함을 가르친다.

박노해는 1991년의 최후진술에서 사회주의에서는 '기쁜 노동'이 이루어질 것이라고 단언했었다. 그런데 이제 그는 땀방울, 고생과 시련, 한과 서러움을 노동과 연결시키기를 주저하지 않는다. 당과 국가의 통제하에서 진행된 사회주의적 강제노동, 국가와 자본과 노동조합의 협력 하에서 진행된 사회민주주의적 강제노동, 그리고 시장의 압박 하에서 진행된 자유주의적 강제노동 모두는 박노해로부터 변호를 받을 수 있다. 혹시 그가 구상하는 '농사마을'에 합류하고자 하는 사람이 있다면 아마도 그/녀는 땀방울과, 한과 서러움이 맺힌 노동의 시련을 각오하지 않으면 안 될 것으로 보인다.

'노동가치'의 예찬은 사회주의의 유산일지는 모르나 맑스의 유산은 결코 아니다. 실제로 박노해가 말하는 '노동가치'론은 맑스가 발견한 것이 아니라 부르주아 정치경제학자들이 발견한 것이다. 맑스는 '노동가치' 관계 속에 잉여 가치법칙이 작용하고 있음을 발견했을 뿐이다. 그는, 인간은 자신의 의사와는 무관하게 태어나자마자 '노동시간'이 가치척도가 되는 사회관계에 들어가게 되지만 그러한 사회관계는 자본과 생산자의 유혈전의 산물이며 그 결과 대다수 인간이 일체의 자연적·사회적 부를 빼앗겨 자신의 몸뚱아리를 팔지 않고는 살아남을 수 없도록 되는 비참의 사회가 산출된다고 주장했다. 맑스는 인류의 비참을 생산하는 메커니즘인 이 노동가치관계를 평생을 통해 분석하고 그것의 철폐를 위해 투쟁했다. 사회주의에서 비참이 재생산되었던 것은 그 사회가 노동이 가치척도가 되는 사회관계로 조직되었기 때문이라고 말할 수 있다. 박노해는 노동가치론을 '두뇌보다는 가슴, 가슴보다는 손발'을 중시하는 가치관이라고 설명한다. 노동가치론에 대한 박노해의 이러한 농경적, 수공업적, 산업적 해석은 디지털 정보화를 통해 '손발보다는 가슴, 가슴보다는 두뇌'를 새로운 가치 원천으로 포섭해 가면서 전 사회를 공장으로, 인간의 삶 전체를 노동으로 바꿔 가고 있는 현대 지식집약적 자본주의의 경향을 전혀 설명할 수 없다.

박노해에게서 정치경제학 범주인 노동가치론은 곧장 윤리학 범주로서의 반엘리트주의 — 그는 최근 자신에 대한 모든 비판을 엘리트주의로부터의 음해로 환원하는 모습을 보여주었다 — 로 전치된다. 그러나 '손발' 우위의 시각에서 전개되는 박노해의 반엘리트주의는 엘리트주의의 거울상에 지나지 않는다. 두뇌와 손발을 대립시키는 것은 오늘날의 재구성된 노동계급 내부에 경쟁과 적대를 도입하는 것이다. 그것은 노동자의 계급적 단결에, 엘리트주의와 다름없이 유해한 결과를 가져올 것이다. 왜냐하면 자본주의의 역사 속에서 두뇌와 손발의 분할은 자본의 착취 관리의 관건이었기 때문이다.

박노해의 개인사 속에서 반엘리트주의는 결코 새로운 것이 아니다. 그것은 그의 전투적 조합주의 단계를 보여주는 『새벽』에 뚜렷이 각인되어 있는 사상이다. 그는 노동하고 생산하는 인간으로서의 노동자의 자존을 기반으로 '먹물'을 경계했다. 그러나 노동자는 스스로 노동자이기를 거부하는 싸움을 하고 있지 않을 때 그는 자본의 가변부분일 뿐이다. 맑스가 쉬바이처 경에게 보낸 편지에서 "노동계급은 혁명적이거나 아니면 아무 것도 아닙니다"라고 쓴 것은 이 때문이다. 학생운동과의 결합 이후, 혹은 사회주의자로의 전향 이후 그에게 약화되었던 이 반엘리트주의의 새로운 맥락에서의, 즉 비노동자주의적 맥락에서의 재출현은 노동자가 자신에게 자본이 새긴 이미지를 떨치는 것, 즉 노동은 삶의 소외 형태임을 깨닫는 것이 얼마나 어려운가를 반증한다.

문제는 인간의 존엄이다

박노해의 변화는 많은 사람들에게 충격적으로 받아들여졌다. 박노해가 준법서약서를?! 박노해가 정리해고 불가피론을?! 박노해가 노동부에서 강연을?! 박노해가 주식투자를?! 박노해가 사회민주주의를?! 박노해가 김대중 정권 지지를?!…… 그의 변화가 지금까지 말한대로 볼셰비즘적 사회주의에서 민주적 사회주의로의 수평이동에 불과하고 그 양자가 노동가치론이라는 자본주의의 사회조직 원리를 그대로 보존·계승하는 것이라면 왜 많은 사람들은 그의 변화를 그토록 충격적으로 받아들이게 되는 것일까?

박노해의 답변은 분명하다 : 당신들이 바깥의 변화 속도보다 너무 늦게 변화하고 있기 때문이다. 이 대답이 오늘날의 구좌파 사회주의자들에게 주어지는 한에서 그것은 정확한 것 같다. 그러한 사회주의는 붕괴했고 이미 재기 불가능한 종말을 맞이했기 때문이다. 박노해는 이 사실의 승인에서 자신의 행보와 사유를 시작한다. 그는 '지금 문제는 변화다'라고 말한다.

그러나 박노해는 변화를 신비화한다. 우주 만물 혹은 인간의 본성에서 변화의 동력을 찾으면서 세계사를 추동해 온 계급들의 투쟁을, 적대의 현존을 얼버무리기 때문이다. 변화가 늦은 구좌파 사회주의는 오히려 적대의 지속을 확인하면서 신자유주의로의 자본의 지배전략의 변화를 정확히 파악한다. 그것은 박노해가 생각하듯 추상적인 개념 놀이가 결코 아니며 '미국식 자본주의'라는 지역특성으로 환원할 수 있는 것도 아니다. 구좌파 사회주의가 보지 못하는 것은 지배전략의 변화가 아래로부터의 계급재구성, 새로운 주체의 출현에 의해 강제되었으며 신자유주의는 바로 이 새로운 주체를 포섭하기 위한 대응전략이라는 점이다. 박노해는 비록 세대론적으로 협애화한 틀 속에서이지만 새로운 주체의 등장을 포착하며 신비화된 방식으로나마 그것이 변화의 동인임을 인식한다. 문제는, 그가 이 주체의 자율성을 '노동가치'로 표현되는 낡은 사회관계 속에 봉합하려 하는 점이다.

박노해보다 빨리 변한 (신)자유주의자들이 그의 변화를 충격으로 받아들이기는커녕 이제야 깨달았느냐는 식으로 냉소하면서 그에게 남아있는 전위주의(변화 이후 그의 전위주의는 전투적 전위주의에서 계몽적 전위주의로 변형된 것으로 보인다)를 구태라고 비난하는 것, 그리고 민주적 사회주의자들 혹은 사회민주주의자들이 그의 변화를 어떤 근본적 변화인 것처럼 환영하는 것은 그들의 정치적 성향으로 미루어볼 때 자연스러운 일이다. 그러나 이 모든 반응들은 박노해의 실제 모습과 변화의 실체를 감추는 효과를 갖는다는 점에서 공통된다.

그의 변화는, 지구상에서 각기 다른 양상과 속도로 진행되어 온 것, 즉 사회주의 전략의 좌절과 그것의 신자유주의의 하위파트너 혹은 그 대행자로의 현실 적응 시도의 한국적 양상을 드러내 보여준다. 박노해는 '참된 시작'을, 그리고 '바른 변화'를 극복의 언어로, 희망의 언어로 제시하지만, 그 언어들에 『새벽』에서 등장한 그의 첫 문제제기, 그의 '첫마음', 즉 인간이 존엄과 자율과 삶의 기쁨을 회복하고자 하는 '노동해방의 꿈'이 좌절한 흔적은 깊게 각인되어 있다. '현실'의 발견을 통해 그가 찾은 그 어떤 '희망'의 이야기보다도, 그가 독일여행에서 돌아와 우리에게 전해주는 한 문장('인간 존엄성의 이름으로 마음을 움직이는 것, 그 모든 손들의 치켜들음, 이것이 내가 혁명이라 부르는 것이다' : 맑스의 묘비명)이 내게는 훨씬 더 깊은 울림으로 다가온다. 이 느낌이 현실을 모르는 '순결주의자'의 자폐증의 증상에 불과한 것일까?

(월간『말』, 2000년 6월)

바람의 시간, 존재의 노래

백무산의 『길 밖의 길』

리토르넬로

　백무산 시인이 대지와의 합일을 통해 궁지에 처한 혁명을 움직이
려 해 왔다는 것, 이것을 둘러싼 무수한 오해는 이제 조금씩 걷히는
듯하다. 그는 망치의 노래를, '두드려라 그러면 부서질 것이다'(「공
구와 무기 2」, 『만국의 노동자여』, 청사, 1987, 73쪽)의 희망을 반복
해서 듣고 싶어 하는 사람들에게 오히려 '나아가지 못하나 머물지도
못하는' '가파른 벼랑', '칼날 같은 경계'(「경계」, 『인간의 시간』, 창작
과비평사, 1996, 24~5쪽)의 아찔함을 타전할 뿐이었다. 변명도 없는
그 뜨악한 단절 앞에서 사람들은 당황했다. 성급한 사람들은 그가
'역사'를 피해 '산'으로 숨어버렸다고 질타했고 웅성 깊은 사람들은
끝내 그가 우리에게로 돌아오리라는 믿음을 버리지 않았다. 그러나
『길은 광야의 것이다』, 『초심』으로 마치 끊어질 듯 느리게 이어지

면서 울리는 그의 노래는, 제각각 자신이 선 자리에 묶여있는 그 질타와 믿음 모두를 비켜가는 것으로 보인다. 먼 곳에서 시로 쓴 편지가 전해지면서 마치 우공의 삽으로 산의 자리가 옮겨지듯이 그의 언어와 침묵에 의해 혁명의 자리가 조금씩 옮겨지기 시작했기 때문이다.

> 내가 있던 그 자리에 바람이 들어와 앉고
> 구름이 들어와 앉고 새들 날아와 앉고
> 내가 있던 그 자리에 눈보라 휘날리고
> 나 아닌 것들이 다 다녀가고
> 시간은 마침내 그 자리조차 지우고
>
> —「느티나무」 부분, 『초심』

『길 밖의 길』은 『초심』의 주제와 그 여운이 채 사라지기도 전에 그것과 겹치듯이 서둘러 다르게 그 주제를 개시하는 다른 반복구, 즉 알레그레토 조(調)의 리토르넬로(ritornello)이다. 그의 행보는 안단테 조(調)를 벗어나 빠르게 움직인다. 바람의 시간이 대지의 시간을 대체한다.

바람

『인간의 시간』까지 '바람'은 '몸 기억을 깨뜨'(「눈 위에 부는 바람」)리는 환기의 힘으로, 외부적 자극으로 남아 있었다. 이때까지 시인은 삶과 혁명을 여전히 '불씨', '불꽃'으로 사유했다. "우리는 장작불 같은 거야/먼저 불이 붙은 토막은 불씨되고/빨리 붙은 장작은 밑불이 되고/늦게 붙는 놈은 마른 놈 곁에/젖은 놈은 나중에 던져져/활활 타는 장작불 같은 거야"(「장작불」, 『만국의 노동자여』, 청사, 1988, 9쪽)의 사상은 12년의 세월을 건너뛰어 "태양이 불을 붙였다/들은 산화를 시작한다/초록의 불꽃이 불꽃을 전한다/ (…) /노랗게 푸르게 붉게 불길이 번진다/들에서 산으로 산에서 물로/연료와 산소를 품은 대지에 해가 불을 가져왔다/옮겨 활활 타오른다/대지에 하나의 진리가 있다면/그것은 피워올리는 거다"(「모두가 불꽃이다」, 『인간의 시간』, 창작과비평사, 1996, 48~49쪽)로 연속된다. 혁명을 이해하는 이 원소론적 사유에 비할 때 다음과 같은 시적 사유는 분명 하나의 커다란 전환을 보여준다.

바람은 무수한 줄기와 가지와 잎을 가졌다
잎새마다 무수한 생명을 달고
소용돌이치며 가지로 줄기로 잎새로
숨을 전한다 생명을 전한다
나무였다 바람은 무수한 나무였다
생명은 소용돌이였다 소용돌이는 우주였다

저들이 가둔 것은 바람이었다
권력은 저 소용돌이를
미치도록 싫어하는 것이다
—「바람은 한 그루 나무」 부분, 『초심』

『길 밖의 길』은 '불씨'에서 '바람'으로의 전환을 매우 선명하게 보여준다. 바람은 원소가 아니라 기압, 기온, 방향 등의 차이에서 생기는 발생적 존재이며 그 차이가 생산하는 실재적 힘이다. 따라서 그것은 관계이면서 동시에 존재이다. 『초심』에서 단초적으로 발견되었던 바람의 사유, 좀더 정확하게 말하면 바람—되기는 『길 밖의 길』에서 한층 심화된다. 그것은 더 이상 환기나 자극의 힘으로 외부화되어 있지 않고 생명과 삶 속으로 내재화된다. 이러한 전환은 두 종류의 바람에 대한 구분을 통해서 이루어진다. '밖에서 부는 바람'과 '마음에서 이는 바람'의 구분. 전자는 우리를 휩쓸 뿐이지만 후자는 우리를 단결시킨다.

우리들 사랑도 때로는 밖에서 오는
바람 앞에 날개를 꿈꾸기도 하였으나
그렇게 밀려온 것은 그렇게 또 쓸려갔었네
가슴에서 따스운 바람 일고
마음 깊은 곳 맑은 지혜의 샘 아니면
희망을 말할 수 없네
생의 활력과 지혜의 연대
저 큰바람이 아니라 마음에서
마음으로 부는 따스운 바람 아니면
폭풍도 소용이 없으리
희망을 말할 수 없으리

−「태풍」 부분

바람은 경계를 허물고 경직된 것을 전복하는 힘이다. 그것은 '산'을 '골짝'으로, '강'을 '산'으로, '마을'을 '돌무덤'으로 뒤바꿀뿐만 아니라 나무 그늘 아래 눌려 있던 '풀씨들'을 '키 큰 나무' 너머로 비행토록 하여 '바다 건너' 키 큰 나무들이 무너진 자리에 내려앉게 만든다. '마음에서 마음으로' 부는 내재성의 바람은 '생의 활력과 지혜의 연대'를, 전지구적 희망을 말하게 하는 힘이다.

自在와 표류

내재성의 바람에 깃든 생의 활력은 '자재'(自在)의 힘이다. 그것은 "마음은 한 점도 끼어들지 못하게 하고/몸 밖의 것도 끼어들지 못하게 하고/아무리 껴안아도 바람뿐인 몸/살은 저만큼 빠져나가고 바람으로 남은 몸"(「바람도 없이」)이다. 이 '자재'의 사유, 즉 관자재(觀自在)의 수행이 『길 밖의 길』을 이끈다. 그래서 시인은 여러 번 이 주제의 변주를 제시한다. 예컨대 「씨앗 한 알에」는 넝쿨의 비유를 통해, 그도 모자라 불꽃놀이의 비유를 통해 이것의 좀더 가시적인 형상을 제시하려 노력한다.

넝쿨은 자라 전부를 부수어
하나 또 하나가 되지만
그 하나는 다시 전부가 되어간다
안으로 자재하고

밖으로 관계한다
안으로 마음에 이르고
밖으로 몸을 펼쳐 둥근
생명의 넝쿨이 된다

그것은 부서지면서 완성되는
허공에 터지는 불꽃놀이 같다

―「씨앗 한 알에」 부분

시인은 이 씨앗 한 알의 움직임에서 생명의 율동을 보듯 플라타
너스 새순에서 생명의 노래를 듣는다. 중요한 것은 이 자재의 노래
가 수직으로 치솟는 플라타너스 나무에서 울림에도 불구하고 어떤
위계적 이미지도 갖지 않는다는 것이다. 오히려 시인은 봄날 돋는
그 새순의 떨림에서 입학식날 풍금을 놓고 불렀던 우리의 노래를,
존재의 파동을 듣는다.

나무야, 네 몸 속에서 일어나는 이 봄날의 떨림이
우리가 옛적에 불렀던 그 노래가
연둣빛 새잎으로 재생되는 것은 아닐까
나무야 오늘 네 노래 내 몸에 다시 새겨져
언젠가 누가 다시 발굴하게 될 테지

존재는 파동이라고도 했지
저 봄날 새순들은 음악이라고 해야 할까

때로는 존재가 노래라네

-「노래」 부분

　존재는 파동이고 음악이어서 공통(共通)을 생산하는 노래일 뿐 초월적이고 보편적이어서 위계를 구축하는 실재가 아니다. 그것은 시인이 그렸듯이 '마음에서 마음으로' 이는 바람, 즉 모든 것을 향하여 열리는 공통의 움직임, 수평적 관계의 흐름이다. 『인간의 시간』에서 나타났던 이육사적 절정의 시간, 그 첨예함의 시간은 이제 한용운적 님의 시간, 그 넉넉함의 시간에 길을 비켜준다. 경계를 넘은 연대의 움직임, 공통의 움직임이 시편들을 횡단한다. 아이들이 가지고 노는 '연'은 '바람에게 말을 거는 전화기'(「연」)이며, '달'은 '밖에 내다 건 생의 안쪽'(「달」)이다. 이 파동의 시각 속에서 언양장에 나와 있는 고추, 토마토, 호박, 조롱박, 참외 모종들은 밥상에 오를 먹잇감으로서가 아니라 '식구'로 사고된다(「봄날에」). 이때 삶은 문득 '표류'의 얼굴로 나타나는데, 그것은 '방황'과는 전혀 다른 색깔을 띤다.

흙탕물이 솟아나고 바닥을 뒤집으며
큰 풍랑이 일고 둑이 터져버렸네
세월, 그렇다네 시간은 스스로 범람하고
스스로 폭발하고 또 표류하는 것
그리하여 삶은 표류의 연속이었지
숱한 세월 흘러 나 잠시 잠잠하게
표류하면서 수면 위에 떠올라 오는

그림 하나 보네 푸른빛 수채화 한 장

—「세월」 부분

여기에서 우리는 '표류'의 형상을 통해 희소성의 논리 속에 감추어
져온 삶의 충만을 엿볼 수 있다. 분초를 다투도록 강제되는 노동—시
간의 밑에서 흐르고 있는 것은 충만하다 못해 범람하고 폭발하는 삶
—시간으로서의 세월이며 표류는 그 충만의 세월을 사는 기술이다.

사랑의 그리움

자본은 우리의 등을 계속 떠밀면서도 끊임없이 자신의 영토에의
정착을 강요한다. 시인은 이 영토화의 힘을 거슬러, '표류'를 멈추어
야 할 것으로서가 아니라 삶의 방법으로, 공통적인 것을 구축하는
붉은 실로 설정한다.

그래서인지 『길 밖의 길』에 스며 흐르는 표류의 정서는 '그리움'
이다.

그리움은 이제 존재의 이유
손에 잡히는 모든 것은 거짓
저 꽃이 건너온
강 건너 손을 내밀어보네
수평선 너머 불어오는 바람을 안아보네

—「그곳에 매화」 부분

강 건너로 손을 내밀고 불어오는 바람을 안아보는 것. 이렇게 자재는 그리움으로 존재한다. 그리움은 '바람도 없이' 일기도 한다(「바람도 없이」). 물론 그 그리움이 실은 바람의 노래임을 시인이 모를 리 없다. 그래서 시인은 '이제는 바람이 몸을 지나가게 놓아두리라'(「바람도 없이」)고 다짐하는 것이다. 많은 경우 그리움은 불화했던 세상(「용서」)을, '세월의 무덤'(「물무덤」)을, 그리고 '어느 한곳은 모자라고 모서리 하나는 부서지고 허물어진 사람들'(「영천 완산 시장」)을 향한다.

주목해야 할 것은 이 그리움이 분노를 이기며 강력한 사랑의 정서로 발전한다는 것이다. 그것은 "아이를 둘씩이나 걸리고 한 아이는 업고/양손에 무거운 짐을 들고"(「동해남부선」)가는 '거친 손'을 가진 옛 친구의 고됨을 나누려는 안타까운 몸짓으로 나타나기도 하며 "지나간 날들이여. 오 슬프고 어두침침하고 창백한 것보다 더 사랑할 가치가 있는 것이 무엇이더냐. 나는 사랑이 아니라 분노를 택하였네. 처음 그것은 사랑을 위한 것이라고 믿었으나 내 사랑은 분노의 불길로 인해 깊은 화상을 입었네"(「전하동 산번지」)라는 각성의 음성으로 나타나기도 한다.

그렇다면 백무산의 시에서 분노는 자리를 잃는가? 적어도 '욕망의 분배'에서 시작하고 또 그것을 목적으로 하는 분노는 그렇다고 할 수 있다. "생존을 분배받기 위해 화염병으로 저항하고 생활을 분배받는 일로 쇠파이프로 무장하는 일이 어쨌단 말인가? 그러나 욕망을 분배받는 일은 벼랑으로 가는 일, 노예 되기를 동의하는 일, 저 강물을 배반하는 일, 나무를 능멸하는 일, 저들과 공범이 되는 길, 이제 다시 물어야 한다, 왜 파업을 하느냐고, 다시 물어야 한다, 그리고 그 대답은 이제는 달라야 한다고"(「욕망의 분배」, 『초심』, 130 쪽). 그 다른 대답은 2004년 5월 1일 114번째 노동절에 바친 시 「스스로 미래가 되어라」(『매일노동뉴스』, 2004년 5월 3일)에서 암시된 다.

> 자본의 분배,
> 욕망의 분배,
> 소비의 분배로,
> 노동자의 영혼을 팔지 말라!
> 우리의 요구는 진실한 삶이며 아름다운 생명이며
> 고귀한 영혼이지 저들 욕망의 부스러기가 아니다
> 인간을 착취하는 자가 자연을 착취한다
> 우리는 저들 뭇 생명과도 평등을 원한다
> 모든 생명이 하나 되는 기쁨의 축제를 요구한다
>
>   −「스스로 미래가 되어라」 부분

모든 권력을 자신의 발 아래 종속시키고 단결만으로 세상을 구하는 그리움의 전사들, 사랑의 전사들에게 분노할 것이 있다면 그것은 뭇 생명들이 서로 통하지 못하도록 막는 차별과 혐오이다. 사랑이라는 이름의 준비된 폭력, 신의 정의와 사랑의 이름으로 이루어지는 침략, 시혜로서의 사랑, 이런 사랑을 재생산하기 위한 차별적 혐오, 모든 평화를 제압하고서야 오는 권력의 평화가 그것이다.

전쟁이냐 평화냐가 아니다
평화의 반대는 전쟁이 아니라 혐오다
차별의 혐오는 이미 우리의 일상을 지배한다
차별의 전쟁은 우리 안에서 들끓어 올라
생계수단을 차별화하고 국가이데올로기를 복제한다
무한경쟁의 자본은 무한차별의 혐오화다
그 서열은 국경을 넘어 제국을 탄생시켰다
그것은 다시 우리 안에서 복제된다
평화의 반대는 전쟁이 아니라 차별적 혐오다

-「혐오」 부분

그러나 이제 분노의 비판은 사랑의 테크놀로지에 속할 뿐 그 자체로 자립적인 것은 아니다. 욕망을 분배하려는 차원, 권력을 놓고 겨루는 차원을 벗어나고 나면 분노는 자립성을 잃는다. 겉으로 보면 마치 『미포만의 동트는 새벽을 딛고』(1990)로 돌아가는 듯한 이 산문화된 시적 고발의 지점에서 시인이 자신의 시작(詩作)의 시적 위치를 다시 한 번 밝히는 것은 아마도 이 때문일 것이다. "산란을 마치고 마지막 숨을 몰아쉬며/배를 뒤집고 처음 본 그 하늘 다시 본다/그러나 아직은 회향이 아니다", "달은 한 번도/같은 달이었던 적이 없었다"(「회향」)고 표현되는 이 단호한 다름의 선언은 바람과 표류와 그리움과 사랑이 불가역의 것임을, 그의 옛 자리 그래서 그곳으로의 '돌아옴'을 기준으로 한 비난들이 표적을 빗나갈 것이고 그러한 기대들이 채워질 수 없으리라는 강력한 응답인 듯하다.

가을 물살 헤치고 거슬러 오르는
황어의 속도로 오르던 날들 있었지
그러나 그것은 밖으로 흐르는 속도의 표류

나는 나를 놓아 낙하를 시도했네
그것은 직진낙하 폭포의 속도

바닥에 발 닿는 소리에 놀라
올려다보니
우주의 무게로 퍼붓는 속도

돌아보니 달리는 건 내가 아니라
세상이었고
폭포는 구심에서 무섭게 달려가네
정지의 속도

나무처럼 뜨겁게
달려가는
역의 속도!

ー「역의 속도」 전문

　「혐오」와는 달리 간결한 어조로 속도감 있게 진행되는 이 시에서
표류와 유목, 그리움과 사랑은 역설적이게도 정지의 이미지와 결합
한다. 무서운 속도는 세상의 속도였고 '나'의 낙하 속도는 실제로는
정지의 속도였다. 사람들이 돌아 나오는 길로 들어감으로써(「운명」)

발생하는 '역의 속도'였다. 그러나 그것은 결코 죽음으로서의 정지
가 아니다. 그것은 '나무처럼 뜨겁게/달려가는' 고요의 힘이다.

구절초 한 송이

　이 뜨거운 질주는, 이 바람의 표류는, 그 사랑의 그리움은 지금
어디로 향하고 있는가? 이것이 내가 마지막으로 응답해야 할 문제
이다. 이 문제는 『길 밖의 길』의 새로움을 밝히는 문제이기도 하다.
우리는 이미 『길은 광야의 것이다』에서 '그대'의 출현을 본다. 그곳
에서 '그대'는 '그녀'의 형상으로 나타난다. "나는 강으로 가야 한다/
그 푸른 강물엔 그녀가 살기에/그곳에 가면 지친 내 의식에 젖을 물
리기에"(「그녀가 사는 곳」, 『길은 광야의 것이다』, 창작과비평사,
1999, 48쪽). '그녀'는 강뿐만 아니라 숲에도 살며 노동의 대지에도
산다. "나는 마침내 대지로 가야 한다/내 노동의 대지에 그녀가 살
기에/내가 기꺼이 땀을 뿌리면 생명의 잔뿌리들을/다 받아주고 내
잠깬 몸에 생명의/어린 싹을 키우도록 젖을 물린다/나는 가야 한다
그녀가 사는 곳"(같은 책, 49쪽). 이 강박 같은 그리움이지만 그것은
『초심』에서까지는 '기다림'으로 나타날 뿐이다. "간밤에 몇 번인가/
잠에서 깨었네/후둑 후두둑 후두둑/늦가을 빗소린가/창을 열고 손
내밀어 보지만/별은 맑고 바람도 없는데/온단 말 없던 사람 생각/홀
로 설레네"(「그대 없이 겨울이 또 왔네」, 『초심』, 실천문학사, 2003,
16쪽). 『길 밖의 길』이 이 두 시집과 다른 점이 있다면 '그대'의 문제

가 하나의 화두일뿐만 아니라 중심 화두로 등장하고 또 그것이 '기다림'의 모습이 아니라 적극적인 '찾아 나서기'의 모습을 취한다는 것이다. 「그대 없이 저녁은 오고」, 「그대 가신 나라에서」가 옛 어조로 조용히 그리움을 다시 한 번 노래한 후에, 돌연 그 고요한 그리움의 시간을 깨는 행동의 시간이 펼쳐진다. 이것을 결정하는 것은 '네가 내게로 온다고 꽃이 피는 건 아니야'라는 각성이다.

언제 저리 피었나
그저께가 입동인데
대문간에 한 그루 산수유나무

앙상한 가지마다 돋은 망울들
뽀얀 털 뒤덮인 꽃망울들
산엔 아직 나무들 낙엽도 다 떨구기 전인데
한겨울이 오기 전에 이미 꽃망울 다 이루고
기다린다네 봄날 같은 너를 기다린다네

네가 내게로 온다고 꽃이 피는 건 아니야
꽃망울을 내 가슴에 다 이루기 전에
나를 버리고 너를 사랑한다는 맹세는 헛되다

내가 나를 통과하지 않고
어찌 너를 만나랴
너를 만나 꽃을 피우랴
이 겨울 다 건너기 전에

네게로 이르는 쉬운 길로 나는 나서지 않으련다
—「네게로 가는 길」 전문

　　둘째 연과 셋째 연 사이에서 급격한 반전을 이룬 후 넷째 연에서
시인은 ‘나를 버리고 너를 사랑한다’는 맹세의 헛됨을 꼬집고 ‘나’를
통과하여 이루는 만남, 꽃을 피울 만남을 위해 ‘네게로 이르는’ 쉽지
않은 길을 선택한다. 이 선택은 「그대에게 가는 모든 길」에서 좀더
영롱한 형상을 얻는다.

　　그대에게 가는 길은 봄날 꽃길이 아니다
　　그대에게 가는 길은 새하얀 눈길이 아니어도 좋다

　　여름날 타는 자갈길이어도 좋다
　　비바람 폭풍 벼랑길이어도 좋다

　　그대는 하나의 얼굴이 아니다
　　그대는 그곳에 그렇게 늘 있는 것이 아니다
　　그대는 일렁이는 바다의 얼굴이다

　　잔잔한 수면 위 비단길이어도 좋다
　　고요한 적요의 새벽길이어도 좋다
　　와자한 저자거리 진흙길이라도 좋다

　　나를 통과하는 길이어도 좋다
　　나를 지우고 가는 길이어도 좋다

나를 베어버리고 가는 길이어도 좋다

꽃을 들고도 가겠다
창검을 들고도 가겠다
피흘리는 무릎 기어서라도 가겠다

모든 길을 열어두겠다
그대에게 가는 길은 하나가 아니다
길밖 허공의 길도 마저 열어두겠다

그대는 출렁이는 저 바다의 얼굴이다

-「그대에게 가는 모든 길」 전문

첫째 연과 둘째 연에서 「네게로 가는 길」의 주제가 반복된다. '여름날 타는 자갈길'일 수도 '비바람 폭풍 벼랑길'일 수도 있는 길이기에 쉬운 길이 아니다. 넷째 연에서 길은 '비단길', '새벽길', '진흙길'로 다양화한다. 그리고 다섯째 연에서 그 길과 나와의 관계가 선연하게 드러난다. '나를 통과하는 길', '나를 지우고 가는 길', '나를 베어버리고 가는 길'로. 일곱째 연에서 마침내 방법의 다양성이, '그대에게 가는 길은 하나가 아'님이 선언된다. 그것은 길 밖 허공의 길까지 포함하는 다양한 방법과 다양한 결의를 허용하는 길이다. '꽃을 들고도', '창검을 들고도', '피흘리는 무릎 기어서라도' 갈 수 있는 길이다. 이 무수한 길들을 허용하는 '그대'는 대체 누구인가? 그것은 '하나의 얼굴'이 아니며, 그곳에 그렇게 늘 있지도 않은 '일렁이는 바다', '출렁이는 바다'의 얼굴이다. 이것으로 우리는 '그대'의 변화무쌍하고 다양한 얼굴을 짐작할 수 있지만 그럼에도 불구하고 그것을 위대한 것, 총체적인 것으로 생각할 위험이 있지 않은가. 심지어 그것을 어떤 초월적인 것으로 생각할 위험마저 있지 않은가. 다행히 시인은 그것을 미지의 것으로 남겨 놓지 않는다. 시인이 우리에게, 끊긴 길 위에서 이미 만나 본 '그대'의 얼굴에 대해 이야기 해주기 때문이다.

길이 끝나는 길에 나는 앉아 있었네
나도 끝이 나서 할 일을 잃었네
둑은 터지고 마을은 물 아래 있었네
사람길 다 끊겨 적막한 밤에
끊긴 길 위에서 밤을 지새네
나와 오래 한몸이던 이 길이
이 밤 이리도 낯서네

이대로 이 적막 위로 동이 트는데
아무도 없는데 누가 날 쳐다보는 듯
자꾸 귓불이 가려웠는데
낮은 길섶 안개 속에 구절초 한 송이
옅은 햇살에 뽀얀 얼굴로 날 보고 있었네
저리도 따스웁게 날 보고 웃는 꽃 한 송이 아,
저 꽃 한 송이가 나를 일으키네

아하, 언젠가 우리 어디선가 어디에선가
아주 아주 오래 전에 내 곁에서
눈을 반짝이며 말없이 오래 머물다 간 사람

이렇게 다시 만나네
금생에 이렇게 다시 만나네

—「꽃 한 송이」 전문

딱딱한 각운으로 결의의 단단함을 밝힌 「너에게 가는 모든 길」과는 달리, 부드러운 각운을 따라 노래처럼 흐르는 이 시에서, 놀랍게도, 첫째 연의 아득함을 쓸어내며 '나'를 일으키는 둘째 연의 따스함, 그 '바다의 얼굴'은 '낮은 길섶 안개 속에 핀 구절초 한 송이'였을 뿐이다. 구절초 한 송이가 '낮은' 길섶에, 그것도 '안개' 속에 피어 있다는 표현 속에서 우리는, 그 구절초가 '반짝전구를 창문에 달아주었더니 정말 좋아라 환하게 웃'다가 어름처럼 싸늘하게 식어간 '전하동 바닷가 공단 산동네 무허가 산번지'(「전하동 산번지」)의 그 아이임을, '몸밖에 가진 것 아무 것도 없는 여자'(「바람도 없이」)임을, '가진 것이 없는 자들'(「혐오」) 그래서 전태일, 박일수, 김주익처럼 불길로 걸어들어갈 수밖에 없었던 수많은 사람들(「이럴 줄 알았으면」)임을, 아버지의 초조를 잠재웠던 '과부조합장'(「문병」)임을, '흙 묻은 고무신에 낡은 몸빼/한 다리는 절고 한 팔은 손목에서 꺽여/제멋대로 떨'며 가는 '저기 한 할머니'(「착각 또는 착오 혹은 착취」)임을, 그리고 '아직 비바람 천둥' 속에 있는 '내 삶'(「가지 않으리」)임을 넉넉히 짐작할 수 있다. 이 '낮은' 삶들은 스스로 겪는 자들에게도 얼마나 낯설고 또 슬픈가. 그러나 시인은 이것들이야 말로 '내 텃밭에 핀 꽃들'이고 '날 찾아온 꽃들'임을 놀라움 속에서 받아들인다.

　　내가 가꾼 텃밭에 잡초만 무성하네
　　내가 심어 싹을 틔운 것은
　　그늘에서 햇빛도 받지 못하였네

　　잡초들만 꽃을 피워 가득하네
　　내가 가꾼 것은 꽃망울도 맺지 못하였네

　　내가 꿈꾸어 온 것은 어디 가고
　　낯선 것만 내 텃밭에 뿌리 내렸네

　　어쩌다 이리 낯선 삶만 무성한가

　　그러나 저것은 모두 내 텃밭에 핀 꽃들
　　저 꽃들 모두 날 찾아 온 꽃들

　　뽑고 나면 언제나 낯선 말처럼
　　삶은 낯설어 슬프고 놀라운 것

－「슬프고 놀라운」 전문

'그대에게 가는 길'은 그 어떤 초월적 구도의 몸짓일 수 없다. 그것은 그 스스로 '잡초'인 시인과 우리들 모두가 '낯설어 슬픈' 삶들을 놀라워하며 잡초들의 '텃밭'을 가꾸는 일일 뿐이다. 이렇게 일상에서 가꾸어지는 텃밭이 아무리 보잘 것 없다 할지라도 그것이 바로 '만국의 노동자들'의 단결을 넘어 풀, 나무, 강, 눈, 달, 요컨대 모든 존재의 바람이, 그리하여 '모든 생명이 하나 되는 기쁨의 축제'(「스스로 미래가 되어라」)를 벌이는 자율―자재의 공간을 열어가는 것임을 누가 부정할 수 있겠는가? 이렇게 하여 백무산의 시들은 지금까지 국가권력에 혼을 빼앗겨 그 주위를 불나비처럼 맴돌다 스러져 갔던 혁명들의 자리를, 뭇 생명들과 다중들의 마음에서 마음으로, 몸에서 몸으로 이는 바람의 자리로, 낯설어 슬픈 저 놀라운 삶의 자리로 묵묵히 옮겨 놓고 있다. 아마도 그는 결코 옛 시절의 그 자리로 '돌아올' 수 없을 것이다. 무엇보다 그가 단 한 순간도 혁명의 자리를 떠난 적이 없기 때문이며, 또 그가 지금 혁명이 스러진 반동의 황야에서 다른 혁명적 가치들을 재구축하고 그것들을 전진시키려는 구성의 노동에 매혹되어 있기에.

(『길 밖의 길』, 2004)

노동해방신서 2

노동해방문학의 논리

조정환 평론집

노동문학사

변두리로 밀려나서

〈일과시〉와 90년대 노동시의 모색

'그래, 그래야 한다. 우리가 흐르고 흐르는 물로 세상천지 굽이굽이 흘러가면서 바위에 부딪쳐 머리 깨지고 피 흘리면서 아프게 또 흘러가야 할 눈물나는 물소리로 고단한 세상을 맴돌지라도 잘게 부서진 희망을 추려모아 불빛 환한 강가를 이루어야 한다'

— 〈일과시〉 제 2집 서문

1

사회주의를 지향하던 문예활동의 전망들과 그 위에 세워진 건축물들이 무너져 내리기 시작한 지는 이제 꽤 오래되었다. 한국에서 그것들의 붕괴는 지난 10여 년에 걸쳐 때로는 급격하게, 때로는 서서히 진행되었다. 그로 인해 생긴 공터를 아주 빠르게 점령한 것이 포스트모더니즘이었음은 이제 널리 알려져 있는 사실이다. 포스트모더니즘의 영향력은, 그것이 '그 나름의 방식으로' 사회주의 붕괴의 동학을 설명하고 우리가 맞이한 시대의 새로움을 설명하면서 대안적인 미적—문예적 전략을 주장했다는 데 있다. 사회주의를 지향하던 문예운동이 1917년 혁명의 이미지에 사로잡혀 있을 때, 그리고 사회주의의 붕괴 앞에서 망연자실하고 있을 때 포스트모더니스트들이 1968년 혁명 이후의 역사적 변화들에 눈을 돌려 변화된 시대의 성격을 밝히려 시도했다는 사실만으로 그들은 많은 경청자와 추종자들을 획득할 수 있었다.

그러나 그들이 이야기하는 새로운 시대는 지극히 암울한 것이었다. 이제 더 이상 인간의 혁명적 실천은, 즉 역사(his−story)는 가능하지 않다는 것이었다. 그들은 1917년 혁명을 과거 속에 묻어 버리면서 동시에 1968년 혁명도 역사 속에 묻어 버리려 했다. 포스트모더니즘의 전성시대가 지속되면서 주체에 관한 모든 이야기는 목적론으로 치부되어 기각되었다. 그들은 '드라마는 끝났다, 노동계급은 무대에서 퇴장하라'고 말했다. 돌아보면 포스트모더니즘의 이 주장들은, 적대하는 두 계급이 목숨을 걸고 싸우는 역사의 드라마를, 지구적 스펙타클, 지구적 시뮬레이션의 무대로 대체하려는 자본의 전략의 문화적 표현에 다름 아니었다. 노동자들을 거리에서 안방으로 몰아넣어 가두고자 하는 자본의 전략은 텔레비전과 멀티미디어의 시대를 열었다. '문자보다는 영상'이라는 새로운 위계적 매체론, '문학의 시대는 끝났다'는 고압적 명령들 혹은 슬픈 탄식들은 이 시대의 한 단면들이다.

포스트모더니즘에 대한 전통적 문예운동의 대응은 지극히 소극적이고 일면적인 것이었다. 즉자적 반발의 일정 시간이 지난 후 전통적 문예운동은 모더니즘인가 리얼리즘인가라는 낡고 좁은 쟁점 속에 숨어 버렸다. 그것은 포스트모더니즘이 제기한 포괄적이고 다양한 쟁점들을 외면하는 것에 다름 아니었다. 사회주의는 왜 붕괴되었는가? 역사는 끝났고 혁명은 불가능한가? 노동계급은 더 이상

의미 있는 사회집단이 아닌가? 더 이상 주체에 관한 이야기는 불가능한가? 스펙타클과 시뮬레이션이 가져다주는 현실적 효과는 무엇인가? 문자와 문학에 대한 사회적 멸시는 우리 시대 계급투쟁의 어떤 면모를 드러내는가? 사회주의의 붕괴가 지금까지의 문예운동에 어떤 변화를 요구하는가? 등등의 많은 문제들이 외면되거나 피상적으로만 건드려졌다. 실천적 문예운동의 와해, 문학 창조의 상품관계에의 포섭, 이에 의해 가속화된 문학 종말론 등은 이 회피와 패배의 필연적 결과일 뿐이다.

이러한 지형 위에서 볼 때 동인지 〈일과시〉의 행보는 독특하다. 동인들은 포스트모더니즘의 태풍이 휘몰아치기 시작하던 1992년 무렵에 모여 1993년 겨울에 제1집 『햇살은 누구에게나 따스히 내리지 않았다』(과학과사상)를 펴냈는데 그 구성원들은 모두, 공식 문단과는 일정하게 거리를 두고 있으면서, '노동력을 팔아 생계를 유지하는' 처지에 있는 노동자들이었다. 노동자들만으로 이루어진 시 동인지의 출현은 한국의 문학사에서도 전무한 일이거니와 당시 20대 후반에서 30대 후반의 나이였던 이들이 한결같이 지난 80년대를 노동과 투쟁과 시작(詩作)으로 살아온 사람들이었다는 점에서 주목할 만한 일이었다. 월간 『노동해방문학』이나 계간 『실천문학』과 같은 매체를 통해, 혹은 지역 노동자문학회를 통해 노동자 문예운동을 해온 이들의 새로운 결집은 80년대 후반에 불꽃처럼 타오른 계급적 문예운동의 급작스런 와해에 대한 이들 나름의 대응으로 읽힌다.

본래부터 공식 문단과는 상당한 거리를 두고 있었으며 노동자 문예운동에서도 상대적으로 변두리에 놓여 있었던 이들의 이 주목받을 만한 결집은 실제로는 주목받지 못했다. 아니, 당시 '운동으로서의 문학'의 급속한 쇠퇴 분위기를 염두에 둔다면 이들의 동인 활동도 한 호 정도를 낸 다음에는 쑥스러운 얼굴로 깃발을 내리는 것이 오히려 자연스러웠던 일일지 모른다. 그런데 1994년을 그냥 지나간 이들은 억척스럽게도 1995년 6월에 제2집 『아득한 밤의 쓰라림』을 펴내는 끈기를 보인다. 출판사를 대구의 지평 사로 옮긴 것을 보면 이들에 대한 서울의 냉대가 심상치 않았음을 읽을 수 있는데 이들의 시적 의기를 꺾기에는 이것으로는 부족했던 모양이다. 아니 오히려 2집의 서문은 약간은 수줍고 겸손한 표정이었던 1집의 서문에 비해 단호하고 비장하다.

격정의 거리에서 돌아와 거울 앞에 섰다. (…) 사랑은 끝났고 연인들은 떠났다. 연인들은 달콤한 속삭임으로 깃발을 들라 전망을 갖으라 노래하라 한바탕의 난리를 피우고 파장의 쓸쓸함을 남긴 채 떠났다 언제나 그랬듯이 우리는 우리일 뿐임을 새삼 확인했고 버림받는 일에 익숙해진 우리들의 사랑법은 떠난 사랑의 그 빈자리에 몇 마디 욕설과 함께 새로운 사랑의 철골을 박으며 예견된 이별을 서슴없이 용서하기로 했다 그러므로 우리의 반성은 끝났다. 도대체 우리의 노동이, 도대체 우리의 시가, 도대체 우리의 희망이 무슨 죄를 지었다고 마냥 무릎 꿇고 있어야 한단 말인가 무엇이 변했고 그 무엇이 살만해져서…….

적대의 관점을 한층 강하게 재확인하는 이 전략은 근대라는 낡은 적대의 시대가 지나갔으니 혁명을 거두자는 포스트모더니즘의 전략이나 '뼈아픈 각성' 끝에 최근 '오늘은 다르게'를 외치고 실행하는 노동자 시인 박노해의 전략과는 완전히 상반되는 것처럼 보이는 전략이며, 계급적대의 관점보다는 분단체제의 관점에서 리얼리즘을 재구성하려는 민족문학의 전략과도 다르다. 이들은 반성을 끝내 버리고 자신의 무죄를 항변하며 꿇었던 무릎을 일으켜 세우고 고개를 들어 한바탕 난리가 지나가고 난 쓸쓸한 공간에 '새로운 사랑의 철골'을 박겠다고 선언한다. 세상은 달라지지 않았다고 주장하면서 자신을 떠나버린 연인에 대한 용서로 자기반성을 가름해 버리는, 참으로 도발적인 이 태도의 의미는 무엇인가?

실제로 〈일과시〉에 대한 고찰은 이 태도, 이 미적 전략의 현 시대적 의미를 실제 창작물들과 연관지어 생각해 보는 것에 그 초점이 있을 것으로 보이는데 이 문제에 대해서는 차차 살펴보기로 하자. 왜냐하면 이 문제는, 이후 다시 두 해만에 나온 3집 『비오는 날 소주를 마시다』(1997년 4월, 시와사람사, 광주)와 한 해를 조금 넘겨 나온 4집 『사람이 그리운 날』(1998년 9월, 갈무리, 서울), 그리고 이번에는 기간을 더 당겨 거의 한 해만에 내는 5집 『한 노동자가 위험하다』(1999년 10월, 갈무리, 서울) 등을 두루 살펴볼 때에만 어느 정도 총체성 있는 진단이 나올 수 있으리라 생각되기 때문이다. 실제로 3집 이후의 서문들에서는 2집의 서문과 같은 도발성은 보이지 않으며 대체로는 자부심과 자괴감이 공존하는 모습을 보인다. 그것은 우리 시대에 시를 쓴다는 것은 무엇이며 어떤 관점에서 시를 써야 하는가에 대한 풀리지 않는 자문(自問)의 형태를 띠고 나타나는

데 이를 통해 우리는 '새로운 사랑의 철골'을 박는 것이 생각만큼 쉽지가 않았음을 짐작할 수 있다. 가령 '시집을 내는 것이 그리 즐겁지 않은 것은 우선 올바른 눈으로 세상을 보고 씌어졌는지 걱정부터 앞서기 때문입니다'(3집 서문)라는 고백이나 '이 시대는 살아남는 것이 예술이고, 우리가 노래해야 할 가장 가치 있는 시가 아닐까?'라는 자문에서 시작하여 '살아 있음을 넘어 어찌 살 것인가? 무엇을 쓸 것인가? [이것이] 〈일과시〉 동인의 고민이자 뜻을 함께 하는 모든 이의 숙제다'(4집 서문)라는 과제설정이 그것이다.

회절과 전향을 재촉하던 이 전환의 시대를 '살아남아' 새로운 세기를 바로 앞두고서 제5집을 내는 〈일과시〉의 8년 행보는, 그러나, '새로운 사랑의 철골을 박자'는 2집에서의 도발에서 시작하여 3집과 4집에서 '무엇이 새로운 사랑의 철골인가'에 대한 성찰을 거치더니 5집에 이르러서는 '이제 다시 현실로 돌아가자'는 옛 리얼리즘의 주장으로 되돌아가고 있는 것으로 보인다.

그러나 자세히 보면 이 무너질 듯한 회귀가 〈일과시〉의 미학의 본류가 아님을 알아차릴 수 있다. 〈일과시〉가 새로운 사랑의 철골을 박자는 다짐에도 불구하고 아직 만족할 만한 시적 영역을 개척하지 못하고 표류하고 있는 것만은 분명하다. 그러나 이 표류는 그들의 흐름, 부단한 모색의 과정의 표층에서 나타나는 것이며 그 흐름의 심층에는 '무기로서의 시'나 '인식과 실천으로서의 시'라는 80년대 문예운동의 미학과는 구별되는 하나의 독특한 특질이 자리잡고 있는데, 그것은 '삶으로서의 시'라고 부를 수 있는 그 무엇이다. 동인들은 이 시적 경향을 각 책의 서문에서 다음처럼 한결같이 서술해 왔다.

아직도 일하는 자의 희망은 불투명하고 우리들의 시는 아름답지 못하지만 살아가기 위해 시를 썼고 일하기 위해 몸을 팔았다.(2집)/시를 쓰는 일이 무어 '대단'하거나 '거창'한 것은 아닙니다. 다만 살아 있는 목숨을 소중하게 여기고 땀흘려 일하면서 하루하루 정직하게 살고 싶기에 시를 씁니다.(3집)/'시를 써야지'하는 마음보다, '어찌 살꼬' 하는 걱정이 앞서는 때. 이 시대는 살아남는 것이 예술이고, 우리가 노래해야 할 가장 가치 있는 시가 아닐까?(4집)

5집에서는 시가 무기이거나 인식이거나 실천이기 이전에 '삶에 내재하는 음률'이라는 생각이 세 편의 시를 통해 각각 다르게 표현되는 데 그것을 가장 명확하게 드러내고 있는 것은 「갈매기의 꿈」이다.

내가 희망을 버렸을 때/비겁해지지 않기 위해서/모든 사람을 저주했을 때/나의 노래는 입속에서 맴돌고/옛날은 추억으로만 있었다/산다는 것이 조금은 외롭고 쓸쓸하기 때문에/아름답던 옛 노래의 기억을 뒤로하고/끝없이 멀어져 가기만 하는 저녁바다처럼/어둠에 잠겨들 수 있었던 것일까/왜 나는 삶에 지친 갈매기가/돌아갈 곳이 없다고 믿었던 것일까/나의 노래는 이렇게 끝없이/가슴 깊숙한 곳에서 흐르고 있는데.(김명환, 5집)

맑스가 말한 대로 자본은 시에 적대적이다. 자본은 삶을 노동으로 환원하고 인간을 노동자로 바꾸어 권태와 피로를 생활의 보편적 분위기로 만들어 버린다. 하지만 시는 시인과 민중의 '가슴 깊숙한 곳에서' 끊임없이 흐르고 있다. 왜냐하면 그것은 살아 있는 것들의 속성이며 삶 그 자체이기 때문이다. 시인과 민중의 가슴 깊숙한 곳에서 흐르는 이 시심은 누군가 일시적으로 누를 수는 있지만 결코 지워버릴 수는 없는 것이다. 그것은 조그만 틈새도 놓치지 않고 새어나와 생활세계에 시를 흘리고 그것에 새로운 형태를 부여한다. 생명력 있는 많은 시들을 포함하여 크고 작은 반란들과 혁명들은 역사 속에 분출한 시심들에 다름 아니며 마치 자본에 의해 좌우되고 있는 것으로 보이는 현실 세계도 그 시심의 부단한 조형작용을 벗어날 수 없었다. 끝 모르는 자본의 독점, 독재, 전유(專有)의 욕망에도 불구하고 역사가 자본의 독백일 수 없었던 이유는 바로 이 시심의 멈출 줄 모르는 꿈틀거림 때문이다. 시인들이 지닌 시심이 민중의 가슴속에 흐르는 시심과 유다른 것은 아니다. 다만 시인들은 그 시심의 존재를 보다 강하게 느끼고 의식하면서 민중의 시심을 환기시키는 사람들일 따름이다. 그래서 시인들은 모든 것이 돈을 위해 존재하는 완전히 돌아 버린 물신(物神)의 세계에서 '바보처럼 일하고 등신처럼 땀냄새 나는 시를 쓰는 일'을 피할 수 없는 사명으로 받아들이게 되는 것이다.

돈을 벌기 위해 술 마시고 노래 부르고 몸을 팔고 영혼을 팔고, 돈을 벌기 위해 공을 차고 던지고, 돈을 벌기 위해 학교 병원 은행 교회 절 따위를 짓고, 돈을 벌기 위해 학교에 다니고 공부를 하고 사람을 가르치고 돈을 벌기 위해 사람을 만나고 헤어지고, 돈을 벌기 위해 씨앗을 뿌리고 열매를 거두고. 아, 돈을 벌기 위해 손가락 자르고 발목 자르고 죽은 송장까지 끄집어내어 흥정을 하고, 돈을 벌기위해 사람 살리고 죽이고. 돈 때문에 미쳐버린 사람, 사람들 속에서 바보처럼 일하고 등신처럼 땀냄새 물씬 나는 시를 쓰는 일.(서정홍, 「꼭 해야 할 일이다」, 5집)

이럴 때 삶으로서의 시(쓰기)라는 새롭게 발견된 지층은 돈을 버는 일에 모든 것을 바치도록 강제하는 자본(주의)에 맞서 자신들의 삶을 지키고 가꾸기 위한 노동자들의 미적 전략 혹은 실천의 기반이 되는데 그것은 80년대에 득세했던 '무기로서의 시'나 '인식과 실천으로서의 시'가 빠뜨리거나 경시하고 있었던 혹은 느끼기는 했으되 실제로 담보할 수는 없었던 그것들의 심층으로 보인다. 바로 이 지층에 발 딛고 있다는 점이야말로 〈일과시〉가 보여준 끈기의 원천이면서 그것의 변별점을 구성한다.

돌아보면 시가 삶으로부터 분리되어 하나의 직업으로 되어버린 것, 즉 자신의 모태를 떠나버린 것은 그렇게 오래된 일이 아니다. 앞서 말한 대로 시인의 탄생은 물론 민중 내부에서의 시적 재능의 상대적 차이에 기초한 것이지만 시인의 직업으로의 전환은, 자본이 민중의 저 무한광대하고 '위험한' 시심의 힘을 자신의 영토로 전환시켜 그것을 예속시키는 과정과 무관한 것이 결코 아니었다. 그래서 최근 시집을 낸 오도엽은 노조간부 성배형이 '이젠 니는/시집도 냈으니/시인이 아니냐고/맨날/그 틀에 그 이야기만/쓰지 말고/눈도 넓어지고/모양도 바뀌어야 한다고/술 한잔 나누며/야단칠' 때 '성배형/난 시인이 아녀/눈뜨면 가는 게 공장이고/일 끝나 집에 오면 잠인디/보는 게 있어야 넓어지지/사는 게 바뀌어야/시도 바뀌지'라고 응수할 수 있는 것이다. 80년대의 문예운동은 시를 인식이자 실천이면서 그 무기로 파악함으로써 '직업으로서의 시'를 넘어서려고 했다. 90년대의 〈일과시〉는 80년대의 이 정신을 계승하면서도 시가 인식이고 실천이고 무기이기 위해서는 그것이 무엇보다도 삶 자체일 필요가 있다는 어찌 보면 지당하고도 오래 된 생각을 90년대의 지평 속에서 새롭게 제기하고 있는 것이다. 이것은, 스스로 자본의 일부(가변자본)가 되어 노동하는 존재(노동자)로서의 이들에게, 시가 자신들을 파괴하는 자본의 시간(노동시간)에 저항하면서 삶을 보존하고 살려 나갈 수 있는 더없이 소중한 활동으로 주어져 있었음을 의미한다.

2

이제 우리는 '무엇이 변했고 무엇이 살만해졌냐'는 〈일과시〉 2집의 항변에 대해 생각해 보아야 한다. 왜냐하면 〈일과시〉는 1집에서 5집에 이르기까지 내용과 표현에서 커다란 변화를 보이지 않는 한결같음을 보여주고 있기 때문이다. 동인들이 삶을 드러내는 주된 방법은 자신의 노동에 대한 시적 비판을 통해서인데 그들의 한결같음은 실제로는 그들의 삶의 대부분을 차지하는 노동의 한결같음에서 나온다. 1990년대 초에 씌어 1집의 시들은 물론이고 1999년에 쓰여진 5집의 시들도 — '노동이 이 세상을 건설하며 노동자가 그 주역이다'는 식의 노동에 관한 고루하고 이데올로기적인 예찬론의 잔재를 지닌 몇 편을 제외하면 — 노동에 대한 절규에 가까운 비판들로 채워져 있다.

산처럼 떠억 버티고 서서/들머리를 하겠다며/1톤짜리 철근 한 다발을 번쩍 들어/어깨 위에 올려주는 오야지 최씨//무너지지 말자 이를 악물며/버티고 서서 한 걸음만 한 걸음만/마음은 간절한데/두 다리는 땅 속으로 꺼져 들어가고/캄캄한 절망이 철근보다도 무겁게 짓눌러와/자지러지며 꿈에서 깨어난 새벽 네 시/낮에 온종일 철근을 메고/꿈속에서도 밤새 철근을 메고/그러고도 메어 날라야 할 철근더미가/산맥처럼 끝없이 길을 막는/철근쟁이의 삶/식은땀에 젖은 노곤한 몸으로/이불 속에서 뒤척이다가/울컥/뜨겁게 솟는 눈물.(김해화,「새벽에 쓰는 편지」, 1집)

'낮에 온종일 철근을 메고 꿈속에서도 밤새 철근을 메는' 끝없는 노동과 '울컥 뜨겁게 솟는 눈물'. 이것이야말로 〈일과시〉가 마치 화두(話頭)처럼 두고두고 곱씹는 주요 주제이다. 그리고 이것이야말로 포스트모더니즘에서는 의식적으로 배제하는 주제이거니와 리얼리즘을 자처하는 많은 문학들에서도 사라지거나 희미해져 버린 주제이다. 그렇기 때문에 이 주제야말로 〈일과시〉의 시적 독특성(singularity)을 구성한다고 해도 과언이 아니다.

김해화의「철근」연작에서 가장 비장한 모습으로 드러나는 이 주제는 공사장 일용 노동을 그린 김기홍의 시에서 변주되고 지하철 노동자 이한주의 시에서 그것은, '아침 아홉시에 출근하면/다음날

아홉시에 퇴근하고/아침 아홉시에 퇴근하면/비가 오나 눈이 오나/
일요일이나 빨간날이나/또 그 다음날 아홉시에 출근해야 하는/똑딱
똑딱/스물 네시간 맞교대'(「스물 네시간 맞교대 나는」, 3집)로, 혹은
'25000V 전차선 아래/천둥 번개가 또 다시 치더라도/철제 호루라기
를 입에 물고/밤새도록 울어야 합니다/서울역 수송원 나는'(「천둥
번개 호루라기」, 5집)에서 보이듯, 슬픈 유머를 동반하면서 나타난
다.

〈일과시〉의 시들에서 노동은 끝없이 지루하고 고되고 위험하다.
그러나 노동자들은 가난에서 벗어나지 못한다. 자본의 축적이 동시
에 프롤레타리아의 축적임을 증명하듯 신한국을 드높이 올려 세운
이들은 그 변두리로 밀려나(김해화, 「철근의 눈」, 3집) '밤마다 숨가
쁘게 산을 타고 올라야' 보이는, '무너질 것 같아/어깨 걸고 버티는'
산동네(김용만, 「산동네」, 1집)에 살거나, '올해는 멸치가 비싸다는
소문이 나면/쓰레기통에 멸치 대가리도 찾아보기 힘드는 곳'(서정
홍, 「내가 사는 곳」, 4집)에 산다. '전국에 수만 채의 아파트를 짓고
도 아파트 한 채 갖지 못한' 이들은 '문패도 번지도 없는 주소 불명
의 세대주'가 되어 '쫓겨나지 않는 하늘의 새'나 '천지 들녘에 억세게
뿌려진 들꽃'을 부러워하며 산다(조태진, 「이 지상에 집 한 칸」, 5집).
이런 상황에서 그들의 아들이 빈집을 털게 되는 것은 오히려 자연스
럽다.

그해 봄 버짐 핀 꽃으로 배회하던 소년은 빵을 훔치다 들켜 파출소로
연행됐고, 낯익은 순경은 "이 새끼 또 왔어!"라며 귓볼을 후려쳤으며

빵집 주인은 미성년자를 처벌할 법이 없다는 말에 구멍 뚫린 법이라고 탄식하고는 돌아갔고, "빵을 얻는 것보다는 훔치는 것이 쉬웠다"고 진술한 소년은 뺨 몇 대를 맞고는 훈방됐다.(조태진, 「빈집털이 소년」, 5집)

이 시는, 19세기에 쓰여진 빅토르 위고의 소설을 현대화한 것으로 보고 싶을 정도의 이야기가 21세기를 앞둔, 자칭 '국민 정부'하의 한국에서도 계속 재생산되고 있음을 보여주는데 이것을 시인의 현실 감각의 부족 탓이라고 돌리고 싶은 사람이 있다면 그 사람은 아마도 신창원 같은 실존인물이 어디에서 생산되는지 한 번 쯤 현실적으로 생각해볼 필요가 있을 것이다.

아마도 〈일과시〉가 세상이 변했다고, 오늘은 달라져야 한다고 말하는 사람들에게 '벗이여/새로움이란/새 옷을 갈아입는 것이 아니네/이렇게 거짓없이 낡아 가는 것이네'(김해화, 「새로움에 대하여」, 3집)라고 응답하게 되는 것은 이 불변하는 적대의 현실을 벗어나기보다 그 뚱거름 속에 주저앉아 '작업복 속의 아름다움'(김해화, 「시작노트」, 2집)을 피워내려는 결의의 표명인지 모른다. 최근작 모음인 5집에 실린 많은 시들은 박정희 정부 이후 지금까지 이데올로기적 동원, 유혈적 폭력, 그리고 무엇보다도 시장이라는 기계장치를 통해 추진되어 온 초고속의 경제발전이 그 동력인 노동자들을 더욱 심화된 고통 속으로 빠뜨렸음을 드러내 준다.

그 심화된 고통의 핵심은 실업이다. '정미소 꺼끄러운 왕재 담는 일이나마' 단비처럼 여겨 '새벽마다 아장 운다는 산길을 내달렸던'

김기홍의 「개꽃」의 화자(話者)는 '왕재를 쏙쏙 빨아들이는 기계'에 의해 쫓겨나고, '쎄빠지게 일해 공사기간을 단축시켰던' 나이든 노동자들은 감원 명령에 오히려 스스로 밥줄을 단축시킨 셈이 된다(오도엽, 「밥줄단축」). 또 아세아시멘트 덕소공장은 '허허 벌판에 싸이로를 세운지 십사 년'만에 두 배로 커지고 출하량은 다섯 배로 늘었지만 '오십이 넘은 한반장'은 제천으로 발령이 난다(김명환, 「송별회」). 북경에서 샤시일을 하던 김용만이 골병이 들어 쉬게 되고, 철근 일을 하던 김해화가 발목을 다쳐 쉬게 된 것도 학교에서 군대로, 군대에서 공장으로, 공장에서 감옥으로, 감옥에서 병원으로, 병원에서 무덤으로 기나긴 구금(拘禁)과 폐절화(廢絕化)의 여정을 밟게 되는 노동자의 일생에서는 결코 뜻하지 않은 예외일 수 없을 것이다.

자본은 노동자들의 계급적 결집이 상대적으로 약한 때에는 노동시간 연장과 같은 보다 직접적인 착취 수법을 동원했다. 하지만 노동자들의 결집이 상대적으로 강한 오늘날에는 과학기술과 기계를 생산에 응용함으로써 노동자들의 일부를 사회로부터 축출함으로써 노동자들의 계급적 결집력을 약화시키는 우회적 수법을 사용한다. 그렇기 때문에 노동강도 강화, 노동시간 연장과 마찬가지로 노동을 절약하기 위한 기계의 도입 역시 노동의 저항을 진압하기 위한 자본의 투쟁무기의 하나에 지나지 않는다고 할 수 있다. 이런 맥락에서 보면 토지를 비롯한 일체의 생산수단에서 쫓겨나 자신의 노동력을 팔 수 밖에 없게 되어 불가피하게 선택하게 되는 취업이 계급투쟁의 결과이듯, 기계에게 일거리를 빼앗기고 거리로 추방당하는 실업 역시 계급투쟁의 결과이다.

앞에서 우리는 〈일과시〉가 그리는 노동이 지루하고 고되고 위험하다고 말했다. 그렇다면 그 노동으로부터 벗어나는 것을 의미하는 실업은 어떠할까? 5집에 실린 시들은 강제된 노동박탈로서의 실업이, 자발적인 노동거부로서의 파업이나 노동시간 단축과는 달리, 강제된 노동부과로서의 취업과 다름없는 혹은 그보다 더 큰 고통을 수반함을 보여준다. 지난 97년 말 이후 한국경제가 직면한 위기상황에서 노동자에게 닥친 삶의 위기를 농축하고 있는 다음 시를 보자.

일만 보고 살던/한 노동자가 위험하다//노동자인 남자/남자만 보고 살던 한 여자/여자의 남편이 위험하다//노동자인 아버지/아버지만 보고 사는 아이들/아이들의 아버지가 위험하다//여자의 남편인/아이들의 아버지인/노동자/한 노동자의 아내와 아이들이/위험하다//한 세상이 위험하다.(김해화, 「지금」)

시인에게서 실업은 노동자인 남자, 그의 아내와 아이들을 위험하게 만들며 결국에는 세상을 위험하게 만든다. 가을이 되어 거리에 '쏟아진 은행잎처럼 모가지가 떨어진' 남자는 인력시장에 나가 차례를 기다리며 은행나무에 등을 기댄다(김해화, 「은행나무 아래서」, 5집). 실업의 증가는 노가다와 같은 일용직 노동이나 간병인과 같은 임시직 노동들을 증가시키며(서정홍, 「제수씨」, 5집), 여성과 아동을 노동 시장으로 방출하며(문영규, 「질투」, 4집; 이한주, 「두 하늘 두 세상」, 5집) 그리움에 못 견딜 이민노동을 떠나게 만든다(김용만, 「연」과 「달밤」, 5집). 노동자의 아들이 빈집을 털 때(「빈집털이 소년」, 5

집), 그의 아버지는 무기고를 털 생각을 한다(김명환, 「봄비」, 5집).

그런데 무기에 관한 생각, 그리고 살인에 관한 생각이라면 일자리를 잃지않고 있는 노동자들이 먼저 했던 생각이 아닌가?

나는 하루에도 열두 번 아니/열두 번도 넘게/살인을 한다//나의 무기는 어디에고 있다 내 손이 닿는 곳이라면/공사장 구석에 뒹구는 각목/녹슨 철근토막/부스러진 벽돌조각/휘어진 못 하나/그뿐만 아니라/망치 톱 갈쿠리 드라이버 몽키스패너/우리들의 노동과 만나면 곧바로 피가 통하는 우리들의 연장도 나와 함께 살인을 한다//이를 갈면서/치를 떨면서/나는 죽은 자를 다시 죽이고/죽어 되살아나는 그를 또 죽인다//죽어 넘어진 자의 추악한 가슴을 밟고 서서/어울물을 거슬러 오르는 은어의 몸짓처럼/찬란하고 힘차게 죽은 자들의 세상을 거슬러 오르며/그의 아비를 그 아비의 아비/그 아비의 할아비까지/압제와 착취의 역사가 복제 해내는/더러운 역사를 뒤집어엎기 위하여/나는 날마다 살인을 한다//살인을 위해/갈고 닦는 나의 적개심/불같이 뜨거운 이 적개심이/오늘은 뜻밖에 시가 된다/살인보다도 더 뜨거운/시가 된다/시가 되어/시보다도 더 치열하게 살인을 한다.(김해와, 「살인」, 2집)

모든 노동대상들과 노동수단들을 무기로 상상토록 만드는 것이 임금노동의 고통이었음은 앞에서 이미 살펴보았다. 실제로 실업의 증가는 취업 노동자들을 편안하게 하는 것이 아니라 더 강도높은 노동(이한주, 「천둥 번개 호루라기」, 5집)으로, 더 치열한 경쟁(이한주, 「빽」, 5집)으로 몰아넣는다. 이들은 '하루도 쉼 없이/일 박 박 돌고 돌아야/가계부에 붉은 줄 치지 않고/부모님 용돈이라도 드릴 수 있기' 때문에 휴무가 와도 가슴이 무겁다(이한주, 「일공휴무」, 5집). 이 대목에서, 노동자의 삶의 위기는 취업(그것이 일시적으로 혹은 특정 지역에서 완전고용에 접근한다 할지라도)을 통해 해결될 수 있는 것이 아니며, 실업자와 취업자의 분할을 통해 노동자들을 거친 경쟁으로 내몰고, 이로써 노동계급의 힘을 약화시키며, 이로써 노동력을 팔지 않을 수 없는 조건을 계속적으로 만들어 내어, 노동의 삶, 노동의 나날을 부단히 재창출하는 착취적 인간관계의 철폐가 실업 노동자와 취업 노동자 모두가 직면한 삶의 위기를 해결할 유일한 길이라고 말한다면 성급한 것일까?

3

확실히 그것은 좀 성급한 일인 것 같다. 왜냐하면 〈일과시〉는 이런 식의 거대한 해결책으로 곧장 나아가기보다 작고 구체적인 희망들을 다듬는 데 훨씬 더 큰 애착을 갖고 있기 때문이다. 생각해 보면 거대한 결론의 제시보다 이 알알의 희망들에 대한 시적 표현이 더 소중한 것으로 느껴진다. 왜냐하면 노동자가 노동 속에서 착취당하고 가난에 시달리며 실업으로 고통받는다는 이야기는 늘상 듣는 진부한 이야기이며 그 고통을 끝내기 위해 착취적 인간관계의 철폐가 필요하다고 주장해도 그것을 이룰 희망과 실제적 힘의 결집이 없다면 공염불에 그치기 십상이기 때문이다. 사실 노동자들이 이렇게 고통받는다는 이야기, 흔히 노동을 관찰하는 시들에서 자주 등장하는 한 무더기의 이런 형상들은 자본은 세상을 자기 마음대로 주무를 수 있으며 그래서 역사는 자본의 독백이라는 식의 편협한 생각을 불러일으키는 데 적합하다. 그리고 이런 이야기들은 우리들에게 한 순간의 공분을 불러일으키기도 하지만 대개는 희망보다는 절망과 탄식을 불러일으킨다.

스스로 노동하는 사람들의 모임인 〈일과시〉의 미덕은 아픈 노동의 현실을 떠나지 않으면서도 그 현실 속에 뚫린 틈새를 찾아내고 그곳에서 희망의 힘을 읽어 내려 애쓰고 있다는 점에 있다. 이것은 앞서 〈일과시〉의 시적 독특성을 구성한다고 말한 것 중에서 '울컥 뜨겁게 솟는 눈물'의 힘을 찾아 나가는 것과 관련된다. 앞서 인용한 바 있는 「새벽에 쓰는 편지」는 이렇게 이어진다.

일어서자 무너지지 말자/흔들리지 말자 주먹을 불끈 쥐어도/기레빠시로만 버려져 온 다짐의 세월 속에서/오래된 철근토막처럼 녹슬어 버린 이름들/준이 마빡 경석이… /뜨거운 이름들 몇 건져내어 눈물로 닦는다/반짝반짝 광이 나게 닦는다.

끔찍한 노동 끝에 '울컥 솟는 눈물'은 결코 자본이 흘릴 수 있는 것이 아니다. 자본에게 눈물이 없다는 것은 그들이 살아있지 않고 죽었다는 것을 의미한다. 눈물은, 시가 그렇듯이, 삶의 용출(湧出)이다. 눈물이, 시와 마찬가지로, 사람을 정화(카타르시스)시킬 수 있는 것은 이 때문이다. 그렇다면 이 정화의 힘은 어디로 흘러가는가? 친

구를 찾는 일. 시인은 '철근토막처럼 녹슬어 버린 이름들', 그 옛 친
구들의 '꼬깃꼬깃한 주소를 끄집어내어' 절망 대신 편지를 쓴다.

온전히 일당이라도 챙겨받음시로/잘 있는가 모르겄다/쐬같이 살자
죽어도 죽지 말고/우리들이 아니면 누가 우리들을/보듬어나 줄까 잊
지 말자.

눈물 끝에 찾는 친구들은 노동의 쓰라림 끝에 드는 무기보다 더
깊고 강하다. 자본주의적 축적과정에서 기계보다 노동자들 자신이
더 핵심적인 생산력이듯이, 무기보다 더 큰 전복의 힘은, 아니 무기
들을 진정으로 무기이게 하는 힘은 노동자들 자신의 단결에 있다.
분노 끝에 찾는 무기보다 눈물 끝에 찾는 친구들이 더 아름다운 것
은 이 때문이다. 물론 〈일과시〉의 모든 시들이 친구들에 대한 그리
움으로 열려 있는 것은 아니다. 어쩌면 이것은 눈물이 흘러드는 가
장 넓은 곳, '불빛 환한 강가'(2집 서문)인지 모른다.
　〈일과시〉의 많은 시들은 자본이 남긴 상처를 쓰다듬고 치유하는
곳으로 눈물을 흘려보내면서 잃어버린 소중함들을 상기시킨다. 파
괴된 공동체들에 대한 그리움을 형상화한 많은 시들이 그렇다. 서
정홍은 '새로 생긴 산복도로'가 갈라놓은 고향 마을을 생각하며 그
리움에 잠긴다(「슬프도록 아름다운 그리움이」, 5집). 그 고향마을은
가난과 허기, 그리고 싸움의 기억으로 얼룩져 꿈에라도 떠올리기
싫던 마을이었지만 노동의 거친 세월은 시인으로 하여금 그곳에 '가
난한 살림살이 눈물 많던 사람들. 밥 한 끼 굶어도 서로 술 한 잔

나눌 줄 알던 사람들. 밤새 싸우고 엎어터져도 날만 새면 언제 싸웠느냐는 듯이 웃고 지내던 사람들'이 살고 있었음을 깨우쳐 준다. 또 시인은 그곳에 살던 할머니를 통해 '우리가 눈 똥이 논밭 거름이 되고/다시 밥이 되고 반찬이 된다'(「우리 할머니」)는 생태론적 지혜를 배운다. 김용만의 눈물은 '아내와 아이들', 그리고 알밤처럼 흩어지는 자식들을 안쓰러이 바라보는 '어머니'에게로 흐르는데 가족이라는 웅덩이로 흘러든 이 눈물이 그 안쓰러움의 힘을 모아, '불빛 환한 강가'의 친구들에게로 다시 흘러나오기 위해서는 더 긴 기다림이 필요할지 모른다.

4

다양한 시들이 자신의 눈물을 곧장 친구들에게로, 그 열린 공간으로, 흘려보내기 전에 혹은 그와 동시에 그것을 잃어버린 옛 공동체의 기억들의 미로로, 정든 가족들의 웅덩이로 흘려보내는 것은 어쩌면 친구들의 더 통 큰 만남을 위해 반드시 필요한 일인지 모른다. 왜냐하면 그 미로나 웅덩이들에 우리의 친구들이 숨어살고 있을 것이기 때문이다. 친구들은 큰 대로에만 있는 것이 아니라 저 변두리 실개울들에도 얼마든지 있을 수 있기 때문이다. 자본주의의 주도(主都) 영국 런던의 프롤레타리아에게서 자본을 전복할 힘을 찾던 맑스가 말년에 러시아의 농촌 마을에 눈을 돌리고 오래된 공동체인 미르에서 러시아 혁명의 힘을 찾았던 사실은 별로 주목받지 못해 왔다. 우리의 친구는 어디에 있는가? 누가 우리의 친구인가? 라는 문제는 이처럼 필생의 문제이며 우리의 미래를 결정짓는 문제이다. 이 생각의 끝에 길을 막고 서는 것은 앞에서 다룬 2집의 서문과, 같은 책에 실린 김해화의 짤막한 「시작노트」이다.

가고 싶으믄 가그라/보내놓고 돌아서니 혼자다/외로운 세상은 더럽게 질퍽거리고/이를 악물며 나는 이 세상을 건너간다/떠나가서 옷을 갈아입은 느그들은 참 이쁘것재?/그런디 느그들 앞으로 내 시 절대 읽지 마 라/인자는 우리들의 작업복 속에 묻혀 있는 아름다움 훔쳐다가/팔아 묵지 말아라 이 개새끼들아.

이것이 2집 서문에, 그리고 「새벽에 쓰는 편지」에 나오는 '언제나 그랬듯이 우리는 우리일 뿐'이라는 생각의 연장임을 알아차리기란 어렵지 않다. 그런데 그 서문에서는 떠나버린 연인을 용서하고 새로운 사랑의 철골을 박기 시작하지만 여기에는 그 용서가 없다. 떠나버린 옛 연인에 대해 '내 시 절대 읽지 말고 우리들의 작업복 속에 묻혀 있는 아름다움 훔쳐 팔아먹지 말라'는 경고와 더불어 '개새끼들'이라는 욕설이 덧붙는다. 아니면 그 서문에서 말했듯이 이 욕설을 한 다음에 용서를 할 것인가?

하여튼 이것은 '우리들의 작업복 속에 묻혀 있는 아름다움'을 긍정하기 위한 강한 부정의 태도이다. 실제로 〈일과시〉는 이 '우리들 작업복 속의 아름다움'을 캐내는 데 지난 8년을 모두 바쳤는지 모른다. 김해화의 「철근의 눈」(3집)이나 이한주의 「철도 노동자로 산다는 건」(4집)은 노동 속에 숨어있는 아름다움을, 김용만의 「산동네」
(1집)나 손상열의 「구로동 칠팔삼번지」(1집) 그리고 오도엽의 「아
침이 즐겁다」(5집)는 작업복 입은 사람들이 사는 곳의 아름다움을
그려낸다. 〈일과시〉의 눈길은 작업복 입은 사람들을, 그들의 고됨
과 허기와 사랑을 떠나지 않는다. 이들의 시에는 요란스러운 정보시
대 혹은 멀티미디어 시대의 모습을 찾아보기는 극히 어렵다. 인터넷
은커녕 컴퓨터마저도 거의 등장하지 않는다. 단 한 번 등장하는 컴퓨
터는 노동자를 괴롭히는 괴물 같이 두려운 기계로 묘사된다.

가래라도 뱉을라치면/검은 실타래가 졸졸 말려오는 지하실/환풍기라
도 한 대 더 있었으면 하는/우리의 마음을 아시는지 모르시는지/지난
달 순자는 몇 장을 빼고/옥순이는 잔업을 몇 시간 더 했는지/새로 들
여온 컴퓨터가/마냥 신기하기만 한 우리 사장님//위원장님 공판 때
했던 조퇴와/세수도 하지 못하고 뛰어왔던/5분 지각까지도/줄줄이
외워대는 컴퓨터 앞에서/우린 어느새/얘는 몇 장짜리/쟤는 얼마짜리/
컴퓨터만도 못한 미싱이 되고 맙니다//밤새워 자판을 두드리는데도/
고장 한번 나지 않는다고/대견스러워하시는 우리 사장님/아침부터 조
여오는 생리통에/몇 번이고 조퇴를 입에 올려보지만/빨갛게 찍혀 나
올/샘물체 컴퓨터가 두려워/말도 꺼내보지 못하고/죽어라고 밟아대는
저희 몸은/하루 밤새/자꾸자꾸 고장만 납니다.(이한주, 『컴퓨터』, 4집)

기계화, 정보화, 그리고 지구화. 자본이 외쳐 대는 이 슬로건들은
육체 노동자들에게는 두려운 것이다. 그것은 그들에게는 통제와 배
제, 그리고 축출을 의미한다. 그것들은 자본이 복종하지 않는 노동

의 힘을 타도하기 위해 사용하는 무기이기 때문이다. 위 시에서 컴퓨터에 대해 보이는 노동자들의 불안과 공포의 감정은 이런 맥락에서만 제대로 이해할 수 있다. 조태진은 자본의 이 잔인한 공격에 의해 육체 노동자들의 숙련이 파괴되고 무용지물로 되는 모습을 사실적으로 그리고 있다.

무릎에 댄 가죽갑바 걷우웠다/늙은 신기료는 낡은 구두 한 짝 없는 이 세상 쓸모없어/양지바른 산이 되었는지 자취를 감췄고/멋쟁이 삐딱구두 바람둥이 백구두 회사원 꺼먹구두/본드냄새 지겹도록 붙이고 꿰매고 못질하던/양화공 그는 은행빚으로 정육점을 차렸고/언제는 맞춤복이 최고라더니 더런 놈들/대폿집에서 소일하던 남산동 양복쟁이는/날품팔러 노가대로 나섰으나/열 몇 살적부터 아현동 농방공장에서/얻어터지며 기술 배웠다는 그 놈/자개농 은빛무늬 자랑을 감추고 당구장을 배회한다/메뚜기도 한 철이라더니 몰랐구나/숙련의 한 우물만 파던 이 재주/헌 신짝 취급에 누구도 모른척 하고/콘베어벨트에 실려 쏟아져 나오는 저 상품들/어찌 해볼 수 없어 패잔병으로/밀려난 변두리 골목어귀에 술내기 윷을 놀고/갑갑증 달래던 삼봉에 뒤틀려 멱살잡이를 하네/얼굴도 녹슬어 저물어가는 목숨들/선술집에 모여 허기를 달래며/가봉하던 핀의 추억과/해진 구두를 깁던 수선공의 이야기들/구시렁구시렁 해거름 지고/어둠 속으로 사라져 보이지 않는/오, 이제 필요치 않는 그네들의 오래된 노동.(「오, 그들의 노동」)

컨베이어벨트가 숙련을 대체한다. 그 결과 숙련 노동자들이 어둠 속으로 사라지고 기계의 리듬에 자신을 맞추기만 하면 되는 대중노동자가 출현한다. 문영규의 시들에서 부분적으로 나타나는 창원공단 조립공장의 노동자들이 그 전형적인 예라고 할 수 있다. 그러나 조태진의 그림은 1990년대 말 한국에서 벌어지고 있는 대중노동자의 축출에 대한 그림은 아니다. 숙련 노동자들을 대체했던 대중노동자들은 오늘날 정보화-지식화 드라이브에 밀려 거리로 내몰리고 있다. 자동차, 조선, 석유화학 등 중공업 노동자들이 거리로 내몰리고 있는 것이다. 지식인이 '부가가치 (즉 이윤)을 생산하는 인간'으로 재정의되고 (지구화의 언어적 무기인) 영어, (정보화의 무기인) 컴퓨터를 익히지 못한 사람들은 축출된다. 그럼에도 〈일과시〉에는 이제 축출의 시련을 맞고 있는 이들 대중노동자의 모습을 찾아보기가 쉽지 않으며, 작업복 대신 양복을 입은 사무직 노동자나 공구 대신 컴퓨터로 작업하는 지식 노동자의 모습은 더욱 찾아보기 힘들다.

김용만, 김해와, 김기홍, 김명환, 조태진 등을 포함하는 〈일과시〉의 나이 든 세대는 이제 돌이킬 수 없을 만큼 변두리로 밀려난 숙련 노동자의 감성을 절절하게 표현한다.

높다는 것이 얼마나 큰 그늘을 만드는가/입동지나 낼 모레면 겨울인데/드높이 올라간 신한국의 변두리로 밀려난/우리들의 세상은 벌써 춥고/그늘은 얼마나 깊은가/깊은 한숨 끝/고개를 돌리는데/반짝이는/수많은 눈빛/저 빛나는 눈들은 무엇인가/해묵어 녹슨 철근 무더기에서 골라 모아/어제 우리가 바루고 키 맞추어 잘라다 넣은/복리동 지하층 옹벽 철근.(김해와, 「철근의 눈」)

그리고 상대적으로 젊은 이한주는 축출의 위기를 맞고 있는 대중노동자의 감성을 재치 있게 표현한다. 그리고 손상열의 시는 날이 갈수록 점차 문명비판적 방향으로 흐르고 있는데, 그에게서 작업복은 현실이라기보다는 지워지지 않는 기억일 뿐이다.

어려움은 여기에 있다. 자본이 80년대의 투쟁을 통해 구축한 노동계급의 정치적 구성을 와해시키고 있는 지금, 다시 말해 '우리'가 빠른 속도로 변두리로 밀려나고 있을 때 '우리는 우리일 뿐'이라고 다짐하며 우리를 '떠나는' 사람들과 쉽게 결별할 때 희망은 과연 어디에 있는 것일까? 노동운동을 하다가 가버린 사람들은 어디로 간 것일까? 그 중에는 분명 '작업복을 벗어버리기 위해' 떠난 사람들도 있을 것이다. 하지만 90년대에 닥쳐온 운동의 해체, 그리고 활동가들의 변모는 변절이나 위선과 같은 단순한 도덕론으로 설명할 수 있는 문제가 아니다. 그것은 낡은 계급구성의 와해와 계급재구성의 스펙트럼을 통해 조망될 문제이다. 조태진이 「오, 그들의 노동」에서 적실하게 표현했듯이 오래된 노동의 축출은 계급투쟁에서의 패배를 함축한다. 자본은 부단히 노동의 새로운 방식, 노동의 새로운 영역을 개척함으로써 낡은 노동영역에서 노동자들이 구축한 권력을 와해시킨다. 90년대에 들어 자본이, 80년대 말의 혁명적 투쟁을 통해 대중노동자들이 현장에서 구축한 권력을 해체시킬 때 사용한 주요 무기는 총칼과 이데올로기라기보다는 오히려 자본의 산업으로부터의 이탈과 금융자본화였다. 그 결과 산업노동의 비중은 크게 약화되었고 그만큼 육체 노동자들의 힘도 줄어들었다. 산업 노동자들의 헤게모니를 주장하며 노동현장에 결합했던 활동가들이 '깃발

을 들라 전망을 갖으라 노래하라'며 피웠던 '한 바탕 난리'는 대중노
동자가 투쟁을 이끌던 당시 노동계급의 정치적 구성에 기반을 둔
것이었다. 90년대에 이들이 '파장의 쓸쓸함'을 남긴 채 떠나게 되는
것은 자본의 신자유주의적 반격으로 육체직 산업 노동자를 중심으
로 짜여졌던 노동계급의 정치적 구성이 와해되었기 때문이다. 계급
적 대의를 버리고 자신의 존재기반을 옮겨버린 일부의 명망 높은
사람들을 논외로 하면, 많은 활동가들의 변화는 새로운 계급구성에
적응하기 위한 모색을 함축한다. 따라서 그들의 떠남은 옷을 갈아
입기 위한 떠남이라기보다 투쟁의 다른 자리, 또 다른 투쟁의 가능
성을 찾는 떠남으로 볼 필요가 있지 않을까?

그럼에도 불구하고 '우리는 우리일 뿐'이라는 자기 확인은 중요하
다. 지금까지의 운동들이 항상 중심을 세우고 변두리 집단의 종속
을 주장해 왔고 그것이 계급적 단결력의 약화를 가져왔다는 점에서
특히 그러하다. 노동계급의 각각의 집단들이 다른 집단들로부터 자
율적일 때 그리고 그들 사이에 어떤 위계화도 존재하지 않을 때 그
리하여 그 각각의 집단들 사이에 투쟁의 자유로운 공명(共鳴)이 가
능할 때, 노동자들의 위계화를 통해 서로를 경쟁시키고 이로써 노
동자들의 투쟁력을 약화시키려는 자본의 기획은 무력해진다. 이런
시각에서 볼 때 〈일과시〉가, 이제는 무용지물이 되어가거나 혹은
노동 세계의 변경으로 밀려나버린, 그러나 엄연히 존재하고 있는
낡고 오래된 노동의 존재에 대해 쉼 없이 노래하고 그 감성을 표현
하는 것은, 그 어느 누가 진부하다고 타박한다 할지라도, 극히 정당
하며 아름다운 것이다. 왜냐하면 그들의 감성은, 노동계급의 어떤

다른 부문도 표현할 수 없는 그들 고유의 것이기 때문이다. 그리고 변두리의 인간들은 역사 속에서 중심에 있는 사람들 못지않은 (때로는 그보다 더 큰) 혁명적 힘을 보여 왔다. 그렇지만 변두리의 힘만으로 변두리 인간들의 고통은 결코 풀리지 않는다. 왜냐하면 변두리와 중심의 구획은 삶의 기획이 아니라 자본의 기획이며 그것이 언제나 자본에게 이익이 되어 왔기 때문이며 삶의 심층에서 변두리의 인간들과 중심의 인간들은 항상 연결되어 있기 때문이다. 그러므로 '우리'는 항상 더 큰 우리의 일부임을 확인하는 것이 '우리가 우리임'을 확인하는 것 못지않게 중요하다.

노동계급은 이제 작업복을 입은 사람들로만 구성되어 있지 않다. 공구보다는 키보드로 작업하는 노동자들이 빠르게 늘어난 결과 이제 (상징적 의미에서) '작업복을 벗은' 노동자들의 수가 '작업복을 입은' 노동자들의 수보다 더 많아지고 있다. 그리고 그들이 자본에 대항해 벌이는 투쟁도 점차 늘어나고 있다. 그들의 투쟁은 비록 모양은 다르지만(예컨대 해커들의 투쟁을 생각해 보라) 작업복을 입은 노동자들이 벌이는 투쟁과, 자본관계를 해체하고 삶의 시간을 확대시킨다는 점에서, 서로 연결되는 것이다. 혹시 떠나버린 그 옛 연인들이 그곳에서 자본에 맞서 싸우고 있을 수도 있지 않겠는가? 〈일과시〉가 새로운 사랑의 철골을 박고 있을 때 그들 역시도 새로운 사랑의 프로그램을 짜고 있을 수도 있는 것이다. 있을 수 있는 재결합과 상호보완의 가능성을 버린 채 분리를 고수한다면 이로운 것은 자본뿐이다.

그러므로 우리가 각자 선 자리를 떠나지 않으면서 시야를 넓힌다

면 친구는 어디에나 있다. 가까이에도 있지만 바다 건너 멀리에도
있을 수 있다. '오래된 철근토막처럼 녹슬 정도로' 오래된 친구들도
있을 것이지만 그들이 무엇을 하는지 쉽게 이해하기 어려운 전혀
새로운 친구들도 있을 수 있다. 황색 피부를 가진 친구도 있겠지만
피부가 희거나 검거나 갈색인 친구도 있을 수 있다. 오늘 도시에 사
는 사람들 가운데 우편배달부가 나르는 편지보다 컴퓨터 통신이나
인터넷의 전자메일을 통해 친구를 사귀는 사람들의 수는 점점 더
늘어가고 있다. 그래서 컴퓨터는 노동자를 추방하는 무서운 기계이
기도 하지만 노동자 계급투쟁의 지구적 네트워크를 구축하는 효율
적인 도구로 사용되기도 한다. 사회에 대한 자본의 지배가 전면적
일수록 노동의 외양을 넘어서는 노동자들의 단결 역시 지구적이고
전면적일 필요가 있다.

　새롭게 재구성된 계급관계의 중심에 서 있는 현대화된 노동자들
에게, 변두리로 떠밀린 〈일과시〉의 노동자 시인들이 전하는 감성은
어떻게 받아들여질까? 갖은 장치들(임금격차, 사회적 차별대우, 교
육수준의 차이 등등)로 노동자들의 감성을 분할하여 그들을 지배하
는 자본의 전략이 효과를 발휘하고 있다면 현대화된 노동자들에게
〈일과시〉의 시들은 고리타분한 옛 이야기로 받아들여질지 모른다.
그렇다고 우리가 현대화된 노동자들에게, 낡은 것을 사랑하는 손상
열의 감각, 예컨대 '소란스런 가리봉 오거리보다/으슥한 공단 뒷골
목이 늘 정겹다/ (…) /우린 이미 알고 있었어/첼로의 느린 안단테
칸타빌라보다/기계소리처럼 빠른 트로트가 어울린다는 것을/악취
와도 같은 밤은 그래서 희망적이다/술취한 골목이 들려주는 노래가

귀에 익듯/썩어가는 것들의 생은 또 얼마나 아름다운가'(「희망에 대하여」, 3집)와 같은 감각을 요구할 수는 없을 것이다. 그러나 시는 죽음과 자본에 맞선 삶의 힘이므로, 삶을 갈구하는 노동자들이, 직업으로 나뉘고 성별로 나뉘고 소득으로 나뉜 모든 노동자들이, 각자가 캐내고 가꾼 아름다움을 서로 교환하고 소통하는 것은 어렵지 않을 것이다. 이러한 폭넓은 소통과 어울림에 거는 나의 기대는 실제로는 '고단한 세상'을 맴도는 '잘게 부서진 희망을 추려 모아 불빛 환한 강가'를 이루자는 〈일과시〉의 소망과 완전히 일치하는 것이다. 내가 덧붙이고 싶은 것이 있다면 〈일과시〉가 '우리' 사이에서 나누고자 하는 그 정신을, 오늘날 공장을 넘어 사회로, 일국을 넘어 세계로, 현실공간을 넘어 가상공간으로 넓어진 계급간 투쟁의 전 무대로, 더 큰 '우리' 사이에로 확장시키자는 것뿐이다. 그럴 때 〈일과시〉의 시세계에, 그 내용과 표현에 어떤 심화와 변화가 나타날지 나는 자못 궁금해진다.

(<일과시>제 5집, 1999)

유리(遊離) 시인 김해화의
정주(定住)의 꿈과 그 위기

1

인류가 정주적 삶을 시작한 것은 그렇게 오래되지 않았으며 또 오래 지속되지도 못했다. 자본관계의 형성과 발전은 모든 정주하는 것들을 해체시켰다. 농민은 정주의 터전인 토지로부터 분리되었고 그 자신 새로운 유목자인 자본의 축적 욕구에 종속된 임금노예로 떠돌아야 했다. 달리 말하면 노동자는, 유목자인 자본이 이리저리 끌고 다니며 젖을 짜고 털을 벗기고 고기를 먹는, 양떼들인 셈이다. 농경 이전의 유목적 삶은 도시에서 새로운 모습으로 재현되어 지구적 규모로 가속되고 있다. 인간과 동물 사이가 아니라 인간(유목자)과 인간(유리민) 사이에 적대를 촉진하며.

시인 김해화 역시 농촌을 떠나 삶의 터전을 잃고 전국의 공사장을 전전하는 노가다, 일용 노동자, 비정규직 노동자이다. 그는 유리

민이다. 그는 어느 하청회사에 예속되어 있지만 그의 삶은 자본의
장단과 흐름에 좌우된다. 일거리가 있을 것인지 없을 것인지, 어떤
일이 있을 것인지, 어느 곳에서 일이 있을 것인지 등은 그의 뜻에
달려 있지 않다. 그 어느 곳에든 자본의 뜻에 따라 세워질 수 있는
함바가 그의 일시적 거주지이며 동료들은 끊임없이 바뀐다. 노동
속에서 그를 고정시키는 것이 있다면 그것은, 그가 지닌 숙련으로
인해 주어지는 철근일 뿐이다. 다시 말해 어딜 가나 철근일을 해야
한다는 사실만이 그를 고정시킨다.

　『인부수첩』(1986), 『우리들의 사랑가』(1991), 『누워서 부르는 사
랑노래』(2000)로 이어지는 그의 20년 시작(詩作)에 끝없는 상상력을
부여하는 관통 소재가 철근인 것은 무엇을 의미하는가? 이 사실 앞
에서, '그는 철근 노동자니까'라고 생각해 버리는 것만큼 안일한 해
석은 없을 것이다. 쇠, 그것은 청동기 문화에서 철기 문화를 거치는
인류의 역사에서 농경적, 정주적 삶을 가능케 한 문화적 소재이다.
김해화의 시에서 철근은 서로 다른 사물들을 서로 단단히 접합시키
고 고정시키는 역할, 즉 '쉽게 끊기고 쉽게 쓰러지는 세상의/뼈와 힘
줄'(「부활을 위하여」)의 역할을 맡는다. 철근의 상상력은 유리민 시
인 김해화로 하여금 서로 연결된 두 가지의 주제를 지난 20여 년에
걸쳐 지속적으로 탐구케 한다. 그 하나는 대지와 인간의 결합으로
서의 정주이며, 또 하나는 인간과 인간의 결합으로서의 공동체이다.
그래서 그의 시는 이 '정주 공동체'의 꿈과 분리시켜서는 도저히 이
해할 수 없을, 혹은 단순한 반복으로밖에 느껴지지 않을 질기고 단
단한 밀도를 갖게 된다.

2

김해화의 제3시집 『누워서 부르는 사랑노래』에서 그의 정주 공동체, 그의 공화국은 '신덕'으로 그려진다. 신덕은 1984년 여름에 참혹한 강제 철거를 겪은 마을이다. 철거는 주민을 대지로부터 강제로 추방하여 주민들을 유리민이 되게 하는 폭력적 권력 행사의 하나이다. 시인 김해화의 공화국 신덕은 '문민시대의 대통령도/지방자치의 지방의원도 없'고, '민중의 지팡이 민주 경찰도/자주국방의 국군, 혈맹의 아메리카도/지켜주지 않는 나라'이며 '평화유지군도 적십자사도/국제 연대의 구호 활동도 없는' 나라이다. 거기에는 특이한 전쟁이, '무자비한 파괴와 폭력의 발길 앞에/맑고 여린 꿈들이 강제 철거당하고/쫓겨가는 사람들/짓밟히는 사람들/그리고 온 몸으로 맞서 싸우는 사람들/그들의 치료받지 못한 상처와/분노의 외침'만이 있다. 그러나 철거민들은 결코 그들의 정주의 꿈을 접지 않는다. 나사렛 목수의 아들 예수가 제국 로마에 저항하는 투쟁의 공동체를 구축하듯이, 신덕에서도 목수 김씨가 그 일을 맡는다.

> 대책위원회 위원장 목수 김씨
> 전쟁같은 강제 철거가 휩쓸고 간 마을
> 상처 입은 목재 몇 토막 줏어다가
> 못주머니 차고 망치 들고 하루를 또닥여
> 시양판 폐허 위에
> 이윽고 한 나라를 세워 깃발을 꽂으니
> 살아남은 사람들 눈물 머금고

그 깃발을 우러러 노래 부르더라

―「신덕으로부터 2」

이 나라는 문민 대통령, 지방자치 의원, 민주 경찰, 국군, 아메리카 등으로부터 독립된 독립국이며 정주의 꿈으로 결속된 공동체이다. 그러나 그 나라는 평화롭기는커녕 피투성이이며 투쟁의 날카로움으로 긴장되어 있다.

깨진 유리 조각 사이
사람들 날카롭게 서 있습니다
사람들의 날카로움 사이
깨진 유리 조각 피투성이로 서 있습니다

―「아직도」

정주를 위한 그 투쟁의 공동체는 이 날카로운 대치의 와중에서 앞으로 나아갈 길을 찾고 있다.

가만 가만 걸음 옮기면서
귀 기울여 길 찾는다
미친 사람들
지붕이나 벽만 아니라
길도 함께 허물어 버렸구나
옛길 속삭이는 소리 놓치면
희미한 앞길도 놓쳐 버리겠네

―「길 찾기」

신덕 사람들의 길찾기가 시인의 길찾기로 전이되는 것은 이곳에서다. 시인은 신덕을 '우리' 나라라고 불렀다. 그 자신이, 정주의 꿈을 안고 싸우는 신덕의 주민임을 선언하고 있는 것이다. 신덕의 앞길, 그것은 시인의 앞길이다. 시인은 '앞길'을 '옛길'에서부터, 그것의 '속삭이는' 소리를 '귀기울여' 듣는 데서 찾으려 한다.

이것이 시인 김해화가 90년대의 시류와 맞서는 방법이다. 그는 앞길을 옛길과 동떨어진 새 길에서 찾으려 하는 90년대적 시류, 포스트모더니즘이 보여준 새로움에 대한 집착을 일관되게 거부한다. 그에게서 새로움은 '새 옷을 갈아입는 것'이 아니라 '거짓없이 낡아가는 것'에 있다.

땀과 기름에 절어가며
낡아 빛바래고
너덜너덜해지는 작업복

벗이여
새로움이란
새 옷을 갈아입는 것이 아니네
이렇게 거짓없이 낡아가는 것이네

―「새로움에 대하여」

농경적 삶은 자연의 순환적 섭리를 있는 그대로 받아들이는 것에서 시작한다. 반면 자본주의적 노동의 탄생은 인류의 삶을 자연의 주어진 법칙으로부터 분리시켜 인공적 자연 혹은 제 2의 자연을 구축한다. 그것의 발전은 오늘날 자연적 공간을 넘어서는 싸이버공간의 탄생을 낳았다. 그러나 그것은 인류가 자연의 일부인 한에서 자연으로서의 한계를 넘어서는 것은 아니다. 이 새로운 자연은 다양한 자유로움, 다시 말해 자유로운 이동, 자유로운 속도, 자유로운 변형 등에 의해 규정된다. 들뢰즈는 자본주의가 이 새로운 경향을 가동시키고도 오히려 그 경향을 제한하는 것을 비난한다. 그래서 그는 노마디즘(유목자와 유목민의 분리 이전의 유목주의)의 극대화로서의 탈주를 우리 시대 인류해방의 유효한 전략으로 제안한다.

유리민 김해화의 떠돌이 삶은 유목주의의 극대화 전략과 연결될 듯 한데도 그의 감성과 전략은 그것과는 사뭇 다르다. 그의 시들은 자신을 전국의 공사장으로 내몰뿐만 아니라 어머니까지 '재 너머 산밭도, '집 앞 이모 논'도 아닌 '재생 공장'(「어머니」)으로 내모는 강제된 유리에 대한 분노로 가득 차 있다. '흘러 흘러 삼십 년 김씨의 구성진 십팔번', '고향이 그리워도 못 가는 신세…'(「인부수첩 16」, 『인부수첩』)에서 나타난 향수는 유리민 노동자가 자본과의 싸움을 지탱할 수 있는 힘으로 된다. 마가렛 미첼의 『바람과 함께 사라지다』의 줄거리를 '땅'에 대한 애착이 이끌고 가듯이 김해화의 시에는 '집'에 대한 애착이 강하게 드러나는데, 그것은 고향과 더불어 그의 정주의 꿈의 일부이다.

일년 가는 일자리 없어
한 번도 끝까지 넣어 보지 못한 적금
속으면서 다시 넣고 해약하고 쪼개서 부금 넣고

칠년 만에 칠년 만에
전세 보듬고 마련한 열아홉 평 아파트
당신 이제 떠돌이가 아닙니다
돌아갈 우리 집이 있어요
이전등기 마친 날
손잡고 울먹인 아내

—「집·짐」

떠돌이 삶은 지긋지긋한 것이다. 그는 그것에서 어떤 긍정적인 것도 보지 않는다. 그가 자신의 노동하는 삶 가운데에서 철근을 자신의 시적 상상력의 중심으로 삼는 것은 아마도 이 때문일 것이다. 철근은 이동, 자유, 속도와 같은 현대적 가치보다는 고정, 단단함, 지속과 같은 오래된 가치를 환기시킨다. 1960년대 이후의 급속한 근대화 과정에서 철근은 중요한 역할을 했지만 극소전자 기술의 발전을 기축으로 한 산업재구조화 과정에서 철근은 위기를 맞는다. 시인 김해화는 이 위기의 과정을 외면하지 않고 응시한다. '개망초 환삼넝쿨 뒤엉켜 제 멋대로 싸움 벌이면서 누운 채 삭아 가는 목재들과 철근 토막 뒤덮더니 지난 여름 폭풍우에 함바집 지붕 내려앉고 겨울 모진 눈보라에 마주서서 버티던 거푸집이 쓰러졌네 나는 아무 도움도 주지 못한 채 마지막 몸부림 끝의 짧은 비명을 들었지.' 그런데 삭아가는 목재와 철근, 무너지는 함바집과 거푸집의 비명 속에서 그가 보는 것은 무엇인가. '두렵고 긴 침묵의 시간이 흐르고 다시 눈을 뜨고 내가 본 것은 찢겨진 주검의 참혹함이 아니라 조용히 흰눈에 묻혀가는 편안한 휴식이었네'(「부활을 위하여」에서). 시인은 이 주검들에 바치는 묘비명을 새긴다.

단단함이 얼마나 큰 슬픔인가
쓰러지거나 무너지는 것들을 위해
아무 일도 하지 못하면서
홀로 서 있어야 하는 단단함
얼마나 캄캄한 절망인가
이제는 빛나던 눈 녹슬어
어둠밖에 보이지 않고
칭칭 묶여 쓰러질 수 없어
선 채로 숨 끊기고
죽어서도 오래오래 피 흘리며
치열하게 서서 몸부림쳐야 하는
단단함이 얼마나 무거운 형벌인가

－「부활을 위하여」에서

러시아의 오래된 미르 공동체에서 이행의 힘을 찾으려 했던 노년의 맑스까지 그랬다고 볼 수는 없지만 「공산주의자 선언」을 쓰던 당시의 젊은 맑스는 모든 단단한 것들을 녹아내리게 하는 자본의 운동에서 혁명적 힘을 보았다. 김해화의 시선은 그와는 반대로 새로운 것이 아니라 낡은 것에 가 있다. 그는 자본의 운동이 가져오는 단단한 것들의 무너짐 속에서 휴식과 편안을 본다. 형벌과 절망에서의 해방을 본다. 그는 '흔적도 없이 사라지는 것/쓰러져야 할 때 쓰러지고/썩어 문드러져야 할 때 썩어/흙이 되고/바람이 되고/이윽고 고요한 어둠이 되어/잊혀지는 것'이 '아름다운 죽음'이라고 쓴다. 그것은 '모든 것이면서 아무 것도 아닌/캄캄하게 또는/눈부시게 비어 있는 자리'를 가져오며 '꽉 차 넘치는 생명들이 비우고 간/캄캄함이나 눈부심으로부터/모든 새로움은 시작되고/새로운 것들은 영원으로 이어지'기 때문이다(「부활을 위하여」). 여기에서 오래된 그의 정주의 꿈은 놀라운 역전, 혁명적 변형을 경험한다. 정주, 그것은 특정의 자리를 차지하는 고정이나 안주가 아니라 모든 것이면서 아무 것도 아닌 '비어 있는 자리' 속에서, '새로움'의 시작을 가능케 하는 그 공허의 '캄캄함이나 눈부심'을 통해 '영원'히 실현되는 것으로 재인식된다. 그래서 '죽어서도 시퍼렇게 눈을 치뜨고 하늘 노려보면서 서 있는 우리가 자랑스러웠'던 그가 이제는, '선 채로 죽어/나는 지금도 철근인가/기껏 외로움 하나 일으켜 세워 두고/죽어서도 피 흘리며 서 있어야 하는/단단함은 아직도 쇠붙인가//차라리 쓰러지면 녹슨 쇠붙이지만/서 있는 한 나는 다만 폐허/누가 나를 쓰러뜨려 주게'(「부활을 위하여」)라고 노래하는 것이다.

3

지금까지 내가 『누워서 부르는 사랑노래』의 제4부를 집중적으로 분석한 것은, 이곳에 김해화 시학의 요체가 담겨 있기 때문이다. 그는 정주의 꿈을 키우며 80년대와 90년대를 올곧은 자세로 버텨 왔다. 그러나 그가 40대가 되어 맞이한 1997년의 경제 위기와 IMF 위

임통치 — 이것이 자본의 신자유주의적 반혁명의 한 국면임은 여기
서 부연치 않겠다 — 는 그의 삶과 꿈을 위기 속에 몰아넣는다. 한
노동자 가족 전체의 위기를 그린 「지금」이나 한 농촌 마을의 위기
를 시인의 삶의 위기와 중첩시킨 「흔들리는 길」 등은 이 위기 상황
의 형상화이다. 이러한 상황 속에서 그는, 무너짐, 비움, 죽음을 통
한 영원한 새로움의 길을 선택한다. 이것은 정주의 꿈의 포기인가?
정주가 인간과 특정 공간의 결합으로 정의되는 한에서 이것은 정주
의 꿈의 해체일지 모르지만 시인이 낡은 정주 주체의 해체를 통해
정주를 위한 투쟁의 부활을 시도한다는 점에서 그것은 정주의 꿈의
거대한 확장일 수 있다. 이러한 확장을 통해 시인의 정주 관념은 유
목주의와의 대립을 벗어나 그것과 접속될 수 있는 잠재력을 갖게
된다.

　정주주의와 유목주의의 접속 가능성을 보다 깊이 이해하기 위해,
먼저 비참의 형상화(『인부수첩』)에서 저항의 형상화(『우리들의 사
랑가』)로, 그 후 절망과 역전(『누워서 부르는 사랑노래)』으로 나아
온 김해화의 정주 미학의 시적 전개와 그 결과에 대해 먼저 살펴보
는 것이 필요할 것 같다.

　(1)정주 공동체의 관점에서 노동은 고향으로부터의 유리, 자연으
로부터의 분리이다. 자연과 고향은 아름다움, 풍부함의 원천이다.
노동은 인간을 그것들의 풍부함으로부터 갈라놓는다. 그래서 인간
은 무정하고 비참한 지경에 놓이게 된다. 그가 제1시집 『인부수첩』
에서 그리고 있는 것은 바로 이것이다.

비가 내린다
인정은 모두 지워지고
가슴이 텅빈 사람들만 무겁고 잔혹하게 서서
깃발을 흔들고
노래하고 춤추는 도시의 변두리
식어가는 노동의 숨결만이 처첨하게 자지러드는
저녁 공사판에 아프게 가을비가 내린다

―「인부수첩 11」에서

이 도시 풍경과 대조되는 것은 사무치는 고향에 대한 그리움이
다.

아아
가을이면 미치게 어우러지던
고향의 코스모스
밤이면 시냇가에 천국처럼 피어나던 달맞이꽃
지금도 피어 있을까

―「인부수첩 11」에서

노동이 인간과 세계의 적대적 분리의 산물이라면 자연과 고향은
인간과 세계의 행복한 일치의 차원이다. 그런데 이 '이쁜 향기로운
사랑스러운/구절초'는 '키 큰 풀무더기 가시덤불 가로막아/가까이
다가갈 수 없는 언덕'(「사랑」, 『누워서 부르는 사랑노래』)에 자리잡
고 있다. 시인은 순천만에 새를 보러 가지만 새 대신 '가실 끝난 벌

판/흩날리는 검부재기만'(「새를 보러 갔다가」, 『누워서 부르는 사랑노래』) 볼 뿐이다. 이럴진대, '불내음 끈한 땅에 무릎 꿇고/무릎 꿇고 깊이깊이 입맞'추고자 하는 시인의 염원인들 실현될 수 있을까?

(2)고향 땅으로부터의 유리와 노동은 결코 자연의 법칙이 아니다. 그것은 '당신들의 안락과 해방을 위해/한정없이 준비되는 사슬/쩔그럭 쩔그럭 소리를 내는 몇 조 몇 항/법규를 내세우며/강력하게 논리정연하게 항의하는/문화시민 여러분의 선진질서', 그 '압제의 사슬'의 산물이다. 시인이 정주의 시학의 위기에 직면해서도, '어디서 쉰밥 한 덩이 구걸하여/한 끼 때울까/굶주리며 떠도는 오늘/밥그릇에 어떤 밥 채울까/저울질 하는 자본가들'(「밥」, 『누워서 부르는 사랑노래』)이라는 적대의 태도를 버리는 것은 아마도 이 때문일 것이다.

자연으로부터의 유리가 적대의 산물인 만큼 정주의 꿈 역시 적대를 피해 갈 수 없다. 시인은 귀향만 하면 노동의 고통, 사회적 적대가 끝나리라고 생각하는 전원주의자가 아니다. 그는 적대가 도시의 노동세계뿐만 아니라 농촌까지 횡단하고 있음을 여러 편의 시를 통해 강조한다. 『인부수첩』제 2부의 시편들이 그러하다. 「귀향」에서 그려지는 고향은 '마른 가슴으로는 그냥 안길 수 없는/그런 내 고향'이며, 「배웅」의 벌판은 '허옇게 눈을 치뜨고 큰대자로 뻗어버린/농약 중독의 벌판'이고, 「신 풍년가」에서의 풍년은 '잘 사는 놈 탈 없이 살기만 더 잘살고/못사는 놈 탈 많아 살자 해도 더 못살고/배부른 놈 팔자 좋아 안 묵어도 배부르고/배고픈 놈 개팔자 못 묵어서 부황나'는 사회적 적대를 심화시키는 풍년이다. 심지어는 농악마저

'꽹매기는 꽹매기대로 징은 징대로/채찍에 쫓겨가는 짐승들 (…) 소리'로 변질되었다.

『인부수첩』의 제3부를 구성하는 광주시편들은 이 적대의 아래로부터의 폭발, 즉 봉기를 노래한다. 시인에게 그것은 '바람 사나울수록/어둠이 깊을수록 또렷이 깨어나/소리지르며 눈 부릅뜨는 풀/여리디여린 풀 아니고/뼈 있는 풀/우리 억새풀'(「억새풀이 되어」)의 반란이며 '무등산 (…) /뜨거운 산의 몸부림'이고 '압제의 땅, 차가운 사슬을 끊을' '향기론 사랑의 혁명'(「빈 꽃병을 바치며」)이다.

그로부터 6년 뒤에 출간된 『우리들의 사랑가』도 실업과 87년 이래의 노동자투쟁의 형상화를 통해 적대의 감각을 발전시킨다. 그러나 『우리들의 사랑가』에 등장하는 투쟁의 형상들은 이전의 시들에 비해 산문화와 감상화, 그리고 시적 긴장의 이완을 드러낸다. 그것들은 시인의 시적 사유 속에서, 광주에서 '못다 부른 노래의 새로운 시작'(「전야」, 『인부수첩』)으로서의 자리를 차지하지 못하고 있는 것 같다. 시인은 자신이 '버리고 온 땅' 울산에서 치솟은 노동자들의 투쟁에 공감하고 그것을 통해 '내가 가야할 길, 내가 가야할 세상이 보인다'(「다시 용접을 하면서」)고 고백하며, 골리앗크레인에 올라 '불꽃같은 목숨으로 바리케이드'를 친 '고 이영일 동지'의 투쟁을 '하늘 나라 점거 농성'(「동지여 당신은 하늘을 점거하기 위해」)이라 칭송하지만 그 투쟁을 역사 속에 되살려내고 유전(遺傳)시킬 만한 시적 실감을 부여하는 데에는 실패한 것으로 보인다. 그 이유가 무엇일까? 『우리들의 사랑가』가, 시인 자신이 말한 대로, 『인부수첩』 이후의 적지 않은 갈등과 문학적 방황 속에서 씌어진 작품들로 상당

부분 채워져 있'(시인의 「후기」)기 때문일까? 그것 때문만은 아닌 것 같다. 그렇게 보기에는 '3층 슬라브 철근을 메어올리다/잠시 숨을 돌리는 담배 한 대 참/노부리 난간에 기대고 먼 산을 보면/거두어들일 것도 없는데 저렇게 와버린 가을//지친 가슴엔 찬바람 일어도/눈감으면 아직도 고향이 보인다'고 노래하는 「가을 하늘 아래서」 같은 시는 같은 시집에 실려 있으면서도 읽는 사람에게 아릿한 실감을 전달하기 때문이다. 그래서 나는, 시인의 전술한 '갈등과 문학적 방황'이 1987시대를 그림에 있어서의 시적 긴장감의 이완(감상화와 산문화, 그리고 구호화)의 원인이라기보다, 그 갈등과 방황 자체가 후자와 더불어, 시인의 정주 지향과 1987년 투쟁의 반정주적 지향들 사이의 위화(違和)의 결과로 보는 것이 더 타당하다고 말하고 싶다. 만약 이것이 옳다면, 그의 정주의 꿈의 위기, 그리고 이에 수반된 시적 위기는 1997년 이후부터가 아니라 1987년부터 시작되었다고 보아야 할 것이다.

(3)정주 공동체의 재건을 향한 김해화의 시적 노력 속에서 친구와 편지는 중요한 역할을 차지한다. 그의 20여 년의 시력 속에서 '친구'는 (『누워서 부르는 사랑노래』에 실린 「나는 내 집에 술을 따른다」를 예외로 보면, 『우리들의 사랑가』에 잠시 등장했다가 사라지는) '동지'를 넘어서 지속되는 존재이다. 미리 요약하면 그의 시에서 친구들은 해체된 정주 공동체의 편린들이며 편지는 이 공동체를 다시 재건하기 위한 정신적 저항 행위로 등장한다.

전라도 충청도 강원도 뿔뿔이 떠나가서는

또 어느 단단한 벽 앞에서
이를 갈고들 있을까 이를 가는
총무와 화해술을 마치고 돌아온 저녁
서울 어느 변두리에 춥게 서 있다는 친구여
자네에게 편지를 쓰네

—「인부수첩 14」에서

이날은 '내년이면 후배가 사장이 될 거라고/배짱도 두둑해 가는/총무의 욕설'과 폭행을 견디다 못한 '나'가 '총무의 멱살을 잡았지만,/아/유들유들한 낯짝을 묵사발 만들지 못하고/이를 갈며 돌아서서 병나발을' 분 날이다. 시인은 '친구여/우리들의 싸움이 이래서는 못 쓰지 않는가/사무실 문을 박살내는 곡괭이/식당을 부수는 함마, 유리창을 깨뜨리는/돌멩이, 총무를 묵사발 만드는 주먹/그런 식의 분노여서는 안되지 않는가'고 자문한다. 시인이 상상하는 싸움은 '우리 모두 어깨를 껴안고/우리들의 주먹질/곡괭이질 망치질 돌팔매질/뜨거운 가슴 들끓는 분노, 모두가 하나가 되어 한 곳을 향하는 싸움'(「인부수첩 14」, 강조는 인용자)이다. 그래서 친구 찾기는 길 찾기와 분리될 수 없는 하나이다. 크레인에 깔린 친구를 보고 쓴 「인부수첩 18」, 자신들을 에워싼 부의 행렬에 대한 적대감으로 친구에게 사랑을 전하는 「인부수첩 26」, 파업의 패배 후에 쫓겨가며 '빛나는 노동의 꿈'을 잊지 말 것을 당부하는 「인부수첩 29」 등의 테마들은 『우리들의 사랑가』에서도 지속된다. 일터를 빼앗기고 고깃배나 탄광을 찾아 떠난 친구들에 대한 사랑을 표현한 「우리들의 사랑가 1」, '노동의 하루가 가고/마구간 같은 방구석에 엎으려져' 쓴 다짐의 편지인 「우리들의 사랑가 2」, '우리' 자리를 되찾기 위한 노동자들의 모임을 하며 느끼는 기쁨을 노래한 「우리들은 설 자리가 없다」 등이 그것이다. 친구들은 홀로 벌이는 투쟁의 한계들을 극복할 수 있는 연대의 힘이며 공동체적 사랑의 힘이다.

그러나 1990년대 들어 쓴 시들을 모은 제3시집 『누워서 부르는 사랑노래』에서 친구들의 이미지는 분열된다. 한편에서는 변함없는 사랑, 다른 한편에서는 배신감과 분노. 제2시집까지에서 시인이 노동자 친구들의 '부끄러운 모습'을 그리는 것은, '참다운 노동시는 노동자의 부끄러운 모습을 있는 그대로 그려야 한다고 생각해요. 그런 경우에만 노동자가 읽고 자기의 부끄러운 모습을 보면서 반성하면서 더 나은 방향으로 나가지 않겠어요?'(『인부수첩』 발문, 148쪽)라는 시인의 시적 정치학의 구현이었다. 그러나 제3시집에서는 어떤가? 철근 노동의 악몽을 깨고 난 후 친구들의 꼬깃꼬깃한 주소를 꺼내 '절망 대신' 쓴 편지인 「새벽에 쓰는 편지」는 제1, 제2시집의 '친구' 감성을 90년대의 고독과 절망의 상황 속에서 계승한다. 그러나 「나는 내 잔에 술을 따른다」에서 '술잔에 사랑을 채워 마시던 때'는 이미 기억 속의 한 장면일 뿐이다. '먼길 끌려갔다 돌아온 동지를 위해/다시 돌아 와 모인 날/살아남기 위해/사랑이 두려워 돌아오지 않은 사람 더 많다.

드문드문 둘러앉아 어두워져 가는 사람들
사랑의 노래 끝나기도 전에
벌써 식어버린 잔을 절반쯤 비우고

또는 입술만 적시다가
오래 살아남기 위해
일찍 돌아간 사람들의 자리
덩치큰 어둠이 버티고 앉아 차디찬 바람으로
남아있는 가슴들을 짓누르고
지금 내 잔은 오랫동안 비어있다

사랑하는 동지
우리들의 잔이 오랫동안 비어 있으나
어둠이 가로막아
서로 손이 닿지 않으니
자네는 자네의 잔에 술을 따르게
나는 내 잔에 술을 따르겠네

춥고 어두운 길을 멀리 가야 할 우리
끝끝내 뜨거워야 할 가슴
우리들의 마지막 믿음을 위하여

–「나는 내 잔에 술을 따른다」에서

남은 사람들이 각자 술을 따라 마시게 되는 것은 오지 않은 사람, 일찍 돌아간 사람들의 자리에 앉은 어둠 때문이다. 그 술잔이 '마지막' 믿음을 위한 것일 때 그것이 '끝끝내 뜨거워야 할 가슴'을 덥힐 수 있을까? 「안부」는 그 '마지막 믿음'의 미래를 우리에게 미리 보여주는 듯하다.

바람 불고 나뭇잎 지고 술상 위에 더 이상 술 주전자가 나오지 않았습니다 막차를 타기 위해 취하지 않은 사람들 총총히 떠나가고 바깥 어둠까지 껴입고 겨울을 견디면서 흔들리는 노래로 남아 있던 사람들 마지막 술잔을 비우고 비틀거리며 또는 고개를 숙이고 몇 사람은 택시를 타고 몇 사람은 어두운 거리를 걸어서

흘
어 졌
습 니 다

이제 버스도 서지 않고 그냥 지나친다는 길 따뜻하게 백열등 켜고 추운 세상 사람들 맞이하던 달맞이집 문 닫고 고장난 가로등 아래 채곡채곡 쌓인 어둠만 험상궂은 얼굴로 길 막는다고 합니다 라이터불 하나에도 쉽게 불붙어 어둠 한가운데서 등불처럼 환해지던 당신 높새바람 불고 간 뒤 가물거리는 가슴 부여안고 떠나가더니 그 뒤에도 자주 큰 바람 불었습니다 가물거리는 삶 아직 무사합니까
—「안부」, 강조는 인용자

배신과 분열은 어둠을 깊게 하고, 사랑과 연대의 등불은 바람에 가물거린다. '뜨거움이란 식으면 흔적없는 것'(「산업재해, 그 뒤」, 『누워서 부르는 사랑노래』)일까? '너무 춥다 너무 춥다/추운 밤을 세우고 니가 떠난 뒤/다시 오지 않는 사랑처럼/꽃피지 않는 세상에 남아/나는 철근을 세우는지/얼어붙은 가슴 속에 녹슨 그리움을 세우는지'(「철근 1」, 『누워서 부르는 사랑노래』).

(4) 『누워서 부르는 사랑노래』에서 시인은, 친구들이 떠나고 난 뒤

의 텅빈 가슴을 무엇으로 채우는가? ‘들불의 시절’에 대한 기억(「누워서 부르는 사랑 노래 7」)과 ‘가슴 열어 나눌 사람’에 대한 그리움(「이앓이」) 외에 아무 것도 그것을 채워주지 못한다.

시인이 친구들 대신 가족들에게서 따스함을 찾으려 노력했던 흔적은 역력하다. 『누워서 부르는 사랑노래』의 제1부에 실린 시들은 그 편력을 보여준다. 시인은 아버지, 어머니, 아내, 누이, 조카, 아가의 얼굴을 찬찬히 훑어보고 그 속에서 긍정의 힘을 찾으려 애쓴다. 아버지의 구성진 아리랑 가락 속에서 ‘출렁이는 노래’(「아버지의 아리랑」), 내리는 눈을 바라보는 아가의 눈부신 웃음(「눈을 보면서」) 등이 그것이다. 그러나 아내는 ‘겨울 들녘 허수아비’(「아내의 꽃 1」) 같은 쓸쓸한 모습이며 ‘어머니’는 나이들어 재생 공장 반장(「어머니」, 「빈집」)이 되고 ‘고등학교 일학년 조카아이’는 ‘순천 병원 영안실’(「나비」)에 눕혀진다. 친구들이 황량함을 남기고 떠나갔듯이, 가족 속에도 쓸쓸한 시대의 풍경이 고스란히 아로새겨져 있다.

그가 시선을 돌린 또 하나의 대상은 자연이다. 그에게 자연은 씨를 뿌릴 터전이며 씨는 스스로의 힘으로 싹을 틔우고 꽃을 피우는 자주적 힘이다. 시인은 씨뿌리는 사람으로서 자연과 관계 맺고자 한다(「편지 2」, 「밭을 찾아서」, 「뜨거운 목숨으로」). 그래서 자연은 시인이 기댈 수 있는 든든한 언덕이다. 그러나 자연마저도 훼손을 면치 못하는 오늘날의 현실은 시인에게 친구를 잃은 것 이상으로 커다란 절망감을 준다. 새가 날지 않는 개펄(「새를 보러 갔다가」), 댐이 가로막아 흐르지 못하는 강(「고향에는 강이 흐르지 않는다」).

꽃다지 꽃 노랗습니다
산수유 개나리
낮은 민들레꽃 노랗습니다
지친 아내 얼굴도 노랗습니다
일 끊겨 넉달
오늘도 새벽 로타리 허탕치고 돌아서는
노가다 이십 년
내 인생도 노랗습니다
말짱 황입니다

-「노란 봄」

　노란 봄꽃들을 보면서 '말짱 황'인 '내 인생'을 상기하는 것은 '꽃 = 아름다움'이라는 전통적 표현 문법의 파괴를 보여준다. 그것은, 시인이 꽃을 아름답지 않다고 보기 때문이 결코 아니다. 시인은 콘크리트길, '꽃가슴 짓이겨 밟으며/난도질하며' '봄 한가운데로' 난 저 '망나니 길'에 의한 꽃길의 절단을 애도하는 것이다(「길」). 두 개의 길의 투쟁에서 지금 압도하고 있는 것은 '포크레인 삽날 앞세우고 콘크리트 우상 달려오는 길'이다.

　길의 절단은 죽음을 불러온다. '지난겨울 추위에/미처 거두지 못한 화분/꽃이 얼어죽'(「아내의 꽃 1」)고, 많은 나비들도 '아스팔트 위에서 다쳐 퍼덕이거나 죽어 무늬로 남아 있'(「나비」)으며, 밤늦도록 함께 외상 소주를 나눠마신 '삼동 김씨'는 십사 층에서 뛰어내려 자살한다(「살아남기 위하여」). 실업이 휩쓰는 시대에 죽음은 보편적 유혹이다. 시인 자신마저도 '진짜로 죽고 싶'은 유혹에 시달리는

시대에 시인은 희망을 노래해 달라는 아우의 요구에 응답할 수 있
는가?

나도 지금 기분 좆같고 죽은 김형 같이
날아갈 수도 있고 나 십층 사는 거 너도 알고
나도 진짜로 죽고 싶고 그래 나 시인이고
시인이 밥 먹여주냐 천상
일 끊긴 노가다고 헐말 없고 노래 할 희망도 없고
하지만 술도 한 잔 했으니
참 먼길을 함께 걸어 온 우리들을 위해
캄캄한 너와 나
그래도 아직 살아 남은 목숨을 위해
마지막 남은 성냥개비 같은 말 한 마디 긁어볼까

우리 살아 남자
이 악물고 서있어보자
서 있다가 끝내 버틸 수 없으면 쓰러져도 좋아
쓰러져서 서울역 지하도를 뒹굴어 다니고
상남시장 질벅이는 장바닥을 네발로 기더라도
막히지 않고 잘 나가는 놈들 발을 걸고
뒤통수를 치더라도
우리 제발 살아남자
어둠을 틈타 금고를 털면 어때
할일 없이 노는 연장 살찐 놈들 겨누고
손에 피 묻히면 어때

끝내 미쳐서 세상을 휩쓸고 다니더라도
우리 제발 죽지 말고 살아남자

우리 마지막 남은 희망
살아남자

─「살아남기 위하여」에서

소외된 노동에 대한 고발에서 시작하여 무등산의 뜨거운 몸부림을 껴안고 노가다해방, 노동해방을 꿈꾸어 온 시인 김해화. 이제는 '노래할 희망'마저 잃고 '제발 죽지 말고 살아남자'를 '마지막 남은 희망'으로 붙들게 된 시인 김해화. 그가 1987년 이후 봉착한 위기는 기회의 측면을 잃고 이제 위험만이 남은 궁지, 막다른 길에 이르렀다. '가고 싶어도 갈 수 없는 고향'의 테마는 이제 '죽고 싶어도 죽을 수 없는 삶'의 테마로 바뀐다. 고향이 그랬듯이 삶도 이제는 구절초처럼 '키큰 풀무더기 가시덤불 가로막아/가까이 다가갈 수 없는 언덕' 저편에 있다. 그런데 이 마지못한 삶, 강요된 삶은 자본의 주제가 아닌가? 자본의 관심 가운데서, 인간으로부터 생동하는 삶(life)을 박탈하고 오직 고통스럽고 권태로운 생존(subsistence)만을 허용함으로써 인간을 축적을 위한 노예로 만드는 것보다 더 큰 관심은 없지 않은가?

나는 앞의 2절에서 시인 김해화의 정주 미학이 제 3시집에서, 특히 「부활을 위하여」에서 급격한 역전, 혁명적 변형을 맞이한다는 사실을 언급했다. 그것은 '쓰러져야 할 때 쓰러지고/썩어 문드러져야 할 때 썩어/흙이 되고/바람이 되고/이윽고 고요한 어둠이 되어/잊혀지는 것'에서 영원한 삶을 읽는, '아름다운 죽음' 그 역설의 미학이었다. 「부활을 위하여」와 「살아남기 위하여」 중에서 어느 것이 먼저 씌어졌는지는 중요치 않다. 중요한 것은 「살아남기 위하여」가 직면한 궁지를 돌파하려는 철학적·시적 시도가 「부활을 위하여」에서 나타난다는 점이다. 「부활을 위하여」는, '생존'을 마지막 희망으로 삼음으로써 의도와 무관하게 자본에의 예속을 받아들이게 만드는 「살아남기 위하여」의 궁지에서 벗어난다. 그리하여 특정 지역에의 고정으로서의 정주라는 시인 자신의 오랜 꿈을 변용시킨다. 그것은 정주의 꿈을 탈영토화하는 것이다. 물론 이것은 정주주의의 극단화일지언정 유목주의로의 전향은 결코 아니다. 「부활을 위하여」가 그리는 정주의 탈영토화는 유리민적 삶에 대한 증오와 공포를 깊은 곳에 내장하고 있기 때문이다. 그것은 '형 나 여기서 못 견뎌서 서울로 도망가는디 서울서도 못견디면 어째야 헐랑가 모르겠오'(「살아남기 위하여」)라는 아우의 감성을 바탕에 깔고 있다. 죽어 쓰러짐도 자기가 섰던 '자리'(place)에서의 일이기 때문이다.

죽음까지 자신의 자리에서 이루어져야 할 것으로 받아들이는 이 뿌리 깊은 정주 감성을 낡아빠진 소생산자 감성으로 치부하면서 오

직 그것의 해체만이 진보에 길을 열어 줄 수 있다고 보았던 것은
이제는 수명을 다한 정통 맑스-레닌주의, 즉 스딸린주의였다. 혁명
이후 대규모의 민족 재배치 사업은 그 사상의 가감없는 실천이었다.
물론 자본주의는 어떤 권력의 행사도 없이 시장 메커니즘을 통해
나날이 민족대이동을 촉진하고 있다. 풍부한 상상력과 정서, 자연과
의 깊이 있는 교감을 가능케 하는 정주 감성과 느림의 문화에 대한
몰이해에 기반한 소박한 노마디즘은 사회주의와 자본주의가 가동
시켜 온 저 이동과 속도의 드라마에 대한 변호론으로 전락하기 쉽
다. 그러나 노마디즘에 대한 공포에 기초한 그것의 단순 부정은 '꽉
차 넘치는 생명들이 비우고 간/캄캄함이나 눈부심으로부터' 시작되
어 '영원으로 이어지'는 '모든 새로움', '새로운 것'이 바로 정주적 삶
보다도 더 오래된 노마드적 삶일 수 있을 가능성을 미리부터 차단하
는 것이다. 노마디즘을 가동시키고도 자신의 통제의 필요에 맞추어
노마디즘을 국가의 틀 속에 가두어 온 사회주의는 다중의 대탈출
(exodus)에 의해 붕괴되었다. 자본은 탈출한 이 다중을 다시 이용하
지만, 그러나 자본의 골머리를 썩이고 그것의 안정을 위협하는 것도
바로 이 탈주하는 다중들이다. 싸이버 공간(space)은, 비록 최근 들
어서는 이윤을 찾아 헤매는 자본과 그 기병대인 싸이버 순찰대의
사냥터로 변하기 시작했지만, '서울로 도망 왔다가 서울서도 못 견
딘' 그 아우가 마침내 찾아낸 탈주의 공간이 아니었을까.

　곰곰이 생각해 보면 정주와 탈주의 대립은, 생산수단을 생산자로
부터 분리시킴으로써 인간이 스스로 자신의 삶의 양식을 선택할 수
없게 만든 자본관계의 슬픈 풍경화인 것 같다. 인류의 삶과 개개인

의 삶이 스스로 선택되고 스스로 결정된다면 그것들 속에서 정주 공동체와 유목 공동체는 공존가능하고 상호보완적인 계기일 수 있을 것이기 때문이다. 시인의 절망은 같이 싸울 친구들을 잃어버린 것의 심리적 효과였다. 그러나 눈을 뜨고 좌우를 보면 투쟁은 계속되고 있다. 주부를 포함한 여성들이, 학생들이, 청년들이, 과학기술자들이, 종교인들이, 지식인들이, 불법 입국한 노동자들이, 산업 노동자와 사무 노동자들이, 말하자면 재구성 과정에 있는 노동자들 모두가 자본의 역공에도 불구하고 어려움 가운데 싸움을 계속하고 있다. 국내에서뿐만 아니라 국외에서도 그렇다. 멕시코 치아빠스의 원주민들은 자신들의 자치적 정주 공동체의 꿈과 투쟁을 인터넷이라는 유목적 회로를 통해 조직하고 있다. 만약 유목적 삶과 수단들을 미리부터 거부하지 않는다면 친구 찾기는 계속될 수 있다. 만약 이를 통해 길이 찾아진다면 그 길은 '신덕'의 '옛길'로부터 아주 멀리까지, 더 오래된 미래에까지 뻗어나갈 수 있을 것이라고 나는 생각한다.

(『누워서 부르는 사랑노래』, 2000)

꿈의 만화를 위한 싸움은 오래 지속된다

김명환의 시와 꿈

1

일상에서 우리의 꿈이 훼손된 지는 오래되었다. 우리의 꿈의 많은 부분은 지치도록 일하고 감시당하고 다치고 죽고 쫓기고 붙잡히고 고문당하고 갇히고 신음하는 일로 채워진다. 이 악몽의 시대에, 지난 십수 년 동안에 쓴 시 34편을 모아 펴낸 김명환 시인의 시집 『어색한 휴식』을 관통하고 있는 시적 주제가 꿈이라는 사실은 주목할 만한 일이다.

꿈이어요
잠든 산천
사랑으로 몸부림하는
삼천리가 미쳐 날뛰는

푸르른 꿈이어요

언제부터인지 마르지 않는
서럽게 흐른 강은
온강산 넘쳐
모든 풀꽃이 젖네요
햇살이 부서지네요

꿈이어요
온갖 꽃 만발하는
기다림이어요
푸른 하늘
푸른 들
달음질하는
푸르른 꿈이어요

—「푸르른 꿈이어요」 전문

1984년 『시여 무기여』에 발표된 이 시에서 꿈은 푸른색으로 칠해진다. 이 '푸르른 꿈'은 온 강산을 넘쳐흐르는 강, 푸른 하늘, 푸른 들 등의 자연 존재와 연결된다. 그리고 그것은 역동성이다. 꿈은 '몸부림'하며, '미쳐 날뛰'며, '달음질'한다. 꿈은 아직 도래하지 않은 것이 아니라 현재 속에 살아 꿈틀거리는 힘이며 그 어떤 굴절과 훼손에도 불구하고 때가 되면 자신을 만발시키고야 마는 근원적 잠재력이다.

우리 사랑도
그리움도
계절을 지나
어둠을 허덕이지만

지금은 거친 산천
하늘만 푸르릅니다
아지랭이만 탑니다

할미 설움이 강을 이루고
푸르름으로 피어나도
그림자도 없이
지금은 남의 땅
서성이지만

우리 사랑은
그리움은
다시 눈물로 피어나고
하늘만 푸르릅니다
아지랭이만 탑니다

ㅡ「봄」 전문

　같은 해에 같은 책에 발표된 이 시는, 봄이 자연의 꿈의 실현임을
보여줌으로써 우리의 꿈도 이처럼 실현될 수 있을 것이라는 희망을
갖게 한다. 그러나 우리의 꿈은 아직도 남의 땅을 서성이고 있고,

어둠을 허덕이고 있고 설움으로 채색되어 있다. 그것은 푸른색의 찬연함으로 나타나기보다 검은 색의 비조(悲調) 속에 싸여 있다. 악몽의 시간이 지속된다. 그러나 악몽 속에서도 꿈의 시간은 끝나지 않는다. 그것은 그리움과 기다림, 다시 말해 '사랑'의 형태로 자신을 지탱한다. 1983년에 쓰여진 단시 「나무」가 김명환 시의 한 축도를 보여준다고 할 수 있는 것은 이 때문이다.

−「나무」 전문

　　시인은 봄에 만발한 꽃과 푸른 들에서만이 아니라, 한 겨울에 잎새를 떨군 채 죽음의 빛깔로 서 있는 나무에서도 말없이 생명을 키우고 있는 꿈의 약동(躍動)을 본다. 꿈은 단절없이 지속되는 힘이다. 그것은 무(無)에서 나오는 변증법적 부정의 힘이기보다 존재(存在)에서 나오는 긍정의 힘, 생명의 힘이다. 나무가 자신이 서 있는 땅을 버리지 않듯이, 남지나에 정신대로 갔다 온 '울할미'는 변소간에 새

까만 딸내미를 버렸지만, 아비가 농약을 먹고 죽었지만, 어메가 자식을 버리고 도망가 버렸지만 '봄이면 밭에 나가 땅을 일'군대(「울할미」). 죽음이 생명의 새로운 존재방식이라는 생각은 '꽃지면/나도 가리라/그대 넘던/아리랑 고개'라고 노래하는 「꽃지면」에 푼근한 여유를 불어 넣어줄뿐만 아니라, '내가 죽어 넋이라도/푸른 하늘 떠돌 수 있다면' '가슴에 비수 박고 쓰러진들/이 땅의 어두운 목청이여/우리 하나일 수 있다면' '내가 죽어 바람으로/푸른 산천 흐를 수 있다면'이라고 노래하는 「내가 죽어」에서는, 죽음을 자유와 해방, 그리고 단결을 낳을 재탄생의 힘으로 승화시킨다. 「내가 죽어」가 「울할미」의 진혼곡이라면, 아마도 '가시도 없이 붉게 붉게/이 산천'을 메우고 있는 진달래를 노래한 「봄타령」은 '잠든 산천어둠 속에/하늬바람 시리워도/ (…) /핏빛으로 소리치며/꽃넋으로 돌아오는' 부활의 노래일 것이다.

2

　김명환에게서 시는 악몽의 시간을 견디면서 그 속에서 꿈을 키워나가는 무기이다. 그의 시에서 꿈은 미래보다는 오히려 과거와, 더 정확히 표현하면 시간을 넘어선 지속과 연결되어 있다. 그의 봄은 '고향'의 봄이며, '옛노래'로 피어날 봄이다.

　나의 살던 고향은 꽃피는 산골이 아니지만

신작로 길을 따라 타들어가는 벼포기와
어머니의 주름진 얼굴이 아픔으로 남아있지만
우리들의 노래로 우리들의 고향이
복숭아꽃 살구꽃 아기 진달래
흐드러지게 피어나는 봄일 수 있다면
이제는 우리도 옛노래로 만나고 싶구나

-「고향의 봄」 중에서

옛노래로 만나고 싶은 '우리'는 누구를 지칭하는가? 그것은 비무장지대를 사이에 두고 갈라져 있는 '통역이 필요없는 적'(「소양강에서」)들이다. '얼음을 깨고 식기를 담그'는 북남의 병사들은 '간나새끼 간나새끼', '씨팔새끼 씨팔새끼' 가슴이 후련해지는 욕을 통해 서로를 이해한다. 그 욕들이 꾹꾹 눌러 참은 한(恨)의 표출임을 아는 데는 통역도 필요없다. '나'는 '군관동무가 뭐라고 한참 지껄이다가/ 뒤로 돌아서자 팔뚝을 먹이는 너'(「고향의 봄」)를 나의 일처럼 기분 좋아할 수 있다. 이토록 쉽게 소통되는 '우리'가 지금 적으로 마주 서 있는 이유는 무엇일까? 그 이유를 아는 것은 우리들의 땅에 '우리들의 옛노래' 대신, 한쪽에는 '러시아풍의 장엄한 행진곡'이 다른 한쪽에는 '팝송조의 경쾌한 음악'이 흐르고 있는 이유를 밝히는 것과 같다. 또 그것은, 된장국을 쫓아내고 날마다 설사를 하게 만드는 햄버거 급식이 식생활 '개선'으로 받아들여져야 하는 이유를 밝히는 것과 같다. 시인의 답은 다음과 같다.

매복을 서고 돌아온 밤이면

희미한 불빛 아래 쪼그려 앉아
남의 나라 총을 닦으며
그렇게 이 밤에도 나처럼
남의 나라 총을 닦고 있을
너를 생각한다

네 가슴을 겨누던 총구와
내 가슴을 겨누던 총구가
우리의 것이 아니라면
희미한 불빛 아래 너와 나는
남의 나라 총을 닦고 있는
남의 나라 총이 아닌가

ー「병기수입을 하며」 전문

　서로를 겨누고 있는 총이 남의 나라 총인 이유는, 아니 지금 우리가 서로를 겨누고 있는 이유는 '지금은 빼앗긴 남의 땅/하늘 아래 발디딜 곳도 없'(「내가 죽어」)기 때문이다. 여기서 하나의 적대가 해체되는 동시에 새로운 적대가 발생한다. 해체되는 적대는 통역이 필요없는 '우리들의 적대'이다. 그 적대의 해체는 「소양강에서」에 이렇게 표현되어 있다.

　얼음을 깨고 식기를 담그면
통역이 필요없는
네 욕설이 들린다

간나새끼 간나새끼
꾹꾹 눌러 참은 한을
식기를 닦으며 푸는 줄
왜 내가 모르겠니
나도 너와 같아서
씨팔새끼 씨팔새끼
가슴이 후련해지도록
욕을 하지만
우리네 한이 합하여
저 태평양까지 흘러가는 줄
누가 알겠니
통역이 필요없는 적이여

-「소양강에서」 전문

그리고 「옛 전우의 뼈를 묻은 밤에는」에서는 적대의 해체와 새로운 적대의 구성이 동시에 그려진다.

비무장지대에서 주워온
뼈를 묻으며
어느 쪽 전우였는가는
생각할 수 없었다

어머니를 그리던
열일곱 살짜리 앳된 소년이었을까
아니면 초롱초롱한 눈망울의 아이를

고향에 두고온 돌이 아범이나
차운 만주벌을 말달리던
독립군 출신 노병이었을지도 몰라
사십 년이나 지났는데
왜 아직 썩어 흙이 되지 못했을까

비무장지대에서 주워온
옛 전우의 뼈를 묻은 밤에는
별빛이 하냥 맑아
잠이 오지 않았다.

—「옛 전우의 뼈를 묻으며」 전문

시인은 '앳된 소년'의 것일지, '돌이 아범'의 것일지, '독립군 출신 노병'의 것일지 알지 못할 사십 년 넘은 뼈를 묻으며 '어느 쪽' 전우인가를 물을 수 없다고 말한다. 여기서 삼팔선과 비무장지대를 사이에 두고 그어진 적대는 해체된다. 그런데 시인은 적대를 해체시키면서 그 뼈를 '전우'(戰友)의 것이라고 표현한다. 만약 적대가 사라졌다면 그 뼈가 왜 '전우'의 것인가? 공식적 적대를 해체하고 전복하는 새로운 적대의 구성. 그것은, 우리들로 하여금 서로 적대하게 하는 것들에 대항하는 투쟁으로 우리의 힘을 모으는 것, 그리하여 '우리들의 옛 노래로 흐드러지게 피어나는/우리들의 봄을 목놓아 부르'(「고향의 봄」)는 것이다.

3

이 시집의 제1부와 제2부 사이에는 1987년의 홍수가 있다. 그것
은 「사북에 이르면」에서 「활화산」으로 넘쳐흘렀다. 「사북에 이르면」
은 1983년에서 1986년의 시들에서 어둠, 설움, 겨울, 남의 땅, 타들어
가는 벼 포기, 어머니의 주름진 얼굴 등 은유나 환유로 표현되어 온
것에 실체를 불어넣어 준다. 그것은 사북 광산 노동자들의 삶이다.

산굽이 돌아 사북에 이르면 슬픔이 묻어난다
저물어 돌아가는 길을 따라 어둠이 내리고
저린 가슴으로 견뎌온 생애가 등성이 넘어
보이지 않는 빛살로 다가오면
가난을 사고파는 시장
어두운 골목으로 아이들이 달려가고
몸살을 앓던 젊음은 탄더미로 묻히는데
끝모를 어둠으로 내려가는 갱도를 따라
지친 육신은 잠겨들고 희미한 불빛으로
바라볼 수 있는 희망은 지척일 뿐
더 깊은 어둠으로 들어가야 하는
내일은 보이지 않는다.

―「사북에 이르면」 전문

'끝모를 어둠으로 내려가는 갱도를 따라/ (…) /더 깊은 어둠으로
들어가야' 하는 내일, 그래서 '보이지 않는' 내일은 비단 사북 광산

노동자들의 운명의 형상만이 아닐 것이다. 그것은 아마도 살기 위해 자신의 몸과 정신을 팔아야만 하는 노동자들의 보편적 운명의 형상이기도 할 것인데, 그 운명의 실상은 자신의 삶을 축적을 위한 '탄더미'로 묻어야 하는 것이다. 이 절망스런 삶에도 꿈이 자리 잡을 수 있을까? 시인은, 「지장천」에서, 작업이 끝난 후 펼쳐지는 노동자들의 일상적 삶의 모습을 '노동에 지친 사내들' '몇몇이 모여 주정을 하고' '때묻은 포대기에 아이를 업은 계집애'가 '도망간 어미를 기다'리는 슬픈 풍경화로 그린 후, '주위를 맴도는 죽음과 함께 어둠으로 묻히는' 이 '막장 인생'에 '불을 놓'는 「활화산」으로 나아간다.

우리들의 목에 시커먼 올가미를 드리우는
더러운 착취의 세상에 캐빈을 치고
끝없이 무너져내리는 탄더미에 불을 놓아
지맥을 뚫고 치솟아오르는 활화산처럼
내일은 우리들의 세상을 밝히고 싶다
선산부 이형도 후산부 박군도 톱과 곡괭이
날선 도끼를 빛내며 억센 근육으로 지맥을 뚫고 일어서
서로의 가슴에 불을 켜고 한데 어우러져
내일은 우리들의 세상을 밝히고 싶다.
―「활화산」 중에서

나무가 어둠 속에서도 '숲'을 이루고 있듯(「나무」), 노동자들도 어둠 속에서 숲을 이루고 있을까? 그런 것 같지 않다. 지장천의 노동자 가족들은 '사택촌 백열등이 하나 둘 스러지면' '가슴 가득 슬픔을 안고/어둠 속으로 사라져' 간다. 시인이 바라보기에 노동자들은 어둠 속에서 '뿔뿔이 흩어'져(「야간열차」) 고독한 시간을 보낸다. 숲은 오직 그리움과 기다림으로, 즉 꿈으로만 실재한다. 노동자들이 '숲'을 이루는 것은 그 어둠 속에서가 아니라 '끝없이 무너져 내리는 탄더미에 불을 놓아/지맥을 뚫고 치솟아 오르는 활화산처럼' 타오를 때이다. '서로의 가슴에 불을 켜고 한데 어우러'질 때이다. 각자가 서로를 '전우'로 느끼고 인식할 때이다. 인간의 삶에서 공동체, 공화국, 코뮌 혹은 '우리 하나일 수 있'(「내가 죽어」)는 일의성(univocity)의 세계는 나무들이 이루는 숲처럼 자연스럽게 주어지는 것이 아니라 '탄더미에 불을 놓고' '서로의 가슴에 불을 켜'는 능동적 행위를 통해 비로소 가능해지는 구성의 세계이다.

그러나 인간들의 숲의 구성은 무에서 유를 창조하는 것과 같은 신비한 사건이라기보다 이미 존재하는 것들의 재배치라고 하는 편이 더 정확할 것이다. 숲을 이룰 잠재력이 없다면 숲은 생성되지 못한다. 다시 말해 인간이 고독을 불사르는 능동적 행위를 통해 숲을 이룰 수 있는 것은, 고독이 이미 잠재된 숲의 표현이기 때문이다. 시인은 꿈을 근원적 잠재력으로, 자연적 역동성으로 이해했듯이 숲의 잠재성을 믿어 의심치 않는다. 시인은 숲의 꿈을 '낭만'이라고 부르지만, 이 때의 낭만은 환상과는 다른 의미이다. 시인이 '콸콸 솟아오르는 물줄기처럼/힘차게 힘차게 솟구치고 싶다는 생각'에 '땅 속 깊이 숨어 있는 물길을 찾는 것'(「물줄기」)은 이 때문이다.

그러나 안타깝게도 이 숲의 꿈은 '가위눌려 있다'(「우리들의 꿈」). 인류의 숲을 구성하는 일을 어렵게 만드는 것은 바로 이 가위눌림이다. '중신을 서준 영선반 김씨 아주머니가/학벌을 물었을 때 말을 못하던' '가공반 이형이 맞선을 보고/그날 밤으로 쇼부를 봤다고 자랑했을 때'(「물줄기」), '창수녀석이 누구라던가 소매치기 출신 권투선수처럼/챔피언이 되어 돈을 어마어마하게 벌어야겠다고/노량진 어디의 권투도장에 나가기 시작했을 때'(「우리들의 꿈」), '배부른 삶'을 찾아 '누나가 집을 나'(「우리를 헤어져서 살게 하는 세상은 1, 2) 갈 때 시인은 그것들 속에서 '주름살처럼 시들어'(「물줄기」)가는 낭만을, 가위눌린 꿈들을, 다시 말해 삶의 소외를 본다. 그러나 시인이 보기에 '상대방을 때려눕히고 돈을 벌려는' 이 소외된 꿈들은 '때리면 때릴수록 제자리로 돌아오는 샌드백'(「우리들의 꿈」)치기에 지나지 않는다.

'우리를 헤어져서 살게 하는 세상'을 '우리가 하나일 수 있는 세상'으로 만들기 위해서는 이 물구나무 선 꿈들을 바로 세우는 것이 필요하다. 그런데 무엇으로 이 갈라진 꿈들을 기워 숲을 이루어 낼 것인가? 1980년대 말 경 한국의 많은 지식인과 노동자들이 사회주의에서 그 대안을 찾았던 것은 주지의 사실이다. 사회주의는 당을 중심으로 노동자들이 단결하여 생산수단을 혁명적으로 전유하고 생산과 분배를 계획적으로 통제하는 사회에 대한 꿈이었다. 그것은 부르주아 사회가 낳은 새로운 계급으로서의 프롤레타리아트에 의거하여 부르주아 사회에서 집적·집중된 새로운 생산력을 미래사회의 지렛대로 삼는 길이었다. 그것은 자본에 의한 낡은 공동체의 가차 없는 해체를 진보로 받아들이고 지지했다. 그런데 시인 김명환은 1987년에 솟구친 노동자들의 투쟁이 지속되고 있는 시기에도 이와는 사뭇 다른 꿈을 제시한다. 그것은 부르주아 사회가 낳은 새로운 계급과 새로운 생산력에 의존하는 꿈이기보다 부르주아 사회가 해체시킨 오래된 고향과 살붙이의 힘을 만회하고 그것에 의존하는 꿈이다.

> 소위 대학을 나왔다는 임계장이나 최대리가
> 두세 달에 한 번씩 아이들을 모아놓고
> 탕수육에 소주를 먹이며 생산성이 어떻고
> 수출이 어떻고 했을 때도 그 알량한 말보다
> 우리는 내팽개친 고향의 논답들을 생각했다
> 테레비에 나오는 계집들처럼
> 미끈하게 생기진 못했을지라도 어쩌다 마주치는
> 공순이들이 고향 동창년들처럼 친근감이 드는 것은
> 집을 나간 누나가 원하는
> 배부른 삶을 싫어하기 때문이 아니다
> 가난하고 배우지 못했지만 못생긴 우리끼리
> 살을 비비며 산다는 건 얼마나 좋은 일인가
>   -「우리를 헤어져서 살게 하는 세상은 1」 중에서, 강조는 인용자

> 이 에미 가슴에 불을 지르고 두 손 더듬어
> 너를 보듬어 안으며, 통곡하는 네 형제들을 얼싸안으며
> 내 살붙이들을 확인한다. 네 죽음을, 온몸으로 뜨겁게

활활 타오르며 외쳤던 분노를 노여움을 확인한다
그래, 종수야 이제 가자, 네가 일하던 공장을 지나
네 형제들이 일하는 공단을 가로질러 못 이룬 일들
형제들과 살붙이들에게 남겨주고 너를 따라오라고
성큼성큼 큰 걸음으로 함께 가자고
뜨거운 불길로 소리치며 가자
피눈물 삼키며 살이 타들어가는 고통 속으로
지긋지긋한 가난과 굴종의 사슬들을 깡그리 사르며
네 형제들 내 살붙이들과 함께 가자, 종수야!
                —「이제 가자, 네 형제들 내 살붙이들과」 중에서

고향, 살붙이, 형제 등으로 이어지는 시인의 꿈의 근거들은 미래보다는 과거를 환기시킨다. 그것은 분명 80년대를 지배한 '사회주의—공화국'의 꿈은 아니다. 자본이 제시한 '시민—공화국'이 인류를 단결시키기보다 오히려 적대의 산실로 작용했다는 사실이 19세기 역사가 우리에게 남긴 교훈이라면 사회주의 역시 인류를 하나이게 하는 공화국이 아니라 통제를 통해 하나인 듯한 외관을 취할 뿐인 또 하나의 적대 사회에 그쳤다는 것은 20세기의 역사가 우리에게 남겨준 중요한 교훈이다. 그 결과 '무엇으로 우리는 서로 어울려 살 수 있는가' 하는 문제는 21세기를 맞는 우리에게 여전히 풀지 않으면 안 될 숙제로 남아 있다. 그렇다면 시인이 말하는 '살붙이 공화국'의 꿈은 역사의 시험을 견딜 수 있었는가?

4

1990년대에 쓰여진 시를 모은 이 시집의 제3부 '죽은 자의 노래'는 그 '살붙이 공화국'의 꿈이 역사의 시험을 견디기 어려웠다는 패배의 자백과 더불어, 그럼에도 불구하고 패배의 형식 속에서, 혹은 죽음의 형식 속에서 흐르고 있는 부활의 노래를 전달한다.

시인의 꿈이 역사의 시험을 견디기 어렵게 된 것은, '한때는 살을 비비고 살았던/그리운 사람들/하나 둘 떠나가고/얼굴 못생긴 몇이 남아/끝내는 그 혼자 남아/차가운 도시의 가로등 밑에서 죽어갔'(「시인의 죽음」)기 때문이다. '누나'가 배부른 삶을 찾아 떠나가듯 '차가운 도시에서의 생존을 위해' '나'마저 달아나 버렸기 때문이다.

소련에서의 사회주의의 실패가, 3·24총선에서의 민중당의 해체가, 남한사회주의노동자동맹의 와해가 도대체 어떤 설득력을 가지는 것일까. 자본주의의 위대함에 축배를! 1992년 5월 9일 나는 슬프다. 그리고 나는 취했다. 그리고 나는 부끄럽다. 그렇다. 이제 나는 자본주의의 편이다. 술잔을 들고 나는 전진한다. 모스크바의 붉은 광장에서 나는 레닌 동상을 쓰러뜨리고, 3·24총선에서 민자당에 표를 찍고, 남한사회주의노동자동맹 중앙위원들을 급습한다. 나는 진실을 부정한다. 자유와 평등과 평화를 부정한다. 오! 나는 총을 쏜다. 탱크를 몰고 국회의사당을 점령한다. 광주시민을 학살한다. 빵! 빵! 빵! 아, 나는 죽어가는 나를 본다.

―「신촌블루스」중에서

앞서 나는 김명환에게서 시는 '악몽의 시간을 견디면서 그 속에서 꿈을 키워 나가는 무기'라고 썼다. 시인은 자신의 노쇠와 죽음을 응시하며 시를 쓴다. 그의 시는 그 시간을 무엇으로 견디는가? 부끄러움. 90년대 김명환의 시는 부끄러움으로 채색되어 있다. '역사의 회한과 칼빛 매서운 희망을 노래'하는 '일흔 다섯 살 젊은이' '이기형 선생님'의 시집을 읽으며 '서른세 살 노인네'인 '나'는 부끄러워한다(「고요한 돈강」). '이 차가운 도시의 마지막까지 걸어와/아무도 미워하지 않고 죽어'간 '시인의 죽음'을 들으며 그를 버리고 온 '내가 부끄러워서/나는 울었다'(「시인의 죽음」). '좋은 세상이 오면/시는 얼마든지 쓸 수 있다고/잘난체 하던 내가 (…) 우습고 부끄'러웠다(「죽은 자의 노래 1」). 그래서 시인은 '목욕을 하다 쓰러진 이후/나는 다시 시를 쓰기 시작했지만/그것은 이미/죽은 자의 노래가 아닌가'라고 묻는다. 그러면 시인의 꿈은 정말 죽은 것인가? 아니면 '죽음의 빛깔' 속에서 그것은 자신의 생명을 키우고 있었던 것인가?

시인이 「신촌블루스」를 쓰던 바로 그 해인 1992년에 미국 로스앤젤레스에서는 흑인 노동자들의 반란이 있었고 시인이 「죽은 자의 노래」를 쓰던 무렵인 1994년 1월 멕시코 치아빠스에서는 신자유주의에 반대하는 원주민들의 봉기가 발생했다. 사회주의가 붕괴하고 자본주의의 최종적 승리가 외쳐지던 무렵이었다. 이어 1995년 겨울에는 프랑스에서 총파업이 발생했고 실업자들의 독립적 투쟁이 활발해졌으며 1996년에는 독일 노동자들의 파업이 이어졌고 1996년 겨울부터 1997년 봄 사이에 한국에서는 한국전쟁 이후 최초로 노동자

총파업이 전개되었다. 그리고 1999년 말 시애틀에서는 인터넷으로 연결된 시민단체들의 시위가 WTO 회담을 좌절시켰다. 만약 고향의 꿈이 해체된 낡은 공동체의 복구라는 복고적 꿈이 아니라 분열된 세계 속에 잠재되어 있는 사회적 인류를 만회하고자 하는 꿈이라면, 살붙이가 혈육의 끈보다 '투쟁의 벗들'을 의미한다면, '살붙이 공화국'의 꿈은 '사회주의 공화국'의 꿈의 붕괴에도 불구하고 (아니, 더 정확하게는 그것의 붕괴를 가져오면서) 90년대에도 무너지지 않고 커가고 있었다고 해야 할 것이다. 그러나 시인의 시심은 원주민, 농민, 노동자, 시민 등 재구성된 노동계급이 1990년대의 지구촌을 무대로 펼친 저 역동적 꿈들로부터 분리된 채 슬픔에 잠겨 있었다.

살아가는 것이 슬프면 슬플수록
내 그림자는 길게 드리워지고
나는 음지를 찾아 헤메었다
하지만 길은 갈수록 허허벌판
비바람 피할 바위 하나 보이지 않고
따가운 햇볕 가릴 나무 한 그루 없었다
슬퍼서 아름다운 사람들 소리쳐 부를 수 없었고
나는 혼자였다. 알몸인채로 건너야 할
너른 들이며 산과 강이 아득하기만 한데
이제 어떤 절망의 노래를 부르랴

─「죽은 자의 노래 2」

'슬퍼서 아름다운 사람들', 즉 옛 전우들로부터 분리된 채 '혼자'서

‘비바람 피할 바위 하나 보이지 않는’ ‘허허벌판’을 헤매는 이 고독과 절망의 정서는, ‘열차는 덜컹이며’ ‘질주하지만’ ‘보이는 것은 어둠 뿐’인 「야간열차」에로, 그리고 더 이상 싸우지 못하고 시골역에 유배되어 깃대를 흔드는 자신을 부끄러워하는 「열차감시」에로 흐른다.

그러나 그 절망은 애초부터 시인에게는 어색한 것이었다. 왜냐하면 진정한 절망, 즉 죽은 꿈은 부끄러움을 느낄 수 없는 것일진대, 시인은 절망의 정서를 노래하기 시작하면서부터 끊임없이 부끄러움을 표현해 왔기 때문이다. 부끄러움은 절망의 감각이 아니라 희망과 존엄의 감각이다. 어쩌면 그것은 ‘삶의 무게를 회피하기 위해/조금씩 삐딱하게 서서 바람을 맞았’(「죽은 자의 노래 2」)던 희망의 감각일지도 모른다. 시인이 일흔 다섯 노인의 시에서 ‘수많은 사람들의 삶과 고통과 희망과 분노를 싣고/말없이 흐르’는 역사의 강을 읽으면서, 조합활동을 하다 시골역으로 쫓겨나 거기에서 맞은 휴식을 어색하게 받아들이면서(「어색한 휴식」), ‘제천으로 발령’난 후 ‘죽어도 사표는 쓸 수 없다고/가슴에서 칼을 꺼’내는 ‘한 반장’에게서 ‘이글거리는 불꽃’을 보면서(「송별회」), 비 내리는 ‘실업의 거리’를 걸으며 ‘무기고를 털’ 생각을 떠올리면서 부끄러움은 서서히 꿈과 희망에 자기 자리를 내어준다. 1999년에 쓰여진 시 「갈매기의 꿈」은 감각의 이러한 전환이 시인의 내면에서 이미 무르익어 있음을 보여준다.

내가 희망을 버렸을 때
비겁해지지 않기 위해서

모든 사람들을 저주했을 때
나의 노래는 입 속에서 맴돌고
옛날은 추억으로만 있었다
산다는 것이 조금은 외롭고 쓸쓸하기 때문에
아름답던 옛노래의 기억을 뒤로 하고
끝없이 멀어져가기만 하는 저녁바다처럼
어둠에 잠겨들 수 있었던 것일까
왜 나는 삶에 지친 갈매기가
돌아갈 곳이 없다고 믿었던 것일까
나의 노래는 이렇게 끝없이
가슴 깊숙한 곳에서 흐르고 있는데

-「갈매기의 꿈」 전문

　일흔다섯 시인의 시에 흐르고 있던 '고요한 돈강'이 자신의 가슴 깊숙한 곳에도 흐르고 있다는 사실은 10여 년의 세월을 어둠 속에서 헤맨 후 한 세기와 한 천년이 끝나갈 무렵에 이렇게 재발견된다. 가위눌렸던 꿈의 부활과 만회가 이루어진다. 추억과 저주가 있었던 자리에 희망과 노래가 자리잡을 것이라는 기대가 생겨난다. '가슴 깊숙한 곳에서 흐르고 있'었지만 '입 속에서만 맴돌'던 그 노래가 다시 터져 나온다면 그것은 이제 어떤 꿈을 담아낼 것인가? 그것이 다시 인류의 숲을 꿈꾼다면 그 숲은 어떤 모습일까?

(『어색한 휴식』, 2000)

비장의 무덤 위에 핀 비애와 익살의 시

1

20세기 한국 자본주의의 '발전'은, 특히 1960년대 이후의 급속한 경제개발은 땅의 지형과 사회의 지형 모두를 급격히 바꾸어 놓았다. 농촌은 도시로 바뀌었고 농민과 여성은 노동자로 편입되었다. 이후 공장은 사람들의 운명을 결정짓는 핵심적 공간으로 되었다. 그곳은 인간이 사고 팔리는 시장이자 상품들이 생산되는 장소였기 때문이다. 그리고 그곳은 인간의 인간에 대한 착취, 인간들 사이의 적대, 삶의 양극화가 시작되는 장소였기 때문이다.

1920년대와 1940년대에 민족해방을 위한 투쟁 속에서 출현했던 노동시는 1980년대에 노동해방을 위한 투쟁 속에서 집단적으로 재출현했다. 그것은 비장을 자신의 중심적인 미적 힘으로 표출한다. 자본과 노동은 뚜렷한 적대 속에 드러나며 시인들은 승리를, 패배

속에서도 살아남을 승리를 노래한다. 되풀이되는 패배의 슬픔 속에서도 살아남는 장엄이 있다면, 그것은 시들 깊숙이 간직되어 있는 노동계급 승리의 메시지였다. 그 무엇보다도 공장은 비장의 마르지 않는 샘이었다. 공장으로부터 이 예술적 에네르기는 무진장 공급되었고 노동자 시인들이 사회의 표층으로 솟아올라, 문예 혁신의 최전선에 배치되었다.

그런데 1990년대가 되어 승리의 메시지는 급격히 쇠퇴한다. 1930년대와 1950년대에 그랬듯이 차가운 역풍이 저항공간을 가로지른다. 패배의 고백과 전향, 실의와 은둔, 사수를 위한 계속 투쟁 등 다양한 지향들 사이의 내적 갈등이 솟아오르고 단결은 이완된다. 시의 전위들은 목소리를 낮추고 아래에서 솟아오르던 힘들은 어리둥절한 표정을 짓는다. 비장이 급격히 자취를 감출뿐만 아니라 잔존하는 비장도 어색하기만 하다.

대체 무슨 일이 일어났던 것인가?

사회주의의 붕괴, 자본의 신자유주의적 역습, 계급 내 갈등의 증폭과 계급 탈구성. (1)깃발을 든 전위들은 달리던 다리 위에서 갑자기 다리가 무너져 내리는 것과 같은 참사를 경험한다. 사회주의 붕괴가 그것이다. 시간이 지나면서 사회주의의 붕괴가 그곳 노동자들의 공산당 일당 독재체제에 대한 저항의 결과였음이 드러난다. 이 점에서 붕괴가 운동에 미친 부정적 효과의 실체는, 붕괴 그 자체가 아니라, 운동의 국제 연대의 부재, 투쟁의 지역적 제한이었다고 해야 할 것이다. (2)기층 민중에게 더 큰 영향을 미친 것은 신자유주의의 역습이었다. 서구에서 그것은 복지체제의 해체를, 한국에서 그것은 현장권력의 해체를 겨냥한다. 신자유주의는 순수한 파괴의 수법보다 일면 흡수, 일면 파괴의 수법을 구사했다. 가)1987년 투쟁에서 드러난 노동자의 힘을 체제의 구성요소로 승인하면서 그것을 '발전'의 동력으로 배치시키는 것, 나)산업재구조화를 통해 현장 내에 구축된 산업 노동자의 권력을 약화/해체시키는 것. (3)노동자들은 정리해고의 폭풍 속에서 위로부터 사회협조주의를 받아들이도록 강제된다. 협조파와 반대파의 갈등, 육체 노동자와 지식 노동자의 갈등, 취업자와 실업자의 갈등, 여성 노동자와 남성 노동자의 갈등 … 등 계급 내 적대가 증폭된다. 계급의 탈구성이 진행된다.

2

김명환 시인의 『어색한 휴식』(갈무리, 2000)과 이한주 시인의 『평화시장』(갈무리, 2000)은 이 계급 탈구성의 시대의 산물이다. 이 두 시집은 90년대에 노동시가 생존해 온 두 가지 경향, 비장의 두 가지 변이태를 드러낸다. 비애와 익살이 그것이다.

김명환 시인은 80년대에 학교에서 탄광으로, 탄광에서 군대로, 군대에서 학교로, 학교에서 전투적 문예운동으로 이동했다. 80년대 후반 그는 여느 노동시인들과 다름없이 현존하는 세계의 부정의와 부패를, 이러한 세계에 대한 투쟁을 노래했다. 사는 것은 비참하지만(「사북에 이르면」, 「지장천」) 그 속에는 내일에 대한 희망이 약동한다(「활화산」, 「우리를 헤어져서 살게 하는 세상은 2」). 투쟁은 비

참과 희망 사이를 잇는 가교이다. 그러나 90년대의 그는 더 이상 희
망을 노래하지 않는다. 오히려 노래되는 것은 실의와 절망이다(「신
촌 블루스」, 「죽은 자의 노래 2」). 그렇다고 그의 시가 비참의 묘사에
기우는 것도 아니다. 비참을 바라보는 그의 시선에는 자학이 묻어있
다(「팔푼이 이권필」). 그의 시선은 투쟁을 일깨웠던 세상보다는 깃
발을 잃어버린 자기자신에게로 더 많이 향한다. 그러나 그에게서
비장은 사라지지 않고 있다. 그것은 그의 기억 속에 살아남아 오늘
의 비참을 더욱 견딜 수 없는 것으로 만든다(「열차감시」). 그래서
90년대 그의 시의 주조를 이루는 비애는 비장의 시절을 환기시키는
역할을 하게 된다. 비장이 비애 속에 살아 있는 것이다.

　『어색한 휴식』이 비장을 비애 속에 화석처럼 간직하고 비애를 통
해 비장을 환기시킨다면 이한주 시인의 『평화시장』은 익살 속에 비
장을 감추는 동시에 익살을 통해 비장을 드러낸다고 할 수 있다. 그
는 대학을 나와 청계천 평화시장으로 들어간다는 점에서 대학에서
탄광으로 들어갔던 김명환 시인과 비슷한 이른바 '존재이전'의 경험
을 갖고 있다. 「평화시장」 연작은, 그가 평화시장을 투쟁의 장소로
받아들이기보다는 고향처럼, 보금자리처럼 받아들이고 있다는 것을
알 수 있게 한다(「문화학교 가는 길」). 그는 노동자들을 전사로서보
다는 피붙이처럼 받아들인다. 그의 시선은 노동 현장의 비참보다는
그곳에서 삶을 나누는 사람들의 따뜻함에로 더 많이 향해 있다(「창
신동」). 그런 그에게 비장을 말하는 것이 어울릴 법이나 한가? 그런
데 그렇지 않다. 그의 해학적 언어 저 밑바닥에서 속삭이고 있는 것
은 비장이다(「애시당초 너는」, 「내 나이 서른」, 「퇴근길」). 그의 시

는 우리의 얼굴에 미소를 짓게 만들면서 우리의 가슴에 슬픔의 정조를 남겨 놓는다. 그것이 그의 시의 비장이다. 그의 시적 익살은 매순간 목숨을 내놓아야만 하는 강제노동의 비참을 내장하고 있는데도(「살기 위하여」, 「천둥 번개 호루라기」), 시인은 좀체 그 사무치는 슬픔의 정조를 직접 드러내지 않는다.

3

비장의 토대가 사회적 적대체제임은 앞에서 이미 말했다. 이 두 시인이 비애 속에서든, 익살 속에서든 비장을 간직하고 있으며 또 그것을 환기시킨다는 것은 특이하다. 왜냐하면 1990년대는, 비장을 폐기한 결과이든 그것을 포기한 결과이든, 비장의 위축과 소멸을 주요한 시대적 특징으로 보여주기 때문이다. 비장은 외부의 힘에 의해 침식되는 것이 아니라 내적 흐름에 의해 침식된다. 그 중에서 특히 강력한 것은 신자유주의 수동혁명에 대한 대응 속에서 성장한 사회 협조주의, 신중도주의 경향이다. 이것은 비장의 토대를, 그것의 성장 공간을 침식한다. 사회 협조주의 속에서 엄밀한 의미에서의 시는 불가능하다. 왜냐하면 사회 협조주의는 승리의 이념의 좌절을 표현하는 것일 뿐, 시적 존엄을, 즉 혁명의 종말 속에서도 혁명을 전진시키는 힘, 혁명 속에서 제기된 가치들을 혁명의 종말 속에서도 다시 제기하고 전진시키는 시적 힘을 감당할 수 없기 때문이다. 존엄한 시들 속에서 협조적 중도주의가 혁명의 매판으로 묘사되는 것은 결코 우연이 아니다. 사회적 적대체제에서 존엄으로 표현되는 시들은 어떤 방법으로도 비장을 완전히 떠날 수 없다.

두 시인의 시속에 드러나는 비장에 80년대의 시들이 품었던 승리와 희망의 기풍이 결여되었음을 주목하는 혹자는, 비애는 비장의 타락이며 익살은 비장의 망각이 아닌가 하고 물을 수 있을 것이다. 분명히 그렇게 볼 수 있는 여지가 있다. 그러나 다시 생각해 보자. 그것에 전진의 요소는 없는가? 80년대의 비장은 승리로서의 장엄과 결부된 비극성이었고 승리는 우리에게 결과로서만, 미래로서만, '그날'로서만 표상되어 왔다. 얻은 것은 이데올로기였고 잃은 것은 지금시간(Jetzt Zeit)이었다. 우리는 비장을 떠날 수 없지만 그것은 오늘날 재구성을 요구한다. 80년대의 비장은 해체되었으며 비장을 낳는 적대의 토대 자체가 재구성되었기 때문이다. 나는 이 재구성에 필요한 것이 지금시간에서의 기쁨과 존엄을 비극적 장엄의 계기로 끌어올리는 것이라고 말하고 싶다. '그날'에 이끌리기보다 '지금'에 의해 추동되는 비장이 필요하다고 말하고 싶다. 마르꼬스를 통해 들려오는 사빠띠스따들의 언어는 그 하나의 사례를 제시한다. 그 사례 앞에서 나는 이렇게 생각해 본다 : 어쩌면 비애가 낡은 비장에 대해 문제를 제기하는 첫걸음이고 익살이 기쁨의 계기를 비장 속에 도입하는 또 한 걸음일 수도 있지 않겠는가.

(계간『당대비평』11호, 2000년 여름)

조기조 시와 기계적 상상력

발문을 위해 시집 원고를 전달받던 날, 나는 조기조 시인에게 탈근대 세계를 분석한 『제국기계 비판』이라는 책을 곧 낼 예정이라고 말한 적이 있다. 그의 반응이 유별나게 기억에 남는다. 웃을 때에 늘 그렇게 하듯이 그가 수줍은 사람처럼 얼굴을 붉히며 '기계라는 말은 제가 먼저 쓴 겁니다'라고 말하는 것이 아닌가. 그 말을 듣고 문득 떠오른 것은 그의 첫 시집의 제목 『낡은 기계』였다. 수 년 전 〈다중문화공간 왑〉에서 함께 맑스의 『정치경제학 비판 요강』을 읽을 때에도 그가 기계에 관한 이야기에 유달리 큰 관심을 기울였던 것도 기억되었다. 맑스는 기계에서 인간해방의 잠재력을 읽었다. 조기조 시인은 기계에게서 무엇을 보았던 것일까?

눈구멍과 겨드랑이와 사타구니와 치아에 말라붙은

기름 자국 위로 녹물을 줄줄 흘리며
더 이상 돌지 않는 낡은 기계

철의 골격으로
신념이라기보다 천성으로
육중한 삶의 무게를 버티며
우주의 원리를 닮은 무한한 회전운동을 얻어내던
그러므로 삶은 원심력의 긴장임을 보여주던

그러나 이젠 낡은 기계
어떤 원리도
긴장도
치밀함도
정교함도
당당함도
다 내팽개친 기계의 정지

온몸에 녹물을 줄줄 흐리며
피눈물을 질질 흘리며
명상에 정진하는
맹렬한 정지에 집중하는
그러나 낡은 채로라도 다시 돌아보자는
망상으로 떨어지지 않는
낡은 기계

-「낡은 기계」 전문, 『낡은 기계』

여기서 '눈구멍', '겨드랑이', '사타구니', '치아', '피눈물' '망상' 등의 의인(擬人)적 표현에 이끌려, 기계의 정지를 노동의 정지로, 실업의 은유로 읽는 것은 얼마나 싱거운 일인가? 이런 독해에 이끌리면 기계와 인간은 서로 분리되며 '노동자는 기계가 아니다!'는 오래된 인간주의적 절규만이 재생산된다. 조기조 시인은 이런 인간주의적 이끌림을 막기 위해 '철의 골격', '신명이라기보다 천성으로', '우주의 원리를 닮은 무한한 회전운동을 얻어내던', '삶은 원심력의 긴장', '원리', '치밀함', '정교함' 등 기계 그 자체의 이미지를 곳곳에 심어 두었다. 그는 인간과 기계를 분리시키는 통념들 바깥에서 시쓰기를 시작한다. 그리하여 기계는 그에게서 우리 세계의 굳게 닫힌 문을 열 열쇠로 자리잡는다. 첫 시집 『낡은 기계』에서 두 번째 시집 『기름미인』으로, 요컨대 고향, 공장, 거리, 숲을 순환하며 펼쳐지는 그의 시 세계를 관통하는 '붉은 실'이 기계인 것은 바로 이 때문이다.

1

　한국문학사의 주류 시들에서 농촌과 고향은 전근대의 공간이자 동시에 반근대의 공간으로 등장한다. 그것은 근대화의 쇳소리나 갈등을 갖지 않은 전원적 평화의 공간이자 반기계적 공간으로 등장한다. 조기조 시인이 그리는 고향도 역시 농촌이다. 그도 흔히 그렇듯 고향을 어머니, 아버지와 같은 가족적 형상으로 채운다. 그러나 특이한 것은 그 형상들 속으로 기계의 이미지가 잠입한다는 점이다.

'숭어 한 마리에 소주 뒤세 병으로 입씻이' 한 아버지의 얼굴이 '제련소 용광로 쇳물솥이 들어앉은 것 같기도 한 불콰해진 얼굴'(「낚시 이야기」, 『낡은 기계』; 이하에서 시제목만 표기된 것은 『기름미인』에 실린 시이다)로 묘사되는 곳이 그 잠입의 시작이다. 시 「가마니」는 이렇게 잠입한 기계에 대한 시인의 은밀한 사랑을 보여준다.

> 어려서 젤 하기 싫던 일이 가마니 짜는 일이었다. … 그해 겨울에는 절반이 넘게 이등급을 받고 엄니는 서운한 표정이 이만저만 아닌 얼굴로 축구화 한 켤레를 사주면서 인자 가마니 그만 짤텅게 공부나 잘혀 하였다. 이제 나이롱 마대가 생겨서 가마니가 필요없게 되었단다 나는 축구화보담도 가마니를 그만 짠다는 생각에 미루나무 꼭대기처럼 신이 났는데 그 나이롱 마대를 짠다는 기계를 곰곰이 생각하는 바람에 며칠을 번번이 늦잠에 들곤 하였다.(「가마니」, 『낡은 기계』)

「망배산」의 시적 화자가 산에 올라 '쌀 두 말에 닷새째 피사리 품을 팔던 들 가운데 논두렁쯤의 어머니'를 향해 절을 한 후 '장항발 서울행 기차'를 탄 것이 단순한 도피가 아니라 어떤 강한 이끌림까지 내포한 것이었음을 우리는 어림짐작할 수 있다(「망배산」, 『낡은 기계』). 『낡은 기계』를 여는 첫 시 「아침」은 기계와 인간 사이의 뿌듯하고도 충만한 관계의 형상을 제시한다.

> 작업복 갈아 입고 스위치를 켜는 순간
> 탱크 가득 기름이 용솟음치면서
> 기계는 힘차게 운동을 시작한다

내 몸 속 느슨해진 혈압 알맞게 올라
맹렬한 지구의 진동을 느낀다.

-「아침」 전문

　사람과 기계 사이의 조응이 이토록 깊을진대 공장폐업의 순간은 '일하던 벗들 뿔뿔이 흩어지'는 이별, 즉 사람들 사이의 이별의 시간일뿐만 아니라 컨베이어가 '어디론가 다 실려가'는 이별, 즉 사람과 기계가 안타까운 작별을 해야 하는 시간으로 다가오지 않을 수 없다(「정적」, 『낡은 기계』). 시인의 기계적 상상력은 마침내 기계에서 공주를 볼뿐만 아니라 그것의 쇠구슬에서 진신사리를 본다.

고장난 기계를 분해하다
뒹구는 쇠구슬을 본다
아주 작은, 사람의 최초 형식인
알(卵) 같은 눈동자를 본다

돌아갈 때나 멈추었을 때나
혹은 해체되어 이렇게 나뒹굴 때도
눈감지 못하는 눈동자를 가진
기름에 흠뻑 젖은 기름공주

(중략)

기름공주, 네 눈동자는

어느 지극한 마음의
마지막 그리움을 보여주는
진신사리를 닮았더라.

―「기름공주」

이것은 기계를 도구로, 심지어 적으로 간주하는 관점들에 대한 도전이며 기계의 신비를 드러내려는 적극적 노력이다. 기계의 부품 하나가 망가지면 그것은 다른 부품에게 상처를 주며 아파하고 '기계 전체'가 낡은 한 부품의 아픔을 운다(「기계수리소에서」). 부품들 사이에만 아픔의 교감이 있는 것이 아니다. 조기조 시의 시적 화자들은 '공구를 위해서' 자신의 몸을 값싸게 팔곤 하고(「나사 하나」), '못들의 웃음소리', '뻰찌 일가의 슬픔'(「공구실에서」)을 듣는다. 기계와 인간의 교감에 대한 형상화는 「내가 만든 기계」에서 정점에 이른다.

산이나 강 이름보다 공장 이름을
더 잘 외우며 방방곡곡을 다닌다
이제 공간이 있는 곳이면 어디든
내가 만든 기계가 있다.

(중략)

쌩쌩 잘 돌아가는 놈
덜덜거리며 헐떡이는 놈
부도난 공장에 죽치고 있는 놈

망가져서 팽개쳐진 놈

그중 어느 놈을 만나도
괜히 눈시울 저려온다
어쩌면 동기간 같기도 하고
친구 같기도 한

―「내가 만든 기계」 일부

기계에 대한, 기계와의 이 깊은 사랑이 조기조 시인의 시를 지배한다. 이런 의미에서 그의 시는 기계인간, 즉 싸이보그의 노래이다.

2

싸이보그 문화는 기계파괴(러다이트주의)로서의 전근대 지향과 구별될뿐만 아니라 기계숭배(토트주의)로서의 근대 지향과도 구별되어야 한다. 그래서 싸이보그 문화는 전근대주의와의 투쟁뿐만 아니라 근대주의와의 투쟁도 치러왔다. 하지만 많은 경우 싸이보그 문화는 기계숭배와 혼동되곤 한다. 기계에 대한 인간의 패배와 기계에의 굴복이 싸이보그 문화를 특징짓는 것처럼 생각되곤 하는 것이다. 그런데 조기조 시에서 들리는 기계인간의 노래는 이와는 다르다. 아니 더 정확하게 말하면 한층 복잡하다. 그는 전근대성의 세계가 몰락할 수밖에 없는 운명에 처해있다는 점을 명확하게 그리면서도 그것에 대한 떨칠 수 없는 그리움을 드러내며, 근대적 기계세계의 힘과 아름다움을 노래하면서도 동시에 그것의 쇠락을 거듭해서 그려내고 있기 때문이다. 그의 시에서는 농촌 공간이 쇠락하는 모습으로 나타나는 것과 마찬가지로 인간과 기계의 충만한 합일을 보여주었던 인공적 도시공간도 점차 쇠락하는 모습으로 나타난다. '녹물'의 이미지를 통해 조기조 시편들의 이곳저곳에 출몰하는 이 쇠락의 형상이 농촌과 도시를, 자연과 기계를 이어줄뿐만 아니라 인간과 기계까지 이어준다. '외갓집 가마솥'이 '뒤안에 빼놓아서 빗물 가득히 한 세월 녹물만 우려내고'(「외갓집 가마솥」, 『낡은 기계』) 있듯이, 내팽개쳐진 기계도 '온몸에 녹물 줄줄 흘리며/피눈물 질질 흘리'고 있고(「낡은 기계」, 『낡은 기계』), 공구들에도 '생의 불안처럼 잘 지워지지 않는'(「나사 하나」) 붉은 녹이 날리고 있다. 『기름미인』의 제3부는 농촌공간과 도시공간에서 함께 진행되는 이 녹슮의 과정이 실업자, 노숙자, 도시빈민의 몸과 삶을 덮치고 있는 모습을 그려낸다. '여름 한나절을 적신 쉰 밥냄새를 풍기는 몸'(「썩지 않는 꽃」), '씨 없는 몸'(「씨」), '그늘'에 덮여 젖어가는 '몸'(「일광욕」)이 그것이다. 폐업공장을 떠나는 노동자들의 모습은 그들이 고향을 떠나올 때의 모습 그대로이다(「소래 가는 길」). 근대로의 이행기에 농촌에서 축출되어 밥을 찾아 산천을 떠돌았던 유랑민의 모습이 탈근대의 도시에서 다시 새로운 모습으로 출현하고 있는 것이다.

    유리에 가기 위해 이제 나도 너처럼 익숙하게
    아이를 방안에 두고 문밖으로 자물쇠를 채운다
    용산으로 가는 길에 문래동 쪽을 돌며 이력서 몇 장 뿌리고

공구나 무기 대신 숟가락을 챙기며 무료급식소 긴 행렬의 끝을 따라
잡으면 유리에 갈 수 있으리라고 생각했다
밥을 향해 한 걸음 또 한 걸음 나아가는 발길에 해가 진다
세상 어디에도 이정표라고는 없다

(중략)

모든 것을 잊고 싶다는 한마디짜리 유서를 본 적이 있는가
그런 심정으로 정처 없이 용산에서 서소문으로
서소문에서 회현으로 다시 서울역으로 걷고 또 걸어본다
유리 가는 길이 이렇게 먼 길인 줄은 몰랐다
지친 자들이 몰려드는 지하궁전에 이르러
신문지나 과자상자를 펼친 종이십자가 위에 누워
대리석 바닥에서 올라오는 서늘한 죽음의 온도를 느낀다
―「流離에 가다」 일부

　‘장항발 서울행 열차’는 ‘이정표’라곤 ‘세상 어디에도’ 없는 곳에 그를 내려놓았었다. 충만감을 주었던 기계와의 사랑은 이루어질 수 없었던 것일까? 토지로부터 ‘流離’되듯, 기계로부터 ‘流離’된 시적 화자는 ‘어느 길로 가도 불쑥불쑥 나타나는 삐끼처럼’ ‘적들’이 ‘매복’하고 있으며, ‘모든 길이 전선(戰線)’인 ‘가리봉 오거리’에 서서, ‘가리봉엔 이제 일방통행도 없고 단일대오도 없고 원천봉쇄도 없습니다만 서시오 가시오 돌아가시오 좌회전 안됨 표지판들에 묶여’ ‘뱅뱅 돌고’ 돈다는 느낌에 사로잡힌다(「가리봉엔 오거리가 있다」). 이럴진

대 기계에 대한 시인의 감정이 더욱 복잡해지지 않을 수 있겠는가? 그것은 사랑이자 연민이며 동시에 공포(「파병과 텔레비전」, 「구로동 닭장촌」)이기도 하다.

3

기계 세계의 쇠락 혹은 그것으로부터의 유리가 가져오는 현실은 답답하고 고통스럽고 어지러우며 배고픈 세계이다. '제가 태어난 땅에서/외국인으로 사는'(「외국인」) 세계이다. 그것은, 지난날 파업을 하며 자본가를 향해 불렀던 노래 가사가 틀렸다고 단언할 만큼 충격적인 현실이다. 「모토를 바꾸다」의 시적 화자는 '일하지 않는 자는 먹지도 말라'는 모토를 버리고 '일하지 않는 자도 먹어야 산다'는 모토를 새롭게 선택한다.

그러나 그 모토가 실현될 길이 쉽사리 열리지는 않는다. 지배적인 것은 전쟁과 기다림과 죽음만을 허용하는 거대한 명령 질서이다(「상부」, 「민주주의의 급소」, 「폭탄공장에서」). 이런 상황이 시인으로 하여금 기계의 꿈을 포기하도록 만드는 것은 아닌가?

확실히 『기름미인』에서 기계의 꿈은 『낡은 기계』에서보다 훼손되어 있다. 그것은 그리움의 대상으로, 버릴 수 없는 고향으로 나타나곤 하지만 시적 창조를 이끌 만큼 강한 힘을 갖고 있지는 못하다. 기계시인의 궁지. 이 상황에서 시인이 기대는 것이 '새', '노래', 그리고 '숲'이다. 그것은 인간−기계 세계인 도시(이것은 '단비'의 인간조

건이다)도 인간-동물 세계인 농촌(이것은 '어머니'의 인간조건이
다)도 아닌 동물-식물의 세계, 즉 야생의 세계이다.

　새의 나라에 왔다
　새 소리가 들리는 곳은 새의 나라다

　새는 사랑하겠다고 운다지
　그래서 울음이 노래가 된다지
　새의 나라에 와서 노래를 배운다
　울어 노래가 되는 울음을 배운다

　서울을 내가 울어 노래가 된다면
　그곳은 나의 영토
　카불을 내가 울어 노래가 된다면
　그곳은 나의 나라

　새의 나라에서는 대통령도 뽑지 않는다
　사랑을 누가 대신 울어줄 것인가
　사랑하겠다고 우는 노래를 향해
　누가 명령할 것인가
　사랑하겠다고 우는 노래가 왕이다
　나의 나라에서는 노래가 통치한다
—「새의 나라」 일부

　기계의 나라는 '새의 나라'로 대치된다. 녹슨 기계들의 세계로부

터 새의 나라로의 비상(飛翔)! 이것은 기계의 꿈이 절정을 이루었던 『낡은 기계』에서 마치 미래처럼 나타났던 형상이다. '은빛 부리 끝에/울음 한 톨씩 물고/무장과 무장 사이로/무장해제된 새들이/아아라이 산맥을 타고/월경하고 있다'(「새」). 「새」에서의 새가 경계의 두 영역을 소통시키는 방식으로, 요컨대 '삐라처럼 삐라처럼' 경계를 넘는 반면, 「새의 나라」에서 새는 직접적으로 '노래'를 부르는 것으로 경계를 넘고 노래 그 자체를 통해 자신의 나라를 '통치'할 수 있다고 믿는다. 새-되기의 두 가지 방식, 내재적 방식과 초월적 방식. 「새의 나라」는 초월적 방식의 되기에 이끌린다. 그것은 「숲 속에서」에서 다른 모습으로 변주된다. '숲 속에서는 누구도/무엇이 되고자 하지 않는다/무엇이 되고자 하지 않는 것들이 모여/누구나 제 이름의 나무로 산다// (중략) //숲 속에서 나는/한 그루 나무가 되어/상수리나무가 그러는 것처럼/마가목이 그러는 것처럼/나답게 살고자 할 뿐이네//숲 속에서는 나무마다/저를 닮은 나무가 되어 살아간 뒤에/상수리나무가 쪽동백이 되고/마가목이 산딸나무가 되기도 한다'(「숲 속에서」). 그러나 숲은, '새가 날아가며 운다/나 또한 달리며 운다/내 노래가 들리면 그곳은/나의 나라인줄 알아라(「새의 나라」)'의 초월적이고 선언적인 방식으로 구축되는 세계가 아니다. 그것은 오히려 '긴장', '치밀함', '정교함', 요컨대 '기계적 원리'를 따라 구축되는 세계이다. 이미 시인 자신이 숲의 미시세계가 드러내는 긴장된 기계적 배치의 형상을 다음처럼 치밀하고 정교하게 그려내지 않았던가?

꽃대궁에 진딧물들이 다닥다닥 붙어 있습니다 발 한 짝 디딜 틈이 없
어 진딧물들의 엉덩이를 밟고 개미들이 분주히 노닐고 있습니다 개
미들의 발길이 느껴질 때마다 진딧물들은 연신 연둣빛 엉덩이들을
씰룩입니다 그때 무당벌레 한 마리 날아와 진딧물들을 야금야금 잡
아먹습니다 이에 개미들은 부리나케 달려가 무당벌레를 물리칩니다
진딧물들은 그것을 아는지 모르는지 열심히 꽃대궁에 붙어 수액을
빨고 있습니다 그러다 이따금 씰룩이는 연둣빛 엉덩이로 배설물을
내보냅니다 개미는 그것을 감로라 부르며 달게 마시지요.

−「甘露」 전문

꽃−진딧물−개미−무당벌레의 이 긴장되고 정교하며 치밀하고
또 역동적인 배치가 숲을 이룬다. 그러므로 기계 세계에서 숲의 세
계, 새의 나라로의 비상은 기계 원리를 떠나서 이루어질 수는 없었
다. 새−되기, 숲−되기는 기계 원리를 따르는 기계적이고 내재적인
재배치의 과정으로 될 때에만 달성될 수 있는 것이었다. 시인은 전
쟁과 굶주림과 소외로 얼룩진 기계 세계로부터 다양성이 어떤 경계
도 없이 어울리며 살아 숨쉬는 숲의 세계로의 이행을 열망하고 있
지만 그 이행의 기계적 경로는 아직 드러나지 않고 있다. 그 길을
어디에서 찾을 수 있을까? 그 길은 초월을 위해 기계적 상상력을
접음으로써 찾아질 수는 없다. 오히려 그것은, 기계적 상상력을 더
욱 확장하고 심화함으로써 기계와 숲 사이의 경계를 넘어설 때, 그
래서 공장에서 작동하는 쇠기계뿐만 아니라 새와 숲까지 기계세계
의 다른 구성부분으로 끌어안을 때, 그리하여 새기계와 숲기계를
농촌기계, 도시기계, 정보기계와 연결 짓고 그것들을 전지구적 명령

기계를 해체하고 대체할 투쟁기계로 재배치할 때 찾아질 수 있지 않을까? 이렇게 자문하는 순간, 우리는 이미 조기조 시인의 시가 이 뜻 깊은 암중모색의 입구에 당도해 있음을 발견할 수 있다.

불빛 한 점 없는 어둠 속에서
걸어온 길도 걸어갈 길도
보이지 않는 어둠 속에서
두려워 떨면서
나직이 노래를 부르네
그것이 나의 노래

노래는 어둠 속으로
길을 보여주고
순식간에 다시 지우네
사라지는 노래의 길을 따라
어둠 속으로 걸음을 옮기네
그것이 나의 길

어둠은 내게 노래를 부르게 하고
노래는 어디론가 나를 이끄네

-「노래와 길」 전문

이것이 '누구도 다스리지 못하는 여인/아무리 견고한 통과 배관에 가두어도/어느 틈에 스며 나와 흐르는 여인'(「기름美人」)의 길임을 부언할 필요가 있을까? '기름공주, 네 눈동자는 어느 지극한 마음의 마지막 그리움을 보여주는 진신사리'(「기름공주」)의 놀라운 기계적 상상력은 아직 '쇠'와 '녹' 사이를 맴돌고 있지만 그것이 아무리 견고한 명령의 통과 관도 뚫고 스며 나와 이 세계의 미시적이고 거시적인 모든 기계세계를 통과해 흐를 잠재력을 갖고 있다는 점은 너무나 분명하기 때문이다. 『기름미인』은 조기조 시인의 시에서 그 기계적 횡단선이 어떤 모습으로 구축되어 어떤 비상선(飛翔線)을 만들어낼지 우리로 하여금 자못 궁금하게 만든다.

(『기름미인』, 2005)

근대화 경제발전의 쇠수레바퀴 아래서

‘아이 엠 에프 폭풍’에 무너진 경제를 살리자는 구호가 여기저기 요란한 가운데, 노동자들이 ‘한칼에 목 짤린 채/코 묻은 돈과 조카 돌반지까지 저당잡힌’(손상열, 「자화상, 1998」) 오늘, 우리는 이 ‘시집’을 읽는다. 이 시집(구로노동자문학회 창립 10주년 기념시집, 『왜 때려!』, 갈무리, 1998)에서 세상을 깜짝놀라게 할 언어적 기교나, 대우나 현대에서 나온 신상품처럼 새롭고 모던한 형식 실험들을 기대하는 사람들은 당연히 실망할 수밖에 없을 것이다. 또 이 시집에서, 투쟁하는 대공장 노동자들의 집단적 형상과 같은 구래의 노동문학론이 요구하는 새로운 ‘리얼리즘적 전형들’을 찾아보려고 하는 사람들도 아마 실망할 것이다. 이 시집에 실린 시들이 민족문학론이 요구하는 세계관적 요구나 창작적 기율들을 충족시켜 줌으로써 ‘민족문학(론)의 위기’ 상황에 어떤 돌파구를 뚫어줄 전진적 성과를 기대하는 사람이 있다면 그 역시 상당한 실망을 느끼지 않을 수 없을 것으로 보인다. 그렇다면 대체 이 시집은 우리에게 무엇인가? 정경규의 「짧은 시 1」에서 우리는 이 문제에 대한 분명한 해답을 찾을수 있다.

너, 시를 쓰느냐
잔업 철야 끝내고 돌아와 코피 흘리며
열 일곱 네 슬픈 생애의 비망록을 적느냐

시 아닌 시. '잔업 철야 끝내고 돌아와 코피 흘리며' 쓰는 생의 비망록, 그것은 처절한 삶의 기록 이상도 이하도 아니다. 이 시집에서 느껴지는 공감들, 때로는 눈시울을 붉히지 않을 수 없게 하는 감화력을 이 비망록같은 기록의 힘을 떠나서 과연 이해할 수 있을 것일까?

이쯤에서 내심 '기록만으로는 부족하다'고 말하고 싶은 사람들이 적지 않을 것이다. 기록만으로는 삶의 표면만을 포복하는 자연주의/사실주의로 전락하며 '사실'을 넘어서는 어떤 진리의 차원, 본질의 차원에 미달할 수밖에 없을 것이라고 말이다. 만약 그것이 주체가 빠져 버린 취재기자식 기록이라면 기록을 넘어서는 그 무엇에 대한 요구는 당연한 것으로 보인다. 하지만 이 시집의 시들은 삶의 굴곡들, 접힘들을 지워 버리고 평면화해버리는 사물적 기록 이상이다. 그것이 삶의 비망록인 한에서, 아니 바로 그렇기 때문에 그것은 자본에 흡수되어 버린 죽은 세계에 대한 묘사에 그칠 수 없다. 삶, 생명이 자본의 세계 속에서 어떻게 짓눌리고 훼손당하는지, 그것이 어떻게 접히고 굴곡지어지는지, 온갖 굴절들 속에서도 살아 꿈틀거리는 삶의 에네르기를 자유롭게 할 길이 무엇인지를 기록하지 않을 수 없다. 이처럼 이들은 살아 나가면서 기록하고 기록하면서 묻는다. 추구와 발견이 기록의 내면에서 살아 움직이고 있다. 그것들은 기록적 발견 혹은 발견적 기록이다.

근대화의 뒤안길

우리는 이 시집을 읽으면서, 지난 한 세대 동안 전 속력으로 내달려 '한강의 기적'을 거쳐 '아시아의 용'에 이르는 숨가쁜 근대화 경제 발전의 뒤안길에서 어떤 일들이 벌어졌는가를 묻지 않을 수 없다. 그 영광의 시간들이 노동자들에게 가져다 준 것은 과연 무엇이었는가?

공간의 박탈

박정희식 근대화의 진열창이었던 구로공단 노동자들은 대부분 농민의 딸아들들이다. 그들은 오랫동안 정주했던 농촌 마을을 떠나와 '서울 구로동 토굴 같은 달셋방'(김덕희, 「내력」)을 정처없이 전전하면서 도시의 유목민이 된다. 그러나 그것은 자유의 새로운 공간이 아니었다. 농촌을 떠나 서울을 향할 때의 기대는 이런 것이었다 : '그저 좋았습니다 그땐/서울행 기차를 타고/꿈이 얼얼이 섞인 이곳에/발을 내딛는 순간/절반은 다 된 거나 다름없었지요'(박청삼, 「희망」). 그러나 식당과 호프집 종업원, 공사장 잡부, 용접공, 여관뽀이,

철공장과 봉제공장 시다, 신문 배달부, 화물차 조수, 지하철 운전기사 등등을 전전하며 그들이 다음날의 노동을 위해 밤마다 들어가는 곳은 '삼백에 팔만원짜리 반지하 셋방/보일러 가스에 목젖이 따끔거렸고/장판 밑을 스물스물 습기가 올라왔다/쥐며느리, 귀뚜라미, 거미, 바퀴벌레, 개미 심지어 맹꽁이까지 농장을 이루었다'(이만호, 「집들이」)고 묘사되는 곳이다. 63빌딩과 같은 근대적 건축공간과 롯데월드와 같은 탈근대적 건축공간이 중심을 차지한 도시에서 '밤으론 찬바람 창틈으로 불어지고/문풍지도 덩달아 서러워 울어대는/달동네 꼬방동네 단칸방'(박청삼, 「관악산 언저리에 나는 살으오」)은 전근대적 공간인가 근대적 공간인가 탈근대적 공간인가?

노동의 고통

80년대 말에 씌어진 것으로 되어 있는 한 시는 '우리에겐 무쇠와 같이 튼튼한 팔이 있다/허연 피부를 드러내며 장신구를 원하는 팔이 아니다/장시간 노동에도 지칠 줄 모르며/모진 세상 모진 삶을 억센 손아귀의 힘으로/끊임없이 노동하여/우리들의 억눌린 땅을 일구어 내고야 말/살아 있는 힘이 우리에겐 얼마든지 있다'(양명화, 「우리들의 땅」)고 노래했다. 노동에 대한 자부심은 80년대의 노동운동을 지배한 정신이다. 노동해방이 노동자가 지배하는 세상으로 표상되면서 해방은 '끊임없는 노동'을 통해 달성될 것으로 사고되고 노동은 거부되어야 할 것이 아니라 만인이 공유해야 할 것으로 주장되었다. 노동자들의 힘은 노동 외부에서보다는 노동 내부에서 확인되었다. 그러나 노동에 대한 관념적 자부심의 이면에서 노동의 견딜 수 없는 고됨이 끊임없이 호소되고 있었다.

「어떤 이별」(손상열)이 그려내듯, '공사장 잡부와 용접공과 여관
뽀이와 철공장 시다와 신문 배달부와 화물차 조수로 안개 속을 배
회하던 그'는 병실에 누워서야 비로소 평온한 얼굴을 보인다. 시내
버스 안내양이었던 누님은 시골집에 돌아와 잠을 자면서도 '오라이
스톱, 오라이 스톱/몸을 뒤척이며 잠꼬대를 한다'(임성용, 「오래된
시계」). 지하철 운전기사는 '하루 20시간을/끝도 없는/2호선 원형
싸이클을 돌다가' '축 처진 어깨 늘어뜨리며/매연 사이로 웬 별 하나
바라보며 입고한다'(이만호, 「용답동 182번지」). 임금노동 속에서 노
동자들은, '공장만 벗어나면/집만 나서면/써먹을 데라곤 없는/그러
나 내 기계 앞에서만은/늘 강자이고 싶은/50만원짜리 몸뚱이'(김연
정, 「무너지는 밤」)에 지나지 않는다.

인간의 시간은 기계의 시간에 어떻게 단단히 붙들리는가? 그것
은, 반쯤 풀린 퀭한 눈으로, '규칙적인 기계음에/보조를 맞추느라/그
보다 몇 배로 분주한/라인 구석구석 몸놀림들'(「무너지는 밤」)로 나
타난다. 귀 뒤에서 '왜 딸려!'라고 명령하는 관리자들은 노동자의 삶
을 기계의 시간에 예속시키는 집행인들이다.

출근하기 무섭게 다리미를 잡으면
그때부터 듣게 되는
왜 딸려!
그 수없는 소리
하루 내내 버티어 서서

미싱사에게 일감을 대어주다 보면
귀가 앵앵거리도록 듣는
왜 딸려! 왜 딸리는 거야!
처음 몇 달간은 꿈속에서도
그 소릴 들었다

-김덕희, 「왜 딸려!」 중에서

「봉숭아 하나 2」(곽해룡)에서 그려지는 공장은 감옥과 전혀 구별
되지 않는다.

창문 하나 없는 지하 콘크리트 작업장
갓이 까맣게 타들어간 침침한 형광등만 깜박거려요
찬바람이 부나요
담장 아래 키 작은 봉숭아는 어찌 되었나요
뛰어넘을 수 없는 높은 담장
그 위에 비수처럼 박힌 유리조각
키작은 봉숭아는 아직 그 아래 서있나요
담장보다 더 높은 굴뚝
그 굴뚝이 토혈처럼 쏟아내는 까만 연기
키 작은 봉숭아는 아직 쓰러지지 않았나요
꽃씨 하나 담지 못해
끝내 터트리지 못하고 떨어져버린 씨주머니 하나
아직도 밋밋한 내 가슴 같았어요

또 공장은 죽음의 냄새를 풍기는 무덤으로도 형상화된다.

찬바람이 그쳤나요
깜박깜박 시들어가는 형광등 주위로 몰려든 빠우가루
하루살이 주검처럼 작업대 위로 수북이 떨어져 죽어요

감옥 혹은 무덤과 겹쳐진 곳으로서의 공장에서, 노동은 육체의
부식을 가속화하는 약물들 없이는 계속될 수 없는 잔인하고 혹독한
고문에 다름 아니다.

아이나
가슴이 답답해요
마이 엠프톨
피기침이 쏟아질 것 같아요
리팜핀
다리가 후들려요
염산 피리독신
자꾸 눈이 감겨요
첫서리가 내렸나요
별이 졌나요

이런 맥락에서 볼 때, '성실과 신뢰하나로/이 나라 경제를 이끌어
온 우리들'(김연정, 「너의 몰락」) 혹은 '우리에겐 무쇠와 같이 튼튼
한 다리가 있다/ … /장시간 걷는 걸음에도 지칠 줄 모르며/끊임없
이 노동하며/우리들의 서러운 땅을 딛고 일어서야 할/거역할 수 없
는 힘이 우리 주위에는 얼마든지 있다'(양명화, 「우리들의 땅」)는,

어느새 우리에게 익숙해진 생각은 노동자를 기만하는 자본의 달콤한 덕담의 메아리거나 노동의 힘에 대한 환상적 표상으로 보인다. 오히려 '이젠 매 초 매 분/생명을 걸고 노동해야 하는가/매일 유서를 품속 깊이 간직한 채/절망적으로 노동해야 하는가/그렇다면 동지여/우리의 목숨은 붙어 있어도 죽은 목숨이구나/푼돈을 대가로 포탄 속에 온몸 내놓은 파리목숨이구나'(「어느 노동자의 죽음을 생각하며」)는, 자각이 진실에 더 가깝다고 해야 할 것이다. 노동자의 힘이 경제발전의 주체라는 허구적 자기확인에서 찾아지기보다, 이른바 '경제발전' 즉 삶의 다양성을 노동으로 환원하는 메커니즘 아래서 자본에게 빼앗긴 삶의 풍부한 활력을 회복하는 것에서 찾아져야 하는 것은 이 때문이다.

사회적 소외

강제된 노동 혹은 노동에서의 소외는 노동자들의 삶의 사회적 영역 전체에 어두운 그림자를 드리운다. 구로공단 노동자들이 그리고 있는 첫 번째 문제는 저임금이다. 「월급 받는 날」(김미자)은 저임금이 노동자들의 소박한 삶의 꿈을 어떻게 산산조각내는지를 실감나게 그려낸다.

이번 달에는 무슨 일이 있어도
레스토랑에서 돈까스 좀 원없이
먹어보자고 월급 받는 날을
벼르던 스무살 인순이

항상 허리가 아프고
눈이 침침하다는 시골 어머니께
영양제하고 좋은 안경 사줘야겠다고
몇 달 전부터 얘기해 오던
명희도
월급 30만원에서
시집 밑천으로 20만원 적금 붓고
나머지 10만원에서
계절이 추워오니 싸구려 털잠바에
구두도 하나 장만해야겠고
스킨로숀도 제일 싼 걸로 적고

밤이 늦도록
벌써 몇 장째
한달 쓸 용돈을 이리 짜보고 저리 짜보더니
달랑 손에 남은 4만원
이번 달에는 연탄도 아껴 아껴써야 할려나 보다고 울상이다.

그렇게 가보고 싶은 산도
동해도
유원지도
우리들의 쉼터가 되어주지 못한다

이십대의 화창한 나이에
잔업으로 생기 잃은 얼굴로

오늘 내일 하루 하루 보내며
기다리는 건
월급 받는 날

30일 일해주고 받는 월급봉투의
기쁨은 아주 잠시
몇 년 후의 몇십년 후의 내 모습은
잔업에 야근에 지쳐 보이지도 않아
그나마 가질 수 있는 소망은
힘들게 적금 부은 것으로
잘 사는 남편감 골라 시집가는 그 날을 꿈꾸는 것
-「월급 받는 날」, 일부

이처럼 저임금은 음식을 먹고 싶은 욕구, 공장노동에서 벗어나 쉬고 싶은 욕구 등 좀더 나은 삶에 대한 일체의 욕구들을 억제하도록 강요하며 어머니를 돌보고 싶은 인간적 욕구마저 좌절시키고 심지어는 가장 기초적인 생존 수단들마저 절약하지 않을 수 없도록 강제한다. 슈퍼마켓의 '우측 하단 마대를 가득 메운 라면들' 중에서 '한참 망설이다 제일 값싼 안성탕면'(최돈선, 「라면먹기」)을 사서 먹지만 슈퍼집 외상 장부 에는 외상(부채)만 들어간다.

단칸 셋방 부엌창을 열고
빗소리를 듣다
아욱, 아욱국이 먹고 싶어

슈퍼집 외상장부 위에
또 하루치의 일기를 쓴다
오늘은 700원 어치의 아욱과
500원 어치의 갱조개
매운매운 300원 어치의 마늘맛이었다고 쓴다
서러운 날이면
혼자 한솥 가득 밥을 짓는다고 쓰고
외로운 날이면
한 양푼의 돼지고기를 볶는다고 쓴다
시다 삼기가 '신라면 두 개'라고 써둔
앞장에 쓰고
공업사 직공들 '소주 두 병에 참치캔 하나'였다고 쓴
앞장에 쓴다

−송경동, 「외상일기」, 일부

자본에게서 부채가 미래의 착취를 담보로 한 것이라면 노동자들에게서 부채는 미래의 노동을 담보로 한 것이다. 부채가 갚아져야 할 것인 한에서 누적된 부채는 노동자들로 하여금 다음날도 계속해서 노동하지 않을 수 없도록 강제하는 압박으로 작용한다. 이렇게 사람들이 몸을 파는 행위를 사회적으로 창출하는 그 능력으로 인하여 부채는 자본주의를 멈추지 않고 돌게 하는 연료가 된다.

이런 삶에서 희망을 이야기하는 것은 기만에 지나지 않을 것이다. 이 시집 전체에 절망의 분위기가 깊이 깔려 있는 것은 이런 맥락에서 볼 때 극히 자연스럽다. 굴렁쇠처럼 쓰러지지 않고 달려온 먼 길이지만 삶은 '고향 실개천처럼 말라버려' 고독하기만 하다(「자화상, 1988」). '우리는 … 언젠가는 자본의 오랏줄에 매달려 두 발 힘없이 늘어질 사형수'(권기돈, 「어느 노동자의 죽음을 생각하며」)에 지나지 않는다. '새들은 내 삶에서 다 떠났다'(황규관, 「희망에 대하여」)는 절망의 느낌은 「아우에게」(정경규)에서는 가족 전체의 절망의 감정, 그리고 '그러니까 아직은/아무 것도/없어 없어 없어'라는 총체적 허무의 느낌으로 확대되어 표현된다.

아우야
군대 마치고도
당당하게 돌아오지 못하고
휴가 다녀오듯
시골 부모님께 한 번 들르고
서울 형들 한 번씩 찾아보고
그 길로 다시 군대가듯
외항선 타고
남미까지 갔다온 아우야

제주도에 조랑말 치러 간다더니
부산에서 뭔가 큰 일 한다더니
그건 다 거짓말이었고
뱃사람 되기 위한 수작이었고
거짓말처럼 뱃사람 되어 나타난 아우야

소문대로 죽을 고비가 많더냐
소문대로 돈벌이가 되더냐
그렇겠지
거기도 사람 사는 데니까

법보다 주먹으로 다스린다는 얘기
여차하면 물귀신 된다는 얘기
일하지 않는 자의 몫이 더 크다는 얘기
그렇겠지
거기도 죽기 아니면 살기니까

자꾸 안부를 묻는 아우야
9남매 중 막내야
없어
네가 목숨을 걸고 잡아 올린
푸르고 싱싱한
힘 좋은 생선 같은 얘기는
없어

공단에 있는 동생 경숙이의 철없는 수다도
자꾸만 굳어 가는 어머니의 다리가
좋아졌다는 소식도
노가다판에서 술병으로 휘청거리는
큰형의 한 번만이라도 보기 좋은 웃음도
없어

죽기 아니면 살기니까

그러니까 아직은
아무 것도
없어 없어 없어

—정경규, 「아우에게」, 전문

탈주의 꿈들

시집 전체에 걸쳐 자주 등장하는 잠과 죽음은 강제노동에 시달리는 노동자들의 도피처이자 안식처이다. 타이밍으로 오는 잠을 쫓으며 잔업과 철야를 마친 노동자들은 '꿀잠'에 빠져 든다. 죽음 속에서 비로소 평온을 찾는 것과 마찬가지로 지친 노동자들은 잠 속에서 비로소 휴식을 취할 수 있고 고요를 맛볼 수 있다. 잠이 가져다주는 즐거움의 또 하나는 그것이 꿈꿀 수 있게 한다는 것이다. 전쟁 같은 현실에서 벗어날 수 있는 출구는, 공장에서 노동을 시작하기 전 농촌 삶에 대한 꿈이다.

숙아
너도 졸고 있구나
화학본드 냄새에 역겨운 기색도 없이
견뎌오다
언제부터인지 시들어 가는 몸을

가누지 못하고
너는 바다를 잊지 못해
새벽 세 시 쉬는 짬에는
짧은 단잠 속에서나마
군산 앞바다 드푸른 바닷소리를
듣는다고. 그래
때때로 내 귀에도
그 소리 들린다
사철 푸른 대숲에 잉잉대는
허기진 뱃고동소리.
하루에도 수백 번씩 내달리는 뻘밭
갈매기 쫓아, 그래
나도 내어달린다
이 꿀 같은 잠 속에서나마
나는 더러더러 고향집에 내려가보곤
뒷산 언저리에 진달래 뿌리가
붉어지는 것도 보고
흙담 아래 삼동추 잎이 돋아난 것까지도
보고 온다
미처 담장 안으로 들어가지 못하고
깨는 잠
더 이상 경직된
신호음으로 깨울 수 없는
우리들의 잠

―손정남, 「야근일지 1」 중에서

고향과 어머니. 이 두 개의 이미지는 항상 따뜻한 모습으로 등장
한다. 그것은 공단의 노동자들에게 단순한 과거가 생생하게 살아 있
는 현재이며 미래이다. 고향은 '뒷 산 언저리의 진달래', '흙담 아래
삼동추'같은 평화의 이미지로 등장할뿐만 아니라, 투쟁에 나선 노동
자들이 물러섬 없이 버틸 수 있는 저력의 이미지로 등장하기도 한다.

결의대회를 마치고
공단로 따라
우리는 어깨를 걸었다
서녘 하늘 움추린 노을이
확 터져 나오고
노래를 불렀다
벗이여
그리운 이름을 불렀다
작업화 발자국 쾅쾅 구르며
총구는 보이는가

무차별 최루탄을 뚫고
한 걸음 내딛다 쓰러진 곳
고향집 울타리 기어오르던
비틀비틀 기어오르던
녹슨 철조망에 붉은 나팔꽃

－임성용, 「행진」 중에서

고향집 울타리를 기어오르던 붉은 나팔꽃. 그 평화의 꽃은 어느새 불굴의 저항의 깃발로 전환된다. 이처럼 고향은 '습한 방바닥에 엎드려 서해의 간이 배인 고향 마을을 떠올리고 갈대밭 갈대처럼 흔들리며 소리 죽여'(김덕희, 「내력」) 울게 되는 감상과 향수의 시공간에 그치지 않고 강제노동의 반인간적 현실을 거부하는 평화의 이정표이자 더 나은 삶을 위한 투쟁의 에네르기로 살아 움직이는 것이다.

고향의 이미지로 뭉뚱그려지곤 하는 '지나간 미래'의 핵심에는 어머니가 놓여 있다. 「오래된 시계」(임성용)에서 어머니는 서울로 가 버스 안내양을 하던 누님이 설날에 집에 내려와 '빛바랜 가족사진이 걸린 웃방 봉창벽'에 걸어 놓았던, 그러나 이제 이십년이 지나 고장 나 버린 그 오래된 벽시계를 정성스레 닦는다. 어머니의 이 정성스런 손길은 농촌과 도시를, 농민과 노동자를 깊숙이 연결시키는 힘으로 나타난다. 도시에서 노동하는 노동자들이 어머니를 그리워하게 되는 것은 목숨을 아끼지 않는 그 사랑의 힘 때문이다. 「김하러 가신 어머니」 연작(강보열)은 그렇게 길지 않은 형식 속에서 이 어머니의 사랑을 서사적 이미지로 그려낸다. '여자 몸으로 남자 일까지 해낸 홀어미'는 울며 지은 농사 헛고생만 하고 '섬 건너 김공장에 나가신다'. 한 해 고생이 제자리걸음만 시키지만 어머니는 잠든 딸의 얼굴을 가만히 보며 새벽길을 나선다. 일이 늦어져 황혼녘에 어머니가 다리에 당도했을 때에는 밀물이 밀려오고 있다. 사람들은 오늘은 건너지 말라고 만류한다. 하지만 어머니는 딸이 보고 싶은 마음에 밀물이 밀려오는 다리로 들어선다. 다리의 중간을 넘어 물은 점점 차오르고 어둠마저 짙어 이젠 돌아갈 수조차 없는 상황.

나를 도울 사람 하늘 아래 이 바다 위에 아무도 없다
조심스런 발 떨리는 한 발에
물살이 휘감아 당긴다
한 걸음 헛디디면 끝장이다. 어린 딸이 기다리는데

죽음을 넘어선 다리 끝에서
다시 살아나는 다리 끝에서
무너지는 긴장 속에 마지막 걸음을 떼는데
식은땀을 겨울 찬바람이 스친다

그 순간에도 버릴 수 없던 김 한 보자기
고맙게 들고, 어머니
어둠을 헤쳐 가시는데
김만을 좋아라 할 철없는 딸이
어서 보고 싶다

―강보열, 「김하러 가신 어머니 2」 중에서

마지막 연에 나타난 시적 화자의 흔들림이 감상을 방해하지만 창
출된 상황 그 자체의 힘 앞에서 그것은 작은 흠이라고 해야 할 것이
다. 이 강렬한 어머니의 사랑은 그녀의 딸아들들에게 어떻게 계승될
까? 그것은 '살 떼어 주고 싶은' 벗들에 대한 사랑으로(이태원, 「가리
봉, 아름다운」), '모오든 것들의 맨 밑바닥에서/드러내지 않는 우직

함으로/묵묵히 뛰어주는'(김윤월, 「발을 닦자」) 발과 같은 사랑의 염원 혹은 욕구로 나타난다.

고향의 이미지 속에 들어 있는 두 번째 요소는 자연이다. 자연에 대한 그리움은 자본에 의해 영토화된 노동자들의 생활에서 탈영토화의 지향성으로 출현한다. 「난」(임성용)의 '그녀'는 '출근 시간에 쫓기면서도/화분에 물을 주고/햇빛이 잘 들도록 창문을 열어 놓'는다. 또한 노동자들은 자연에서 '너와 나를 불지르는' 풍부한 상상력을 획득하기도 한다.

저기 저 산
푸른 하늘 아래
왼종일 와르르 와르르
비탈을 굴러
온몸을 태워
너와 나를 불지르는
용접불꽃 같이 눈부신
이 땅의 이 큰 그리움과 사랑

–김용만, 「단풍」 중에서

어머니와 자연을 품은 고향이 노동자들에게 그리움의 대상으로 등장하는 만큼 고향을 파괴하고 해체하는 현대 문명은 증오의 대상으로 등장한다. '서울 것들'로 상징되는 돈과 현대 문명 사이에 적대의 선이 그어지는 것은 당연한 것이다.

언제부턴가 밀려오는
관광객의 인파 속에
세상 온갖 잡동사니 함께 들어와
너와 나의 삶이 흩어질 때
어머님은 좋은 세상 온다며
행주치마로 눈물 닦으시고
아버님은 쇠스랑 든 채
헛웃음 웃으시더니
형광등 하나에 농협부채 늘고
전화 한 대에 수협부채 늘고
냉장고 한 대에 농협 차압이
가스렌지 하나에 수협 차압이
미역 양식으로 이자 때우고
김 양식으로 민생고 해결
서울 것들 때문에 바다는 병들고
자가용 때문에 땅은 잘리어도
목숨 바쳐 지켜온 땅이기에
죽어도 떠나지 못한다며
오늘 새벽도 아버님은 바다로 가신다.

-윤상남, 「터전」 중에서

온갖 부채와 차압, 자연파괴, 가족들의 이산 등에 시달리면서 죽어도 떠나지 못할 목숨 바쳐 지켜온 땅. 이 적대의 현장에서 어떻게 아버님이 든 쇠스랑이 예사롭게 느껴질 수 있을 것인가?

(1998)

노동현장은 살아 있다

한 소설가가 기록한 한국 민주노조운동의 '다른' 역사

지난 해 어느 날 임영일 교수가 쓴 『한국의 노동운동과 계급정치』를 읽던 나는 책머리에 실린 '감사의 말'을 통해 우연히 10년 이상 소식을 모르고 살았던 노동 소설가 김하경 선배의 근황에 대해 알 수 있었다.

"이제는 마산 인근의 시골 진동에 터를 잡고 질경이처럼 살며 일 하시는 노동소설가 김하경 누님, 그 분의 삶은 그 자체가 우리 노동운동의 살비듬이다. 누님은 필자가 그 절반은 맡아야 할 일, 마창 지역 노동운동사 집필의 막중한 작업을 기꺼이 혼자 하시며 필자에게 귀중한 시간을 벌어 주셨을뿐만 아니라 언제든 여유롭게 맛있는 커피를 타주셨다."

나는 김하경 선배가 진동에 살면서 마창지역 노동운동사를 쓰고 있다는 사실을 이 글을 통해 나는 처음 알았다. 이 때만 하더라도 내가 이 책의 편집·출판 작업에 참여하게 되리라고는 미처 생각하지 못했다.

1년이 지난 올해 5월 하순 어느 날 나는 한 통의 메일을 받게 되었는데, 뜻밖에도 그것은 김하경 선배가 보내온 『내 사랑 마창노련』의 원고였다. 처음에 10장으로 나누어진 큰 제목만 보았을 때에는 이 글도 한국 노동운동사를 다룬 여느 글처럼 마창노련(마산창원노동조합총연합)의 건설에서 전노협 건설을 거쳐 민주노총의 건설로 나아가는 한국의 민주노조운동의 공식적 역사를 그리고 있는 것으로 보였다.

그러나 정작 원고를 읽어 내려가면서 나는 이 글이 민주노조운동의 공식적 역사에 대한 단순한 긍정을 넘어서는 중요한 사실들과 비판적 시각들을 담고 있음을 깨달을 수 있었다. 이것을 위해 어떤 새로운 방법이 사용되고 있는 것은 아니었다. 글쓴이는, 언뜻 보면 아무 것도 살아 있을 것 같지 않은 회색의 펄이지만 실제로는 헤아릴 수 없이 많은 것들이 서로 절실한 삶들을 나누며 살아가는 갯벌을 그리듯이, 노동현장의 이야기를 있는 그대로 그리고 살아 움직이는 노동자들의 목소리를 드러나게 하는 가장 단순하고 평이한 방법을 택하고 있었다.

10년 전에도 김하경 선배는 자신의 삶을 노동현장과 연결시키기 위한 노력을 게을리 하지 않았었고 노동자들의 삶의 이야기를 담아내기 위해 혼신의 힘을 기울였었다. 선배는 50대 중반의 나이에 들어섰음에도 불과하고 10년 전과 다를 바 없는 한결같은 자세로, 아니 그 때보다 더 치열하게 직접 마산으로 삶의 터전을 옮기면서 산더미 같은 자료를 뒤지고 당시의 조합원들과 인터뷰를 하고 그것들을 정성스럽게 다듬어 한국 민주노조운동의 생생한 역사를 길어 낸 것이었다. 나는 '1987년에서 1995년 사이의 마산·창원 지역, 이 독특한 역사적 공간에서 대체 어떤 일들이 벌어지고 있었던 것일까? 그것은 지금의 우리에게 무엇을 말해 주는가?' 라는 글쓴이의 진지하고도 흥미 있는 질문을 따라가면서 이 원고를 읽어 내려갔다.

여느 노동운동사에서와는 달리 이 책에는 '마창노련'이라는 매우 구체적인 형상을 가진 주인공이 등장한다. 실제로 이 글은 마창노련의 탄생에서 해체에 이르기까지의 일대기이다. 마창노련은 1987년에 들불처럼 타오른 노동자투쟁 속에서 태어나 마산창원 지역의 투쟁을 유통시키고 연결시키는 역할을 담당한다. 마창노련은 신문 발간과 교육 선전으로 투쟁의 정신을 일깨우는 한편 노동자의 경제적·정치적 지위를 향상시키고 노동조합 탄압을 저지하며 노동법을 개정하기 위한 지역적·전국적 연대투쟁을 조직하기 위해 노력했다. 글쓴이가 강조하듯이 1990년 1월 20일 전노협의 결성은 이러한 노력이 거둔 조직적 성과였다.

전노협의 건설은 자본에 대항하는 전국적 전선이 구축되었음을 의미한다. 그러나 전노협은 그 건설의 첫날부터 자본의 총공세에 직면해야 했다. '산업평화 조기정착과 임금안정 대책', '전노협 핵심 인물 산업사회에서 완전 격리', '전노협 가입노조 업무조사' 등을 무기로 한 자본의 역공이 그것이었다. 이미 1989년 12월에 전경련을 비롯한 6개 단체가 총집결하여 전국경제인단체협의회를 결성하고 전노협이 창립된 바로 그 날에 민주당, 공화당, 민정당이 야합한 민자당이 창당된 것을 글쓴이는 의미심장하게 기록하고 있다. 민자당과 경단협의 총공세로 전노협뿐만 아니라 마창노련도 심각한 위기에 직면하였다. 중천노조와 스타노조, 그리고 코리아타코마노조의 마창노련·전노협 탈퇴는 그 위기의 정도가 얼마나 심각했는가를 보여준다.

이 책에서 위기는 곧 자본과 노동 사이의 목숨을 건 투쟁으로 표현된다. 글쓴이는 골리앗 투쟁의 패배 이후 노동운동이 침체기로 들어섰다는 식의 선형적 인식을 거부한다. 골리앗 투쟁과 그것을 중심으로 한 노동자·민중의 전국연대, 그리고 5.1절 전국총파업은 자본의 역공에도 굴하지 않는 노동의 총궐기의 서막이었을 뿐이다. 비록 골리앗의 영웅들은 크레인에서 내려와야 했지만 노동자들의 저항은 그치지 않았다. 글쓴이는 1990년 5월 3일 통일노조원 이영일 열사의 분신, 마산 교도소에서의 처우개선과 고문폭행 규탄투쟁을 그린 후, 1991년 5월 강경대 열사의 죽음으로 폭발한 반민자당 투쟁과 이에 이어지는 노동법 개정투쟁으로 시선을 돌린다.

물론 투쟁의 양상은 바뀌었다. 1980년대 후반의 투쟁이 공세적이라면 1990년대 초반의 투쟁은 수세적·방어적이다. 많은 투쟁들이 구속자, 해고자들에 의해 주도되었으며 분신과 같은 비극적 형태의 저항이 끊이지 않았다. 오늘날까지 지속되고 있는 전황의 역전은 어떤 맥락을 갖는 것일까? 이 책을 통해 우리는 IMF 이후에 비로소 한국의 학술계와 노동운동권에서 진지한 관심의 대상으로 떠오른 자본의 신자유주의적 지배전략의 한국적 전사(前史)가 어떠했는지를 여실히 읽어볼 수 있다. 글쓴이가 이 문제의 이론적 해명을 주된 관심사로 삼고 있지는 않지만 이 책은 마산창원 지역의 특수성에 대한 설명을 통해 이 문제를 이해할 수 있는 풍부한 자료와 암시를 제공한다.

외자기업이 몰려 있었던 마산에서 노동자들의 투쟁이 거세지자 이윤율의 하락을 겪게 된 외국자본들이 이탈하게 되었다는 것이다. 자본이탈, 이것은 1997년에 들어 한국 전체를 휩쓸면서 IMF 통치를 가져오게 된 '자본의 파업' 전술의 전형이다. 마산창원 지역은 바로 이 전술의 실험실이었으며 마창노련이 오랫동안 위기 속에서 표류할 수밖에 없었던 것도 이와 연관되어 있다. 자본은 1987년 이후 노동자들의 대투쟁으로 위기에 처하자 자본이탈-정리해고-노동강화를 통해 하락한 이윤율을 되살리고자 한다. 상권의 끝에서 서술되고 있는 1991년 겨울 권미경 열사의 죽음은 이윤율의 회복을 위해 자본이 강제한 '30분 일 더하기'라는 노동강화 전략이 가져온 비극적 결과를 보여준다.

글쓴이는 곳곳에서, 민주노총의 건설이 추진된 것은 자본의 이러한 역공이 드세어진 조건에서였음을 암시한다. 제6장 8절 '1993년 회색의 겨울'은 그 분위기가 어떠했는지를 실감나게 전달한다. 자본은 한편에서 전투적 노동운동을 무력으로 억압하는 한편 타협적 노동운동이 기를 펼 공간을 열어 주는 양면 작전을 구사했다. 한국노총이 김영삼 정권의 사회적 합의 전술의 파트너로 참여하면서, 그에 불만을 품은 노동조합들의 한국노총 탈퇴운동을 자극하고 그것이 오히려 민주노총 결성을 가속화시키는 것으로 작용한 것은 사실이다.

하지만 글쓴이는 1994년 무렵에는 민주노조운동 내부에서도 투쟁보다 교섭을 중시하는 경향이 강화되고 있었음을 비판적 시선으로 서술하고 있다. 1994년 9월 '작은 일에도 목숨을 걸어야 한다'는 임종호 열사의 죽음은 바로 이러한 타협 경향에 경종을 울리는 사건으로 볼 수 있을 것이다. 임종호 열사는 채찍과 당근을 사용한 자본의 노예화 술책에 길들여지지 말고 노동자의 올바른 계급성과 비타협성을 지켜나가야 한다고 호소했었다. 타협이냐 투쟁이냐는 이후 민주노총 건설 과정에서 민주노조운동의 미결의 쟁점으로 남아 있으며 마창노련도 그 쟁점을 피해나갈 수 없었다.

마침내 1995년에 민주노총이 건설되고 그해 12월에 마창노련은 해산된다. 글쓴이는 마창노련·전노협의 해소가 청산적 해산이 아니라 새로운 단계로의 발전적 해소라고 기록하면서도 '마창노련을 끔찍이도 사랑했던 조합원의 가슴에 한 가닥 서늘한 바람이 스치고 지나감을 부정할 수 없었다'고 덧붙이고 있다. 한 가닥의 서늘한 바람은 아마도 상실의 느낌일 것이다. 단행본 분량으로 800쪽이 넘는 긴 글의 행간 행간에서 우리는 그것이 임종호 열사가 강조한 바 있는 '계급성, 비타협성, 투쟁성'의 상실에 대한 예감임을 어렵지 않게 읽을 수 있다. 이 예감이 단순한 기우만이 아니었던 것은 이후 민주노총의 행보를 통해 어느 정도 입증되었다고 할 수 있다. 1993년에 노경총합의 반대투쟁에 앞장섰던 민주노조운동의 전국조직으로 결성된 민주노총은 1997년 총파업 이후부터는 노동자들의 직접행동과 투쟁을 유통시키고 연결시키는 조직으로 작용하는 모습보다는 노사정 합의의 파트너의 지위를 획득하고 그 협상의 공간에 의지하려는 모습을 더 많이 보여 왔다.

그러나 갯벌의 역사가 항상 보이지 않는 곳에서 씌어지듯이 노동자들의 삶의 역사도 위에서보다는 오히려 아래의 보이지 않는 곳에서 만들어져 왔다고 해야 할 것이다. 돌아보면 1987년 투쟁은 조합들의 투쟁이 아니라 노동자들의 자발적 조직들의 투쟁에서 비롯되었다. 물론 이후의 역사에서 노동자들이 노동조합을 자본에 대항하는 자신들의 주요한 투쟁 수단으로 이용한 것은 사실이다. 그러나 노동자들 스스로가 만든 민주적 노동조합의 전국조직인 민주노총이 투쟁조직인가 교섭조직인가의 기로에서 표류하면서 후자의 경향성을 강화해 가고 있을 때 노동자들은 이제 이 조직에 대해 어떤 태도를 보일 것이며 어떤 대안을 내놓을 것인가. 민주노조운동의 공식적 역사에 대한 비판적 서술을 통해 글쓴이가 정작 드러내고 싶었던 속내의 질문은 아마 이것이 아니었을까?

이 책은 노동자들이 앞으로 어떤 방식으로 민주노조운동이 직면한 이 위기를 헤쳐나갈 것인가를 구체적으로 보여주지는 않는다. 그러나 이 책을 관통하고 있는 것은, 마창노련의 건설과정에서 보여 졌던 것과 같은, 아래로부터 솟구치는 노동자들의 자발적 힘들이 이 위기를 타개해 나갈 구체적 형태와 방법을 만들어 내리라는 굳건한 믿음이다. 글쓴이가 3년이 넘는 세월 동안 혼신을 바쳐 길어 낸 마창지역 노동자투쟁에 대한 이 생생한 문학적 보고(報告)는 향후 상상적 문학들의 무진장한 보고(寶庫)가 될 수 있을 것이다. 그리고 이것은, 계급들 간의 변화된 역관계 속에서 자신의 삶을 스스

로의 힘으로 해방시킬 연합의 새로운 형태를 창출하라는 우리 시대
노동자들에게 부과된 창조적 과제를 풀어 나가는 일에서 더없이 소
중한 참고서가 될 것이다.

(계간『당대비평』8호, 1999년 가을)

제6부 문화와 지식인

1990년대 '문화연구' 논쟁과
네그리의 '대중지성'론

1. 문제설정

구소련의 해체와 때를 맞추어 1980년대의 사회주의 정파운동이 갑작스럽게 소멸했고 그것은 맑스주의의 현대적 타당성을 둘러싼 철학적 논쟁을 불러왔다. 사회운동이 정치운동에서 문화운동으로 기울면서 많은 좌파 지식인들이 문화 문제에 관심을 돌리기 시작한 것도 이 때이다. '문화'가 좌파 정치의 중요한 주제로 등장한 것이다. 가장 두드러진 것은 문화를 주제로 하는 출판물의 발간이 폭증한 것(잡지 『문화과학』, 『오늘예감』, 『리뷰』, 『버전 업』, 『상상』, 그리고 〈현실문화연구〉 등)이며 영화 단일 장르 잡지(『씨네 21』, 『키노』)가 주간 혹은 월간으로 발간되고 있고 록 까페를 비롯한 급진적 대중적 음악 시설이 확충된 것도 그 예에 속한다. 그리고 건축, 도시 공간, 광고, 상품미학, 미디어 등에 대한 연구가 본격화되었고 현실의 대중들은 극장 관객, 비디오 관람자, 콘서트 청취자 또는 팬클럽 멤버 및 특정 분야의 매니아로서 문화의 단순 향유자/소비자를 넘어 캠코더, 디지털 카메라, 인터넷 등을 이용하여 비디오 제작, 홈페이지 구축, 블로그 구축 등의 역할을 수행하는 문화 생산의 적극적 주체로 변모했다. 이에 따라 대중 자신의 문화적 발언력이 커졌다.

대중의 문화 욕구의 분출과 대중문화 담론의 증가, 그리고 그것의 좌파 담론 내부로의 인입은 진보적 문학 진영 내부에 '문학 위기론'을 낳았다. 1970~80년대에, 김수영, 김지하, 김남주, 박경리, 황석영, 박노해, 백무산 등의 걸출한 시인·소설가들을 낳았고 집단적 문예운동을 주도했던 문학은 이제 영상매체의 하위장르로 배치되는 듯한 모습을 보여준다. 문학 위기론은 1)영상 매체 및 멀티미디어가 대중의 일상 속으로 깊게 파고들면서 문자 매체가 점점 독자층의 복합적 욕구를 충족시켜 줄 수 없게 되었다는 매체의 한계 의식에서 오는 위기의식, 2)광범위하고 다종다양한 대중문화 장르들의 확산으로 문학의 영향력이 줄어들고 있는 데서 오는 위기의식, 3)문학 담당자들이 대중의 삶의 현실과 동떨어져 자신들의 문학 행위가 점점 자기만족적으로 된다는 것을 느끼는 데서 오는 위기의식 등등으로 나타난다.

문학의 위기론은 문학 중심인가 문화 중심인가라는 헤게모니 투쟁의 양상을 띠면서 전개되다가 급기야 학부제 도입으로 일대 혼란을 겪고 있는 대학 내 인문학부로 인입되어 교과목/교과과정을 둘러싼 논쟁으로 확산되었다. 이 논쟁에서 드러난 주장들을 단순하게 추상해 보면 1)영문학의 문화연구 혹은 문화공학으로의 전화(강내희), 2)영문학의 현재적 역할을 보존하면서 문화연구과를 증설할 수도 있을 것(백낙청), 3)영문학을 문화연구로 해소하자는 주장은 공상이며 영문학의 탁월한 성취를 바탕으로 싸이버 문화론의 대세와 대결해야 한다(유희석) 등이다.[1] 그렇다면 지금 왜 문화가 좌파 정치의 이슈로 등장하고 있는 것일까? 그것이 가져오는 효과는 무엇인가? 그것이 제기하는 이론적 문제는 무엇인가? 그것이 제기하는 실천적 과제는 무엇인가? 나는, 문화담론의 폭증을 남한 계급구성 변화의 한 단면으로 이해한다. 나는 이 이슈를 '대중의 문화 교육 및 혁명적 주체형성'(그람시)이라는 문제의 한 고리로 설정하면서 네그리의 '대중지성' 이론에 비추어 오늘날의 재구성된 계급상황 속에서 문화의 위치와 역할을 짚어 보고 문화에 대한 다중의 실천적 전망이 어떻게 열릴 수 있을까를 더듬어 보고자 한다.

2. 1990년대 한국의 문화연구

1990년대 들어 문화 담론의 폭증에 대해서는 여러 가지의 진단이 나와 있지만 대체로 공통적인 진단은 그 원인을 현대 자본주의의 지배구조의 변화에서 찾는 것이다. 예컨대 강내희는 "문화가 지배구조의 재생산과 그 변혁에서 핵심적 역할을 하기 시작함으로써 문화

---

1. 영미문학연구회, 『안과밖』 제3호, 1997년 하반기 기획특집 '오늘의 영문학 연구와 교육의 과제'의 발제논문 강내희, 「한국 영문학 연구와 교육의 탈바꿈을 위하여」, 송승철, 「영문학 위기론과 문화연구」를 비롯하여 나우누리 CUG에서 계속된 토론을 참조하라.

운동이 계급투쟁의 장소로 등장한 것"[2]을 문화 담론 폭증의 원인으로 짚는다. 박거용은 독점자본의 지배가 심화되면서 과학기술이 발달하고 상품미학이 세련되어지며 대중매체의 영향력이 급증하면서 문화산업, 정보산업, 의식산업이 거대화한 데에서 문화담론 폭증의 원인을 찾는다. 그리하여 이들은, 오늘날 자본의 재생산이 그 무엇보다도 인간의 정서나 감수성의 재조직을 통해서 일어난다는 것을 문화 담론 폭증의 원인으로 본다.[3] 이러한 설명은 지배 구조의 현대적 변화의 특징을 밝혀 준다는 점에서 의미가 있다. 하지만 이것은 문화 담론이 증대하는 원인을 다중의 수준에서가 아니라 자본·국가의 수준에서 찾기 때문에 오늘날의 문화 상황에 능동적으로 대처할 수 있는 주체적·실천적 관점을 제공하기는 어렵다.

이와는 다른 관점이 가능하다. 그것은 '대상, 현실, 감성을… 객체의 혹은 관조의 형식으로서가 아니라 감성적 인간활동으로서, 실천으로서 주체적으로 파악하는 것'[4], 다시 말해 자본의 지배방식의 변화를 원인으로서보다는 결과로 파악하는 것이다. 이러한 관점에서 보면 문화 담론의 폭발의 원인은 노동계급과 그것의 재구성 운동 자체에 있다. 한국의 경우 1990년대의 변화된 상황은 1987년의 노동자대투쟁, 그것이 가져온 계급구성의 변화와 분리시켜 이해할 수 없다. 아래로부터 자발적으로 분출되어 나온 그 투쟁은 반혁명

---

2. 강내희 외, 「현단계 자본주의 문화현실과 과학적 문화이론의 모색」, 『문화과학』 창간호, 1992년, 15~6쪽.
3. 같은 책, 18쪽.
4. 칼 맑스·프리드리히 엥겔스, 『칼 맑스 프리드리히 엥겔스 저작선집·1』, 김세균 감수, 박종철출판사, 1993, 185쪽.

적 민족주의 이데올로기들(반공주의, 국수주의)의 지배 하에서 고통당해 온 노동계급 대중 속에 자신감을 불어넣고 새로운 정치적·문화적·지적 욕구를 폭발적으로 산출했다. 투쟁을 통해 쟁취한 경제적 성과들(예컨대 임금상승)은 노동계급 대중이 새로운 소비 욕구를 가질 수 있는 기반을 조성했다.

1987년 이후 수 년 간 좌파 진영은 노동자대중을 하나의 계급으로 형성하기 위해 투쟁했다. 하지만 계급과 분리된 당의 결성과 당을 통한 대중의 계급의식화라는 전통적인 좌파 정치학에 따라 활동한 한국의 좌파운동은 노동계급구성의 변화와 대중 속에서 일고 있는 문화적·정치적 욕구의 실체를 이해하는 데 실패했다. 1980년대까지의 한국 좌파운동은 산업 노동자들만을 프롤레타리아로 이해하고 농민, 여성, 학생, 지식인들을 프롤레타리아가 아닌 것으로 이해했으며 소비자 운동, 환경 운동, 문화운동 등의 새로운 사회운동들을 프롤레타리아 운동의 일부로 이해하지 못했다. 1980년대까지의 좌파운동은 더 적은 노동시간, 더 많은 여가에 대한 욕구, 더 많은 임금에 대한 요구, 더 좋은 노동 조건에 대한 요구, 더 풍부한 소비생활에 대한 욕구 등 프롤레타리아 대중의 새로운 문화 욕구들을 경제적 욕구로 치환하고 그것을 프롤레타리아가 자생성에 사로잡혀 있다는 사실을 보여주는 증거로 보았다. 노동계급을 정치투쟁으로 나서게 할 계급의식화의 기계로서의 당 — 전위당이든 대중정당이건 — 을 건설하는 것이 좌파운동의 **중심적** 과제로 설정되었던 것은 생각해보면 좌파운동의 이론적 지체의 산물이었다.

대중들의 이 새로운 욕구들의 혁명적 잠재력에 주목한 것은 오히

려 자본이었다. 자본은 위에서 언급한 대중들의 다양한 욕구들이야
말로 기존체제의 재생산을 위협하는 것이자 동시에 새로운 축적모
델의 창출을 위한 기회로 이해하면서 이에 대처하기 위해 신자유주
의 전략으로 나아갔다. 한국에서 그것은, 1)노동조합으로 조직된 노
동자대중들을 자본주의 발전의 동력으로 만들기 위해 이전의 억제
전략에서 포섭의 전략으로 전환하는 것(이것은 시민사회 형성을 억
제해 왔던 기존의 방침에서부터 그것의 형성을 방임, 육성하는 한
편 그 시민사회를 국가에 흡수하려는 전략의 일환이다) 2)조직된 노
동자들의 힘을 약화시키기 위해 고도 테크놀로지를 산업에 도입하
여 생산에서 노동자들을 추방하는 것 3)대중의 새로운 소비 욕구를
체제 내적 욕구로 묶어 두기 위한 위로부터의 대중문화 육성 4)공장
울타리 너머의 일반적 사회영역으로 자본관계를 확산함으로써 비
노동계급 대중을 노동관계 속으로 인입하는 것 등을 포함한다. 이
러한 상황에 맞서 전개된 1980년대의 민중문화운동은 자본과 국가
에 의해 창출된 대중문화를 상업주의로 치부하면서 민중의 독자적
문화를 건설한다는 목표를 설정했다. 그런데 이 민중문화는 문화활
동가들이 민중의 것이어야 한다고 해석하고 민중 속에 부과하려한
민중문화였으며, 정치운동과의 긴밀한 연관 속에서 이루어진 일종
의 전위적 운동문화였다. 1990년대의 한국 문화연구는 1980년대에
문학예술 중심으로 편제되어 있던 문화 인식과 문화 활동의 지형을
변형시켜 영화, 텔레비전, 저널리즘, 스포츠, 건축 등 상업적 대중문
화와 대중의 생활을 포괄하는 광범위한 문화 개념을 구성한다. 이
것은 대중문화 일반을 상업주의와 동일시하면서 정치적 당문화운

동으로 발전해 온 1980년대 민중문화운동의 오류와 한계에 대한 반
성에서 출발했다.

1990년대 〈문화연구〉 흐름

1990년대의 한국 문화연구는, 1)문화연구를 지배체제의 재생산
메커니즘에 대한 분석(이른바 '이데올로기적 국가장치론')으로 설정
하는 알뛰세주의 및 포스트모더니즘의 문제의식 2)문화연구를 문화
적 헤게모니 장악을 통한 새로운 국가형성, 새로운 주체형성의 문
제로 설정하는 그람시주의적 문제의식, 그리고 3)리좀적 탈주의 모
델 속에서 문화를 사고하는 들뢰즈주의의 문제의식 사이에서 방향
을 모색하고 있었다. 강내희는 '현단계의 주요 정세 변화가 문화영
역을 중심으로 일어나고 있다'는 가정 위에서 문화론에 대한 유물론
적 조탁, 즉 유물론적 문화론 정립을 『문화과학』의 첫 번째 과제로
제시했다. 그 출발기에 강내희의 문제의식은 '루이 알뛰세르의 그것
과 깊이 닿아 있으며 논의도 많은 부분 알뛰세르 견해의 요약으로
이루어져 있다'.[5] 그는 알뛰세르의 이론적 실천 개념에 입각하여 문
화를 자명하게 주어진 그 무엇으로 보는 견해들을 비판한다.[6] 강내

---

5. 강내희, 「유물론적 문화론 정초를 위하여」, 『문화과학』 창간호, 1992, 71쪽.
6. 그 중 중요한 테제들을 선별해 보면 다음과 같다. "지금까지 우리는 문화론에서 주체와
   대상을 이미 주어진 것으로 간주하면 관념론에 빠져들기 십상이라는 점을 강조해 왔
   다"(같은 책, 75쪽). "관념론적 문화론은 문화의 역사적 과정에 대한 인식을 억압하는
   효과를 가지며 자신이 대상이 자명하다고 설정함으로써 이 설정 자체가 갖는 역사적
   효과에 대한 과학적 인식을 방해한다"(같은 책, 75쪽). 강내희는 문제틀 개념을 도입하
   여 "관념론적 문화론이 자신의 대상을 이미 주어진 자명한 사실로 간주하는 것, 그리고
   동시에 그것을 관찰하는 주체를 상정하고 있다는 것 자체가 문제라는 점이 부각된다"

희가 알뛰세르에게 전폭적으로 기대고 있다면, 심광현은 알뛰세르와 그람시 사이에서 고민하다가 양자를 종합하는 방향으로 나아간다. 즉 그람시의 문화-이데올로기적 헤게모니론의 동학과 사회적 공간을 불균등하게 작동하는 제 모순들의 중층결정으로 사유했던 알뛰세르의 지형학적 사유가 원칙적으로 서로 대립할 이유가 없다는 것이다.[7] 그는 진지전이라는 방식으로 새로운 역사적 블록의 창출을 가능케 할 정치적 문화적 교육에 역점을 두었던 그람시의 사유를 알뛰세르의 지형학적 사유를 통해 더욱 정교하게 가다듬는 것이 필요하다고 생각한다.[8]

포스트모더니즘적 문화연구 흐름

발생기의 포스트모더니즘은 모더니즘의 비판적 정신이 소멸되었다는 인식 속에서 모더니즘이 깊은 불신을 갖고 있었던 대중문화에

(같은 책, 77쪽)라고 말한다. "유물론적 문화론은 관념론적 문화론의 대상과 동일한 차원에서 대별되는 대상을 가지고 있는 것이 아니라는 것"(같은 책, 78쪽)이다. "유물론적 문화론의 대상은 관념론적 문화론이 설정하는 대상과는 다른 차원에서 존재해야 한다"(같은 책, 78쪽) "유물론적 문화론은 그 대상을 주체없는 과정으로 인식하고 있다는 점에서 관념론적 문화론과 다르며 특히 그것의 지식 대상도 주체없는 과정으로 인식하고 있다는 점에서 관념론이 되지 않는다" "유물론적 문화론의 과제는 문화와 관련하여 주체없는 과정을 밝혀내는 데 있다는 말이다"(같은 책, 80쪽) "유물론적 문화론의 대상은 '문화'라고 하는 경험적 대상이 아니고 '문화'라고 표상되는 관념이다"(같은 책, 80쪽) "유물론적 문화론의 대상은 우리에게 직접 주어진 문화현실이 아니라 문화를 문화로 만들어내는 문화효과 생산 메커니즘이다"(같은 책, 84쪽) "유물론적 문화론은 '문화'라는 통념을 사용하여 '문화구성체'라는 이론적 개념을 작동시켜 '문화효과'라는 개념을 생산해내는 이론적 실천이다"(같은 책, 88쪽).

7. 심광현, 「유물론적 문화지형학」, 같은 책, 103쪽.

8. 같은 책, 103쪽.

눈을 돌린다. 이것은 모더니즘의 엘리트주의에 대한 민중주의적 공격이라는 성격을 띠었다. 미국에서 1960년대 포스트모더니즘적 대항문화가 유럽의 아방가르드와 유사한 면(베트남전 반대, 흑인 민권 운동지지, 문화적 실험주의, 대안 연극, 해프닝, 일상 예찬 등)을 지녔던 것은 이런 맥락에서이다. 1970년대에 유럽으로 건너와 1980년대에 유럽과 (다시) 북미를 휩쓴 포스트모더니즘은 1960년대 유럽 혁명의 새로운 문화적 요소들(차이, 다원성, 이질성, 일상 예찬, 새로운 감성, 미시정치, 재현 거부 등등)을 계승하면서도 그것을 정반대 방향, 즉 허무주의적 보수정치와 연결 짓는다는 점에서 독특하다.

예컨대 료따르는 서구사회에서 지식의 위기를 선언하면서 그것을 대서사의 위기로 파악한다. 그는, 대서사가 포함과 배제를 통해 동질화하는 힘들로서 작용하며 이질성을 질서의 영역으로 편입시키고 보편적 원리와 일반적 목표의 이름으로 다른 목소리들을 묵살, 배제시킨다고 본다. 그가 포스트모더니즘의 대중적 성격에 주목하면서, 그것을 모든 보편적 대서사의 특권적 진리가 몰락하고 문화적 차별성에 근거하여 차이를 주장하는 다양한 목소리가 늘어나고 있음을 보여주는 징후로 이해하는 것은 이 때문이다. 동질화하는 힘에 이질성을 대치시키고 다양한 목소리들의 가치를 부각시킨 것은 중요한 의미를 갖는다. 이러한 가치전환은 그람시의 유기적 지식인 개념이나 푸코의 특수 지식인 개념을 혁신하면서 지식인 집단을 대중 수준에서 재구축할 수 있는 가능성을 제공해 주기 때문이다. 그러나 동질화의 힘을 '대서사'나 '메타내러티브'와 등치시킨 것,

그것을 맑스주의 일반에 대한 비판으로 확대시킨 것, 고급문화와
대중문화의 구별을 없애자는 취지가 고급문화 자체의 무용성에 대
한 주장으로 나아간 것 등은 동질화하는 위계 체계에 대한 즉자적
반발 이상이 아니었다. 미시 정치의 의미와 중요성에 대한 인식을
거시 정치에 대한 일괄적 거부로까지 발전시키는 것은 프롤레타리
아 대중의 상호보완과 연결 및 그 능력의 향상 가능성을 선험적으
로 배제함으로써, 운동이 전지구적 수준에서 강렬하게 결집하는 것
을 방해하며 결과적으로는 프롤레타리아를 현존하는 계급적대 구
조에 묶어 놓는 결과를 초래할 수 있는 것으로 보인다. 문제는 지금
까지 거시 정치에 의해 수행되어 온 공통화와 유기화의 기능을 그
위계적 성격을 제거한 채 어떻게 대중의 미시적 삶정치 속으로 흡
수하고 또 재통합할 수 있을 것인가 하는 것이다.

보드리야르는 현대 사회에서 실재와 가상의 경계가 붕괴되면서
시뮬레이션이 현실보다 더욱 현실적으로 되어 가는 경향을 '시뮬라
크르 문화'로 부름으로써 포스트모던 상황의 지배적 특질을 정의해
낸다. 이것은 기 드보르의 '스펙타클의 사회' 개념의 가일층의 극단
화이며 진리—서사의 해체라는 료따르의 철학적 주장의 사회학적
근거를 제공하는 것이다. 가상은 (기계 복제를 비로소 경험했던 벤
야민의 시대를 훌쩍 뛰어넘어) 더 이상 어떠한 원본도 갖지 않는다.
가상은 실재 그 자체로, 심지어는 실재보다 더 실재적인 것으로 된
다. 보드리야르는 이제 남은 것은 끝없는 문화적 반복뿐이며 그것
은 일종의 문화적 고갈이라고 보면서도 이것에 대해 환영하는 태도
를 취한다. 포스트모던 상황에 대한 이러한 인식은 안타깝게도 자

포자기의 허무주의적 제스처와 결합되었다. 그것은 역사의 종말 담론과 어우러지면서 거시적 변혁의 불가능성을 주장하곤 했는데 이것은 자본의 신자유주의적 통제정치에 프롤레타리아 대중을 결박시키는 효과를 가져왔다. 보드리야르의 포스트모더니즘론은 미국의 대항문화 속에 남아 있던 저항적 요소들을 청산하는 과정으로 되었으며 료따르에게 남아 있던 새로운 모더니즘으로서의 포스트모더니즘이라는 생각의 포기를 포함했다. 이로써 모더니즘의 비판적 정신은 포스트모더니즘을 거치면서 자본운동의 메커니즘 속으로 동화되었다.

프레데릭 제임슨은 이러한 포스트모더니즘을 후기자본주의의 문화논리로 정의했다. 포스트모더니즘을 다국적 후기자본주의의 문화적 우세종으로 보는 것은 그것을 구제불능의 상업적 문화로 이해하는 것이다. 이것은 1980년대 한국 좌파운동에서의 대중문화관과 접근하는 것이기도 하다. 하지만 놀랍게도 제임슨은 이러한 인식에 기초하여, 노동계급에 기초를 둔 당문화의 형성이라는 레닌주의적 논리로 나아갔던 한국의 좌파적 대중문화 비판과는 달리, 그 상업적 포스트모더니즘 문화의 지배에 대한 승인으로, 비판적 공간의 소멸에 대한 고백으로 나아간다. 예술이 상품생산에 통합되고, 문화 그 자체가 경제적 행위가 되며, 사회영역에서의 문화의 폭발이 사회생활의 모든 것 —경제적 가치, 국가권력과 그 집행, 또 사회적 심리구조 자체까지 —을 문화적인 것으로 변형시켜 이제 어떠한 비판적 거리도 허용하지 않는다는 것이다. 혁명적 주체성에 대한 부정으로 나아가는 점에서는 제임슨의 결론 역시 보드리야르의 정치적 결론과 크게 달라 보이지 않는다. 이것은 비판이론의 비관주의적 정치학의 현대적 재생산이 아닌가? 보드리야르와 제임슨의 시각은 현대 사회를 자본과 국가를 중심으로 독해하는 것이며 노동을 그에 종속된 것으로 파악하는 관점이다. 제임슨은 맑스주의를 옹호하고 보드리야르는 그것을 거부하지만 양자는 자본의 시각에서 자본주의를 분석한다는 점에서 (제2인터내셔널 시기에 형성된) 사회민주주의적 맑스주의의 고전적 전통과 공통된 태도를 취한다.

한국의 포스트모더니즘은 레닌주의 경향과 주체주의 경향에 의해 주도되어 온 1980년대 좌파운동의 반명제로서 성립했다. 미국의 포스트모더니즘이, 1960년대에 분출했던 새로운 사회적 주체성이 자본의 신자유주의적 통제정치에 흡수되어가는 분위기에서 형성되었다면 한국의 포스트모더니즘은 구소련의 해체와 좌파 정치 및 맑스주의의 위기 하에서 그리고 신자유주의적 자본 전략의 도입이라는 반혁명적 분위기 속에서 형성되었다.

한국의 포스트모더니즘은 맑스주의 일반으로 규정된 레닌주의(그리고 스딸린주의)에 대한 비판에서 출발하여 철학적 목적론(종말론) 비판, 조절이론으로의 패러다임 전환, 사회주의 정치의 급진 민주주의 정치로의 해체 등의 프로그램을 추구해 나갔다. 하지만 그것이 어떤 안정된 정체성을 확립한 것으로는 보이지 않는다. 한국의 포스트맑스주의-포스트모더니즘은 라끌라우와 무페, 리피에츠, 브와예로부터 료따르, 보드리야르로 이동해 갔다. 그러나 이것은, 한편에서는 알뛰세주의적 맑스주의, 푸코-들뢰즈-가따리의 포스트구조주의, 네그리-하트-클리버의 자율주의적 맑스주의 등의 이론적 견제와 하버마스 비판이론의 역공을 받으면서, 그리고 1997년 IMF 위기를 계기로 한 전지구적 위기와 양극화의 체험을 겪으면서 그 설득력을 크게 잃어가고 있다.

문화연구에서의 알뛰세주의 대 포스트구조주의

한국 포스트모더니스트들의 주요 활동 무대, 혹은 포스트모더니즘의 맥박이 가장 강하게 느껴지는 곳은 경제학이나 정치학이 아니라 문화이론과 문화이다. 실제로 많은 좌파 활동가들이 문화연구·문화실천으로 방향전환했는데, 이것은 '포스트모더니즘 현상'과 분리될 수 없다. 예컨대 김성기는 새로운 시대의 현상학을, 1)다양성, 파편화, 범위의 경제로 요약되는 포스트포드주의의 대두와 그것에 의한 문명의 전환 2)정보 양식의 부상과 일상생활의 심미화를 특징으로 하는 포스트모더니즘 문화 추세에 의한 문화영역의 근본적 변화 3)물질적 이해관계보다 인간 경험의 주관적 차원이 강조되면서 나타나는 언어, 담론, 문화의 감수성의 고양 4)대중의 존재양식의 소비생활, 생활스타일 중심으로의 재구성 등으로 요약하면서 포스트모던 모더니티의 프로젝트를 주장했다.9 〈미메시스〉그룹/현실문화연구는 신세대 문화, 압구정동, 텔레비전, 광고, 결혼, 록(카페), 테크노–싸이버 펑크 음악, 섹스, 포르노, 성희롱, 동성애, 컴퓨터 문화, 대중 스타, 여성지, 패션 등 일상생활과 상업적 대중문화를 진지한 연구의 대상으로 설정하고 그 속에서 신세대 운동, 동성애자 운

---

9. 김성기, 「세기말의 모더니티」, 『모더니티란 무엇인가?』, 민음사, 1994, 36~50쪽 참조.

동 등의 사회운동적 가능성을 탐구함으로써 대중의 새로운 문화 욕구를 설명해 내고자 했다.

대중들의 이 새로운 감성들의 폭발적 출현에 직면하여 '우리에게 직접 주어진 문화현실이 아니라 문화를 문화로 만들어내는 문화효과 생산 메커니즘'을 자신의 대상으로 하는 유물론적 문화론의 정립과 그에 입각한 이론적 실천을 목표로 하는 『문화과학』의 창간은 어떤 의미를 갖는 것일까? 현실문화연구나 『리뷰』, 『오늘예감』, 『버전 업』 등이 새로운 대중 감성의 출현을 적극적으로 예찬하면서 그 감성의 확대 재생산과 유통을 자임하고 나섰다면 『문화과학』의 창간은 이러한 상황과 추세에 대한 일종의 보수좌파적 대응이라 할 수 있다. 그 초기에 이 잡지의 주요한 이론적 공구는 알뛰세르의 이데올로기론에서 찾아지고 있었는데,[10] 그 이론은 새로운 문화상황과 대중의 새로운 감성 형성을 자본의 문화지배의 관점에서 독해하는 것이었다. 제임슨이 포스트모던한 문화상황을 후기자본주의의 문화논리로 읽었듯이 한국의 알뛰세주의 문화연구자들은 한국의 포스트모던한 문화상황을 신식민지국가독점자본주의의 문화논리로 읽었다. 그렇지만 『문화과학』의 문화연구가 진전되면서 이 잡지는 알뛰세주의적 관점으로부터 프로이트 맑스주의를 거쳐 급속히 푸코와 들뢰즈의 포스트구조주의로 관점을 전환한다. 『문화과학』 3호에서 들뢰즈의 탈영토화 전략이 자본주의를 정당화하고 자본주의의 극단화를 주장하는 부정적 효과를 갖는다고 주장했던[11] 강내희

---

10. 알뛰세르는 이데올로기적 국가기구 개념을 통해 권력의 전 사회적 확장과 미시화, 요컨대 삶권력으로의 변화의 조짐을 포착한 바 있다.

는 같은 잡지 6호에 실린 「대중문화, 주체형성, 대중 정치」에서는 오히려 알뛰세르의 한계를 푸코와 들뢰즈를 통해 넘어서려고 시도한다. 그는 알뛰세르의 주체형성 개념이 (라깡으로부터 물려받은) 언어학적 문제설정에 의해 제한되고 있다고 보면서 언어를 포함하여 지각과 감각 등 다양한 능력들을 담지한 '육체' (그리고 욕망)을 주체형성 문제의 기반 개념으로 끌어들인다. 이로써 그는 대중문화를 노동력 재생산의 이데올로기적 기구로 보는 알뛰세르의 관점을 유지하면서도, 대중문화가 '욕망의 관리, 통제만이 아니라 넘쳐흐르는 어떤 힘, 인간이 지닌 억제되지 않는 어떤 전복적 가능성을 지닌 힘이라는 견지에서 사고할 필요를 갖게 된다'[12]고 말하는 데까지 나아간다.

『문화과학』의 이러한 관점 전환, 혹은 알뛰세르 관점의 수정에 대한 정통 알뛰세주의 입장에서의 반박은 알뛰세주의에 의해 주도되어 온 『이론』지를 통해서 가해졌다. 보스턴 대학에서 유학하고 있던 최원은 독자투고의 형식으로 『문화과학』지의 노선 전환에 대한 반비판을 수행한다.[13] 그는, 이진경의 '탈주의 철학'에 대해, 그것이 표상체계로부터의 개인들의 탈주를 이야기하면서 표상체계 그 자체의 갈등적 구조를 파악하는 데 실패한다고 지적한다. 그리고 그는, 강내희가 억압 대신 양생의 문제를 제기한 데 대해, 양생은 전적으로 지배계급의 자기관리로서 지식-권력을 향한 집단 의지일

---

11. 강내희, 「'욕망'이란 문제설정」, 『문화과학』 3호, 1993년 봄, 41쪽.
12. 강내희, 「대중문화, 주체형성, 대중정치」, 『문화과학』 6호, 1994년 여름, 123쪽.
13. 최원, 「푸코, 들뢰즈와 알뛰세르」, 『이론』 14호, 1996년 봄, 213~231쪽 참조.

뿐이며 피지배계급의 저항의 산물이 아니라고 비판하며, 강내희가 대중문화 속에 깃들어 있는 계급 권력의 해체라는 맑스주의적 문제 설정에서 벗어나 대중문화를 욕망에 대한 배려의 장소로서 착각하면서 그것을 특권화시킨다고 비판한다. 그러나 문화과학의 포스트 구조주의적 방향전환에 대한 알뛰세주의의 반격은 일회적인 것에 그친다. 오히려 알뛰세주의는 1996년 말(16호 이후)부터는 그 본 무대였던 『이론』지에서도 퇴각하는 모습을 보인다.14

윤소영의 기획번역인 『베토벤』과 편역자 해설인 「스피노자―맑스주의와 포스트구조주의 비판: '피디의 진실'(2)」은 대중문화를 욕망에 대한 배려의 장소로 간주하려는 포스트구조주의 문화경향에 대한 알뛰세주의적 비판의 또 다른 국면이다. 윤소영은 이 비판을 통해 미 개념에 윤리 개념을 결합시키고 에로스의 승화를 주장함으로서 대중문화(그의 인식에서는 하급속류문화)와 고급문화의 차별을 복원하려 시도한다.15 포스트구조주의 문화론에 대한 그의 비판은 신랄하다.16 그는 1980년대의 인민주의적 민족음악이 신자유주의의 권위주의에 흡수되어 버린 이후 1990년대에 포스트구조주의의 낭만주의적 대중음악이 신자유주의의 정치경제적 권위에 대한 문화적 저항을 특권화하고 있지만 그것은 기껏해야 '대중의 폭력'에

---

14. 알뛰세주의의 주도자인 윤소영이 『이론』 동인에서 탈퇴하고 공감 출판사로 발표지면을 바꾼 것은 이러한 상황과 무관하지 않은 것이었다.
15. 여기에서 윤소영은 알뛰세르의 이론적 작업이 레비스트로스의 구조주의와 포스트구조주의에 대한 스피노자―맑스주의적 비판이었다고 주장한다(메이너드 솔로몬, 『베토벤―윤리적 미 또는 승화된 에로스』, 윤소영 엮음, 공감, 1997, 234쪽).
16. 이것은 아마도 『문화과학』과 서사연의 탈구조주의적 변모에 대한 보수적 대응이었다고 할 수 있을 것이다.

길을 열어 줄 뿐인 사춘기적 반항이자 속류적 위반에 지나지 않는 것이라고 단언한다. 그는 고전음악 자체를 부르주아 이데올로기 형태로 파악해서는 안 되며, 오히려 고전음악이야말로 근대 서사시(소설)의 이데올로기적 한계를 돌파하려는 예술적 시도라고 주장한다. 이런 관점에서 그는, 베토벤의 절대음악이 고전주의(하이든/모차르트)에 반하는 바로크주의(바흐)나 낭만주의(베를리오즈에서 리스트/바그너까지)로 환원되지 않는 근대유럽 예술사의 야만적 이례성의 사례라고 말한다.[17] 베토벤 절대음악의 특권화 — 이것은, 그가 프랑스 대혁명의 인권 개념을 오늘날의 혁명적 정치의 지표로 특권화하고 국가를 파괴하는 것보다는 그것의 민주화를 주장하는 것과 같은 맥락에서 나오는 것으로 읽힌다. 신자유주의에 대항하기 위한 예술적 노력이 미시적 저항의 음악인 록/재즈 음악의 낭만적 위반주의를 통해서는 성공할 수 없고 베토벤의 고전적이고 혁명적인 영웅주의(초개인주의)를 통해서 달성될 수 있다는 것인데, 이것은, 컴퓨터 그래픽을 통한 공룡의 부활을 통해 신자유주의적 자본의 힘을 표상한 헐리우드의 《쥬라기 공원》에 맞서, 파업에 나선 광산 노동자들의 힘을 그린 고전적 영화 《제르미날》(에밀 졸라 원작)로 대응하고자 했던 프랑스 사회당의 방법론과 상통하는 바 있다.

그는 포스트구조주의 비판을 아메리카화 혹은 세계화 속에서 미디어와 '대중/속류문화'에 고유한 폭력에 대한 비판으로 연결시킨다. 미디어에 의해 조장되는 인민주의(반지성주의)가 지식인(학자/교사, 문필가/정론가)을 배제함으로써 대중의 지식의 의지/욕망을

파괴한다는 것이 그의 문제의식이다. 그는 피디(PD)의 변모가 남한판 68년 이데올로기들을 생산했다고 보면서 이들은 뱅가드(맑스-레닌주의적 공산주의)와 아방가르드(초자유주의적 급진주의)를, 원칙적 반대(혁명)와 기질적 저항(위반)을 혼동한다고 본다. 분명하지는 않지만, 그의 논지가 아방가르드나 기질적 저항보다는 뱅가드나 원칙적 반대를 선호하고 있다고 보아도 좋을 것 같다. 그렇게 볼 수 있다면 그에게 다시금 제기될 수 있는 물음은, '1968 혁명이야말로 뱅가드없이 가능한 혁명을 향한, 다시 말해 혁명을 원칙적 반대의 차원에서 끌어내려 현실적 삶에 기초지우기 위한 새로운 주체들의 지난한 모색이자 실험이 아닌가'라는 것이다. 이 새롭고 미완성적인 혁명(21세기형 혁명이라고 불러도 좋을)이 기질적 저항이나 낭만주의의 수준에서 실현될 수 없으리라는 진술은, 그 말 자체로만 판단한다면, 설득력 있는 것이다. 1968년 혁명은 그 새로운 모색 속에서 무정부주의 경향과 레닌주의 경향 사이에서 동요했다고 말할 수 있는데, 이 모색의 한 극단에서 낡은 테러리즘이 성장해 나왔다는 것은 이제는 주지의 것이기 때문이다. 윤소영은 이 오래된 대립구도를 피할 수 없는 것으로 전제하면서 전자(무정부주의)의 경향을 기질적 저항과 낭만주의로 경계하고 후자(레닌주의) 쪽에 힘을 실어주는 셈이다.

우리가 원칙적 반대인가 사소한 위반인가 (혹은 국가인가 시장인가)라는 경직된 대립항을 받아들이고 그 어느 한 편을 선택하지 않고 카리브디스와 스낄라 사이를 항해해 가는 길을 발견할 수는 없을까? 이 물음 속에서 우리는 전위적 정치영역을 가로지르는 제3

항으로서 삶의 정치영역에로 눈을 돌릴 필요를 느낀다. 삶의 역동 속에서 다중의 자기긍정, 자기가치화가 어떻게 가능할 것인가를 탐구하는 방법으로 우리는 반대인가 위반인가의 대립항을 넘어설 수 있다. 왜냐하면 다중의 자기가치화 운동 속에서 저항(반대)과 탈주(위반)는 구성을 중심으로 하는 상보적 벡터로 이해될 수 있기 때문이다. 반대와 위반의 대립을 유지하는 입장에서 윤소영은 안또니오 네그리의 사상을 ‘포스트모던 지식프롤레타리아론’으로 요약하지만, 그것은 네그리 사상의 가장 부정적인 정식화에 지나지 않는다. 사회적 노동자론이 형성되는 역사적 사유 과정에서 그러한 비판을 허용할 만한 이론적 틈새가 발생하곤 했었다고 말할 수는 있지만[18] 이제 그의 사상의 긍정적 핵심은 혁명을 다중의 활력적이고 지성적인 자기긍정, 자기가치화의 과정으로 재해석한 것에 있다. 이것은 실제로는 저항인가 탈주인가, 고전주의인가 낭만주의인가, 지식인인가 대중인가 등의 악순환적 문제틀을 넘어서기 위한 노력의 일부이다.

그람시주의적 문화연구

남한의 문화연구가 주로 포스트모더니즘, 알뛰세주의, 포스트구조주의 사이에서 맴돌았지만 이들 모두가 그람시를 완전히 잊어버릴 수는 없었다. 알뛰세르의 이데올로기적 국가장치론은 그람시의 ‘합의’론[19]의 이데올로기론적 변형이며, 포스트모더니즘과 포스트구

---

18. 안또니오 네그리의 『전복의 정치학』의 일부에는 ‘지식 프롤레타리아트론’으로 이해될 수 있는 생각들이 전개된다. 하지만 이후 네그리는 비물질노동의 중심을 지성보다 정동에 둠으로써 1980년대의 논리 전개가 가졌던 지성주의적 약점을 극복한다.

조주의에 앞서 대중문화를 진지한 분석대상으로 설정하고 그 속에서 긍정적 힘을 읽어낸 맑스주의자 역시 바로 그람시였기 때문이다. 그리고 그는 맑스주의 속에 문화의 개념을 가장 강력하게 도입한 이론가이자 혁명가였다. 그람시가 문화에 관심을 기울인 것은 대규모의 기동전과 그 전략계획뿐만 아니라 병사들의 식량까지 고려하는 위대한 장군의 치밀함을 본뜨기 위한 것이며, 거시정치를 보완하는 미시정치적 노력의 일환이었다.[20] 그는 프롤레타리아가 권력을 장악하더라도 그 계급이 지적 · 도덕적 헤게모니를 확보하지 못한다면 그 권력은 유지될 수 없으며 혁명의 전진도 기대하기 어렵다고 보았다. 그람시는 작품들을 예술적 질의 측면에서보다는 그것의 실천적-문화적(정치적-도덕적) 효과의 측면에서 고찰했다. 예컨대 그는, "도대체 예술적으로는 그다지 가치가 없는 문학이 그처럼 널리 확산되는 이유는 무엇일까? … 의문의 여지없이 실천적이고 문화적인 이유에서인데 이처럼 일반적인 답변이 가장 정확하다고 할 수 있다. … 실제로 사람들은 실질적인 자극[가령 섹스어필] 때문에 책을 읽지 예술적인 이유에서 읽는 일은 아무래도 부차적이라고 할 수밖에 없다"[21]고 말한다. 민속에 대한 그의 긍정적 가치평가는 그의 문화연구의 지향점이 무엇인지를 잘 보여준다.

　민속을 결코 괴상스럽고 기이하고 피토레스크한 요소로 파악해서는

---

19. 그람시는 문화를 지배계급이 합의를 이끌어내는 수단으로 파악했다.
20. 안토니오 그람시, 『그람시와 함께 읽는 문화』, 조형준 옮김, 새물결, 1992, 69쪽.
21. 같은 책, 92쪽.

안 되며 아주 진지한 것이기 때문에 의당 아주 진지하게 받아들여야 한다. 그럴 경우에만 비로소 민속 수업은 충분한 효과를 발휘하게 되고 참으로 광범위한 인민대중 사이에서 새로운 문화가 탄생하는 데 큰 힘이 되어 줄 것이다. 즉 현대 문화와 민속의 민중문화 간의 격차가 사라질 것이다.[22]

새로운 대중문화의 형성에 대한 이러한 강조는, 문화를 '인간의 내면적 자아를 조직하는 것이자 훈련시키는 것'이라고 본 초기의 글 「사회주의와 문화」(1916년 1월)에 나타났던 생각의 연장이다.[23] 그람시의 전략은 이탈리아 자본주의가 포드주의로 이행하는 시대(포드주의의 초기 국면)를 기반으로 삼고 있다. 포드주의로의 이행기는 이탈리아 시민사회의 형성기이기도 했다. 그는 러시아에서와는 달리 서구의 선진 자본주의 사회에서 시민사회는 직접적으로 경제적인 요소(공황, 불황 등등)의 파국적 '기습'에 저항할 수 있는 복잡한 구조를 갖고 있는 것으로 평가한다. 동구에서는 국가가 모든 것이었고 시민사회는 아직 원시적이고 무정형적인 것이었지만, 서구에서는 국가와 시민사회 사이에 적절한 관계가 형성되어 있어 국가가 동요할 때에는 시민사회의 견고한 구조가 즉각 모습을 드러낸다는 것이었다. 다시 말해 서구에서의 시민사회는 국가를 외곽에 둘러쳐진 외호(外壕)로 삼는 요새와 보루의 강력한 체계였던 것이다.

그람시는 때로는 국가가 시민사회의 외부에 있는 것으로 또 때로

---

22. 같은 책, 131쪽.
23. 안토니오 그람시, 『안토니오 그람시 옥중수고 이전』, 김현우 외 옮김, 갈무리, 2001, 69~73쪽 참조.

는 국가가 시민사회를 포함하는 것으로 서술한다.[24] 입장의 이러한 동요는 그의 시대 이해의 동요로 볼 수 있는데, 이 동요 속에서 우리가 읽어 낼 수 있는 것은 국가와 시민사회의 관계가 역사 속에서, 더 정확하게는 계급구성의 변화 속에서 더불어 변화한다는 것이다. 그의 전략은, 시민사회를 국가에 종속시키는 헤겔적 관점의 전복, 즉 국가의 정치적 헤게모니 속에 놓인 시민사회를, 시민사회에서의 프롤레타리아 헤게모니 하에서 국가를 흡수한 시민사회로 대체하는 것이다. 이때, 사회주의 투사들의 주된 임무는 무장한 국가와의 전투가 아니라 자본주의적인 신비화의 복속에서 프롤레타리아를 해방시킬 그들의 이데올로기적 개종을 유도하는 것이다.

이를 위해 그는 '유기적 지식인' 범주를 설정하고 자본의 유기적 지식인과 대립하는 프롤레타리아의 유기적 지식인의 양성이라는 과제를 제기한다. 쟝-마르크 삐옷떼(Jean-Marc Piotte, 1970)는 그람시의 정치사상을 지식인 개념을 중심으로 체계화하고자 시도한다. 그는 지식인의 개념이 사실상 그람시 저작의 핵심 요소(keystone)라고 생각하는데, 왜냐하면 그람시에 따를 때 도덕적·정치적 계기가 그 구체적 표현을 획득하는 것은 지식인을 통해서이기 때문이다. 삐옷떼는 맑스와 레닌의 개념과 비견되는 그람시의 지식인 개념이 갖는 독특성에 주목한다. 맑스에게 지식인은 지배계급의 이데올로그이자 부르주아지의 구성원일 뿐이었으며, 레닌에게 지식인은 부르주아지

---

24. 앤더슨은 그람시의 국가 개념이 다음 세 가지 정의 사이에서 동요하고 있다고 본다 : 1)국가는 시민사회와 대조를 이룬다 2)국가는 시민사회를 포괄한다 3)국가는 시민사 회와 동일하다(페리 앤더슨 외, 『안토니오 그람시의 단층들』, 김현우 외 옮김, 갈무리, 1995 참조).

로부터도 프롤레타리아트로부터도 분리된 하나의 사회적 층위를 형성하는 듯 보이지만 그 생활양식에 의해 쁘띠부르주아지와 연결되는 경향을 드러내는 것으로 간주된다. 이와 대조적으로 그람시는 더 이상 육체노동과 정신노동의 단순한 구분을 유지하지 않고, 생산과의 관계에서 갖는 위치와 기능에 의해 지식인을 정의한다. 그람시에게 있어 각각의 기본 계급은 "자신들의 통일성에 대한 자각 및 경제적 영역뿐만 아니라 사회적·정치적 장에서도 그 자신의 기능에 대한 자각을 가져다주는 하나 또는 몇 개의 지식인의 층위를 유기적으로 그 자신과 함께 창출한다."[25]

그람시에게서 "지식인"이라는 용어는 사상가나 과학자뿐만 아니라 조직가와 교육자에게도 적용될 수 있다. 삐옷떼에 따르면, 그람시가 지식인들의 역할에 부여한 중요성은 역시 그의 독특한 이데올로기 개념과 관련된다. 맑스가 이데올로기를 이미 존재하는 경제적·정치적 권력의 신비화되고 또 신비화시키는 정당화라고 생각한 반면, 그람시에게 이데올로기는 인간이 사회경제적 구조들과 이를 변화시킬 필요성을 자각하게 되는 영역이다. 이러한 자각의 과정이 일어나게 되는 것은 지식인들을 통해서이며, 이어서 그들은 계급의식과 프롤레타리아트의 창출 및 이것의 궁극적인 헤게모니 수립에 주도적 역할을 수행하게 된다. 계급의 지식인으로서의 유기적 지식인의 집합화, 보편화되고 총체화하는 방향으로 흘러가는 집합적 의지가 그람시의 당이다.

그에게서 당은, 정치적 교육자로서는 물론 민족운동을 조정하는

---

25. 페리 앤더슨 외, 『안토니오 그람시의 단층들』, 234쪽에서 인용.

조직체로서도 기능할 수 있기 때문에 대항 헤게모니의 이상적인 제도적 장치이다. 또한 그것은 형성 중에 있는 하나의 역사적 블록이다. 이리하여 시민사회는 국가의 유기적 지식인(프롤레타리아의 시각에서는 전통적 지식인)과 프롤레타리아의 유기적 지식인이 헤게모니를 놓고 다투는 전쟁터로 설정되는데, 그람시의 대중문화에 대한 분석은 이러한 전쟁의 일부인 셈이다. 이러한 그람시의 관점은 그람시주의적 문화연구가로 하여금 대중문화를 합병과 저항 사이의 알력, 즉 지배층의 이해관계를 보편화시키려는 시도와 피지배층의 저항 사이에서 투쟁이 일어나는 문화적 교류와 협상에 의해 구성된 영역으로 보게 했다. 대중들은 지배계급의 조작 대상으로 머물러 있는 것이 아니라, 선택적 소비와 해석, 소비의 생산행위들을 통해 문화를 재정의하고 재형성한다. (라스타파리 문화의 레게음악을 이용한 밥 말리(Bob Marley)는 아일랜드 레코드사엔 엄청난 이득을 주었지만 기존 질서의 권력 기반을 변화시키는 힘을 갖고 있으며, 미국 서부 지역의 대항문화 음악도 이와 비슷한 이중적 역할을 수행했다.)26 이것은 프랑크푸르트학파의 비판이론의 비관주의적 대중문화론과 문화산업론이나 알뛰세르의 이데올로기적 국가기구론, 상황주의자들의 스펙타클론, 포스트모더니즘의 시뮬레이션보다도 문화를 둘러싼 갈등과 긴장을 현실주의적으로 평가하게 만든다.

---

26. 존 스토리, 『문화연구와 문화이론』, 박모 옮김, 현실문화연구, 1999, 175~7쪽.

3. 네그리의 '대중지성'론의 문화론적 함의

한국의 문화연구에서 안또니오 네그리는 거의 주목되지 않았다고 할 수 있다.『문화과학』8호에서 네그리의 '사회적 노동자'론이 소개되고 이후 네그리의 '노동거부'론에 대한 부분적인 참조가 보이기는 하지만 본격적인 것은 결코 아니다.『디오니소스의 노동』과『제국』으로 네그리가 대중적 명성을 얻었음에도 불구하고 아직 네그리 사상의 문화론적 전유는 그다지 눈에 띄지 않는다. 네그리의 사상은 비판이론가들, 알뛰세리언들, 상황주의자들, 포스트모더니스트들의 자본중심적 문화분석의 일면성을 극복하고, 포스트구조주의의 문화론에 결여되어 있는 적대의 관점과 조직화의 전망을 제공할 수 있는 잠재력을 갖고 있을뿐만 아니라 포드주의 초창기 국면에서 혁명의 정치·문화적 조건을 탐색한 그람시의 시대적 한계를 넘어설 힘을 제공하는 것으로 보인다.

네그리의 관심의 초점은 포드주의에서 포스트포드주의로의 자본전략의 이행 국면에 맞추어져 있다. 그는 포스트포드주의로의 이행을 강제하는 계급구성의 변화와 포스트포드주의 하에서의 계급재구성에 대해 고찰한다. 이러한 대상설정은 포드주의로의 이행을 자신의 문제로 삼았던 그람시와는 다르며 포스트구조주의/포스트모더니스트들의 대상설정과 일치한다.[27] 그러나 포스트구조주의가 포스트모더니티를 주로 철학혁명의 차원에서 고찰하고 포스트모더니

---

27. 상황주의자들은 포드주의의 전성기를 주된 탐구의 대상으로 삼으며, 알뛰세리언들의 주된 대상적 관심은 일반성 1로서의 이론들 자체에 놓여져 있다.

스트들이 그것을 주로 문화혁명의 관점에서 접근함에 비해 네그리는 그것에 대한 사회혁명적 관점을 제공한다. 또 포스트모더니스트들이 주체의 소멸과 적대/저항의 불가능성을 주장함에 비해 네그리는 포스트모던 상황 속에서의 적대와 주체를 밝히는 것을 오히려 주된 관심사로 삼는다. 이 점에서 네그리의 사상은 포스트모더니티에 대한 비포스트모더니즘적 해석의 방법으로 읽을 수 있다. 문화론과 관련해서 볼 때, 현대 자본주의에서 "사회화된 지성", 즉 '대중지성'이 실존한다고 보는 것이 네그리의 독특성이다. 사회화된 지성은 맑스에게서는 미래사회의 문제로 제기되었고, 그람시는 유기적 지식인의 실존을 언급함으로써 그것의 현존성을 언급하지만 대중의 문화적 지성은 유기적 지식인과 현대의 군주를 매개로 하여 일반화해야 할 실천적 과제로서 제시된다. 일반화되고 사회화된 지성은 이 두 사람 모두에게서 하나의 미래적 과제로 사고되었던 것이다.

네그리의 '대중지성'론은 맑스의 가치 이론을 실질적 포섭 국면의 자본주의에 적용함으로써 얻어지는 추론 결과이다. 맑스는『그룬트리세』와「직접적 생산과정의 제 결과」에서 자본 내부에 형식적으로 포섭되어 있던 노동이 과학기술의 생산에의 응용이 심화됨에 따라 자본관계에 실질적으로 포섭되는 국면으로 나아가는 경향이 있다고 썼다. 네그리는 이 경향이 탈근대에는 하나의 지배적 현실로 되었다고 진단한다. 이 두 국면들 중의 첫째 국면인 형식적 포섭에서, 노동과정은 자본 아래에 포섭된다. 이 국면에서 자본은 지휘자 혹은 경영자로 자본주의적 생산관계들에 개입한다. 그렇지만 이 국면에서 자본은 노동을 있는 그대로 포섭하는 데 머문다. 다시 말해 자본은, 이전의 생산양식들에서 발전된, 기존의 노동과정들을 접수하는 것이다. 노동과정이 자본의 영토 외부에서 태어나, 수입된 외래의 힘으로서의 자본의 명령에 종속되어, 자본 내부에 존재하는 한 이러한 포섭은 형식적이다. 그렇지만 자본은, 생산의 사회화를 통해 그리고 과학적·기술적 혁신을 통해 생산의 다양한 행위자들(agents)의 조건들을 변형시키면서, 낡은 노동과정들을 파괴하고 새로운 노동과정들을 창조하는 경향이 있다. 자본은 이처럼 특유하게 자본주의적인 생산양식을 가동시킨다. 그래서 노동과정들 그 자체가 자본 내부에서 태어날 때, 따라서, 노동이 외적인 힘으로서가 아니라 내적인 힘으로서 자본 자체에 적합하게 병합될 때, 노동의 포섭은 실질적이라 말해진다.

이 국면들 사이의 역사적 이행은 느리고 점진적이다. 그것은 여러 가지의 중간적 단계들을 통과한다. 19세기에 맑스는, 오직 대규모 공장생산에서만, 실질적 포섭의 특징들을 보았다. 그것은 당시로서는 경제의 극소 부분에 불과했다. 지속적인 기술적 발전과 공장 벽 외부에서의 노동과정들의 사회화를 통해, 실질적 포섭의 특징들은 사회적 영토의 더욱더 큰 부분을 차지하게 되었다. 실질적 포섭과 보조를 맞추어, 공장—사회는, 오늘날, 사회적 생산이 특유하게 자본주의적인 생산양식에 의해 지배되는 지점에까지 확장되었다는 것이 네그리의 생각이다. 그러나 대부분의 정치경제학에서 서술되는 것처럼 이러한 자본주의적 생산양식의 변화는 결코 자본의 자기운동의 산물이 아니다. 그것은 "노동거부"의 주위에 집중되었던 광범위한 노동자투쟁과 사회적 투쟁의 오랜 국면에 대한 자본의 대응(반작용)의 산물이었다. 1968년을 전후한 노동거부는 '(1)대규모 공업의 훈육과 임금 체제에 종속된 노동에 대한 개인적 거부, (2)테일러주의적 공장의 추상적 노동과 사회적 관계의 포드주의적 체제에 의해 통제된 필요들의 체제 사이의 관계에 대한 대중적 거부, (3)케인즈적 국가에 의해 코드화된 사회적 재생산의 법칙에 대한 일반적 거부' 등을 포함했다. 자본주의는 사회적 투쟁들에 대한 자신의 해석을 통해 자신의 발전 노선과 그 경로를 결정했다. 그것은 새로운 생산양식을 이 거부의 질에 적합한 것으로 재조직하는 것이었다. 네그리는 그 대응의 특징을 세 가지로 정리한다. '(1)개별적인 노동거부에 대한 대응으로서, 자본은 공장에 자동화를 도입했다 (2)연합적 노동의 협업적 관계를 깨뜨리는 집단적 거부에 대한 대응으로서, 자본은 생산적인 사회적 관계의 컴퓨터화를 추진했다; 그리고 (3)임금이라는 사회적 기율의 일반적 거부에 대한 대응으로서, 자본은 법인체들을 특권화하는 통화적 흐름에 의해 통제되는 소비의 체제를 도입했다.'

주의해야 할 것은 네그리가 현대의 포스트테일러주의적, 포스트포드주의적, 그리고 포스트케인즈주의적 산업재구조화가 아직 종결을 보지 못했다고 보고 있는 것이다. 그것은 자본주의적 재구조화의 선행한 국면들에서 경험된 것들—예컨대, 전문 노동자로부터 대중노동자로의 이행기였던 1930년대에 그랬던 것과 같은—과 동등한 강도의 평형을 생산하는 데 아직 성공하지 못했다. 그 결과, 1968년에 선행한 시기에 생산적 대중들에 의해 행사된 거부의 강도와 사회적인 혹은 직접적으로 정치적인 무대에서의 이러한 거부의 현존은 재구조화의 시기에도 계속된다. 다시 말해, 새로운 시대는 자본주의적 재구조화와 노동계급의 새로운 구성, 즉 새로운 사회화된 노동력 사이의 불균형에 의해 특징지워진다. 이와 같은 불균형 속에서이긴 하지만, 노동자들의 거부의 운동을 흡수하여 그것을 자본의 이익을 위해 역이용하려는 자본의 역공은 1990년대 이후 뚜렷하게 가시화되었다. 특히 1997년 동아시아발 경제위기가 세계를 휩쓸면서 노동거부는 정리해고로 역전되었고 실업자와 비정규직을 양산하는 메커니즘으로 전화되었다. 이러한 역전에 대한 수동적 반응으로서, 노동거부와 사회적 임금이라는 전진적 대안 대신 정규직화−완전고용이라는 역진적 움직임이 노동자들 사이에서 발생하고 있는 것이 지금의 현실이다.

노동에 대한 실질적 포섭이 심화됨에 따라 생산이 더 이상 직접적인 개인적 활동이 아니라 직접적으로 사회적인 활동으로 되는 것만은 분명하다. "… 소외된 노동시간의 전유가 … 부를 벌충하거나 창조하기를 그침에 따라 직접적 노동 그 자체는 생산의 기초이기를 그치는데, 그 이유는, 어떤 측면에서, 그것이 차라리 감독적·규제적 활동으로 변형되기 때문이며 뿐만 아니라 또 그 생산물이 고립된 직접적 노동의 생산물이기를 그치며, 오히려 사회적 활동의 결합이 생산자로 나타나기 때문이다."[28] 그래서 "전체 생산과정은 노동자의 직접적인 숙련성 아래에 포섭된 것으로 나타나지 않으며, 오히려 과학의 기술적 응용으로 나타난다."[29] 이것은, 노동이 더 이상 자본주

---

28. K. Marx, *Grundrisse*, trans. by Martin Nicolaus, Vintage Books, New York, 1973, p. 709.
29. *Ibid.*, p. 699.

의적 생산 및 자본주의 사회의 창조적이고 혁신적인 원천이지 않음을 의미하는 것이 아니라, 단지 자본이 자신의 역할을 새로운 방식으로 신비화할 권력을 획득했음을 의미할 뿐이다. 특유하게 자본주의적인 생산양식 속에서, 즉 실질적 포섭 속에서, 노동―혹은 심지어 생산 일반―은 더 이상 자본주의적 사회조직을 정의하고 유지하는 기둥으로 나타나지 않는다. 생산은, 마치 자본주의 체제가 앞을 향해 자동적으로 나아가는 기계 즉 하나의 자본주의적 자동장치(automaton)인 것처럼, 하나의 객관적 질(質)로서 주어진다.

생산의 기반적 역할이 쇠약해짐에 따라, 그리고 자본주의가 생산적 모델 및 노동의 "물신주의"로부터 "자유로워지고", 또 그것이 하나의 자동장치로 나타남에 따라, 유통과 분배의 중요성은 체제를 유지하는 활력의 근원으로 떠오른다. 실질적 포섭의 국면에서 유통은 자본주의적 체제를 활성화시키는 동력이다. 생산의 새로운 조건들 및 형식들은 노동력의 새로운 구성과 더불어 "사회적 노동자", 즉 사회적·생산적 네트워크들 속에서 고도로 발전된 노동협력에 의해 서로 연결된, 물질적 및 비물질적 노동활동들의 혼성물에 의해 특징지워지는 주체성의 출현을 가져온다. 네그리는 1968년을 이 새로운 주체성의 출현의 기점, 즉 프롤레타리아의 사회적·정치적 구성의 새로운 시대의 기점으로 설정한다. 그는, 그 주체성이 맨 처음에는 하나의 경향으로서 생산의 지형에 출현했으나 이후에는 생산 속에서 헤게모니적 위치를 차지한 것으로 파악한다. 사회적 노동자의 출현은 주요한 생산력의 기술적―과학적 노동으로의 전환과 병행한다. 기술적―과학적 노동에서 노동은 질에서는 추상적이고 비물질적이며, 양에서는 복잡하고 협력적이고, 형식에서는 지적이고 과학적인 노동으로 나타난다. 이것은 인공 언어들, 인공두뇌학적 부속 기관들의 복잡한 분절결합들, 새로운 인식론적 패러다임들, 비물질적 결정들, 그리고 커뮤니케이션적 기계들로 이루어진 노동이다. 이 노동의 주체인 사회적 노동자는 하나의 싸이보그, 즉 물질적 노동과 비물질적 노동 사이의 경계들을 부단히 가로지르는, 기계와 유기체의 혼성물이다. 그리고 이 노동자의 노동은 사회적인데, 왜냐하면 생산과 재생산과정들이 그들의 통제하에서 진행되며 그것과 부합되도록 재주조되기 때문이다. 네그리는 이 혼성적이고 이동적이며 다질적인 사회적 노동자들을, 자본과의 관계에서 하나의 계급 존재이면서 그것과의 관계 속에서 부단히 새롭게 생성되고 있는 경향이자 동시에 탈주적 구성의 기획을 함축하는 이 주체성을 다중(multitude)이라고 명명한다.

자본주의적 권력은 산 노동의 이 새로운 배열들을 외부로부터 통제한다. 왜냐하면 그것들에 훈육적 방식으로 침입하는 것은 허용되지 않기 때문이다. 이리하여 착취의 모순은 매우 높은 차원— 거기에서는 주로 착취당하는 주체성(기술적-과학적 주체, 싸이보그, 사회적 노동자)이 그것의 창조적 주체성 속에서는 승인되지만 그것이 표현하는 권능의 관리에 있어서는 통제된다 — 으로 전위된다. 착취의 모순이 사회 전체로 넘쳐흐르는 것은 명령의 이 매우 높은 지점으로부터이다. 이리하여 적대는 착취의 사회적 지평 전체가 통합하는 경향이 있는 명령의 이 매우 높은 지점에서 구성된다. 그 갈등은 사회적이다. 기술적-과학적 산 노동은 노동하는 지식인들의, 싸이보그들과 해커들의 집단화된 질인데, 그것은 사회적 생산의 스펙트럼을 가로질러, 그리고 생산의 여러 부문들을 통과하여 수평적으로 확장하는 하나의 질이자 하나의 주체성이기 때문이다. 그렇지만 이 "지식인들"은 재구성된 전위나 지도적 부분이 아니다. 그럼에도 불구하고 여타의 착취당하는 모든 사회적 층의 노동거부의 노력들 모두가 기술적-과학적 노동과 동일시되는 경향이 있고 또 그것을 향해 수렴하는 경향이 있기 때문이다.

새로운 사회운동들뿐만 아니라 새로운 문화적 모델들도 이러한 흐름 속에서 구성된다. 네그리는 '사회적 노동자의 활동영역 속에는 자본주의적 명령을 위해 남아 있는 공간이라곤 전혀 없다'고 단언한다. 자본은 합법적 힘의 독점을 통해, 과학언어와 일상언어 양자에서 언어통제의 공간을 장악하려 한다. 반면 사회적 노동자는 자본주의적 발전의 술어들로는 더 이상 파악할 수 없는 하나의 주체성을 생산하기 시작한다. 그것은, 연합한 산 노동이 자율적으로 그 자신의 생산적 역량을 표현하며 자기가치화가 명령으로부터 더욱더 능동적으로 거리를 취하는 공간들을 열어젖힌다. 그 결과 자본주의적 명령의 조직적 기능은 점차 기생적으로 된다. 사회적 삶의 재생산은 더 이상 자본을 필요로 하지 않는다. 자본은 점차 포획, 환영, 우상의 기구로 된다. 협력, 혹은 생산자들의 연합은 자본의 조직상의 역량과는 독립적으로 제기된다. 노동의 협력과 주체성의 주위로 자기가치화의 자율적인 과정들이 움직인다. 이 새로운 주체성의 공간적 운동과 시간적 이동으로서의 다중적 탈출이 저항의 근본적 형상으로 된다.

국가질서의 속박으로부터의 다중의 탈출은 하나의 재현불가능한 커뮤니티의 행군이다. 사회적 노동자의 생산적 협력은 그것의 기술적-과학적, 비물질적, 그리고 정서적 노동을 통해 구성적 활력을 활성화시키는 자기증식의 네트워크를 창출한다. 네그리는 적대와 갈등 속에 내재하는 분리의 힘에 대해 이야기하고 있다. 사회적 노동자는 자율성과 제도 사이의 변증법을 폭발의 지점에까지, 불가역적인 단절의 지점에까지 밀어붙인 매우 격렬한 역사적 과정의 결과이다. 분리의 관점에서 문화의 새로운 모델을 생각해 보면 그것은 우리에게 무엇을 시사해 주는가? 자본의 변증법적 힘의 약화/소멸 및 그것의 시뮬레이션적 지배로의 전환은 더 이상 시민사회를 그람시가 생각하는 갈등의 공간으로 남겨 놓지 않는다. 네그리는 시민사회가 자본주의적 발전 속으로 포섭되어졌으며 생산적 노동의 사회적 통일성에 의해 재정식화되었다고 주장한다. 즉 시민사회는 죽었지만 계급투쟁의 현실은 불복종의 영역의 연속성과 국가에 대항한 투쟁 속에서 프롤레타리아적 주체의 경향적 통합을 보여준다는 것이다. 네그리는 그렇게 부르고 있지 않지만, 프롤레타리아적 주체의 경향적 통합에 의해 구성되는 사회는 하나의 '인간적 사회'[30]라고 부를 수도 있을 것이다. 네그리는, 그람시와 마찬가지로, 국가에 포섭된 시민사회의 노동자 수중으로의 전유가 필요하다고 보지만, 노동자 수중으로 전유된 시민사회는 더 이상 '시민사회'일 수 없다고 말하고 있는 것이다.

---

30. '낡은 유물론의 입지점은 시민사회이며, 새로운 유물론의 입지점은 인간적 사회 혹은 사회적 인류이다'(칼 맑스, 「포이에르바하에 관한 테제」, 『칼 맑스 프리드리히 엥겔스 저작선집 · 1』, 김세균 감수, 박종철출판사, 1993, 189쪽). 역사적 경험, 특히 현대의 역사적 경험에 비추어 이 시민사회를 대체하는 것으로서의 '인간적 사회'를 인간과 자연의 관계적 총체로서의 '생태 사회'라고 정의하는 것이 더 타당할 수도 있으리라는 생각이 들지만 이 점에 대해서는 좀더 깊은 연구가 필요할 것으로 보인다.

　　시민사회가 더 이상 갈등의 장소일 수 없을 때, 다중문화(multitude culture)는 시뮬레이션의 문화로서의 (mass culture)로부터의 분리경향으로서, 그것으로부터 빠져나오는 (minor culture)로서 실재한다. 이 양자는 지금까지 대중이 좋아하는 문화를 의미하는 (popular culture)라는 개념 속에 미분리 상태로 결합된 채 사고되어 왔다. 오늘날 자본의 포스트포드주의 전략의 불안정성은 이 미분리의 상태를 연장시킨다. 자본은 부단히 다중을 추적하며 탈출하는 다중의 구성적 힘을 식민화하여 다중(multitude)을 대중(mass)으로 포섭하는 삶권력(biopower)으로 기능하고 있기 때문이다. 다중이 언더그라운드에서 새로운 문화를 개척하면 그곳을 침략하고 다중의 문화적 힘이 싸이버스페이스로 전진하면 그곳을 점령하려 한다. 그리하여 지금 자본과 노동의 갈등이 시민사회를 넘어 싸이버 사회로까지 확장된 것처럼 보인다. 그러나 그 속에서 격렬하게 살아 움직이는 것은 분리의 경향이자 힘으로써의 다중의 활력이며, 다중의 지성이다. 네그리는 오늘날의 주권형태가 형식적 포섭에서 실질적 포섭으로의 이행을 주도했던 민족국가로부터 전지구적 네트워크 권력이자 일종의 시뮬레이션된 주권인 제국으로 이행한다고 파악함으로써 포스트모더니즘의 권력관에 접근한다. 하지만 시뮬레이션된 주권의 힘은 보드리야르에서처럼 과장되지 않는다. 그것은 저항을 불가능하게 할 힘을 갖고 있지 못하다. 시뮬레이션 사회 속에서 다중은 저항을 넘어 자기가치화로 나아간다. 자본주의적 명령의 힘이 봉착해 있는 이 같은 한계는 더 이상 대중문화를 이데올로기적 국가장치의 호명 메커니즘의 한 마디로 볼 수 없게 한다. 생산에 대한 지휘감독과 통제의 힘이 사회적 노동자에게로, 그리고 전지구적 노동자에게로 이전 되어진 현실에서 이데올로기적 국가장치들, 국가에 의해 모조된 시민사회의 장치들을 통한 자본의 호명은 더 이상 절대적이지 않다. 가령 지식인과 학생들은 수업거부를 넘어 대안적 학교의 구성으로 나아가고 있다.

오늘날 시뮬레이션적 지배의 중심 개념은 정보(information)이다. 그러나 그것은 다중의 지성과 소통능력의 소외된 표현에 다름 아니며 소통관계를 부정하고 신비화하는 것이다. 사빠띠스따에서 보이듯, 투쟁하는 다중들은 정보를 소통활동 속에, 다중의 정서적 지적 연합의 과정 속에 재통합한다. 테크놀로지는 지배의 수단에서 자기가치화의 수단으로 전환된다. 네오러다이트와 유나바머, 그리고 원시주의는 테크놀로지로 응고된 다중의 지성(이 때문에 맑스도 일반화된 지성을 고정자본으로 이해하는 경향을 보였다)에 대한 극단적으로 부정적인 반응이다. 이들은 극단화된 테크놀로지 숭배(이것은 맑스레닌주의 정통파의 일면이기도 하다)에 대극을 구성한다. 노동이 삶의 소외된 표현형태이고 국가가 인간 공동체의 소외된 형태이듯, 그리고 제국이 다중의 전지구적 협력체에 반작용하는 각질형태이듯, 테크놀로지와 정보는 다중의 지성의 소외된 표현형태이다. 오늘날 다중의 자기가치화를 위한 집단적 움직임은 노동, 테크놀로지, 국가에 대한 추상적 반대, 단순한 거부에 머무를 수만은 없다. 네그리는 오늘날 사회적 노동자에 의한 행정의 기능의 전유가 필요하다고 말하는데, 이것은 다중지성으로 구축될 수 있는 네트워크형 소비예뜨가 지금까지 국가형태에 빼앗겨 왔던 자율행정(자치) 능력을 만회해야 한다는 생각을 표현한다. 노동, 테크놀로지, 국가는 '인간적 사회'에 재통합됨으로써만 비로소 그것의 인간적—즉 비자본적—기능을 회복할 수 있다. 재통합의 이 과제들은 먼 미래의 과제가 아니다. 재통합의 경향은 이미 개시되었다. 노동과 테크놀로지, 그리고 국가의 기능을 인간적으로, 그리고 윤리적으로 재조직할 힘은 새로운 지성적 정서적 주체성인 다중들에게 있다. 다중이 추구하는 대안적 문화는 기존 질서를 뒤엎는 전복의 문화이고, 자신의 활력을 확장하는 자기가치화의 문화이며, 경험적 현실세계를 넘어 거시적이고 미시적인 초감각적 세계나 디지털 가상세계를 횡단하는 버추얼의 문화이며, 삶에서 분리되어 자립화되었던 모든 것들을 인간적 삶 속에 다시 통합하는 삶의 문화이다. 이 대안적 문화는 자본에 대립하여 이루어지는 모든 투쟁들을 유통시키며 비주권적 방식으로 연결하는, 그리고 다시 그것을 새로운 투쟁들을 촉발시키고 강화시키는 계기로 삼는 전지구적 네트워크 문화의 성격을 띤다.

(초고 1999 ; 개고 중앙게르마니아 <현대문화이론의 대가들>, 2004)

프랑스 상황주의자 운동과
90년대 한국 문화운동

90년대 한국 문화운동의 좌표

90년대 한국의 문화연구는 80년대 문학예술 운동에 대한 반정립으로 탄생했다. 90년대의 문화연구자들은 '자본의 재생산이 인간의 정서나 감수성의 재조직을 통해서 일어나고 있고 문화가 일상화'[1]했기 때문에, '오늘날 문화가 계급투쟁의 장소로 등장하고 있다'[2]고 진단한다. 이러한 시대파악 속에서, 그들은 문학 중심의 예술적 장르 운동으로서의 문학예술 운동의 협소함을 비판하고 다양한 텍스트들과 실천행위들을 포괄하는 (대중)문화에 관심을 돌려야 한다고 주장한다.

---

1. 강내희 외, 「현단계 자본주의 문화현실과 과학적 문화이론의 모색」, 『문화과학』 창간호, 1992, 18쪽.
2. 같은 책, 15~6쪽.

80년대의 문학예술 운동은 일종의 문화적 전위운동이었다. 당시의 문예활동가들은 다양한 노선으로 분화되어 있었지만 예술창작과 문예실천을 통해 대중의 계급의식을 일깨움으로써 사회혁명에 이바지하려는 공통의 경향성 속에서 움직였다. 그들은 예술작품을 정치적으로, 즉 계급투쟁 속에서 이해했으며 예술의 작품적 질도 그 정치성(예컨대 민중성 혹은 당파성)에 의해 규정된다고 보았다. 이것은 종래의 순수주의적 작품이해에 대한 반명제이며 참여주의적 작품해석의 가일층의 구체화였다.

1987년의 자발적인 노동자투쟁은 문화적 전위운동이 성장한 지반이기도 했지만 그러한 전위운동의 종말을 예고하는 폭풍이기도 했다. 노동자들은 자신들의 욕구와 필요들을 표현하는 자율적인 문화실천들(파업과 점거, 가두시위, 노보, 선동대, 노래단, 문예창작단)을 창출함으로써 자신들의 생각과 느낌, 그리고 투쟁을 광범하게 유통시켰다. 80년대의 문예활동가들은 노동자들의 이 자율적인 문화적 표현들을 정치적으로 읽지 못했다. 그들은 그 자율적인 투쟁 문화들을 자생성의 반(半)의식적 문화로 폄하하거나 그것을 공동체주의의 낡은 틀 속에서 해석함으로써 이 새로운 문화실천들이 행사하는 계급투쟁상의 역할과 의미를 충분히 읽어내지 못했다.

노동자 문화의 자발적 성장을 대상화한 80년대의 문학예술 운동은 강한 배타성을 갖는, 즉 다중의 문화적 활동의 방법적 다양성을 인정치 않는 예술 방법 논쟁과 방법적 실험 속에서 자기정당성을 찾는 보수주의를 드러냈다. 그것은 미적 활동을 텍스트화한 작품에만 국한하여 이해하는 경향을 보였을뿐만 아니라 작품들의 예술성을 내용적·형식적 규범주의에 따라, 즉 정해진 내용, 정해진 형식을 얼마나 잘 구현하는가에 따라 주로 이해했다.

이 때문에 다중들의 문화적 자기표현들의 새로움과 다양성, 그리고 복수성은 제대로 평가되지 못했으며 문화적 자기표현들의 연결과 상호보완은 더욱이 무시되었다. 또한 노동자 문화와는 별개로 급속히 증대하고 있었던 대중문화는 상업주의 문화로 손쉽게 규정되었다. 노동자 대중문화의 대두와 상업적 대중문화의 범람 속에서 문학예술 운동이 취한 대중화 전술은, 삶의 차원에서 다중과 결합하는 것으로 나아가지 못하고, 손쉬운 소재와 통속적 언어들로 자신의 엘리트적 경향을 포장하는 것에 머물렀다.

90년대 문화연구자들은 대중문화를 단순한 상업주의 문화 이상으로 보기 시작함으로써 대중의 문화적 생산력에 대한 시각 전환을 달성한다. 대중문화를 자본의 일방적 활동 시공간으로서가 아니라 적대적 계급투쟁의 시공간으로 이해함으로써, 주로 소비 속에서 관철되는 다중의 자율적 문화 능력(변별과 선택, 외면과 후원)을 생산적인 것으로 평가함으로써 이들은, 다중이 자본의 상업적 이익 추구의 대상에 불과하다는 인식에서 벗어난다.

다중의 일상적 삶의 변혁적 힘에 대한 탐구 역시 90년대 문화연구자들의 중요한 기여 중의 하나이다. 전위주의적 시각 속에서 다중의 일상적 삶은 운동의 퇴조의 산물이며, 이 시기에 전위들은 다중에서 독립된 이론활동과 내부조직화에 관심을 돌려야 하는 것으로 인식되었다. 일상적 삶은 사건적 고양을 위한 지루한 기다림의 시기로 설정되었다. 다중의 일상적 삶과 일상 문화를 다중의 자기

가치화[3]의 시간으로 파악함으로써 이들은, 다중은 전위의 의식화의 대상이라는 통념에서 벗어난다.

한국의 90년대 문화연구는 1960년 후반의 혁명적 과정 속에서 탄생한 서구의 문화연구와는 달리 1988년 8월 이후의 수동적 반혁명 과정 속에서 탄생했다. 이러한 조건은 90년대의 문화연구에 중요한 한계를 부여한다 : 노동자 문화에 대한 경시, 대중문화-고급문화 구별의 유지, 그리고 대중문화에의 매몰 경향.

90년대의 문화연구의 가장 큰 결함은 노동자 문화에 대한 경시이다. 상품형태로 제시되는 대중문화에 대한 폭증하는 관심은 영화, 텔레비전, 스포츠, 비디오, 컴퓨터게임, 노래방, 대형건축물, 가요, 광고, 만화 등을 진지한 연구의 대상으로 끌어들이지만 노동자들의 삶 자체와 상품화되지 않은 노동자 문화를 무의식적으로 연구대상에서 배제하는 경향을 보인다. 이것은 90년대의 문화연구가 자본의 반혁명에 대해 끊임없는 투쟁을 전개하고 있는 노동자들의 문화적 자기표현활동으로부터 동떨어져 있음을 의미하며, 노동자 문화를 반(半)의식적 문화의 시각에서나마 고려와 작용의 중요한 대상으로 설정해 온 80년대 문학예술 운동으로부터도 후퇴한 실천임을 의미한다.

90년대 문화연구는 '고급문화에서 대중문화로'라는 슬로건 속에서 대중문화와 고급문화의 구별을 유지함으로써 다중의 문화적 전유활동에 일정한 제한을 부여한다. 이 명제는 고급문화를 대중이

---

3. '자기가치화'에 대해서는 안또니오 네그리·마이클 하트, 『디오니소스의 노동·2』, 이원영 옮김, 갈무리, 1997 제7장을 참조하라.

자신의 삶 속에 통합해야 할 문화적 명세에서 배제함으로써 다중의 문화적 생산활동의 질을 낮추고 문화적 전유활동의 폭을 좁힌다. 이러한 생각은 맑스의 『자본론』, 발자크, 에밀 졸라, 톨스토이, 고리끼, 황석영, 방현석의 소설들, 브레히트, 김수영, 김남주, 박노해, 백무산의 시들, 채플린의 영화 『모던 타임즈』 등이 일종의 '고급문화'이면서도 대중의 투쟁의 유통에서 중요한 기여를 했다는 사실을 망각하게 만든다.

'문학에서 문화로'라는 슬로건은 다중의 문화적 삶이라는 좀더 포괄적인 영역을 드러냈다는 점에서는 진보적이지만 문학 중심으로 구축되었던 기존의 위계체계 대신에 대중문화를 중심으로 한 또 다른 위계체계를 다시 구축한다는 점에서는 퇴행적 측면을 갖는다. 문학 중심의 문화적 위계체계관은 80년대 문학예술 운동의 문화적 전위주의의 사상적 특징이었다. 반면 대중문화 중심의 문화적 위계체계관은 대중문화 속에서 그것의 양적 확대나 질적 성격 전화를 전략적 침로로 파악하는 대중문화 개혁주의의 사상적 특징이 된다.

오늘날 대중문화 개혁주의는 대중문화의 무조건적 확산을 찬미하면서 그것을 뒤따르는 사제적 대중문화 지상주의의 경향으로 나타나거나 대중문화의 모순성, 양면성, 갈등성에 대한 학술주의적 연구를 바탕으로 그것을 행정적 문화정치학으로 발전시키려는 문화적 학술주의의 경향으로 나타나고 있다. 이 양자는 서서히 논쟁적 분립과 대결로 나아갈 것으로 보이며 이로써 80년대의 문화적 '전위주의/공동체주의' 대립이 '문화적 학술주의/대중문화 지상주의'의 대립으로 모습을 바꾸어 재현될 기미를 보여주고 있다.

이 양자에 결여되어 있는 것은 노동계급 대중의 삶에 대한, 그것의 자율성에 대한 구체적 인식이다. 노동계급의 삶의 자율성에 대한 인식은 자본의 삶의 자율성에 대한 인식을, 그리고 이 두 항의 전략적 적대에 대한 인식을 전제한다. 다만 자본의 삶의 자율성을 노동계급의 삶의 자율성에 종속적인 이차적 자율성으로 이해할 뿐이다. 대중문화 지상주의 경향은 대중문화 속에서 다중의 자율적 문화능력의 적극적인 표현을 읽는다는 점에서 대중문화에 대한 상업론적 해석에 대한 훌륭한 해독제가 된다. 하지만 그것은 대중문화를 다중 자신의 단성(單聲)적 목소리로 이해함으로써 대중문화를 객관적 적대구조의 외부에 위치 지운다. 이 때문에 대중문화 지상주의는 다중의 자율성이 표현되는 상황의 복잡성에 대해 주의 깊게 탐구하지 않으며, 대중문화 밖에서 나타나는 자율성 표현의 형태들, 양식들, 범주들을 경시하는 모습을 보인다. 이로써 대중문화 지상주의는 상업적 대중문화가 자본에 합병되어 이윤추구의 도구로 되고 있으며, 대중문화가 시장 속에 놓여짐으로써 그것이 내포한 자율성의 가능성이 충분히 실현되지 못한다는 점을 무시하게 된다. 이 경향이 다중들의 새로운 문화적 표현들의 의미를 날카롭게 드러내면서도 그것에 상응할 만큼의 비판적 내실을 갖추지 못하고 있는 것은 이 때문이다. 문화적 학술주의 경향은, 대중문화를 관통하는 양면성과 갈등성을 전체적으로 고찰하면서 대중문화를 짓누르고 있는 자본의 그림자를 밝혀내는 동시에 대중문화 속에 있는 탈주의 힘들을 파악하는 데 노력을 기울이는 점에서 변증법적이다. 하지만 그것은 이 갈등의 더 깊은 뿌리, 즉 자본과의 적대 속에 놓인 과정으로서의 다중의 삶에까지 나아가지 못함으로써, 즉 하나의 대안적 문화 구축의 전망을 분명히 설정하지 못함으로써 대중문화 속의 부정적인 합병성(合倂性)을 버리고 긍정적인 저항의 힘을 살려내는 데 그치는 쁘루동주의적 변증법으로 기운다. 이 경향의 문화정치학이 정책대안의 형성이라는 개혁주의 프로그램 안에 안주하는 방향으로 나아가고 있는 것은 이와 무관하지 않다.

대중문화론의 이 두 경향은 90년대의 패배주의적 분위기 속에서 수입된 포스트모더니즘과 대립하기보다 그것과 공존하면서 그것을 '민족문학/리얼리즘'이라는 80년대 문학예술 운동의 민족문학파—스딸린주의의 붕괴 속에서 80년대 문학예술 운동의 급진 좌파는 방향을 상실하고 해체되거나 문화연구로 이전하거나 대중문화운동 속에 해소되었다—와 대결하는 데 이용한다. 이것은 70년대 지식인 문학운동의 전통을 고수해 나가고 있는 90년대 민족문학운동이 포스트모더니즘과 대립하면서 쟁점을 '모더니즘 대 리얼리즘'의 울타리 속으로 좁혀 놓은 것과 좋은 대조를 이룬다.

포스트모더니즘은 80년대까지의 모더니즘적 운동들 (특히 전위운동들)의 한계를 드러내 주면서 동시대의 새로움을 강조하고 또 그 새로움에 대해 전면적으로 고찰하도록 강제했다는 점에서 중요한 문화적 충격이었다. 90년대 초에 전위주의에 대한 반성과 고백이 하나의 유행을 이룬 것은 포스트모더니즘의 물결과 무관하지 않다. 대중문화연구로의 대상 전환 역시 이러한 포스트모더니즘 현상의 일환으로 탄생했다고 볼 수 있다.

포스트모더니즘은 포스트모던 상황에 대한 신비화이자 그것에 대한 소외된 해석이다. 그것은 맑스의 상품 물신론, 루카치의 사물화론, 상황주의의 스펙타클론, 비판이론의 일차원 사회론을 시뮬레이션 이론으로 극단화시킨다. 포스트모더니즘 속에서 모든 것은 시뮬레이션의 하이퍼리얼리티 속에 포섭된다. 사회적인 것은 대중(mass) 속에 용해된다. 대중은 블랙홀이며 사회적 의미를 붕괴시키는 하나의 과정이다. 재현으로서의 리얼리즘, 일체의 계몽 기획, 총체성과 대서사, 탈시뮬레이션적 사회 변혁은 불가능하다. 객체가 소멸한 만큼 주체 역시 불가능하다.

현대 사회가 시뮬레이션이 지배하는 사회라는 것은 분명하다. 경제와 정치, 문화 등에서의 모든 현실이 시뮬레이션됨으로써 현실과 가상의 경계가 모호해지고 있음은 분명하다. 그러나 포스트모더니즘의 해석은 테크놀로지화된 현대의 삶 경험에 대한 하나의 철저히 기술주의적이고 관조적인 해석이다. 시뮬레이션은 하나의 지배적 계기일 뿐이며 그것을 가능케 한 테크놀로지 발전은 필연적 법칙이기보다 자본의 전략의 산물이다. 시뮬레이션은 다중의 역능(puissance), 그들의 경험과 지성과 감성의 흡수를 위한 자본의 전략이자 모의(模擬)의 방법일 뿐이다.

시뮬레이션이 다중의 일상을 지배하고 있음에도 불구하고, 다중의 역능은 그 틈새를 뚫고 새어나온다. 이 다중의 역능에 눈을 돌리고 다중의 삶의 입장에서 출발함으로써만 비로소 포스트모던 상황에 대한 주체적·감성적·비판적·혁명적 해석이 가능해진다.

미국의 로스앤젤레스 반란(1992), 멕시코의 사빠띠스따 봉기(1994~현재), 프랑스의 노동자 파업투쟁(1995), 한국의 총파업(1996~7)으로 이어지는 전지구적 차원에서의 다중 투쟁의 새로운 고조 속에서, 주체의 소멸을 정당화한 포스트모더니즘 이데올로기의 퇴조가 뚜렷해지는 것은 자연스런 일이다. 그리고 새로운 사회적 주체들의 이러한 부상 속에서, 90년대 초에 포스트모더니즘과 대립해 온 구조주의적 맑스주의의 퇴조 역시 뚜렷해지고 있다.

한국에서 90년대 중반 이후 지금까지 시뮬레이션 사회의 탈시뮬레이션 전략의 가능성은, 68혁명 속에서 구조주의적 맑스주의를 지양했으며 70년대 중반에 개시된 반혁명 속에서 포스트모더니즘에 자리를 넘겨준, 포스트구조주의 속에서 모색되어 왔다. 들뢰즈/가따리의 포스트구조주의는 욕구와 육체의 존재론에 입각하여 통제사회로부터의 탈주, 즉 탈시뮬레이션의 가능성을 시사한다. 그러나 포스트구조주의는 1968혁명에 대한 아카데미즘의 급진적 응답이었다. 오늘날 계급투쟁 정세의 변전은 하나의 철학 혁명으로서의 포스트구조주의로부터 한 발 더 나아갈 것을 요구하고 있다.

상황주의자 운동 경험에 대한 참조

상황주의자 운동은, 예술 운동에서 발전하여 조직적 정치 운동으로 전개되었다(1957~1972)는 점에서 철학적·사상적 경향으로서의 포스트구조주의와 구별된다.[4] 포스트구조주의가 포스트모더니즘의

---

4. 상황주의자 운동에 대한 개괄적 소개로는 이원영, 「오늘날의 계급구성과 '자율성' 개념의 발전」(이원영 편, 『이딸리아 자율주의 정치철학·1』, 갈무리, 1997)을 참조하라.

시험을 견뎌내지 못했듯이, 상황주의자 운동 역시 반혁명과 포스트모더니즘의 시험을 이겨내지 못했다. 그러나 새로운 혁명의 철학으로서의 포스트구조주의가 오늘날의 혁명과정에서 중요한 참조물이듯이, 새로운 혁명의 문화 투쟁이었던 상황주의자 운동 역시 오늘날의 혁명과정에 긍정적 형태로든 부정적 형태로든 중요한 참조물이 될 수 있다.

상황주의자들은 제2차 세계대전 이후 10여 년 동안에 모던한 예술과 급진 정치의 전통적 형식들 대부분이 돌이킬 수 없이 부패하거나 소진되어 대기업, 나치즘, 스딸린주의 등과 협력하게 되었다고 보았다. 이들은 또 친자본주의적 정당들이나 그 "사회주의적" 대안들 모두에서, 거대한 비인간적 관료들이 개인들의 삶을 지배하고 통제하면서 그것을 파괴하고 있기 때문에 유토피아(U-topia)는 글자 그대로 그 어디에도 존재하지 않는다고 보았다. 이들은 기존의 형식들과 절연하고 무에서부터 모던한 예술과 급진 정치를 재발명하기 위해, 이 양자를 통합된 프로젝트 속에서 결합할 수 있는 방법을 모색했다. 그 통합된 프로젝트는 예술/정치를 진보의 객관성이나 역사의 요구가 아니라 일상적 삶의, 그리고 개인주체성들의 요구와 기대들에 기초 지우는 것이었다. 상황주의자들은 모던 예술과 급진 정치가 지금-이곳에서, 사회 다수의 나날의 삶에 만족을 주고 즉각적인 효과를 발휘해야 한다고 보았다. 그들은 미래의 만족만을 약속하면서 현재의 고통을 정당화하는 예술과 정치를 스펙타클적인 것으로 보아 거부했다. 그들은 스펙타클 거부의 가장 적극적인 대안이 "구축된 상황"(constructed situation), 즉 '단일한 환경의 집단적 조직과 사건들의 자유로운 유희에 의해 구체적이고 정교하게 구축된 삶의 순간'으로 보았는데, 상황주의자라는 이름은 여기에서 도출되었다.

1930년대 다다이즘 및 초현실주의 전통의 비판적 계승이자 1950년대 레뜨리스트(Lettrist) 운동의 조직적 발전으로서의 〈국제 상황주의자〉(SI; Situationist International)는 유럽의 소수 아방가르드 그룹들에 의해 1957년에 결성되어 3개의 단계를 밟아 나간다.5

제 1단계(1957~1961) : 조직의 구성원들이 예술과 정치의 새로운 혼성물의 창조적 표현들에 헌신한 시기. 이 몇 년간 그들은 수많은 종류의 예술 기반의 정치적 작품들을 생산한다. 그들의 잡지, 소책자, 팜플렛, 스크랩북, 녹음테이프, 강연, 회의, 전시, 그림, 건축 모델, 설계도, 영화, 보이콧, "스펙타클적인" 문화적 사건들의 파열 등등. 이 시기에 '구축된 상황'은 정치적으로 급진적이며, 상대적으로 큰 규모의 사람들의 협력과 참여에 의해 이루어지는 해프닝(happening)과 비슷한 것으로 이해되었다.

제 2단계(1962~1967) : SI가 급진 정치보다 전위예술에 더 큰 관심을 가진 사람들을 추방하면서 보다 엄격한 규율을 갖춘 정치조직으로 변신하는 시기. 이 무렵 급진적인 실험예술가들이 축출되고 급진적인 실험이론가들이 인입되었다. 조직에서 축출된 사람들 — 이른바 나쉬스트들(Nashists) — 은 〈상황주의자 제 2인터내셔널〉을 조직하고

---

5. 이 시기구분은 상황주의에 영향을 받은 잡지 『낫 보어드』(*Not Bored*) 27호(1997년)에 실린 「상황주의자 인터내셔널에 대한 또 하나의 서론」(Yet Another Introduction to the Situationist International)에 의거한다.

암스테르담에서 『상황주의자 타임스』(*Situationist Times*)를 발간하면서 여러 해 동안 활동을 계속했다. 상황주의자 (제1)인터내셔널은 예술 기반의 정치적 작품들을 생산하는 것으로부터 스펙타클에 대한 비판이론을 발전시키는 것으로 강조점을 이동한다. 이에 따라 상황주의자들의 활동공간도 전시 공간에서 대학 교실로 이동한다. 저명한 인공지능학자의 대학 강연에 대한 습격을 돕고, 「학생 생활의 빈곤에 관하여」를 집필하고, 『스펙타클의 사회』(기 드보르, 1967)와 『일상생활의 혁명』(라울 바네이겜, 1967)을 출간한 것이 이 시기이다. 이 시기에, '구축된 상황'은 1871년의 파리코뮨, 1921년의 크론쉬타트 반란, 1956년의 부다페스트 노동자 평의회와 같은 대중 봉기로 이해된다.

　제3단계(1968~1971) : '구축된 상황'은 곧 봉기라는 인식 하에서 SI가 프랑스 68혁명에 참여하여 그 사건들에 대한 보도, 기록, 그리고 해석에 전념한 시기. SI는 알뛰세르를 포함한 프랑스 공산당이나 사회민주주의자들, 그리고 일부의 상황주의자 제2인터내셔널 멤버들과는 달리, 갑작스런 반란의 도래를 예측하고 있었고, 이 때문에 그들은 5월 혁명 기간에 자신감을 갖고 효과적으로 대응할 수 있었다. 그 결과 5월 반란은 상황주의자적 특징을 띠었는데, 정치시(詩)적 낙서와 슬로건들, 대중문화로부터 차용되어 그것을 공격하는 데 사용된 이미지들, 일상적 삶의 급진적 변형을 위한 요구들 등이 그것이다. 상황주의자들은 1968년에 발간된 르네 비네(Rene Vienet)의 책 『점거 운동에서의 분노와 상황주의자들』과 『국제 상황주의자』 12호(1969년 9월)에서 68혁명에 대한 탁월하고 유용한 설명을 제시한다. 그러나 68혁명은 상황주의자들의 기대와는 다르게 전개되었다. 그들은 1917년의 러시아, 1918년의 독일과 이탈리아, 1956년의 헝가리에서 그러했듯이 혁명이 노동자 평의회를 낳을 것이고 그렇게 되면 상황주의자 조직은 더 이상 존재할 이유가 없을 것이라고 보았다. 하지만 68혁명의 학생과 노동자들은 노동조합이나 노동자 정당에서 독립적으로 행동했을뿐만 아니라 노동자들이 (노동의 자주관리 조직인) 노동자 평의회를 건설하리라는 상황주의자들의 기대를 저버리면서 곧장 노동거부의 방향으로 나아갔다. 이런 상황 속에서 상황주의자들은 다음 발걸음이 무엇이어야 할지, SI가 이전처럼 계속 존재해야 하는지 등에 대해서 확실한 전망을 갖지 못하게 되었다. 1970년 말에 바네이겜이 사퇴하고 많은 멤버들이 1968년 5월의 '스타'로서의 명성에 집착했다는 이유로 제명된다. 1971년에 잔존한 멤버들이 그룹을 해체하고 각자의 활동을 추구하기로 결정하며 이듬해에는 1968년 5월 반란, 상황주의자들의 스펙타클적 시야, 바네이겜의 사퇴 등을 다룬 『인터내셔널에서의 진짜 분열』을 출간한다. 이후 상황주의자들은, 지배체제에 투항하지도 새로운 운동을 조직하지도 않고 조용히 사라지는 길을 택한다.

자본주의적 분업은 예술가를 하나의 전문가로, 상품 생산자로 위치지운다. 상황주의자들은 현대의 예술이, 프롤레타리아 대중을 구경꾼으로 만드는 자립화된 스펙타클적 체제, 분리된 일반화의 권력의 일부임을 직시한다. 예술의 스펙타클화의 시기에는 두 가지의 기획이 가능하다 : 1)스펙타클적 응시 속에서 그것을 죽은 객체로서 보존하는 것 2)사회 속의 실천적인 부정의 조류와 통합하여 스펙타클

비판을 발전시키는 것. 상황주의자들은 두 번째의 기획을 선택한다.

상황주의자들에게 있어서 예술-스펙타클에 대한 실천적 비판은 예술 폐지의 기획이다. 그것은, 분리된 일반화의 권력이 제공하는 개념들로 스펙타클을 비판하는 스펙타클에 대한 스펙타클적 비판(사회학), 혹은 스펙타클에 대한 구조주의적 연구가 보이는 스펙타클에 대한 변명들과 구별된다. 다다이즘과 초현실주의는 현대 예술의 종언을 나타내는 양대 조류로서 혁명적 프롤레타리아트 운동의 현대적 표현이지만, 자신을 예술의 장에 속박시킴으로써 예술-스펙타클에 대한 실천적 비판을 완성하지 못했다.

예술-스펙타클은 예술의 자본에의 통합이며, 자본의 일반 권력의 한 지절(枝節)로의 예술활동의 응고이다. 현대사회에서는 예술의 폐지없는 예술의 실현, 예술의 폐지없는 예술의 억압은 모두 불가능하다. 상황주의자들은 예술의 억압과 예술의 실현을 예술폐지라는 단일한 과정의 양 측면으로 설정한다. 예술의 폐지는 삶으로부터 분리된 예술의 해체이며 예술을 자본의 지절에서 떼어내어 삶 속에 해소·통합시키는 작업에 다름 아니다.

그러나 대중의 삶에 대한 상황주의자들의 생각은 부정적이고 유토피아적이다. 스펙타클의 사회 속에서 대중의 삶은 구경꾼의 삶, 즉 수동성의 삶에 지나지 않는다. 스펙타클은 자본과 국가의 독백일 뿐 그 속에 대중의 목소리는 담겨 있지 않다. 웅성거리는 민중의 소리에 귀 기울였던 바흐찐과는 달리 상황주의자들은 현대 사회 속에서 오직 기존 질서의 소리만을 듣는다. 상황주의자들의 스펙타클론에 존재론적 적대는 물론이고 변증법적 모순마저 존재하지 않는 것은 이 때문이다. 삶은 유토피아적 부정성 속에서만 탐구되고, 구경꾼 프롤레타리아트는 아방가르드들의 매개를 통해서만 움직일 수 있는 수동적 존재로 설정된다. 레닌주의는 상황주의 속에서 살아 움직이는 영혼이다.

상황주의자들은 스펙타클을 삶의 전도로 올바르게 이해한다. 노동이 인간 활동성의 소외 내에서의 표현이고 삶의 소외로서의 삶의 표현이듯이(맑스) 스펙타클 역시 소외 속에서의 삶의 표현이다. 하지만 상황주의자들은 삶의 전도의 결과인 스펙타클을 전도된 삶으로 해석되는 것이 아니라 죽음으로 해석한다. 『스펙타클의 사회』를 발간한 지 23년 뒤인 1990년에 기 드보르는, 스펙타클이 더 큰 힘을 축적했고 새로운 방어기술을 획득했으며 비판적 입장들도 흡수하여 '통합된 스펙타클'로 발전했다고 진단하면서 더 이상 사회혁명의 가능성은 존재하지 않는다는 비관주의적 입장으로 전환한다. 그의 자살은 그로부터 4년 뒤의 일이다.

기 드보르와는 달리, 그람시는 스펙타클을 변증법적 종합으로, 자본에 의한 다중의 문화적 역능의 합병으로 볼 수 있는 시각을 열어 놓았다. 이후 신그람시언들의 문화연구 속에 계승되는 이러한 시각이 자본을 소외된 삶으로 이해한 맑스의 시각에 더욱 가까우며 스펙타클을 죽음과 등치시키지 않고 전도된 삶으로 이해할 수 있는 길이라고 할 수 있을 것이다.

그러나 스펙타클에 대한 상황주의자들의 총체적 부정, 스펙타클 외부에서 능동적으로 새로운 상황을 구축해 나가야 할 필요성에 대한 강조는 스펙타클의 이중성의 인식보다도 몇 배나 더 소중하다.

상황주의자들은 '상황 구축'의 개념을 부단히 발전시켜 갔다 : 예술적 차원에서의 이벤트나 해프닝에서 일상생활의 구성적 힘으로, 일상생활에서 대중 봉기로. 비록 이러한 사고가 전위주의에 의해 크게 질곡 당하고 있지만, 그것은 삶의 역능과 그 가능성에 대한 깊은 승인을 함축한다. 스펙타클은 자본의 변증법적 권력으로부터 독립적인 다중의 삶의 소외된 표현이며 삶의 해방은 그 변증법적 과정에서의 분리를 절대적으로 필요로 한다. 스펙타클적 통합이 더 완전하게 되면 그럴수록 스펙타클로부터 삶의 분리의 가능성은 그만큼 더 커진다. 아니 더 정확하게 말하면, 삶의 분리의 가능성이 커지면 커질수록 스펙타클적 합병에 드는 에너지도 그만큼 더 커지게 된다.

상황주의자들은 스펙타클을 총체적으로 부정했지만 그렇다고 그것을 관념적으로 부정하는 데 그친 것만은 아니다. détournement(물꼬돌리기: 과거와 현재의 예술적 생산물을 보다 높은 환경적 구축 속에 통합하는 것)와 dérive(표류: 도시사회의 조건에 연결된 실험적 행동 양식으로, 변화된 환경들을 재빨리 통과하는 기술)의 개념을 통해 상황주의자들은 프롤레타리아트가 스펙타클에 사로잡히지 않고, 그것과 투쟁하며, 그것을 역이용할 수 있는 전술들을 표현했다. 이것은 오늘날 대중문화 매체들을 능동적으로 역이용할 가능성을 시사해 주는데, 천안문의 학생들과 사빠띠스따들에 의한 인터넷 이용, 팩스, 라디오, 영상 매체, 출판 매체의 투쟁 유통 매체로서의 이용, 그리고 60년대의 투쟁 속에서 록 음반들의 선동 수단으로서의 이용 등은 그 경험적 사례들이라 할 수 있을 것이다.

삶의 문화 전략을 위한 몇 가지 단상들

상황주의자 운동도 68혁명도 스펙타클을, 그리고 예술을 폐지하지 못했다. 오히려 스펙타클은 시뮬레이션으로 확장되었고 정치와 경제, 그리고 문화가 거대한 시뮬레이션 게임으로 변화되었다. 오늘날 대통령 선거, 전쟁, 증권 거래소, 텔레비전, 영화관 등등은 시뮬레이션의 시공간들이다.

삶의 노동화의 산물인 시뮬레이션 사회는 역설적이게도 노동의 가치척도로서의 힘을 약화시킨다. 오늘날 자본의 지배 하에서 노동의 가치척도적 힘의 약화는 노동 배제(정리해고)라는 부정적 형태로 나타나고 있지만, 이것은 다른 한편에서는 삶이 노동이라는 소외된 형태로 환원되어야 할 필요성이 점차 줄어들고 있음을 의미하기도 한다. 노동의 일반화에 기초한 사회주의 프로젝트들(지금까지의 국가사회주의, 그리고 여러 유형의 평의회 사회주의 이론들)이 점점 현실적합성을 상실하고 있는 것은 이 때문이다. 68혁명에서 다중들은 노동 일반에 대한 거부의 방향으로 나아감으로써 삶의 구성의 이러한 변화를, 그리고 사회의 코뮨적 재구성이 더 이상 사회주의적 이행기를 요구하지 않음을 증언했다. 그들은, 커뮤니티가 삶의 소외로서의 노동을 거부하며, 노동을 삶으로 재통합하려는 투쟁들 속에 내재함을 증언했다.

시뮬레이션 사회가 성장해 갈수록 그것은 다중의 삶에 대한 자신의 통제력 부족을 드러내고 있다. 다중은 아직도 시뮬레이션의 그물 속에 붙들려 있지만 완전히 수동적인 자세로 붙들려 있지만은 않다. 현존 사회 속에서 다중은 점점 예측 불가능하고 통제 불가능한 존재로, 카오스적 힘으로, 하나의 아나키로 요동친다. 시뮬레이션 게임의 확실성도 점점 옅어지고 있다. 그것은 지금 결코 독백이아니다. 시뮬레이션 사회 속에서 다중들은 웅성거리고 있고 심지어는 아우성치고 있다.

상품화된 대중문화는 그 웅성거림과 아우성의 부정적 표현이다. 수많은 드라마, 수많은 영화, 수많은 소설들이 아직도 기존 질서의낡은 이데올로기들을 대량 복제하고 있지만 점점 더 많은 대중문화작품들이 다중의 새로운 욕구들에 영합해 가고 있는 것도 사실이다. 대중문화는 결코 질서의 일방적인 독백이 아니며 중립적 시공간도아니다. 그것은 삶과 자본이 투쟁하고 있는 모순에 찬 시공간이다.

그러나 시장과 문화의 상품화는 자율적인 '삶의 문화' 구축을 위한 실천이 벗어날 수 없는 필연적 조건이 아니다. 오늘날 문화연구의 약점은, 다중의 문화적 자기표현이 상업적 대중문화의 영역을벗어날 수 없는 것처럼 묘사하면서 자신의 시야를 상업화된 대중문화의 시민사회적 공간에 제한하고 있다는 점이다. 다중의 자율적삶에 연결되지 못하는 문화연구, 문화정치학은 스펙타클에 대한 스펙타클적 비판의 위험을 피하기 어렵다. 다중들은 시뮬레이션의 식민화하는 권력 내부에서 자신의 힘을 드러내기도 하지만 그와는 달리 그 권력에서 탈주하여 독립하려는 경향도 보여 준다. 가능한 한에서의 취업 기피, 결근과 파업, 반란과 점거, 수업거부, 혼인과 출산의 기피, 투표 불참, 투쟁 현장에서 유통되는 혁명적 예술 작품들, 그리고 봉기 등은 시장, 상품화, 시뮬레이션의 메커니즘 내부에 갇혀 있지 않다. 이것들은 상품화의 메커니즘과 시뮬레이션의 메커니즘을 깨뜨리고 그것에서 빠져나가는 다중들의 자율적인 문화적 자기표현들이다. 이것은 아방가르드의 개입과는 별개로 다중 자신이 구축하는 새로운 상황들, 즉 삶의 문화이다.

민중가요와 록, 그리고 상업화된 대중문화의 일부는 다중들의 이 자율적인 삶의 문화들을 고무하고 유통시킨다. 예를 들어 96년 겨울의 총파업에서 부활한 민중가요는 파업투쟁의 대오를 확산시켰으며, '서태지와 아이들'의 랩을 비롯한 일련의 노래들은 학생들을 학업의 강제에서 이탈시키고 완고한 학교 질서에 충격을 가하기도 했다. 그리고 그들의 팬클럽들은 저항적 소수자의 목소리로 사회를 향해 발언한다. 또 일부의 록음악은 기존 질서에 대한 다중의 저항을 담아내기도 한다.

자율적인 삶의 문화는 자본의 시뮬레이션적 스펙타클의 문화로부터 분리될뿐만 아니라 두 가지 이유에서 노동의 찬미로부터도 분리된다 : 1)근본적으로는 노동이 삶의 소외를 표현해 왔기 때문이고 2)역사적으로는 자본이 테크놀로지를 광범위하게 동원하면서 노동이 가치척도로서의 지위를 서서히 박탈당해 가고 있기 때문이다. 이제 다중의 긍정적 문화는 시뮬레이션의 문화도, 노동문화도 아닌 삶의 문화로서의 성격을 띠게 된다.

삶의 문화는 기존의 모든 문화적 산물들을 비판적으로 흡수할 필요가 있다. 이러한 흡수의 작업 속에서 고급문화와 대중문화의 구별은 무의미하며, 문학이 중심인가 문화가 중심인가라는 위계주의적 관점도 필요하지 않다. 리얼리즘인가 모더니즘인가라는 예술 방법상의 구별 역시 삶의 존재론적 자기표현의 문제를 떠나서는 의미를 갖지 못한다. 그러한 구별은 해당 작품이 다중의 삶의 자기가치화와 투쟁의 유통에 기여하는가 자본의 가치화와 투쟁의 소멸에 기여하는가의 맥락 속에서만 의미를 지닐 수 있다. 바로 그렇기 때문에 삶의 문화는 자기가치화를 생산하는 복수성의 문화, 다양한 주제들-표현 방법들-형식들을 결합하는 다양성의 문화, 소외 거부로서의 삶의 전 사회적 확장을 꾀하는 유동성의 수평주의 문화를 지향한다.

상황주의자들(situationists)은 자신들의 활동이 상황주의(situationism)로 이해되는 것을 거부했다. 그들은 '기존의 사실들에 대한 어떤 해석의 이론'을 시사하게 되는 '상황주의'라는 용어는 아무런 의미도 없는 용어이며, '상황 구축의 이론이나 실천적 활동에 관계하는 사람'으로서의 '상황주의자'라는 용어만이 의미를 갖는다고 주장했다. 이와 비슷하게 삶의 문화는 기존의 여러 문화들을 분류하고 그 중 어떤 경향을 지지하는 분류학적 · 해석학적 개념이 아니다. 그것은, 자기가치화의 입장에서, 삶의 소외된 표현으로서의 노동, 상품, 스펙타클, 시뮬레이션을 거부하면서 그것들을 다시금 삶의 지평으로 재통합하려는 다중 자신의 부단한 운동을 지칭할 뿐이다.

(『동국』39호, 1997)

자유인, '지식인의 죽음' 이후의 지식인

나는 불과 1년 전까지만 해도 경찰이 나를 어떤 시선으로 바라볼 것인가를 의식하며 살았다. 경찰은 나의 삶의 교사이자 코디네이터였다. 머리를 어떤 모양으로 자를 것인가? 어떤 신발을 신을 것인가, 어떤 옷차림을 할 것인가? 거리에서 시선을 어디에 둘 것인가? 버스를 탈것인가 지하철을 탈것인가? 서점에는 얼마 동안만 머물 것인가? 딸에게 편지를 쓸 것인가 말 것인가? 편지는 어느 우체국에서 보낼 것인가? 이 모든 문제들에 경찰이 늘 응답해 주었다. 경찰은 내 곁에 그림자처럼 따라 다니며 나를 긴장시키고 심장을 두근거리게 만들었다. 경찰들은 꿈에서까지 나를 뒤쫓았다. 내가 꿈에서 맞은 총알이 몇 발이며 내가 피한 총알이 몇 발인지, 그리고 내가 맞은 주먹이 몇 대이며 내가 휘두른 주먹이 몇 대인지 나는 기억하지 못한다. 가위눌린 악몽의 저 숨 가쁜 느낌만이 후줄근하게 남아있을 뿐이다.

내게 지식은 유죄였다. 나는 자라면서 누구로부터 공부하라는 말을 들어본 적이 거의 없다. 반면에 공부 그만 하라는 말을 들은 기억은 적지 않다. 부모님은 '농사지을 놈이 공부해서 뭐하냐'며 말렸고, 친구들은 '그러다 몸 버린다'며 말렸다. 가장 적극적인 만류는 경찰들로부터 왔다. 내 마음속의 경찰은 내가 맑스주의를 공부하기 시작하면서부터 '너의 지식이 사회의 안녕과 질서를 해친다'고 속삭이기 시작했고 그래도 욕구를 누르지 못한 내가 공부를 계속하자 내 두뇌를 감옥에 가두었고 석방 후에도 내가 공부를 계속하자 나를 추적하기 시작했다. 그래서 나는 1989년 3월부터 1999년 11월까지 10년 8개월 동안 도망치면서 공부하지 않을 수 없었다. 지금도 나를 가장 강하게 사로잡는 것은 우리가 살고 있는 이 끔찍한 현실에서 벗어날 길을 알고자 하는 욕구이다. 그런데 그 욕구 자체가 예나 지금이나 유죄이다.

내가 1994년 가을 이후로 지금까지, 14년간의 프랑스 망명생활을 끝내고 1997년 7월 이후 5년여의 실형을 선고 받고 로마의 레빕비아 감옥에 갇혀 있는 이탈리아 자율주의자 안또니오 네그리를 사숙(私淑)하고 있는 것은, 그가 "나는 실제로, 감옥과 삶의 나머지 부분 사이에 어떤 실질적 차이도 없다"[1]고 생각하는 사람이기 때문이다. 그리고 그가, "어떤 사람이 삶을 의미 있는 무엇으로 만들지 않으면, 혹은 삶의 시간이 파악되지 않으면, 삶은 감옥이라고 생각한다. 사람들은 감옥 안에서나 감옥 밖에서나 자유로울 수 있다. 감옥은, 삶 자체가 자유가 아니듯이(노동자들의 삶을 생각해 보라), 자유의 결

---

1. 안또니오 네그리 · 펠릭스 가따리, 『미래로 돌아가다』, 조정환 옮김, 갈무리, 2000, 18쪽.

여가 아니다"[2]고 말하는 사람이기 때문이다. 나는 네그리가 "긍정적 정열들은, 사람이 감옥 안에 있든 그 바깥에 있든 어떤 상황에서건 구축해야만 하는 정열들이다. 그리고 긍정적 정열들은, 관계들을 해방시키며 기쁨을 창조하는 공동체를 구축하는 정열들이다. 그리고 이것들은 온전히, 시간의 운동을 파악하고 그것을 윤리적 과정 속으로, 다시 말하면 개인적 기쁨, 공동체의 구축 과정 속으로, 그리고 신성한 사랑의 자유로운 향유 과정 속으로 옮길 능력에 의해 결정된다"[3]고 쓸 때, 마음의 고동을 느낀다. 그는 여기에서, 지식활동이 '어떤 상황에서도' 갖는 자율성을 강조함과 아울러 지식이 속해야 할 자리('관계들을 해방시키며 기쁨을 창조하는 공동체를 구축하는 정열')를 뜨거운 언어들로 명시하고 있기 때문이다. 지식의 자율성과 그것의 공동체성, 내가 이 글에서 다루고 싶은 것은 이 두 가지 범주의 연관, 그리고 현대 사회에서 그 연관의 재구성 형태이다. 나는 이 문제의 고찰을 통해 다중으로부터 분리되어 보편주체의 역할을 수행하던 지식인의 제 유형은 이미 죽었으며, 다중 자신이 자기 삶을 스스로 조직할 잠재력을 가진 새로운 지식인, 즉 자유인으로 등장하고 있음을 밝히고자 한다.

---

2. 같은 책, 18쪽.
3. 같은 책, 18쪽. 강조는 인용자.

지식인들

　먼저 지식인들의 전통적 형상에 대해 생각해 보자. 성직자, 의사, 교사와 교수, 정치가, 기자, 작가와 예술가, 경영인… . 자본주의는 자본가와 프롤레타리아를 생산하고 재생산하는 체제이다. 그리고 그것은 그 과정에서 부단히 지식인들을 생산한다. 흔히 생각되듯 지식인들은 자본과 노동의 중간에 서 있는가? 그렇지는 않다. 지식인들은 다만, 육체노동이 생산의 주된 담당자일 때에, 그리고 육체노동자들이 부단히 사보타지의 경향을 보일 때에 육체노동과 자본을 매개하는 역할을 담당하는 것으로 배치되어 왔다. 실제로 그들은 육체노동과 정신노동으로의 프롤레타리아트의 분할의 산물이다. 그들이 직접적 계급대립의 외부에 자리잡고 그 대립을 정신적으로 매개하고 종합하는 역할을 담당해 온 것은 이 분할적 배치의 효과이다.

　각 분야에서 활동하는 지식인들은 사회의 삶을 대표한다. 작가와 예술가는 감성적 삶을, 의사는 몸의 삶을, 성직자는 영적 삶을, 교사와 교수는 지적 삶을, 정치가는 정치적 삶을, 경영자는 생산적 삶을… 기타 등등. 그들은 삶을 관념 속에 재현하는 주체들이다. 지식인들의 역할은 사회가 위기에 봉착했을 때 가장 크게 부각된다. 잡지와 신문 그리고 방송은 위기의 시기에 지식인들을 불러내 위기의 원인을 진단하고 처방전을 내놓도록 요구한다. 이때 지식인들은 정신적 보편주체로서 사회를 진단하고 처방한다. 지식인들은 살아 움직이는 절대정신이 된다. 통상 그들이 제안하는 것은 한 무더기의 개혁안들, 즉 사회가 자본가와 노동자를 재생산해 낼 수 있을 새로운 방식과 그를 위한 조건들이다. 그러나 그들은, 위기가 생산의 위기라는 것, 다시 말해 프롤레타리아의 저항으로 자본관계가 기존의 형태 그대로 재생산되기 어렵게 된 것이 현재의 위기를 구성한다는 사실을 드러내지는 않는다.

지식인의 분해

그렇다면 제1인터내셔널에서 제4인터내셔널까지의 지식인들, 다시 말해 맑스, 엥겔스, 레닌, 로자, 그람시, 루카치, 뜨로쯔끼, 마오쩌뚱 같은 지식인들은 누구인가? 자본관계의 개혁보다는 자본관계의 타파를 주장한 이 지식인들은 누구인가? 이들은 이데올로그이기보다는 투사이기를 선택한 지식인들이다. 이들은 전통적 지식인들이, 자본과 노동의 적대구조 속에서 매개의 형식을 빌어 자본의 입장을 대표하고 있음을 통찰했다. 이들은 이러한 통찰에 기초하여 지식인이기를 포기하고자 한 지식인들, 혁명적−전투적 지식인들이다. 이들은 자본의 대변자이기를 거부하고 노동의 대변자이고자 노력했다. 맑스와 엥겔스는 1848년 혁명에 앞장섰고 1871년 파리코뮨을 지지했다. 레닌과 뜨로쯔끼는 1905년에 앞장섰고 1917년 혁명을 주도했다. 그람시는 이탈리아 혁명의 선두에 섰으며 루카치는 헝가리 혁명에 정열적으로 참여했다. 마오쩌뚱은 대장정을 이끌고 1949년 혁명을 지도했다. 그 결과 이들의 삶은 박해, 망명, 투옥, 고문,

피살로 얼룩진 순교사로 기록되었다. 우리는 이들과 같은 길을 살아간 지식인들을 더 많이 열거할 수 있을 것이다.

이 시기에 전투적 지식인들의 활동은 자본주의적 착취에 대항하는 공장과 사회에서의 저항을 자극하고 조직하는 것이었다. 노동착취, 정치적 억압, 식민주의, 소외와 물신주의에 대항하는 이들의 활동은 자본주의 권력을 파괴하는 대항권력을 구축하는 것, 그리고 부르주아 정부를 새로운 대안적 정부형태로 대체하는 것에 집중되었다. 생산된 것들(생산수단과 국가)의 재전유는 이들의 기본적 전략이었고 봉기는 이들의 자랑스런 투쟁방식이었으며 전위당은 이들의 조직적 무기였다. 이들은 자본의 안정을 위협했으며 자본이 개혁하지 않을 수 없도록 압박했다. 자본은 노동계급과 이 전위적 지식인들의 결합을 두려워했다. 그래서 그들은, 2차대전 이후의 서구에서 그랬듯이 권리국가(rights state)의 구조를 통해 대항권력의 힘을 억압권력의 체제 내로 흡수하기도 하고 그것이 여의치 않을 때는 파시즘, 백색테러, 흑색 마피아들의 손을 빌려 억압권력의 안정성을 회복하곤 했다.

혁명적 지식인들은 전 세계 노동계급의 해방을 추구했다. 그러나 현실의 역사에서 그 추구의 성공은 대체로 일국적 형태의 사회주의라는 협소한 형태로 귀결되었다. 이 귀결은 이 혁명적 지식인들의 일관된 지향이었다기보다 현실의 역사와 정세에 의해 '수정'되어 온 갈등에 찬 귀결이었다. 우리는 이 점을, 제1인터내셔널과 제2인터내셔널 사이의 긴장(이것은 「고타강령 비판」에서 표현된다), 제2인터내셔널과 제3인터내셔널 사이의 긴장(이것은 『프롤레타리아 혁명과 배신자 카우츠키』에서 표현된다), 제3인터내셔널과 제4인터내셔널 사이의 긴장(이것은 『배반당한 혁명』에서 표현된다) 등을 통해 확인할 수 있다. 현실의 사회주의들은 '노동계급의 해방은 노동자들 자신의 과업'이라는 국제노동자협회(제1인터내셔널) 규약과 맑스의 정신보다는 '노동의 해방은 노동계급의 사업이어야 한다'로 변형된 독일 노동자당과 라쌀레의 '고타강령'의 정신에 더 가깝게 실현되었다.4 전자는 계급의 폐지를 명시함에 비해 후자는 계급의 재생산을 함축한다. 노동계급은 '노동'을 해방시킬 수 있는가? 결코 아니다. 오히려 당에 의해 대표된 노동계급은 노동을 사회 전체에 일반화시켰으며 강제노동수용소의 '노동' 정신이 사회를 규율되게 했다. 당은 이러한 사회의 절대적 규율자였다. 진리는 당에 유일하게 체현되는 것으로 인식되고 이로써 당은 유일의 보편주체, 절대적 지식인으로 된다.

노동자, 농민 대중을 당으로 끌어들임으로써 지식인 중심으로 구성된 당의 절대화, 즉 대중으로부터의 괴리(乖離)를 견제하려 한 말년의 레닌의 시도나, 노동자로부터 직접 성장해 나온 자생적 지식인에게 기대를 건 그람시의 '유기적 지식인' 구상은 사회주의의 내적 균열, '노동자 국가의 타락'(뜨로쯔끼)에 대한 예민한 문제의식을 깔고 있다. 하지만 근대 국가가 노동계급을 피착취자이자 피억압자로서 재생산하는 근대적 통치권 형태임을 상기하면 '노동자 국가'란

---

4. 맑스는 후자에 대해 이렇게 비판했다. "규약에는 '노동계급의 해방은 노동자들 자신의 사업이어야 한다'고 되어 있다. 그런데 여기서는 반대로 '노동계급'이 해방시켜야 한다고 되어 있다─무엇을? '노동'을. 이해할 수 있는 사람은 이해해 보라"(K. 맑스·F. 엥겔스, 『마르크스·엥겔스 저작선』, 김재기 옮김, 거름, 1988, 175쪽).

형용모순이며 그것의 '타락'이란 실제로는 동어반복에 지나지 않는다. 또 이 진단들은 사회주의에서 노동계급의 재생산—이것은 부르주아 사회의 정체를 구성하는 핵심적 생산물이다—이라는 현실을 밝히지 못하는, 아니 오히려 은폐하는 피상적 진단들이었다. 그러므로 이러한 진단과 대안구상들의 제기는 당시 이미 드러난 '사회주의의 위기'에 대한 해결책이었다기보다 그것의 징후들로 읽는 것이 더 타당한 것으로 보인다.

나는 이렇게 말함으로써 사회주의가 출발부터 위기를 함축했다고 말한 셈이다. 이것은 사회주의의 위기가 1980년대의 사건이며 페레스트로이카가 그 표현형태라는 통념에 대한 도전이다. 나는 페레스트로이카는 오래 지속되어 온 사회주의 위기들의 한 형태이자 그 봉합의 시도이며 사회주의 붕괴의 징후였다고 생각한다. 그렇다면 나는 사회주의가 왜 출발부터 위기로서 출현했다고 이야기하는가? 이것은 우리의 주제인 지식인 문제와 어떤 연관을 갖는가?

우리는 계몽주의와 근대 민족국가가 봉건 사회의 위기, 다시 말하면 귀족과 도시민 사이의 대립투쟁의 변증법적 종합 형태임을 상기해볼 수 있다. 봉건 사회의 산물인 도시민들은 그들 자신이 귀족과 신의 종복이 아니라 그들 삶의 주인임을 선언했고 자신들이 이 세계의 창조자임을 선언했다. 르네상스 휴머니즘의 이 내재성(immanence)의 이념, 그것은 새로이 출현하는 이러한 감성과 의식의 강력한 표현이었다. 프랑스혁명은 그것의 정점이다. 그러나 혁명은 1794년 테르미도르파의 승리한 반혁명, 상퀼로트파의 재혁명의 패배, 그에 이은 민중봉기의 패배를 거쳐 계몽주의에 기반한 근대적 민족국가의 수립으로 종합된다.

　그것은 중세의 절대적 이원론을 재생산하지 않으면서 새롭게 출현한 내재성의 이념을 지배하기 위한 기관이었다. 근대적 민족국가는 형식적으로 자유로운 개인들을 훈육할 수 있는 기구로서, 신과 인간을 구별해 온 절대적 이원론을 인간 내부에서의 역할구분으로서의 기능적 이원론으로 대체했다. 국가는 위대한 매개자로서, 민중의 자율적 힘과 부르주아지의 권력의 시민사회 내부에서의 갈등을 중재하는 환상적 공동체의 역할을 수행했다. 이 역할이 주로, 지식인의 전통적 형상인 '계몽적 지식인'들에 의해 수행되었음을 여기서 다시 설명할 필요는 없을 것이다.

　그러나 계몽주의적 민족국가는 위기의 부분적이고 일시적인 해결에 불과했다. 그것은 실제로는 위기를 항구화시켰다. 자본주의와 민족국가의 발전은 프롤레타리아트를 체계적으로 재생산했고 이 새로운 주체성은 19세기의 내전들을 통해 자신을 표출한다. 귀족과 시민의 대립은 부르주아지와 프롤레타리아트의 대립으로 대체되었다. 맑스와 엥겔스의 코뮤니즘 사상은 이 형성기 프롤레타리아트의 운동, 그것의 감성과 의식에 뚜렷한 형태를 부여했다. 1871년 파리 코뮨은 이 새로운 운동의 정점을 보여준다. 그러나 그것은 패배했다. 프로이센군과 프랑스 정부군의 동맹에 의한 파리코뮨의 붕괴가 코뮤니즘의 문을 닫고 사회주의에 길을 열어 주는 것은 아이러니일까? 1889년의 제 2인터내셔널이 사회주의자 국제대회(International Congress of Socialists)라는 명칭을 갖고 있었음은 의미심장하다. 이후 점차 노동계급 운동의 주류로 자리잡아간 사회민주주의는 사회주의와 국가의 화해, 즉 의회를 통한 이행 이념을 표현한다. 제 2인 터내셔널의 좌파였던 레닌은, 혁명이 임박한 1916년에, 엥겔스의 '국가사멸론'을 부르주아국가의 장악 및 이용의 이론으로 해석하는 사회민주주의 우파를 비판하는데, 이것은 사회주의 역사의 특이한 한 국면을 표현한다. 그는 평화적으로 사멸될 것은 프롤레타리아의 반(半)국가이며 부르주아 국가기관은 파괴되어야 한다는 생각으로 기울었다. 하지만 이 때에도 그는 프롤레타리아트의 대안 정부로서 의 코뮌을 중앙집권제에 따라 조직하고자 하는 사회민주주의적 심 성에서 자유롭지는 못했다.5 혁명의 당에의 예속과 사회주의의 국 가화는 레닌이 가장 급진적이었던 시기에도 잠재적으로 예고되고 있었다고 해도 과언이 아닌 것이다. 이런 의미에서 사회주의는 부 르주아지와 프롤레타리아트의 대립의 변증법적 종합의 형태로서, 프롤레타리아트의 불복종적 힘을 프롤레타리아트의 생산과 재생산 에 기초한 생산력 발전에 흡수하고 전용하는 종합의 국가로 해석될 수 있다. 바로 이 변증법적 종합의 국가에서 '혁명적 지식인'은 프롤 레타리아트를 대표하면서 국가와 인민을 매개하는 역할을 담당하는 것으로 배치된다.

지식인의 죽음

그런데 혁명 이후에도 혁명적 지식인이 계속해서 혁명적으로 남

---

5. V. I. 레닌, 『국가와 혁명』, 김열철 옮김, 논장, 1988, 71쪽.

아 있을 수 있었을까? 이 질문은 사회주의가 붕괴한 이후에도 사회주의자들이 '혁명적 지식인'으로 남아있을 수 있을까 라는 오늘날의 질문으로 연결될 수 있다. 사회주의 혁명의 승리 이후에 혁명적 지식인이 '명령적 지식인'으로 전화되었음은 주지의 사실이며 그 사실은 '스딸린'이라는 악명높은 대명사 속에 농축되어 있다. 1921년 크론슈타트 반란, 1953년 동독에서의 노동자항쟁, 1956년 폴란드와 헝가리에서의 노동자 평의회의 투쟁, 1968년의 체코슬로바키아 봉기, 1980년 폴란드 연대노조 운동, 1989년의 천안문 시위, 1980년대 말과 1990년대 초 소련에서의 광산 노동자 파업 등으로 이어져 온 사회주의의 위기는 1991년 소련의 해체로 돌이킬 수 없는 종말을 맞이하였다. 이것이 사회주의 밖에서 사회주의 혁명을 추구해 온 '혁명적 지식인들'의 운명에 커다란 영향을 미쳤음은 주지의 사실이다.

사실상 사회주의의 붕괴는 료따르가 1984년에 선언한바 '지식인의 종언'을 완결 짓는다. 뒤늦은 회고에 따른 것이지만, 파리코뮨의 패배 이후 주류 운동으로 전화한 사회주의 운동과 1917년 혁명 이후 지구상의 한 체제로 성립한 사회주의는 그것이 피로 얼룩진 순교와 희생 위에 성립한 것임에도 불구하고 실제로는 혁명적 지식인의 무덤이었다. 열정과 그 실현의 괴리가 이보다 더 참혹한 모습으로 나타난 경우가 또 있을까? 사회주의는 프롤레타리아의 자율성을 흡수하여 축적으로 전용하는 재현적 시뮬레이션의 기관이었다. 사회주의의 위기는 곧 혁명적 지식인의 위기였으며 1989년을 전후하여 우리가 목격한 것은 이 위기의 최종적 폭발과 체제의 종말에 다름 아니었다.

지식인의 이 위기를, 그리고 종언을 가져온 힘은 무엇이었을까? 이 동학을 간단히 줄여서 연쇄계열의 언어들로 표현해 보자. 프롤레타리아의 저항―과학기술의 발전을 통한 국가/자본의 역공―노동의 공장 너머 전 사회로의 확장―노동의 자본에의 실질적 포섭―지식의 생산력으로의 전화―대중지성의 성장과 노동계급의 다중화―지식인이 자리 잡았던 외부의 소멸과 지식인 역할의 종말.6 이 과정은 결코 동구에서만 있었던 과정이 아니며 지구의 곳곳에서 전개되었던 사회적 투쟁의 풍경들이다.

좌파, 그리고 진보적 지식인

한국에서 사회주의 운동의 진보운동으로의 전화와 혁명적 지식인의 좌파 지식인으로의 변모는 지식인의 이 죽음의 한 국면을 보여준다. '진보'란 자본주의가 구축한 기계적이고 측정가능하며 직선적인 시간관념에 기초하고 있다. 그것은 보수와 경쟁하는 벡터이다. '좌파'란 프랑스 혁명공회에서 혁명적 지식인들이 차지했던 공간적 위치관념에 기초하고 있다. 이것은 우파와 경쟁하는 벡터이다. 이 양자는 모두 부르주아 사회의 논리와 형상 속에 자리잡고 있다. 좌파 지식인 혹은 진보적 지식인은 자본관계로부터 벗어날 혁명의 희

---

6. 이에 대한 자세한 서술은 이원영, 「오늘날의 계급구성과 '자율성' 개념의 발전」, 『이딸리아 자율주의 정치철학·1』, 갈무리, 1997; 조정환, 『지구제국』, 갈무리, 2002, 171~194쪽 참조.

망을 상실한 시대에 이전의 혁명적 지식인들이 생존해 가는 방식으로 볼 수 있다. 맑스는 부르주아지가 하나의 혁명적 계급으로서 장구한 발전과정의 산물이며 생산 양식 및 교류 양식에서 있어서의 일련의 변혁의 산물들임을 강조하였고 그 계급의 발전의 각 단계들에서 그에 상응하는 정치적 진보를 수반하였음을 주저없이 승인했다.[7] 그는 부르주아지를 다른 모든 계급들과 더불어 노동계급과 맞서 있는 하나의 '반동적 무리'로 정의한 '고타강령'을 신랄하게 비판했다.[8] 그리고 그는, 널리 알려져 있듯이, "부르주아지는 생산 도구들에, 따라서 생산관계들에, 그러므로 사회적 관계들 전체에 끊임없이 혁명을 일으키지 않고는 존립할 수 없다. 이와는 반대로, 이전의 다른 모든 산업계급들에게는 낡은 생산양식의 변함없는 유지가 제1의 존립조건이었다. 생산의 끊임없는 변혁, 모든 사회상태들의 부단한 동요, 항구적 불안과 격동이 부르주아 시대를 이전의 다른 모든 시대와 구별시켜 준다. 굳고 녹슨 모든 관계들은 오랫동안 신성시되어 온 관념들 및 견해들과 함께 해체되고, 새롭게 형성된 모든 것들은 정착되기도 전에 낡은 것이 되어버린다"[9]고 말했다. 맑스의 이 말은 자본주의의 제국주의로의 발전과 더불어 낡아 버렸는가? 레닌과 루카치가 생각했듯, 제국주의의 발흥은 부르주아지를 '하나의 반동의 무리'

---

7. 칼 맑스 · 프리드리히 엥겔스, 「공산주의당 선언」, 『칼 맑스 프리드리히 엥겔스 저작선집 · 1』, 박종철출판사, 1993, 402쪽.
8. 칼 맑스, 「고타강령 비판」, 『마르크스 · 엥겔스 저작선』, 김재기 편역, 거름, 1988, 177쪽.
9. 칼 맑스 · 프리드리히 엥겔스, 「공산주의당 선언」, 『칼 맑스 프리드리히 엥겔스 저작선집 · 1』, 박종철출판사, 1993, 403쪽.

로, 보수파로 바꾸어 놓았는가? 물론 부르주아적 관계들은 그 자신에 의해 만들어진 너무 많은 부, 너무 많은 프롤레타리아들을 포용하기에는 너무 협소하게 되어버린다. 주기적으로 혹은 부정기적으로 발생하는 공황과 프롤레타리아트의 혁명은 이를 증거한다. 그 결과 부르주아 사회는 주문을 외워 불러내었던 저승의 힘을 더 이상 감당할 수 없게 된 마법사의 처지에 놓인다.[10] 하지만 진보·좌파 지식인들이 흔히 생각하듯, 부르주아지가 이 협소해진 관계들을 수구—보수함으로써 이에 대응하는가? 부르주아지의 대응방식은 봉건 영주의 방식과는 다르다. 그것은 "대량의 생산력들을 부득이 파괴함으로써; 다른 한편으로는 새로운 시장들을 획득하고 옛 시장을 더욱 철저히 착취함으로써. 따라서 무엇을 통해서? 더 전면적이고 더 강력한 공황을 준비하고, 그 공황들을 예방할 수단을 감소시킴으로써"[11]이다. 여기에 우리는 이렇게 덧붙여도 좋을 것이다. '지구상의 더 많은 인구를 프롤레타리아로 변형시킴으로써. 프롤레타리아의 불복종적 힘과 그들의 지력을 흡수함으로써. 지식을 생산력으로 전화시켜 필요노동을 줄이고 인류의 잠재적 여유를 확대시킴으로써. 그리하여 자본관계 내에서는 더 이상 존재할 수 없는 "사회적 인류"를 준비함으로써'라고. 바로 이것이 부르주아 사회가 추동하는 진보의 변증법과 그 결과가 아닌가?

나는 앞에서 좌파, 특히 제2인터내셔널 좌파와, 좌파의 좌파인 제3인터내셔널이 노동계급을 생산하고 축적하는 것으로서의 자본

---

10. 같은 책, 405~6쪽 참조.
11. 같은 책, 406쪽.

관계를 한 발도 벗어나지 못했으며 그것을 자신의 발전조건으로 삼았다고 말했다. 이것이 혁명적 지식인의 죽음의 첫 번째 국면이다. 1968년 혁명을 겪으면서 전통적 좌파 지식인 중의 일부와 새로운 지식인들 중의 좌파는 스스로를 구좌파와 구별되는 신좌파 지식인으로 정의했다. 그러나 신좌파 지식인들의 많은 부분은 녹색당 정치와 미디어 정치에 흡수되거나 테러리즘적 대의주의에 함몰했다. 이것이 혁명적 지식인의 죽음의 두 번째 국면이다. 사회주의 붕괴와 신자유주의적 지구화의 정세 속에서 이전의 혁명적 지식인들은 스스로를 진보적 지식인으로 재정의함으로써 생명을 지속한다. 그래서 진보는 우리 시대의 일종의 유행으로 되고 있다. 그러나 맑스가 밝혔듯이 진보, 그것은 부르주아 사회의 본질이며 그것의 존립조건이다. 지식이 부르주아 사회의 생산력의 핵심으로 된 시대에 진보적 지식인은 위기에 빠진 현존 부르주아 사회의 연명을 도울 수 있는 잠재적 구원자로 된다. 하지만 이것은 혁명적 지식인의 죽음의 세 번째의, 그리고 아마도 최종적일 국면을 의미할 것이다.

지식 노동자

그렇다면 이것은 너무나 암울한 그림이 아닌가? 지식인의 입장에서 보면 그러하다. 진보적 지식인은 더 이상 프롤레타리아트를 대표하지 못한다. 그들이 진보를 주장하면 할수록 자본과 노동의 입장을 매개하는 전통적 지식인의 형상을 점점 닮아간다. 진보의 입장은 수구의 경향과 급진의 경향 모두에 대한 양면 전쟁을 통해 부르주아 사회의 영구 개혁을 돕는다. 그러나 우리가 주목해야 할, 진보적 지식인의 또 하나의, 그리고 보다 중요한 측면은 노동자화이다. 과학기술, 정보, 지식이 핵심적 생산력으로 전화하면서 지식인은 이전의 특권적 위치, 보편주체의 위치에서 끌려 내려와 노동사회 속에 편입된다. 료따르가 바라본 지식인의 죽음은 바로 이것이다. "언어의 기술과학과 본질적으로 결부되어 있는 신기술, 그리고 민간, 경제, 사회, 군사, 행정의 집중화는 중간 책임직 및 고위 책임직의 본성을 바꾸어 놓았다. 여기서 요구되는 사람은 정밀과학, 첨단기술 및 인문과학 분야에서 교육받은 사람들이다. 이런 새로운 지도세력들 그 자체가 지식인들인 것은 아니다. 전문적으로 그들의 지성을 훈련시키는 목적은 그들의 역량 내에서 보편적 주체의 이념을 구현하기 위해서가 아니라, 가능한 최상의 수행성을 실현하기 위해서다."[12] 료따르는 이 지식인의 죽음에서 혁명의 종언을 읽었다. 그러나 과연 그런가? 오히려 그것은, 그 반대, 즉 새로운 혁명적 주체성의 탄생을 의미하는 것은 아닌가?

정보사회는 이전의 지식인들을 지구적 생산의 네트워크 속에 재배치한다. 오늘날 지식 노동자의 전형적 존재형태는 네트에 연결되어 일하는 노동자, 즉 네트워커(networker)이다. 네트워커는 정보를 생산하고 가공하고 유통시키는 일에 종사한다. 오늘날 네트의 확장은 지식 노동자뿐만 아니라 더욱더 많은 전통적 노동자들을 네트워

---

12. 장 프랑수아–리오타르, 『지식인의 종언』, 이현복 옮김, 문예출판사, 1994, 219쪽. 강조는 인용자.

크(network)에 결합시키는 도정에 있으며 이로써 지식 노동자와 육체 노동자, 지식인과 노동자 사이의 차별은 점차 희미해진다. 양자는 네트워커라는 수평적 관계 속에서 아무런 구별없이 서로 연결되고 있다. 비물질적이고 정서적이며 협력적인 노동, 이것이 네트워커들의 노동형태이다. 이렇게 보면 '지식인의 죽음'은 노동의 저항에 대한 자본의 과학기술적 대응이 가져온 현대의 이러한 사회경제적 과정의 산물에 지나지 않는다. 그렇지만 그것은 자본이 육체와 정신 사이에 그어 놓은 노동에 대한 전통적 분할의 소멸을 가져온다. 네트워커들은 정보화된 현대 사회에서 재구성된 프롤레타리아이며 사회공장에 산포된 사회적 노동자이다. 이들의 지식능력과 연결능력은 현대의 부르주아 사회를 발전시키는 생산력으로 작용할뿐만 아니라 이 사회를 위협하고 불안정하게 하는 잠재적 혁명능력으로 축적된다. 이것이 혁명적 지식인의 최종적 죽음이라는 암울한 그림 뒤에서 벌어지고 있는, 아니 바로 그 그림을 그려내고 있는 새로운 현실, 새로운 힘이다.

자유인

　많은 사람들은 이 새로운 네트워커들을 코뮤니즘의 잠재력을 가진 새로운 주체성으로 확인하기를 주저한다. 이러한 주저는 이들이 보여주는 특질들, 즉 매우 파편적이고 개인적이며 이질적인 특질들과 연관되어 있다. 오래 전에 프롤레타리아 혁명을 승리로 이끌었던 중앙집권적 집단화, 단일한 목표, 통일된 조직원리, 통일된 운동 방향이라는 전통적 혁명 경험을 기준으로 바라보았을 때 네트워커들은 구성에서 복수적·혼성적이고 조직화에서 다원적이며 형태에서 다형적이고 윤리에서 다가치적인 존재, 즉 다중(multitude)으로 존재하기 때문이다. 이들은 국가영역에서 벌어지는 정치과정에 특별한 관심을 기울이지 않기 때문에 관심의 집중점이 없고 삶의 다양한 활동영역들, 주로 문화적인 활동들 속에서 재미를 찾아 헤매고 이런저런 유행을 만들어 내다가 이내 싫증내며 예상치 못한 것들에서 분노하고 즐거워하는 삶, 즉 머리는 사자, 몸은 양, 꼬리는 뱀의 형상을 한 키메라적 삶을 살고 있기 때문이다. 현대 사회에 적응한 혁명적 지식인들, 즉 진보적 지식인들은 네트워커들의 이 다중적 삶에 혐오를 표현하기를 주저치 않는다. 그리하여 이들은 다중으로부터 분리된 지식인적 위치, 보편주체적 위치를 만회하고자 한다. 그들의 염원은 이 무질서한 다중을 진보의 일사불란한 대오 속에 정연하게 배치시키는 것이다. 진보의 기치 하에서 이루어지는 오늘날의 당적 노력들은 현대 사회에서의 지식인적 노력들, 즉 '현대의 군주'(그람시)를 향한 집단적 운동으로 된다.

나는 이 노력들이 진보의 요구를 충족시킴에 있어 일정한 결실을 거두리라는 것을 믿어 의심치 않는다. 미래사회는 아마도 이 진보의 결실들에 기초할 것이고 그것을 자신의 발전에 이용할 것이다. 하지만 이 진보의 요구가 현대의 위기에 찬 부르주아 사회가 간절히 바라는 요구이며 그것의 생존조건이라는 점 역시 분명하다. 진보를 향한 지식인적 노력들이 노동자/지식인의 전통적 분할을 재생산하려 하는 한, 다중의 지속적 지지를 얻기는 힘들 것이다. 다중의 탄생, 그것은 공장과 사회의 분할에 기초해 온 이 사회적 분할이 사회—공장의 대두와 더불어 인위적·임의적인 것으로 되어 버렸음을 의미하기 때문이다. 우리가, 전통적 혁명이 불가능해진 시대에[13] 혁명의 새로운 형상을 그려볼 수 있다면 그것은 이 인위적인 구별의 재창출을 통해서가 아니라 현실에 존재하는 전복의 힘들의 발견을 통해서일 것이다. 왜냐하면 노동 그 자체가 자연력의 하나인 인간 노동력의 발현이듯이, 혁명 역시 바로 인류사가 자연사의 일부라는 의미에서의 자연사적 과정이기 때문이다.[14] 이런 시각에서 보면 현실에 살아 움직이는 자연력이자 자연적 주체성으로서의 다중은 '지식인들'이 그것으로부터 분리되어야 할 몸체가 아니라 그들이 이미 그것의 일부로 연결되어 살고 있는 터전이며 새로운 혁명이념을 창출하고 있는 힘임을 알 수 있다.

다중은 지성—기계—인간—자연의 혼성체이다. 다중 속에서 지식과 육체의 경계, 기계와 유기체의 경계, 동물과 인간의 경계, 인간과 자연의 경계는 허물어진다. 다중은 현실과 가상의 경계를 허물고, 기계와 사랑을 나누며, 동물 권리를 인간 권리와 동등한 것으로 내세우며, 지식을 합리성의 세계에서 끄집어 내 마이크로칩이라는 현대의 마법으로 육화하고[15], 생물기술과 유전자공학을 통해 자연

---

13. 료따르가 진보적 지식인과 공유하는 관념은 바로 이것이다.
14. 칼 맑스, 「고타강령 비판」, 앞의 책, 166쪽.
15. 프랑꼬 베라르디(비포)는 이렇게 말한다. "마이크로프로세스는 지금 태어난 지 25년이 지났다. 이 작은 통합 회로가 실제로 어떻게 작동하는지를 이해하는 것은 우리들 대부분에게는 불가능하다 : 그것은 마법과 같다. 마법은 현대의 무대로 되돌아 왔다"

을 재창조하려 한다. 싸이보그가 현대적 다중의 존재형태가 되는 것은 이 때문이다. 이들이 보여주는 측정불가능성과 통제불가능성, 이들의 카오스적 실존은 어떻게 이해될 수 있는가? 그들이 진보에 대해 무관심하며 심지어는 방해물로 될 수도 있음은 아마도 분명한 것 같다. 하지만 이들이 혁명의 희망을 잃게 하는, 그래서 역사의 종말을 예고하는 불운한 존재일까? 우리가 부르주아 사회를 노동시간 척도—화폐는 그것의 물신형태이다—에 의한 교환가치 사회로 이해하고, 그 척도가 지금까지 인류의 삶을 노동의 수레바퀴에 짓눌리게 만든 사회적 관계형태라고 이해한다면 측정불가능성과 통제불가능성이라는 특성을 갖는 다중은 부르주아 사회를 묻을 새로운 매장자의 형상으로 이해될 수는 없는가?

다시 한 번 인터넷에, 다양한 네트워크들의 네트워크에 연결되어 살고 있는 네티즌들과 네트워커들, 즉 다중에 대해 생각해 보자. 이들의 첫 번째 특징은 국가로부터의 자율성이다. 다중의 활동은 국가와 무관하다. 따라서 이들은 국가에 대해 불경적이며 국가의 필요성을 의심한다. 국가의 모든 행위는 이들에게 개입과 규제로, 자유의 제약으로 받아들여진다. 국가가 이들의 자율적 소통에 불안함과 불편함을 느끼고 이들에게 등급제 따위의 질서를 외부로부터 부과하려 할 때 이들이 격렬하게 저항하는 것은 자연스런 것이다. 둘째로 이들은 자본으로부터 독립적이다. 네트워크를 통한 이들의 소통은 지금까지 보편적 매개자로 작용해 온 화폐와 자본에 대한 하나의 위협이다. 다중은 화폐의 매개 없이 직접적으로 소통하며 잔

(http://www.mediamente.rai.it/mmold/english/bibliote/intervis/b/berardi2.htm).

존하는 화폐적 매개마저 제거하기 위해 싸운다. 무료 접속, 무료 전화, 무료 홈페이지, 무료 메일리스트, 무료 하드디스크 등 네트워킹 관련 활동들의 무상화 경향은, 그것이 자본간 경쟁의 산물일 경우에도, 네티즌과 네트워커들의 직접적 소통 열망의 현실화이다. 이 열망들은 오늘날 인터넷의 시장공간화를 위한 자본의 식민화 시도들, 특히 지적재산권과 정면으로 충돌하고 있다. 셋째 이들은 대중 미디어들로부터 자율적이다. 신문, 방송과 같은 근대적 미디어들은 그것의 일방향성을 이용하여 대중의 두뇌와 감성을 지배해 왔다. 쌍방향, 나아가 다방향적인 인터넷의 등장은 지성과 감성의 이러한 일방향적 흐름을 파괴하며 지금까지의 미디어들을 인터넷이라는 메타미디어의 지평으로 흡수함으로써 전통적 미디어들의 권위를 침식한다. 다중 자신에 의한 자율미디어들의 구축(개인 홈페이지, 메일리스트, 뉴스그룹들, 독립신문들, 독립 라디오 및 텔레비전 방송국 등등)은 다중의 기존 미디어로부터의 독립의 경향을 완성한다. 넷째 이들은 노동계급의 중앙집권적인 조직형태들로부터 자율적이다. 보고와 지침의 변증법에 기초한 중앙집권적 조직은 조직성원들의 직접적 소통이 제한되어 있었던 시기의 역사적 산물이며, 그러한 조건에서 구성원들 간의 소통 효율을 높이기 위한 소통구조였다. 그러나 인터넷의 등장은 접속자들의 소통활동을 제약했던 장애들을 빠르게 철거한다. 접속자들은 다양한 형태, 다양한 방식으로 자신을 표현하고 서로 소통할 수 있다. 정보들의 흐름은 무한정 자유로우며 오직 인위적인 장벽을 통해서만 가로막힐 수 있다. 오늘날 네트워크에 연결된 접속자들은 어떤 지식인, 어떤 지도자의 매개도 필요로 하지 않는다. 왜냐하면 그 접속자 자신이 일반지성의 체현인 인터넷의 한 구성부분이기 때문이다.

그렇다면 이들은 새로운 유형의 지식인인가? 이들이 인류의 일반지성의 한 세포라는 점에서 분명 이들은 과거의 지식인과 유사한 특성을 갖는다. 하지만 지식인이라는 말로는 이 새로운 유형의 인류의 총체를 담아낼 수는 없을 것 같다. 왜냐하면 이들은 자기 자신을 어떤 보편주체로, 일반적 이해관계의 담지자로 설정하지 않으며 과거에 지식인이 그것을 직업적으로 수행했던 것과는 달리 공장 노동자, 각급의 학생, 회사원, 주부, 교사, 교수, 작가, 의사, 실업자, 농민 등등의 온갖 직업인들이 다중 네트워크에 연결되어가고 있기 때문이다. 테크노서핑을 즐기는 이들의 유목적·리좀적 삶은 단순한 소모나 가벼움의 표징이기도 하지만 항상 새로운 것을 발견하는 방법이기도 하다.

현대의 과학기술의 발전은 반복노동을 최대한 자동화시키고 인간의 생산적 노동을 반복불가능하고 최종적인 창조의 차원으로 흐르게 한다. 노동의 감성화, 서비스화, 비물질화는 이것의 결과이다. 우리의 모든 사유와 행동은 점차 감성론적 패러다임(aesthetic paradigm)에 의거하게 된다. 현대의 프롤레타리아트인 다중은 이런 의미에서 일종의 예술가이다.[16] 그러나 이들의 예술가적 노동은 자유로운 활동이 되지 못하고 생산적 노동의 감옥 속에 갇혀 있다. 이들의 사회적 민감성은 병리학 속에 포착되어 있다. 그래서 이들의 적극적 힘은

---

16. Félix Guattari, *Chaosmosis* (trans., Paul Bains and Julian Pefanis, Indiana University Press, 1995, ch.6).

오히려 이들이 생산적 노동 속에 있을 때가 아니라 그것에 저항할 때, 즉 그것으로부터의 탈주 속에서 표현된다. 이 때 이들의 형상은 무엇보다도 자유로운 개인들, 즉 자유인이다. 다시 말해 다중은 자유인으로 되고 있는 현대의 프롤레타리아트이다.

맑스는 "계급적 차이들이 소멸되고 모든 생산이 연합된 개인들의 수중에 집중되면, 공권력은 그 정치적 성격을 상실하게 될 것이다. (…) 그들은 이 생산관계들과 아울러 계급 대립의 존립 조건들과 계급 일반을 폐기하게 될 것이고, 또 이를 통해 계급으로서의 자기 자신의 지배도 폐기하게 될 것이다. 계급과 계급 대립이 있었던 낡은 부르주아 사회 대신에 각인의 자유로운 발전이 만인의 자유로운 발전의 조건이 되는 하나의 연합체가 나타난다"[17]고 썼다. 오늘날 우리는 현존하는 부르주아 사회의 태내에서, 그것과 대립하며, 그것을 넘어서고자 하는 자유인들의 연합이 출현하고 있는 모습을 목격하고 있다. 지구상의 모든 전쟁이 내전으로 되고 있는 것은 아마도 이 때문일 것이다. 그리고 지구화가 지구 전체에 부르주아 사회의 위기를 이식하는 것으로 귀결되고 있는 것도 아마 이 때문일 것이다. 지난 시절 많은 혁명적 지식인들은 '사회주의인가 야만인가'를 좌우명으로 살아 왔다. 하지만 현대 사회의 다중은 그 좌우명을 이렇게 바꾸어 놓는다 : '자유인인가 수인(囚人)인가'.

(계간『당대비평』13호, 2000년 겨울)

---

17. 칼 맑스, 프리드리히 엥겔스, 「공산주의당 선언」, 앞의 책, 421쪽.

자유인, '지식인의 죽음' 이후의 지식인 549

탈근대와 지식인의 재구성

사회의 탈근대적 재구성 과정을 규정하는 가장 기본적인 동력은 자본과 노동의 적대형태의 변화, 특히 자본 아래로의 노동의 실질적 포섭의 심화이다. 실질적 포섭의 심화와 더불어 현실적인 부의 창출은 생산에 직접적으로 투여된 노동량보다는 과학의 일반적 상태나 기술 발전의 수준, 혹은 과학의 생산에의 응용 정도 등에 더 크게 의존하게 된다. 이때부터 노동은 직접적 생산과정의 주인공이 되는 대신에 그 과정의 감독자의 위치로 한 걸음 비켜선다. 이렇게 될 때 생산과정은 직접적인 인간노동이나 그의 노동시간이 아니며 오히려 그의 보편적 생산력, 자연에 대한 그의 이해력, 하나의 사회적 몸체로서의 그의 현존에 의한 인간의 자연통제력 등의 전유(專有)로 된다. 그리고 이 단계에서 노동과정의 실질적 지렛대이자 주체는 노동자 개인들이 아니라 하나의 총체화된 생산기계, 생산과 부의 새로운 초석으로서의 사회적 개인, 즉 '사회적 노동자'로 된다.

포스트모더니즘 담론의 확산과 더불어 커다란 파장을 불러일으키고 있는 '컴퓨터 사회에서 지식의 지위변화'(료따르)라는 주제는 이러한 사회적 재구성과 새로운 주체의 과학적 결정력에 대한 유의미한 파악으로 볼 수 있다. 왜냐하면 사회적 노동자에게 지금까지의 여러 가지 근대적 지식형태들은 더 이상 정당화의 힘을 갖지 못하게 되었고 지식의 위상과 존재형태가 크게 변하고 있기 때문이다. 그러나 료따르의 파악은 원시적인 수준에 머문다. 왜냐하면 그는 인간의 지식활동의 변화경향을 '수행성'에 대한 요구의 증대로서 이해할 뿐 이러한 변화의 저변에서 커가고 있는 다중의 커뮤니케이션 능력의 증대를 보지 못하고 있기 때문이다.

칸트의 비판철학이 전형적으로 보여주듯이 근대적 지식형태들의 기본전제는 대중의 미성숙성이었다. 미성숙한 존재는 이성이 필요한 자리에서 외부(지도자, 교사, 의사)의 권위에 의존하지 않으면 안되며 이 계몽적 권위에 기대어 미성숙에서 해방되어야 한다. 지식인에 대한 사회적 요구가 발생하는 곳은 바로 여기이다. 그러나 아도르노가 밝혔듯이 계몽은 그 내부에 이미 신화의 씨앗을 품고 있었다. 절대이성의 육화로서의 프로이센 국가(헤겔)나 아우슈비츠는 계몽적 지식과 불가분하다. 따라서 프롤레타리아 대중은 계몽에 의해서보다는 오히려 계몽적 주체로서의 부르주아지에 대한 실천적 투쟁 속에서 성숙되어 왔다. 맑스의 혁명적 실천의 철학, 그리고 이에 기초한 교육과 피교육의 변증법은 이런 의미에서 탈근대적 지식형태에 대한 열정적인 모색으로 볼 수 있다. 그러나 당시 노동의 자본에의 포섭의 형식적 성격은 노동을 대중화시키면서도 그것을 공장의 울타리 속에 제한시켜 놓음으로써 노동 외부의 사회 속에 여전히 계몽적 지식이 작용할 수 있는 공간을 남겨 두고 있었다. 이후의 맑스주의가 이론과 실천의 통일성을 대중의 자율적 역능(力能) 위에 기초짓지 못하고 대중과 분리된 당으로부터 대중을 향하는 형식, 즉 계몽적 형식을 통해 추구하게 된 것은 이러한 조건과 결부되어 있다. 지식인보다 대중을 중심으로 당을 재편하려 했던 말년의 레닌의 시도나 노동자로부터 직접 성장해 나온 자생적 지식인을 강조한 그람시의 '유기적 지식인' 구상은 위와 같은 문제의식에 기초한 것이지만 그것이 당에 관한 군주적 코드화 양식 내부에서의 재구성이었다는 점에서 한계가 있었고 역사적으로도 당의 일괴암적 관료화와 계몽적 지식의 지배신화로의 타락을 저지하지 못했다.

새로운 주체로서의 사회적 노동자의 대두는 이 한계를 돌파할 수 있는 성숙한 대중적 역능의 표출이다. 사회적 노동자에게서 비로소, 지금까지 계몽의 굴레에 묶여 발전을 저지당하고 있던 사회화된 지식, 즉 '대중지성'이 만개할 조건이 창출된다(네그리). 자본은 지금까지 자신의 이익을 인류의 보편적 이익이라고 주장하면서 그것을 지식, 과학, 기술의 형태로 구체화해 왔으며 자신의 욕구, 감성을 폭력을 동반한 계몽의 방식으로 대중에게 부과해 왔다. 지식인은 자본의 이 증식과정의 지적 수행자의 역할을 떠맡도록 강요되어 왔다. 새롭게 등장한 '대중지성'은 이처럼 대중 외부에 독립해 있는 '지식인'의 죽음을 규정하는 구성적 힘이다. 이른바 '민중적 지식인'도 자기 자신을, 대중 외부에서 그들을 비추어주는 계몽적 존재로 사고하는 한 새로이 대두한 대중의 보편적 지성과 조화되기 어렵다. 지식은 이제 새로운 혁신, 창조적 자기운용을 요구받고 있다. 이런 상황에서 료따르는 담론게임 속에서의 불안정성 추구로서의 배리(背理)를, 하버마스는 담론질서 속에서 합리적 이성을 대체하는 의사소통적 이성을 하나의 대안으로 제안하고 있다. 이것들은 유의미하고 중요한 모색이다. 하지만 오늘날의 지식인이 현시기 사회적 노동자의 생성적인 가치증식의 대오와 합류하는 것이 그 무엇보다도 중요한데 이를 위해서 지식인은 담론의 공간에 스스로를 제한할 수만은 없다. 오히려 지식인은 자신을 담론적 질서 내부에 가두는, 그리고 자신을 수행적 도구로 이용하려는 권력과의 투쟁, 그것으로부터의 급진적 분리를 통해서만 대중지성과의 접속, 그리고 이에 기초한 지식의 창조적 힘의 가일층의 강화를 이룰 수 있다.

(『대학신문』, 1995)

다중지성 시대의 지식인

1987년 이전의 한국사회에서 계급들 간의 사회적 적대는 주로 지식인들 사이의 분열과 갈등으로 표현되어 왔다. 전통적 지식인들이 노동계급을 자본축적 과정에 종속시키는 사회통제의 역할을 맡고 있을 때 노동계급과 연결된 지식인들이 혁명의 이익을 대표하는 집단으로서 이들 전통적 지식인들에 대립해 왔기 때문이다. 우리는 전자를 사제(司祭)적 – 국가적 지식인으로, 그리고 후자를 비판적 – 혁명적 지식인으로 명명할 수 있다. 이 두 지식인 유형 사이의 투쟁 무대는 처음에는 문학과 예술에서 제기되어 서서히 출판과 언론으로 넓혀졌으며 1980년대 초중반에는 대학이 핵심무대로 되었다가 노동자의 직접적 투쟁이 부상한 1980년대 이후로는 의회공간으로 이동되었다. 아래로부터의 저항운동의 그림이 김지하와 김남주의 시적 투쟁, 인문사회과학 출판사와 언론투쟁들, 한국사회 전체를 가로지른 80년대의 학생운동, 그리고 80년대 말 이후로 일반화된 다양한 당 건설 운동과 의회 참여 운동 등의 지적·담론적 궤를 따라 그려지는 것은 이 때문이며 지식인이 중요하다는 표상은 바로 이러한 과정의 산물이다.

하지만 이 과정에서 이루어진 한국 자본주의의 발전과 노동계급의 재구성은 지식인의 위상과 역할에 중대한 변화를 가져온다. 1987년에 폭발적으로 드러난 노동자 계급투쟁은 공장수준에서 눈에 보이지 않게 전개되어 온 노동자들의 저항의 전국적 동시다발이자 연쇄로 파악할 수 있다. 대중 자신의 직접행동이 통제 불가능한 수준에서 표출되는 것은 계급갈등이 더 이상 지식인들의 담론 사회 속에서 재현적으로 시뮬레이션될 수 없음을 명백히 보여주는 것이었다. 그것은 계급갈등을 담론적으로 제한하는 것에 의존한 권위주의 통치를 위기에 빠뜨렸다. 저임금－장시간에 기초한 억압적 노동체제는 더 이상 유지될 수 없었다. 박정희, 전두환, 노태우로 이어진 자본의 군사적 관리 체제가 위기에 빠지면서 자본은 80년대 초 이래로 준비해 오던 산업구조 재조정과 새로운 지배전략의 구축에 박차를 가했다. 그것은 국경 안에서 보호받던 국내 자본의 운동을 국경을 가로지르는 지구적 차원의 자본 흐름 속에 편입시키는 것이었다. 이런 맥락에서 볼 때, 김영삼 정권 하에서 세계화라는 구호로 시작된 신자유주의와 산업의 정보적 재구조화는 자본이 어렵사리 찾아낸 대안적 지배전략으로 볼 수 있다.

이 시기에 지식인들에게 닥친 사회적 운명은 어떤 것이었는가? 이전의 사제적－국가적 지식인들은 권위적 위계구조가 제공하는 안정적 지위 속에서 행정적-관료적 통치의 역할을 수행해 왔다. 하지만 사회 전체의 유연화를 통한 통제적 질서의 구축을 겨냥한 신자유주의적 개혁과정은 이들에게 계몽과 행정의 능력보다는 수행적 효율화의 능력을 요구했다. 연공(年功)주의에서 성과주의로의 대대적 변화는 이 개혁의 한 단면이다. 바로 이것이 '전통적 지식인들'의 죽음을 규정한다. 이들에 대립했던 '혁명적 지식인들'도 양상은 다르나 비슷한 위기를 맞았다. 대중의 직접적 요구와 행동의 표출은 지금까지 전위로서 역할을 다해 온 혁명적 지식인의 필요성을 급격하게 감축시켰기 때문이다. 이러한 상황에서 혁명적 지식인의 일부는, 기존정당에의 입당 혹은 진보정당 건설 등의 방법으로, 자본이 통치의 안정장치로서 구축한 전국적 대의공간인 의회에 진출하거나 그 주변에서 좌파 지식인으로 활동함으로써 계급투쟁의 전통적 대의구조를 재생산해 나갔다.

혁명적 지식인의 또 다른 일부는 대중의 직접행동과 보조를 맞추기 위해 새롭게 등장하는 사회운동들과 결합하면서 자신의 전위적 정체성을 변형시켰다. 이것이 90년대에 한국사회에 등장한 시민운동의 촉발제로 된 것은 분명하다. 그러나 한국의 시민운동은 잔존하는 그 전위적-대의적 성격으로 말미암아 새로운 사회운동이 가질 수 있는 잠재력을 충분히 살려 내지 못했으며 그 스스로가 노동계급의 재구성의 한 단면이면서도 현실의 노동운동, 즉 계급적 사회운동과 경합하는 위치에 놓이는 역설적 과정을 밟아 왔다. 한국 시민운동이 선정적이고 매체주의적인 운동방식에 점차 매몰되어 온 것은 이와 무관하지 않다.

안티조선 운동은 90년대 시민운동의 한 국면에 등장해서 이른바 '지식인운동의 부활'을 단언한다는 점에서 지식인의 죽음이라는 지금까지의 과정을 역전시키는 사례는 아닌가? 외관상으로는 그러하다. 그런데 주목되는 것은 안티조선 운동이 80년대에 등장한 혁명적 지식인의 전위적 방식보다 6~70년대 비판적 지식인의 선언적 운동에 더 가깝다는 것이다. 그리고 그것은 계급운동과 분리된 시민운동의 매체중심주의의 한계 속에서 움직인다. 그것은 현대의 재구성된 자본관계를 문제 삼는 대신 권위주의의 청산되지 않은 유산의 마지막 정리를 겨냥한다. 그래서 이것은 자본관계의 새로운 재편을 지향하는 신자유주의적 개혁과 대립하기보다 그것과 연합하는 경향을 보인다. 이 과정에서 다시 등장한 '비판적 지식인들'이 자본관계 그 자체의 극복보다는 자본의 위기극복, 즉 자본의 안정화를 지향하고 있는 것은 이에 상응하는 것이다. 다시 말해 지식인의 죽음의 과정에서 부활하고 있는 비판적 지식인들은 '규율에서 통제로' 이행하는 자본관계 재편에서 규율주의의 청산이라는 역할을 부여받고 있으며 이런 한에서 이것은 수행성 원리에 따른 지식인의 재편이라는 신자유주의적 개혁의 흐름의 일부이지 그것의 전복은 아니다.

그럼에도 불구하고 규율주의의 청산은 오랜 권위주의 통치에 의해 고통당해 온 노동계급의 저항욕구와 부응한다. 그래서 노동자들도 안티조선 운동에 관심을 보이고 때로는 적극적으로 참여하는 것이다. 노동자들의 안티조선 운동에의 참여에는 직접적 노동보다 과학기술, 즉 지식의 생산에의 응용이 부를 창출하는 더 큰 원천이 되고 있는 현실의 변화가 투영되고 있다. 노동활동에의 직접적 종사보다도 전지구적 규모로 사회화된 노동과정의 한 지절로 편성됨으로써 축적과정에 복무하고 있는 현대의 사회적 노동자는 넓은 의미에서 노동을 강제 당하는 계급임에는 변함이 없지만 그 내부에 다양한 차이들을 갖는 프롤레타리아트로서의 다중에 더 가깝다. 현대의 생산이 지식활동과 어떤 형태로건 연관되어 있을뿐만 아니라 그것이 중심적 지위를 갖는 한에서 지식은 이들의 존재조건이며 이들의 힘의 일부이다. 다중지성의 시대는 이러한 상황을 지칭한다. 다중과 분리된 상태에서 그들을 대표해 온 지식인(운동)이 위기를 맞는 것은 지식인적 다중의 출현과 일반화라는 이 현대적 과정의 불가피한 결과라고 할 수 있다. 이러한 맥락에서 볼 때 이른바 '지식인의 부활'도 다중과 분리된 것으로서의 비판적 지식인의 부활이기보다 이들 지식인적 다중의 출현과 그들의 지식활동의 증대의 측면에서만 새로움을 갖는다고 할 수 있을 것이다.

그러나 지식인적 다중은 사제적－국가적 지식인도, 비판적－혁명적 지식인도 아니다. 자본은 다중을 수행적 지식인으로 생산해냄으로써 자신의 축적과정을 지속시킬 수 있게 되었기 때문에 현대의 다중은 작업효율성과 수행성이라는 신자유주의적 원리에 지배당하고 있다고 해야 한다. 하지만 다중은 자본이 부과하는 바, 지식인이라는 부르주아 사회 내의 직업 정체성에서 벗어나지 않고서는 이 지배로부터 해방될 수 없다. 지식의 축적은 다중해방의 필요조건이지만 충분조건은 아니다. 다중의 해방은 지식을 축적과정에서 해방시켜 자신의 삶의 계기로 재통합할 것을 필요로 한다. 이럴 때 다중은 단순한 지식 담지자라는 의미에서의 지식인이 아니라 지식을 자신의 자유로움의 한 계기로 갖는 자유인일 것이다.

(『중대신문』, 2001)

대학과 다중지성

한국에서 대학은 이중적인 모습을 갖는다. 대학을 대하는 입장에 따라 그것이 다른 모습으로 비춰지는 것이다. 여러 가지 이유로 대학에 진학하지 못한 사람들에게 대학은 신비의 대상이거나 (그것의 거울 이미지인) 원한의 대상이며 대학에 진학한 사람들에게 그것은 욕망과 절망이 교차하는 공간이기 일쑤다.

한국의 청소년들은 태어나서 고등학교를 마칠 때까지는 마치 자신의 인생이 대학 진학을 위해 존재하는 듯한 환상 속에서 살도록 강제된다. 대학에 진학하기 전에 학생들은 공부, 성적, 입시의 삼각 감옥 속에서 사는데, 이 감옥은 글자 그대로 진학기계이다. 그 진학기계가 대학을 강조하면 그럴수록 대학의 가치는 상승하며 또 실제 이상으로 신비화된다. 그러나 막상 대학에 진학한 학생들은 무엇을 경험하며 또 무엇을 느끼는가? 대학생들은 대학진학이 과연 십수년의 삶을 송두리째 바칠 만한 가치가 있는가에 대한 회의를 경험하며 그곳이 취업을 위한 또 하나의 준비기관에 불과하다는 것, 즉 대학이 실제로는 취업기계에 불과하다는 기만의 감정을 느낀다. 실제로 대학의 본령이 학문연구보다 취업준비에 있음은 이제는 비밀에 속하지도 않는다. 그것은 정부와 대학 자신이 아무런 부끄럼없이 공인하고 심지어는 장려할 만큼 공공연한 사실로 되었다.

그렇다면 대학은 학문을 연구하는 곳이 아니란 말인가? 그렇지 않다. 여전히 대학은 학문, 즉 지식을 연마하는 곳이다. 문제는 학문이 대학에서 배제되고 있다는 데 있는 것이 아니라 대학에서 연마되는 학문이 취업의 수단으로 사용된다는 데 있다. 취업이란 '자본에게 상대적으로 안정적인 수준에서 자신의 노동력을 파는 데 성공하는 것'이다. 자본은 자신에게 팔릴 노동력이 없으면 잉여가치를 창출할 수 없으며 개별자본들은 서로 간의 경쟁 속에서 당대의 생산적 요구에 더 적합한 노동력을 확보하기 위해 다투지 않을 수 없다. 그러므로 학문이 취업의 수단으로 된다는 것은 대학의 교과과정이 급속하게 자본의 직접적인 축적 요구와 결부되어짐을 의미한다. 이런 의미에서 학부제와 대학원중심제는 대학의 자본에의 포섭과정에 필요한 제도개혁적 정비절차로 볼 수 있다. 그리고 교과과정도 자본이 직면한 축적의 직접적 필요와 더 강하게 연결된다. 그 결과 더 나은 삶을 사는 데 도움이 되는 교육을 받고 싶은 학생들의 욕구는 교육공간 속에서 더욱 철저히 배제되게 된다.

그런데 지금 진행되고 있는 대학의 변화가 자본에의 포섭과정이라면 과거의 대학은 자본에서 독립적인 성격을 띠고 있었던 것일까? 누가 보기에도 그렇지 않다. 과거에도 대학은 넓은 의미의 자본관계에 포섭되어 있었다. 다만 대학이 개별자본과의 관계에 직접적으로 노출되기보다 국가를 매개로 하여 자본과 관계를 맺고 있었기 때문에 대학과 자본의 관계가 덜 직접적으로 느껴졌을 뿐이다. 양자의 구별은, 과거의 대학이 자본에 형식적으로 포섭되어 있었음에 반해 지금은 실질적으로 포섭되어 가는 과정에 있다는 사실에서 주어진다. 형식적 포섭의 국면에서 대학은, 대학에 진학하지 못한 사람들로 구성된 산업 노동자들을 관리하는 사람들을 육성하는 것을 주기능으로 삼았음에 반해, 실질적 포섭의 국면에서 대학은 재구성된 산업체계가 요구하는 생산적 노동능력의 육성을 주기능으로 삼는다. 전자의 국면에서 인문사회과학이 대학의 상징적 분야였고 후자의 국면에서 실용분과들이 그렇게 되는 것은 이런 관점에서 보면 자연스런 일이다. 요컨대 오늘날 우리는, 대학이 자본에 실질적으로 포섭되어가고 있다고 말할 수 있다. 이러한 변화는, 현대의 산업이 과학기술의 생산에의 응용으로 되면서 노동자의 지성이 육체보다 더 중요한 노동능력으로 되고 바로 대학을 그 지성적 노동력의 생산공장으로 전화시키는 것이 자본의 절실한 필요로 된 것의 산물이다. 그리고 이것이 '인문학의 위기'를 가져오는 대학의 신자유주의적 재구조화의 기본적 동학이 되고 있다.

대학생

과학기술이 직접적 생산력으로 전환되고 있는 사회변화는 전통적으로 과학기술의 전문적 생산장소인 대학을 전보다 더 중요한 것으로 만든다. 그러나 대학의 사회적 비중이 커진다는 사실 이면에서 대학생들의 삶은 어떻게 변하고 있는가? 대학의 자본에의 실질적 포섭은 대학의 공장화로도 표현될 수 있다. 다시 말하면 대학 속으로 공장규율이 도입되는 것이다. 이전에 대학과 공장을 구별지었던 특징들이 지금은 거의 사라지고 없다. 과거 대학을 특징지었던 여유와 낭만은 '학사관리 엄정화'의 이름으로 표현되는 공장규율의 도입 앞에서 흔적조차 없이 사라지고 있다. 대학은 학업과 성적, 취업이라는 새로운 삼각감옥으로 변하고 있다. 그리하여 더 나은 교육환경, 더 좋은 교육내용, 상호간의 더욱 깊은 공동체적 관계를 원하는 학생들의 욕구와 그것을 이같은 규율체제에 종속시키려는 대학 및 자본의 욕구가 갈등하게 되는 것은 피할 수 없는 사실이다.

전통적으로 대학생의 저항조직은 총학생회 체계와 패밀리 체계로 이원화되어 있었다. 우리가 주목해야 할 것은 이 두 가지 모두가 중앙집권적 형태의 조직이었다는 점이다. 양자의 차이는 대중조직인가 전위조직인가 공개조직인가 비공개조직인가의 차이였을 뿐이다. 이들은 대학의 공식체계에 불만을 갖는 대중들을 저항의 방향에서 조직하고자 했지만 그것의 실천은 또 다른 형태의 관리인들을 생산하는 것으로 귀결되고 말았다. 이것은 중앙집권주의에 기초한 학생운동이 국가적 심성에서 자유롭지 못했음을 의미한다. 많은 학생운동 간부 출신들이 학생운동을 떠난 후에 정치가를 지망하게 되는 것은 결코 우연적인 것이 아니다.

그러나 대학의 자본에의 실질적 포섭의 과정은 형식적 포섭의 국면에서 구축되었던 저항의 조직들도 해체시켰다. 이것은 현상적으로는 전통적 저항운동의 와해로 나타난다. 오늘날 '학생운동의 종말'이라는 그릇된 표상을 불러일으키는 조직률의 하락, 동원의 어려움, 학생운동 영향력의 약화 등은 이 와해의 단면들이다. 이러한 사실은 변화된 대학사회에서 단일화되고 집중된 저항 이데올로기가 효력을 발휘하는 것이 쉽지 않음을 보여준다. 특히 사회주의처럼 운동들에 단일한 원리, 단일한 형태, 단일한 방향을 부과하는 데서 힘을 얻어온 전통적인 저항 이데올로기로가 더 이상 학생들의 운동을 전진시킬 힘이 없음은 여러 면에서 뚜렷한 사실로 나타나고 있다.

자본주의적 공장체제는 흩어져 있던 수공업자들을 공장에 집중시키는 과정에서 출현했고 자본주의가 발전함에 따라 집적과 집중은 심화되었다. 중앙집권주의는 바로 이 집중의 필요성을 정당화하는 관념체계다. 그러나 중앙집권주의는 자본이 노동에 외면적으로 머물러 있었던 시대에 그 최대의 힘을 발휘했다. 자본은 노동자들의 상위에서 그들의 노동행위를 구상하고 감독관리하는 역할을 수행했다. 이에 대한 저항으로서 탄생한 사회주의도 중앙집권주의를 문제삼지 않았으며 오히려 자본주의 속에 내재하는 무정부적 요소를 제거함으로써 집권주의를 극단화하는 길을 거쳐 나가고자 했다. 노동의 효율적 계획화라는 대안은 이러한 발상에 기초하고 있다. 이것은 개별자본 차원에서의 계획이 자본 일반에서의 무정부적 경쟁으로 나타나는 것에 대한 비판으로서 자본 일반 차원에서의 계획성의 도입을 이데올로기화한 것이었다.

그러나 노동의 자본에의 실질적 포섭의 국면에서 노동 외부에서의 이 계획화의 공간은 사라진다. 노동의 자본에의 실질적 포섭은 (노사정 협의에서 보이듯) 노동과 자본의 이해합일을 수반하며 '자본 밖에 노동 없고, 노동 밖에 자본 없는' 상호겹침의 현상으로 나타난다. 이제 계획성은 노동으로부터 분리된 어떤 외부적 활동공간으로 나타나기보다 개별자본들의 국제적 네트워크로 표현되는 자본들의 '사이' 공간에서 나타난다. 노동에 대한 네트워크적 통치로서의 제국의 구축과 그 이데올로기로서의 신자유주의의 일반화는 중앙집권주의의 종식은 아닐지언정 그것과는 반대방향으로 작용하는 이러한 변화의 표현이다.

국가에 집중된 사회통제력에 입각해 있었던 사회주의의 붕괴가 이러한 지구적 변화의 한 단면임은 말할 것도 없으며 전통적 학생운동의 와해도 이러한 과정의 일면임을 부정할 수 없다. 이것은 학생운동에서의 어떠한 복고주의적 전략, 즉 중앙집권주의에 기초한 전략들이 변화된 상황에서 힘을 발휘하지 못하는 현실을 어느 정도 설명해 준다.

학회와 제2대학

외면상으로 학회와 제2대학은 과거의 패밀리 체계의 연장이자 그 재연이라는 인상을 준다. 그러나 양자는 매우 다른 면을 갖는다. 이전의 패밀리 체계가 사회주의 정치투쟁이라는 단일한 목적에 종속된 활동가 양성을 그 목적으로 하고 있었고 국가를 직접적인 저항의 대상으로 삼고 있었음에 반해 학회와 제 2대학은 학술의 각급 영역에서 저항성의 구축을 목적으로 삼으면서 대학이라는 공식체계로부터의 자율성을 추구한다. 즉 그것들은 대안대학을 지향한다.

앞서 살펴보았듯이 권력과 운동 양자에서 공통적으로 나타난 중앙집권주의의 와해는 '절대적 진리'와 '총체적 진리'의 공간을 와해시킨다. 이러한 진리 공간은 진리의 객관적 담지자(자본주의 사회에서 관료국가, 사회주의에서 당국가)를 전제로 한다. 이전의 사회주의 정치투쟁은 모든 활동가들을 국가에 대항하는 단일한 저항 대오에 집결시키는 것을 목적으로 삼았고 '정통'임을 자임하는 '맑스주의' 혹은 주체사상은 그 단일 대오를 이끌 유일사상으로 자리잡았다. 투쟁은 이 유일사상에 의해 지도되는 집중적 투쟁의 형태를 띠었다. 이러한 투쟁관은 실천에 대한 실용주의적 관점(실천 중심으로 이론과 실천을 통일하는 것)과 결부되면서 부르주아적 훈육주의의 한 형태로 변질되어 갔다. 그러나 실질적 포섭 국면은 이러한 저항방식에 한계를 부과하면서 저항의 새로운 방식과 차원에 대한 요구를 제기한다. 이제는 단일한 사상으로 다양한 운동들을 포섭하는 것이 더 이상 효과적이지 않다. 오히려 다양한 운동들이 어떻게 자신의 지성을 자유롭게 표현해 나갈 수 있을 것인가, 그리고 이것들이 자신들의 이질성을 넘어 어떻게 상호 연합해 나갈 수 있을 것인가가 문제이다.

그런데 앞서 말한 중앙집권주의의 와해, 그리고 실질적 포섭 현상을 아래로부터 살펴보면 그것은 구상과 실행이 더 이상 분리불가능하다는 사실을 자본 측에서 고백하는 것에 지나지 않는다. 노동자를 수동화하는 부르주아적 훈육의 과정은 역설적이게도 그 훈육에 저항적이며 지성적인 다중을 생산하는 과정이었다. 1968년의 세계적 혁명들은 다중이 더 이상 훈육의 방식으로는 다스려질 수 없는 자율적 존재로 성장했음을 폭발적으로 보여주었다. 여기서 다중은 스스로 실행할뿐만 아니라 스스로 생각하는 구상의 주체로 자신의 모습을 드러냈다.

절대적이고 총체적인 진리 개념의 쇠퇴는 '실행과 분리된 구상공간의 쇠퇴'의 한 양상이다. 다중은 자신으로부터 소외된 지성체계인 기계체계를 넘어 그것을 살아 있는 지성활동에 통합하려 한다. 이른바 '다중지성'이라고 이야기되는 것은 다중의 살아 있는 지성활동과 분리 불가능하게 연결되어 있는 기계체계이다. 학회나 제 2대학은 이전의 패밀리 체계와는 달리 다중의 지성활동을 중앙집권적으로 환원하기보다 살아 있는 지성활동들 자체를 있는 그대로 담아내고 그것을 유통시키며 그 지성활동을 가속화시키는 경향을 보인다는 점에서 진일보한 면이 있다. 여성, 과학기술, 문화, 생태 등의 영역을 노동에 종속시키기보다 이들 각각의 수평적 연결관계를 중시하는 관점, 그리고 이론을 실천에 종속되는 것으로 보기보다 이들 양자를 삶이 스스로를 표현하는 평행적 두 양태로 파악하는 관점은 새로운 학회운동과 제 2대학 운동 속에 급속히 자리잡아 가고 있다.

그러므로 학회와 제 2대학의 활동이 공식적인 대학체계의 교과과정과 구별되는 새로운 교과과정(커리큘럼)의 확보에 그 활동을 집중하는 것은 지극히 정당한 것으로 보인다. 공식적 교과과정은 다중의 지성을 자본 효율성의 관점에서 조직하는 방식이다. 반면 학회와 제2대학은 다중지성의 소통과 확장에 지식활동의 제일 가치를 부여한다. 여기서 진리 원칙의 권위는 약화되며 그것은 소통 원칙의 한 양태로 자리잡는다. 소통의 원리는 지식을 다중의 삶 위에 위치한 절대진리의 공간으로부터 끌어내려 복수적 다중의 사이공간으로 끌고 온다. 앞서 우리는 자본이 네트워크적 '사이공간'에 자신의 통제를 배치하고 있다고 말했지만 이것은 자본 자신이 창조한 활동형태라기보다 오히려 다중 속에서 생성된 이 새로운 소통 원리를 훔쳐 사용하는 것에 다름 아니다.

물론 학회들과 제2대학이 인류의 지성활동이 도달해 있는 이 새로운 상황을 충실히 소화하고 그에 입각한 지성 활동을 펼치고 있다고 본다면 아마도 지나친 낙관론일 것이다. 하지만 학회들과 제2대학은 다중지성이 재구성되고 있는 상황을 직감하면서 그것을 조직화하기 위한 노력을 시작했음에 틀림없다. 전위주의적 감성과 구상에서 완전히 자유롭지는 못했던 시기가 가져온 일시적 침체를 딛고 일어나 21세기를 맞아 새로운 출발을 다짐하고 있는 제2대학 운동은 다중지성이 자본에서 독립적인 주도력으로 성장함에 있어 하나의 중요한 실험으로 될 수 있을 것이다.

(『얼터너티브 리뷰』, 2000)

찾아보기

397, 412, 472, 511, 516, 538~542, 544~546, 556

진정석 52, 69, 70, 71, 74

진정성 25, 36~39, 83, 91

진짜현실 55, 64, 65

ㅊ

차이 27, 39, 40, 49, 58, 63, 64, 66, 67, 69, 72, 74, 80, 84, 86, 87, 90, 94, 100, 103, 104, 107, 108, 115, 123, 124, 128, 137, 146, 150, 151, 205, 209, 211, 249, 250, 263, 283, 311, 315, 317, 326, 353, 372, 479, 528, 549, 558, 563

창작 23, 24, 26, 27, 29, 30, 40, 41, 44, 45, 47, 48, 50, 52, 54, 67~70, 77~80, 83, 84, 86, 88, 92, 94, 109, 112, 114, 124, 125, 155, 161, 163, 164, 169, 170, 180, 188, 192, 197, 199, 201, 206, 211, 221, 222, 224, 238~240, 323, 325, 335, 349, 440, 508

창작과비평 24, 27, 29, 30, 40, 41, 44, 45, 47, 48, 52, 54, 67, 69, 70, 78~80, 83, 84, 86, 88, 92, 94, 114, 124, 125, 169, 199, 239, 323, 325, 335

창작방법 109, 112

창조 5, 9, 12, 15, 24, 25, 29, 37, 45, 46, 55, 56, 59~62, 64~66, 68, 70, 72, 75, 76, 80, 87, 94, 112, 151, 153~155, 160, 163, 177, 178, 185, 191~193, 205, 216, 223, 224, 226, 227, 233, 251, 262, 264, 270, 283, 290, 294, 295, 299, 301, 302, 313, 314, 347, 410, 434, 467, 497, 499,

500, 501, 517, 529, 534, 546, 548, 553, 553, 568

채광석 99

청년문학가협회 286

체제 14, 24~31, 35, 36, 43, 44, 51, 63, 65, 71, 81, 84~89, 92, 113, 117, 127~136, 139, 140, 165, 169, 172, 174, 219, 241, 244, 316, 349, 420, 421, 423, 424, 476, 477, 498, 500, 519, 530, 532, 537, 555, 563, 564

체제론 26~29, 84, 85, 128, 131

체험 10, 13, 57, 59, 62, 65, 84, 88, 89, 119, 180, 181, 306, 316, 483

초심 323~326, 332, 335

초현실주의 517, 520

총체성 10, 31, 36, 56, 91, 93, 124, 177, 206, 349, 514

총체적 진리 566

총학생회 563

최원 485

최원식 32, 41, 52, 70~72, 74, 75, 77~80, 86, 97, 110, 124, 199, 202, 203, 211

최유찬 209

추리 183, 188

춘원 107

친일 277~280, 284

ㅋ

카리브디스 183, 185, 488

카오스 35, 145, 154, 163, 169, 179, 230~232, 245, 256, 293, 297, 298, 524, 546

기타

갈무리 신서

14. **포스트모더니즘 이후의 정치와 문화**

마이클 라이언 지음 / 나병철 · 이경훈 옮김

마르크스주의와 해체론의 연계문제를 다양한 현대사상의 문맥에서 보다 확장시키는 한편, 실제의 정치와 문화에 구체적으로 적용시키는 철학적 문화 분석서.

15. **디오니소스의 노동 · I**

안토니오 네그리 · 마이클 하트 지음 / 이원영 옮김

'시간에 의한 사물들의 형성'이자 '살아 있는 형식부여적 불'로서의 '디오니소스의 노동', 즉 '기쁨의 실천'을 서술한 책.

16. **디오니소스의 노동 · II**

안토니오 네그리 · 마이클 하트 지음 / 이원영 옮김

이딸리아 아우또노미아 운동의 지도적 이론가였으며 『제국』의 저자인 안또니오 네그리와 그의 제자이자 가장 긴밀한 협력자이면서 듀크대학 교수인 마이클 하트가 공동집필한 정치철학서.

17. **이딸리아 자율주의 정치철학 · 1**

쎄르지오 볼로냐 · 안또니오 네그리 외 지음 / 이원영 편역

이딸리아 아우또노미아 운동의 이론적 표현물 중의 하나인 자율주의 정치철학이 형성된 역사적 배경과 맑스주의 전통 속에서 자율주의 철학의 독특성 및 그것의 발전적 성과를 집약한 책.

19. **사빠띠스따**

해리 클리버 지음 / 이원영 · 서창현 옮김

미국의 대표적인 자율주의적 맑스주의자이며 사빠띠스따 행동위원회의 활동적 일원인 해리 클리버 교수(미국 텍사스 대학 정치경제학 교수)의 진지하면서도 읽기 쉬운 정치논문 모음집.

20. **신자유주의와 화폐의 정치**

워너 본펠드 · 존 홀러웨이 편저 / 이원영 옮김

사회 관계의 한 형식으로서의, 계급투쟁의 한 형식으로서의 화폐에 대한 탐구, 이 책 전체에 중심적인 것은, 화폐적 불안정성의 이면은 노동의 불복종적 권력이라는 것을 이해하는 것이다.

21. **정보시대의 노동전략 : 슘페터 추종자의 자본전략을 넘어서**

이상락 지음

슘페터 추종자들의 자본주의 발전전략을 정치적으로 해석하여 자본의 전략을 좀더 밀도있게 노동의 관점에서 분석하고 또 이로부터 자본주의를 넘어서려는 새로운 노동전략을 추출해 낸다.

22. **미래로 돌아가다**

안또니오 네그리 · 펠릭스 가따리 지음 / 조정환 편역

1968년 이후 등장한 새로운 집단적 주체와 전복적 정치 그리고 연합의 새로운 노선을 제시한 철학 · 정치학 입문서.

23. 안토니오 그람시 옥중수고 이전

리처드 벨라미 엮음 / 김현우 · 장석준 옮김

『옥중수고』 이전에 씌어진 그람시의 초기저작. 평의회 운동, 파시즘 분석, 인간의 의지와 윤리에 대한 독특한 해석 등을 중심으로 그람시의 정치철학의 숨겨져 온 면모를 보여준다.

24. 리얼리즘과 그 너머 : 디킨즈 소설 연구

정남영 지음

디킨즈의 작품들에 대한 치밀한 분석을 통해 새로운 리얼리즘론의 가능성을 모색한 문학이론서.

31. 풀뿌리는 느리게 질주한다

시민자치정책센터

시민스스로가 공동체의 주체가 되고 공존하는 길을 모색한다.

32. 권력으로 세상을 바꿀 수 있는가

존 홀러웨이 지음 / 조정환 옮김

사빠띠스따 봉기 이후의 다양한 사회적 투쟁들에서, 특히 씨애틀 이후의 지구화에 대항하는 투쟁들에서 등장하고 있는 좌파 정치학의 새로운 경향을 정식화하고자 하는 책.

피닉스 문예

1. 시지프의 신화일기

석제연 지음

오늘날의 한 여성이 역사와 성 차별의 상처로부터 새살을 틔우는 미래적 '신화에세이'!

2. 숭어의 꿈

김하경 지음

미끼를 물지 않는 숭어의 눈, 노동자의 눈으로 바라본 세상! 민주노조운동의 주역들과 87년 세대, 그리고 우리 시대에 사랑과 희망의 꿈을 찾는 모든 이들에게 보내는 인간 존엄의 초대장!

3. 볼프

이 헌 지음

신예 작가 이헌이 1년여에 걸친 자료 수집과 하루 12시간씩 6개월간의 집필기간, 그리고 3개월간의 퇴고 기간을 거쳐 탈고한 '내 안의 히틀러와의 투쟁'을 긴장감 있게 써내려간 첫 장편소설!

4. 길 밖의 길

백무산 지음

1980년대의 '불꽃의 시간'에서 1990년대에 '대지의 시간'으로 나아갔던 백무산 시인이 '바람의 시간'을 통해 그의 시적 발전의 제3기를 보여주는 신작 시집.